Alle Rechte, einschließlich das des vollständigen oder
auszugsweisen Nachdrucks in jeglicher Form, sind vorbehalten.

Der Preis dieses Bandes versteht sich einschließlich
der gesetzlichen Mehrwertsteuer.

Umwelthinweis:
Dieses Buch wurde auf chlor- und säurefreiem Papier gedruckt.

Im Bann der Sinne

MIRA® TASCHENBUCH
Band 20017
1. Auflage: Januar 2011

MIRA® TASCHENBÜCHER
erscheinen in der Cora Verlag GmbH & Co. KG,
Valentinskamp 24, 20350 Hamburg
Deutsche Taschenbucherstausgabe

Titel der englischen Originalausgaben:

Awaken the Senses
Copyright © 2005 by Harlequin Books S.A.
Übersetzung von Brigitte Marliani-Hörnlein

Secrets in the Marriage Bed
Copyright © 2006 by Nalini Singh
Übersetzung von Claudia Biggen

Desert Warrior
Copyright © 2003 by Nalini Singh
Übersetzung von Christiane Bowien-Böll

erschienen bei: Silhouette Books, Toronto
Published by arrangement with
HARLEQUIN ENTERPRISES II B.V./S.àr.l.

Konzeption/Reihengestaltung: fredebold&partner gmbh, Köln
Umschlaggestaltung: pecher und soiron, Köln
Redaktion: Bettina Steinhage
Titelabbildung: pecher und soiron, Köln
Satz: Buch-Werkstatt GmbH, Bad Aibling
Druck und Bindearbeiten: CPI – Ebner & Spiegel, Ulm
Printed in Germany
Dieses Buch wurde auf FSC-zertifiziertem Papier gedruckt.
ISBN 978-3-89941-809-5

www.mira-taschenbuch.de

Werden Sie Fan von MIRA Taschenbuch auf Facebook.

Nalini Singh

Rausch der Sinne
Roman

Aus dem Englischen von
Brigitte Marliani-Hörnlein

PROLOG

Vor einunddreißig Jahren

„Ich muss mit dir reden."
Spencer blickte von seinen Papieren auf, als Lilah in sein Büro stürmte. Verärgert runzelte er die Stirn. Normalerweise hätte sie das sofort zum Schweigen gebracht.

Sie sprach aber weiter. „Wenn du dich nicht endlich von Caroline scheiden lässt, dann verlasse ich dich." Ihre Stimme bebte, doch in ihren Augen entdeckte er eine Entschlossenheit, die schon fast an Drohung grenzte.

Kalte Wut stieg in ihm hoch. Er sprang auf und fegte um den Schreibtisch herum, bis er beunruhigend nah vor der gertenschlanken Rothaarigen stand, die die Frechheit besaß, ihm ein Ultimatum zu stellen.

Dank ihrer Größe war Lilah mit ihm auf gleicher Augenhöhe. Unerschrocken erwiderte sie seinen Blick.

„Du bist wunderschön, Lilah." Er sah ihren Stolz, merkte, dass sie unsicher wurde und hätte fast darüber gelacht, wie einfach es war, sie zu manipulieren. „Aber in dem Moment, in dem du mich verlässt …", er wusste genau, wo er den Stachel ansetzen musste, „reißen sich schon zehn andere attraktive junge Frauen darum, deinen Platz einzunehmen."

Lilah gefiel ihm, er liebte ihren Körper und ihr Gesicht, und vor allem mochte er es, wie sie sich seinen Wünschen unterwarf. Sie war ihm rettungslos verfallen und würde alles für ihn tun.

„Ich meine es ernst", sagte sie trotzig. „Ich will, dass du Caroline verlässt. Du bist seit sechs Jahren mit ihr verheiratet – jetzt bin ich an der Reihe."

Er war sofort heiß auf sie, als sie ihm zeigte, wie sehr sie ihn wollte, doch er unterdrückte seine Begierde. „Und wenn ich es nicht tue?" Seine Stimme war gefährlich ruhig geworden.

Sie straffte die Schultern. „Dann suche ich mir einen anderen Mann. Und du kannst eine neue … *Sekretärin* einstellen."

Niemand ließ Spencer Ashton einfach stehen. *Niemand.* Er streckte die Hand aus und zog Lilah brutal an den Haaren zu sich. Es kümmerte ihn nicht, dass er ihr wehtat. Er riss ihren Kopf zurück,

Ihre Blicke trafen sich, und er sah die Angst in ihren blauen Augen.

Er beugte sich zu ihr hinunter und flüsterte: „Was hast du gesagt?"

Sie wimmerte, als er ihren Kopf noch weiter zurückzog. „Tut mir leid, Spencer. Ich habe es nicht so gemeint."

Die Panik in ihren Augen wirkte auf ihn wie ein Aphrodisiakum. Und er war sich sicher, dass Lilah Jensen in wenigen Minuten willig unter ihm liegen würde. „Gut." Er strich mit dem Finger über ihren Hals. „Und was sollte das, dass du mich verlassen willst, wenn ich mich nicht von Caroline scheiden lasse?" Ihre Haut war so zart unter seinen Fingerspitzen.

„Ich … es tut mir leid", sagte sie wieder. „Ich mache es wieder gut." Zaghaft berührte sie seine Brust und begann, die Hemdknöpfe zu öffnen. „Es ist nur, dass ich dich so sehr will."

Er lächelte. Sie begehrte ihn wirklich sehr. Und sie war wunderschön. Und verdammt gut im Bett. Vielleicht würde er sie wirklich heiraten, wenn er Caroline abserviert hatte, aber die Entscheidung lag ausschließlich bei ihm. Lilah musste lernen, wo ihr Platz war, bevor sie seinen Namen tragen durfte.

„Ich tue alles, was du willst, Spencer." Ihr Blick war nicht mehr ganz so ängstlich, sondern eher lockend.

Spencer fand sie jetzt ausgesprochen verführerisch und charmant, doch sie musste auch wissen, dass dies ihre letzte Chance war. Mit einer Hand zog er immer noch an ihren Haaren, während er mit der anderen zu ihrer Brust glitt und dabei flüsterte: „Im Laufe der Jahre haben ganz andere Leute versucht, mir zu drohen." Er sprach ganz ruhig, denn er war sich der Macht bewusst, die er über diese Frau hatte.

Sie öffnete die Lippen, um etwas zu sagen. Er drückte leicht ihre Kehle. Sie schwieg.

„Aber niemand hat es je geschafft, die Drohung in die Tat umzusetzen. *Niemand.*" Er lächelte und beugte sich hinunter, um sie zu küssen. „Haben wir uns verstanden?"

Lilah nickte. Sie machte gar nicht erst den Versuch, überhaupt etwas zu sagen.

Spencer liebte es, wenn sie sich ihm total unterwarf, genoss es, dass sie endlich erkannt und akzeptiert hatte, wo ihr Platz in seinem Leben war. Er betrachtete sie als sein Eigentum. Sie war sein Besitz, wie sein Auto und sein Haus.

Heiße Lust überkam ihn, angeheizt durch ihre Angst und vielleicht auch ihre eigene Begierde. Er presste sie enger an sich und sagte: „Willst du mir jetzt nicht zeigen, wie leid es dir tut?"

1. KAPITEL

Alexandre fragte sich, ob es wirklich richtig gewesen war, Trace Ashtons Einladung anzunehmen, in der Villa der Ashtons zu wohnen. Er hatte es für sinnvoll gehalten, weil er in den kommenden Wochen viel Zeit auf dem Weingut der Ashtons verbringen würde.

Seine Ankunft am späten gestrigen Abend war unspektakulär verlaufen. Die elegante Lilah Jensen Ashton hatte ihm das protzige Haus gezeigt und dafür gesorgt, dass er gut untergebracht war. Spencer Ashton hatte sich nicht blicken lassen. Doch Alexandre, der den Mann erst kurz zuvor kennengelernt hatte, war darüber nicht traurig gewesen. Der Patriarch der Ashtons war ein arroganter Kerl, für den Alexandre nicht viel übrig hatte.

Er lief durch die Reihen zwischen den Reben. Die Pflanzen, noch feucht von dem Regen, glitzerten in der Morgensonne. Der Boden war dunkel und schwer, der ganze Weinberg voller Leben. Frische grüne Blätter bedeckten die alten Reben. Alexandre blieb einen Moment stehen, um einige der Blüten genauer zu betrachten. Schon bald würden daraus Trauben entstehen. Doch auch der Gedanke konnte ihn nicht lange von seinem Problem mit der Unterkunft ablenken.

Obwohl er ein Frühaufsteher war, hatten ihn heute Morgen laute Stimmen auf dem Flur der zweiten Etage geweckt. Kurz darauf, er war mittlerweile hellwach, knallte eine Tür, und der heftige Streit ging hinter verschlossenen Türen weiter. Doch das, was er gehört hatte, hatte gereicht. Um die Ehe von Lilah und Spencer war es offensichtlich nicht zum Besten bestellt. Anschließend war Spencer in mörderischem Tempo davongerast.

Nun, Alexandre hatte schon schlimmere Ehen in diesen Kreisen erlebt. Aber es ließ darauf schließen, dass die Atmosphäre im Haus während seines Aufenthalts nicht besonders angenehm sein würde.

Seine zweite Sorge war, dass er in die unangenehmen Familiengeschichten der Ashtons hineingezogen werden könnte, woran er überhaupt kein Interesse hatte. Schließlich war er hier, um Trace im Weinanbau zu beraten – mehr nicht. Er verzog das Gesicht und ging in die Hocke, um die Beschaffenheit des Bodens zu testen.

Als Ausländer war er vielleicht nicht in der Lage, emotionale Strömungen im Haus zu erfassen, doch er konnte sich einiges zusammenreimen angesichts des Skandals, den es vor einem Monat in Zusammenhang mit Spencers erster Ehe gegeben hatte.

Alexandre war Winzer, kein Gesellschaftslöwe, doch der Eklat war bis zu ihm durchgedrungen. Seine *maman* betrachtete es als ihre Pflicht, ihn über die Schwächen seiner Konkurrenten und Geschäftsfreunde zu informieren. Er lächelte bei dem Gedanken an die Frau, die trotz aller Fehler die einzige Konstante in seinem Leben gewesen war.

Ein merkwürdiges Geräusch, gefolgt von einer plötzlichen Bewegung links von ihm, erregte seine Aufmerksamkeit und lenkte seine Gedanken von seinen problematischen Gastgebern ab. Er blieb in der Hocke und fragte sich, wer außer ihm zu dieser frühen Stunde wach sein könnte.

„Warum gibst du diese komischen Geräusche von dir?", sagte eine angenehme weibliche Stimme. „Du bist doch erst gestern in der Werkstatt durchgesehen worden!"

Alexandre richtete sich auf. Der Anblick, der sich ihm bot, machte alle Unannehmlichkeiten auf dem Gut wett.

Sie war klein und zierlich, aber mit Kurven an den richtigen Stellen. Verführerisch sah sie aus, wie sie auf dem Boden kniete und das Vorderrad ihres Fahrrades betrachtete. Die langen, glatten schwarzen Haare fielen ihr über den Rücken bis zum Po.

Plötzlich erwachte sein Interesse, heiße Begierde, die im scharfen Gegensatz zu der stumpfsinnigen Langeweile stand, die ihn seit einem Jahr begleitete. „Brauchen Sie Hilfe, *mon amie?*"

Charlotte drehte sich so schnell um, dass sie fast ihr Fahrrad umgeworfen hätte. Sie hatte nicht damit gerechnet, dass irgendjemand zu dieser Zeit schon unterwegs sein könnte. Und dieser Jemand war auch noch der attraktivste Mann, den sie je gesehen hatte.

Die dunklen Augen des Fremden funkelten amüsiert, als er die Hand ausstreckte. „Entschuldigen Sie. Ich wollte Sie nicht erschrecken."

Sie ließ sich von ihm auf die Füße helfen. Seine Hand war stark und warm. Ihr wurde heiß, und das Blut stieg ihr in die Wangen. Kaum stand sie, entriss sie ihm ihre Hand. Ihre heftige Reaktion auf die Berührung brachte sie total aus dem Gleichgewicht.

„Wir kennen uns noch nicht", sagte er mit seinem charmanten französischen Akzent. „Ich bin Alexandre Dupree."

Alexandre. Der Name passte zu ihm.

„Charlotte", stellte sie sich vor.

„Charlotte", wiederholte er, und aus seinem Mund klang ihr gewöhnlicher Name plötzlich exotisch. „Und was machen Sie hier so früh, *petite* Charlotte? Sie arbeiten auf dem Weingut, *oui?*"

Vielleicht sollte sie beleidigt sein, weil er in ihr eine Angestellte und nicht ein Familienmitglied der privilegierten Ashtons sah. Andererseits hatte sie nie ein Mitglied dieser Familie sein wollen. „Nein." Sie hatte noch nie einen Mann wie ihn kennengelernt. Er strahlte Sinnlichkeit aus, und es fiel ihr schwer, einen klaren Gedanken zu fassen.

„Nein?" Er verzog die vollen Lippen zu einem erotischen Lächeln. „Sie wollen ein Mysterium bleiben?"

„Was ist mit Ihnen?", stieß sie neugierig hervor.

Wer war dieser Mann, der sie angelächelt und es in einem einzigen Moment geschafft hatte, sie vollkommen aus der Bahn zu werfen? Sie spürte, dass ihr Körper zum Leben erwachte und zu glühen begann. Es war, als hätte sie schon immer auf diesen Mann gewartet.

Seine Augen, so dunkel wie Schokolade, ruhten auf ihren Lippen. Sie wollte ihn auffordern, sie nicht so anzusehen, doch sie brachte keinen Ton heraus. Es war, als würde er sie mit seinen Blicken küssen, und sie empfand plötzlich Gefühle, die so früh am Morgen verboten sein sollten.

„Ich arbeite für Trace Ashton."

Der Winzer, dachte sie. Sie kannte Trace' Ehrgeiz, für Ashton Estate Winery einen Wein zu kreieren, der Preise gewann. Dennoch machte Alexandre nicht den Eindruck eines normalen Angestellten. Obwohl er im Freizeitlook war, schwarze Hose und offenes Hemd mit aufgekrempelten Ärmeln, erkannte sie, dass die Kleidung von bester Qualität war, genau wie die Uhr an seinem Handgelenk.

„Wohin gehen Sie, *ma chérie?*" Er sah den Pfad entlang, der sich durch die Weingärten schlängelte. „Darf ich Sie begleiten?"

Sie machte große Augen. „N…nein", stammelte sie. Sein charmantes Lächeln und seine unglaublichen Augen brachten sie total aus der Fassung. „Ich … ich muss los. Ich bin schon spät." Sie stieg auf ihr Fahrrad und trat in die Pedale.

Ratsch, ratsch, ratsch.

Das Geräusch erinnerte sie daran, warum sie eigentlich angehalten hatte. Sie stoppte erneut und wollte gerade absteigen, als sie merkte, dass Alexandre näher gekommen war.

„Warten Sie, Charlotte. Ich weiß, wo das Problem liegt." Er ging in die Hocke und bog den rückwärtigen Reflektor zurecht. „Hier. Das Katzenauge war verrutscht und hat an den Speichen gescheuert", erklärte er.

Das Blut stieg ihr in die Wangen. Sie wusste, dass selbst ihr dunkler Teint nicht verbergen konnte, wie verlegen sie seine Gegenwart machte. „Danke."

„Gern geschehen. *Bon voyage.*" Er lächelte verschmitzt, und sie hätte sich am liebsten auf die Lippe gebissen. Oder auch auf seine ...

Sie holte tief Luft und trat energisch in die Pedale, wohl wissend, dass sein Blick auf ihr ruhte, bis sie um die Ecke bog. Erst dann atmete sie aus und dachte über das gerade Erlebte nach.

Hatte er mit ihr geflirtet?

Was für eine blödsinnige Idee, dachte sie und schüttelte den Kopf. Männer wie Alexandre Dupree flirteten nicht mit einer schüchternen Floristin. Doch das erste Mal in ihrem Leben wünschte sich Charlotte, dass der charmante, weltgewandte Mann, der in einer ganz anderen Liga spielte als sie, tatsächlich mit ihr geflirtet hätte.

Alexandre musste den ganzen Tag an die Frau denken, der er am frühen Morgen begegnet war. Ein paar kurze Nachforschungen hatten erstaunliche Informationen zutage gefördert. Die schüchterne Schönheit war eine Ashton – Charlotte Ashton.

Und nicht nur das, sie betrieb das Gewächshaus, das auf dem Anwesen der Ashtons lag. Trace hatte ihm unbeabsichtigt die Information gegeben, als er ihm eine Karte von dem Anwesen zeigte.

„Dies ist Charlottes Gewächshaus." Trace deutete auf ein Gebäude, das etwa zwei Meilen östlich des Haupthauses lag. „Das ist das Cottage, und hier ist ihr Blumenstudio."

„Ein Gewächshaus?", fragte Alexandre betont beiläufig. „Wofür?"

„Charlotte ist verantwortlich für den Blumenschmuck bei den Events hier im Haus. Das Gewächshaus ist ihr Lebensinhalt." Der eher zurückhaltende Trace lächelte. „Sie sollten es sich ansehen – ich bin sicher, sie führt Sie gern herum."

„Wie komme ich zu Charlottes Gewächshaus?"

„Nehmen Sie einen der Caddys – der Weg dorthin ist leicht zu finden."

Charlotte fuhr offensichtlich lieber mit ihrem klapprigen Fahrrad. Alexandre lächelte insgeheim bei dem Gedanken, sie auf ihrem Territorium aufzusuchen. Vielleicht war sie inmitten ihrer Pflanzen entspannter … und eher bereit, sich auf ihn und die Ideen einzulassen, die ihm bei ihrem Anblick gekommen waren.

Wegen seiner beruflichen Verpflichtungen bekam Alexandre erst lange nach dem Lunch die Gelegenheit, Charlotte aufzusuchen. Gegen drei Uhr nachmittags forderte er einen Caddy an und fuhr gen Osten. Das Gewächshaus war leicht zu finden. Es erhob sich klar und deutlich über den Weingärten.

Er parkte vor dem ersten Gebäude, dem Cottage. Der Anblick der leuchtenden Wildblumen vor dem Cottage erinnerte an etwas aus einem Märchen und passte zu der Frau, die er heute Morgen überrascht hatte. Bezaubernd.

Direkt hinter dem Cottage lag ein Gewächshaus, ein weiteres schloss sich rechts davon an. Ashton Estate Botanicals stand an dem kleineren Gebäude, offensichtlich das Blumenstudio, auf das Trace hingewiesen hatte.

Da er davon ausging, Charlotte in dem Gewächshaus zu finden, nahm er den Weg. Sein Körper reagierte mit heftigem Verlangen, als er eintrat und sie sah. In den verwaschenen Jeans, die ihre Rundungen betonten, und dem kurzärmeligen pinkfarbenen T-Shirt wirkte sie so frisch wie die Blumen um sie herum. Ihre Haare hatte sie zu einem dicken Zopf geflochten, der ihr fast bis zum Po reichte.

Sie stand mit dem Rücken zu ihm und arbeitete an dem Arbeitstisch aus massiven Holz, der mitten im Gewächshaus stand. Offensichtlich topfte sie gerade einige Pflanzen um.

Plötzlich wirbelte sie herum, obwohl er kein Geräusch gemacht hatte, die Pflanzenkelle wie eine Waffe in der Hand haltend. Ihre ohnehin großen Augen wirkten noch größer, als sie ihn sah. „Was machen Sie denn hier?"

„Ich bin gekommen, um meine geheimnisvolle kleine *fleur* zu finden." Er blickte auf das Gerät, das sie immer noch auf ihn gerichtet hielt, und hob langsam die rechte Augenbraue.

Verlegen legte sie die Kelle auf den Arbeitstisch. „Warum?"
„Sind Sie immer so direkt?"

Alexandre kam näher. Ihr Anblick gefiel ihm noch besser als am Morgen. Sie war tatsächlich klein und zierlich, hatte jedoch eine verführerische Figur. In der Vergangenheit hatte er sich eher für langbeinige Schönheiten interessiert. Wenn er Charlotte so ansah, verstand er nicht mehr, warum. „Es ist sehr warm hier. Macht Ihnen das nichts aus?"

„In diesem Klima gedeihen die Pflanzen auch außerhalb der Saison." Wachsam wie ein scheues Reh beobachtete sie seine Bewegungen. „Ich mag die Wärme."

Sein Blick fiel auf ein kleines blaues Notizbuch auf dem Arbeitstisch. „Was schreiben Sie in das Buch?", frage er neugierig.

Er könnte schwören, dass ihre Augen vor Panik noch dunkler wurden. „Darin protokolliere ich alles, was mit den Pflanzen zu tun hat."

Offensichtlich hatte er sich getäuscht. „Hier riecht es nach Sonne und Wachstum", murmelte er und verlangsamte seinen Schritt, ohne jedoch die Richtung zu ändern.

„Was wollen Sie?", wiederholte sie.

„Sie mögen mich nicht, *ma petite*?" Alexandre fragte sich, ob sein Gespür für Frauen ihn das erste Mal im Stich gelassen hatte. Er gehörte nicht zu den Männern, die sich einer Frau aufdrängten. Frauen wollten umschmeichelt, hofiert und verwöhnt werden, ganz sicher aber nicht bedrängt.

„Das habe ich nicht gesagt."

Er witterte den Sieg, trat näher und berührte ihre warme Wange mit dem Finger. „*Non?*"

„Ich ..." Sie wich zur Seite. „Bitte, dies ist mein Bereich."

„Und Sie wollen, dass ich gehe?" Er war zwar kein Mann, der schnell aufgab, wollte aber auch nicht aufdringlich sein.

Dann kam ihm ein beunruhigender Gedanke: Vielleicht hatte sie erkannt, was er nicht wahrhaben wollte, seit sie ihn das erste Mal aus ihren großen dunklen Augen angesehen hatte – dass er mit vierunddreißig Jahren viel zu alt für sie war. Diese Frau war so frisch und schön und unverbraucht wie die Blumen, die sie hegte und pflegte.

Alexandre dagegen hatte seine Unschuld schon vor sehr, sehr langer Zeit verloren. Er kämpfte gegen den Drang an, sie noch einmal zu berühren, und verbeugte sich leicht. „Dann gehe ich. Tut mir leid, dass ich Sie gestört habe." Er drehte sich um und ging die ersten Schritte zur Tür. Irgendwie fühlte er sich unerklärlich verloren.

„Warten Sie!"

Er blieb stehen und blickte über die Schulter. Charlotte gab ihm, ohne ihn anzusehen, eine zarte, weiße Blume. „Stellen Sie sie in Ihr Zimmer. Dann duftet es dort nach Sonne ... und Wachstum."

Verwundert nahm er das Geschenk. *Merci*, Charlotte. Ich glaube, ich habe noch nie eine Blume geschenkt bekommen." Er hielt die Blume unter die Nase und schnupperte.

Sie lächelte ihn zögernd an. „Bitte schön."

In dem Moment wusste er, dass sie nichts gegen ihn persönlich hatte. Sie fühlte sich in seiner Gegenwart nur unbehaglich. Alexandre konnte nicht verstehen, weshalb. Sie war wie eine wunderschöne Blume, so exotisch wie die Orchideen, die sie in diesem Glashaus züchtete. Seine *maman* würde sie mögen.

„Erzählen Sie mir etwas über Ihr Gewächshaus", bat er.

Wieder errötete sie leicht, doch zumindest war sie bereit, über dieses Thema zu sprechen. „Ich züchte viele Pflanzen. Angefangen bei Gänseblümchen bis hin zu Farnen und exotischen Pflanzen."

„Bitte führen Sie mich herum."

Ihre Augen strahlten. Sie drehte sich um und ging durch die Reihen mit hohen Tischen, auf denen Kästen mit herrlich blühenden Blumen standen.

Alexandre folgte ihr in gebührendem Abstand, damit sie sich nicht eingeengt fühlte. Ab und zu musste er sich bücken, um nicht gegen die Pflanzen zu stoßen, die in Hängekörben wuchsen.

Charlotte deutete auf den üppig grünen Garten zu ihrer Linken. „Das sind meine Farne. Und dort ...", sie zeigte zur anderen Seite, „... sind meine tropischen Pflanzen. Riechen Sie mal."

Er beugte sich vor und atmete den betörenden Duft einer cremeweißen Pflanze mit einem sonnengelben Herzen ein. „Der Duft weckt den Wunsch, am Südseestrand zu sein."

Ihr Lächeln rührte ihn. „Es ist eine Plumeria – eine Wachsblume. Einmal schnuppern, und ich beginne zu träumen."

„Das ist genau der Duft, den Sie auch tragen." Er verfolgte ihn seit dem Morgen.

Überrascht riss sie die Augen auf. „Stimmt."

Ein Hauch von Intimität lag in der Luft. Bevor die Atmosphäre zu erotisch wurde und sie vielleicht erschreckte, fragte er: „Was züchten Sie sonst noch?"

Sie wirkte erleichtert. „Neben den Wachsblumen steht ein Hibiskus, den ich seit einem Jahr pflege. Er will einfach nicht blühen."

Alexandre lachte. „Vielleicht ist er wie Sie. Er will geheimnisvoll bleiben."

Sie senkte den Blick. „An mir ist nichts Geheimnisvolles."

„Da muss ich Ihnen widersprechen." Ermutigt durch das Funkeln in ihren Augen, riskierte er es, einen Schritt weiterzugehen. „Darf ich Sie morgen zum Essen einladen? Heute muss ich leider zurück an die Arbeit."

Sofort ging sie wieder auf Distanz. „Ich … ich habe schon etwas vor. Trotzdem, vielen Dank für die Einladung."

Am liebsten hätte er sie in seine Arme gezogen und sie geküsst, bis ihr Widerstand dahingeschmolzen war. „Ah, *ma chérie*, Sie brechen mir das Herz. Wollen Sie es sich nicht noch einmal überlegen? Sie erreichen mich im Haupthaus." Mit diesen fröhlichen Worten verließ er das Gewächshaus, ihr Geschenk in der Hand.

Jetzt, da er wusste, dass sie ihn zumindest nicht verabscheute, hatte er nicht vor, so schnell aufzugeben. Wenn er nur eine Ahnung hätte, wie er ihr Vertrauen gewinnen konnte.

Sicher, sie war zu jung für ihn. Trotzdem wollte er sie haben. Er würde diese scheue, junge Frau mit allen Mitteln der Kunst verführen. Nie wieder sollten diese braunen Augen einen anderen Mann ansehen.

Doch dann runzelte er die Stirn angesichts der Verantwortung, die dieser plötzliche Gedanke mit sich brachte. Er hatte nicht die Absicht zu heiraten, dazu kannte er die Schwächen einer Ehe viel zu gut. Charlotte war aber eine Frau, die heiraten wollte. Keine Frau für eine Nacht.

Die Falten auf seiner Stirn wurden tiefer. Warum gingen seine Gedanken plötzlich in diese Richtung? Erotik und sinnlicher Genuss war bisher alles gewesen, was er je einer Frau versprochen hatte. Charlottes Zurückhaltung sagte ihm, dass sie das instinktiv erkannt hatte. Er würde ihr keine falschen Versprechungen machen, aber er wollte mit ihr schlafen.

Die meisten Frauen sahen nur seinen Charme, nicht aber die Entschlossenheit, die sich dahinter versteckte. Ein Sandsturm war nichts dagegen. Wenn Alexandre Dupree sich einmal etwas vorgenommen hatte, dann wich er nicht vom Kurs ab. Und jetzt hatte er Richtung auf die süße, kleine Charlotte Ashton genommen.

In der Sicherheit ihres Gewächshauses beobachtete Charlotte, wie Alexandre in den Caddy stieg und sich entfernte.

„Oh", murmelte sie vor sich hin, als er schließlich außer Sicht war. Der Mann war gefährlich. Diese dunklen Augen, das charmante Lächeln und vor allem seine Art, sie anzusehen, sie mit seinen Blicken zu verschlingen. Charlotte war nicht der Typ Frau, mit dem gefährliche Männer spielten.

Sie rieb die Hände an ihren Jeans ab und schluckte, weil sie doch tatsächlich darüber nachdachte, Alexandres Einladung zum Dinner anzunehmen. Eine Sekunde später verwarf sie die Idee schon wieder. Worüber sollte sie mit ihm sprechen? Wenn es nicht gerade um ihre geliebten Pflanzen ging, etwas, worüber sie stundenlang reden konnte, würde sie in seiner Gegenwart kaum einen Ton herausbringen.

Wahrscheinlich war sie die einzige Ashton auf dem Anwesen, die sich nicht in der exklusiven Gesellschaft bewegen konnte, die sich in dem Haus traf. Deshalb hatte sie sich zu ihren Pflanzen zurückgezogen. Die Blumen erwarteten von ihr nichts außer Freundlichkeit.

Sie wusste, dass es teilweise ihre Schuld war, dass sie nicht über die nötige Sicherheit im Umgang mit Menschen verfügte. Wenn sie in dem Haupthaus geblieben wäre, hätte sie von Lilah eine entsprechende Erziehung bekommen.

Sie presste die Lippen zusammen.

Lilah, die elegante rothaarige Frau, hatte es gehasst, die Verantwortung für zwei Mischlingskinder übernehmen zu müssen. Charlottes Bruder Walker, der total vernarrt in Spencer war, hatte diese Abneigung kaum bemerkt. Aber Charlotte hatte eine Frau in ihrem Leben gebraucht, und Lilah hatte von Anfang an klargestellt, dass sie diese Frau niemals sein würde.

Charlotte schüttelte den Kopf und kehrte zu den Setzlingen zurück, die sie gerade umtopfte. *Vielleicht frage ich Jillian um Rat*, überlegte sie. Ihre ältere Cousine strahlte eine Anmut aus, die Charlotte normalerweise eingeschüchtert hätte, aber die schlanke, dunkelhaarige Jillian war dabei so warmherzig, dass Charlotte ihr Dinge erzählen wollte, über die sie sonst nicht sprach.

Wie zum Beispiel ihre Vermutung, dass ihre Mutter noch lebte.

Seit Spencers erste Ehe publik geworden war, glaubte Charlottes mehr und mehr daran. Wenn der Mann einmal lügen konnte, warum dann nicht auch zweimal?

Obwohl sie über ihre Gedanken sprechen wollte, war es ihr sogar bei Jillian schwergefallen, das Thema auf den Tisch zu bringen, denn es erforderte ein Maß an Vertrauen, das Charlotte eigentlich niemandem entgegenbrachte.

Sie schüttelte den Kopf über ihre abschweifenden Gedanken. „Sieh zu, dass du mit dem Umtopfen fertig wirst." Doch ihre Gedanken kehrten immer wieder zu dem einen Thema zurück, und sie wusste auch, warum. Weil sie aus Angst vor dem Ergebnis die Suche abgebrochen hatte.

Ihr Leben könnte sich für immer ändern. Und allein und ohne Hilfe ins Ungewisse zu gehen, machte ihr Angst. Nach Jahren harter Arbeit hatte sie es geschafft, sich hier auf dem Anwesen, wo sie sich nie wirklich zu Hause gefühlt hatte, ihr eigenes kleines Paradies zu schaffen. Der Gedanke, dieses Gefühl der Sicherheit an die grausame Wahrheit zu verlieren, erschreckte sie.

Alexandre Dupree hat sicherlich nie Angst gehabt und ist nie so ein Feigling wie ich gewesen, dachte sie. Ohne dass sie es wollte, kehrten ihre Gedanken immer wieder zu dem charmanten Franzosen zurück, der sie schon nach so kurzer Zeit faszinierte.

Der Mann besaß Charisma, Sinnlichkeit und einen scharfen Verstand.

Sie vermutete, dass er wegen seines Charmes von vielen als Playboy abgestempelt wurde. Das war er aber offensichtlich nicht. Nachdem er fort war, hatte sie im Internet ein paar Nachforschungen angestellt. Alexandre Dupree war einer der renommiertesten Winzer der Welt. Sie hatte seinen Namen nur noch nicht gehört, weil sie sich mehr für ihre Pflanzen als für Weinanbau interessierte.

Er war aber nicht nur ein angesehener Winzer, sondern auch sehr wohlhabend. Er besaß ein sehr erfolgreiches kleines Weingut in Frankreich und war Besitzer mehrerer exklusiver Restaurants. Es passte schon zusammen, dass ein Mann, der berühmt für „Weine von erstaunlicher Komplexität" war, Restaurants besaß, in denen zu den kulinarischen Spezialitäten auch seine Weine gereicht wurden.

Das Außergewöhnliche an ihm aber war, dass er seine Fachkenntnisse auch weitergab. Zum Beispiel an Trace, dessen Traum es war, einen ganz großen Wein zu kreieren.

Und wenn Alexandres Reichtum und Können nicht ausreichten, Charlotte einzuschüchtern, dann waren es die Fotos, die ihn als Gast bei wichtigen Events zeigten. Er war mehrere Male bei den Filmfestspielen in Cannes fotografiert worden, immer in Begleitung von langbeinigen, eleganten Frauen in atemberaubenden Kleidern. Diese Frauen waren nicht nur einige Zentimeter größer als Charlotte, sondern schöner und gebildeter, und sie strahlten Eleganz und Anmut aus und waren in jeder Hinsicht vollkommen.

Sosehr sie sich bemühte, sie schaffte es nicht, sich den Mann aus dem Kopf zu schlagen. Resigniert räumte sie im Gewächshaus auf und ging zurück in ihr Cottage. Dort trat sie unter die Dusche in der Hoffnung, endlich auf andere Gedanken zu kommen.

Eine Viertelstunde später verließ sie die feuchte Glaskabine und schlüpfte in einen flauschigen weißen Bademantel. Als sie im Schlafzimmer vor dem Spiegel stand und ihre Haare bürstete, sah sie nicht sich als Frau, sondern das schrecklich schüchterne Mädchen, das sie gewesen war.

Unfähig, sich dem Leben der Ashtons anzupassen, hatte sie sich in sich selbst zurückgezogen, als Walker immer mehr Zeit mit Spencer verbrachte. Sie hatte ihren Onkel dafür gehasst, dass er ihr den Bruder wegnahm ... genau, wie er es mit ihrer Mutter getan hatte.

Das Telefon klingelte. Vor Schreck ließ sie die Bürste fallen. „Charlotte Ashton", meldete sie sich.

„Ma chérie, was ist los?"

Beim Klang der tiefen, männlichen Stimme ging sie sofort in Alarmbereitschaft. „Alles in Ordnung."

Pause. „Haben Sie es sich noch einmal überlegt? Gehen Sie morgen mit mir essen?" Einfache Worte, doch der Tonfall ließen sie zu einer Liebkosung werden.

„Ich ..." Die Versuchung, Ja zu sagen, war fast überwältigend, doch die Angst hielt sie zurück. Nur in ihren Träumen war sie geistreich und raffiniert genug für ihn. „Nein."

Er seufzte, als hätte sie ihm das Herz gebrochen. „Kann ich Sie denn wenigstens zu einem Spaziergang überreden?"

„Ein Spaziergang?"

Als spürte er einen Sieg, wurde seine Stimme noch verführerischer. „Ich komme morgen gegen sechs zu Ihrem Cottage, und dann machen wir einen Spaziergang durch die Weingärten. Sagen Sie Ja, Charlotte."

Ihre Hände wurden feucht. „Ich werde fertig sein." Sie konnte nicht glauben, dass sie tatsächlich zugesagt hatte.

„Dann also bis morgen. Gute Nacht ... und schlafen Sie gut."

Als sie auflegte, fragte Charlotte sich, wie viele Frauen diese Worte wohl schon in einer wesentlich intimeren Situation gehört hatten. Einem so aufregenden Mann wie Alexandre fehlte es ganz sicher nicht an Begleiterinnen. Kraftvoll bürstete sie sich das Haar und versuchte, sich nicht länger mit diesen Gedanken zu quälen.

Leider konnte sie aber ihre Träume nicht kontrollieren.

Alexandre verbrachte die Nacht allein. Es war lange her, dass er eine Frau im Bett gehabt hatte. Obwohl er gesunde körperliche Bedürfnisse hatte, reichte ihm Sex allein nicht mehr.

Keine Frau hatte es geschafft, seine selbst auferlegte Enthaltsamkeit zu unterbrechen.

Bis jetzt.

Charlotte Ashton hatte sein sexuelles Verlangen wieder erweckt – und wie. Natürlich könnte er diese starken Bedürfnisse auf die lange Zeit der Abstinenz zurückführen, wenn nicht alles, was er früher erlebt hatte, ein Schatten dessen war, was zwischen ihm und Charlotte passierte.

Sie ist ... einzigartig, dachte er und legte die Hände unter den Kopf. Er lag auf seinem Bett im Gästezimmer.

Charlotte faszinierte und frustrierte ihn gleichermaßen. Das erste Mal seit über einem Jahr hatte er eine Frau kennengelernt, die ihn Tag und Nacht beschäftigte. Eine Frau, die vorsichtig wie ein Schmetterling und naiv und unschuldig wie ein Teenager war. Er fragte sich, ob sie wirklich so unschuldig war, wie sie wirkte. Das musste er unbedingt herausfinden.

Überrascht holte Alexandre tief Luft.

Noch nie hatte er den Wunsch verspürt, eine Frau zu besitzen. Frauen waren zwar schön und liebenswert, aber sie waren auch flatterhaft und konnten einem Mann nicht treu bleiben. Deshalb hatte er Sex mit ihnen zwar genossen hatte, war aber emotional auf Distanz geblieben.

Selbst das eine Mal, als er im Überschwang jugendlicher Gefühle alle Vorbehalte Frauen gegenüber vergessen hatte, war da immer noch ein Rest von Distanz geblieben. Und als Celeste ihn dann betrog, war er zwar in seiner Eitelkeit verletzt gewesen, aber weit davon entfernt, am Boden zerstört zu sein.

Doch jetzt erwachte etwas in ihm, das tief in ihm geschlummert hatte. Er hatte Charlottes unwiderstehlichen Duft geschnuppert und entschieden, dass sie zu ihm gehörte. Ohne Kompromisse.

Alexandre lächelte. Er wusste, dass er sich auf gefährliches Gebiet begab, doch diese Gefahr nahm er gern auf sich.

„Charlotte, *ma petite*", flüsterte er. „Ich freue mich auf unseren Tanz."

Den größten Teil des folgenden Tages verbrachte Alexandre mit Gesprächen mit James, dem Winzer. Erleichtert stellte er fest, dass sich der Mann durch seine Anwesenheit keineswegs bedroht fühlte. James wusste, dass er die Aufgabe, für die er eingestellt war – gängige Ashton-Weine zu produzieren – gut erfüllte. Alexandres Aufenthalt auf dem Weingut diente einem ganz anderen Zweck.

Der Tag begann mit einer ausgedehnten Tour durch das Weingut, einschließlich des Kellers. Angesichts der Wirkung, die Sauerstoff auf reifenden Wein hatte, interessierte Alexandre sich besonders für die Beschaffenheit und Größe der Fässer, in denen die Ashton-Weine lagerten.

Die restliche Zeit verging mit der Untersuchung der Gärungstanks und Diskussionen über technische Dinge wie den Zusatz von Schwefel und die Kühlung. Dies war notwendiges Hintergrundwissen – bevor er Trace Ratschläge für den weiteren Anbau unterbreiten konnte, musste er wissen, wie das Gut jetzt arbeitete.

Als er schließlich Feierabend machte, blieb ihm gerade noch genug Zeit, kurz zu duschen, bevor er zu Charlotte fuhr. Zu seiner Freude wartete sie draußen auf ihn.

In ihren verwaschenen Jeans und der figurbetonten, kurzärmeligen weißen Bluse bot sie einen sehr reizvollen Anblick. *„Bonjour*, Charlotte."

„Hallo."

„Sollen wir?" Jeder anderen Frau hätte er die Hand auf den Rücken gelegt, aber bei Charlotte hielt er sich zurück. Er spürte instinktiv, dass selbst so eine kleine Geste für den Moment zu viel war.

Nach kurzem Zögern lief sie neben ihm den Weg entlang, der zum Haupthaus führte. Es war hell genug, dass Alexandre seine faszinierende, geheimnisvolle Begleiterin betrachten konnte.

„Sie kennen sich sicher gut im Weinbau aus." Trotz der sinnlichen Spannung zwischen ihnen zwang er sich, im Plauderton zu sprechen.

Charlotte zuckte bemüht gleichgültig mit den Schultern, war jedoch angespannt. Gleichzeitig flackerte etwas in ihren Augen auf, und er bekam den Eindruck, dass sie nicht gern über die Welt sprach, in der sie lebte.

„Nein, eigentlich nicht." Sie sah ihn an. „Der Weinbau interessiert mich nicht besonders. Natürlich habe ich im Laufe der Jahre das eine oder andere aufgeschnappt."

„Interessieren Sie sich nur für Blumen?" Er blieb stehen. Sie hielt ebenfalls an und drehte sich zu ihm.

„Nicht nur. Aber hauptsächlich." Ein Lächeln huschte über ihr Gesicht. „Ich muss zugeben, dass ich die Weinberge zu dieser Jahreszeit liebe."

„Warum?"

„Weil die Reben zu neuem Leben erwachen." Mit den Fingerspitzen liebkoste sie die Kante eines neuen Blatts. Ihm wurde heiß. Würde sie ihren Mann genauso zärtlich berühren? „Die Entscheidungen, die wir jetzt treffen, müssen die richtigen sein – sonst kann der Schaden für die Ernte beträchtlich sein."

„Das stimmt", sagte er und hatte das Gefühl, als würde sie nicht über Weinreben, sondern über ihr Verhältnis sprechen. „Aber manchmal muss man auch Risiken eingehen."

„Es ist sicherer, dem gewohnten Pfad zu folgen."

Sein Mund zuckte bei der Herausforderung. „Damit erzielt man aber keine neuen Ergebnisse. Ich ziehe einen Wein vor, der körperreich ist, eine Symphonie von Aromen und Geschmack, um die Sinne zu erfreuen. Sie nicht, *chérie?*"

„Doch." Eine verträumte Sinnlichkeit lag in ihrer Stimme. „Ich weiß nicht viel über die Herstellung von Weinen."

„Ich kann Ihnen alles beibringen. Fragen Sie, was immer Sie wollen."

Ihre Lippen öffneten sich, als wollte sie etwas sagen. In dem Moment war es passiert. Das Knistern zwischen ihnen war spürbar. Sie riss die Augen auf, doch sie wich nicht zurück, wie er fast erwartet hatte. Stattdessen waren ihre sinnlichen Lippen eine einzige Einladung.

Alexandre hatte sich zur Zurückhaltung gezwungen – er wollte umwerben, nicht drängen –, doch in diesem Moment war sein Kopf leer. Er konnte sich an nichts mehr erinnern, sondern verspürte nur noch heftiges Verlangen. Er streckte die Hand aus und berührte ihre Wange. Dann senkte er den Kopf. Charlottes Lippen öffneten sich noch weiter, und um seine Beherrschung war es geschehen.

Sie war weich und schmeckte aufregender, als er es sich in seinen kühnsten Träumen ausgemalt hatte. Ein Geschmack, der im krassen Gegensatz zu ihren unschuldigen Augen stand und ihn berauschte. Eigentlich hatte es nur ein flüchtiger Kuss werden sollen, doch er wurde leidenschaftlicher. Einen Moment lang reagierte sie mit einer Begierde, die so wild und heftig war wie seine eigene.

Doch der Moment war viel zu kurz. Sie wich zurück. „Was …?" Verwirrt sah sie ihn an und berührte mit zittriger Hand ihre feuchten Lippen. Die andere lag flach auf seiner Brust.

Alexandre konnte sehen, dass sie noch nicht für ihn bereit war. Selbst er war aufgewühlt, und er war wesentlich erfahrener als sie. Er konnte ihr nicht verdenken, dass sie das Gefühl hatte, als wäre die Welt gerade unter ihren Füßen zusammengebrochen.

„Es war nur ein Kuss." Er ließ die Arme baumeln, obwohl er Charlotte am liebsten in die Arme geschlossen hätte. „Das hat nichts weiter zu bedeuten." Er hatte sie beruhigen wollen. Doch als sie zurückwich und er den Schmerz in ihren Augen sah, erkannte er, dass er genau das Falsche gesagt hatte.

„Ich fürchte, Sie schätzen mich falsch ein, Mr. Dupree." Tränen glitzerten in ihren Augen, doch ihre Stimme klang fest und kompromisslos. „Für unbedeutende Küsse müssen Sie sich eine andere Frau suchen. Ich bin nicht daran interessiert, Ihnen während Ihres Aufenthalts hier die Langeweile zu vertreiben."

„*Charlotte.*" Er fragte sich, ob sie auf die Wahrheit besser reagiert hätte – dass er sie, obwohl sie sich erst so kurz kannten, heftiger begehrte als je eine Frau zuvor.

Von der ersten Sekunde an hatte er sie begehrt. Er wollte mit ihr schlafen. Und dieser Kuss zeigte ihm, dass es irgendwann so weit sein würde. Etwas, was seine unschuldige Partnerin noch nicht akzeptieren wollte.

„Nicht." Sie kehrte um. „Ich hätte gar nicht mit Ihnen mitgehen sollen."

Die Worte kränkten ihn. „Ich würde Sie niemals verletzen."

„Doch, genau das tun Männer wie Sie", flüsterte sie, und dann war sie fort.

Er hätte sie ohne Probleme einholen können, wusste aber, dass es sinnlos war. Sie war nicht in der Stimmung, ihm zuzuhören. Bei dem Versuch, sie zu schützen, hatte er ihren Stolz verletzt.

Was wusste sie über Männer wie ihn? Steckte sie ihn in dieselbe Schublade wie Spencer Ashton? Ärgerlich schob er die Hände in die Hosentaschen und schlenderte zurück zum Haupthaus. Er würde jemanden bitten, morgen den Caddy abzuholen. Jetzt musste er seine Wut und die aufgestaute sexuelle Spannung abreagieren.

Genau das tun Männer wie Sie.

Vielleicht hatte sie recht. Er hatte nicht die Absicht, sie zu heiraten. Und Charlotte war eine Frau, für die die Institution Ehe geschaffen war.

Aber er würde sich von ihr auch nicht zurückweisen lassen. Dazu knisterte es zu sehr zwischen ihnen. Charlotte Ashton gehörte zu Alexandre Dupree – egal, was sie sich einzureden versuchte, nachdem der heiße Kuss ein Feuer in ihr entfacht hatte.

2. KAPITEL

Charlotte war eigentlich sonst nicht aufbrausend, aber als sie ihr Cottage erreichte, knallte sie wütend die Tür zu. Wie konnte Alexandre es wagen, sie so leidenschaftlich zu küssen, und dann behaupten, es hätte nichts zu bedeuten? Wieso hatte er nicht ebenso empfunden wie sie? Seine Reaktion verletzte sie, gab ihr das Gefühl, wieder dieser unbeholfene, einsame Teenager zu sein. Und das ärgerte sie.

Sie war vielleicht nicht so gewandt wie er, aber sie hatte ihren Stolz, und den ließ sie sich von keinem Mann nehmen. Auch nicht von einem Alexandre Dupree. Sie war fertig mit ihm. Er konnte sich ein neues Spielzeug suchen.

Oh, sie verspürte immer noch ein Flattern im Bauch, wenn sie an ihn dachte. Mit seinem Charme hatte er es geschafft, dass sie sich begehrenswert fühlte.

Aber sie musste stark bleiben und durfte sich nicht mit ihm einlassen. Alexandre war ein einflussreicher, erfahrener Mann, der schöne Frauen und diskrete Affären liebte. Er würde ihr nur das Herz brechen.

Am nächsten Morgen wollte Alexandre direkt zu Charlotte gehen. Beim Frühstück informierte Trace ihn jedoch, dass für ihn eine weitergehende Besichtigung des Weinguts mit anschließender Weinprobe auf dem Programm stand.

Da er sein Interesse an Charlotte nicht zeigen und eine ohnehin komplizierte Situation nicht noch schwieriger machen wollte, akzeptierte er die Pläne. Die Tour besänftigte seine Seele. Die Weinprobe allerdings war eine Katastrophe – Charlottes süßer Duft erfüllte seine Sinne so sehr, dass er nichts anderes mehr wahrnahm.

Keine Frau hatte ihn bisher so beschäftigt, worüber er jedoch nicht besonders glücklich war.

Es war schon fast Abend, als er endlich Feierabend hatte und zum Cottage fahren konnte. Überrascht stellte er fest, dass Charlotte nicht in ihrem Haus war. Missmutig wanderte er zum Gewächshaus. Vielleicht kümmerte sie sich ja um ihre Treibhausblumen.

In dem Gewächshaus brannte jedoch nur ein einziges Licht – unwahrscheinlich, dass sie dort war. Er ging trotzdem um das Haus herum. Wegen der Lage des Hauses war es unmöglich, von einem Ende des Gewächshauses zum anderen zu sehen.

Er wollte gerade den Gartenbereich verlassen, als etwas Glänzendes seine Aufmerksamkeit erregte. Neugierig blieb er stehen. Halb versteckt unter üppigen Grünpflanzen entdeckte er das blaue Notizbuch.

Da Charlotte sicher nicht begeistert wäre, wenn die automatische Bewässerungsanlage ihre Notizen ruinierte, nahm er das Buch und steckte es in die Innentasche seines Sakkos.

Er verließ das Gewächshaus und stellte überrascht fest, dass im Cottage jetzt Licht brannte. Mit großen Schritten legte er die kurze Entfernung zwischen den beiden Gebäuden zurück und klopfte.

Kurz darauf wurde die Tür geöffnet. „Was machen Sie denn hier?", fragte sie unfreundlich.

Am liebsten hätte er sie einfach in die Arme geschlossen und sie gebeten, nie wieder so eine dumme Frage zu stellen. Falls sie ihn für einen Mann hielt, der so leicht aufgab, dann würde sie noch eine Überraschung erleben.

Er lehnte sich lässig gegen den Türpfosten und drängte sie zurück ins Haus. „Ich wollte Sie sehen, *ma petite*. Sie sind gestern so wütend weggelaufen – ich wollte Ihnen nicht wehtun."

„Haben Sie auch nicht. Es ist alles in Ordnung."

Er nahm ihr Kinn zwischen Zeigefinger und Daumen. „Wo waren Sie? Warum habe ich Sie nicht auf dem Weg hierher gesehen?"

Sie zog ihr Gesicht zurück. „Das geht Sie nichts an."

„Ich habe mir Sorgen gemacht."

Ihr Gesichtsausdruck wurde sanfter. „Das wäre nicht nötig gewesen. Ich war in der Stadt einkaufen. Sie haben mich wahrscheinlich nicht nach Hause kommen sehen, weil ich durch die Weingärten gekommen bin."

„Sind Sie mehr als zwei Meilen in der Dunkelheit gelaufen?"

„Ich kenne die Gegend."

„Charlotte, wissen Sie denn nicht, wie gefährlich das ist? Sie kennen die Saisonarbeiter doch gar nicht, die sich zurzeit hier herumtreiben. Wenn ich nicht so ein geduldiger Mann wäre …"

„Wer hat behauptet, Sie seien geduldig?", unterbrach Charlotte ihn.

Seine Sorge hatte offensichtlich bewirkt, dass sie auftaute. Und als er ihre Hand nahm, zog sie sie nicht sofort zurück. Er bildete sich ein, ihren beschleunigten Herzschlag zu spüren.

„Ich habe eine Engelsgeduld", sagte er. „Sonst hätte ich es längst aufgegeben, Sie zu umschmeicheln, sondern Sie einfach in mein Chalet in den Schweizer Bergen entführt."

Fasziniert sah sie ihn an.

Er beugte sich vor, bis sich ihre Lippen fast berührten. „Und dort würde ich dann ganz schamlose Dinge mit Ihnen tun." Als sie nach Luft schnappte, fuhr er fort: „Der Kuss war alles andere als unbedeutend – das wissen wir beide. Verzeihen Sie mir, dass ich ihn herunterspielen wollte. *Chérie,* bitte seien Sie nicht mehr böse auf mich."

Alexandres verführerische Stimme betörte ihre Sinne. Ihr wurde heiß. Und als sie in seine Augen blickte, wusste sie, dass ihm der Kuss wirklich etwas bedeutet hatte. Es lag so viel in diesen dunklen, lebhaften Augen, eine Besessenheit, eine unglaubliche Sehnsucht.

Charlotte bekam Angst. Sie passte nicht zu diesem tollen Mann. Alexandre brauchte eine Frau, die selbstbewusst und ungezwungen mit ihrer Sexualität umging, die sich ihrer weiblichen Ausstrahlung sicher war, eine Frau, die ihm gleichermaßen eine Partnerin auf Partys und im Bett war – und sich nicht dauerhaft binden wollte. Und diese Frau war Charlotte nicht.

Sie erstarrte. „Bitte", flüsterte sie. „Bitte gehen Sie."

Bleib, flüsterte ihr Herz. *Bleib,* flehte ihr Körper. *Bleib.* Aber natürlich konnte sie das nicht sagen. Nur in ihren Träumen konnte sie einen Mann wie Alexandre in ihren Bann ziehen und seine sexuellen Wünsche erfüllen.

„Charlotte." Er wollte ihre Hand nicht loslassen. „Halten Sie mich wirklich für einen Mann, der Frauen wehtut?"

Es war die Verletzlichkeit in seiner Stimme, die ihr unter die Haut ging. „Nein. Sie ... Sie sind der geborene Frauenverführer."

„Dann lassen Sie sich von mir verführen." Schon seine Stimme war die reinste Versuchung, sein Blick purer Zauber.

Mit aller Macht kämpfte Charlotte gegen die Anziehungskraft. Sie entzog ihm ihre Hand und versuchte, die Tür zu schließen. „Tut mir leid, aber ich will es nicht." Mit jedem Wort fühlte sie sich feiger. Der Drang, ihm zu sagen, was sie in Wirklichkeit für ihn empfand, war

Rausch der Sinne

fast übermächtig und erschreckte sie.

„Warum nicht?" Er blockierte den Eingang. Groß und stolz.

Sie schluckte. „Sie sind nicht der Mann, den ich brauche."

Sein attraktives Gesicht glich plötzlich einer Maske. „Das war klar und deutlich. Tut mir leid, wenn ich Sie belästigt habe." Aufrecht trat er zurück. „Schließen Sie die Tür ab."

Dieses Mal widersprach sie nicht. Vielleicht war sie ein Feigling. Aber war es wirklich feige, einer Demütigung aus dem Weg zu gehen? Denn sie würde sich gedemütigt fühlen, wenn Alexandre erkannte, dass sie seinen Ansprüchen nicht genügte.

Alexandre verließ das Anwesen der Ashtons in seinem gemieteten schwarzen Ferrari. Statt frustriert ziellos durch die Gegend zu fahren, lenkte er den schnellen Wagen in Richtung San Pablo Bay.

Charlotte hatte ihn gebeten zu gehen. Sie hatte gesagt, dass er nicht der Mann sei, den sie brauchte. Deutlicher konnte eine Frau nicht werden – er hatte das Gefühl, als hätte sie ihm das Herz aus der Brust gerissen.

Wie konnte es sein, dass ihm eine Frau innerhalb so kurzer Zeit so viel bedeutete? Selbst nach ihrer schonungslosen Abfuhr sehnte er sich noch nach ihr. Bis jetzt hatte er geglaubt, dass die Anziehungskraft auf Gegenseitigkeit beruhte. Offensichtlich hatte er sich getäuscht.

Er schaltete und fuhr eine leichte Steigung hinauf. Wieso spürte sie nicht, dass schon der Gedanke an sie und an ihre großen braunen Augen, so voller Leidenschaft und so unschuldig, ihn in Flammen aufgehen ließ? Die Vorstellung, dass irgendein anderer Mann ihre schlummernde Sinnlichkeit wecken würde, war ihm unerträglich.

Sein Blick fiel auf den Tacho. Er fluchte und reduzierte die mörderische Geschwindigkeit. Der Wagen verführte zum Rasen, doch das war nicht die richtige Methode, Frust abzubauen. Alexandre würde es sich nie verzeihen, wenn irgendjemand durch seine schlechte Laune zu Schaden kam. Daher parkte er den Wagen auf der Kuppe des kleinen Hügels. Er löste den Sicherheitsgurt und stieg aus, ließ den Motor jedoch laufen. Es war kalt. Als er die Hände in die Hosentaschen stecken wollte, runzelte er die Stirn. Irgendetwas zog die eine Seite seines Sakkos hinunter. Er griff in die Innentasche und zog ein kleines Buch hervor.

Charlottes Duft hing an dem Buch – Wachsblume. Er trat ins Licht der Scheinwerfer und öffnete das Buch, neugierig, was Charlotte über ihre Pflanzen schrieb. Er wollte wirklich alles über die Frau erfahren, die ihn in seinen Gedanken verfolgte.

Mit den Fingerspitzen fuhr er über die Worte auf der ersten Seite, als könnte er Charlotte spüren. Da es zu dunkel war, um sie lesen zu können, setzte er sich wieder in den Wagen und schaltete die Innenbeleuchtung ein.

Mein Geliebter,

Die Worte trafen ihn wie ein Faustschlag. Gott sei Dank saß er. Seine süße, unschuldige Charlotte hatte einen Liebhaber? Einen Liebhaber, an den sie Briefe schrieb? War dies ihre Kopie der Briefe?

Mein Geliebter,
wirst du behutsam sein, wenn wir uns das erste Mal lieben? Wirst du zärtlich sein? Wirst du verstehen, dass mir dieser Akt mehr bedeutet als die Verbindung zweier Körper, mehr als nur Vergnügen, mehr als nur Sex?

Ich würde nicht mit dir schlafen, wenn du mir nicht etwas bedeuten würdest.

Liebe ich dich? Ich habe so viel Leid und Untreue in dieser Familie erlebt – ich bin nicht einmal sicher, ob ich weiß, was Liebe ist. Aber ich weiß, wenn ich mit dir schlafe, bedeutet das, dass ich dich mag ... sehr sogar.

Alexandre warf einen Blick auf das Datum des Eintrags. Es war vor fast sechs Monaten gewesen. Sicherlich hatten Charlotte und ihr Lover mittlerweile miteinander geschlafen. Er blätterte um.

Mein Geliebter,
ich war immer ein anständiges Mädchen.

Außer in meinen Fantasien. Natürlich weißt du das. Wie solltest du auch nicht? Du weißt, dass ich in meinen Fantasien ein anderer Mensch bin, eine andere Charlotte, die wild und hemmungslos ist und sogar ein bisschen gefährlich. In meinen

Fantasien tue ich Dinge, die ich bei Tag nicht aussprechen kann, ja, nicht einmal in der Nacht.

In meiner Fantasie bin ich eine sehr sinnliche Frau, verführerisch und betörend wie die Sirenen, eine Frau, die die Männer nicht anlockt, um sie zu töten ... sondern um ihnen Liebeslust zu bereiten.

Die Worte waren nicht besonders provozierend, dennoch erregten sie ihn heftig. Vor allem die letzten Worte prägten sich in sein Gehirn ein.

Alexandre wusste, dass er auf nicht zu rechtfertigende Weise in ihre Privatsphäre eindrang. Doch das Bedürfnis, die unangenehme Wahrheit zu begreifen, ließ ihn weiterlesen.

Die Wahrheit, dass Charlotte einem anderen Mann gehörte.

Er verspürte rasende Eifersucht – wer zum Teufel hatte es gewagt, sie anzufassen? Ausgerechnet die Frau, die es geschafft hatte, bis zu seiner Seele vorzudringen. Die es geschafft hatte, seine erloschene Leidenschaft wieder anzufachen. Er blätterte um.

Manchmal frage ich mich, wie es wäre, dir so sehr zu vertrauen, dass ich alles tun würde, worum du bittest. Ohne Fragen zu stellen ... ohne zu zögern. Ich kann dich fast sehen, mein Geliebter – deine Stärke, deine heiße Leidenschaft, dein etwas machohaftes Gehabe.

In meinen Fantasien bist du stark genug, meine Gefügigkeit als Geschenk zu betrachten. Stark genug, mir mit einem gewissen Maß an Zärtlichkeit Befehle zu erteilen, und offen meinen Körper zu bewundern, ohne es als Schwäche anzusehen. Und du bist stark genug zu verstehen und zu akzeptieren, dass du dich mir und meinen Wünschen unterwirfst, indem du tust, worum ich dich bitte.

Ich habe noch nie einen Mann kennengelernt, der diese Fantasien erfüllen kann. Wirst du der einzige Lover sein, den ich jemals habe?

Alexandre wurde immer eifersüchtiger. Da er es nicht ertragen konnte, noch mehr über Charlottes erste sexuelle Erfahrungen mit einem anderen Mann zu lesen, wollte er das Buch schon schließen. Doch ein unerklärliches Bedürfnis ließ ihn auch noch den letzten Abschnitt lesen.

Mein Geliebter,
bis heute hattest du kein Gesicht ...

Alexandre riss die Augen auf.

... hattest keinen Namen. Du warst einfach der Liebhaber, den ich brauche. Du warst meine Schöpfung, dich konnte ich formen, verändern, wenn mir etwas nicht an dir gefiel. Du warst meine ultimative Fantasie, ein Mann, allein für mich geschaffen, ein Mann, dessen einziges Ziel es war, mich zu befriedigen, und dem meine lustvollen Schreie bei seinem Liebesspiel Belohnung genug waren.

„Natürlich wäre es das, *ma chérie*", murmelte Alexandre. „Warum sollte es anders sein?"

Aber heute hast du plötzlich ein Gesicht und eine Stimme bekommen. Du könntest mich allein mit einem charmanten Akzent verführen. Ich höre in meiner Fantasie die Liebesworte, die du mir ins Ohr flüsterst, wenn wir in inniger Umarmung auf dem Bett liegen. Deine Stimme schickt wohlige Schauer über meinen Rücken und lässt mich dahinschmelzen wie heißer Honig.

Alexandre war plötzlich ganz aufgeregt. Täuschte er sich, oder war es seine Stimme, die Charlotte sexuell erregte? Er holte tief Luft und las weiter.

Dann sehe ich in deine Augen, und ich bin verloren, gehöre ganz dir. Du bist so verführerisch, so unwiderstehlich, so unglaublich männlich und attraktiv, dass es mir den Atem nimmt. Ich weiß, ich bin nicht die Frau, die du brauchst, aber ich würde es gern probieren.
Wenn du mich so voller Verlangen ansiehst, dann könnte ich

fast glauben, dass ich doch die Frau bin, für die du mich hältst. Die Frau, die ich in meiner Fantasie bin, eine Frau, die sich dir hemmungslos hingibt.

Zärtlichkeit ergriff ihn. Es schockierte ihn, dass Charlotte sich ihrer Sinnlichkeit so unsicher war. Sie hatte keinen Grund dazu.

Selbst jetzt zögere ich noch, deinen Namen zu schreiben. Aus Angst, ich könnte das Schicksal herausfordern, mir das kurze Vergnügen deiner Gegenwart zu nehmen. Ich sehne mich danach, dich zu sehen, dich zu berühren, dir zuzuhören.
Und doch, wenn du näher kommst, laufe ich weg, denn ich erkenne den Jäger in dir und bin nicht sicher, ob ich schon bereit bin, deine Beute zu sein ... Alexandre.

Ein Adrenalinstoß schoss durch seinen Körper. Alexandre atmete schwer. Schweißperlen liefen ihm den Rücken hinunter. Wer hätte gedacht, dass die ruhige Charlotte so heiße Fantasien hatte?

Noch aufregender war, dass er es kaum abwarten konnte, jede dieser Fantasien zu erfüllen. Er würde ihre Spielchen im Bett mitspielen, ihr alles geben, was sie sich ersehnte. Wenn sie ihm dafür ihr Vertrauen schenkte, war das genug. Doch würde sie ihm dieses Geschenk machen?

Warum gab es diesen Unterschied zwischen Realität und Fantasie? Um das herauszufinden, musste er das ganze Buch lesen. Ein Gentleman hätte es vielleicht zurückgelegt, ohne noch tiefer in ihre Privatsphäre einzudringen, doch wenn es um Charlotte ging, war Alexandre kein Gentleman.

Alexandre war entschlossen, die süße Charlotte Ashton für sich zu gewinnen. Alle Vorbehalte gegen eine feste Beziehung lösten sich in nichts auf. Er war einfach nur noch heiß auf sie und wollte sie besitzen.

3. KAPITEL

Charlotte war verzweifelt. Sie konnte ihr Tagebuch nicht finden. Das ganze Cottage hatte sie schon auf den Kopf gestellt. Ohne Erfolg. Die Panik ließ sie fast hyperventilieren. Was, wenn jemand darin gelesen hatte?

Plötzlich kam ihr ein Gedanke. In der Nacht nach Alexandres erstem Besuch im Gewächshaus hatte sie wie eine Verrückte in ihr Tagebuch geschrieben. Sie rannte zum Gewächshaus ... und blieb abrupt stehen. Ihr Blick fiel auf die lange, muskulöse Gestalt des Mannes, der sie in ihren Träumen verfolgte. Er lehnte gegen eine Glaswand.

„Sie haben es eilig, Charlotte."

Sie konnte den Blick nicht von seinen sinnlichen Lippen wenden. Sie schluckte. „Ich muss etwas in meinem ... Gartentagebuch nachsehen."

Seine Augen blitzten auf, und dann verzog er die Lippen zu einem Lächeln. „Natürlich." Er streckte den Arm aus und stieß die Tür auf.

Sie tauchte unter seinem Arm durch und ging hinein. Im nächsten Augenblick fand sie das Tagebuch genau dort, wo sie es vermutet hatte.

Alexandre schlenderte hinter ihr her.

Charlotte dankte Gott, dass er nicht schon früher hier gewesen war. Was, wenn er die Dinge gelesen hätte, die sie ihrem Tagebuch anvertraut hatte? Das Blut stieg ihr in die Wangen. Wahrscheinlich hätte er lauthals über ihre Fantasien gelacht.

„Was wollen Sie hier?" Sie drehte sich um. Ihr war bewusst, dass ihre Stimme plötzlich belegt und sanft klang. Sie hatte ihn barsch abgewiesen, und trotzdem war er wiedergekommen. Insgeheim jubelte sie.

„Ich habe einen Auftrag für Sie." In seiner sandfarbenen Hose und dem schlichten weißen Hemd sah er elegant und weltmännisch aus. Und doch wirkte er in ihrem Paradies aus wilden Dschungelpflanzen und edlen Rosen nicht fehl am Platz.

Es dauerte einen Moment, bis die Worte zu ihr durchgedrungen waren. „Einen Auftrag. Wollen Sie eine Party veranstalten?" Noch als sie sprach, griff sie in ihre Gesäßtasche und zog einen Block hervor. Sie legte ihn auf ihren Arbeitstisch.

„Warum schreiben Sie nicht in Ihr Gartenbuch?"

Sie erstarrte. Hatte er doch darin gelesen? Energisch schüttelte sie den Gedanken ab. „Darin mache ich mir nur Notizen über die Pflanzen, keine Aufträge. Also, was wollen Sie – und wann?" Sie war sich bewusst, dass ihr letzter Satz zweideutig war, und rechnete damit, dass Alexandre entsprechend reagieren würde, wie er es schon einmal bei ihrem Spaziergang durch die Weingärten getan hatte.

„Ich brauche eine einzelne Blume, schön gebunden. Ein persönliches Geschenk." Seine Stimme klang nüchtern und geschäftsmäßig. „Bis heute Abend. Wegen der Kürze der Zeit bin ich bereit, das Doppelte zu bezahlen." Er zückte sein Scheckbuch.

Charlotte blickte auf. Sie hatte ein flaues Gefühl im Magen. „Ich übernehme keine Aufträge für private Anlässe."

„Für eine Freundin der Familie können Sie doch sicherlich eine Ausnahme machen, oder?"

Charlotte war schockiert über die ruhig gestellte Frage. Von dem Charme, mit dem er sie die letzten zwei Tage überschüttet hatte, war nichts mehr zu spüren. Offenbar hatte er ihre Worte doch ernst genommen. Es würde von diesem Raubtier keine Annäherungsversuche mehr geben.

„Heute Abend?", fragte sie und kam sich plötzlich einsam und verloren vor. Wie war es möglich, dass er ihr in so kurzer Zeit so wichtig geworden war? „Ich habe zu viel Arbeit."

„Bitte. Es ist wichtig." Seine Stimme war die reinste Versuchung.

Ihr Widerstand schmolz dahin. „Okay. Ist es für eine Geschäftspartnerin, eine Freundin …?"

„Eine Geliebte", sagte er leise.

Charlotte erstarrte, doch sie konnte den Auftrag nicht mehr ablehnen. Sie hatte ihn bereits angenommen. „Wollen Sie Rosen?"

„*Non*, Rosen sind zu gewöhnlich für eine Frau wie sie. Ich möchte etwas Einzigartiges, Schönes, Elegantes und Bezauberndes. Etwas, was zu ihrem Charakter passt."

Vor Eifersucht hätte Charlotte ihm am liebsten in sein attraktives Gesicht geschlagen. Die ganze Zeit hatte er mit ihr geflirtet, sie mit seinem Charme bezirzt, obwohl er eine Geliebte hatte, die all das verkörperte, was sie nicht war.

„Das Gebinde soll auffallend, aber nicht aufdringlich sein." Alexandres Blick wurde verträumt. „Sie ist wie eine zarte Knospe, von strahlender Schönheit, und mein Geschenk soll ihr zeigen, dass ich ihr Bedürfnis verstehe, es langsam angehen zu lassen, und jeden Moment ihres Aufblühens genieße. Es soll eine Entschuldigung dafür sein, dass ich sie zu sehr bedrängt habe. Aber ich begehre sie so sehr, dass ich nicht anders konnte."

Charlotte umklammerte krampfhaft den Stift. Sie brauchte kein einziges Wort aufzuschreiben. Jede Silbe würde sie im Kopf behalten. „Kommen Sie um sieben", sagte sie knapp.

Sie hatte den Punkt erreicht, an dem sie Alexandre nicht mehr ertragen konnte. Am liebsten würde sie ihn mit irgendetwas bewerfen. Okay, er würde sein Gebinde bekommen – aber so etwas Abscheuliches, dass seine Geliebte nie wieder mit ihm sprach.

Doch als sie sich schließlich an die Arbeit machte, schuf sie etwas Graziles und Schönes, dezent duftend, in den Farben Weiß und Gelb mit einem Hauch von Rot für Leidenschaft. Denn Alexandres Liebhaberin musste eine leidenschaftliche Frau sein. Sonst hätte er von ihr nicht so sehnsuchtsvoll gesprochen.

Weil seine Geliebte einzigartig war, wählte sie eine seltene Orchideenart aus, dazu weiße Stiefmütterchen, die so empfindlich waren, dass sie abbrachen, wenn sie zu fest berührt wurden. Sie wollten wie Alexandres Geliebte sanft behandelt werden. Um einen Hauch Rot hinzuzufügen, einen Touch Leidenschaft, benutzte sie winzige, perfekt geformte Blätter von lebendiger Anmut.

Das Herzstück bildete eine weiße Rose von unübertrefflicher Schönheit, verborgen hinter den Orchideenblüten, schüchtern, aber so unwiderstehlich, dass der Blick auf sie fallen musste.

Und dann war das Gebinde fertig.

Charlotte empfand für einen Moment Freude. Sie hatte ein Kunstwerk geschaffen. Wie gern wäre sie selbst die Beschenkte. All die Anweisungen, die Alexandre ihr gegeben hatte, passten genau zu der Frau, die sie gern sein wollte.

Als sie auf ihre Uhr blickte, stellte sie fest, dass es schon fast sieben war. Sie hatte viel zu viel Zeit und Gefühle in dies Kunstwerk investiert. Aber sie hatte zumindest die Genugtuung, dass Alexandre einen Wucherpreis bezahlt hatte.

Sie vernahm leise Schritte hinter sich. Ohne sich umzudrehen, sagte sie: „Es ist fertig."

Alexandre stellte sich direkt hinter sie und streckte die Hand aus, um ein Stiefmütterchen vorsichtig zu berühren. „Sie sind wirklich sehr talentiert, *ma petite*."

„Nennen Sie mich nicht so", fuhr sie ihn an. So wie er es sagte, klang es wie ein Kosewort, und sie war nicht seine Geliebte.

„Wie Sie wünschen." Er lächelte.

Doch als sie sich umdrehte, war sein Blick eher feierlich. „Ich bin sicher, sie wird mein Geschenk zu schätzen wissen. Danke, Charlotte."

Im nächsten Moment war er weg – und mit ihm ihre Kreation. Für eine andere Frau.

Wie schon am Abend zuvor klingelte das Telefon genau in dem Moment, als Charlotte aus der Dusche trat. Sie wickelte hastig ein großes Handtuch um sich, steckte ihre Haare hoch und nahm dann den Hörer. „Charlotte hier."

„Sie klingen etwas atemlos. Was haben Sie gemacht?" Alexandre klang amüsiert, doch es schwang ein leicht herrischer Unterton mit.

„Stimmt etwas mit den Blumen nicht?"

„*Non*. Das Bukett war perfekt. Ich rufe nur an, um Ihnen zu sagen, dass ich Ihnen ein kleines Dankeschön vor die Tür gelegt habe."

„Das war nicht nötig", sagte sie. Nichts konnte das leere Gefühl in ihrem Magen kompensieren. Sie selbst hatte zerstört, was vielleicht zwischen ihnen hätte wachsen können. Eigentlich sollte sie froh darüber sein, angesichts der Tatsache, wie schnell er sich mit einer anderen Frau getröstet hatte. Aber warum war ihr dann zum Heulen zumute?

„Doch, es war nötig", sagte er. Bei seiner erotischen Stimme wurde ihr wieder so heiß, dass sie sich am liebsten auf seinen Schoß kuscheln und an ihn schmiegen würde. „Es liegt vor Ihrer Tür. Ich hoffe, es gefällt Ihnen." Er legte auf.

Charlotte überlegte, ob sie nachsehen sollte. Wahrscheinlich ist es bloß eine Flasche Wein oder Schokolade, schmollte sie. Vermutlich hatte er in ein Geschenk an sie nicht mehr Gedanken verschwendet, als er es bei irgendeinem Angestellten tun würde. Schließlich war sie nicht seine Geliebte, der er mit Blumen zeigen wollte, dass sie für ihn *einzigartig, schön, elegant und bezaubernd* war.

Am Ende siegte ihre Neugier. Sie ging an Tür, obwohl sie nicht angezogen war. Wer sollte sie hier schon sehen? Sie öffnete die Tür und blickte nach unten. Ihre Augen wurden groß, und plötzlich begann sie zu zittern.

Ungläubig ging sie in die Hocke. Sie wagte kaum zu berühren, was sie zuvor so geschickt in den Händen gehalten hatte. Vorsichtig strich sie über die winzige weiße Blüte, die so unglaublich perfekt war.

Was hatte er gesagt?

Sie ist wie eine zarte Knospe, von strahlender Schönheit ...

Eine einzelne Träne rollte über ihre Wange.

... mein Geschenk soll ihr zeigen, dass ich ihr Bedürfnis verstehe, es langsam angehen zu lassen, und jeden Moment ihres Aufblühens genieße. Es soll eine Entschuldigung dafür sein, dass ich sie zu sehr bedrängt habe. Aber ich begehre sie so sehr, dass ich nicht anders konnte.

„Charlotte, ich wollte Sie zum Lächeln bringen, nicht zum Weinen." Alexandre hockte sich neben sie und wischte ihr die Träne fort.

Seine Anwesenheit überraschte sie nicht. Ihr Körper hatte die ganze Zeit gespürt, dass Alexandre in der Nähe war. Sie wollte etwas sagen, doch die Worte kamen nicht über ihre Lippen. Daher schüttelte sie nur den Kopf und sah den Mann vorwurfsvoll an. Im Verlauf eines einzigen Tages hatte er ihr Herz gebrochen und es wieder zusammengesetzt. Allerdings hatte es jetzt eine Schwachstelle. Und die Schwachstelle war er.

„Tut mir leid, *chérie*, ich dachte, sie gefallen Ihnen." Er klang so bekümmert, dass sie unwillkürlich lächeln musste.

„Die Blumen sind wundervoll", sagte sie. „Aber Sie sind einfach unmöglich."

„Bedeutet das, dass Sie wieder *ma petite* sind?" Das charmante Lächeln kehrte zurück.

Das habe ich nie sein wollen, lag ihr schon auf der Zunge. Aber sie schwieg. Nichts sollte das Strahlen in seinen Augen überschatten. Sie hatte das Gefühl, dass Alexandre trotz seines lässigen Charmes nur selten so glücklich lachte.

In dem Moment berührte er ihre Wange. „Wollen Sie nicht wieder hineingehen? Ihnen muss doch kalt sein."

Sie blickte an sich hinunter – und stellte erleichtert fest, dass das Handtuch nicht verrutscht war. Vorsichtig nahm sie das Bukett, richtete sich auf und ging zurück ins Haus. „Kommen Sie mit?"

Ihre innere Stimme warnte sie. Wenn sie dieses Raubtier in ihr Haus ließ, würde es sie bedrängen, bis sie ihm gnadenlos ausgeliefert war. Das Problem war, dass sie ihm gar nicht widerstehen wollte.

Zu ihrer Überraschung schüttelte er den Kopf. „Ich fürchte, dass ich dann vergesse, was ich mir geschworen habe. Denn was ich gesagt habe, meine ich ehrlich. Ich will Sie nicht bedrängen. Aber ich möchte Sie um einen Kuss bitten – um sicher zu sein, dass Sie mir verziehen haben."

Charlotte staunte. Alexandre küsste sie nicht einfach, er *bat* sie tatsächlich um den Kuss. Sie schluckte und legte die Blumen auf den Tisch. Dann trat sie zögernd und mit klopfendem Herzen zwei Schritte auf ihn zu.

„Fällt es Ihnen so schwer, *chérie,* mich zu küssen? Wenn das so ist, dann ziehe ich meine Bitte zurück."

Charlotte wäre fast zu ihm gerannt. „Wie kommen Sie darauf?", fragte sie. „Ich bin nur etwas unerfahren", gestand sie. „Helfen Sie mir." Es war das erste Mal seit sehr langer Zeit, dass sie jemanden um Hilfe bat.

„Charlotte", flüsterte er und legte die Hand an ihren Nacken. Vorsichtig zog er sie zu sich. „Sie duften köstlich – darf ich Sie zum Dessert vernaschen?"

Sie reagierte amüsiert, wie er gehofft hatte, und vergaß ihre Nervosität. „Na, na, was ist das für ein Benehmen?"

Zärtlich strich er mit dem Daumen über ihren Nacken. *„Tu es très belle."* Er beugte den Kopf und berührte ihre zarten Lippen. Sie waren so verführerisch wie ihre duftenden Blumen.

Zuerst stand sie ganz still. Doch als er weiterhin liebevoll mit seinen Lippen über ihre strich, entspannte sie sich und öffnete den Mund. Er glitt mit der Hand von ihrem Nacken zu ihren nackten Schultern und rieb mit dem Daumen sanft über ihr Schlüsselbein. Sie atmete schneller und öffnete die Lippen noch weiter. Schließlich legte sie ihre Hände an seine Brust.

Sofort verspürte er den Drang, sie heftig an sich zu ziehen – doch er kämpfte dagegen an, weil er jeden Moment genießen wollte.

Ihr leises Stöhnen überrumpelte ihn. Einen Moment lang verstärkte er seinen Griff, doch dann zwang er sich, sie loszulassen und den Kuss zu unterbrechen, bevor er sich vergaß. Am liebsten hätte er ihr das Handtuch vom Körper gerissen und Charlotte an Ort und Stelle genommen.

Sie öffnete die Augen und sah ihn teils geschockt, teils erfreut an. „Ich habe gar nicht gewusst, dass ein Kuss so sein kann."

„Ich auch nicht." Das war nicht gelogen. Ein einfacher Kuss hatte ihn noch nie so erregt, dass er mehr als bereit war, jede Einladung anzunehmen, die sie aussprach.

„Geh schlafen, *ma petite.* Träum von mir."

„Alexandre, du ..." Sie schüttelte nur den Kopf und trat zurück. In dem Moment, als er dachte, sie würde die Tür schließen, lächelte sie und sagte: „Einzigartig, schön, elegant und bezaubernd?"

Er beugte sich vor, nahm ihre Hand und führte sie an seine Lippen. Dann hauchte er dezente Küsse auf die zarte Haut ihres Handgelenks. „Ich habe noch etwas vergessen."

„Was?", fragte sie atemlos. Ihr Puls raste unter seiner Berührung.

Er ließ sie los und lächelte, weil sie endlich ihre abwehrende Haltung aufgegeben hatte. „Sinnlich."

4. KAPITEL

Charlotte saß noch lange, nachdem Alexandre in der Dunkelheit verschwunden war, hellwach da. Immer wieder berührte sie vorsichtig die Blumen, lächelte ohne Grund und zitterte dann. Nicht vor Kälte, nicht aus Angst. Sondern vor Verlangen.

Sinnlich.

Dieser aufregende Mann fand sie sinnlich. Natürlich durfte sie ihm nicht glauben. Er war ein gefährlicher Charmeur. Wahrscheinlich sagte er das zu allen Frauen, die er in sein Bett bekommen wollte. Was sicherlich nicht schwierig war. Ein Mann wie er konnte eine Frau schon mit seinen Blicken verführen.

Wollte sie mit ihm ins Bett gehen?

Charlotte schluckte, und während sie sanft über eines der glänzenden roten Blätter strich, akzeptierte sie die Wahrheit. Seit sie ihn das erste Mal gesehen hatte, war *Lust* ihre ständige Begleiterin. Sie legte die Hand an ihre Lippen, die noch von Alexandres Kuss pochten. Er war heiß auf sie gewesen, doch er hatte sich beherrscht und ihr nur die Zärtlichkeit gegeben, die sie brauchte. Sie fragte sich, ob er bei jedem weiteren Schritt in diesem Tanz so zärtlich sein würde.

Konnte sie es riskieren?

Charlotte reagierte skeptisch auf reiche, welterfahrene Männer, weil sie glaubte, dass sie im Herzen niederträchtig waren. Sie hatte so viele Jahre lang miterlebt, wie Spencer Lilah demütigte und manipulierte, dass sie keinen Respekt vor diesem Typ Mann hatte. Trotzdem wehrte sie sich dagegen, Alexandre in dieselbe Schublade wie Spencer zu stecken.

Sie zog die Stirn kraus. Sie wollte Alexandre, aber für sie war der Liebesakt etwas ganz Besonders. Sie schlief nicht leichtfertig mit irgendeinem Mann. Was sie allerdings für Alexandre empfand, war alles andere als oberflächlich.

Er gab ihr das Gefühl, eine begehrenswerte Frau zu sein. Wenn er sie betrachtete, sah er Schönheit.

Sinnlich.

Charlotte ging ins Bett. Nackt legte sie sich zwischen die kühlen Laken. Und als die Laken ihre erhitzte Haut sanft streichelten, erinnerte sie sich an Alexandres Worte.

Träum von mir.
Das hätte er ihr gar nicht sagen müssen. Sie träumte von ihm, seit sie ihn das erste Mal gesehen hatte.

Am nächsten Morgen stand Charlotte schon vor Tagesanbruch auf, um letzte Hand an einige Blumengestecke zu legen. Ihre Gedanken waren bei dem Mann mit den dunklen Augen. Ein Schauer lief ihr über den Rücken, als sie an die Begierde dachte, die sie in diesen Augen gesehen hatte. Würde sie damit klarkommen, wenn er dieses Verlangen bei ihr stillen wollte?

Kopfschüttelnd besprühte sie einige Blumen mit Wasser und zupfte das Mauer-Gipskraut zurecht. Die Gestecke waren für eine Hochzeit gefertigt, die heute auf dem Anwesen gefeiert werden sollte. Jetzt musste sie nur noch die Blumenlaube schmücken, unter der die Trauungszeremonie stattfinden würde. Weinblätter und zarte weiße Rosen sollten sich um die Metallrahmen ranken.

Das Herannahen der Caddys unterbrach ihre Gedanken. Lächelnd ging sie hinaus und überwachte das Verladen ihrer kostbaren Blumen auf die drei Wagen. Sie wurden von dem Personal gefahren, das Megan für die Hochzeit engagiert hatte. Charlotte ließ sich von den Männern mitnehmen und mit den Rosen und Weinblättern an der Kellerei absetzen.

Der Rahmen für die Laube war schon neben dem Gutshaus aufgebaut. Nachdem sie die Fahrer angewiesen hatte, die Blumengestecke auf den Tischen in dem großen Saal abzustellen, in dem anschließend der Empfang stattfinden sollte, arbeitete sie anderthalb Stunden an der Laube.

Megan, die sich um die Bestuhlung gekümmert hatte, trat zu ihr. „Mach nur weiter. Lass dich von mir nicht stören."

Charlotte lächelte. Megan war seit ihrer Hochzeit mit Simon sichtlich gereift. „Ich bin fertig. Wie findest du es?"

„Toll wie immer. Ich wünschte, ich hätte deine künstlerischen Fähigkeiten."

„Man kann nicht alles können. So, nun muss ich mich um den Blumenschmuck im Haus kümmern."

„Bei dir weiß ich zumindest, dass du ausgezeichnete Arbeit leistest. Sorgen mache ich mir um die ganzen anderen Idioten."

Lachend machte Charlotte sich auf den Weg ins Haus. Als sie die vier Stufen hinauflief, hielt sie Ausschau nach Alexandre. Er war nirgends zu sehen.

Gegen zehn Uhr war sie fertig. Sie setzte sich auf ihr Fahrrad, das von einem der Caddys gebracht worden war, und wollte losradeln, als ein schwarzer Ferrari die Einfahrt zum Anwesen hinauffuhr.

Neugierig, wer wohl in diesem Wagen saß, ließ sie sich Zeit mit der Abfahrt. Obwohl sie sich sonst nicht von Luxus beeindrucken ließ, wusste sie doch die schnittige Form eines Wagens zu schätzen, der einem sprungbereiten Raubtier ähnelte.

Zu ihrer Überraschung änderte der Wagen die Richtung, fuhr um den Pool herum und kam direkt auf sie zu. Dicht vor ihrem Fahrrad stoppte der Wagen. Sie runzelte die Stirn und fragte sich, ob sie die Annäherungsversuche eines reichen Gastes abwimmeln musste, der zu früh gekommen war,

Die Autotür wurde geöffnet, und ein Mann stieg aus, der einem Raubtier noch mehr ähnelte als der Wagen. *„Ma chérie,* sag nicht, dass du den ganzen Morgen hier warst."

„Doch, ich habe die Harrington-Hochzeit vorbereitet." Sie wollte ihn fragen, wo er gewesen war, doch die Worte blieben ihr im Hals stecken, als er zu ihr kam und ihre Hand nahm.

„Du bist ganz zerkratzt", sagte er fast vorwurfsvoll.

Sie lachte. „Das kommt vor. Blumen sind zwar sehr schön, aber manchmal haben sie auch Dornen."

„Du musst besser auf dich aufpassen." Es klang wie ein Befehl.

„Alexandre."

Er führte ihre Hand an seine Lippen und küsste einen langen, ärgerlichen Kratzer. „Das gefällt mir." Er knabberte sanft an ihren Knöcheln.

„Was?"

„Mein Name auf deinen Lippen."

Ihr wurde ganz heiß bei seinem Blick. „Ich muss los."

„Hast du Zeit, heute Abend mit mir essen zu gehen, Charlotte?" Er lächelte charmant, kleine verführerische Grübchen zeigten sich in seinen Wangen, und er strahlte von Kopf bis Fuß Sex-Appeal aus.

Ihr Herz schmolz dahin. „Du bist einfach zu charmant."

Er lachte nicht, wie sie erwartet hatte. Im Gegenteil, sein Lächeln verblasste. „Ich bin nicht nur charmant."

Der flüchtige Schatten, der über sein Gesicht zog, ließ Charlotte an die bisherigen Treffen mit ihm denken. Alexandre, erkannte sie, bewahrte Distanz zwischen sich und dem Rest der Welt. Er war so charmant, dass die meisten Menschen wahrscheinlich gar nicht merkten, dass er nie eigene Gefühle zeigte.

Doch ihr war es aufgefallen, denn sie war genauso. Sie schenkte niemandem schnell ihr Vertrauen. Walker war der einzige Mensch, der ihr nahestand. Sie bewunderte ihren älteren Bruder, obwohl sie sich Sorgen wegen seiner Loyalität zu einem Mann wie Spencer machte. Doch selbst Walker kannte ihre geheimsten Gedanken und Gefühle nicht.

Da sie wusste, wie weh die Schmerzen taten, die niemand sehen konnte, sehnte sie sich danach, die Narben zu glätten, die hinter Alexandres weltmännischer Eleganz verborgen lagen. Würde er ihr jemals so vertrauen, dass er ihr seine Geheimnisse verriet? Und sie? Würde sie es auch tun?

„Dinner? Ja, ich habe Zeit", sagte sie und ging das Risiko ein, sich mit diesem Mann zu treffen, der ihr Herz so schnell erobert hatte.

„Ich hole dich um neun ab." Er ließ ihre Hand los, die er die ganze Zeit sanft gestreichelt hatte.

„Ist das nicht ein bisschen spät?"

Er zog eine Grimasse. „Ich habe vertrauliche Besprechungen mit dem Personal der Kellerei und anschließend mit Trace. Wartest du?"

Sie konnte nicht widerstehen. „Wir treffen uns hier."

„Dann ist es aber schon dunkel."

„Kein Problem." Das Zusammenleben mit Lilah hatte Charlotte gelehrt, dass Frauen, die sich von ihren Männern alles sagen ließen, als Fußabtreter endeten. Auch wenn Lilah ein Leben in Luxus führte, war sie nichts weiter als Spencers Marionette. Wenn er an den Fäden zog, bewegte sie sich. „Wir treffen uns um neun an deinem Wagen."

Er murmelte etwas auf Französisch. „Ja, ich glaube, meiner *maman* würdest du sehr gut gefallen, *ma petite*."

Was meinte er damit? „Du hast zu tun."

„Für dich habe ich immer genug Zeit." Er nahm ihre Hand und küsste zärtlich die empfindliche Innenseite ihres Handgelenks. „Bis heute Abend, meine entzückende, sinnliche Charlotte." Er lächelte, als sie errötete. „Absolut sinnlich."

Alexandre sah Charlotte nach, als sie sich auf ihrem Fahrrad entfernte. Sein Blick ruhte auf ihrer aufregenden Figur, doch seine Gedanken waren bei ihren Fantasien.

Mein Geliebter,
weißt du, wovon ich träume?
Ein Picknick im Mondschein unter den ausladenden Zweigen eines majestätischen Baumes. Ich möchte wie ein Schatz behandelt werden – deine Blicke sollen bewundernd auf mir ruhen, du sollst mich mit Schmeicheleien verführen und zärtlich berühren.
Ich möchte, dass du meine Hand nimmst und mit mir zu der Musik der sich im Winde wiegenden Blätter tanzt. Kein Wort soll zwischen uns fallen, das nicht von Begierde spricht und die Sinne verführt.
Aber, nicht mehr.
Ich möchte, dass du mir diesen romantischen Moment schenkst, ohne im Gegenzug Sex zu fordern. Nur meine Gesellschaft. Und mein Lächeln.

Alexandre wurde den ganzen Tag von den Gedanken an Charlotte begleitet. Sie glaubte, dass ein Mann ihre Sehnsucht nach Romantik nur schwer erfüllen konnte. Aber da täuschte sie sich. Ihm würde es ein Vergnügen sein, sie im Mondlicht zu bezaubern.

Natürlich gab es Männer, die einfach schnell zur Sache kommen wollten. Alexandre hatte nie zu ihnen gehört. Selbst als junger Mann nicht. Er hatte immer gewusst, dass es nicht reichte, den Körper einer Frau zu verführen. Ein guter Lover widmete sich genauso intensiv ihrem Verstand, ihrem Herzen und ihrer Seele.

Bei Charlotte würde er all seinen Charme versprühen. Er bewunderte und verehrte sie, und er wollte ihr alles geben, was sie sich wünschte. Mit ihrem geheimnisvollen Wesen und ihrer unglaublichen Sinnlichkeit reizte Charlotte eine Seite in ihm, die sonst im Verborgenen schlummerte.

Charlotte war keine Frau, die jemandem schnell ihr Vertrauen schenkte. Und wenn sie mit Alexandre schlief, dann war es viel mehr als ein flüchtiges sexuelles Abenteuer, ja, weit mehr, als er je zuvor erlebt hatte.

Als sie sich am Abend an seinem Wagen trafen, begnügte er sich mit einem Kuss auf Charlottes Wange. In ihrem langen Jeansrock und der weißen Seidenbluse sah sie atemberaubend aus.

Sie verließen das Anwesen. Immer wieder warf er ihr einen Blick zu. „Du siehst fantastisch aus. Unglaublich exotisch."

Sie lachte. „Wohin entführst du mich?"

„Zu einem geheimen Platz, wo ich dich dann vernaschen werde."

„Wohin?"

„Das ist ein Geheimnis."

Sie blickte hinaus in die Dunkelheit. Sie befanden sich auf einer engen Nebenstraße. „Bist du sicher, dass du weißt, wohin der Weg führt?"

„Sehr sicher." War er das wirklich?

In der Vergangenheit war eine diskrete Affäre nie ein Problem für ihn gewesen. Er hatte sich seine Partnerinnen nach denselben Gesichtspunkten ausgesucht, wie sie ihn – weder er noch sie wollten eine feste Bindung eingehen. Wenn die Zeit der Trennung gekommen war, geschah dies mit einem Lächeln. Einige seiner früheren Freundinnen betrachteten ihn heute als engen Freund.

Bei Charlotte herrschten andere Regeln – *er* war anders. Er wollte sie in seine Arme schließen, und sie sollte ihm gehören. Er wollte Sex mit ihr haben, wann immer ihm danach war. Seine Gefühle für sie grenzten schon gefährlich an Besitzansprüche.

Sein Verstand spürte die Bedrohung – das erste Mal in seinem Leben könnte eine Frau ihn in die Abhängigkeit locken. Sein ganzes Leben lang hatte er dagegen angekämpft. Seine Kindheit hatte ihn gelehrt, dass er von Frauen nichts weiter als eine kurzlebige Gesellschaft erwarten konnte.

Niemals Treue. Niemals ein „für immer".

Trotzdem wollte er Charlotte.

„Alexandre." Ihre sanfte Stimme streichelte seinen Körper.

Er war erregt. *„Oui, ma petite?"*

„Du bist plötzlich so ruhig. Ist alles in Ordnung?"

Ihre Sorge rührte ihn. „Alles in Ordnung."

Sie stöhnte frustriert. „Du bist ein Meister darin, Fragen zu beantworten, ohne etwas preiszugeben."

„Vielleicht stellst du nicht die richtigen Fragen." Er hatte noch nie einer Frau die Chance gegeben, die richtigen Fragen zu finden und zu stellen. Immer war er rechtzeitig ausgewichen.

„Und wenn ich die richtige stelle, wirst du sie mir dann beantworten?"

„Das hängt von meiner Stimmung ab", neckte er. „Du musst nur den Moment finden, in dem ich dir total ausgeliefert bin. Ich schlage vor, du stellst deine Fragen im Bett."

„Alexandre!"

Er lachte über ihren entsetzten Ausruf, und langsam begann er sich zu entspannen. Ein überraschender Gedanke ging ihm durch den Kopf. Konnte diese zierliche Frau ihm helfen, den Weg hinaus aus dem Dunkel seiner Vergangenheit zu finden? Einer Vergangenheit, die von Täuschung und Schande geprägt war – er liebte seine *maman*, doch er wünschte keinem Kind eine Mutter mit einem solchen Lebensstil.

Vor Charlotte hatte noch keine Frau auch nur annähernd den Weg zu seinem Herzen gefunden. Aber durfte er sie überhaupt mit seiner Vergangenheit belasten? Sie war so frisch wie der Morgentau – warum sollte er ihr die Träume von Liebe und Treue nehmen?

Er holte tief Luft und verdrängte die unerwartet auf ihn einstürzenden Fragen. Dieser Abend war für sie. Und auch er würde ihn genießen. Er war fasziniert von der Vorstellung, mit dieser bezaubernden Frau einen romantischen Abend im Mondschein zu verleben.

„Sieh nach vorn, meine kleine, unschuldige Charlotte."

„Hör auf damit, du ... oh ... Es sieht aus wie eine ... Wiese? Wie hast du sie gefunden?" Ihr Blick wanderte über das frische Gras, das im Mondlicht silbern schimmerte.

„Ich bin ein Zauberkünstler, *chérie*. Ich kenne viele Dinge."

Charlotte war begeistert von der Schönheit der Natur. Die Wiese mit den bunten Frühlingsblumen, die jetzt am Abend ihre Blüten geschlossen hatten, war ein Traum. Ihr Traum. Kaum hielt der Wagen, löste sie ihren Sicherheitsgurt und wollte aussteigen.

„Warte, ich öffne dir die Tür."

Überrascht beobachtete sie, wie er ausstieg, um den Wagen herumging und ihr die Tür aufhielt. „Es gibt also immer noch Kavaliere", stellte sie entzückt fest und stieg aus.

Er schloss die Tür und nahm ihre Hand. „Du hast es verdient, Charlotte."

Sie liebte es, wie er ihren Namen aussprach. Aus seinem Mund klang er so wundervoll exotisch. „Ich wollte immer einen Lakota-Sioux-Namen", vertraute sie ihm an. „Meine Mutter hieß Mary Little Dove – ist das nicht ein schöner Name?"

Er neigte den Kopf zur Seite. „Bist du eine Sioux?"

„Meine Mutter war eine Oglala Lakota Sioux." Walker hatte ihr das erzählt, als sie ihn gefragt hatte, warum sie anders als die anderen Ashtons aussahen.

„Ich weiß leider nicht viel über den Stamm."

Sie lächelte schwach. „Ich auch nicht. Ich bin mit meinen Cousinen aufgewachsen. Und niemand hielt es für notwendig, mir von der Familie meiner Mutter zu erzählen."

Er legte die Arme um ihre Taille. „Vielleicht solltest du versuchen, mehr über deine Abstammung herauszufinden."

Sie spürte, dass sie Alexandre vertrauen konnte. „Ich habe gehört, dass der Stamm meiner Mutter sehr abgeschirmt lebt und es äußerst schwer ist, das Vertrauen der Stammesangehörigen zu gewinnen. Was ist, wenn ... wenn sie nicht mit mir sprechen wollen?"

Alexandre runzelte die Stirn. „Warum sollten sie dich zurückweisen? Du bist eine von ihnen."

„Das ist ja das Problem. Ich gehöre nicht zu den Sioux ... und auch nicht hierher. Ich stehe mittendrin, gehöre nirgendwo hin." Bestürzt darüber, wie viel von ihrem tief sitzenden Schmerz sie mit ihren Worten verraten hatte, sprach sie nicht weiter. „Tut mir leid ..."

„Es muss dir nicht leidtun, dass du mir vertraut hast." Alexandre küsste sie. Es war eine unglaublich zärtliche Geste. „Anstatt das Gefühl zu haben, dass du nirgendwo zu Hause bist, solltest du dich vielleicht darüber freuen, zwei Welten anzugehören."

„Ich werde darüber nachdenken. Aber nicht heute Abend. Dieser Abend gehört uns."

Seine dunklen Augen strahlten. „Ich hole die Decke und den Picknickkorb."

Als sie über die Wiese zu einem der großen Bäume wanderten, dachte Alexandre über Charlottes Worte nach. Sie und ihre Blumen gehörten so sehr auf das Anwesen der Ashtons, dass er nie auf die Idee gekommen wäre, dass sie sich dort nicht zu Hause fühlte. Und doch, jetzt, wo er so darüber nachdachte, erkannte er, wie anders sie war. Einzigartig.

Es lag nicht nur an ihrem atemberaubenden exotischen Aussehen.

Diese langen, blauschwarzen Haare, die dunklen Augen, der honigfarbene Teint – in allem unterschied sie sich von den vornehmen Ashtons. Vor allem in ihrer Persönlichkeit, in ihrem Wesen.

Sie liebte die Pflanzen mehr als die Menschen, fuhr lieber Fahrrad als ein protziges Auto und strahlte eine Unschuld aus, die eigentlich gar nicht in die Welt passte, in der sie aufgewachsen war. Charlotte hatte etwas Reines, Unverbrauchtes an sich, eine innere Schönheit und Sinnlichkeit, die ihn mit jedem Moment, den er mit ihr verbrachte, mehr reizte.

Er stellte den Korb unter den Baum und breitete die Decke aus. „Setz dich, *ma belle*. Heute Abend bedient der edle Ritter die schöne Prinzessin."

Trotz des schummerigen Lichts sah er, dass sie leicht errötete. „Du sagst immer so wundervolle Sachen." Ihre großen, dunklen Augen strahlten.

Einen Moment bekam er ein schlechtes Gewissen, weil er in ihrem Tagebuch gelesen hatte. Doch wie konnte es falsch sein, wenn er ihr dadurch diese Glücksmomente bescheren konnte?

„Was hast du in dem Korb?", fragte sie neugierig und beugte sich vor. Die schwarzen Haare fielen ihr über die Brust.

„Lauter leckere Sachen, um dich zu betören, damit ich dann all die schlimmen Sachen machen kann, die ich im Kopf habe", neckte er.

Sie blickte auf und überraschte ihn mit einem verschmitzten Lächeln. „Man sollte die Frauen vor dir schützen. Du bringst sie völlig durcheinander."

„Was willst du tun? Mich in einen Käfig sperren?"

Sie schüttelte den Kopf. Die seidigen Haare schwangen bei der Bewegung mit.

Alexandre rückte näher an sie heran und spielte mit den feinen Strähnen.

„Das wäre eine schreckliche Verschwendung." Sie errötete und fuhr lächelnd fort: „Man sollte dich in ein Schlafzimmer sperren … wo du die wildesten Fantasien einer Frau erfüllen kannst."

5. KAPITEL

Ihm wurde heiß. Er legte Charlotte die Hände an die Wangen und küsste sie. "Sag nicht solche Dinge. Wie soll ich einen romantischen Abend mit dir verbringen, wenn du mich so erregst, dass ich tief in dir sein möchte?"

Sie schnappte nach Luft und sah ihn aus großen Augen an. "In deiner Gegenwart sage ich die frechsten Sachen. Du hast einen schlechten Einfluss auf mich."

Er grinste unverschämt. "Ich finde, ich habe einen guten Einfluss auf dich." Er streckte den rechten Arm aus und holte eine Flasche Champagner aus dem Picknickkorb. "Nicht ganz die richtige Temperatur, aber es müsste gehen."

Er schenkte die goldene, spritzige Flüssigkeit in die beiden Gläser, die Charlotte ihm hinhielt. Dann nahm er eins, wobei er mit den Fingerspitzen über ihre Hand strich.

Sie erbebte.

"Ich liebe es, wie du mich mit Worten verführst, *chérie*." Er sprach mit leiser, erotischer Stimme.

"Du hast gesagt, ich soll nicht so reden", warf sie ihm vor, doch ihre schwarzen Augen strahlten und sagten ihm, dass sie nichts dagegen hätte, wenn er sie liebevoll berühren würde. Seit dem ersten Kuss waren sie weit gekommen.

Er riss sich zusammen und hob sein Glas. "Auf meine Charlotte. Auf meine außergewöhnliche, einzigartige Charlotte. Und auf deine unglaubliche Sinnlichkeit."

"Auf dich, Alexandre. Auf den Mann, vor dem die weibliche Bevölkerung beschützt werden müsste."

Nachdem sie einen Schluck getrunken hatten, stellte er sein Glas zur Seite und holte eine Delikatesse nach der anderen aus dem Korb. "Magst du Kaviar?"

Sie schüttelte den Kopf. "Finde ich total dekadent."

"Ganz meine Meinung", gestand er. "Ich verstehe einfach nicht, warum Menschen ein horrendes Geld für winzige Fischeier ausgeben." Er blickte überrascht auf, als Charlotte laut lachte. "Was ist?"

"Du fährst einen Wagen, den viele Menschen als ... protzig bezeichnen, begreifst aber nicht, dass es Leute gibt, die Kaviar genießen?" Charlotte verstand selbst nicht, woher sie den Mut nahm, so etwas zu sagen. Wahrscheinlich hatte es etwas damit zu tun, wie er sie ansah. Nie hätte sie sich vorstellen können, dass ein Mann wie Alexandre sie faszinierend finden könnte. Der Gedanke berauschte sie noch viel mehr als der Champagner.

Sie wollte ihn küssen. Nicht nur, weil sie Sehnsucht nach seiner Zärtlichkeit hatte, sondern weil er ihr diesen zauberhaften Abend geschenkt hatte. Einen Abend, an dem sie sich wild und schön und begehrenswert fand. Etwas, was sonst nur in ihren Fantasien geschah.

Als hätte er ihre Gedanken gelesen, flammte plötzlich Begierde in seinen Augen auf. Ohne ein Wort zu sagen, beugte er sich vor und küsste sie.

Schmetterlinge flatterten in ihrem Bauch, und ihr wurde heiß. „Hmm." Kleine lustvolle Laute kamen über ihre Lippen.

Sie spürte Alexandres wachsende Erregung, als er ihr dichtes Haar streichelte, und war einen Moment lang fast enttäuscht, dass die Leidenschaft ihn plötzlich so übermannte. Heute Abend ... heute Abend wollte sie Romantik. Zärtliche Küsse und liebevolles Streicheln. Mehr nicht.

„Bei dir vergesse ich all meine Vorsätze." Dann sagte er etwas in seiner Muttersprache. Die fremden Worte klangen geheimnisvoll und sinnlich.

Alexandre küsste sie hingebungsvoll.

Charlotte spürte das Feuer, das er in ihr entfachte, stellte aber erleichtert fest, dass er seine Leidenschaft wieder im Griff hatte und es heute Abend wirklich langsam angehen lassen wollte. Sehr langsam.

Er liebkoste und verführte sie. Mit der Zunge strich er über ihre Unterlippe, wagte sich aber nicht weiter vor. Er knabberte zärtlich an ihren Lippen und glitt dann wieder sanft mit der Zunge darüber.

„Alexandre", murmelte sie und schmiegte sich an ihn. Er fühlte sich so gut an. So hart und heiß und unglaublich männlich.

Auch wenn Alexandre abgeklärt wirkte, er war erregt, in ihm züngelte ein Feuer, doch er hatte sich im Griff.

„Du magst diese sanften Küsse nicht", sagte sie, als er sie zu Atem kommen ließ.

Er verzog die Lippen zu einem Lächeln. „Im Gegenteil, *ma petite*. Dich langsam verrückt zu machen, reizt mich unheimlich." Er strich mit dem Daumen über ihre Unterlippe. Die Berührung ging ihr durch und durch. „Ich könnte dich stundenlang küssen."

Als wollte er es beweisen, küsste er sie wieder. Dabei streichelte er ihren Nacken und ihre Wange. Sie gewöhnte sich langsam an diese Gesten. Und dennoch, Besitzgier und Zärtlichkeit nahmen ihr die Fähigkeit, klar zu denken. Wie war so etwas möglich?

Charlotte seufzte leise, genoss den romantischen Kuss und gab sich einfach der Magie des Moments hin.

Alexandre nutzte all seine Erfahrung, um Charlotte so zu küssen, wie sie es verdiente. Er hatte sie nicht angelogen. Er könnte sie tatsächlich stundenlang küssen und die lustvollen Laute genießen, die er ihrer Kehle entlockte. Er fühlte sich männlicher als je zuvor in seinem Leben.

Kein Mann außer ihm konnte sie mit der Umsicht behandeln, die sie verdiente.

Der flüchtige Gedanke ließ ihn aufstöhnen, und einen Moment lang war der Kuss nicht mehr romantisch, sondern leidenschaftlich und fordernd. Doch er hatte sich schnell wieder im Griff. Sein Schatz brauchte heute Abend Romantik und Mondschein, nicht hemmungslose, animalische Leidenschaft. Das kam später.

Er knabberte noch einmal sanft an ihrer Unterlippe, dann trennte er sich von ihr. Unter den dunklen Wimpern hindurch blickte sie ihn verträumt an.

Er unterdrückte ein Stöhnen und strich mit dem Daumen über ihre feuchten Lippen. „Ich möchte im Mondlicht mit dir tanzen. Ich möchte dich in meinen Armen halten."

„Woher weißt du denn, dass ich davon träume?", flüsterte sie erstaunt.

„Das ist ein Geheimnis", sagte er leise. Er wollte den zauberhaften Moment nicht damit zerstören, indem er ihr gestand, ihr Tagebuch gelesen zu haben. Er stand auf und hielt ihr die Hand hin.

Ohne zu zögern ließ sie sich von ihm hochziehen. Sie war eine sehr anmutige Frau mit einem hinreißenden Körper. Allein der Anblick machte ihn schon verrückt. Es war, als wäre sie für ihn allein geschaffen. Sie war eine Versuchung, der er nicht widerstehen konnte.

Er schlang den Arm um ihre schlanke Taille, und Charlotte legte die freie Hand auf seine Schulter. „Wir passen wundervoll zusammen." Nicht nur beim Tanzen, dachte er, und Bilder von viel intimeren Situationen schossen ihm durch den Kopf.

„Bin ich nicht zu *petite?*" Sie lächelte ihn an und brachte ihn auf alle möglichen Ideen.

„*Non.* Du bist genau richtig." Ja, sie gehörte in seine Arme, und er wollte sie nie wieder gehen lassen.

„Warum ...?", begann sie, sprach aber nicht weiter.

Er runzelte die Stirn. Der leise Unterton in ihrer Stimme missfiel ihm. „Was ist?"

„Warum fühlst du dich zu mir hingezogen?"

Ihre unverblümte Frage verwunderte ihn. „Du bist liebenswert, schön und intelligent. Mehr noch, mit deinen geheimnisvollen Augen bist du sehr reizvoll, bei deiner Arbeit bist du eine Künstlerin, und du hast einen Körper, der mich auf Ideen bringt, die dich rot werden ließen, wenn ich dir davon erzählen würde. Reicht das?"

Er sah, dass sie schluckte. „Mit der Antwort hatte ich nicht gerechnet."

„Warum nicht?"

„Ich dachte, du würdest irgendwie drum herumreden."

„Warum sollte ich mir etwas aus den Fingern saugen, wenn die Wahrheit reicht?" Wieder nagte das schlechte Gewissen an ihm, doch er verdrängte es. „Komm näher." Es war eine Einladung, eine süße Verführung im Mondschein.

Sie lächelte und ließ sich von ihm näher ziehen. Nicht nah genug, um Romantik in Leidenschaft zu verwandeln, aber es genügte, um seinem angespannten Körper etwas Erleichterung zu verschaffen.

„Alexandre, diese Nacht ist einfach wundervoll", flüsterte sie.

Und auch wenn er ihr Zusammensein bis ins letzte Detail geplant hatte, musste er ihr zustimmen. Denn der Frieden, den er in ihren Armen fand, hatte nicht in seinen Plänen gestanden. Und auch nicht, wie viel Spaß es ihm machen würde, mit dieser Lady im Mondschein zu tanzen.

Charlotte verbrachte den nächsten Morgen wie in Trance. Sie lächelte ohne Grund vor sich hin, und einmal tanzte sie sogar durch das Gewächshaus, so, als läge sie noch in Alexandres Armen. Sie musste über sich selbst lachen und zwang sich, wieder an die Arbeit zu gehen.

Und weil es so ein herrlicher Tag war, änderte sie ihre Pläne und arbeitete im Garten statt im Gewächshaus. Der Duft nach Sonnenschein und frischem Wachstum ließ sie wieder an Alexandre denken.

Er hatte ihr einen romantischen Abend geschenkt. Und trotz seiner Erregung hatte er sie nicht zu mehr gedrängt.

Es war ein wundervolles Gefühl, in einem Mann wie Alexandre solche Leidenschaft wecken zu können. Aber sie hatte Angst, dass er ihr immer mehr bedeutete, obwohl sie wusste, dass es nur eine kurzfristige Beziehung sein konnte. Nicht mehr lange, und er würde Amerika wieder verlassen.

„Hör endlich auf zu träumen und fang an zu arbeiten", befahl sie sich, als sie merkte, dass sie immer noch keinen Finger gerührt hatte.

Sie begann, Unkraut zu zupfen und hatte plötzlich das Gefühl, etwas Wichtiges vergessen zu haben. Doch ihr wollte beim besten Willen nicht einfallen, was es war.

Schließlich überlegte sie nicht länger, sondern konzentrierte sich auf ihre Wildblumen. Es waren zähe Gewächse, die extreme Hitze und auch Frost aushielten.

Heute ist Alexandres Geburtstag, schoss es ihr plötzlich durch den Kopf. Sie setzte sich auf den Boden. Wie kam sie darauf? Stimmte es?

Um es herauszufinden, ging sie ins Haus und an den Computer.

Bei ihrem ersten Anfall von Neugierde, wer dieser attraktive Franzose war, hatte sie verschiedene Artikel über den bekannten Winzer gelesen. Einen davon hatte sie in einem Nachrichtenmagazin gefunden, das sich mit Weingütern in Frankreich beschäftigte. Und in diesem Artikel gab es auch persönliche Informationen.

Sie gab ein einziges Suchwort ein und fand den Artikel auf Anhieb. Da stand es schwarz auf weiß: Heute war Alexandres Geburtstag. Und er hatte gestern Abend kein Wort darüber verloren. Allerdings schien er auch keinen großen Wert auf Geschenke zu legen.

Aber, dachte sie, nicht das Geschenk an sich ist wichtig, sondern dass man überhaupt etwas schenkt. Lächelnd ging sie zum Gewächshaus und begann, einen Strauß zu binden. Sie musste bei dem Gedanken, diesem wilden Raubtier Blumen zu schenken, lachen. Aber sie wollte ihm etwas Einfaches schenken, etwas Fröhliches.

Er hatte nur wenig von sich erzählt, aber sie ahnte, dass er vielen Dingen gegenüber eine gewisse Gleichgültigkeit entwickelt hatte. Der

Strauß aber, den sie für ihn band, würde ihm etwas bedeuten. Statt eleganter Rosen wählte sie Wildrosen in lebendigem Gelb.

Sie fügte Gerbera in leuchtendem Rot hinzu und Wildblumen in jeder Farbe, die sie finden konnte.

Gerade, als sie darüber nachdachte, wie sie ihm den Strauß zukommen lassen wollte, klingelte ihr Handy. „Hier spricht Charlotte", meldete sie sich.

„Hat dir schon einmal jemand gesagt, dass du eine Stimme hast, die einen Mann um den Verstand bringen kann, *ma petite?*"

„Alexandre." Sie lächelte. „Was machst du gerade?"

„Ich bin in der Kellerei."

„Bist du sehr beschäftigt? Oder hast du Zeit, mit mir Mittag zu essen?"

„Ist das eine Einladung?"

„*Oui*", erwiderte sie. Sie wollte ihn zum Lächeln bringen.

„Ich bin in einer Stunde bei dir. Soll ich irgendetwas mitbringen?"

„Nein. Ich habe alles. Erzähl es niemandem, aber wir werden Louret-Wein trinken." Spencer würde einen Anfall bekommen, wenn er eine Flasche von dem Wein seines „Feindes" auf seinem Anwesen fand.

„Dein Geheimnis ist bei mir sicher."

Nach dem Telefonat eilte Charlotte zurück in ihr Cottage und bereitete einen schnellen Lunch vor. Sie machte einen Salat, stellte eine Käseauswahl zusammen und fand auch noch ein paar Früchte, die sie dazulegte.

Stirnrunzelnd betrachtete sie das Ganze. Das reichte nicht. Ihr Raubtier konnte bestimmt mehr essen als sie. Sie schürzte die Lippen, suchte in ihrem Kühlschrank und fand ein paar Würstchen in einer Maisteighülle. Lächelnd schob sie die Corn Dogs zusammen mit einigen Minipizzen in den Ofen. Jetzt fehlte nur noch Brot.

Sie hatte gerade alles auf zwei Tabletts gestellt, die sie mit nach draußen nehmen konnten, als sie einen Caddy hörte. Einen Moment später hörte sie Alexandre rufen: „Charlotte?"

„Ich bin hier."

Er schlenderte in die Küche. Bevor sie etwas sagen konnte, küsste er sie schon. Langsam und intensiv, um ihr zu zeigen, dass er alle Zeit der Welt hatte, sie zu lieben.

„*Bonjour*", hauchte er gegen ihre Lippen und sah sie schmachtend an. Seine Hand berührte zart ihren Arm.

„Hallo." Sie lächelte. Kein Mann hatte die ruhige, schüchterne Charlotte Ashton je so angesehen.

„Soll ich das nach draußen bringen?" Er deutete auf die Tabletts.

„Danke. Ich breite dort drüben eine Decke aus." Sie zeigte auf den alten Baum hinter dem Cottage.

Er nahm die Tabletts. „Corn Dogs?" Er lachte. „Die habe ich seit Jahren nicht mehr gegessen!"

Sie folgte ihm mit dem Wein. Eine stille Zufriedenheit breitete sich in ihr aus. Sie hatten sich im Mondschein geküsst, getanzt, Leidenschaft und Romantik erlebt, aber was jetzt zwischen ihnen entstand, war etwas genauso Seltenes – Freundschaft.

Alexandre war bester Laune, und das Picknick verlief sehr harmonisch und lustig. Charlotte fühlte sich in seiner Gegenwart ausgesprochen wohl. Ihre Schüchternheit war verschwunden. Ich bin kurz davor, mich in den attraktiven Alexandre Dupree zu verlieben, dachte sie.

Das wurde ihr bewusst, als sie die Überreste des Picknicks zurück ins Haus brachte. Es überraschte sie nicht. Ihre Gefühle für diesen Mann waren von Anfang an erschreckend tief gewesen. Wenn das nicht so gewesen wäre, hätte sie den ersten Kuss vergessen können, statt verletzt zu sein, weil sie glaubte, dass Alexandre mit ihr spielte.

Bevor sie zurück zu Alexandre ging, schlich sie zum Gewächshaus, um das Bukett für ihn zu holen.

Alexandre lehnte träge gegen den Baum. Die Hemdsärmel hatte er hochgekrempelt und die sandfarbene Jacke achtlos neben sich gelegt. Die Augen hatte er geschlossen. Er wirkte total entspannt, wie ein großes Raubtier, das sich nach einer erfolgreichen Jagd sonnte. Erst als sie sich neben ihn kniete, öffnete er die Augen.

„Was ist das?" Er blickte auf den Strauß.

„Herzlichen Glückwunsch zum Geburtstag, Alexandre." Sie überreichte ihm die Blumen und küsste ihn sanft auf die Wange.

Überrascht sah er sie an. *„Ma chérie"*, begann er und wusste dann offenbar nicht weiter. Als sich ihre Blicke trafen, entdeckte sie eine Verletzbarkeit in seinen Augen, die sie tief berührte. „Noch nie habe ich Blumen geschenkt bekommen. Ich habe das Gefühl, die Sonne in den Armen zu halten."

Und als er mit den Fingerspitzen ganz vorsichtig über die Blüten strich, verliebte sie sich noch ein bisschen mehr in ihn. „Ich wollte dir ein Lächeln schenken. Du lächelst so selten. Warum ist so eine Traurigkeit in deinen Augen?"

„Ach, Charlotte", murmelte er, statt ihr eine Antwort zu geben. Er legte die Blumen zur Seite und streckte die Arme aus.

Ohne zu zögern schmiegte sie sich in seine Arme und ließ sich von ihm auf seinen Schoß ziehen. Sie schlang die Arme um seinen Nacken und sah ihn an. „Du hättest Lilah sagen sollen, dass du Geburtstag hast. Sie hätte sicher liebend gern eine Party für dich gegeben."

„*Non*, danke. Ich verbringe meine Zeit lieber mit Menschen, die nichts von mir wissen."

„Es ist schwierig, dich richtig kennenzulernen."

„Wir haben alle unsere Geheimnisse. Auch du. Warum bist du manchmal so traurig? Was bedrückt dich?"

Durchdringend sah er sie an. Doch in seinem Blick lag mehr als ein Befehl, mehr als die Sicherheit eines starken Mannes, der daran gewöhnt war, seinen Kopf durchzusetzen. Dem hätte sie widerstehen können. Aber wie konnte sie seiner Fürsorge, seinem Bedürfnis, sie zu beschützen, widerstehen?

„Ich war drei Jahre alt, als ich hierherkam", sagte sie ruhig. „Walker war acht. Wir waren Waisen."

„Verfolgt dich immer noch die Erinnerung an deine Eltern?" Er schloss sie fester in seine Arme.

„Gewissermaßen. Man hat uns gesagt, unsere Eltern seien bei einem Verkehrsunfall ums Leben gekommen, aber ..."

„Aber?"

„Selbst Walker glaubt mir nicht."

Alexandre legte die Hand an ihre Wange. „Ich weiß zwar nicht, worum es geht, aber ich halte dich nicht für eine Frau, die irgendwelchen Hirngespinsten nachjagt."

Ihr Herz machte einen Satz. „Ich habe keinen Beweis ... aber ich glaube nicht, dass meine Mutter tot war, als Spencer uns zu sich nahm."

Alexandre sagte einen Moment lang nichts, und Charlotte fragte sich, ob er sie jetzt für verrückt hielt. „Hast du je versucht, die Wahrheit herauszufinden?", fragte er schließlich.

„Ja, ich habe ein paar Nachforschungen über meine Abstammung angestellt." Unsicher berührte sie ihre pechschwarzen, glatten Haare. „Ich meine, die Abstammung meiner Mutter."

„Das sind auch deine Wurzeln. Das kann dir keiner nehmen, egal, wo du aufgewachsen bist."

„Du weißt, meine Mutter war Lakota Sioux", sagte sie. „Ich wusste es nicht mehr, aber Walker."

Als Alexandre sie nicht unterbrach, fuhr sie fort: „Als ich fünfzehn war, beschloss ich, Spencer danach zu fragen. Er sagte, meine Mutter stammte aus einem Reservat in South Dakota." Seine genaue Wortwahl war gewesen „irgendein unbedeutendes Reservat in South Dakota" – herabsetzend, aber ausnahmsweise einmal nicht bösartig.

„Hast du das Reservat ausfindig gemacht?"

„Es gibt ein wirklich großes Reservat namens Pine Ridge – es liegt in South Dakota, grenzt an Nebraska. Die Menschen dort sind Teil der Oglala-Lakota-Nation." Sie holte kurz Luft. „Ich glaube, meine Mutter lebte im Pine-Ridge-Reservat. Spencer ist in Nebraska geboren und aufgewachsen. Deshalb glaube ich, auch mein Vater hat seine Jugend dort verbracht – nah genug an dem Reservat also, um meiner Mutter zu begegnen."

Als sie zu Alexandre aufblickte, nickte er. „*Oui*, das wäre eine logische Schlussfolgerung. Weißt du, wo deine Eltern nach der Hochzeit gewohnt haben?"

„Nein. Walker kann sich erinnern, dass es eine Farm war, doch er weiß den Namen der Stadt nicht mehr. Und von Spencer haben wir nur erfahren, dass es ein Kaff irgendwo mitten in Nebraska war – er hat sich nicht einmal die Mühe gemacht, sich an den Namen zu erinnern."

Sie war sicher, dass Spencer ganz genau wusste, wo die Farm ihrer Eltern gelegen hatte. Vielleicht hatte er Angst, dass sie seinen Lügen auf die Schliche kam.

„Du hast ein Recht darauf zu erfahren, woher du kommst." Etwas in Alexandres Stimme sagte ihr, dass er sie weit besser verstand, als sie sich hatte vorstellen können. „Ich würde dir gern bei den Nachforschungen helfen."

Charlotte sah ihn aus ihren großen Augen freudig an. „Niemand hat mir bisher geglaubt", flüsterte sie. „Niemand hat mir auch nur zugehört." Sie schlang die Arme um seinen Hals und schmiegte sich an seine Schulter.

Er hielt sie fest umschlungen und war sich plötzlich ihrer Verletzlichkeit bewusst. „Ach, Charlotte", murmelte er und streichelte ihren Rücken. Um sie zu trösten, flüsterte er ihr leise Worte in seiner Muttersprache ins Ohr.

Sie entspannte sich. „Ich dachte, ich kann vielleicht etwas über die ... Sterbeurkunde herausfinden."

„Natürlich. Hast du schon eine Kopie angefordert?"

„Nein", erwiderte sie verschämt. „Ich hatte Angst, mich zu irren. In einer Hinsicht hat Walker recht – ich möchte mir nicht eingestehen, dass wir wirklich alles verloren haben." Ihre Augen glänzten feucht. „Ich will nicht, dass sie tot ist."

Ihr Kummer betrübte ihn sehr. Ihm war es so wichtig geworden, Charlotte glücklich zu machen. Anders als bei anderen Frauen, waren ihre Gefühle echt, ihr Lachen genauso ehrlich wie ihr Weinen.

Er zog sie noch enger an sich, hauchte sanfte Küsse auf ihre Lippen, ihre Wangen und ihr trotziges kleines Kinn. Als er die Hände bewegte, fiel ihr offenes Haar über seinen Arm. „Aber", sagte er gegen ihre Lippen, „in der Ungewissheit zu leben, schmerzt mehr als die Wahrheit." Er glaubte daran, obwohl die Wahrheit, die er als Kind hatte lernen müssen, ihn unglaublich verletzt hatte.

„Wahrscheinlich hast du recht."

„Ich bin bei dir, wenn du mich brauchst." Obwohl er alles für sie tun wollte und am liebsten die Wahrheit vor ihr herausgefunden hätte, verstand er ihr Bedürfnis, diese Sache allein zu beenden.

Es war schon spät am Abend, als Charlotte auffiel, dass Alexandre ihre Frage nach dem Grund für seine eigene Traurigkeit nicht beantwortet hatte. Sie selbst war emotional so durcheinander gewesen, dass sie nicht weiter gebohrt hatte. Doch das würde sie beim nächsten Treffen nachholen.

Alexandre war ein außergewöhnlicher Mann, und sie wollte alles von ihm wissen. Es war wundervoll, einen Menschen zu haben, der an sie glaubte. Am meisten rührte sie aber, dass er sie ermutigte, die Wahrheit herauszufinden. Egal, wie sie aussah.

Statt ihre Behauptungen als unsinnig abzutun oder ihr falsche Hoffnungen zu machen, hatte er einfach eine starke Schulter zum Anlehnen angeboten. Charlotte war überrascht, wie viel ihr das bedeutete. Sie holte tief Luft und startete trotz der späten Stunde ihren Computer und recherchierte im Internet.

Es dauerte nur eine Minute, und sie hatte die Website von Nebraskas Einwohnermeldeamt gefunden. Geburten, Eheschließungen ... und Todesfälle. Sie beschloss, die Sterbeurkunde von beiden Elternteilen anzufordern. Laut Information auf der Website würden ihr die Urkunden innerhalb weniger Tage per Post zugeschickt werden. Was bedeuteten schon ein paar Tage verglichen mit den vielen Jahren, die sie darauf gewartet hatte, die Wahrheit zu erfahren?

Trotzdem musste sie plötzlich weinen. Sie war zu jung gewesen, um sich wirklich an ihre Eltern erinnern zu können, aber einige Dinge von damals waren in der Erinnerung haften geblieben. Das tiefe Lachen ihres Vaters, die Sonne auf ihrem Gesicht, wenn sie draußen spielte, die sanfte Hand ihrer Mutter auf ihrem Kopf. *Und Liebe.* Bedingungslose Liebe, die ihr Sicherheit gegeben hatte.

Dieses Gefühl hatte sie nie vergessen, denn nachdem sie von Spencer „adoptiert" worden war, hatte es keine elterliche Liebe mehr gegeben. Walker hatte sein Bestes getan, aber er konnte die Mutter nicht ersetzen. Charlotte hatte sie unglaublich vermisst, besonders, als sie zu einer jungen Frau heranwuchs. Zu der Zeit hatte sie nicht einmal mehr mit Walker sprechen können – ihr geliebter Bruder gehörte schon zu Spencer.

Sie schluchzte und fühlte sich plötzlich schrecklich einsam. Vor ein paar Tagen noch hätte sie diese Einsamkeit allein ertragen, doch heute Abend lehnte sich ihr Herz dagegen auf. Mit zittriger Hand griff sie nach dem Telefon.

„Alexandre?", sagte sie, als er sich verschlafen meldete.

„*Ma petite?* Was ist passiert?" Er schien plötzlich hellwach und besorgt.

„Ich habe gerade die Sterbeurkunden meiner Eltern angefordert." Sie wischte sich die Tränen aus den Augen.

„Soll ich zu dir kommen?"

„Ich habe dich geweckt." Sie fuhr sich durch die Haare. Was hatte sie sich eigentlich bei dem Anruf gedacht? „Tut mir leid."

„Du kannst mich zu jeder Tages- und Nachtzeit anrufen, wenn du mich brauchst. Es ist schön, von einer so starken Frau wie dir gebraucht zu werden."

„Alter Charmeur."

„Ich bin gleich bei dir. Und weine nicht – das mag ich nicht."

Sie lächelte unter Tränen, legte auf und ging in die Küche, um Kaffee zu kochen. Der Kaffee war gerade fertig, als Alexandre kam.

Er warf einen Blick in ihr Gesicht und nahm sie in die Arme. Mit dem Fuß stieß er die Tür hinter sich zu. „Du hast ja doch geweint", sagte er vorwurfsvoll, als hätte sie etwas Unverzeihliches getan.

„Manchmal passiert das eben."

„Ich mag nicht, wenn du weinst. Versprich mir, es nicht mehr zu tun."

Sie lächelte. „Gehörst du zu den Männern, die keine Tränen sehen können?"

„*Non.* Aber Tränen lassen mich immer schwach werden. Und dann musst du Mitleid mit mir haben."

„Ich habe Kaffee gekocht", flüsterte sie.

„Zuerst möchte ich dich noch in meinen Armen halten."

Sie hatte nichts dagegen. Bei diesem Mann hatte sie gelernt, wie schön eine einfache Umarmung sein konnte. Aber sie spürte auch, dass sie den Punkt erreicht hatte, wo sie mehr wollte. Ihre Angst davor, mit ihm intim zu werden, löste sich in nichts auf. Je länger sie jetzt noch wartete, desto weniger Zeit blieb ihr … und sie wollte jeden Moment intensiv erleben.

Sie wusste später nicht mehr, wie lange er sie gehalten, ihr Haar gestreichelt und ihr leise Worte ins Ohr geflüstert hatte. Aber als sie sich schließlich voneinander trennten, empfand sie einen tiefen inneren Frieden. Alexandre hatte nicht nur ihren Schmerz gelindert. Seine Zärtlichkeit gab ihr auch den Mut, die Entscheidung zu treffen, die sie vor sich hergeschoben hatte, seit sie ihn kennengelernt hatte.

„Du bist ein ganz außergewöhnlicher Mann", sagte sie und streichelte über sein Gesicht.

Alexandre schüttelte den Kopf. „Ich bin kein Held und Retter. Ich wünschte, ich könnte es für dich sein."

Sie lächelte sanft. „Ich erkenne meinen Helden, wenn ich ihn sehe."

Er spielte mit ihren Haaren. „Und wenn ich dir erzähle, dass ich ein uneheliches Kind bin, ein Bastard – und kein edler Ritter?"

„Alexandre, die Umstände einer Geburt entscheiden doch nicht darüber, wer oder was ein Mann ist?" Sie runzelte die Stirn. „Wenn du ein Bastard bist, dann bin ich eine Mestizin."

Alexandre legte den Finger unter ihr Kinn. „Benutz diesen Ausdruck nicht. Er klingt so negativ."

„Dann sag du nicht wieder Bastard."

Er besiegelte ihre Abmachung mit einem Kuss. „Du bist eine wunderschöne, einzigartige Frau – das Kind zweier Menschen, die sich so sehr liebten, dass ihnen die unterschiedliche Herkunft und Hautfarbe egal waren. Du solltest stolz darauf sein."

„Ich würde es jetzt nicht mehr wagen, es nicht zu sein." Sie lächelte ihn strahlend an. „Erzählst du mir von deinen Eltern?"

„Ich finde, heute sollten wir von deinen sprechen. Meine können warten." Er rechnete damit, dass sie schimpfen würde, weil er einem persönlichen Thema auswich, doch sie beließ es bei einem Kopfschütteln.

„Ich möchte gern, dass du mit niemandem darüber sprichst, dass ich die Sterbeurkunden angefordert habe ... bis wir Sicherheit haben."

„Du kannst mir vertrauen, *chérie*. Ich habe von klein auf gelernt, Geheimnisse für mich zu behalten."

Erstaunt über den Zynismus in seiner Stimme, blickte Charlotte zu ihm auf. „Erklärst du mir, was du damit meinst?"

Er lächelte, doch das Lächeln erreichte seine dunklen Augen nicht. „Vielleicht eines Tages."

Statt sich zu ärgern, empfand Charlotte nur Zärtlichkeit für diesen Mann. „Komm her."

Sie schlang die Arme um seinen Nacken und presste sich an ihn. Ihr Herz schlug wie verrückt, und sie war sicher, dass ihre Wangen dunkelrot waren.

Noch nie hatte sie einen Mann so nah an sich herangelassen wie Alexandre. Bei ihm hatte sie zugelassen, dass er die Führung übernahm, doch im Moment hatte sie das Gefühl, dass er ihre Führung brauchte.

Sie hatte ihn angerufen, weil sie seine Umarmung und Zärtlichkeit brauchte. Er hatte ihre Bedürfnisse erfüllt, jetzt wollte sie für ihn da sein. Dieser attraktive Mann brauchte Liebe genauso sehr wie sie. Dessen war sie sicher.

Ein Lächeln huschte über sein Gesicht. „Was hast du nur mit mir vor, *ma petite*?"

„Ich möchte dich küssen", flüsterte sie.

„Da sage ich nicht Nein."

Sie stellte sich auf die Zehenspitzen. Warm und liebevoll streiften seine Lippen ihren Mund. Ihr Herz hämmerte so wild, dass sie fürchtete, es würde ihr aus der Brust springen. Sie schmiegte sich fester an ihn.

Er erbebte, als er spürte, wie die Leidenschaft in ihr erwachte. Mutig glitt sie mit der Zunge über seine Unterlippe. Er zog sie an sich und gab sich keine Mühe, seine Erregung zu verbergen. Sie erschauerte, geschockt über das Feuer, das in ihr ausgebrochen war.

Sie öffnete den Mund, fuhr wieder mit der Zunge über seine Unterlippe und zog sie dann in ihren Mund.

Alexandre stöhnte leise. Er presste den Mund hart gegen ihre Lippen, ein leiser Befehl, mit den neckischen Spielchen aufzuhören und den Mund endlich ganz zu öffnen. Sie musste fast lächeln über seine Unfähigkeit, sich von ihr führen zu lassen. Aber das Feuer in ihr brannte heiß, und sie wollte nichts anderes tun als das, worum er sie bat.

Leise stöhnend gab sie seinen Wünschen nach. Seine Reaktion darauf ließ sie erbeben, und ein Prickeln ging durch ihren Körper. Er war erregt, und sie fühlte sich unglaublich weiblich und begehrenswert.

Er zerzauste ihr Haar und zog ihren Kopf zurück. Als Antwort drängte sie sich gegen ihn und schlang die Arme noch fester um ihn.

Und dann küsste er sie so leidenschaftlich, dass ihre Knie nachgaben. Leise stöhnend gab sie sich ihm hin.

Alexandre genoss das Gefühl, Charlotte in seinen Armen zu halten. Es war das erste Mal, dass sie ihn von sich aus küsste, und das hätte ihm gereicht. Aber sie gab ihm noch so viel mehr. Sie vertraute ihm die Führung bei diesem Tanz an.

Es war klar, dass sie auf seine Zurückhaltung setzte, obwohl sich ihre Körper nach Sex sehnten. Doch Charlotte war keine Frau, die die Liebe leichtnahm. Und er war kein Mann, der sich mit weniger als ihrer völligen Hingabe zufriedengeben würde. Er küsste sie ein letztes Mal, dann trennte er sich von ihr.

Sie öffnete die Augen und sah ihn verträumt an. „Alexandre. Warum hörst du auf?" Sie schmiegte sich an ihn und küsste ihn.

Er ließ sich noch einmal von ihr küssen, bevor er wieder zurückwich, was das Schwerste war, was er je in seinem Leben getan hatte. „Weil du mich um den Verstand bringst."

Sie liebkoste seinen Hals und hauchte zärtliche Küsse auf sein Kinn. „Ich liebe es, wie sich dein Kinn anfühlt." Sie fuhr mit den Zähnen darüber und biss leicht hinein.

Winzige Schweißperlen traten ihm auf die Stirn. Keine Frau hatte ihn jemals so verrückt gemacht. Das Verlangen, sie aufs Bett zu werfen und ihr zu zeigen, wie ein Mann eine Frau lieben konnte, war fast überwältigend, aber er wusste, wie wichtig dieser Moment für sie war. Seine schüchterne *fleur* erwachte in seinen Armen – ihr Vertrauen in ihn als Mann war nie offensichtlicher gewesen.

Sie küsste seinen Hals, ihr schöner Körper glitt langsam – aufreizend langsam – an seinem hinunter, eine süße Qual. „Charlotte."

Sie lächelte und küsste ihn weiter, bis sie zu dem ersten Knopf seines Hemdes kam. „Darf ich ihn öffnen?"

„Non", stöhnte er. „Auf keinen Fall. Du bringst mich um."

„Bitte", flüsterte sie.

„Okay, aber nur einen."

Sie öffnete den ersten Knopf und legte die Hand auf seine nackte Haut. Mit jeder Faser seines Körpers spürte er die Berührung. „Dein Haar fühlt sich hier anders an – es kräuselt sich mehr."

„Gefällt es dir?"

Sie nickte. „Wie gut hast du dich unter Kontrolle?" Sie blickte zu ihm auf.

Überhaupt nicht. „Was möchtest du von mir, *chérie?*"

Das Blut stieg ihr in die Wangen, doch sie wich nicht zurück. „Ich will weitermachen."

Er schluckte und versuchte zu atmen. „Okay." Er wusste, dass er sie aufhalten sollte, doch er schaffte es nicht. Wenn sie mehr wollte, dann würde er einen Weg finden, seine eigene Begierde zu zügeln. Seine Lust auf Charlotte.

6. KAPITEL

Charlotte öffnete noch einen Knopf von Alexandres Hemd. Sie konnte der Versuchung nicht widerstehen, ihre Lippen auf seine nackte Haut zu pressen und ihn zu schmecken.

Er stöhnte gegen ihre Lippen, sein Herz pochte unter ihren Fingerspitzen. Ermutigt, weil sie ihm solche Lust bereiten konnte, öffnete sie die nächsten Knöpfe.

Sie schluckte und zog ihm das Hemd aus der Hose, wobei sie den letzten Knopf öffnete. Als sie seine nackte Haut spürte, hielt sie den Atem an. Sie fühlte, wie sich seine Muskeln unter ihrer Berührung anspannten, und genoss es, ihn mit den Fingerspitzen zu erforschen.

„Charlotte."

Sie biss sich auf die Unterlippe und sah in sein Gesicht. Er hatte die Augen geschlossen und die Lippen fest aufeinandergepresst. Offensichtlich kämpfte er gegen das Bedürfnis an, die Führung zu übernehmen. Jetzt war sie sicher, dass sie die richtige Entscheidung getroffen hatte. „Alexandre?"

Er öffnete die Augen. *„Ma petite."*

Sie sah ihn an und flüsterte: „Ich möchte mit dir schlafen."

Alexandres Herzschlag beschleunigte sich. „Charlotte, du bist jetzt sehr aufgewühlt – lass uns nichts tun, was du morgen bereust." Er könnte es nicht ertragen, wenn sie nachträglich bedauerte, mit ihm geschlafen zu haben.

Freudig strahlend lächelte sie ihn an. „Keine Sorge, das werde ich nicht."

„Bist du wirklich sicher?", fragte er und bekämpfte das gierige Raubtier in ihm, das einfach nur über sie herfallen wollte.

„Ja."

Er hielt sie fest in seinen Armen. „Ich habe keine Kondome dabei."

Sie gab ihm einen zärtlichen Kuss auf seine Brust. „Erinnerst du dich an den Tag, als ich aus der Stadt kam und du so wütend warst, weil ich im Dunkeln nach Hause gelaufen bin?"

Natürlich erinnerte er sich. Wieder drängte sein Gewissen ihn, ihr die Wahrheit zu sagen, aber er brachte es nicht über sich, ihr Vertrauen in ihn zu zerstören. „Ja."

„Nun … ich habe … welche gekauft." Er sah, dass sie errötete. „Es war mir so peinlich ... ich hatte das Gefühl, jeder sieht mich an."

Er unterdrückte ein Lächeln. „Warum hast du denn Kondome gekauft?", neckte er sie, obwohl er insgeheim sehr erleichtert darüber war. Denn es wäre ihm nicht leichtgefallen, sie heute Abend zu verlassen, ohne mit ihr geschlafen zu haben. Ihren Augen sah er an, wie sehr sie es sich wünschte. Er hatte kaum zu hoffen gewagt, diesen Ausdruck je in ihren Augen zu sehen.

„Ich bin zwar total unerfahren", sagte sie, „aber ich kenne mich." Ihre Blicke trafen sich. „Egal, wovon ich dich und mich überzeugen wollte, ich wusste, dass ich früher oder später in deinen Armen liegen würde. Ich habe davon geträumt."

Mein Geliebter,
wahrscheinlich träumt jede Frau vom ersten intimen Zusammensein mit einem Mann, stellt sich vor, wie es sein wird, fantasiert, wie er sie berühren wird ... wie er sie schmecken wird. Mir geht es nicht anders.

Willst du wissen, was ich mir für das erste Mal wünsche? Wahrscheinlich erwartest du jetzt, dass ich mir Rosen und Mondlicht wünsche, ein Schaumbad und Duftöle. Nun, irgendwann werde ich dazu nicht Nein sagen.

Aber beim allerersten Mal, wenn wir das erste Mal nackt zusammen liegen, wünsche ich mir vor allem Zärtlichkeit. Absolute Zärtlichkeit. Ich möchte berührt werden, als wäre ich eine Kostbarkeit, als würde mein Körper all deine Fantasien erfüllen, als könntest du es nicht ertragen, mich loszulassen.

Charlottes geheime Wünsche gingen ihm durch den Kopf, als er ihre Hand nahm und ihr ins Schlafzimmer folgte. Sein offenes Hemd hing aus der Hose, und er bemerkte, dass ihr Blick immer wieder auf seine Brust fiel. Er musste lächeln. Es würde ihm nicht schwerfallen, Charlotte die Zärtlichkeit zu geben, die sie sich wünschte.

„Was ist?", fragte sie, als sie sein Lächeln sah.

Sie standen in ihrem Schlafzimmer vor dem Doppelbett. Er strich durch ihre langen Haare. „Ich mag es, wenn du heiß auf mich bist, *chérie.*"

„Ich muss dich nur ansehen, und schon will ich dich berühren."

„Ich habe nichts dagegen." Er streichelte ihre Wange. „Mir geht es nämlich ganz genauso."

Sie hob den Kopf, und er küsste sie. Zuerst sanft und dann immer wilder. Sein Hunger war unersättlich. Als er sie so küsste, wie er es sich immer erträumt hatte, streichelte er ihren Körper und glitt schließlich mit den Händen unter ihren dünnen Pullover. Ihre warme Haut zu spüren war pures Vergnügen.

Sie stöhnte gegen seinen Mund, als er sie so berührte, wich jedoch nicht zurück. Er ließ seine Hände einen Moment lang still liegen und fragte: *„Oui?"*

Aus großen Augen sah sie ihn an und nickte. Und dann hob er ihre Arme, sodass er ihr den Pullover ausziehen konnte. Er ließ sich Zeit. Sie hatte eine wundervolle Haut, goldbraun und unglaublich zart.

Mit einem Ruck zog er den Pullover über ihren Kopf und warf ihn auf den Boden. In Jeans und einem weißen Spitzen-BH stand sie vor ihm.

Einen Moment lang vergaß er alles, was er über raffinierte Verführung wusste. Er wollte nur noch sie. Er legte die Arme um ihre Taille, zog sie an sich und vergrub sein Gesicht an ihrem Nacken. Ihr Duft berauschte ihn.

„Alexandre?" Sie fuhr durch seine Haare.

Er liebkoste ihren Hals und biss vorsichtig in die zarte Haut. Ein Beben ging durch ihren Körper, und sie griff fester in sein Haar. Genau diese Reaktion war nötig gewesen, dass er sich wieder unter Kontrolle bekam.

Heute Nacht stand Charlotte im Mittelpunkt. Ihre Träume wollte er erfüllen. Er selbst würde später bekommen, was er brauchte. Diese Nacht sollte nur für sie sein. Sie hatte es verdient.

Er fragte leise nach den Kondomen. „In der Nachttischschublade", antwortete sie gegen seine Wange.

Dann gab es für ihn nur noch eins: Er wollte Charlotte glücklich machen und ihr das Gefühl geben, bewundert, begehrenswert und wunderschön zu sein. Er hauchte zärtliche Küsse auf ihren Hals, ihr Kinn und küsste sie dann wieder auf den Mund.

Charlotte spürte seine Erregung. Sie schmiegte sich noch enger an ihn, eine unausgesprochene Einladung an ihn, den nächsten Schritt zu gehen. Nur zu gern kam er der Aufforderung nach, denn sein sehnlichster Wunsch war, seine Charlotte ganz auszuziehen, damit er sie von Kopf bis Fuß verwöhnen konnte. Er öffnete den Knopf ihrer Jeans.

Sie beobachtete, wie er anschließend langsam den Reißverschluss öffnete. Eigentlich wollte er ihr die Jeans einfach abstreifen, aber als er ihren verlangenden Blick sah, entschied er, den Moment hinauszuzögern – und ihr zu zeigen, dass es bei ihrem Liebesspiel immer Zärtlichkeit, Zuneigung und Spaß geben würde.

Er schob eine Hand in ihre geöffnete Hose und legte sie auf ihren Slip.

Sie klammerte sich an seinen Armen fest. Er verstärkte seinen Griff um ihre Taille und liebkoste ihre empfindsamste Stelle. Sie schnappte nach Luft, sah zu ihm auf und bat schweigend um mehr.

„Was bekomme ich, wenn ich dir mehr gebe?", neckte er sie.

Sie biss sich auf die Unterlippe … und dann bewegte sie sich gegen seine Hand.

Einmal.

Zweimal.

„Du machst mich verrückt, *ma petite*", sagte er mit belegter Stimme. Er zog die Hand zurück.

Sie schmollte. „Alexandre."

Er ging in die Hocke und zog die Jeans über ihre Hüften, bis sie auf den Boden fiel. „Steig mit den Füßen heraus, Kleines." Sie hielt sich an seinen Schultern fest und gehorchte. Er stieß die Jeans zur Seite.

Dann blickte er auf. Eine dunkeläugige Sirene blickte zu ihm hinunter. Sonnengebräunte Haut, Haare so schwarz wie die Nacht. In ihrem weißen Spitzen-BH und dem passenden verführerischen Slip sah sie atemberaubend aus. Heiß. Sexy. Scharf.

Als er weiter schwieg, stieß sie leicht gegen seine Schultern. Langsam richtete er sich auf, strich mit den Fingerspitzen über ihre Beine bis zu ihrem Po, und dabei war er wie berauscht.

Als sie sich wieder gierig küssten, glitt Charlotte mit beiden Händen unter sein Hemd und umschlang seine Taille. Ihr Griff war fest, fast besitzergreifend. Es gefiel ihm, dass sie immer unbefangener mit ihm umging.

Sie zupfte an seinem Hemd. Er verstand sofort und zog es aus. Sie seufzte gegen seinen Kuss und presste ihre Brüste gegen seinen muskulösen Oberkörper. Lange würde er sich nicht mehr zurückhalten können.

„Leg dich aufs Bett", bat er sie mit belegter Stimme.

Widerstrebend nahm sie die Hände von ihm und stieg ins Bett. Der wunderschöne Anblick ihres runden Pos raubte ihm den Atem. Einen Moment später lag sie schon auf dem Rücken und streckte die Arme nach ihm aus.

Er schleuderte seine Schuhe von sich und zog die Hose aus. Nur die Shorts behielt er an.

Dann kniete er sich neben sie und betrachtete ihren verführerischen Körper. Sie war atemberaubend schön. Einfach vollkommen. Er musste nicht so tun, als würde sie all seine Fantasien erfüllen – sie tat es tatsächlich. Noch nie hatte er eine Frau kennengelernt, die all das verkörperte, was er sich ersehnte.

Zärtlichkeit, dachte er und erinnerte sich an die Worte, die er in ihrem Tagebuch gelesen hatte. Natürlich würde er ihr in dieser ersten Nacht ganz viel Zärtlichkeit schenken – sie hätte sich keine Gedanken darüber machen sollen bei ihrem ersten Lover. *Bei ihm.*

„Warum bist du so still?"

„Ich genieße ganz einfach deinen Anblick", sagt er ehrlich. „Du bist wunderschön, ich könnte dich stundenlang ansehen, obwohl ich zugeben muss, dass ich irgendwann wahrscheinlich dem Drang nicht mehr widerstehen könnte, dich zu berühren."

Alexandre beugte sich über sie und neckte sie mit leichten Küssen. Er hatte es nicht eilig, obwohl er total erregt war. Diese Frau wollte langsam verführt werden. Wilder Sex war heute Nacht nicht angesagt.

„Du schmeckst mit jedem Kuss besser", murmelte er. „Ich bin süchtig nach dir."

Sie wanderte mit den Händen über seine Brust zu seinen Schultern. „Deine Stimme – du könntest mich glatt am Telefon verführen."

Er lächelte. „Ich werde es versuchen, wenn wir mal nicht zusammen sind." Dann legte er sich auf sie und schmiegte sich leicht gegen ihre Brüste.

Sie erbebte. „Du fühlst dich so gut an."

„Das klingt überrascht." Er lächelte und küsste sie auf die pochende Halsschlagader. Mit einer Hand tastete er sich zu ihrem Rücken vor, um ihren BH zu öffnen.

„Ich hätte nie gedacht, dass es so schön sein kann, einfach nur das Gewicht eines Mannes auf mir zu spüren."

Er hob den Kopf und sah sie an. *„Mein* Gewicht. Nicht das irgendeines Mannes."

Ohne den Blick von ihr zu wenden, zog er ihr den BH aus und warf ihn vom Bett. „Ich wusste nicht, dass es dich überhaupt gibt", sagte sie leise.

Es fiel ihm schwer, nicht sofort ihre herrlichen Brüste zu liebkosen, die sich so verlockend gegen seinen Körper schmiegten. „Was hast du denn gedacht, wer dich einmal so halten würde?"

Sie lächelte versonnen. „Ich glaube, ich habe, ohne es zu wissen, immer von dir geträumt."

Besänftigt küsste er sie, bis sie nach Luft schnappte. Und dann streichelte er hingebungsvoll ihren Körper, bis sie laut stöhnte. Er wollte jeden Zentimeter küssen. Würde er heute Nacht die Geduld dazu haben?

Innerlich bebend küsste er ihre Wangenknochen, dann ihr Kinn, bevor er sich zu ihren Schultern und ihrem Schlüsselbein bewegte. Als sie sein Haar zerzauste und seufzte, wusste er, dass er die Geduld aufbringen würde.

Und dann begann er, ihre Haut zu liebkosen, wo er sie noch nicht geschmeckt hatte. Ihm wurde heiß, als er ihre Brüste küsste und an den harten Knospen saugte. Sie hob sich ihm entgegen, zeigte offen und ungehemmt ihre Lust.

Langsam wanderte er mit den Händen weiter, bis seine Finger ihren Slip berührten. Er riss an dem Slip und warf ihn zur Seite. Dann setzte er sein Ziel fort, jeden Fleck ihres Körpers kennenzulernen.

Es war ein Fest der Sinne, eine meisterliche Einführung in die Kunst der Liebe. Charlotte spürte die Anspannung in ihrem Körper, als Alexandres geschickte langfingrige Hände auf ihrem Bauch verweilten.

Er küsste sie auf den Mund. „Du bist angespannt, *ma petite.* Gefällt es dir nicht?"

Wie konnte er das überhaupt fragen? Sie schluckte, sah ihn an und war wieder überwältigt von seiner unglaublichen Ausstrahlung. „Ich habe noch nie so intensiv gefühlt."

Er legte seine Hände auf ihren Oberschenkel, so dicht an ihre empfindlichste Stelle, dass sie ihn anflehen wollte, den nächsten Schritt zu gehen. „Ich will dich nicht bedrängen, Charlotte."

„Du bedrängst mich nicht. Deine Berührungen machen mich so heiß, dass ich es bald nicht mehr aushalte."

Er lächelte verschmitzt. „Das wirst du müssen, Kleines." Zärtlich strich er über die zarte Haut ihrer Innenschenkel. Sie stöhnte leise.

„Ich liebe es, wie du auf meine Berührungen reagierst", murmelte er.

Sie fuhr mit dem Finger über seine Lippen, und er küsste die Spitzen, bevor er sich wieder über sie beugte und ihren Mund eroberte. Die letzten Anzeichen von Schüchternheit und Unsicherheit lösten sich durch Alexandres behutsames Liebesspiel auf. Sie schlang die Arme um seinen Nacken und erwiderte seinen Kuss mit ihrer ganzen Leidenschaft. Ihr Leben lang hatte sie darauf gewartet. Auf ihren Traumliebhaber – ihren Alexandre.

Egal, was später geschah, heute Abend gehörte sie Alexandre Dupree. Und er gehörte ihr.

Er flüsterte ihr etwas auf Französisch ins Ohr, löste sich kurz von ihr, um seine Shorts auszuziehen. Dann suchte er in der Nachttischschublade nach den Kondomen. Einen Moment später legte er sich auf sie. Ihre nackten Körper berührten sich. Nichts war mehr zwischen ihnen. Als er über die Innenseite ihrer Schenkel strich, spreizte sie zitternd die Beine für ihn.

Er liebkoste sie zwischen den Schenkeln.

Charlotte schnappte nach Luft, klammerte sich an seinen Schultern fest, als er anfing, sie mit den Fingerspitzen zu reizen. Als sie laut stöhnte, widmete er sich auch ihren Brüsten und steigerte ihre Erregung. Sie hieß ihn willkommen, indem sie sich gegen seine Hand drängte, mehr als bereit, ihn in sich zu spüren.

Seine Finger waren zielstrebig ... und sehr vorsichtig. Er verwöhnte sie und versetzte sie in heiße Erregung.

Unfähig zu sprechen, küsste und streichelte sie ihn und geriet fast in Panik, als sie sich dem Höhepunkt näherte.

„Lass dich gehen, Kleines. Ich halte dich. Das verspreche ich dir." Und dann küsste er sie wieder, und im nächsten Moment ging ein Beben durch ihren Körper, laut schrie sie ihre Lust hinaus, und er hielt sie fest umschlungen.

Als sie langsam wieder zu sich kam, holte sie tief Luft und sagte: „Ich wollte dich in mir spüren."

„Dieses Mal werde ich bei dir sein." Mit diesen Worten legte er sich auf sie.

Als er in sie eindrang, schlang sie Arme und Beine um ihn und hieß ihn willkommen. Und das Glück, das sie verspürte, war größer als der Schmerz beim ersten Mal.

Alexandre blieb einen Moment lang still liegen, damit Charlotte sich an ihn gewöhnen konnte. Sie hob sich ihm entgegen und forderte mehr.

Kraftvoll begann er sich in ihr zu bewegen. Das Feuer, das in ihr glühte, brach aus, und sie spürte, dass sie sich dem nächsten Höhepunkt näherte. Sie sah ihm in die Augen. Heiße Leidenschaft spiegelte sich in ihnen, doch sie merkte, dass er sich immer noch zurückhielt.

Für sie.

Sie wollte ihm sagen, dass er sich nicht mehr zurückhalten sollte, doch bevor sie etwas sagen konnte, explodierten Sterne vor ihren Augen, und das Gewicht seines Körpers und sein Duft berauschten ihre Sinne. Doch als hätte er ihre unausgesprochene Erlaubnis gehört, wurden seine Bewegungen schneller, und sie wusste, dass er sich endlich gehen ließ.

Dieses Mal kam er mit ihr zusammen.

Charlotte war total erschöpft. Sie lag auf Alexandre, das Gesicht an seinen Hals gebettet. Sie atmete seinen Duft ein. In seinen Armen fühlte sich so weiblich wie nie zuvor.

Er streichelte über ihren Rücken und ließ die Hand auf ihrem Po liegen. „Bist du wach?"

Seine Stimme klingt weich und gefährlich, dachte sie. Sinnlich und verführerisch. „Ein bisschen." Sie lächelte und hob den Kopf. „Ich weiß jedoch nicht, ob ich schon in der Lage bin, einen klaren Gedanken zu fassen."

Seine Augen funkelten amüsiert. „Du schmeichelst mir."

Sie lachte. „Ehre, wem Ehre gebührt." Ein unerwarteter Gedanke schoss ihr durch den Kopf und überschattete ihr Glück.

„Was ist? Habe ich dir wehgetan?", fragte er besorgt.

„Nein, überhaupt nicht." Sie küsste ihn auf das Kinn. „Aber … darf ich dich etwas ganz Persönliches fragen?"

„Nur zu."

„Du bist ein toller Liebhaber", flüsterte sie. „Ich glaube, ich bin eifersüchtig auf die Frauen, die du vor mir hattest."

Sie erwartete, dass er sich elegant aus der Affäre zog und irgendetwas Charmantes und Scherzhaftes sagte.

Er strich liebevoll über ihr Gesicht. „Ich habe die Frauen immer respektiert, mit denen ich geschlafen habe, deshalb kann ich nicht behaupten, dass sie mir nichts bedeutet haben. Aber was wir beide heute Abend erlebt haben … das hat nichts mit Erfahrung und Können zu tun, sondern nur mit uns. Ich habe den Sex noch nie so schön und intensiv erlebt."

Charlotte liebte ihn für seine Ehrlichkeit noch mehr. Dieser Mann würde ihr immer Achtung entgegenbringen. Mehr noch, dadurch, dass er akzeptierte, dass sie gerade etwas Besonderes erlebt hatten, hatte er ihr einen kurzen Blick in sein Herz erlaubt.

„Ich habe noch nie vorher mit einem anderen Mann geschlafen", sagte sie und sah ihn an, „aber ich weiß, dass ich diese Nacht niemals bereuen werde."

Er verzog das Gesicht. „Sprich in meiner Gegenwart nicht von anderen Männern, Charlotte."

War er etwa eifersüchtig? Damit hatte Charlotte bei ihrem weltmännischen Franzosen nicht gerechnet. Sie freute sich aber, denn es war ein Zeichen dafür, dass sie ihm nicht gleichgültig war.

Lächelnd verschränkte sie die Arme über seiner Brust und legte das Kinn auf die Hände. „Warst du jemals richtig verliebt?", fragte sie, ermutigt durch seine Offenheit.

„Als ich gerade mal zwanzig war, dachte ich, total verliebt zu sein."

„Und?"

„Celeste war sehr hübsch, hatte strahlend blaue Augen und lange blonde Haare. Für mich war sie damals der Inbegriff für Anmut und Schönheit."

Quälende Eifersucht überfiel sie. „Verstehe." Sie spielte mit ihren schwarzen Haaren.

Alexandre lächelte. „Du solltest vorsichtig sein. Sonst komme ich noch auf die Idee, dass ich dir nicht gleichgültig bin."

„Du weißt, dass es so ist." Sie schnitt ihm eine Grimasse. „Warum hast du Celeste nicht geheiratet?"

„Ich wollte keine Frau heiraten, die mit jedem meiner Freunde ins Bett ging."

„Wie bitte?"

„Sie wollte nicht – wie sagt ihr – alles auf eine Karte setzen. Das Einzige, was sie interessierte, war, sich einen reichen Mann zu angeln. Einer meiner früheren Freunde hatte nicht so viel Glück wie ich. Er ist mit ihr verheiratet."

„Das tut mir leid."

„Mir nicht. Damals war ich natürlich am Boden zerstört. Doch das ging vorbei. Und ich konnte erleben, welchem Schicksal ich entgangen war. Raoul weiß nie, wo seine Frau ist – so etwas würde ich in einer Ehe nicht tolerieren."

Sie dachte darüber nach, was er gerade gesagt hatte. „Hattest du deshalb immer nur kurze Affären? Weil du Frauen nicht vertraust?"

Sein Blick verdunkelte sich. „Was weißt du von meinen Affären?"

„Nur das, was ich in den Artikeln gelesen habe, die ich im Internet finden konnte", gestand sie. „Du scheinst keine langfristigen Beziehungen gehabt zu haben."

„Ich sehe, du hast dir meinen Rat gemerkt, und stellst mir Fragen, nachdem wir uns geliebt haben."

Es dauerte einen Moment, bis sie begriff, worauf er anspielte. „Tut mir leid, so war das nicht gemeint. Ich wollte die Situation nicht ausnutzen."

„Wie könnte ich das glauben, wenn du mich aus deinen großen, dunklen Augen so ernst ansiehst?" Seufzend änderte er die Position, sodass sie nebeneinander lagen und sich ansahen.

Sie legte die Hände an seine Brust und rutschte näher. „Ich bin froh, dass du das weißt. Ich möchte nicht, dass diese Nacht durch irgendetwas zerstört wird."

Er lächelte und schlang die Arme um sie. „Das ist unmöglich. Heute Nacht liegt Magie in der Luft."

Betört von der Wärme in seinen Augen, kratzte sie mit ihren Zähnen über seine Schulter. Überrascht zuckte er zusammen, dann sah er sie aus zusammengekniffenen Augen an. „Willst du spielen, Kleines?"

Der leidenschaftliche Blick in seinen Augen und das erotische

Timbre seiner Stimme ermutigten sie, seine Hand an ihren Mund zu ziehen und lustvoll an seinen Fingern zu saugen. Er ließ ihr den Spaß etwa eine Minute lang, dann stöhnte er tief auf, veränderte wieder die Position und zog Charlotte auf sich.

„Dann lass uns spielen." Er grinste und strich mit den Fingernägeln ganz sanft über die Außenseite ihrer Schenkel.

Bebend saß sie auf ihm, etwas schüchtern, aber nicht so sehr, als dass sie auf die Erfahrung verzichten wollte, die ihr aufregender Liebhaber jetzt für sie in petto hatte. „Ja, los", flüsterte sie. „Lass uns spielen."

Eine Stunde später, Charlotte lag auf dem Rücken und lächelte verträumt und schläfrig, sagte Alexandre plötzlich: „Celeste war eigentlich nicht diejenige, die mich geprägt hat. Das war eine andere Frau."

Die Müdigkeit war sofort verflogen, als Charlotte erstaunt erkannte, dass er die Frage beantwortete, die sie vor einiger Zeit gestellt hatte. „Wer?", wagte sie zu fragen. Alexandre war kein Mann, der einem anderen Menschen so schnell sein Vertrauen schenkte.

Er gab keine direkte Antwort. „Meine *maman* ist eine typische Französin. Sie hat Stil, Niveau, ist sehr kultiviert und liebt das Leben."

Seine erotische Stimme streifte ihren Körper wie eine Liebkosung. „Was ist mit deinem Vater?"

„Mein *papa* ist ein sehr reicher Mann, hoch angesehen und begehrt in der Gesellschaft. Seine Frau ist eine britische Adelige."

„Deine Mutter war seine Geliebte?"

„Nicht war, *ist*. Sie ist schon lange mit ihm zusammen. *Maman* liebt das Leben und er auch."

Trotz seines gleichgültigen Tonfalls spürte sie, dass er unter den Verhältnissen litt. „Hast du es immer gewusst?"

„*Oui, ma petite. Papa* musste uns oft allein lassen, um zu seiner anderen Familie zu gehen. Ich durfte ihn auf keinen Fall *papa* nennen, falls wir uns in der Öffentlichkeit einmal trafen." Er streichelte sie, und sie schmiegte sich an ihn. „Natürlich wusste seine Frau von mir und auch seine anderen Kinder. Ich bin ein offenes Geheimnis – wir Franzosen gehen ja so erwachsen mit diesen Dingen um." Er verzog den Mund. „Ich glaube, seine Frau hat einen jüngeren Lover."

„Warum haben sie überhaupt geheiratet?"

„Geld, meine süße Charlotte. Geld. Die Familien mussten sich zusammenschließen, um ein Imperium zu schaffen." Er spielte mit ihren Haaren.

„Hat deine Mutter …?" Sie sprach nicht weiter, da sie fürchtete, zu weit zu gehen.

„Ich bin nicht beleidigt, *chérie*. Deine Fragen sind ehrlich – und Ehrlichkeit richtet keinen Schaden an. *Maman* kommt aus armen Verhältnissen. Ich kann ihr nicht vorwerfen, dass sie es vorzog, das Leben einer verwöhnten Geliebten zu führen, statt niedere Arbeiten zu verrichten, bis von ihrer Schönheit und ihrer Ausstrahlung nichts mehr übrig ist.

Wir haben nie darüber gesprochen, aber ich glaube, sie liebt das Leben, das sie für sich gewählt hat. Sie hat nicht nur einen Liebhaber, der sie bewundert, einen Sohn, der sie respektiert und liebt, sie hat auch Vermögen. Und was noch wichtiger ist, sie hat ihre Freiheit."

„Ich … ich fürchte, ich habe ein Problem damit, diese Lebensart zu verstehen."

„Entschuldige, wenn ich dich geschockt habe."

Sie runzelte die Stirn. „Willst du auch einmal so eine offene Beziehung führen?" Alexandre rollte sie beide herum, bis er auf ihr lag. Er lächelte. Charlotte konnte den Blick in seinen mysteriösen Augen nicht deuten. Er streichelte sie und ließ dann die Hand auf ihrer Brust liegen. „Nein, niemals. Ich glaube, ich könnte ziemlich unangenehm werden, wenn meine Frau einen anderen Mann hätte."

„Und wie sieht es umgekehrt aus?"

„Hm?"

„Gilt das Gleiche auch für dich, oder würdest du dir die Freiheit nehmen, eine Geliebte zu halten?"

Er spielte mit ihrer harten Brustspitze. „Um sicher zu sein, dass eine Frau nicht fremdgeht, muss der Mann sehr viel Zeit mit ihr verbringen und ihr das geben, was sie braucht. Ich habe vor, meine ehelichen Pflichten sehr ernst zu nehmen. Somit hätte ich also gar keine Zeit für außereheliche Ablenkung." Er beugte sich zu ihr und küsste sie auf den Hals und schließlich auf den Mund, während er weiter mit der empfindlichen Spitze spielte.

Maman meint, ich wäre völlig aus der Art geschlagen. Für mich ist in einer Beziehung gegenseitige Treue oberstes Gebot."

Charlotte sah ihn fasziniert an. Sie wünschte sich, dass dieser Mann, der sie so zärtlich berührte und voller Leidenschaft ansah, für immer bei ihr bleiben würde. Dieser Mann, der unter seinen ungewöhnlichen Lebensumständen so sehr gelitten hatte.

Heute Abend gehörte er ihr. Und ab morgen würde sie darüber nachdenken, wie sie seine Wunden heilen konnte, damit er an Liebe und ein gemeinsames Leben glaubte.

Als Charlotte am nächsten Tag allein in ihrem Gewächshaus war, dachte sie darüber nach, was sie über den Mann erfahren hatte, in den sie sich gegen ihren Willen verliebt hatte.

„*Ma petite,* warum machst du so ein ernstes Gesicht?" Alexandre nahm sie von hinten in die Arme und küsste zärtlich ihren Nacken.

Ein wohliger Schauer lief ihr über den Rücken.

„Was machst du hier? Ich dachte, du bist mit Trace und James zusammen?" Seine Nähe ließ ihr Herz schneller schlagen – wie immer war sie hingerissen von ihm.

„Wir sind mit der Besprechung fertig, und ich wollte dich zum Lunch entführen."

„Ich kann nicht. Erst muss ich das hier fertigmachen." Sie deutete auf die blutroten Rosen, die vor ihnen lagen. „Das ist ein besonderer Auftrag von Mrs. Blackhill für den sechzehnten Geburtstag ihrer Tochter."

„Kannst du dir nicht eine Stunde Pause gönnen?" Er spielte mit ihren Fingern. „Ich vermisse deine Gesellschaft, Kleines."

„Höchstens eine halbe Stunde."

„Gut, dass ich den Picknickkorb gleich mitgebracht habe."

„Alexandre!" Sie drehte sich in seinen Armen. „Woher kennst du mich so gut?"

Irgendetwas, fast schien es wie Schuldbewusstsein, blitzte in seinen Augen. „Ich bete dich eben an."

Alexandre sah in ihr hübsches Gesicht und wollte ihr sagen, dass er ihr Tagebuch gelesen hatte. Ehrlich, wie er war, konnte er nur schwer mit der Lüge leben. Doch er hatte Angst vor den Konsequenzen. „Komm, ich habe einen wundervollen Wein mitgebracht, den du unbedingt probieren musst." Er reichte ihr die Hand.

„Einen von unseren?" Sie ließ sich von ihm aus dem Gewächshaus zu dem Caddy führen, den er draußen geparkt hatte.

„Natürlich nicht. Dies ist der beste Wein der Welt." Er lächelte sie verschmitzt an, als er den Korb vom Beifahrersitz nahm. „Es ist einer von meinen Weinen."

Sie verbrachten eine wundervolle Zeit.
Viel zu schnell mussten sie sich wieder trennen. „Ich werde später die Blumen für die Geburtstagsparty zum Gutshaus bringen. Vielleicht hast du dann kurz Zeit für einen Kuss?"
„Wann kommst du? Ich will keine Möglichkeit verpassen, dich zu küssen."
„Gegen halb sieben."

Kurz vor halb sieben an dem Abend fuhr Alexandre erwartungsvoll lächelnd mit seinem Caddy vor dem Gutshaus vor. Das Lächeln erstarb auf seinen Lippen, als er Charlotte in der Einfahrt stehen sah. Sie sprach mit einem jungen Mann, der lässig an einem auffälligen roten Auto lehnte. Er hielt ein Geschenk in der Hand, deshalb vermutete Alexandre, dass es sich um einen Partygast handelte, der zu früh gekommen war. Er hörte gerade noch den Rest der Unterhaltung, als er sich ihnen näherte.
„Sind Sie sicher?", fragte der junge Mann lockend. „Wir könnten eine schöne Zeit miteinander haben."
„Tut mir leid, ich bin schon vergeben", erwiderte Charlotte mit fester Stimme. „Danke für die Einladung."
„Wenn Sie von dem anderen genug haben, dann rufen Sie mich an." Er drückte ihr seine Karte in die Hand.
Alexandre kannte normalerweise keine Eifersucht, doch jetzt überfiel sie ihn mit Wucht. „Die wird sie nicht benötigen." Er nahm Charlotte die Karte aus der Hand und steckte sie dem Mann in die Jackentasche. „Ich glaube, Sie haben eine Verabredung."
Ohne ein weiteres Wort drehte sich der Angesprochene um und ging.
Charlotte lachte leise. „Sehr praktisch, dich in der Nähe zu haben. Danke für die Hilfe. Der Kerl war ziemlich aufdringlich."
„Ein Verehrer, *chérie?*"
Sie verdrehte die Augen. „Nur einer von den Playboys, die zu Gast sind und sich für unwiderstehlich halten."

„Bekommst du häufig solche Einladungen?"

Sie zuckte mit den Schultern. „Sie bedeuten nichts. Und jetzt küss mich."

Er küsste sie leidenschaftlich. Als er sich schließlich sanft aus der Umarmung löste, ging ihr Atem schnell, und sie sah Alexandre sehnsüchtig an.

„Kommst du heute Abend zu mir?", fragte sie leise.

In seiner gegenwärtigen Stimmung sollte er nicht zu ihr gehen. „Ich werde kommen."

7. KAPITEL

Alexandre hatte Charlotte die Art von Liebe gegeben, von der sie geträumt hatte. Aber heute Abend, nur einen Tag nach ihrer ersten gemeinsamen Nacht, wollte er alles andere als sanft und zärtlich sein. Er wollte sie unbeherrscht und hemmungslos lieben.

Seine Wildheit würde sie ängstigen. Sie war eine sinnliche Frau, die wunderbarste Liebhaberin, die er je gehabt hatte, aber sie war noch nicht bereit für die tabulose Leidenschaft, die ihn trieb. Sie sollte ihm gehören. Ihm allein.

Er wusste, dass seine Eifersucht unbegründet war – Charlotte war keine Frau, die sich mit einem anderen Mann einließ, solange sie mit ihm zusammen war. Aber ein Gast hatte sich an *seine* Frau herangemacht. Und auch wenn sie die Annäherungsversuche bereits im Keim erstickt hatte, die Eifersucht wütete in ihm.

Er sehnte sich danach, zu ihr zu gehen, ihr die Kleidung vom Körper zu reißen und sein kratziges Kinn über ihre zarte Haut zu reiben. Er wollte sie ohne großes Vorspiel. Und er wollte totale Hingabe.

All seine sexuellen Wünsche sollten erfüllt werden.

Alexandre lief im Gästezimmer auf und ab und biss die Zähne zusammen. In diesem Zustand konnte er nicht zu ihr fahren. Er verließ das Haus, um sich erst einmal beim Joggen abzureagieren. Dabei achtete er nicht darauf, wohin er lief.

Einige Zeit später blickte er auf und blieb entsetzt stehen. Charlottes Cottage lag nur wenige Meter vor ihm. Obwohl er beschlossen hatte, sich von ihr fernzuhalten, war er instinktiv zu ihr gelaufen.

Er starrte auf das Licht im Schlafzimmer. Seine Geliebte war also noch wach. Wartete sie auf ihn? Sofort war er total heiß auf sie. Er steckte die Hände in die Hosentaschen, drehte sich um und wollte zurückgehen.

„Alexandre? Bist du das?"

Verwirrt wirbelte er herum. Sie stand in einem knappen weißen Shirt in der Haustür des Cottages. Er machte sofort ein finsteres Gesicht. „Warum kommst du in diesem Aufzug aus dem Haus, wenn du nicht weißt, wer hier draußen ist?", fuhr er sie vorwurfsvoll an.

„Ich habe die Tür erst ganz geöffnet, als ich erkannte, dass du es bist. Warum schleichst du da draußen herum?" Sie trat einen Schritt aus der Tür.

„Bleib, wo du bist."

„Warum?" Sie klang gekränkt.

Er atmete schwer. „Tut mir leid. Ich bin heute Abend etwas gereizt. Außerdem bin ich so scharf auf dich, dass ich für nichts mehr garantieren kann, wenn du noch näher kommst."

Sie trat noch einen Schritt vor. „Das klingt verlockend. Was meinst du, was du mit mir anstellen könntest?"

Er fluchte leise, als sie gefährlich nah kam. Nah genug, um sie auf den Boden zu werfen und hier und jetzt zu nehmen. Ihm wurde so heiß bei dem Gedanken, dass er kurz davor war, noch das letzte bisschen Kontrolle über sich zu verlieren.

„Geh zurück ins Haus. Ich kann jetzt nicht der Liebhaber sein, den du brauchst – ich will dich auf eine Art und Weise, die dich schockieren würde. Ich will tabulosen Sex und spüren, wie du dich unter mir windest", murmelte er. „Ich will, dass du dich mir unterwirfst. Ohne Kompromisse."

Charlotte schluckte. Sie mochte Alexandre nicht wegschicken. Heute Abend wollte sie ihm das geben, was er brauchte.

Mit trockenem Mund griff sie nach dem Saum ihres Shirts, und ohne darüber nachzudenken, zog sie es über den Kopf. Splitternackt stand sie vor ihm. „Ich bin ganz für dich da", flüsterte sie und ließ das Shirt auf den Boden fallen.

Mehr brauchte er nicht. Doch anstatt sofort über sie herzufallen, schlich er um sie herum wie ein wildes Tier um seine Beute und betrachtete sie. Du gehörst mir, sagte sein Blick. Und sie fühlte sich so begehrt wie nie. Sie empfand keine Scham oder Verlegenheit – sein offensichtliches Verlangen nach ihr gab ihr das Selbstvertrauen, das sie brauchte. Als Frau. Als Geliebte.

Das Pulsieren zwischen ihren Schenkeln wurde stärker, ihr Herzschlag beschleunigte sich. Sie wollte ihn berühren, doch er hatte totale Unterwerfung verlangt, und sie hatte zugestimmt. Deshalb rührte sie sich nicht und überließ Alexandre die Führung.

Er trat hinter sie und legte die Hände an ihre Hüften.

„Ich werde hier draußen mit dir schlafen. Die Dunkelheit und die Sterne sollen Zeugen sein." Er schob ihre Haare zur Seite und küsste ihren Nacken. „Ich liebe es, wie du schmeckst, Kleines."

Charlotte rechnete damit, dass er sie ohne großes Vorspiel nehmen würde. Sie hatte keine Angst, denn sie vertraute darauf, dass Alexandre auch in seiner größten Leidenschaft auf sie aufpasste. Und sie war bereit für ihn. Er brachte die sinnliche Frau in ihr zum Vorschein, verwandelte ihre Fantasie in Wirklichkeit.

Er streichelte sie zwischen den Beinen. Sie schnappte nach Luft. Einen Moment später ging er vor ihr in die Hocke, strich über ihre Schenkel und drängte sie, die Beine zu spreizen. Sie fühlte sich wild und ungehemmt und zügellos und gehorchte ihm.

Dann lagen seine Hände an ihren Hüften. Ihre Beine drohten nachzugeben, als er begann, sie mit der Zunge zu verwöhnen. Heiß und wild und schamlos.

Charlotte klammerte sich an seinen Schultern fest.

„*Tu es très belle*. Du bist so schön." Seine Worte streichelten ihre Sinne, seine erotische Stimme war wie Samt. Und dann liebkoste er sie weiter.

Sie wollte ihn anflehen, endlich zu ihr zu kommen, doch irgendetwas ließ sie schweigen. Vielleicht war es das Bewusstsein, dass dies seine Nacht war. Er stellte die Spielregeln auf.

Der erste Höhepunkt überraschte sie. Gerade wurde sie noch von heißen Gefühlen überschwemmt, im nächsten Moment geriet ihr Körper in Ekstase, sie wand sich vor Lust und Wonne, ein Schrei kam über ihre Lippen, ein Vulkan brach in ihr aus.

Alexandre richtete sich auf und schloss sie in seine Arme. Zärtlich knabberte er an ihrem Hals und streichelte über ihre Brust.

„Alexandre", murmelte sie so glücklich, dass sie ihm alles geben und ihm ganz gehören wollte.

Statt zu antworten, glitt er mit der Hand zwischen ihre Beine und streichelte die Stelle, die er zuvor mit der Zunge verwöhnt hatte, während er mit der anderen Hand ihre Brust liebkoste.

Charlotte klammerte sich an ihn. Sie hatte nicht geglaubt, dass sie wieder bereit war, doch sie hatte sich getäuscht. „Ich komme gleich noch einmal", keuchte sie.

Er streichelte sie intensiver. „Ja, komm, Kleines."

Der zweite Orgasmus traf sie mit derselben Wucht wie der erste. Doch es war kein wütendes Inferno, kein hitziges Aufflackern und

Verbrennen. Sondern ein Feuer, das unentwegt weiter tobte, während Alexandres Finger ihre Magie fortsetzten. Unzählige Wellen überrollten sie, sie presste sich gegen seine Hand und forderte mehr von der Leidenschaft, nach der er sie so süchtig gemacht hatte.

Alexandre gab ihr, was sie wollte. Mehr und mehr und mehr, bis sie so erschöpft war, dass sie nur noch stöhnen konnte.

Dann hob er sie hoch und trug sie zum Cottage. Er sah in Charlottes Augen und war verloren. Eigentlich hatte er hier draußen mit ihr schlafen wollen, unter dem schwarzen Nachthimmel, aber irgendetwas hatte ihn davon abgehalten, sie auf dem harten Boden zu lieben. Es widersprach seinem Beschützerinstinkt. Und Charlotte zu beschützen war für ihn mittlerweile das Wichtigste überhaupt geworden. Er trat durch die offene Tür und stieß sie hinter sich zu.

Das Licht in ihrem Schlafzimmer zeigte ihm den Weg. Charlotte sagte nichts, sie rieb ihr Gesicht an seiner Brust, die Arme um seinen Hals geschlungen.

Als er sie auf das Bett sinken ließ, streckte sie ihm die Arme entgegen. Stöhnend legte er sich auf sie.

Unter seinen Händen war ihre Haut warm und weich. „Du fühlst dich wundervoll an, *ma petite*", murmelte er und liebkoste ihre Ohrmuschel. Dann hauchte er zarte Küsse auf ihr Kinn, bis er ihren Mund erreichte. „Und wie du schmeckst."

Sie erbebte und murmelte etwas, was er nicht verstand. Er rieb die Nase an ihrem Hals und atmete ihren Duft ein. Sie zerzauste sein Haar. Lächelnd rutschte er nach unten und küsste ihre Brüste.

Sie wand sich unter ihm. „Alexandre."

Lustvoll nahm er eine Spitze in den Mund. Gierig saugte er daran, bis Charlotte sich wohlig unter ihm wand.

Die andere Brust schmeckte ebenso köstlich wie die erste. Charlottes Atem ging immer flacher, er spürte ihren rasenden Herzschlag unter seiner Hand, und als sie seinen Namen flüsterte, kannte Alexandre kein Halten mehr. „Ich will dich ganz spüren."

Ihre Augen schienen noch dunkler zu werden. Sie öffnete seine Hose und umfasste ihn. Beinah wäre er sofort gekommen.

Irgendwie schaffte er es, sich ganz auszuziehen und ein Kondom überzustreifen, und dann drang er in sie ein.

Charlotte klammerte sich an seinen Schultern fest.

Alexandre warf einen letzten Blick in ihr von Leidenschaft gerötetes Gesicht, um sich zu vergewissern, dass ihr der Sex genauso viel Spaß machte wie ihm. Und dann ließ er sich gehen, spürte, wie sie sich ihm ganz und gar hingab.

Ihre Körper waren wie füreinander geschaffen. Daran dachte er, bevor er einen erschütternden Höhepunkt erlebte.

Sein Gesicht ruhte an ihrem warmen Hals, sein Körper lag auf ihrem wie auf einem weichen Kissen. Alexandre strich mit der Zunge über ihre zarte Haut. Sie erbebte.

„Bin ich zu schwer, *ma petite?*" Er liebte das Gefühl ihres zarten, weiblichen Körpers unter seinem.

„Nein. Bleib so liegen." Sie küsste ihn. „Du hast Französisch gesprochen, als wir ..."

„*Oui*, das ist meine Muttersprache. Magst du das nicht?"

„Du weißt genau, dass es mir gefällt. Ich wüsste nur gern, was du gesagt hast." Sie hatte die Arme um seine Schultern gelegt und streichelte ihn sanft.

„Du wirst vor Scham erröten." Doch dann flüsterte er ihr die Übersetzung ins Ohr.

„Alexandre!"

Er blickte in ihr schockiertes Gesicht und begann zu lachen. „Ist das dieselbe Frau, die vor ein paar Minuten nackt unter dem Sternenhimmel gestanden hat?"

Alexandres erotische Stimme ließ sie fast den Gedanken vergessen, der sie beschäftigte. „Warum?"

„Warum was?" Verwirrt sah er sie an.

„Warum warst du heute Abend so gereizt und kribbelig?"

„Ich will nicht darüber sprechen."

„Du kannst deine Geheimnisse nicht immer für dich behalten."

„*Non*", stimmte er zu. „Aber heute Abend kann ich es."

Nach der Nacht veränderte sich Alexandres Haltung ihr gegenüber. Er war nicht weniger zärtlich, nicht weniger liebevoll, doch in seinen Augen entdeckte sie einen Besitzanspruch, der sie jedes Mal erstaunte. Sie brauchten es beide, die Nächte in den Armen des anderen zu verbringen, und sie genossen die gemeinsamen Stunden.

Rausch der Sinne

Aber wir haben nicht nur die Nächte, dachte sie lächelnd. Trotz ihrer vollen Terminkalender schafften sie es, einen Ausflug nach San Pablo Bay zu machen und zum Dinner nach Sonoma zu fahren. Sie wiederholten sogar ihr romantisches Picknick im Mondschein. Kaum zu glauben, dass sie einander gerade erst zwei Wochen kannten.

Mit jedem Moment, den Charlotte mit Alexandre verbrachte, hatte sie das Gefühl, dass es richtig war, was sie tat. Sie passten ideal zusammen. Alexandre ließ alle ihre Träume wahr werden. Wenn sie mit ihm zusammen war, vergaß sie sogar den Brief von dem Einwohnermeldeamt, auf den sie eigentlich sehnsüchtig wartete.

Einerseits war sie froh darüber, dass er noch nicht angekommen war. So konnte sie weiterhin glauben, dass ihre Mutter noch lebte. Andererseits wollte sie endlich die Wahrheit wissen, denn die Tage des Wartens bedeuteten auch unendliche Qualen. Qualen, die nur Alexandre lindern konnte.

Summend steckte sie eine langstielige Rose in das Blumenarrangement, an dem sie gerade arbeitete. Wie konnte es sein, dass dieser Franzose, der in einer ganz anderen Liga spielte als sie, sie so gut kannte?

Zu gut.

Ein entsetzlicher Gedanke schoss ihr durch den Kopf. Das Liebesspiel letzte Nacht unter freiem Himmel war einfach wundervoll gewesen. Es hatte ihrer Fantasie nicht nur geähnelt, es war ihre Fantasie gewesen. Und davor – das Picknick, das Tanzen, die Romantik –, alles, wie sie es sich erträumt hatte. Bis ins letzte Detail. Sie bekam einen trockenen Mund, als ihr ein entsetzlicher Verdacht kam. Die Rose fiel ihr aus der Hand. War es möglich, dass Alexandre ihr Tagebuch gelesen hatte?

Sie dachte an den Tag, als er ihr das Bouquet geschenkt hatte, den Tag, als sie ihn vor dem Gewächshaus getroffen hatte. Es war möglich, dass er sie gesucht hatte und dabei über ihr Tagebuch gestolpert war.

Ja, sie war fast sicher, dass Alexandre in ihre Privatsphäre eingedrungen war. Mehr noch, er hatte ihr Vertrauen missbraucht. Wütend lief sie hinaus und schnappte sich ihr Fahrrad.

Ihre Wangen brannten vor Wut, der Schmerz zerriss ihr fast das Herz. Sie hatte ihm total vertraut, und sie war die ganze Zeit nur ein Spiel für ihn gewesen. Meine Güte, was musste er darüber gelacht habe, dass die stille Charlotte Ashton sich in ihren Fantasien als heiße

Verführerin sah. Tränen traten ihr in die Augen, doch sie drängte sie zurück.

Sie ging direkt in die Kellerei. Alexandre stand an der Treppe, die in den Keller führte, und sprach mit einem der Angestellten. Kaum war sie eingetreten, sah er zu ihr, fast, als hätte er ihre Anwesenheit geahnt.

Ein Lächeln erhellte sein attraktives Gesicht. Es war das erste Mal, dass sie bei dem Anblick nicht weich wurde.

„*Ma chérie*", kam er auf sie zu.

„Ich muss mit dir reden. Unter vier Augen." Ohne ein weiteres Wort verließ sie die Kellerei und ging in Richtung Weingärten.

Er folgte ihr auf den Fersen.

Kaum waren sie außer Hörweite, wirbelte sie herum.

Argwöhnisch sah er sie an. „Du bist wütend."

„Ja. Hast du mein Tagebuch gelesen?"

Er wurde blass. „Ja."

Sie hatte alles erwartet, aber das nicht. „Du versuchst nicht einmal, es zu leugnen?"

„*Non*. Ich habe es gelesen."

„Wie konntest du mir das antun?", schrie sie entsetzt. „Was fällt dir ein, einfach in meine Privatsphäre einzudringen?"

„Ich wollte es nicht. Aber ich konnte nicht widerstehen." Er wagte nicht, sie zu berühren.

„Wie konntest du nur? Es waren ganz private Gedanken, private Träume. Du hattest kein Recht, in dem Buch zu lesen. Wie würde es dir gefallen, wenn ich das getan hätte?"

„Charlotte, du bist so verschlossen, teilst mit niemandem deine Gedanken, dass ich Angst hatte, ich würde dich nie kennenlernen. Deshalb habe ich die Chance ergriffen, als sie sich mir bot."

„Damit rechtfertigst du dein Tun?"

„Nein. Das ist einfach der Grund, weshalb ich mir eingeredet habe, es sei zulässig."

„Du wirfst mir vor, ich würde meine Gedanken mit niemandem teilen. Und was ist mit dir? Du überdeckst alles mit einem Charme, der undurchdringlicher ist als Stahl."

„Ich habe dir Dinge anvertraut, die ich bisher niemandem gesagt habe", entgegnete er ruhig.

Sie war zu abgelenkt, um überhaupt zu hören, was er sagte. „War alles nur ein Spiel für dich? Die kleine Indianerin verführen?"

Seine dunklen Augen begannen wütend zu funkeln. „Hör auf, bevor du zu weit gehst." Seine Stimme klang gefährlich ruhig.

„Warum zum Teufel sollte ich das? Du hast dich auf meine Kosten amüsiert. Nun, das ist jetzt vorbei. Mit uns ist Schluss."

Er nahm ihr Kinn zwischen Daumen und Zeigefinger. „Sag so etwas nicht in deiner Wut, *ma petite.*"

Sie wich zurück. „Ich meine jedes Wort, das ich sage. Eigentlich sollte ich froh sein, dass du mir die Trennung von dir so einfach machst – ich hatte mir vorgestellt, dass zwischen uns mehr als Sex sein könnte." Die Lüge brachte sie fast um.

Für einen Moment hatte sie das Gefühl, ihn mit ihren Worten getroffen zu haben. Doch als sie in seine Augen sah, entdeckte sie nur ausdruckslose Leere. Sie wurde noch wütender, dass er so ruhig bleiben konnte, während ihr Herz brach.

„Jetzt muss ich mir darüber keine Sorgen mehr machen", flüsterte sie. „Danke, dass ich mit dir üben durfte – du hast mir vieles beigebracht. Mein nächster Liebhaber wird es zu schätzen wissen."

Sie wartete seine Antwort nicht ab. Blind vor Wut und Schmerz rannte sie zu ihrem Fahrrad. Erst als sie unterwegs war, stellte sie fest, dass Alexandre keine Anstalten gemacht hatte, ihr zu folgen.

Alexandre lag in der Nacht lange wach. Charlottes Worte hatten ihn wie ein Messerstich getroffen. Hatte sie ihn tatsächlich nur benutzt? Mit ihm „geübt", weil er verfügbar war? Der Gedanke versetzte seinem männlichen Ego einen schweren Schlag.

Er drehte sich um, boxte die Kissen zurecht und versuchte, die unglaubliche Wut in ihren Augen zu vergessen. Wie hatte er sich so in ihr täuschen können? Er war überzeugt gewesen, dass sie anders als die Frauen war, die er gekannt hatte. Aber dann hätte sie ihn nicht so sehr verletzt.

Am besten, er würde sie vergessen und sein normales Leben fortsetzen. Kaum hatte er den Gedanken zu Ende gedacht, da wusste er schon, dass es unmöglich war.

Plötzlich erinnerte er sich an die ersten Einträge in ihrem Tagebuch, die er gelesen hatte.

... für mich bedeutet dieser Akt mehr als die Verbindung zweier Körper, mehr als nur Vergnügen, mehr als nur Sex ...

Sie hatte ihn gefragt, wie er es empfunden hätte, wenn sie in seine Privatsphäre eingedrungen wäre. Er wäre noch wütender als sie geworden – so wütend, dass er weit schlimmere Dinge gesagt und getan hätte als sie.

Alexandre verfluchte seine Dummheit und sprang aus dem Bett. Er hatte die Frau, die ihm mehr als alles andere auf der Welt bedeutete, tief verletzt. Am liebsten wäre er sofort zu ihr gelaufen, um sie um Verzeihung zu bitten.

Es war anmaßend von ihm gewesen, ihre geheimsten Gedanken zu lesen, doch er bedauerte es nicht, denn so hatte er Charlotte für sich gewonnen. Die süße Charlotte mit allen ihren Hoffnungen, Träumen und Wünschen. Jetzt fühlte sie sich von dem Mann, dem sie ihre Unschuld geschenkt hatte, belogen und betrogen.

Der Gedanke machte ihn fertig. Er musste ihr unbedingt zu verstehen geben, was er empfunden hatte, als er ihr Tagebuch gelesen hatte. Und da gab es nur einen Weg.

Charlotte verbrachte eine schlaflose Nacht und erwachte am nächsten Morgen deshalb später als üblich. Ein schlechtes Gewissen war kein gutes Ruhekissen. Auch wenn er es verdient hatte, sie hatte ihn gekränkt. Sie musste sich bei ihm entschuldigen. Doch am vergangenen Abend hatte sie nicht den Mut dazu aufgebracht. Hätte er ihr überhaupt zugehört? Er war so stolz unter der charmanten Oberfläche, dass ihre Worte ihn unglaublich verletzt haben mussten.

Sie versuchte sich einzureden, dass er ihr nicht geglaubt hatte. Schließlich wusste er aus ihrem Tagebuch, dass Sex für sie weit mehr bedeutete als körperliches Vergnügen.

Doch es gelang ihr nicht, ihr Gewissen zu beruhigen. Zu sehr war sie sich der Tatsache bewusst gewesen, dass Alexandre nach außen zwar stark wirkte, aber in Wirklichkeit sehr verletzlich war.

Nein, sie durfte ihn nicht in dem Glauben lassen, dass sie mit ihm nur ihre Erfahrungen sammeln wollte. Der Mann, der ihr so viel Zärtlichkeit gegeben hatte, durfte dies nicht denken.

Sie holte tief Luft und öffnete die Tür. Eigentlich wollte sie zu ihm gehen, doch als sie den weißen Briefumschlag vor ihrer Tür sah, geriet sie in Panik. Was, wenn er ihre Worte doch für bare Münze genommen und beschlossen hatte, den Kontakt abzubrechen? Sie nahm den Umschlag mit zittrigen Händen und ging zurück ins Haus.

In dem Umschlag lagen mehrere beschriebene Blätter Papier. Voller Angst und Verzweiflung begann sie zu lesen.

Meine Geliebte ...

Ungläubig ließ sie sich auf einen Sessel fallen. War das möglich? Konnte Alexandre das wirklich getan haben, nachdem sie ihn so gekränkt hatte?

Ja, er hatte es getan.

Der stolze, elegante Alexandre Dupree erlaubte ihr einen Blick in seine geheimsten Gedanken, seine geheimsten Fantasien.

Sie sah auf das Blatt.

Meine Geliebte,
du hast nach meinen Fantasien, meinen Träumen gefragt. Aber wirst du mir glauben, dass du meine ultimative Fantasie bist, eine Frau mit Feuer und Schönheit, Geist und Seele, atemberaubender Sinnlichkeit und unglaublicher Zärtlichkeit?

Dein Lächeln bringt mich um den Verstand. Deine Berührungen liefern mich dir aus. Ach, ma chérie, ich weiß, du würdest dich hiermit zufriedengeben und nicht mehr verlangen. Aber du hast ein Recht darauf, von mir dieselbe Offenheit zu verlangen, die ich mir von dir erschlichen habe. Für einen Mann, der sein Leben lang Geheimnisse hatte, ist das nicht einfach. Schwierig, aber nicht unmöglich.

Was erträume ich mir also von meiner Charlotte? Was lässt mich steinhart wach werden? Was macht mich heiß auf dich? Was lässt mich selbst in der kältesten Nacht schwitzen?

Ich werde es dir erzählen, Kleines.

Charlottes Herz raste.

In meinen Fantasien ist immer Nacht, und wir befinden uns hinter verschlossenen Türen. Obwohl ... manchmal kann ich mich nicht beherrschen, und dann will ich dich dort lieben, wo du gerade bist. Seit jener Nacht vor deinem Cottage (merci, ma petite) gehört es zu meinen liebsten erotischen Fantasien, mit dir unter den Sternen zu schlafen.

Charlotte fuhr sich über die Lippen und lächelte, als sie an die besagte Nacht dachte. Dort hätte sie merken müssen, dass es für beide kein Spiel mehr war. Sie las weiter.

In meinen Träumen hast du etwas an, was dich wahrscheinlich rot werden ließe, aber ein Mann darf sich diese Freiheiten in seinen Fantasien nehmen. Ich sehe dich in erotischen Dessous aus weißen Bändern und Spitze. Ein unglaublich erotischer Anblick, den ich sehr genieße.

Weiße Bänder und Spitze?

Deine Dessous sind so knapp und durchsichtig, dass sie mehr zeigen als verbergen. Und in deinen seidigen Haaren spiegeln sich die Flammen des Kamins, vor dem du stehst. Habe ich dir eigentlich gesagt, dass wir uns in meinem Chalet in der Schweiz befinden und eingeschneit sind?

Das Feuer soll uns warmhalten, aber ich brauche es nicht, wenn du dastehst und mich ansiehst, als könntest du dir nichts Schöneres vorstellen, als mich auszuziehen und jeden Zentimeter meines Körpers mit der Zunge zu erforschen.

Charlotte holte tief Luft. Genau das wollte sie mit dem aufregenden Körper ihres charmanten Lovers tun. Aber sie hatte diesen ungeheuerlichen Wunsch nie geäußert.

Ich gebe zu, dass es mir gefallen würde, so mit der Zunge von dir verwöhnt zu werden. Aber ich kann warten, bis du bereit bist, mir diesen sehr intimen Wunsch zu erfüllen.

In dieser Fantasie ziehst du mich aus, und dann, meine liebe, süße Charlotte, berührst du mich mit Händen, die wissen, dass ich dir gehöre. Du ziehst mich auf das Bärenfell vor den Kamin

*und sinkst vor mir auf die Knie. Ich kann es kaum abwarten,
deine Lippen zu spüren, die Versuchung deines Mundes zu erleben, die heiße Qual deines langsamen Liebesspiels zu erfahren.
Lächelnd gibst du mir, wonach ich mich sehne.*

Charlotte hielt den Atem an. Ihr war heiß, sie war erregt und wollte Alexandre alles geben, wovon er träumte. Sie riss die Augen weit auf. Hatte er ebenso gefühlt, als er ihr Tagebuch gelesen hatte? Dieses Bedürfnis, seine Fantasien zu erfüllen, hatte nichts mit Machtgefühl zu tun. Es ging ihr nur darum, ihn zu befriedigen – dem Mann, den sie liebte, das zu geben, was er brauchte.

Sie hielt das Papier fest umklammert. Der Mann, den sie liebte. Sie blinzelte und holte tief Luft. Nun, das erklärte zumindest, warum sie sich gestern so schrecklich aufgeführt hatte. Obwohl sie sich heftig dagegen gewehrt hatte, hatte sie sich in den Mann verliebt. Was sollte sie tun?

Die Entscheidung war einfacher, als sie geglaubt hatte. Er hatte sie über seine Absichten nie im Unklaren gelassen. Obwohl er mehr für sie empfand, als sie je für möglich gehalten hatte, würde er sie bald verlassen. Und ihr blieb nichts weiter, als die Zeit mit ihm zu genießen, solange er hier war.

Sie schob den schmerzhaften Gedanken beiseite und konzentrierte sich stattdessen auf die Worte, die er geschrieben hatte.

Als sie fertig gelesen hatte, war ihr Gesicht gerötet, und sie hatte ein paar neue Dinge erfahren. Das Beste war, dass Alexandre sie offensichtlich für die einzige Frau hielt, die fähig war, seine glühend heißen Fantasien zu erfüllen. Seine Worte reichten schon, um Charlotte zu erregen.

*Ich wünsche mir, dass du all das und noch viel mehr Fantasien
erfüllst, ma chérie. Mein sehnlichster Wunsch ist aber, dass du
mir erlaubst, dir deine Träume wahrzumachen. Es gibt nichts
Schöneres für mich als dein Vergnügen. Nichts.*

*Verzeih mir, wenn ich dir wehgetan habe, Charlotte, und
lass dich von mir verwöhnen und lieben.*

Alexandre konnte sich auf nichts konzentrieren, seit er den Brief vor Charlottes Tür gelegt hatte. Da war es nur gut, dass die Aufgabe, die ihn auf dieses Weingut geführt hatte, so gut wie erledigt war.

„Ich habe Ihnen geholfen, so weit es geht", sagte er zu Trace, als sie vor der Kellerei standen. „Mehr kann ich in der kurzen Zeit nicht tun, zumal jetzt nicht die Zeit der Weinlese ist. Ich kann Verbesserungsvorschläge machen und Strategien aufzeigen, aber um einen Ruf als hervorragender Winzer zu bekommen, müssen Sie sich mit Hingabe jedem Schritt der Weinherstellung widmen."

„Angefangen bei den Reben", sagte Trace. „Minderwertige, massenhaft produzierte Trauben ergeben einen ebenso minderwertigen, massenhaft produzierten Wein."

„Genau." Alexandre lächelte, doch er war nicht mit dem Herzen dabei. Wo war Charlotte? Er hatte ihr seine Seele offenbart. Konnte er sie trotzdem nicht zurückgewinnen? Was sollte er tun, wenn sie ihm nicht verzieh?

„James und seine Mitarbeiter bewältigen ihre Aufgaben gut", fuhr er fort. „Aber Sie sollten jemanden einstellen, dessen Ziel nicht die Massenproduktion ist, sondern das Besondere – jemanden, der keine Angst vor Experimenten und Innovationen hat."

„Würden Sie uns weiterhin beraten?"

Was, wenn er Charlotte für immer verloren hatte? Würde er an diesen Ort zurückkehren wollen, der mit so vielen Erinnerungen behaftet war? „Ich werde Ihnen natürlich einen Bericht über diesen Besuch zukommen lassen, aber darüber hinaus kann ich nichts versprechen. Sie dürfen natürlich gern Kontakt zu mir aufnehmen, und wenn es zeitlich passt ..." Er zuckte mit den Schultern.

„Möglicherweise werde ich Ihnen ein Angebot machen, das Sie nicht ausschlagen können."

„Was sollte das für ein Angebot sein?"

Trace zögerte. „Ich weiß, dass Sie sich mit Charlotte getroffen haben, und wollte Ihnen nur sagen, dass ich sie noch nie so glücklich gesehen habe. Ich wünsche Ihnen viel Glück für die Zukunft, wie auch immer die aussehen mag."

Alexandre wusste, dass er mehr als Glück brauchte. Charlotte fühlte sich belogen und betrogen, und das machte ihn fertig. Er steckte die Hände in die Hosentaschen und beschloss, einen Teil seiner überschüssigen Energie durch Joggen loszuwerden. Er würde Charlotte nicht drängen, obwohl er es kaum noch aushielt, keine Antwort von ihr zu bekommen. Er war gerade drei Schritte gelaufen, als sein Handy klingelte.

Stirnrunzelnd zog er es aus der Tasche. Sein Frust verschwand in der Sekunde, als er die Nummer des Anrufers erkannte. „Charlotte."

Pause. „Hast du Zeit, zum Cottage zu kommen?"

„*Oui*. Ich bin in ein paar Minuten bei dir."

„Okay. Bis gleich."

Alexandre legte auf und ging zu dem Caddy, den jemand an der Kellerei geparkt hatte. Charlottes Tonfall hatte nichts verraten. Hoffentlich wollte sie ihm nicht persönlich sagen, dass sein Brief keine Bedeutung für sie hatte. Seine Finger verkrampften sich um das Lenkrad des Fahrzeugs, das er sich geschnappt hatte.

8. KAPITEL

In dem Moment, als Charlotte Alexandre vorfahren hörte, öffnete sie auch schon die Tür. Nervös rieb sie die Hände an ihrem Wickelrock, ihr Herz raste. Konnte sie es wirklich tun? Konnte sie diesem Mann so sehr vertrauen?

Er trat zu ihr, die dunklen Augen absolut emotionslos. Noch vor Kurzem hätte die ruhige Eleganz sie eingeschüchtert. Jetzt, dachte sie verwundert, kann ich hinter die Fassade blicken, und der Mann, den sie dort sah, ließ ihr Herz Purzelbäume schlagen.

„Guten Morgen", murmelte sie.

„Ist das ein guter Morgen?" Seine Stimme klang rau, heiser.

Sie ergriff seine Hand, zog ihn ins Haus und schloss die Tür. „Meiner zumindest hat sehr gut begonnen."

Er zog die Mundwinkel nach oben. „Und warum, *ma petite?*"

Ihr war gar nicht bewusst gewesen, wie sehr sie auf dieses Kosewort gewartet hatte. Sie legte die Hände an seine Brust und schmiegte sich an ihn. „Ich habe entdeckt, dass ein fantastischer, sehr attraktiver Mann mich unwiderstehlich findet." Eine leichte Röte überzog sein Gesicht. „Du wirst ja verlegen!"

„Non", widersprach er. „Alexandre Dupree wird überhaupt nicht verlegen."

Die Tatsache, dass er es doch war, gab ihr den Mut, ihm einen Vorschlag zu machen. „Hast du es sehr eilig, zum Weingut zurückzukommen?"

„Non, die praktische Arbeit ist erledigt. Ich muss jetzt noch ein paar Berichte schreiben, aber dafür habe ich einen Monat Zeit."

Ihr sank der Mut. Bald wäre er fort. Doch daran wollte sie jetzt nicht denken. Wenn dies die letzten Stunden und Tage mit dem Mann waren, den sie liebte, dann wollte sie sie mit beiden Händen festhalten. „Tut mir leid, was ich gesagt habe. Ich habe es nicht so gemeint."

„Schon vergessen."

Sie holte tief Luft und fragte: „Hättest du Lust, den Tag mit mir zu verbringen?"

Ein Strahlen ging über sein Gesicht. „Natürlich. Was möchtest du gern tun? Wollen wir irgendwo hinfahren?"

Sie schüttelte den Kopf. „Ich habe eine andere Idee." Eine unglaubliche Idee, vor allem, da es heller Tag war.

Leidenschaft blitzte in seinen Augen auf, als hätte sie sich verraten. „Erzähl mir von deiner Idee." Er legte die Arme um ihre Taille, sicher, dass sie ihm verziehen hatte und sich nicht wehren würde.

Sie spielte mit dem obersten Knopf seines Hemdes und blickte ihm in die Augen. „Ich möchte deine geheimsten Fantasien erfüllen", flüsterte sie.

„Am meisten wünsche ich mir, dich zu lieben, bis du nicht mehr weißt, wo oben und wo unten ist." Er legte seine große Hand besitzergreifend auf ihren Po. Sein Blick war so intensiv, dass sie das Gefühl hatte, von ihm verschlungen zu werden.

„Ich weiß."

Er beugte sich zu ihr hinunter, um sie zu küssen. „Wie kannst du so großzügig sein, nachdem ich dich zum Weinen gebracht habe?"

Sie hörte aufrichtiges Bedauern in seiner Stimme. „Weil du mein Herz auch tausendmal zum Lächeln gebracht hast."

Er zog sie an sich. *Ma petite,* du machst mich ganz verlegen. Ich verspreche dir, dass ich dein Vertrauen in mich nie wieder missbrauchen werde."

Sie nahm sein Gesicht zwischen die Hände und sagte: „Ich kann jetzt verstehen, wie groß die Versuchung war – ich konnte auch nicht mehr aufhören, deinen Brief zu lesen, nachdem ich erst einmal angefangen hatte."

„Oui?"

„Ich habe jedes einzelne Wort gelesen. Und dann noch einmal. Wir sind also quitt."

„Dann bist du also bereit zu spielen?"

„Ja."

„Weißt du, was ich am liebsten tun würde?"

„Was?"

„Ich möchte dich so lieben, wie du es in deinem Tagebuch geschrieben hast – so wie es nur möglich ist, wenn man einem Menschen absolut vertraut und sich ihm total hingeben will."

Sie wusste, auf welche Fantasie er anspielte. „Ich vertraue dir." Sonst hätte sie nie mit ihm geschlafen. Für sie gab es keine Trennung zwischen der körperlichen und emotionalen Liebe. Sie gehörte ihm, mit Körper und Seele.

Charlotte befand sich mit Alexandre hinter verschlossenen Türen in ihrem Schlafzimmer. Sie hatten die Gardinen zugezogen, sodass eine intime Dunkelheit herrschte.

Barfuß kam Alexandre über den weichen Teppich auf sie zu. „Bist du sicher?" Er berührte ihre Wangen, sein Blick ruhte auf ihrem Gesicht.

Sie nahm seine Hand und küsste die Fingerspitzen. *„Oui."*

Ein Strahlen ging über sein Gesicht. Es kam von innen heraus und drückte viel mehr als nur sexuelles Verlangen aus. Sie wollte aber gar nicht darüber nachdenken, was sie zu sehen glaubte, wollte sich keine falschen Hoffnungen machen. Nicht in diesem Moment, wo absolutes Vertrauen zwischen ihnen herrschte.

Er öffnete ihre Haarspange, warf sie achtlos auf den Boden und fuhr mit den Fingern durch die seidigen Strähnen. Er ließ die Haare über ihre Brüste fallen. Seine Handrücken streiften dabei ihre Brüste, und ihr wurde ganz heiß.

Er trat einen Schritt zurück und sah sie an. „Zieh dich für mich aus, Charlotte."

Es war ein sanfter Befehl, aber immerhin ein Befehl. Genau, wie sie es sich in ihrer Fantasie vorgestellt hatte. Ihre Hände zitterten vor Erregung und Nervosität, als sie sie an den Saum ihres weißen Oberteils legte. Es war einfach geschnitten, mit Rundhalsausschnitt und kurzen Ärmeln, doch der Zauber lag darin, dass es ihre Kurven betonte.

Ohne den Blick von ihm zu wenden, begann sie, das Shirt mit verschränkten Armen hochzuziehen. Leidenschaft flammte in Alexandres Augen auf, als sie Stück für Stück nackte Haut enthüllte.

In einer fließenden Bewegung zog sie das Top über den Kopf. Und dann stand sie in einem weißen Spitzen-BH und einem knielangen Rock, der sie wie ein Sarong umgab, vor ihm. Als Alexandre sie weiterhin einfach nur betrachtete, öffnete sie den Rock. Ihre Nervosität kehrte zurück, und sie schaffte es nicht, den Rock einfach fallen zu lassen.

Als hätte er ihre unausgesprochene Bitte gehört, flüsterte Alexandre. „Du bist so wunderschön ... zieh den Rock aus. Ich kann es nicht abwarten, deinen herrlichen Körper zu sehen."

Sie ließ den Rock fallen und blickte auf den blauen Stoff hinunter, der sich wie ein See um ihre Füße herum ausbreitete.

Als sie den Kopf wieder hob, fielen ihre Haare über ihre mit Spitze bedeckten Brüste. Sie war verlegen und wusste nicht, wohin mit den Händen. Da ihr bewusst war, dass ihre verführerischen Dessous nur wenig verhüllten, wollte sie sich bedecken.

Alexandre trat zu ihr, nahm ihre Hände, legte sie auf ihren Rücken und hielt sie spielerisch mit einer Hand fest. Mit der anderen strich er ihre Haare zurück.

Er blickte sie lange an. Dann strich er mit dem Daumen über die harten Brustspitzen. „Charlotte, warum hast du dich so verführerisch angezogen?"

„Ich wollte … dass du scharf auf mich bist", flüsterte sie.

Er umschloss die Brust und liebkoste sie. *„Merci, ma petite.* Du bist eine fantastische Frau." Er blickte ihr direkt in die Augen. „Wie weit darf ich gehen?"

Ihr Herz raste. „So weit du willst", erwiderte sie und überließ sich seiner Führung.

Alexandre küsste sie. Seine Hand lag immer noch auf ihrer Brust. Als sie leidenschaftlicher werden wollte, wich er zurück. Resigniert presste sie sich an ihn.

Er machte sich von ihr los. „Knie dich aufs Bett, Kleines."

Ihr wurde heiß, als sie sich mit dem Rücken zu ihm aufs Bett kniete. Sie warf einen Blick über die Schulter und fragte: „Ist es so gut?"

Ein Schauer lief ihr über den Rücken, als sie das Verlangen in seinen Augen sah. Es lag in seiner Macht, sie zu verletzen oder sie glücklich zu machen.

„*Non*, dreh dich zu mir."

Immer noch auf den Knien drehte sie sich zu ihm.

„Und jetzt streich dir die Haare nach hinten."

„So?"

„*Oui*. Setz dich auf die Hacken, und leg die Hände flach auf deine Schenkel."

Ihr war plötzlich bewusst, dass er sie wie einen Preis mitten aufs Bett platziert hatte. „Und jetzt?"

Er lächelte sie an. „Und jetzt sieh mir zu."

Er öffnete den ersten Knopf seines blauen Hemdes, und Charlotte wurde heiß.

Nachdem er drei Knöpfe geöffnet hatte, starrte sie auf die ersten sichtbaren schwarzen Brusthaare. Sie hielt den Atem an, als er das Hemd weiter aufknöpfte und aus der Hose zog. Dann öffnete er den Gürtel. Ganz langsam zog er ihn aus den Schlaufen.

Charlotte bog sich ihm entgegen. Sie sehnte sich so sehr danach, ihn zu berühren, dass sie die Hände von den Schenkeln nahm.

Alexandre warf den Gürtel auf den Boden und sagte: *„Non, ma chérie.* Lass die Hände dort liegen, wo sie waren."

Sie gehorchte sofort. In seinem Blick sah sie die offene Bewunderung, von der sie geträumt hatte.

Als sie die Hände wieder auf die Schenkel legte, sagte er: „Sehr gut, Charlotte." Es war ein raues Flüstern. „Diesen Gehorsam sollte ich belohnen."

„Irgendwie habe ich das Gefühl, dass du es zu sehr genießt", empörte sie sich.

Er zog das Hemd ganz aus und enthüllte seinen Oberkörper, der so vollkommen war wie der eines griechischen Gottes. Sein Lächeln jedoch glich eher dem eines Teufels. *„Oui,* natürlich. Du bist wunderschön, halb nackt und bereit, alles zu tun, worum ich dich bitte. Ich wäre doch ein Idiot, wenn ich das nicht ausnutzen würde."

Er kam näher. Als er das Bett erreichte, legte er die Hände auf ihre Schultern, beugte sich vor und küsste sie.

Sofort öffnete sie die Lippen und erwiderte leidenschaftlich seinen Kuss. Ihre Zungen spielten miteinander, und als er lustvoll stöhnte, musste sie all ihre Willenskraft aufbringen, um die Hände auf ihren Schenkel zu lassen.

Als er sich von ihr löste, hätte sie am liebsten enttäuscht aufgeschrien. Seine Augen funkelten gefährlich. „Du schmeckst wie eine verbotene Frucht."

In meinen Fantasien bist du stark genug ... offen meinen Körper zu bewundern, ohne es als Schwäche anzusehen.

Charlotte fragte sich, womit sie es verdient hatte, dass ihr das Schicksal so einen wundervollen Liebhaber geschickt hatte. Alexandre versuchte nicht nur, ihre Fantasien zu erfüllen, er fand sie wirklich hinreißend – für ihn war sie wie eine Droge. Gefährlich. Berauschend. Welche Frau konnte so einem Mann widerstehen?

Alexandre wandte seine Aufmerksamkeit plötzlich etwas über ihrer Schulter zu. Sie drehte sich nicht um, wartete gespannt ab, als er um das Doppelbett herumging. Nach einem, wie es schien, endlos langen Moment wurde die Matratze hinter ihr niedergedrückt.

Sie erbebte bei der ersten Berührung. Lachend strich er die Haare über die Schulter, sodass ihr Nacken frei war. Sie spürte seine Lippen auf ihrer zarten Haut.

„Alexandre", stöhnte sie.

Im nächsten Moment strich etwas unglaublich Feines über die empfindliche Haut, erregend und kitzelnd. Anschließend streifte sein warmer Atem die Stelle.

Er wiederholte den Vorgang auf ihrem Rücken, und sie stöhnte genüsslich.

Sie war so unglaublich schön. Wie ein kühler, klarer See, aber mit unerwarteten Tiefen.

Er atmete ihren betörenden Duft ein, küsste sie entlang der Wirbelsäule und legte beide Arme um ihre Taille. Als sie die Feder in seiner Hand sah, musste sie lachen. „Damit hast du mich also gequält."

„Es war sehr aufmerksam vor dir, mir eine ganze Vase voller Federn zur Verfügung zu stellen", neckte er sie und ließ die Feder fallen.

Sie seufzte und lehnte sich zurück, bis ihr nackter Rücken seine Brust berührte. Beide reagierten auf den Hautkontakt und atmeten schwerer.

Er berührte die zarte Haut ihrer Brüste und begann, sie ganz sanft zu streicheln, während er weiter ihren Nacken küsste.

Sie drängte sich gegen seine Hände. Die eigenen ballte sie zu Fäusten und legte sie schließlich auf seine Beine, zwischen denen sie kniete.

Er lachte leise. „Du schummelst."

„Vielleicht musst du mich das nächste Mal einfach anbinden."

Er hielt den Atem an. „Ich werde seidene Fesseln benutzen", versprach er. „Aber dieses Mal lasse ich es noch durchgehen."

„Mach weiter so ... und ich schmelze dahin", flüsterte sie.

Alexandre wünschte nichts sehnlicher, als dass sie vor Erregung dahinschmolz, aber ihre Fantasie war noch nicht ausgelebt. Noch lange nicht. Er begann, mit ihren Brüsten zu spielen. Ihre Haare fielen über seinen Handrücken, eine doppelt sinnliche Verführung.

Sie presste sich mit dem ganzen Körper gegen seinen und rieb sich an ihm, bis sich sein ganzes Denken und Fühlen nur noch auf eines konzentrieren konnte. Kleine Schweißperlen traten auf seine Stirn. Er zog die Hand zurück und legte sie auf ihre Hüfte.

„Alexandre", stöhnte sie, drehte den Kopf zu ihm und sah ihn vorwurfsvoll an.

„Zieh deinen BH aus, Kleines." Seine Stimme klang so rau, dass er sich fragte, ob sie ihn überhaupt verstanden hatte.

Sie hatte es. Sie griff mit den Händen an ihren Rücken, wobei sie mit den Knöcheln sanft über seine Haut strich. Er atmete tief ein und sagte: „Benimm dich."

Er sah ihr Lächeln nicht, aber er spürte es an der Art, wie sich ihr Körper an seinem entspannte. Dann öffnete sie ihren BH. Sie zog ihn aus, hielt ihn einen Moment in die Luft, und warf das verführerische Nichts aus Spitze dann auf den Boden.

Alexandre konnte ihre Brüste noch nicht sehen, doch ihr schöner Rücken bot einen ebenso erregenden Anblick. Er murmelte etwas in seiner Muttersprache und streichelte ihre weiche Haut.

Vertrauensvoll lehnte sie sich an ihn. Er sorgte dafür, dass sich ihre Körper eng berührten, was für ihn Versuchung und Qual gleichermaßen war. Dann legte er den linken Arm um ihre Taille und flüsterte: „Sieh mich an."

Sofort gehorchte sie seinem heiseren Befehl. Ihre Haare fielen nach hinten, nichts bedeckte mehr ihre Brüste. Er senkte den Kopf und küsste sie erst unglaublich zärtlich und dann mit immer wilderer Leidenschaft. Und während er sie küsste, rieb er eine Brustspitze zwischen den Fingerspitzen.

Ein Beben ging durch ihren Körper. „Alexandre ... ich kann nicht ...", stöhnte sie, als sich das erregende Spiel bei der anderen Brust wiederholte.

„Pst, Kleines, ich bin noch nicht fertig", flüsterte er und glitt mit der Hand von ihren Brüsten zu ihrem Bauch. Sanft glitt er über ihren fast durchsichtigen Slip.

Er war so erregt, dass er es kaum noch ertrug. Trotzdem wollte er dieses herrliche Vorspiel noch nicht beenden. Er beobachtete, wie ihre Augen sich verdunkelten, als er mit der Hand in ihren Slip glitt. Jeder Muskel in ihrem Körper spannte sich an, ihre Pupillen weiteten sich, und dann erbebte sie.

Zufrieden beobachtete er, wie sie in seinen Armen zum Höhe-

Rausch der Sinne

punkt kam. Er streichelte sie weiter, schneller, intensiver, bis sie sich schließlich aufbäumte und vor Lust laut aufschrie.

Er wartete, bis sie wieder zu Atem gekommen war, dann legte er sie vorsichtig auf das Bett.

Sie streckte die Beine aus, und seine Erregung war kaum noch zu ertragen.

„Du scheinst sehr zufrieden mit dir zu sein", stellte sie fest. Ihre Stimme klang, als sei sie selbst höchst befriedigt.

Er senkte den Kopf und drückte einen heißen Kuss auf ihren Bauchnabel. „Bist du mit mir zufrieden, Charlotte?"

„Oh ja", murmelte sie.

„Zieh deinen Slip für mich aus", flüsterte er in ihr Ohr.

Benommen blickte sie ihn an. „Alexandre?"

Er küsste sie, rieb sich an ihr, spürte ihren weichen Körper und ihre Erregung. „Ziehst du ihn für mich aus?"

Sie nickte. Er glitt neben sie, und sie griff nach unten und hob den Po gerade so weit hoch, dass sie den Slip bis zu ihren Schenkeln hinunterziehen konnte. Weiter schaffte sie es nicht.

Dann half er ihr, bis sie nackt neben ihm lag. Er streichelte ihre Schenkel. „Wenn du nicht einen so glücklich erschöpften Eindruck machen würdest, würde ich dir befehlen, mich auszuziehen", flüsterte er, obwohl ihm sehr wohl bewusst war, dass er es gar nicht aushalten würde.

Sie sah ihn aus großen Augen an und fuhr sich über die Lippen. „Ich glaube, ich bin schon wieder ganz fit."

„Oh nein, du bleibst liegen, ich ziehe mich allein aus." Er sprang aus dem Bett und schlüpfte hastig aus seiner Hose und seinen Shorts.

Charlotte sah ihm dabei zu und schien ihn mit ihren Blicken zu verschlingen. Sie wandte den Blick auch nicht ab, als er ein Kondom überstreifte.

In ihren Augen funkelte Leidenschaft, und ihr heißer Körper signalisierte heftige Begierde.

„Willst du mich jetzt in dir spüren?"

Sie lächelte. „Mach mit mir, was du willst", lud sie ihn ein und spielte damit ihr gemeinsames Spiel bis zum Ende.

Im nächsten Moment drang er in sie ein. Sie nahm ihn begierig in sich auf und umschloss ihn mit ihrer Hitze. Er legte die Hände auf ihre Hüften und bewegte sich rhythmisch, bis sie die Beine um seinen Körper schlang.

Dann begann er, sie im gleichen sinnlichen Rhythmus zu küssen, wie er sie liebte, und führte sie zum nächsten gewaltigen Höhepunkt, bevor er selbst kam.

9. KAPITEL

Kurz vor vier Uhr nachmittags klopfte es an der Haustür. Charlotte sprang vom Küchentisch auf. „Gott sei Dank bin ich zumindest angezogen", murmelte sie. Sie schloss die Tür zum Schlafzimmer, wo Alexandre noch dabei war, sich fertig zu machen.

Es war Lara, eines der Dienstmädchen im Gutshaus. Sie reichte Charlotte einen Umschlag. „Der ist gerade per Eilboten zugestellt worden, deshalb dachte ich, ich bringe ihn Ihnen sofort."

„Danke, Lara."

„Gern geschehen." Die dunkelhaarige Frau lächelte und lief zurück zu ihrem Caddy. „Ich muss schnell zurück, um bei den Vorbereitungen fürs Dinner zu helfen."

Charlotte schloss zitternd die Tür. Sie stand immer noch dort und starrte auf den Umschlag, als Alexandre mit offenem Hemd aus dem Schlafzimmer kam. *„Ma petite,* was ist los?"

„Der Brief ist vom Einwohnermeldeamt in Nebraska." Ihre Stimme klang unheimlich ruhig, selbst in ihren eigenen Ohren.

Er schob sie zum Sofa und setzte sich neben sie. Dann legte er den Arm um ihre Schulter und hielt Charlotte fest, als sie den Umschlag öffnete. Es war sofort klar, dass er nur eine Sterbeurkunde enthielt.

Mit klopfendem Herzen las sie den Begleitbrief. „Sie entschuldigen sich für die Verzögerung – es war nicht so einfach, die Urkunden zu finden, da ich ihnen nicht alle geforderten Informationen geben konnte. Aber sie freuen sich, mir mitteilen zu können, dass sie zumindest teilweise erfolgreich waren. ‚Als Anlage finden Sie die Sterbeurkunde von David Ashton'", las sie. „Sie haben jedoch keine von Mary Little Dove Ashton … sie sind sicher, dass solch eine Urkunde nicht gibt." Sie schluchzte auf.

Alexandre umarmte sie sanft. „Das sind gute Nachrichten."

„Meinst du wirklich?", flüsterte sie. „Was ist, wenn sie einen Fehler gemacht haben?"

Er wies nicht darauf hin, dass die späte Antwort ein Zeichen dafür war, dass das Einwohnermeldeamt mit allen Mitteln versucht hatte, die Urkunde zu finden. „Es dürfte nicht schwierig sein, das nachzuprüfen. Lass uns bei der Nummer anrufen, die sie uns für weitere Informationen gegeben haben." Er griff neben sich und holte das schnurlose Telefon vom Beistelltisch.

Charlotte nickte. Sie holte tief Luft und wählte die Nummer. Als sie der Telefonistin sagte, worum es ging, wurde sie mit jemandem verbunden, der die Nachforschungen betrieben hatte. Der Mann prüfte noch einmal seine Unterlagen.

„Danke." Ein paar Minuten später legte Charlotte auf und sah Alexandre an. Sie zitterte am ganzen Körper. „Sie haben keinen Fehler gemacht. Es gibt keine Sterbeurkunde von Mary Little Dove Ashton. Der Mann hat unter Little und Dove und Ashton nachgesehen." Sie sprach zu schnell. „Wenn sie bei demselben Autounfall gestorben sind und die Sterbeurkunde meines Vaters in Nebraska vorliegt, sollte dann nicht auch die meiner Mutter dort sein?"

„Das wäre nur logisch. Auf der Urkunde steht, dein Vater ist im Krankenhaus von … Kendall gestorben?"

„Ja. Kendall General Hospital." Und plötzlich begriff sie, was Alexandre meinte. „Ich muss dorthin. Um sicher zu sein."

„Sie rücken aber vielleicht nicht mit allen wichtigen Informationen heraus."

„Ich will von ihnen nur wissen, ob meine Mutter entlassen worden ist. Anhand meiner Geburtsurkunde kann ich beweisen, dass ich ihre Tochter bin, und wenn wir sagen, dass sie verschwunden ist, dann helfen sie uns vielleicht."

Alexandre nickte. „Da es ein Kleinstadtkrankenhaus ist, wissen sie vielleicht sogar, wo sie jetzt lebt."

„Wenn sie überhaupt irgendwo ist."

Nachdem sie den Entschluss gefasst hatten, nach Kendall zu reisen, ging alles ganz schnell. Alexandre charterte ein Privatflugzeug vom Napa County Airport zum Broken Bow Airport in Nebraska. Ein Leihwagen würde am Flughafen auf sie warten. Kendall lag etwa anderthalb Stunden von Broken Bow entfernt.

Charlotte akzeptierte seine Hilfe bei der Organisation der Reise, da sie selbst genug damit zu tun hatte, ihre Termine für die nächsten zwei Tage zu verlegen. Für den Trip hin und zurück würden sie nur einen Tag benötigen. Doch sie wusste, egal, was sie herausfand, sie würde einen weiteren Tag brauchen, um zur Ruhe zu kommen.

„Wir fliegen morgen früh um sieben", sagte Alexandre, als sie abends im Bett lagen. „Der Flug dauert keine drei Stunden. Wenn alles gut geht, sollten wir zum Dinner wieder hier sein."

„Dieser Flug – ist der nicht sehr teuer?"

„Charlotte, das lass meine Sorge sein." Er schloss sie in seine Arme. „Ich kann die Vergangenheit nicht ändern, aber ich kann dir helfen, die Wahrheit herauszufinden. Also lehne mein Geschenk nicht ab."

„Nein, das werde ich nicht. Danke."

Sie schmiegte sich enger an seinen warmen Körper, schlang den Arm um seine Brust und empfand großen Schmerz bei dem Gedanken, dass sie schon bald wieder allein in diesem Bett schlafen würde. Allein, mit gebrochenem Herzen und geplatzten Träumen. Dennoch, wenn sie noch einmal vor der Entscheidung stände, würde sie ohne zu zögern wieder dieselbe treffen.

„Ich denke, wir sollten jetzt ein bisschen schlafen." Sie wusste, er würde ihre gedämpfte Stimmung der bevorstehenden Reise zuschreiben, aber das war im Moment nur ein entfernter Traum. Ihre Gedanken bewegten sich darum, dass sie schon bald den Mann verlieren würde, den sie liebte. Und es gab nichts, was sie dagegen tun konnte. Wenn all die tollen Frauen vor ihr es nicht geschafft hatten, ihn zu halten, wie konnte sie dann hoffen, mit einem Mann zusammenbleiben zu können, der nicht an Liebe und Treue glaubte?

„Bist du sicher, dass du schlafen willst, *ma petite*?" Alexandres Stimme liebkoste sie in der Dunkelheit.

Sie spürte das bittersüße Lächeln auf ihren Lippen, wusste aber, dass er es in der Dunkelheit nicht sehen konnte. „Nun, ich könnte mich vielleicht zu gewissen Aktivitäten noch überreden lassen."

Charlotte erlebte die Reise nach Nebraska wie im Nebel. Alexandre saß neben ihr, doch er versuchte nicht, sie in eine Unterhaltung zu verwickeln. Offensichtlich spürte er, dass sie die Zeit brauchte, um sich vorzubereiten.

In Nebraska wurden sie fast von der trockenen Hitze erschlagen, doch Charlotte war so in Gedanken, dass sie kaum etwas wahrnahm. Auf der Autofahrt verwandelte sich ihre Anspannung in Nervosität, und sie war innerlich so kribbelig, dass sie das Gefühl hatte, gleich platzen zu müssen.

„Hör auf, dir so viele Gedanken zu machen, *ma petite.*"
„Ich kann nichts dagegen tun."
Er streichelte über ihre Wange, und irgendwie half ihr dieser Körperkontakt mehr als tausend Worte.

Schließlich erreichten sie Kendall, den letzten bekannten Wohnort von Mary Little Dove Ashton. Die orangefarbene Klinkerfassade vom Krankenhaus war schon von Weitem zu sehen. Obwohl sie sich keine Hoffnung machen wollte, konnte Charlotte nichts gegen ihren vor Aufregung rasenden Puls und die feuchten Hände tun. Sie stieg aus dem Wagen und schlug die Tür zu.

Alexandre kam um den Wagen herum und nahm ihre Hand.

„Der Moment der Wahrheit", flüsterte sie, und starrte auf das Gebäude, das ihr Leben verändern könnte.

„Komm, *ma chérie,* lass uns hineingehen und sehen, was wir herausfinden können. Denk daran, ich bin bei dir." *Immer.*

Ihr Herz hörte das Wort, das er nicht über die Lippen brachte. Doch so, wie er jetzt bei ihr war, wollte sie in schweren Zeiten auch bei ihm sein. Früher oder später würde Alexandre erkennen, dass nicht alle Frauen wankelmütig und untreu waren.

Eine innere rebellische Stimme meldete sich. *Wer sagt denn, dass die Beziehung enden muss, wenn er das Weingut verlässt?* Er schien es nicht eilig zu haben, von hier wegzukommen, und sie weigerte sich, ihn kampflos aufzugeben. „Ich bin so froh, dass du bei mir bist."

Sie gingen die wenigen Schritte zum Eingang des Krankenhauses. Der Geruch nach Desinfektionsmitteln, das Schreien eines Babys und die weißen Wände versetzten Charlotte einen Schlag.

Hier war ihr Vater gestorben.

Mit großer Mühe schaffte sie es, sich zusammenzureißen. Sie gingen an die Anmeldung, die von einer jungen Frau in einer gestärkten Schwesterntracht besetzt war. Auf ihrem Namensschild stand „Ann Johnson".

„Kann ich Ihnen helfen?" Die Krankenschwester blickte auf.

„Mein Name ist Charlotte Ashton", begann Charlotte. Sie schöpfte Kraft aus Alexandres Anwesenheit. Er versuchte nicht, das Gespräch an sich zu reißen, aber sie konnte sich darauf verlassen, dass er eingreifen würde, wenn sie ins Stolpern kam. „Meine Mutter und mein Vater sind vor fast zweiundzwanzig Jahren in dieses Krankenhaus eingeliefert worden. Mir wurde gesagt, sie seien gestorben."

„Verstehe." Schwester Ann Johnson blickte Charlotte mit großen Augen an und widmete ihr ihre ganze Aufmerksamkeit.

„Als ich jedoch beim Einwohnermeldeamt die Sterbeurkunden angefordert habe, sagte man mir, dass es keinen Eintrag über den Tod meiner Mutter gibt."

„Merkwürdig. Hat es vielleicht eine Verwechslung gegeben?"

„Das versuche ich gerade herauszufinden. Ich muss die Krankenakte meiner Mutter sehen. Ihr Name war Mary Little Dove Ashton."

„Wir geben solche Akten nicht heraus." Die Frau zeigte zwar Verständnis für Charlottes Anliegen, lehnte aber entschieden ab.

„Ich kann beweisen, dass sie meine Mutter war." Charlotte schob ihre Geburtsurkunde über den Tresen. „Und dies ist die Sterbeurkunde meines Vaters."

Die junge Schwester schien unentschlossen.

„Hören Sie, Sie müssen mir die Akte nicht zeigen. Aber können Sie bitte überprüfen, ob meine Mutter hier gestorben ist? Ich will einfach nur wissen, ob sie vielleicht noch … lebt", fügte sie leise hinzu.

Die Schwester stand auf und überprüfte sorgfältig die beiden Dokumente. Schließlich gab sie sie Charlotte zurück. „Eigentlich ist das nicht üblich, aber meinetwegen. Es dürfte kein Problem sein. Allerdings sind diese alten Akten nicht im Computer erfasst, ich muss in den Keller gehen."

Sie drehte sich um und rief jemanden über die Gegensprechanlage. „Sobald Jack hier ist, gehe ich nach unten. Ich schreibe mir nur noch das Datum von der Sterbeurkunde Ihres Vaters auf, dann finde ich die entsprechenden Akten schneller. Ich kann Ihnen nichts versprechen, aber ich versuche, die Informationen zu finden, die Sie benötigen."

„Danke. Ganz, ganz herzlichen Dank."

Alexandre legte den Arm um ihre Schulter. „Wo können wir auf Sie warten?", fragte er die Krankenschwester.

Die Frau schob sich eine blonde Haarsträhne hinter das Ohr. „Nehmen Sie einfach dort drüben Platz." Sie deutete auf den Wartebereich, wo bereits vier Menschen saßen – ein älterer Mann, eine Frau mit einem schreienden Baby und ein Teenager mit einem Gipsbein.

In dem Moment erschien der Pfleger, der die Schwester kurz vertreten würde. Alexandre führte Charlotte von der Anmeldung zu den freien Stühlen im hinteren Teil des Empfangsbereichs. Dort waren sie in der Nähe der Mutter mit dem weinenden Kleinkind.

„Pst, Schätzchen", redete die Mutter sanft auf ihr Kind ein. „Der Doktor wird dir gleich etwas gegen die Schmerzen geben." Sie blickte über die Schulter zu Charlotte und Alexandre. „Tut mir leid, aber er ..."

Alexandre unterbrach sie. „Sie müssen sich nicht entschuldigen, oder, Charlotte?"

Charlotte blinzelte und erwachte aus ihrem tranceähnlichen Zustand. „Nein, natürlich nicht. Ich hoffe, es ist nichts Ernstes?"

„Allergie – nicht so schlimm, aber er hat einen Hautausschlag, und das Jucken macht ihn verrückt. Aber der Arzt hat vielleicht etwas gefunden, was ihm helfen wird."

„Das freut mich."

„Wie heißt er?" Alexandres Stimme schien zu dem Kind durchzudringen, denn es hörte auf zu schreien und sah ihn neugierig an.

Die Mutter lächelte erleichtert. „Oh, daran hätte ich denken sollen – die Stimme seines Vaters beruhigt ihn auch immer. Könnten Sie vielleicht einfach einen Moment lang mit ihm sprechen?"

Statt angespannt, ängstlich und dabei hoffnungsvoll auf die Rückkehr der Schwester zu warten, beobachtete Charlotte fasziniert, wie Alexandre es mit leisen, liebevollen Worten schaffte, das Kind zu beruhigen.

Als sie vom Arzt aufgerufen wurden, dankte die junge Frau Alexandre. „Sie sollten selbst Kinder haben", sagte sie zu Alexandre. „Sie wären sicher bildschön mit Ihren Augen und ...", sie sah zu Charlotte, „... Ihrem Teint." Sie lachte, als Charlotte errötete, nahm ihre Sachen und ging.

Als Charlotte Alexandres Hand an ihrer Wange spürte, drehte sie sich zu ihm.

Er lächelte sie an. „Hättest du gern ein *bébé* mit mir, *ma petite?*"

„Nicht, solange wir nicht verheiratet sind", erwiderte sie fröhlich, obwohl seine Frage sie verlegen machte. „Und dazu wird es wohl nicht kommen, wie wir beide wissen."

Bis zu diesem Moment hatte Charlotte keinen Gedanken an eine gemeinsame Zukunft mit Alexandre zugelassen. Sie würde dafür kämpfen, alles zu bekommen, was er ihr geben konnte, würde für mehr als nur diesen einen Monat kämpfen, aber sie hatte keine Hoffnung, dass er ihr für immer gehören könnte. Niemand konnte einen Mann an sich binden, der nicht bereit für eine feste Beziehung und die Liebe war. Und sie würde sich niemals mit weniger zufriedengeben.

Seine Augen verdunkelten sich. „Vielleicht sollten wir ..."

„Das hat nicht so lange gedauert, wie ich dachte", verkündete eine fröhliche Stimme.

Charlotte drehte sich zu Schwester Ann Johnson, die sich neben sie gesetzt hatte.

„Das Ablagesystem dort unten ist fantastisch."

Nervös verflocht Charlotte ihre Finger mit Alexandres.

Die Krankenschwester öffnete die Akte, las kurz und blickte Charlotte dann erstaunt an. „Hier steht, dass Mary Ashton und ihr Mann nach einem Autounfall hier eingeliefert wurden. Er starb an den Unfallfolgen, doch sie erholte sich sehr bald. Eine Woche nach der Einlieferung wurde sie wieder entlassen."

Charlotte hörte nur das Wort „entlassen". Ein Beben ging durch ihren Körper. „D...danke."

„Können Sie uns ihre Adresse nennen?", fragte Alexandre.

„Tut mir leid – wir haben nur die Adresse in Kendall. Und ich weiß, dass sie nicht hier lebt." Die Schwester stand auf. „Ich wünsche Ihnen, dass Sie sie finden werden."

Charlotte blieb geschockt sitzen, als Ann Johnson ging.

Alexandre legte den Arm um sie. „Komm, *chérie*." Dankbar lehnte sie sich an ihn, als er sie aus dem Krankenhaus und zum Wagen führte.

Er drängte sie nicht, etwas zu sagen, und Charlotte sprach erst, als sie das Krankenhausgelände schon verlassen hatten. „Ich habe nie weitergedacht als daran, herauszufinden, ob sie noch lebt oder nicht. Warum hat sie uns aufgegeben, wenn sie uns doch geliebt hat? Und sie hat uns geliebt, das *weiß* ich. Daran erinnere ich mich."

„Charlotte." Alexandre lenkte den Wagen an den Straßenrand und hielt an. Er streichelte ihre Wange.

Sie ließ sich von ihm trösten. „Es tut einfach weh zu wissen, dass sie die ganze Zeit gelebt hat. Wie oft habe ich eine Mutter gebraucht, und sie hat mir nicht geholfen, obwohl sie lebt."

„Sie *konnte* dir nicht helfen, *ma petite*. Du weißt nicht, womit

Spencer ihr vielleicht gedroht hat, wenn sie versuchte, Kontakt zu ihren Kindern aufzunehmen."

„Du hast recht. Ich wüsste nur zu gern, wo sie jetzt ist."

„Der Ort macht nicht den Eindruck, als hätte sich hier in den letzten Jahren viel geändert."

Verblüfft über den scheinbar aus dem Zusammenhang gerissenen Gedanken richtete sie ihren Blick auf die Straße. Kendall war eben, wie fast ganz Nebraska. Der Frühling verbreitete einen Hauch von frischem Grün, und die wenigen Bäume blühten pinkfarben oder weiß. Die Stadt selbst aber hatte keine Ausstrahlung, die Gebäude waren mit jahrzehntealtem Staub überzogen. „Nein."

„Vielleicht erinnert sich jemand an deine Eltern?"

Jetzt verstand Charlotte seinen Gedankengang. „Es ist lange her, aber wir können es versuchen. Wir könnten die Männer dort drüben fragen." Sie deutete auf eine Gruppe von drei älteren Männern, die an einem Tisch vor dem Coffeeshop saßen. „Sie sehen aus, als wohnten sie seit ewigen Zeiten hier."

„Es ist einen Versuch wert. Wenn sie uns nicht helfen können, dann probieren wir es im Rathaus."

Sie stiegen aus, überquerten die leere Straße und gingen zu dem Coffeeshop.

Als sie fast bei den Männern angekommen waren, rieb sich einer von ihnen die wasserblauen Augen und sagte: „Was für ein Anblick! So etwas Hübsches habe ich nicht mehr gesehen, seit Mary Little Dove weggezogen ist."

Charlotte erstarrte. „Sie kennen meine Mutter?", fragte sie ungläubig. So einfach konnte es doch nicht sein.

Der Mann lachte. „Die kleine Charlotte Ashton. Das kann doch wohl nicht wahr sein!" Er schlug sich auf den Schenkel und warf seine Karten auf den Tisch. „Hätte nicht geglaubt, dich jemals wiederzusehen, nachdem Mary alles verkauft und die Stadt verlassen hat."

Offensichtlich glaubte der Mann, sie hätte bei ihrer Mutter gelebt. Sie beschloss, ihn nicht zu berichten. „Das war ..."

Er kratzte sich am Kopf. „Das war direkt nach dem Tod deines Vaters, richtig?"

Ein anderer Mann nickte. „Traurige Sache. Mitten aus dem Leben gerissen. Ich mochte David. War ein guter Mann."

Plötzlich erinnerte sie sich lebhaft an den Vater, den sie so früh verloren hatte. „Meine Mutter hatte keinen Kontakt mehr zu irgendjemandem in der Stadt, oder?"

„Das stimmt leider. Sie war todunglücklich. Hat einfach ihre Sachen gepackt und ist gegangen. Wir haben nie wieder etwas von ihr gehört." Er lächelte bei der Erinnerung. „Sie war ein hübsches kleines Ding. Aber ich denke, es war gut, dass sie zu ihren Leuten zurückgegangen ist – sie brauchte jemanden, der sich um sie kümmerte."

Die drei älteren Männer sinnierten vor sich hin, verloren sich in ihrer eigenen Welt.

Alexandre zog Charlotte fort. „Wir sollten etwas essen, bevor wir fahren." Er führte sie in das Café.

Kaum hatten sie das Lokal betreten, da kam die Kellnerin schon zu ihnen. „Sie können sich einen Tisch aussuchen – der Mittagsansturm ist gerade vorüber", sagte sie. „Was darf ich Ihnen bringen?"

Charlotte überließ Alexandre die Bestellung. Sie war noch erfüllt von dem, was sie erfahren hatte. Als das Essen kam, aß sie Alexandre zu Gefallen, konnte jedoch nicht sagen, was sie gegessen hatte.

Eine Stunde später verließen sie die Stadt. „Todunglücklich", sagte Charlotte leise. „Weil sie den Mann verloren hat? Oder weil man ihr auch noch die Kinder genommen hat?"

„Du hast gesagt, dass sie euch geliebt hat." Alexandres tiefe Stimme gab ihr Sicherheit.

„Ich erinnere mich an ihren Duft, wenn sie mit mir geschmust hat. Und an ihre Wärme. Ja, sie hat uns geliebt." Seufzend lehnte sie den Kopf gegen die Kopfstütze. „Ich hasse Spencer. Ich hasse ihn für alles, was er je getan hat."

Sie ballte die Hände zu Fäusten. „Ich weiß, er hat uns ein Leben in Luxus und eine teure Ausbildung ermöglicht, aber wenn er mir meine Mutter genommen hat, dann war der Preis viel zu hoch."

Alexandre versuchte nicht, sie zu beschwichtigen.

„Ich will so schnell wie möglich zu Spencer."

„Natürlich." Alexandre beschleunigte den Wagen. Die Straße war leer und das Land so flach, dass man kilometerweit sehen konnte. „Ich werde den Piloten informieren, dass wir unseren Plan geändert haben. Wir können heute Abend in San Francisco sein."

Charlotte nickte. Sie vertraute darauf, dass er alles regelte. „Kein Wunder, dass die Leute, die hier leben, verrückt werden", murmelte sie. „Ich mag flaches Land und Weite und den Himmel, aber dies hier ... ist traumhaft und beängstigend zugleich."

„Hier kann man sich nirgendwo verstecken", fügte Alexandre hinzu. „Dies ist der Ort der Wahrheit."

Charlotte, die nach so langer Zeit die Wahrheit herausgefunden hatte, konnte nicht widersprechen.

Alexandre wartete, bis sie in der Luft waren, bis er ein Thema ansprach, das ihn seit Stunden beschäftigte. „Charlotte, ich möchte gern über etwas ganz Wichtiges mit dir reden."

„Was?" Sie drehte sich zu ihm um.

„*Ma petite,* hast du alles gelesen, was ich dir geschrieben habe?"

Sie errötete. „Das weißt du doch."

Die Erinnerung an ihre Antwort auf seine Bekenntnisse erregte ihn. „Hältst du mich für einen Mann, der diese Gedanken mit jedem teilt?"

„Nein, natürlich nicht." Es war offensichtlich, dass seine Fragen sie verwirrten.

„Dann erklär mir bitte, warum du nie in Betracht gezogen hast, dass wir beide heiraten könnten." Trotz seines Versuchs, in Ruhe darüber zu sprechen, klangen seine Worte verärgert.

„Ich ... ich, du ..." Sie schlug mit den Händen auf den Sitz. „Ich bin jetzt zu aufgewühlt, um darüber zu sprechen."

„Feigling."

Sie kniff die Augen zusammen. „Also gut. Ich habe nie ernsthaft daran gedacht, weil ich deinen Verschleiß an Frauen kenne. Du gehst mit tollen, eleganten Frauen aus, aber keine dieser Beziehungen dauert länger als ein paar Monate. Keine von ihnen hat dich länger halten können. Wie sollte ich es dann?"

Er war erstaunt. „Du bist die schönste und reizvollste Frau, die ich jemals kennengelernt habe", sagte er. „Du bist nicht nur wunderschön, sondern reich an inneren Werten. Die schönen Dinge, die du mit deinen Händen kreierst, deine Loyalität und dein Mut, deine Entschlossenheit – *mon Dieu,* Charlotte, du musst nicht mit anderen Frauen konkurrieren. Du spielst in einer eigenen Liga."

„Und welche ist das?", fragte sie leise.

„Die Liga, in die meine zukünftige Frau gehört, meine Geliebte, die Mutter meiner Kinder." Er wollte nicht drum herumreden. Es wurde Zeit, dass er zur Sache kam.

Als er das erste Wort in dem Brief an Charlotte geschrieben hatte, wusste er, dass er sie liebte. Egal, was er sich einzureden versucht hatte, der Brief war eine Einladung zu viel mehr als nur ein paar vergnügten Stunden – er war der Schlüssel zu seinem Herz.

Nur seiner *petite* Charlotte konnte er sich so öffnen. Und nur die Reaktion dieser Frau hatte die Entscheidung, seine Seele zu offenbaren, zu der wunderbarsten Erfahrung seines Lebens gemacht.

Er vertraute darauf, dass sie bis an ihr Lebensende bei ihm blieb – Charlotte war keine Frau, die irgendetwas aufgab. Ihre Reise nach Kendall hatte ihn in seiner Vermutung nur bestätigt. Sie war nicht wie seine *maman* oder wie Celeste, genau wie er nicht wie sein Vater war. Alexandre würde seine Frau und seine Kinder nie betrügen. Und es gab nur eine Frau, die er sich als Ehefrau vorstellen konnte. Jetzt musste er sie bloß noch dazu bringen, dass sie Ja sagte. Ein Leben ohne sie wollte er sich gar nicht erst vorstellen.

„Alexandre – soll das ein Heiratsantrag sein?" Ihre ohnehin riesigen Augen wurden noch größer.

„Verzeih mir, *chérie,* du hast einen romantischeren Antrag verdient, aber ich will nicht mehr warten.

Ich möchte dich heiraten, Charlotte. Ich möchte, dass du meinen Namen trägst, in meinem Bett schläfst, deine Wärme in mein Haus bringst, und dass du mich für den Rest meines Lebens liebst. Und ich wünsche mir Töchter von dir, die dein großes Herz haben, und Söhne mit deiner Intelligenz. Aber vor allem möchte ich dich bis ans Ende meines Lebens lieben."

Zitternd streckte sie die Hand aus und berührte seine Lippen mit den Fingerspitzen. Er küsste sie zärtlich und wartete mit klopfendem Herzen auf ihre Antwort.

„Bist du sicher, dass du mich mit allem, was zu meinem Leben gehört, heiraten willst?"

„Ach, Charlotte, weißt du nicht, dass ich dich von ganzem Herzen liebe und dich begehre, was immer auch geschieht?"

„Ich habe dich schon geliebt, bevor ich dich kannte. Und ich verspreche dir, dass ich dir immer treu sein werde."

„Ja, Charlotte, das weiß ich."

Strahlend lächelte sie ihn an. „Ich kann nicht glauben, dass ich dich wirklich heiraten werde."

„Jetzt hast du es versprochen. Es gibt kein Zurück mehr."

„Niemals."

Alexandre zog sie an sich.

Sie schlang die Arme um seinen Nacken und schmiegte sich an ihn. „Ich möchte mit dir allein sein und dich lieben ...", flüsterte sie.

„... aber du musst erst die Wahrheit von Spencer erfahren", beendete er den Satz für sich und hauchte einen Kuss auf ihre seidigen Haare. „Das verstehe ich. Wir haben noch ein ganzes Leben vor uns." Er seufzte glücklich.

Sie gehörte ihm.

10. KAPITEL

Kurz nach halb sieben landeten sie in San Francisco. Bis sie ein Hotel gefunden und eingecheckt hatten, war es fast acht Uhr. Charlotte spürte langsam die Erschöpfung, war jedoch entschlossen, Spencer noch aufzusuchen.

„Meinst du, er ist in seinem Büro?", fragte Alexandre, als sie nebeneinander auf dem Sofa in ihrer Suite saßen.

Sie runzelte die Stirn. „Normalerweise arbeitet er bis spät abends."

„Vielleicht solltest du bis morgen warten."

„Ich will es endlich hinter mich bringen."

„Ich weiß." Er schloss sie in die Arme. „Aber du bist erschöpft und hast noch nicht verdaut, was du alles erfahren hast. Dein Onkel scheint mir ein Mann zu sein, der das ausnutzen würde – es sei denn, du hast deine Meinung geändert und lässt dich von mir begleiten."

Sie hörte in seiner Stimme den Wunsch, für sie da zu sein. „Nein, das muss ich allein erledigen. Aber du hast recht, dass er meine Schwäche ausnutzen würde."

„Gut. Ich bringe dich morgen früh zu Ashton-Lattimer und warte in der Nähe, während du mit ihm sprichst."

„Ich will ihn früh abfangen, bevor seine Angestellten kommen. Walker hat mir mal erzählt, dass er normalerweise ab acht in seinem Büro ist. Es ist schon alles schlimm genug, ich will nicht auch noch ein Spektakel inszenieren."

„Verstehe. Wir sind um acht Uhr dort." Er strich über ihre Haare. „Du bist müde."

„Aber nicht *zu* müde", murmelte sie und hob rasch den Kopf. „Für ein Bad zum Beispiel." Sie lächelte ihn strahlend an.

„Bin ich eingeladen?", fragte er gegen ihre Lippen.

Sie küsste ihn. „*Oui*, natürlich ... wenn du den Zimmerservice bestellt hast."

Ihre scherzhafte Bemerkung führte zu einem leidenschaftlichen Kuss. Und dann zu einem noch leidenschaftlicheren Liebesspiel.

Am nächsten Morgen verabschiedete sich Charlotte im Erdgeschoss der Ashton-Lattimer Corporation von Alexandre und ging zum Fahrstuhl, der sie zu Spencers Büro bringen sollte.

Alexandre hatte ihren Wunsch akzeptiert, Spencer allein gegenüberzutreten, sich aber geweigert, im Hotel zu bleiben. Sie hatten sich darauf geeinigt, dass er in einem Coffeeshop in der Nähe wartete. Von dort aus konnte er sie sehen, wenn sie das Gebäude verließ.

Eine kurze Fahrt mit dem Fahrstuhl, und dann stand sie in dem großzügigen Bereich vor Spencers Büro. Links von der Tür, die in das Innere seines Heiligtums führte, befand sich ein Schreibtisch, der, so nahm Charlotte an, von seiner Sekretärin benutzt wurde. Es war ein elegant geschwungener, tadellos aufgeräumter Tisch. Beim näheren Hinsehen entdeckte sie jedoch, dass unter dem Tisch, für die Öffentlichkeit verborgen, ein Chaos aus Papieren, Bechern und anderen Dingen herrschte.

Irgendwie machte es ihr Mut, dass Spencers Sekretärin nicht die Perfektion in Person war. Sie straffte die Schultern, holte tief Luft und drückte die Tür zu seinem Büro auf. Sie wollte den Mann überrumpeln, der ihr die Mutter genommen hatte.

Niemand hielt sich in dem Raum auf.

Verwirrt sah sie sich nach einem Stuhl um, wo sie warten konnte. Ihr Blick fiel auf etwas, das hinter Spencers Chefsessel lag. Es sah aus wie ein Jackett. Aber ... irgendetwas stimmte damit nicht ...

Mit trockener Kehle und angehaltenem Atem ging sie um den Schreibtisch herum. Sie schlug die Hand gegen den Mund, stieß einen Schrei aus und wäre fast in Ohnmacht gefallen. Aber der Gedanke, *dort* zu landen, ließ sie entsetzt zurückweichen.

Spencer *war* in seinem Büro.

Sein Körper lag leblos auf dem Boden, kleiner und schwächer, als sie ihn in Erinnerung hatte, seine dominierende Persönlichkeit ausgelöscht. Er lag auf dem Rücken, das Jackett war offen und enthüllte ein weißes, mit rotem Blut getränktes Hemd. Um ihn herum war noch mehr Blut, der eigentlich helle Teppich wirkte fast schwarz. Selbst für sie als Laie war klar, dass der Mann tot war.

Spencer Ashton war mit einem Schuss ins Herz getötet worden.

Zitternd beugte sie sich nieder, um seinen Puls zu fühlen, wusste jedoch, dass es vergebliche Liebesmüh war.

„Mr. Ashton, ich habe ..."

Die weibliche Stimme erstarb, als Charlotte sich hinter dem Schreibtisch erhob. „Er ist tot."

„Was?"

„Spencer ist tot. Rufen Sie die Polizei."

Die raffiniert gekleidete Blondine mit den langen, schlanken Beinen kam näher. „Oh mein Gott!" Ihr Blick fiel auf die Leiche, dann sah sie Charlotte argwöhnisch an.

„Ich bin Charlotte Ashton." Sie entfernte sich von dem Toten und zog die andere Frau mit sich. „Spencer ist … war mein Onkel."

„Ich bin Kerry, Mr. Ashtons Sekretärin."

„Ich wollte mit ihm reden", hörte Charlotte sich sagen. „Nur eine Minute vor Ihnen bin ich durch diese Tür gekommen. Er war schon tot."

„Ich hätte es also auch sein können." Kerry machte eine Pause. „Sie sehen wirklich nicht wie eine Mörderin aus."

Charlotte wusste nicht, was sie beide daran so komisch fanden. Lachend umarmten sie sich, bis sie zitterten. „Ich glaube, wir sind etwas hysterisch", sagte sie, als sie wieder sprechen konnte.

„Lassen Sie uns endlich aus diesem Büro gehen." Kerrys Stimme bebte. „Wir rufen die Polizei von meinem Schreibtisch aus an."

Ohne noch einen Blick auf die Leiche zu werfen, verließen sie das Büro. Nachdem sie den Anruf getätigt hatten, saßen sie schweigend zusammen.

Charlotte verzichtete schweren Herzens darauf, Alexandre auf seinem Handy anzurufen – der Beamte hatte sie und Kerry gebeten, zu niemandem Kontakt aufzunehmen, bis die Polizei am Tatort eingetroffen war. Das hielt sie jedoch nicht davon ab, sich zu wünschen, er wäre an ihrer Seite.

Eine halbe Stunde später wimmelte es auf dem Flur von Polizei und Kriminaltechnikern. Charlotte und Kerry waren nach ihren Namen befragt und dann gebeten worden, an Kerrys Schreibtisch zu warten.

Zehn Minuten später blieb ein beeindruckender Mann mit schwarzem Haar vor ihnen stehen. Er wurde von einer Frau mittlerer Größe begleitet. Beide waren in Zivil.

„Ich bin Detective Dan Ryland, und das ist meine Partnerin Detective Nicole Holbrook." Der Blick des Mannes schien Charlotte und Kerry zu durchbohren. „Wer von Ihnen hat die Leiche gefunden?"

„Ich", antwortete Charlotte. „Ich wollte mit ihm sprechen und er ... er lag einfach da." Sie hatte noch nie so etwas gesehen. Der brutale Anblick ließ sie noch zittern.

„Ich würde gern mit Ihnen allein sprechen." Detective Rylands Auftreten war professionell, doch sie wusste, dass er sie als mögliche Verdächtige betrachtete.

„Natürlich." Sie folgte den beiden Beamten.

„Miss Ashton, ich bin sicher, die Obduktion wird ergeben, dass Spencer Ashton irgendwann letzte Nacht gestorben ist. Das Blut ..." Detective Ryland sprach nicht weiter. Sein durchdringender Blick ruhte auf ihr.

Sie konnte sich vorstellen, dass selbst gewiefte Kriminelle diesem Blick nicht standhielten, doch er durchdrang kaum ihr traumatisiertes Gehirn. „Ich habe noch nie eine solche Menge Blut gesehen. Ich wusste gar nicht, dass ein Mensch so viel hat."

Detective Holbrook berührte ihre Hand. „Sie stehen unter Schock. Wir sind gleich fertig."

Detective Ryland öffnete ein Notizbuch. „Wenn ich Sie gleich von der Liste der Verdächtigen streichen könnte, würde es die Sache vereinfachen. Wo waren Sie vergangene Nacht und heute früh?"

„Ich war in einem Hotel." Sie nannte den Namen des Hotels. „Ich bin kurz vor acht heute Morgen hierhergekommen. Der Sicherheitsdienst hat versucht, Spencer anzurufen, um ihm zu sagen, dass ich auf dem Weg zu ihm bin, doch ich habe nicht abgewartet."

„Waren Sie allein im Hotel?"

Sie atmete erleichtert aus. Dank eines ganz besonderen Mannes und der Hoffnung, die dieser Mann in ihr Leben gebracht hatte, würde sie nie wieder allein sein. „Ich war mit meinem Verlobten zusammen. Er heißt Alexandre Dupree."

Sie hatte den Namen gerade ausgesprochen, da bemerkte sie eine gewisse Unruhe in der Nähe des Fahrstuhls. Und plötzlich kam Alexandre auf sie zu. Die Cops, die versuchten, ihn aufzuhalten, hatte keine Chance gegen seine Entschlossenheit. Ohne zu zögern warf sie sich in seine Arme.

„Ist mit dir alles in Ordnung?" Er wirkte angespannt.

„Ja, mir geht es gut."

„Was ist geschehen? Ich habe die vielen Polizisten gesehen, als ich beschloss, unten im Gebäude auf dich zu warten."

Sie musste über seine Ungeduld lächeln, doch bevor sie etwas sagen konnte, unterbrach Detective Ryland. „Wo waren Sie gestern Nacht, Mr. ..."

„Dupree. Alexandre Dupree." Alexandre warf einen Blick auf die offene Tür zu Spencers Büro. „Ich war mit Charlotte zusammen. Die Hotelangestellten können das bestätigen."

Charlotte fiel etwas ein. „Ja, wir haben den Zimmerservice kommen lassen, und dann war da noch das Fax, das uns irrtümlich gebracht wurde, als wir schon im Bett lagen."

„*Oui*. Mehrere Menschen können beschwören, dass wir die ganze Nacht im Hotel waren."

Detective Ryland schloss sein Notizbuch und sagte: „Sie können jetzt gehen, aber wir haben vielleicht zu einem späteren Zeitpunkt weitere Fragen an Sie. Falls Sie es noch nicht wissen, Mr. Dupree, wir ermitteln in einem Mordfall – dem Mord an Spencer Ashton. Wir hoffen auf Ihre Mithilfe."

„Sie erreichen uns auf dem Ashton Estate. Dort hält sich auch der Rest der Familie auf", antwortete Alexandre.

Der Beamte nickte. „Bitte sprechen Sie mit niemandem darüber – das übernehmen wir."

Charlotte hatte daran gedacht, Walker anzurufen. „Wann werden Sie ..."

„Machen Sie sich keine Sorgen. Das geht schnell." Mit den Worten gingen sie weiter zu Kerry, die nur wenige Meter entfernt stand.

„Wer ist das?", fragte Alexandre leise.

„Kerry, Spencers Sekretärin. Lass uns warten und sie mitnehmen, wenn sie fertig ist – sie ist vielleicht nicht gern allein." Etwas, was Kerry sagte, erregte ihre Aufmerksamkeit.

„... sie haben gestritten. Und zwar heftig – ich konnte sie durch die geschlossene Tür hindurch hören."

Detective Rylands Haltung änderte sich. „Das war Grant Ashton?"

„Ja." Kerry nickte. „Laut meinem Terminkalender war er Spencers letzter Besucher gestern Abend. Aber er kann es nicht getan haben." Ihre Stimme zitterte.

„Warum nicht?", fragte Detective Holbrook. Ihre Stimme klang nicht so aggressiv wie die ihres Partners.

Kerry sah die Frau an. „Spencer lebte noch, als Grant ging."

Detective Ryland notierte die Aussage. „War Grant Ashton ruhig, als er ging?"

„N...nein. Er war ziemlich wütend ..."

Einige Kriminaltechniker verließen geräuschvoll Spencers Büro, und so konnten Charlotte und Alexandre den Rest der Befragung nicht mehr verstehen.

Alexandre flüsterte Charlotte ins Ohr: „Grant?"

„Das ist Spencers ältester Sohn aus erster Ehe." Die Schlussfolgerung aus Kerrys Aussage ließ Charlottes Herz schneller schlagen. „Ich kenne ihn nicht, aber ich kann mir nicht vorstellen ..."

Alexandre strich ihr beruhigend über die Haare. „Die Wahrheit wird ans Licht kommen. Das ist immer so."

In Anbetracht dessen, was sie gerade am Tag zuvor erfahren hatten, konnte Charlotte ihm nur recht geben.

„Bin ich froh, dass das vorbei ist!" Kerrys erleichterter Ausruf riss Charlotte aus ihren Gedanken. „Vielen Dank, dass Sie gewartet haben."

„Gern geschehen. Wenn Sie möchten, fahren wir Sie nach Hause", bot Alexandre an.

Die Sekretärin schüttelte den Kopf. „Das ist sehr freundlich, aber ich denke, ich gehe zu Fuß."

„Sicher?", fragte Charlotte besorgt.

Kerry nickte. „Etwas frische Luft wird mir guttun."

Sie trennten sich im Erdgeschoss, beide Frauen tief in Gedanken über das, was sie gesehen hatten.

Als Charlotte und Alexandre nach Hause kamen, befand sich die gesamte Familie in Aufruhr. Die Nachricht von Spencers Tod war schon bis Napa vorgedrungen. Lilah war mit den Nerven am Ende.

Charlotte half Megan und Paige, die ältere Frau zu beruhigen. Irgendwann schlief sie glücklicherweise ein. Statt ins Cottage zu gehen, blieb Charlotte bei Alexandre im Gästezimmer.

Niemand sagte etwas dazu, und wenn jemand es getan hätte, wäre es egal gewesen. Dies war keine Nacht zum Alleinsein, vor allem, wenn der Mann, den sie liebte, sie nur zu gern in den Armen hielt.

Am nächsten Morgen fuhren sie im Caddy zu ihrem Cottage, um zu duschen und sich umzuziehen, bevor sie wieder ins Haupthaus zurückkehrten und die anderen im Frühstückraum trafen.

Lilah wirkte ruhiger, aber Paige und Trace hatten dunkle Ringe unter den Augen. Walker, der am vergangenen Abend erst spät gekommen war, stand unter Schock. Megan sah etwas besser aus – sie hatte die Nacht in ihrem eigenen Haus verbracht und war heute Morgen mit Simon zurückgekehrt. Charlotte hatte das Gefühl, dass Megan nur gekommen war, weil Paige ganz offensichtlich Unterstützung brauchte.

Lilah entschuldigte sich und setzte sich in die Bibliothek. Die anderen blickten sich wortlos an.

Es war Walker, der das Schweigen brach. „Tut mir leid, dass du das alles durchmachen musstest, Charlotte."

„Ich war nicht allein", erwiderte sie leise, froh darüber, dass Walker und Alexandre sich verstanden. Sie hatte sie am vergangenen Abend miteinander bekannt gemacht. Walker hatte sich zwar über die Verlobung gewundert, aber keine negativen Bemerkungen von sich gegeben. Es war ihr sehr wichtig, dass sich die beiden wichtigsten Menschen in ihrem Leben akzeptierten.

„Was für ein Durcheinander", murmelte Trace. „Und es wird nur noch schlimmer werden. Niemand kennt sein Testament."

„Dein Vater ist noch nicht einmal beerdigt, und du machst dir schon Gedanken um sein Testament?", sagte Walker scharf.

Trace' Augen funkelten vor Wut. „Wir müssen uns Gedanken machen. Es steht nicht nur das Weingut auf dem Spiel, sondern auch Ashton-Lattimer. Glaubst du, die anderen werden sich zurückhalten, jetzt, wo Spencer tot ist?"

Es wurde still am Tisch, als Trace die weiteren Familien von Spencer erwähnte. In der Ferne ertönte die Türglocke. Einen Moment später betrat die Haushälterin den Frühstücksraum und beugte sich zu Charlotte hinunter, die zufällig der Tür am nächsten saß.

„Mercedes Ashton und Jillian Ashton-Bennedict warten im Foyer", sagte Irene so leise, dass es die anderen nicht hören konnten.

„Danke. Paige, Megan", erwiderte Charlotte dankbar für Irenes Diskretion. „Wir haben Besuch."

Als die Männer aufblickten, zwang sie sich zu einem Lächeln.

„Nur die Frauen." Sie küsste Alexandre auf die Wange und verließ mit den anderen das Zimmer. „Es sind Mercedes und Jillian."

Ein Leuchten ging über Megans Gesicht, Paige blieb zurückhaltend. Als sie das Foyer erreichten, kam Jillian ihnen sofort entgegen, anmutig wie immer. „Wir haben gehört, was passiert ist – wir sind nur gekommen, um euch zu sagen, falls ihr etwas braucht …"

„Danke, dass ihr gekommen seid", sagte Megan. „Das Ganze wird ein großes Durcheinander geben, aber zumindest die Frauen sind bereit, miteinander zu sprechen."

Mercedes, immer etwas reserviert, nickte. „Ich mache mir Gedanken …"

Bevor sie den Satz beenden konnte, schrie eine schrille Stimme: „Raus!"

Charlotte wirbelte herum und blickte auf Lilah. Das normalerweise kühle, ausdruckslose Gesicht der rothaarigen Frau war vor Wut dunkelrot angelaufen. In der Hand hielt sie ein Kristallglas. Es sah aus, als wollte sie damit werfen. „Raus aus meinem Haus!"

„Mrs. Ashton", begann Jillian mit sanfter Stimme.

„Er ist noch nicht einmal unter der Erde, und schon stürzen Sie sich auf uns wie Aasgeier auf ihre Beute", schrie Lilah. „Raus! Raus! Verschwinden Sie!"

Paige ging zu ihrer Mutter, doch Lilah schüttelte ihre Hand ab. „Raus!" Sie schritt zur Haustür und riss sie auf. „Raus!"

Charlotte berührte Jillians Arm. „Tut mir leid."

„Schon okay", flüsterte Jillian. „Ich rufe dich nachher an."

Die beiden Frauen gingen ohne ein weiteres Wort. Lilah knallte die Tür hinter ihnen zu und stolzierte zurück zur Bibliothek, das Glas immer noch in der Hand. Erst in dem Moment bemerkte Charlotte, dass die Frau getrunken hatte.

Später am Abend war sie endlich allein mit dem Mann, den sie über alles liebte. „Alexandre", flüsterte sie, als sie in ihrem Cottage zu Bett gingen.

„Ma petite?"

„Bei allem, was passiert ist, ist die Suche nach meiner Mutter ganz in den Hintergrund getreten."

„Aber sie ist nicht vergessen worden. Wir wissen, dass deine Mutter Kendall verlassen hat und zu ihrem Stamm zurückgekehrt ist. Es ist nicht viel, aber ..."

„Aber wenn Spencer mich nicht angelogen hat, dann kommt meine Mutter aus dem Pine-Ridge-Reservat."

„Also solltest du dort mit der Suche beginnen."

„Wo hätte sie sonst hingehen sollen – eine Frau, die alles verloren hat?" Sie hatte einen Kloß im Hals. „Ich muss nach Pine Ridge."

„Musst du dorthin fahren, Charlotte? Kannst du nicht einen Privatdetektiv engagieren? Du hast in dieser Woche viel durchgemacht – es tut mir weh zu sehen, wie du leidest", fügte er hinzu. „Ich würde dich gern für eine Weile von hier entführen. Dir meine Heimat zeigen und meine *maman* vorstellen."

Die Idee rührte Charlotte. „Ich bin diesen Ort auch leid", vertraute sie ihm an. „Und ich würde deine Mutter gern kennenlernen. Aber ich möchte auch die Suche nach meiner Mutter nicht aufgeben, jetzt, wo ich so nah dran bin. Ich habe fast das Gefühl, als könnte ich sie schon berühren."

Sie schwiegen einen Moment lang.

„Wenn du das brauchst, um glücklich zu sein, dann bleiben wir natürlich in Amerika und fahren nach Pine Ridge", sagte Alexandre.

„Ich habe Walker heute von unserer Mutter erzählt." Charlotte konnte den bösen Blick ihres Bruders nicht vergessen, als sie davon berichtet hatte.

„Wann?"

„Nach dem Lunch, während du mit Trace gesprochen hast. Ich musste es ihm in einer ruhigen Minute sagen. Und ich wollte es tun, bevor er zu sehr um einen Mann trauert, der seine Loyalität gar nicht verdient hat. Verstehst du das?"

„Natürlich. Das muss ein unheimlicher Schock für ihn gewesen sein. Er stand Spencer doch ziemlich nahe, oder?"

„Ja. Er hat zu ihm aufgesehen und ihm vertraut." Sie hasste Spencer dafür, dass er ihrem geliebten Bruder noch nach seinem Tod so viel Leid zufügte. „Ich habe gedacht ..."

„Ja?"

„Wir können ihm bei der Suche helfen, aber vielleicht sollte Walker nach Pine Ridge fahren. Er braucht das, genauso wie ich unbedingt die Wahrheit herausfinden musste."

„Und wie fühlst du dich dabei? Du warst diejenige, die an ihrem Tod gezweifelt hat, und er wird dann vielleicht derjenige sein, der sie zuerst sieht."

Charlotte lächelte. Typisch Alexandre. Er dachte zuerst an ihr Wohlergehen. „Ich will sie unbedingt treffen, aber ich liebe Walker. Ich kann damit leben, wenn er sie findet, denn wenn die Situation umgekehrt gewesen wäre, würde er sich genauso verhalten."

Sie spürte Alexandres Hand warm und beschützend an ihrem Bauch. „Möchtest du zu Spencers Beerdigung hierbleiben?"

„Ich bin keine Heuchlerin. Ich habe ihn nie gemocht, und wenn ich die Wahl hätte, würde ich nicht bleiben. Aber so wie Lilah sich aufführt, und angesichts dieses Durcheinanders glaube ich, dass ich die anderen zumindest bei der Beerdigung unterstützen muss." Sie biss sich auf die Lippe. „Bin ich ein schrecklicher Mensch, weil es mir nicht leidtut, dass er tot ist?"

„Nein, du bist nur ehrlich. Der Mann hat dir nichts als Kummer bereitet. Warum solltest du um ihn trauern?" Er küsste sie.

Leidenschaftlich erwiderte sie den Kuss. „Danke."

„Dann buche ich uns Flüge, sobald wir wissen, wann die Beerdigung stattfinden wird? Ich bin sicher, dass wir abreisen dürfen, sobald die Beamten unser Alibi überprüft haben."

„Ja." Sie runzelte heftig die Stirn. „Ich muss jemanden finden, der sich um das Gewächshaus kümmert, während wir in Frankreich sind."

Er schwieg einen Moment lang. „Ich möchte dich etwas fragen. Es geht um das Gewächshaus und dieses Cottage."

„Was?"

„Wenn es nach mir ginge, würde ich dich sofort heiraten. Aber da wir beschlossen haben zu warten, bis in der Familie wieder Ruhe eingekehrt ist, möchte ich dir vorschlagen, zu mir zu ziehen, sobald ich ein Haus gefunden habe. Ich will dich so schnell wie möglich von diesem Anwesen wegholen. Nach allem, was ich gesehen und erlebt habe, glaube ich, dass es hier nur noch schlimmer wird."

Lächelnd schmiegte sie sich an ihn. „Das einzige Problem ist mein Gewächshaus. Ich kann es nicht einfach verlassen – das würde noch mehr Stress für die anderen bedeuten."

„Das verstehe ich, *chérie*. Wir könnten uns ein Haus in der Nähe suchen, sodass du deine Arbeit fortführen kannst, ohne hier zu wohnen. Was hältst du davon?"

„Das wäre ideal. Und es ist nicht für immer. Ich wollte immer mein eigenes Geschäft haben. Unabhängig von dem Namen Ashton. Sobald sich hier alles etwas beruhigt hat, werde ich der Familie meine Entscheidung mitteilen, und dann können wir überlegen, wo wir auf Dauer leben wollen."

„Vielleicht könntest du sogar in Frankreich arbeiten?"

„Vielleicht." Sie lächelte. „Vermisst du dein Zuhause?"

„*Oui*. Ich mache mir Sorgen um den Wein."

„Du bist eben ein Winzer."

Er lachte. „Mein Land in Frankreich wird dir gefallen. Es wächst so vieles dort." Er küsste sie auf die Nasenspitze. „Und ich bin sicher, Paris wird dich verzaubern."

„Paris", flüsterte sie. „Ich wollte immer so etwas Verrücktes und Romantisches tun, wie nach Paris abhauen."

„Das stand nicht in deinem Tagebuch. Es wäre mir aufgefallen."

Charlotte lächelte glücklich. Egal, was in ihrem Leben passierte, solange sie ihren wundervollen Alexandre an ihrer Seite hatte, würde sie blühen wie ihre Blumen. „Wagen Sie es ja nicht, noch einmal in die Nähe meines Tagebuchs zu kommen, Mr. Dupree."

„Das wird nicht nötig sein."

„Warum nicht?"

„Weil ich, *ma petite,* ein Lover sein werde, dem du gern deine Fantasien anvertraust."

Sie schlang die Arme um ihn und gab ihm einen zärtlichen Kuss. „Ich liebe dich von ganzem Herzen, Alexandre Dupree."

„Dann sind alle meine Fantasien in Erfüllung gegangen."

– ENDE –

Nalini Singh

Secrets – Was niemand weiß
Roman

Aus dem Englischen von
Claudia Biggen

1. KAPITEL

„Ich bin schwanger."

Caleb Callaghan sah seine Frau verblüfft an. „Wie bitte?"

„Ich sagte, ich bin schwanger. Im dritten Monat – das wurde mir gerade vom Arzt bestätigt." Vicki strich sich das schulterlange blonde Haar zurück und setzte sich auf den Stuhl vor seinem Schreibtisch.

Allmählich fing Calebs Verstand wieder an zu arbeiten. Das war die Chance, auf die er seit zwei Monaten gewartet hatte, und er würde sie nutzen. Rasch stand er auf, ging um den Schreibtisch herum und kniete sich neben Vickis Stuhl auf den Boden. „Du bekommst unser Kind", sagte er ergriffen. Mit einem Mal ging es ihm nicht mehr schlecht, sondern er kam sich wie im Paradies vor.

Vicki kann sich nicht scheiden lassen, wenn sie schwanger ist.

Als hätte sie seine Gedanken gelesen, schüttelte sie den Kopf. „Das ändert nichts", sagte sie, aber in ihrer Stimme schwang Unsicherheit mit.

Caleb packte die Gelegenheit beim Schopf. Keinesfalls würde er aufgeben, dazu stand zu viel auf dem Spiel. „Natürlich tut es das." Er nahm ihre Hand.

„Nein."

„Doch." In den beiden Monaten seit ihrer Trennung hatte Caleb alles Mögliche getan, um seine Frau zurückzugewinnen. Leider vergeblich. Aber jetzt konnte Vicki nicht mehr so leicht eine Scheidung durchsetzen. „Natürlich ändert das alles. Du bekommst *mein* Baby."

Ihre Hand verkrampfte sich. „Versuch nicht, mich einzuschüchtern, Caleb."

Alarmiert durch ihren Ton, überlegte er sich rasch noch einmal, wie er sich ihr nähern konnte. Aber er befürchtete, wenn er sie zu sehr bedrängte, würde er sie verlieren. Allerdings hatte seine Frau schon immer ein weiches Herz gehabt. „Ich habe ein Recht, die Schwangerschaft mit dir zu erleben", sagte er. „Dies ist auch mein erstes Baby. Vielleicht mein letztes."

Ihre Miene verriet ihm, dass er auf Verständnis stieß, obwohl er das kaum zu hoffen gewagt hatte. „Du willst wieder einziehen?", sagte sie und meinte damit ihre restaurierte Villa oberhalb von St.

Marys Bay, nicht weit von Aucklands Innenstadt.

„Natürlich werde ich wieder einziehen." Das stand außer Diskussion. „Ich werde nicht zulassen, dass du dich vor der Geburt unseres Kindes scheiden lässt." Das gab ihm sechs Monate, in denen er Vicki davon überzeugen konnte, dass ihre Ehe es wert war, aufrechterhalten zu werden, und dass man eine Beziehung nach fünf Jahren nicht so einfach aufgeben sollte.

Vicki hatte ihn um Abstand gebeten, als sie sich getrennt hatten, und Caleb hatte ihre Bitte erfüllt, soweit ihm das möglich war. Er hatte sich auf einen Telefonanruf täglich beschränkt und auf ein paar Besuche pro Woche, um nachzusehen, ob es ihr gut ging. Doch damit war jetzt Schluss. Er wollte seine Frau zurückhaben. „Dieses Baby ist ein Geschenk, Vicki – unsere Chance, einen neuen Anfang zu machen. Und diese Chance müssen wir nutzen."

Ihr Blick wurde weich.

Caleb stand auf und zog Vicki in die Arme. Er war größer als sie, und ihre schlanke Gestalt schmiegte sich perfekt an seinen Körper. „Ich werde meine Sachen heute Nachmittag vom Hotel holen lassen." Er hasste diesen Ort, weil er sich dort nicht zu Hause fühlte. „Alles wird gut werden", versicherte er. Egal, was passierte, er würde nicht zulassen, dass er Vicki verlor.

Sie bedeutete alles für ihn.

Vicki erlaubte Caleb, sie zu umarmen, obwohl sie fürchtete, damit einen Fehler zu machen. Doch sie hatte die Umarmungen ihres Ehemannes vermisst. Seit zwei Monaten vermisste sie Caleb jeden einzelnen Tag. Jedes Mal wenn er sie zum Essen einlud oder auf einen Kaffee vorbeikam, war ihr klar, dass sie eigentlich ablehnen sollte, doch stattdessen war sie immer einverstanden gewesen. Jetzt schien sich dieses gefährliche Verhaltensmuster fortzusetzen.

„Du brauchst nicht zu Hause zu wohnen, um mit unserem Kind zusammen zu sein", wandte sie ein.

Er lockerte seine Umarmung so weit, dass sie in seine haselnussbraunen Augen sehen konnte, die eine Spur heller waren als sein Haar. „Doch, natürlich muss ich das. Willst du, dass unser Kind so aufwächst wie du und seinen Vater kaum kennt?"

Vicki atmete tief ein. „Du weißt genau, was du sagen musst, um mich umzustimmen, nicht?" Sie wollte auf keinen Fall, dass ihr Kind sich von einem Elternteil nicht geliebt fühlte.

Caleb ließ sie los und stützte die Hände auf die Hüften. „Ich werde die Wahrheit nicht schönreden. Wenn du auf dieser Trennung bestehst, wird das früher oder später zur Scheidung führen, und vielleicht wird unser Kind dann zwischen uns hin und her pendeln."

„Glaubst du, es wäre besser für unser Kind, bei Eltern aufzuwachsen, die sich ständig streiten?" Derzeit kriselte es sehr in ihrer Ehe, daran gab es keinen Zweifel.

„Natürlich nicht." Er hob die Stimme. „Aber du musst dich entscheiden. Entweder lässt du mich wieder zu Hause einziehen und wir arbeiten an unseren Schwierigkeiten, oder du akzeptierst die Alternative."

„Das geht mir alles zu schnell. Ich brauche Zeit."

Ein energischer Zug erschien um seinen Mund. „Du hattest bereits zwei Monate."

Das war nicht einmal annähernd genug, dachte sie. Seit der Trennung hatten sie sich mehrmals pro Woche gesehen, aber ernsthaft über ihre Probleme geredet hatten sie nie. Das mussten sie jetzt dringend nachholen. „Caleb, betrachte die Sache doch mal von meinem Standpunkt aus. Ich habe gerade erfahren, dass ich schwanger bin. Wenn du jetzt auch noch zurückkommst, fühle ich mich dem allen nicht gewachsen."

„Und je länger du mich ausschließt, desto weniger Zeit haben wir, unsere Schwierigkeiten zu bewältigen, bevor das Baby kommt", widersprach er. „In diesem Punkt werde ich nicht nachgeben, du kannst also auch gleich Ja sagen."

Wenn sie nicht bereits eine Entscheidung getroffen hätte, bevor sie die Anwaltskanzlei betreten hatte, die Caleb mit großer Zielstrebigkeit aufgebaut hatte, hätte sein Verhalten sie wahrscheinlich verletzt. Aber auch wenn sie viele Dinge an ihm nicht verstehen konnte, diese Reaktion hatte sie vorhergesehen. Von der Sekunde an, als sie entdeckt hatte, dass sie schwanger war, hatte sie gewusst, dass Caleb nicht mehr bereit sein würde, getrennt zu leben, selbst wenn sie noch so große Bedenken äußerte.

Aus diesem Grund hatte sie sorgfältig überlegt, unter welchen Bedingungen sie ihn wieder in ihr gemeinsames Haus ziehen lassen würde. „Also gut", lenkte sie ein. Caleb war eine sehr dominante Persönlichkeit. Wenn man ihm den kleinen Finger reichte, nahm er die ganze Hand. Doch es ging nicht länger nur um sie beide.

„Das ist die richtige Entscheidung, Liebling", sagte er. „Du wirst sehen. Wir schaffen es."

Sie runzelte leicht die Stirn und wollte gerade erklären, dass die Dinge diesmal ein bisschen anders laufen würden. „Sieh mal, du kannst einziehen, aber ..."

„Pscht." Er lächelte und legte eine Hand auf ihren flachen Bauch. Erstaunt nahm Vicki wahr, dass ihre Schwangerschaft ihr jetzt als viel realer erschien. Die Bestätigung des Arztes hatte ihr nicht dieses Gefühl gegeben. „Du willst doch nicht, dass das Kind uns streiten hört, oder?"

Es ist doch immer wieder das Gleiche mit ihm, dachte Vicki. Sie redete, und er hörte nicht zu. „Caleb, ich wollte dir sagen, dass ..."

„Später." Er strich ihr das Haar aus dem Gesicht. „Wir haben alle Zeit der Welt."

Calebs Sachen waren alle im Gästezimmer.

„Was soll denn das?" Er drehte sich zu Vicki um, die mit verschränkten Armen im Türrahmen stand und ihn beobachtete. Keine Spur war mehr von der Frau zu sehen, die ihm erst vor wenigen Stunden noch erlaubt hatte, sie zu umarmen.

Aufgerichtet und mit erhobenem Kopf begegnete sie seinem Blick. „Das kommt davon, weil du nicht zuhörst. Du hast meine Einwände gegen deine Rückkehr nach Hause einfach niedergewalzt, wie du das immer tust." In ihrer Stimme schwang eine Härte mit, die Caleb an ihr nicht kannte. „Später, hast du gesagt. Nun, jetzt ist später. Du kannst hier wohnen, aber erwarte nicht, dass du in mein Leben zurückkehren kannst, als sei nichts passiert. Soweit es mich betrifft, sind wir immer noch getrennt."

Er erstarrte. In den fünf Jahren, seit sie verheiratet waren, hatte Vicki niemals so mit ihm gesprochen. „Liebling ..."

„Nur damit das ganz klar ist: Ich werde mich von dir nicht zu etwas drängen lassen, wozu ich noch nicht bereit bin", sagte sie.

„So haben wir aber keine Chance", wandte er ein. „Wir können kaum an unseren Problemen arbeiten, wenn ich in dieses Zimmer verbannt werde und du mir ständig mit der Scheidung drohst." Er warf seine Anzugjacke auf das Bett und begann an seiner Krawatte zu ziehen, während er Vicki nicht aus den Augen ließ.

„Dein Weg ist auch nicht der richtige", sagte sie gereizt. Ihre Wangen waren gerötet. „Du willst, dass alles wieder so ist, wie es war – als hättest du nicht zwei Monate in einem Hotel gewohnt … Ich war unglücklich in unserer Ehe. Willst du so eine Frau zurückhaben?"

Ihre Worte taten ihm weh. „Du hast nie etwas gesagt, und dann hast du mir plötzlich eröffnet, du wolltest die Scheidung. Woher sollte ich denn wissen, dass du nicht glücklich warst? Ich bin doch kein Hellseher." Caleb fuhr sich mit der Hand durchs Haar.

Vicky ballte die Hände zu Fäusten. „Nein", erwiderte sie. „Das bist du nicht. Aber das wäre auch nicht nötig, wenn du dir gelegentlich Zeit nehmen und mir zuhören würdest, statt darauf zu bestehen, dass alles so läuft, wie du es willst oder gar nicht."

Caleb wurde langsam wütend. „Du wolltest doch nie irgendwelche Entscheidungen treffen, deshalb habe ich das übernommen." Seit dem Tag ihrer Hochzeit hatte er sein Bestes getan, um für Vicki zu sorgen und sie zu beschützen, und das war jetzt der Dank dafür?

„Hast du je darüber nachgedacht, ich könnte vielleicht mehr vom Leben wollen, als immer nur Ja und Amen zu allem zu sagen? Menschen verändern sich, Caleb. Hast du nie in Betracht gezogen, dass das auch bei mir der Fall sein könnte?"

Diese Frage ließ ihn aufhorchen. In seiner Vorstellung war Vicki tatsächlich noch immer die wunderschöne neunzehnjährige Braut, die er vor fünf Jahren über die Schwelle seines Hauses getragen hatte. Wegen des Altersunterschiedes zwischen ihnen und seiner größeren Lebenserfahrung war es nur logisch gewesen, dass er die Führung übernommen hatte.

Dabei hatte es Vicki nicht an Willensstärke gemangelt. Tatsächlich war sie für ihr Alter außergewöhnlich reif gewesen und auch vollkommen bereit und fähig, die Rolle der Ehefrau eines ehrgeizigen jungen Rechtsanwaltes zu übernehmen.

Caleb hätte sich nicht zu Vicki hingezogen gefühlt, wenn er hinter ihrem schüchternen Lächeln nicht einen starken Willen erahnt hätte. Aber während er mit seinen neunundzwanzig Jahren bereits die Härte des Lebens erfahren hatte, war sie in einer Welt aufgewachsen, in der sich jeder an die Spielregeln hielt. Außerdem war er es gewöhnt, Entscheidungen zu treffen, da war ihm erst gar nicht in den Sinn gekommen, das in seiner Ehe anders zu machen.

Er sah sie nachdenklich an. Sie war noch so schlank wie damals, als er sie kennengelernt hatte, und eine klassische Schönheit mit ihren blauen Augen und dem seidigen Haar, das er so gern berührte. Aber ihr Blick hatte sich verändert.

Als sie geheiratet hatten, hatte sie bewundernd zu ihm aufgesehen. Jetzt drückte ihr Blick Distanz aus. Zu seinem Schrecken musste er feststellen, dass er keine Ahnung hatte, was für ein Mensch sich hinter ihrem eleganten Äußeren verbarg.

„Nein, ich schätze, das habe ich nicht", erwiderte er. Normalerweise verließ er sich immer auf seinen Instinkt. Dieses Eingeständnis kostete ihn einige Überwindung.

Vicki wollte etwas erwidern, doch er kam ihr zuvor.

„Aber gib mir nicht die Schuld für alles", fuhr er fort. Sie waren beide für das Scheitern ihrer Ehe verantwortlich, und wenn sie daran etwas ändern wollten, mussten sie ehrlich sein. „Du kennst mich. Wenn du mir gesagt hättest, was dich stört, hätte ich versucht, es in Ordnung zu bringen. Ich kann es nicht ertragen, wenn du unglücklich bist."

Das war der Hauptgrund, weshalb er ihr nie Vorwürfe gemacht hatte, dass sie bei der Liebe keine Leidenschaft zeigte, obwohl ihn dieser Mangel mehr als alles andere belastete. Doch er war nicht in der Lage, Vicki zu verletzen, selbst wenn seine Situation dadurch vielleicht verbessert worden wäre. Von dem Augenblick an, wo er sie zum ersten Mal gesehen hatte, hatte er sie glücklich machen und sie zum Lächeln bringen wollen.

Vicki wirkte sehr steif in ihrem weißen Leinenkleid. Sie schüttelte den Kopf. „Genau darum geht es. Ich will nicht, dass du die Dinge für mich in Ordnung bringst. Ich brauche ..."

„Was, Vicki? Sag mir, was du brauchst." Das habe ich sie noch nie gefragt, schoss es ihm durch den Kopf, und er fragte sich, ob er wirklich ein so guter Partner gewesen war, wie er immer geglaubt hatte.

Sogar im Bett hatte er die Führung übernommen, weil er auf seine Fähigkeit als guter Liebhaber vertraut hatte. Trotzdem hatte er es nie geschafft, dass Vicki ihn mit derselben Leidenschaft begehrte, die er für sie empfand. Was wäre, wenn sie etwas anderes brauchte, etwas, das er ihr nicht geben konnte, weil er nicht wusste, was es war? Vielleicht reagierte sie deshalb auf seine Liebkosungen nicht so, wie er es sich wünschte?

Ihre Miene wurde weich. „Ich brauche deine Liebe. Aber du sollst nicht das Bild der perfekten Ehefrau lieben, das lediglich in deiner Vorstellung existiert, sondern die Frau, die ich wirklich bin."

Ihre Worte trafen ihn wie ein Schlag. „Ich habe nie versucht, dich zu ändern."

„Nein. Weil du mich nie so gesehen hast, wie ich wirklich bin." Das hatte mehr geschmerzt als alles andere, denn sie liebte Caleb Callaghan von ganzem Herzen, unabhängig davon, was er sagte oder was er tat. Sie liebte sein Lachen, seinen Verstand, seinen Dickkopf und auch seinen Charakter.

Aber das reichte nicht. Eine Liebe wie diese konnte einen Menschen langsam von innen heraus vernichten, wenn sie nicht erwidert wurde. Und genau das war der Fall, egal, was Caleb glaubte. Für ihren Ehemann war sie die empfindliche exotische Blume, die ständig beschützt werden musste, selbst vor seinen starken Gefühlen.

Genau wie in diesem Augenblick. Seine Fäuste waren geballt, um seinen Mund lag ein harter Zug, aber er beherrschte sich. „Wenn ich dich nicht gesehen habe, mit wem habe ich dann, verflixt noch mal, die letzten fünf Jahre verbracht? Mit einem Gespenst?"

Diese sarkastisch gemeinte Bemerkung traf leider ziemlich genau den Punkt. „Vielleicht."

„Was soll das heißen?"

Wie sollte sie ihm etwas erklären, was sie selbst erst anfing zu verstehen? „Wer war ich in dieser Ehe, Caleb?"

„Meine Frau." Der Blick seiner haselnussbraunen Augen war so schmerzerfüllt, wie sie es noch nie erlebt hatte. „War das nicht genug?"

„Caleb Callaghans Frau", sagte sie und schluckte. „War ich das wirklich?"

Er runzelte die Stirn. „Was soll diese Frage? Natürlich warst du meine Frau. Das bist du immer noch, und wenn du diesen Blödsinn mit den getrennten Schlafzimmern endlich beendest, könnten wir anfangen, die Dinge in Ordnung zu bringen."

Wenn ich deine Frau bin, hätte sie am liebsten geschrien, warum hast du mich dann mit Miranda betrogen? Doch mit diesem Thema konnte sie sich jetzt nicht beschäftigen. Vier Monate Abstand hatten nicht gereicht, um diese Wunde auch nur oberflächlich zu schließen. „Das ist kein Blödsinn, Caleb. Das ist eine Tatsache. Also fang zum ersten Mal in deinem Leben an, deiner Ehe Beachtung zu schenken!"

Sie drehte sich um und verließ den Raum. Hinter sich hörte sie Caleb fluchen und etwas gegen die Wand werfen. Aber er folgte ihr nicht. Erleichtert ging sie ins Schlafzimmer. Sie war kurz davor, zusammenzubrechen. Es war eine Sache, sich theoretisch vorzustellen, wie sie mit Caleb umzugehen hatte, und eine ganz andere, ihm gegenüberzustehen und sich mit seiner starken Persönlichkeit auseinandersetzen zu müssen.

Vicki war während ihrer Ehe nicht in der Lage gewesen, zu sagen, was eigentlich hätte gesagt werden müssen. Sie war zu schwach gewesen, um sich gegen Caleb durchzusetzen. Es machte ihr Angst, dass er wieder zu Hause wohnte. Jederzeit konnte sie zusammenbrechen und alles verlieren, was sie in den Monaten ihrer Trennung gewonnen hatte, während sie ihr Leben kritisch betrachtet hatte.

Was sie gesehen hatte, war nicht gerade schön gewesen. Doch zumindest stellte sie sich jetzt ihren Fehlern und befasste sich mit ihren Eheproblemen. Caleb dazu zu bringen, dasselbe zu tun, würde ein harter Kampf werden. Vor zwei Monaten hatte sie alles auf eine Karte gesetzt und ihn um die Scheidung gebeten.

Das war ein Schritt der Verzweiflung gewesen, weil Caleb sich geweigert hatte, auch nur in irgendeiner Form Probleme zuzugeben. Sie hatte ihn aufrütteln und aus seiner Selbstzufriedenheit reißen wollen, damit er merkte, dass das Leben, das sie führten, gar kein richtiges Leben war. Obwohl sie verletzt war, weil er sie auf der Geschäftsreise nach Wellington mit Miranda betrogen hatte, hatte sie den Traum nicht aufgeben wollen, durch den sie am Anfang überhaupt zusammengefunden hatten.

Doch sie war nicht bereit, für diesen Traum ein Leben zu führen, das pure Fassade war. Sie hatte den ersten Schritt gemacht, um das zu ändern, und nun wartete sie darauf, dass Caleb auf sie zukam.

Er hatte sie nicht fallen lassen. Obwohl er ausgezogen war, hatte er jeden Tag mit ihr Kontakt gehabt. Durch die unerwartete Schwangerschaft war ihnen nun noch mehr Zeit geschenkt worden. Zeit genug für Caleb, um sie, Vicki, kennenzulernen und anzufangen, die Frau zu verstehen, die schon immer unter der spröden Oberfläche verborgen gewesen war.

Und dann musste er entscheiden, ob er noch länger mit ihr verheiratet bleiben wollte oder nicht. Vicki hatte jedenfalls nicht die Absicht, sich jemals wieder damit zu begnügen, die Rolle der Ehefrau eines aufstrebenden Anwalts zu spielen. Die Frage war, ob Caleb nicht vielleicht genau so eine Frau als Ehepartnerin wollte.

Eine Frau, die nichts von ihm forderte als Geld und gesellschaftlichen Status. Eine Frau, die schweigen würde, selbst wenn ihr Mann ihr untreu war. Eine Frau, die nie daran denken würde, ihren gewohnten Lebensstil aufzugeben, indem sie sich von ihrem Mann scheiden ließ, weil er sie nicht liebte.

2. KAPITEL

Caleb war schlecht gelaunt. Er hatte eigentlich erwartet, die Nacht mit seiner Frau zu verbringen. Stattdessen drehte er sich im Gästezimmer ruhelos von einer Seite auf die andere, während Vicki nur wenige Meter von ihm entfernt lag. Als er schließlich durch schrilles Weckerläuten aufwachte, war er mit den Nerven am Ende.

Er verstand nicht, weshalb Vicki ihm das antat. So unvernünftig hatte sie sich noch nie verhalten. Wie konnte sie bloß erwarten, ihn auf Abstand zu halten, wenn sie unter einem Dach wohnten und sie ein Baby von ihm bekam? Für ihn gehörten getrennte Betten nicht zu einer Ehe. Außerdem sehnte er sich nach Vicki, verdammt noch mal! Vermisste sie ihn denn überhaupt nicht?

Nach einer raschen Dusche zog er sich an und ging in die Küche, wo er eine kühle Begrüßung von der Frau erwartete, von der er die ganze Nacht geträumt hatte. Vicki stand am Küchentresen und schenkte gerade Kaffee für ihn ein.

Calebs Stimmung hob sich. „Ich hatte schon halb erwartet, du würdest mir sagen, ich solle mich selbst versorgen." Das hatte er schließlich während der letzten beiden Monate gemacht.

Sie lächelte. „Ich weiß doch, wenn ich dir kein Frühstück mache, kriegst du nichts Vernünftiges in den Magen."

Er setzte sich auf einen Hocker auf der anderen Seite des Tresens und genoss das Gefühl, wieder zu Hause zu sein.

„Zählen Snacks aus Automaten als vernünftiges Essen?", fragte er scherzhaft, um in die frühere Routine zurückzufinden. Die Zeit im Hotel war schrecklich gewesen, und er hatte nicht die Absicht, noch einmal so ein elendes Leben zu führen, egal was er tun musste, um Vicki zurückzugewinnen.

Sie hob die Augenbrauen und warf ihm einen kurzen Blick zu, während sie ein paar Eier in eine Schüssel gab. „Ich hoffe, das soll ein Scherz sein."

Caleb konnte kochen. Das hatte er gezwungenermaßen schon als kleines Kind gelernt, um für sich und seine jüngere Schwester zu sorgen, weil ihre Eltern zu beschäftigt mit sich selbst waren. Doch vom ersten Tag ihrer Ehe an hatte Vicki die Küche übernommen, und er hatte das bereitwillig zugelassen. Insgeheim hatte er sich immer gefreut, dass seine Frau sich genug aus ihm machte, um ihm gesundes Essen zuzubereiten. Niemand hatte das je zuvor getan.

Als er den Teller mit Rührei und Schinken und eine Tasse Kaffee von ihr entgegennahm, lächelte er sie versuchsweise an. „Leistest du mir nicht Gesellschaft?" Das Frühstück war eine der wenigen Mahlzeiten, die sie regelmäßig gemeinsam einnahmen.

Sie verzog das Gesicht. „Ich glaube, ich warte lieber noch eine Stunde oder so."

„Bist du in Ordnung, Liebling?"

Sie lächelte und sah dabei so schön aus, dass er einen Stich im Innern spürte. „Mir ist bloß ein bisschen übel. Das kommt neuerdings öfter am Morgen vor."

„Ist das nicht immer so?" Er war fasziniert von dem Leben, das in ihr wuchs, und hoffte, dass sie ihn nicht von dieser neuen Erfahrung ausschloss.

Sie schüttelte den Kopf. „Nein, das kommt und geht, wie es will. Aber ich habe Glück, denn mir ist nicht besonders oft schlecht. Iss jetzt, sonst kommst du zu spät."

Er gehorchte und beobachtete dabei, wie sie in der Küche herumhantierte. Sie trug Jeans und eine flauschige blaugrüne Strickjacke, die ihre zierliche Figur betonte. Dass sie schwanger war, konnte man ihr noch nicht ansehen. Äußerlich wirkte Vicki noch genauso wie vor fünf Jahren, als sie geheiratet hatten.

„Toast?" Sie nahm zwei Scheiben aus dem Toaster, bestrich sie mit Butter und reichte sie ihm.

Als er sie nahm, fiel sein Blick auf einen blassrosa Umschlag, der am anderen Ende des Küchentresens neben der Obstschale lag. „Was ist das?"

„Eine Karte von Mutter."

Besorgt musterte er sie. „Was steht darin?"

„Nur dass sie vielleicht in ein, zwei Wochen nach Auckland kommt und dann mit mir Kontakt aufnimmt. Iss." Sie winkte ab und steckte den Umschlag in die Gesäßtasche ihrer Jeans.

Caleb überlegte, ob Vicki wirklich so unbeschwert war, wie sie sich gab. Danica Wentworths seltene Besuche wühlten Vicki in der Regel immer ziemlich auf. Mehr als einmal hatte er versucht, mit ihr darüber zu reden. Aber das wehrte sie jedes Mal mit einer Heftigkeit ab, die dafür sprach, wie verletzt sie war, und er war nie weiter in sie gedrungen. Auch in seiner Vergangenheit gab es Dinge, über die er absolut nicht sprechen wollte.

Er hatte Verständnis für Vickis Zurückhaltung. Welches Kind würde sich an eine Mutter erinnern wollen, die es wegen eines Liebhabers im Stich gelassen hatte? Obwohl dieser Mann dann eine andere geheiratet hatte, führte Danica bis zum heutigen Tag mit ihm eine Beziehung. Sie hatte ihn nie verlassen, wie sie damals ihre vier Jahre alte Tochter verlassen hatte. Schlimmer, sie hatte Vicki der Mutter ihres Exmannes anvertraut, einer Frau, die so mütterlich war wie eine Schlange.

Vicki warf ihm einen neugierigen Blick zu, weil er sie nachdenklich ansah. „Was ist denn?"

„Nichts." Zumindest nichts, das er jetzt in Worte fassen konnte.

Gern wäre er jetzt zu ihr gegangen, hätte Vicki in die Arme genommen und ihr gezeigt, was er für sie empfand. Danach sehnte er sich schon eine Ewigkeit. Aber er hielt sich zurück, weil er wusste, dass sie diesen Vorstoß nicht begrüßen würde.

„Gehst du heute ins Gericht?" Sie musterte seinen schwarzen Anzug und ging zu seiner Überraschung zu ihm, um seinen Hemdkragen zu richten. Ihr zarter Duft stieg ihm in die Nase.

Caleb nickte und bemühte sich, nicht so verblüfft auszusehen, wie er war. Vicki berührte ihn äußerst selten von sich aus. „Der Fall Dixon gegen McDonald."

Ihre Blicke trafen sich, und Vicki ließ die Hände sinken, als wäre sie selbst überrascht. „Zwei Firmen, die sich um ein Patent streiten, richtig?" Eine zarte Röte erschien auf ihren Wangen. Sie ging wieder hinter den Tresen und nahm die Kanne, um ihm Kaffee nachzufüllen. „Glaubst du, ihr werdet gewinnen?"

„Callaghan & Associates gewinnen immer." Er lächelte, obwohl er jetzt noch mehr durcheinander war. Vicki war irgendwie völlig anders. Obwohl sie seinem Blick auswich, lachte sie. „Was macht ihr eigentlich mit einem Patentfall? Ich dachte, das wäre ein echtes Spezialgebiet."

Wie sehr habe ich ihr Lachen vermisst! dachte Caleb. Erst jetzt wurde ihm bewusst, wie lange er es nicht mehr gehört hatte – schon

Monate bevor er ins Hotel gezogen war. „Wann hast du angefangen, meine Akten zu lesen?", fragte er im Plauderton, obwohl sich sein schlechtes Gewissen meldete. Warum hatte er nicht früher bemerkt, wie unglücklich sie war? Sogar als sie mit ihrer Bitte um Scheidung seine heile Welt erschüttert hatte, war ihm das nicht klar geworden. Warum nicht? War er so beschäftigt mit seiner Arbeit, dass er darüber die Frau vergessen hatte, die er versprochen hatte zu lieben, zu achten und zu ehren?

Nach einer Weile hob sie den Kopf. „Schon immer."

„Aber du hast nie mit mir über irgendeinen Fall gesprochen." Sie hatte auch nie über die Anwaltskanzlei gesprochen, die er mit so viel Mühe und Schweiß aufgebaut hatte, obwohl sie Teil ihres gemeinsamen Lebens war. „Selbst wenn du Dinnerpartys für meine Mandanten gegeben hast, hast du kaum Fragen gestellt."

„Weil ich nicht dumm wirken wollte. Schließlich habe ich keine juristische Ausbildung. Außerdem hatte ich den Eindruck, du wolltest nie über deine Arbeit reden, wenn du nach Hause gekommen bist. Ich dachte immer, das hätte vielleicht irgendetwas mit Vertraulichkeit zu tun."

Erstaunt über ihren unsicheren Ton sah er auf. „Du könntest nicht einmal dumm wirken, wenn du das wolltest. Außerdem hält uns die Schweigepflicht nicht davon ab, Dinge im Allgemeinen zu diskutieren, wie wir das gerade gemacht haben. Ich habe nie über meine Arbeit gesprochen, weil ich dachte, das würde dich nicht interessieren." Warum habe ich das eigentlich gedacht?, überlegte er.

Darauf fiel ihm keine Antwort ein, aber er entschied, diesen Fehler wiedergutzumachen. „Der Grund, weshalb wir in diesen Fall verwickelt sind, ist der, dass der Mandant bei Marsha Henrikkson geblieben ist, als sie in unsere Kanzlei wechselte." Marsha Henrikkson war der Name einer neuen Mitarbeiterin. „Sie ist eine sehr kompetente Patentanwältin."

Vicki strahlte ihn an.

„Was denn?", fragte Caleb. Er freute sich, weil er seine Frau zum Lächeln gebracht hatte. Sonnenlicht fiel auf die hölzerne Oberfläche des Küchentresens, und mit einem Mal überkam ihn eine bittersüße Erinnerung. Er dachte daran, als er die Oberfläche des Tresens selbst abgeschliffen hatte. Er hatte hochgesehen und Vicki entdeckt, die ihn lächelnd dabei beobachtet hatte. Damals hatte er noch voller Hoffnung in die Zukunft geblickt, und übermütig hatte er seine Frau in die Arme genommen und sie umhergewirbelt, bis sie erschöpft und lachend zu Boden gesunken waren.

„Nichts." Sie lächelte immer noch, als sie fragte, ob er noch mehr Toast haben wollte.

Die Erinnerung verblasste. „Nein, das reicht mir." Er nahm einen letzten Schluck Kaffee und stand auf. Leider hatte er am Morgen einen Termin, denn er wäre viel lieber noch geblieben. Viel zu lange war es her, seit sie so unbeschwert miteinander umgegangen waren. „Ich rufe an, falls es spät wird."

„Aha."

Er bemerkte ihren spitzen Ton. „Was soll das heißen?" Wenn direkte Fragen nötig waren, um mehr über diese faszinierende Frau zu erfahren, die heute mehr Feuer und Leidenschaft gezeigt hatte als während ihrer ganzen Ehe, dann würde er so viele stellen, wie nötig waren.

Ihr Gesicht nahm einen verschlossenen Ausdruck an. „Du kommst immer spät, Caleb. Ich kann mich nicht erinnern, wann wir das letzte Mal zusammen zu Abend gegessen haben, ohne dass ein geschäftlicher Anlass dahintersteckte."

Er hatte nicht gewusst, dass sie sich etwas daraus machte, ob er da war oder nicht. Schließlich konnte sie es kaum ertragen, wenn er sie anfasste. Doch wenn er mit ihr zusammen war, wollte er sie berühren. Ihre Abneigung gegen seine Zärtlichkeiten tat ihm unendlich weh. Trotzdem war sie immer noch die einzige Frau, mit der er verheiratet sein wollte. „Willst du, dass ich zum Abendessen zu Hause bin?"

„Natürlich will ich das!" Sie runzelte die Stirn. „Du bist mein Mann."

„Dann werde ich zu Hause sein."

Ein unerwartetes Lächeln hellte ihre Miene auf. „Wirklich?"

„Versprochen." Am liebsten hätte er sie jetzt einfach auf den hübschen Mund geküsst.

Sie trat einen Schritt näher. „Ich werde auf dich warten."

Er sehnte sich danach, dass sie ihn berührte, ihn umarmte, irgendetwas in dieser Richtung. Aber solche Gesten waren Vicki fremd, und schließlich hatte Caleb gelernt, sein eigenes Naturell zu unterdrücken und Vicki nicht um Dinge zu bitten, die sie nicht geben konnte. Selbst wenn ihn das tief im Innern verletzte.

Vicki beobachtete, wie Caleb in seine dunkle Limousine stieg und wegfuhr. Dass er, ohne zu zögern, versprochen hatte, früh nach Hause zu kommen, hatte sie völlig verblüfft, wenn man bedachte, wie sehr er in seiner Arbeit aufging.

Vicki hasste es, dass seine Anwaltskanzlei für ihn an erster Stelle stand. Dieses Gefühl war so stark, dass sie bestimmt verbittert geworden wäre, wenn sie nicht beschlossen hätte, etwas dagegen zu tun. Calebs bereitwilliges Versprechen, rechtzeitig zum Abendessen nach Hause zu kommen, ließ sie hoffen, dass ihr Kampf nicht so aussichtslos war, wie sie bisher gedacht hatte. Vielleicht würde Caleb ihr jetzt endlich zuhören.

Aber höre ich ihm zu? schoss es ihr durch den Kopf. Als Caleb sie vorhin in der Küche angeschaut hatte, hatte etwas Rätselhaftes in seinem Blick gelegen. Er hatte ausgesehen, als wollte er etwas sagen oder etwas tun, aber er hatte sich zurückgehalten. Diesen Eindruck hatte sie oft in seiner Gegenwart.

So war das nicht immer gewesen. Am Anfang ihrer Ehe war sie fast erdrückt worden von Calebs starken Emotionen. Beinahe hatte sie Angst gehabt, weil er sich so sehr auf sie konzentriert hatte. Doch gleichzeitig hatte sie das auch sehr genossen. Dann hatte sich etwas zwischen ihnen verändert, so als wäre etwas kaputtgegangen.

Wenn sie beispielsweise früher zu ihm gegangen wäre, um seinen Hemdkragen zu richten, hätte er sie auf den Schoß gezogen und sie geküsst, bis sie um Gnade gefleht hätte, ganz egal wie wütend sie vorher aufeinander gewesen wären. Vicki hatte ihn heute Morgen absichtlich berührt. Das war ein Test gewesen, wie viel noch von der früheren Leidenschaft übrig war. Das Ergebnis war niederschmetternd gewesen.

Was war nur mit dem Feuer passiert, das einst zwischen ihnen gelodert hatte? Hatte sie es zerstört? Sie wusste nicht, was sie denken sollte, denn in ihr kämpften zwei Seelen. Auf der einen Seite stand ihre Erfahrung und auf der anderen das, was sie als Kind über anständiges Benehmen gelernt hatte. Wozu vor allem gehörte, dass man die Kontrolle über seine Gefühle behielt. Das Einzige, was sie wusste, war, dass ihr das Leben nicht mehr gefallen würde, wenn sie Caleb nicht wieder so viel bedeutete wie früher.

Er hatte recht. Er war nicht der Einzige, der in ihrer Ehe Fehler gemacht hatte.

3. KAPITEL

Als Caleb an diesem Abend nach Hause kam, fand er Vicki im Wohnzimmer am Telefon vor. Sie trug ein ärmelloses schwarzes Kleid, das sich eng an ihre Kurven schmiegte, und sah einfach zum Anbeißen aus. Caleb schluckte. Was mochte es wohl bedeuten, dass sie so ein verführerisches Kleid zum Abendessen angezogen hatte?

„Ist etwas los?" Er warf seine Aktentasche auf das Sofa und zog Mantel und Jackett aus. Der Herbst ging langsam in den Winter über, und die Brise, die von der Bucht herwehte, wurde immer frischer. Doch im Haus war es warm, und Sonnenlicht fiel durch die Fenster und die Oberlichter.

„Deine Sekretärin hat gerade angerufen. Sie sagte, sie hätte vergessen, dir zu sagen, dass sie es geschafft hätte, einen neuen Termin mit Mr. Johnson zu vereinbaren. Das Treffen findet jetzt morgen früh um acht Uhr statt."

Das war die Verabredung, die Caleb abgesagt hatte, um zum Abendessen zu Hause zu sein. „Danke, dass du die Nachricht entgegengenommen hast. Mein Handy funktioniert nicht. Ich habe vergessen, den Akku aufzuladen." Er zog die Krawatte aus und legte sie ebenfalls aufs Sofa. Dann öffnete er die beiden obersten Hemdknöpfe und ging zu Vicki. „Warum dieses Kleid?" Wie gern hätte er jetzt ihre nackten Arme gestreichelt!

„Es war nicht Miranda, die mich anrief", sagte sie und sah ihn stumm an, in Erwartung einer Erklärung.

Wenn es eine Sache gab, über die er nicht diskutieren wollte, dann war das seine frühere Sekretärin. „Nein. Sie hat uns schon vor einer Weile verlassen." Er erlag der Versuchung und strich mit der Hand über die seidige Haut ihrer Schulter. Vicki erschauerte, aber sie entzog sich nicht. Doch das tat sie nie.

Vicki wollte fragen, warum Miranda weggegangen war, doch der Mut verließ sie, als ihr ein neuer Gedanke kam: Was wäre, wenn Miranda nicht länger Calebs Sekretärin war, weil sie inzwischen eine andere Rolle übernommen hatte? Solche Arrangements waren nicht unüblich in den Kreisen, in denen sie aufgewachsen war. Ihre eigene Mutter war ein perfektes Beispiel dafür. Außerdem hatte Caleb zwei

Monate getrennt von ihr gelebt. Vielleicht war er des Wartens müde geworden.

„Vicki?"

Die Bemerkung, die sie hatte machen wollen, war ihr entfallen. Verzweifelt senkte sie den Blick, um die Fassung wiederzuerlangen. Doch plötzlich schien sich um sie herum alles zu drehen. „Ich muss mich setzen ..." Dann konnte sie nicht mehr sprechen.

Caleb fluchte laut. Er fing sie auf und trug sie zum Sofa. Dort setzte er sich und hielt sie fest. „Vicki, was hast du? Sprich mit mir. Komm schon, Liebling."

Sie holte ein paar Mal tief Atem und überließ sich der Umarmung ihres Mannes, der als Einziger je zärtlich zu ihr gewesen war. „Ich bin in Ordnung. Gib mir nur einen Moment."

„Bist du vielleicht krank? Stimmt irgendetwas mit dem Baby nicht?"

„Nein, nein. Mir geht es gut. Uns beiden geht es gut." Als Vicki merkte, dass sich einige Strähnen aus ihrem sorgfältig hochgesteckten Haar lösten, hob sie die Hand, um sie wieder festzustecken. Caleb folgte mit dem Blick ihrer Bewegung.

Da erinnerte sie sich an etwas.

Statt ihre elegante Frisur zu ordnen, zog sie alle Haarnadeln heraus und ließ das Haar offen auf die Schultern fallen. Caleb hatte es immer gemocht, wenn sie das Haar offen trug, obwohl er das nie laut ausgesprochen hatte. Manche Dinge wusste eine Frau einfach.

„Wenn ihr beide in Ordnung seid, warum hattest du dann einen Schwächeanfall?"

Weil mir gerade klar geworden ist, dass du eine Geliebte haben könntest, dachte sie, sprach es aber nicht aus. In den vergangenen Monaten war sie vielleicht stärker geworden, aber sie war nicht stark genug, um seine Erwiderung auf diese Behauptung zu hören. Noch nicht. Solange sie nichts darüber sagte, konnte Caleb sie auch nicht anlügen und damit den Neuanfang ihrer Beziehung zerstören.

„Ich glaube, ich habe mich zu sehr angestrengt", erklärte sie ausweichend. „Ich hätte mich während des Tages wahrscheinlich öfter hinsetzen sollen."

„Bist du sicher, dass das alles ist?" Liebevoll massierte er ihr den Nacken, und wie immer löste er mit seiner Berührung sinnliche Empfindungen in ihr aus, die ihr gefielen, die ihr aber gleichzeitig auch Angst machten.

Hat er das ebenfalls bei Miranda getan? Hör auf, befahl sie sich. Sie würde nicht zulassen, dass ihre Befürchtungen und ihre Eifersucht die Entscheidung beeinflussten, die sie ganz bewusst getroffen hatte.

Während sie von Caleb getrennt gewesen war, hatte sie trotz ihres Schmerzes und ihrer Wut auf ihn akzeptiert, dass sie ihn zutiefst liebte. Diese Erkenntnis hatte sie angespornt, um ihre Ehe zu kämpfen. Doch sie würde sie nicht davon abhalten, zu gehen, wenn sie scheiterte. Wenn sie sich jetzt jedoch von der Vergangenheit beherrschen ließ, dann würde ihre Ehe mit Sicherheit zerbrechen. Um ihres Kindes willen musste sie über Calebs Beziehung zu Miranda hinwegkommen.

„Woran denkst du, Liebling? Ist wirklich alles in Ordnung?"

Sie wollte nicken, aber ihre Lippen formten ein „Nein". Es gab eine Wunde, über die sie vielleicht niemals bereit wäre zu sprechen, aber ein anderes Thema musste endlich offengelegt werden. „Ich habe heute viel über uns nachgedacht."

Sein Blick schien etwas härter zu werden, aber Caleb hörte nicht auf, Vickis Nacken zu massieren. „Was gibt es da nachzudenken? Wir sind verheiratet, und du bekommst unser Kind."

„Nein, Caleb. Bitte fang nicht wieder an. Hör mir zu."

„Sprich."

„Du warst wegen der getrennten Betten letzte Nacht wütend." Aber nicht wütend genug, um woanders hinzugehen, fügte sie im Stillen als Trost für sich hinzu.

„Ich will mit meiner Frau in einem Bett schlafen. Was ist daran falsch?"

„Das Bett war nicht gerade der glücklichste Ort für uns, oder? Ich war niemals ... Frau genug für dich. Ich konnte dich nie befriedigen." Vicki kostete es unglaublich viel Überwindung, das auszusprechen, aber es führte kein Weg daran vorbei.

„Liebe Güte, Vicki."

„Du weißt, dass ich recht habe." Egal, wie demütigend es für sie war, das zuzugeben, ihr Versagen im Bett hatte dazu beigetragen, ihn in die Arme einer anderen Frau zu treiben. Wenn Vicki Caleb zurückhaben wollte, musste sie sich damit auseinandersetzen.

Caleb wusste nicht, was er tun sollte. Er war es gewohnt, die Führung zu übernehmen, aber in diesem Moment kam er sich ziemlich verloren vor. Er streichelte Vickis Wange. „Mach nicht so ein trauriges Gesicht, Liebling." In den letzten Jahren hatte er oft einen gequälten Ausdruck an ihr bemerkt.

Er hatte gedacht, Vicki würde aufblühen, sobald sie nicht mehr unter dem Einfluss ihrer rigiden Großmutter stand. Aber das Gegenteil war der Fall gewesen. Ihr Strahlen war immer mehr verblasst, und Caleb fürchtete, er hätte irgendetwas in ihr zerstört. „Das ist nichts, was wir nicht in Ordnung bringen können."

„Denkst du das wirklich?"

„Ja. Aber wir schaffen das nicht, wenn du mich nicht in dein Bett lässt." Als sie keine Antwort gab, startete er einen weiteren Annäherungsversuch. „Wir fangen ganz neu an – alles wird anders."

„Ja, das muss es, nicht wahr?" Sie schlang die Arme um seinen Nacken und legte den Kopf an seine Schulter. „Ach, Caleb, ohne dich habe ich mich so einsam gefühlt."

Er kannte sie gut genug, um die Botschaft zu verstehen, die ihr anschmiegsamer Körper aussandte. Caleb hoffte bloß, dass er sich nicht täuschte. Weiter würde Vicki niemals gehen, um den ersten Schritt zu machen. Er nahm sie auf seine Arme und trug sie ins gemeinsame Schlafzimmer. Als sie sich fester an ihn klammerte, fühlte er sich erleichtert.

Vielleicht würde es diesmal anders werden, nachdem sie endlich dieses schmerzliche Thema angesprochen hatten. Vielleicht würde Vicki jetzt auf seine Zärtlichkeiten in einer Weise reagieren, nach der er sich immer bei ihr gesehnt hatte.

Sie sagte kein Wort, als er sie herunterließ. Eine ganze Weile sahen sie sich schweigend an. Sie kamen sich vor wie zwei Hungernde vor einem Festessen. Im selben Augenblick, als Caleb die Arme nach Vicki ausstreckte, schloss sie die Augen und sank in seine Arme.

Mit den Händen umrahmte er ihr Gesicht und küsste sie auf den Mund. Darauf hatte Vicki immer reagiert, und auch jetzt erwiderte sie seinen Kuss mit großer Leidenschaft. Er genoss ihre Küsse. Während sie sich liebten, war das der einzige Hinweis darauf, dass sie ihn begehrte.

Deshalb küsste er sie jetzt lange und intensiv ... und hoffte. Als sie leise seufzte und eine kleine, unsichere Bewegung machte, glitt er mit den Händen zum Rücken ihres Kleides und öffnete den Reißverschluss. Dann strich er mit den Fingern ihre Wirbelsäule hoch. Ihre Haut fühlte sich wundervoll zart an, und er hätte dieses Gefühl, sie zu berühren, gern noch länger ausgekostet. Doch irgendwie hatte er eine Ahnung, er müsse sich beeilen. Er sagte sich, dass er später noch Zeit haben würde, Vicki ausgiebig zu streicheln. Dann streifte er ihr das Kleid über die Schultern und die Arme. Vicki ließ ihn nur so lange los, wie es nötig war, das Kleid auszuziehen.

Raschelnd glitt das Kleid auf den Boden und bauschte sich um ihre nackten Füße. Der Anblick ihres fast nackten Körpers überraschte ihn. Sie hatte hübsche kleine Brüste und trug deshalb oft keinen BH ... so wie heute Abend. Das machte ihn fast verrückt vor Begierde.

Wieder küsste er Vicki und begann mit den Daumen ihre Knospen zu streicheln. Seufzend holte sie Atem, aber sonst zeigte sie keine Reaktion. Ihre Hände lagen immer noch um seinen Nacken, doch sie presste sich nicht fester an ihn. Aber Caleb gab nicht auf.

Ohne den Kuss zu unterbrechen, schlüpfte er aus seinem Hemd. Anschließend zog er Vicki noch dichter zu sich heran. Ihre Brüste streiften seinen Oberkörper. Doch ihr Körper reagierte nicht auf seine Liebkosungen, nur die Art, wie Vicki seine Küsse erwiderte, ließ ihn hoffen.

Schließlich gab er ihre Lippen frei, hob Vicki hoch und legte sie auf das breite Bett, das sie kurz vor ihrer Hochzeit gemeinsam ausgesucht hatten.

Calebs Hände zitterten leicht, als er Vickis Slip herunterzog. Zwei Monate Enthaltsamkeit steigerten seine Begierde. Vicki war die schönste Frau, die er je gesehen hatte, und er wollte sich ausgiebig mit jedem Zentimeter ihres herrlichen Körpers beschäftigen. Doch ein langsames, gefühlvolles Liebesspiel erforderte mehr als nur Bereitschaft. Völlige Akzeptanz und gegenseitiges Vertrauen auf einer sehr intimen Basis wären nötig. Aber sogar heute Abend hielt Vicki ihn auf Abstand und verschloss sich vor ihm.

Seit fünf Jahren liebte er seine Frau so selten wie möglich, obwohl er sie mehr brauchte als die Luft zum Atmen. Doch er wollte sie mit seinem Verlangen nicht belasten. Ihre Küsse waren immer leidenschaftlich, und sie war immer bereit für ihn, wenn er in sie eindrang.

Doch sonst zeigte sie keine Reaktion, egal wie sehr er sich anstrengte.

Da spielte es auch keine Rolle, dass sie jedes Mal zum Höhepunkt kam. Für ihn zählte, wie sehr sie jedes Vergnügen bekämpfte, das er ihr zu schenken versuchte, und dass sie niemals von Verlangen nach ihm überwältigt wurde. Selbst im Schlafzimmer, wenn sie sich so nahe waren wie sonst nie, weigerte seine Frau sich, ihre kühle Eleganz abzulegen.

Trotzdem gab er die Hoffnung nicht auf. Er streifte die Schuhe ab und legte sich halb über Vicki gebeugt auf das Bett. Als er sie in die Arme nahm, küsste er sie und glitt streichelnd mit der Hand über ihren Körper. Zärtlich umfasste er ihren Po, dann berührte er ihre Hand.

Sie war zur Faust geballt.

4. KAPITEL

Frustriert rollte sich Caleb weg. „Verdammt!" Er würde Vicki nicht lieben, wenn sie den Akt einfach nur duldsam ertrug. Vor der Trennung hatte sie sich wenigstens an ihn geklammert, als wollte sie ihn nie mehr loslassen. Dadurch hatte er sich immer einreden können, dass sie ihn begehrte. Aber so ... nein, so nicht. Etwas in ihm zerbrach. Nach all den Jahren war er an seine Grenze gelangt.

Er hörte, wie Vicki sich bewegte, und glaubte, ein unterdrücktes Schluchzen zu hören, während sie unter die Bettdecke schlüpfte. Caleb hatte das Gefühl, dass ein Messer in seinen Eingeweiden steckte. Er fuhr sich mit den Händen durch das Haar, legte sich auf den Rücken und starrte an die Decke. Er wusste nicht, ob er mit so viel Enttäuschung fertigwerden würde. Nach ein paar Minuten blickte er zu Vicki. Sie lag auf der Seite und hatte ihm den Rücken zugewandt.

Caleb dachte daran, wie oft sie ihm schon im Bett den Rücken zugewandt hatte, und wurde plötzlich wütend. „Warum hast du mich geheiratet, wenn du meine Berührungen nicht ertragen kannst?"

Vicki versteifte sich und erschrocken drehte sie sich zu ihm um. „Ich liebe es, wenn du mich berührst."

Er lachte verbittert auf. „Ja, genau. Deshalb kannst du es immer nicht erwarten, dass ich fertig bin, wenn wir uns lieben, damit du dich wieder wegdrehen und so tun kannst, als wäre nichts gewesen."

Unfähig, ihr zu sagen, was sie mit ihrem Verhalten bei ihm anrichtete, hatte er seine ganze Kraft auf die Arbeit konzentriert. In fünf Jahren hatte er mit seiner Anwaltskanzlei mehr erreicht, als viele andere in ihrem ganzen Leben. Doch niemand wusste, wie es in seinem Inneren aussah, und dass sein phänomenaler Erfolg auf Selbstverrat beruhte, weil er ständig seine leidenschaftlichen Gefühle unterdrückte.

Vicki rüttelte Caleb an der Schulter und zwang ihn, sie anzusehen. Ihr Blick wirkte gequält. „Nein, das ist nicht wahr. Ich habe nie ... ich genieße es, wenn du mich liebst."

Sie hatte mit dem Thema angefangen, richtig, aber wenn sie nicht bereit war, sich die Tiefe ihrer Probleme einzugestehen, sah er keinen Ausweg. Caleb setzte sich auf. „Ich werde eine kleine Fahrt machen."

Seine Stimme war rau, er war längst nicht mehr erregt. Rasch griff er nach seinem Hemd, schlüpfte in die Ärmel und verließ das Zimmer.

„Caleb, warte!"

Er fühlte sich abgelehnt, und da er nicht wollte, dass sie ihn in diesem Zustand sah, tat er so, als hätte er nichts gehört und ging einfach weiter.

Ungefähr um zwei Uhr morgens gab Vicky den Versuch auf, einzuschlafen. Caleb war schon lange wieder zurück, doch sie hatten nicht zusammen gegessen und den Abend gemeinsam verbracht, für den sie sich mit so viel Hoffnung hübsch gemacht hatte. Wie so oft in der Vergangenheit, war auch dieser Abend misslungen, außer dass diesmal nicht Calebs Arbeit daran schuld war, sondern ihre eigene Feigheit.

Sie lag auf dem Rücken und starrte mit tränenfeuchten Augen zur dunklen Zimmerdecke. Was war nur aus ihrem Leben geworden? Es hatte keinen Sinn, so zu tun, als wäre Caleb für ihre zerstörten Träume und das Scheitern ihrer Ehe verantwortlich. Sie, Vicki, war mindestens ebenso schuld daran, wenn nicht sogar mehr. Wenn sie Caleb nur von Anfang an erzählt hätte, was sie fühlte! Dann wäre er niemals auf die Idee gekommen, dass sie ihn nicht begehrte.

Wie hatte er das nur ausgehalten?

„Er ist stark", flüsterte sie. Stark und gewohnt, für alles im Leben zu kämpfen. Doch er war nicht in der Lage gewesen, sie von ihren Hemmungen zu befreien, die das Ergebnis von Großmutter Adas erbarmungsloser Erziehung waren.

Warum hatte Caleb ihr nie gesagt, was sie ihm antat? Und warum hatte sie ihn nie gefragt, was er sich im Bett wünschte? Weil sie gewohnt war, dass er die Führung übernahm, hatte sie ihm immer nur erlaubt, sie zu befriedigen. Aber wann hatte sie versucht, ihm Vergnügen zu bereiten?

Nie.

Sie spürte einen Stich im Innern. Ihre Unerfahrenheit war keine Entschuldigung, denn sie hatte schon bald gemerkt, dass Caleb sich etwas von ihr wünschte, von dem sie nicht wusste, wie sie es ihm geben sollte. Statt ihn zu fragen, hatte sie den Kopf in den Sand gesteckt und so getan, als sei alles okay. Sie hatte die Taktik benutzt, die ihr geholfen hatte zu überleben, nachdem ihre Mutter sie Adas Obhut überlassen hatte. Doch nur zu überleben, das genügte ihr nicht länger. Sie wollte glücklich sein.

Sie schob die Decke beiseite, stand auf und ging barfuß, nur mit einem dünnen Pyjama bekleidet, den Flur entlang zur Küche. Der Mond schimmerte durch die Fenster und verbreitete eine romantische Atmosphäre, als wollte er Vicki verspotten. Sie nahm die Milch aus dem Kühlschrank und goss sich ein Glas ein. Dann stellte sie die Milch zurück und legte anschließend die kühlen Finger auf die Augenlider.

Die Dielen knarrten am anderen Ende des Flurs, und im nächsten Moment kam Caleb, nur mit schwarzen Boxershorts bekleidet, in die Küche. „Was machst du denn noch hier?" Seine Stimme klang rau, sein Haar war zerzaust.

„Ich konnte nicht schlafen." Als Erklärung hob sie ihr Glas. „Möchtest du auch etwas trinken?" Caleb stand nur wenige Meter von ihr entfernt und trotzdem war er meilenweit weg. Vicki wusste nicht, ob sie den Mut hatte, den Abstand zu überbrücken und zu ihm zu gehen.

Er machte eine ablehnende Geste.

Vicki trank ihr Glas leer und stellte es in die Spüle. „Habe ich dich aufgeweckt?" Wollte sie jetzt tatsächlich so tun, als hätte er sie nicht nackt und allein im Bett zurückgelassen? Wollte sie weiterhin ein Leben in ihrer eigenen Fantasiewelt führen? Oder würde sie sich endlich dazu überwinden, zu sagen, was gesagt werden musste?

„Nein, du hast mich nicht geweckt."

Caleb war unglaublich schön, doch sie hatte Angst, ihn zu berühren. Sie schluckte und ging über die kühlen Bodenfliesen, bis sie nur noch eine Armlänge von ihm entfernt war. „Bestimmt hast du morgen einen anstrengenden Tag. Du solltest versuchen zu schlafen." Warum konnte sie bloß nicht sagen, was sie so verzweifelt gern sagen wollte?

Sie bemühte sich, die Wahrheit herauszubringen, kämpfte gegen die jahrelange Erziehung an, durch die ihr eingetrichtert worden war, Leidenschaft und Begierde wären gefährlich und schlecht. Sie spürte, wie sich Worte in ihr bildeten, aber wie sehr sie sich auch bemühte, die Angst schnürte ihr die Kehle zu und sie brachte keinen Ton heraus.

Ein enttäuschter Ausdruck erschien auf Calebs Gesicht, doch Vicki war sich nicht sicher, ob sie in dem halbdunklen Raum richtig sah. Caleb trat einen Schritt beiseite, um sie durchzulassen, dann folgte er ihr.

Nachdem sie die Tür zum Schlafzimmer geschlossen und sich dagegen gelehnt hatte, hörte sie, wie er wenige Sekunden später das Gästezimmer betrat.

Tränen brannten ihr in den Augen, doch sie weinte nicht. Was war nur mit ihr los? War sie so feige, dass sie nicht einmal die notwendigen Schritte unternehmen konnte, um ihre Ehe zu retten? Wollte sie in dem unbefriedigenden Zustand verharren und ihren Mann weiter glauben lassen, sie würde seine Berührungen nicht ertragen?

Sie war unglaublich wütend auf sich selbst. Am liebsten hätte sie geschrien. Sie zwang sich, sich an die beiden Monate zu erinnern, die sie allein in diesem Haus verbracht hatte. An jedem einzelnen Tag war sie in dieses Schlafzimmer gekommen, hatte sich in dieses Bett gelegt und sich nach Caleb gesehnt. Sie hatte auf seiner Seite des Bettes geschlafen, hatte seine alten Hemden getragen und die ganze Nacht davon geträumt, wie sie sich liebten.

Wollte sie erneut so ein Leben führen? Zweifellos würde ihr Mann nicht zurück in ihr Bett kommen, bevor sie ihn nicht davon überzeugt hatte, dass sie ihn wirklich begehrte. Sie hatte ihn zu sehr verletzt.

Der Gedanke daran, wie schlecht Caleb sich fühlen mochte, veranlasste sie, sich aufzurichten. Sie strich sich die Haare hinter die Ohren, straffte die Schultern und öffnete die Tür.

Calebs Tür war offen, und Vicki wusste, warum. Selbst in seinem Ärger wollte er hören, ob sie ihn brauchte. Das ist ein gutes Zeichen, sagte sie sich, als sie das Zimmer betrat. Er lag auf der Seite und wandte ihr den Rücken zu, doch sie wusste, dass er sie kommen hörte, auch wenn er sich nicht bewegte. Zum ersten Mal, seit sie verheiratet waren, drehte Caleb ihr den Rücken zu.

Leise setzte sie sich auf den Bettrand. Dann schlüpfte sie unter die Decke und kuschelte sich an seinen Rücken.

„Was willst du hier, Vicki?"

Noch nie hatte sie ihn so unwirsch sprechen hören. Ihr Selbstvertrauen schrumpfte, aber da sie nun schon mal so weit gekommen war, konnte sie auch weitermachen. „Du bist weggegangen, ohne mir die Möglichkeit einer Erklärung zu geben."

„Was gibt es da zu erklären?"

So viel, dachte sie, dass ich gar nicht die Worte finde. „Ich wusste nicht ...", flüsterte sie. „Ich wusste nicht, dass du dachtest, ich würde dich nicht begehren. Ich schwöre, ich hatte keine Ahnung." Sie hatte immer befürchtet, etwas falsch zu machen, und hatte sich deshalb ständig zurückgehalten, um ihm nicht zu nahe zu treten. Dabei war ihr gar nicht klar geworden, was sie damit anrichtete.

Caleb nahm sie nicht in die Arme, wie er das früher so oft gemacht hatte. Sie sehnte sich danach, von ihm gehalten zu werden, denn es war sehr schwer für sie, plötzlich die Gefühle zu äußern, die sie ihr ganzes Leben lang versucht hatte zu verstecken.

„Jetzt weißt du es."

Sie musste den nächsten Schritt machen.

Das Problem war nur, Vicki wusste nicht, wie sie diesen nächsten Schritt machen sollte, wie sie die zerstörte Brücke zwischen ihnen wieder reparieren sollte. Sie hatte sich ihm nie anvertraut und nie die Gelegenheit ergriffen, mit ihm über ihren Stolz, ihre Empfindungen und ihre tiefe Unsicherheit zu sprechen.

„Du musst mir helfen", sagte sie leise. Falls sie ihren Ehemann verlor, dann sollte das nicht daran liegen, weil sie nichts riskieren wollte. „Ich kann das nicht ohne dich tun."

Endlich drehte er sich um. Doch er nahm sie nicht in die Arme, sondern stützte sich mit einem Ellbogen ab. „Zwischen uns hat es genug Lügen gegeben. Jetzt sag mir einfach die Wahrheit. Warum?"

Warum hast du mich geheiratet, wenn du meine Berührungen nicht ertragen kannst? Die Worte, die er vorhin im Ärger gesprochen hatte, standen noch immer zwischen ihnen.

„Ich liebe es, wenn du mich berührst", wiederholte sie. Als er sich erneut abwenden wollte, hielt sie ihn an der Schulter fest. „Nicht, Caleb."

Caleb zögerte. Er merkte, dass sie mit den Tränen kämpfte. Egal, wie sehr es ihn verletzte, neben ihr zu liegen und sie zu begehren, während sie nichts für ihn empfand, so würde er es doch tun, wenn er sie damit vom Weinen abhalten konnte. Gegen ihre Tränen war er machtlos, da er genau wusste, was sie sie kosteten.

Als sie frisch verheiratet waren, hatte sie ihm gegenüber einmal gestanden, dass sie als Kind nicht geweint hatte, weil ihre Tränen das Einzige gewesen waren, über das sie selbst Kontrolle hatte. Egal was sie gesagt oder getan hatte, ihre Großmutter hatte es nie geschafft, ihren Willen zu brechen.

„Ich bin hier", sagte er. „Weine nicht, Liebling."

„Ich weine nicht." Ihre Stimme klang rau. „Ich muss das jetzt nur sagen. Ich habe das schon so lange versucht."

„Was denn?" Er gab einem Impuls nach und nahm sie nun doch in die Arme. Bereitwillig schmiegte sie sich an ihn. Diese vertraute Geste löste bittersüße Erinnerungen in ihm aus. Wie oft war er nachts spät nach Hause gekommen und wenn er schließlich ins Bett geschlüpft war, war Vicki schläfrig näher gerückt, damit er sie in die Arme nehmen konnte.

„So wie ich im Bett bin ... das liegt nicht an dir."

Was sollte denn das bedeuten?

Sie holte tief Atem. „Großmutter ..."

Der abrupte Themenwechsel irritierte ihn. „Was ist mit ihr?"

Caleb mochte Ada Wentworth nicht besonders, obwohl sie ihn mit Vicki bekannt gemacht und bereitwillig ihren Segen zu ihrer Verbindung gegeben hatte. Er wusste, Ada hatte nur darüber hinweggesehen, dass er nicht aus der oberen Gesellschaftsklasse stammte, weil er vermögend war und über Beziehungen verfügte. Aber das war ihm egal gewesen. Trotz des Altersunterschiedes von zehn Jahren hatte er sich Hals über Kopf in Vicki verliebt.

Sie legte die Hand auf den Arm, den er um ihre Taille geschlungen hatte. „Sie sagte, mein Vater habe meine Mutter verlassen, weil sie eine Schlampe sei. Eine Hure, die ihre Beine für jeden breit macht."

Caleb unterdrückte einen Fluch. „Wie alt warst du da?" Er wusste, dass sie vier Jahre alt gewesen war, als man sie kurz nach der Scheidung ihrer Eltern zu Ada geschickt hatte.

„Ich kann mich nicht an das erste Mal erinnern. Aber während ich aufwuchs, hörte ich sie ständig sagen: ‚Wie die Mutter, so die Tochter.' Ich vermute, ich war noch sehr klein, als sie damit anfing. Solange ich zurückdenken kann, wusste ich, was sie von meiner Mutter hielt und was sie von mir halten würde, sollte ich mich jemals danebenbenehmen."

Es erstaunte Caleb, was für Wunden in Vickis Innerem verborgen waren.

„Sie sagte auch", fuhr Vicki fort, bevor er noch etwas erwidern konnte, „wenn ich nicht eine mustergültige Ehefrau wäre, würdest du mich ebenfalls verlassen. Sie erklärte mir, Männer wollten keine Huren zur Frau. Wenn ich dich halten wollte, würde ich mich besser immer wie eine Dame benehmen und niemals wie eine Schlampe."

„Vicki ..."

„Als ich zehn war, heiratete mein Vater Claire. Sie ist so vollkommen, dass ich manchmal glaube, sie ist gar kein richtiger Mensch und hat Eiswasser in den Adern. Ich habe niemals gesehen, dass sie eine starke Gefühlsregung zeigte. Großmutter hat mir oft gesagt, ich solle mir ein Beispiel an Claire nehmen. ‚Sieh dir Claire an und dann Danica, deine Mutter', hat sie gesagt. ‚Männer schlafen mit Schlampen, aber sie heiraten Frauen aus gutem Haus.' Ich habe ihr geglaubt."

Caleb verspürte Lust, Ada bei nächster Gelegenheit zu erwürgen. „Ich habe dich geheiratet", entgegnete er, weil er ihren Schmerz mindern wollte. „Ich habe nie gewollt, dass du jemand anderes bist."

„Das ist es ja gerade, Caleb", sagte Vicki traurig. „Du warst so stolz, die Frau zu heiraten, in die meine Großmutter mich verwandelt hat. Dir hat mein Benehmen und meine Art zu reden gefallen. Ich wollte, dass du mich liebst, deshalb habe ich versucht, diese Frau zu spielen, obwohl ich das in Wirklichkeit gar nicht bin."

Sie schluckte. „Und die ganze Zeit hatte ich das Gefühl, dass ich dir nicht geben kann, was du dir wünschst. Aber ich habe nicht verstanden, was ich falsch gemacht habe. Ich habe mich mehr und mehr angestrengt, aber du hast dich trotzdem immer weiter von mir entfernt. Dann wurde mir eines Tages klar, wenn ich mich noch stärker bemühen würde, jemand anderes zu sein, würde es mich als Person bald wirklich nicht mehr geben."

Er legte beide Hände auf ihre Schultern und drehte Vicki auf den Rücken. Sie wich seinem Blick aus. Doch er drehte behutsam ihr Gesicht so, dass sie ihn ansah. „Für mich brauchst du dich nicht verstellen. Alles, was ich je von dir wollte, war, dass du deine Abwehr fallen lässt und mir vertraust."

Erstaunt sah sie ihn an. Dann hob sie zögernd die Hand und streichelte seine Wange, auf der sich schon leichte Bartstoppeln bildeten. Normalerweise duschte er und rasierte sich, bevor er zu ihr ging, weil er glaubte, dass das für sie wichtig war.

„Wirklich?" Zweifelnd blickte sie ihn an.

Liebevoll strich er ihr das Haar aus dem Gesicht. „Glaubst du nicht, ich hätte nicht gemerkt, was Ada versucht hat, aus dir zu machen? Was mich an dir angezogen hat, war dein Verstand und deine Weigerung, dich Ada völlig zu unterwerfen. Ich war so stolz, dich zur Frau zu bekommen. Dich, nicht die wohlerzogene elegante Puppe."

„Und ich war stolz, dich zum Mann zu haben." Vicki berührte seine Schulter. „Stolz darauf, was du alles mit deiner Energie und Willenskraft erreicht hast. Wusstest du, dass ich bei den anderen Frauen mit deinen Erfolgen geprahlt habe? Manchmal habe ich mich in die hinteren Reihen des Gerichtssaales gesetzt, um dich bei der Arbeit zu beobachten, und dann habe ich mir immer voller Stolz gesagt, dass du *mein Mann* bist."

Calebs ganzes Weltbild änderte sich in diesem Moment. „Vicki", sagte er leise. Noch nie war jemand auf ihn stolz gewesen. Seine Familie kam zu ihm, um ihn um Geld zu bitten. Aber keiner von ihnen hatte ihm je gesagt, wie gut er seine Sache mache. Kein einziges Familienmitglied war je zu einer Gerichtsverhandlung von ihm gekommen, ganz zu schweigen davon, dass er von ihnen jemals anderen gegenüber gelobt worden war.

„Tut mir so leid, wie sich unsere Beziehung entwickelt hat", sagte Vicki jetzt. „Mir tut alles so leid."

Er schüttelte den Kopf. „Ich habe genauso viel Schuld daran wie du. Ich habe gedrängt und gedrängt, wie ich das immer mache." Als Kind war Aggressivität die einzige Möglichkeit für Caleb gewesen, von seinem Vater wahrgenommen zu werden. Häufig war Max wütend geworden über seinen dickköpfigen Sohn. Doch damals war Wut immer noch besser gewesen, als gar nicht beachtet zu werden. Diese Erfahrung hatte Caleb Angst gemacht, und sobald es um Gefühle ging, reagierte er leicht ungeduldig und gereizt gegenüber den Menschen, die ihm etwas bedeuteten. Und das galt vor allem für Vicki.

„Aber ich habe das zugelassen", erwiderte sie. „Jedes Mal, wenn ich versucht habe, darüber zu sprechen, wurde ich nervös. Wenn du mich dann beruhigt hast und mir sagtest, wir könnten über alles noch später reden, war ich immer einverstanden. Aber ‚später' kam nie."

So schwer es Caleb fiel, auch er musste jetzt einen Fehler eingestehen. „Liebling, ich wusste, dass du mir etwas sagen willst ... aber ich wollte es nicht hören. Ich dachte ...", er ließ den Kopf aufs Kissen fallen. „Ich habe befürchtet, du willst mir sagen, dir würde es im Bett mit mir keinen Spaß machen. Deshalb habe ich jedes Mal versucht, deine

Meinung zu ändern." Das war schon ein bisschen anmaßend von mir, dachte er und begann langsam zu begreifen, welche negativen Verhaltensmuster sich zwischen ihnen eingeschlichen hatten.

Überrascht sah sie ihn an. „Und was passiert jetzt als Nächstes?"

„Ich möchte mit dir verheiratet sein, Vicki." Jetzt war nicht der Zeitpunkt, um den heißen Brei herumzureden. „Willst du mit mir verheiratet bleiben?"

Die Pause, die entstand, war winzig. „Ja." Vicki holte tief Atem. „Ja."

Das war nicht das Geständnis, das er sich wünschte, aber es war besser als Vickis frühere Aussage, sie wären immer noch getrennt. „Dann dürfen wir nicht aufgeben." Das war für ihn sowieso nie infrage gekommen, und er konnte sich nicht vorstellen, dass es bei Vicki anders war.

„Caleb ..." Zögernd legte sie die Hand auf seinen Arm. „Möchtest du ...? Wir können es noch einmal versuchen."

Er merkte deutlich, wie verletzbar sie im Augenblick war, und das erschütterte ihn. Im Augenblick hätte er alles von ihr verlangen können, und sie hätte sich bemüht, seine Wünsche zu erfüllen. Aber er wollte nicht, dass seine Frau sich ihm aus Schuldgefühlen hingab. Er wollte die Distanz zu ihr überbrücken, nicht vergrößern.

„Ich möchte jetzt nur, dass du in meinen Armen schläfst." Sanft küsste er sie auf die Lippen, obwohl ihm das sehr schwerfiel, denn ein Teil von ihm – der Teil, der seit Jahren zu kurz gekommen war – flüsterte ihm zu, dass er die Gelegenheit ergreifen sollte, die vielleicht nie wieder kam. Die anschmiegsame Frau in seinen Armen würde sich am Morgen wieder in die kühle, elegante Dame verwandeln, die er kaum zu berühren wagte.

Beunruhigt sah sie ihn an. „Caleb, ich kann ..."

„Pscht." Er legte sich auf den Rücken und bettete ihren Kopf auf seine Brust. „Schlaf einfach. Das reicht für heute Nacht." Seine Frau war es gewohnt, ihre Gefühle gut unter Kontrolle zu halten. Trotzdem war sie heute zu ihm gekommen.

Endlich.

5. KAPITEL

Vicki wachte auf, als sie Caleb duschen hörte. Wie immer stellte sie sich vor, sie würde ins Badezimmer gehen, sich nackt ausziehen und zu ihm in die Duschkabine steigen. Was würde sie dafür geben, seine Haut einzuseifen und seinen wunderschönen nassen Körper zu erforschen! Aber wie immer stand sie auf, ging in die Küche und setzte Kaffee auf.

„Eines Tages tue ich es", versprach sie sich leise selbst, als sie die Kaffeemaschine einschaltete. Sie hätte Caleb gern damit überrascht, dass sie mit ihm duschte. Das würde er niemals erwarten. Wahrscheinlich hatte er damit sogar recht – sie besaß nicht das Selbstvertrauen, das nötig gewesen wäre, um sich ohne Angst vor Zurückweisung einem Mann zu nähern.

Als sie Brot aus der Vorratskammer holte, fiel ihr Blick auf ihre Hände. Ihre perfekt geformten Nägel waren in einem hellen Farbton lackiert. Außer einem geschmackvollen Ehering trug sie keinen Schmuck. Vicki kam es so vor, als wäre sie genau so wie ihre Hände: Sehr gepflegt, langweilig und ohne jeden Charakter. Sie war keine Frau, die aufregende Dinge tat, wie zum Beispiel ihren Ehemann in der Dusche zu überraschen.

Sie nahm den Duft von Calebs Aftershave wahr, als er die Küche betrat. Ohne nachzudenken, drehte sie sich um und fragte: „Bin ich langweilig, Caleb?"

Erstaunt musterte er sie. „Wie kommst du denn darauf, Liebling?"

„Sag mir eine Sache, die ich getan habe und die außergewöhnlich war." Sie legte das Brot auf die Anrichte. „Etwas, das ich getan habe und das du nie von mir erwartet hättest."

„Du hast mich um die Scheidung gebeten." Er nahm zwei Scheiben Brot und steckte sie in den Toaster. „Dann hast du mir gesagt, ich solle im Gästezimmer schlafen. Damit hast du mich ziemlich überrascht, aber nicht positiv."

Am liebsten hätte sie ihn jetzt bei der seriösen blauen Krawatte gepackt, ihn zu sich gezogen und ihn leidenschaftlich geküsst. Caleb sah auch im Anzug verflixt gut aus. „Hm", sagte sie, während sie beobachtete, wie er zwei Kaffeebecher aus dem oberen Regal holte. „Caleb?"

Er stellte die beiden Becher auf die Anrichte. „Ja?"

„Werden wir so tun, als hätte es die vergangene Nacht nicht gegeben?"

Er betrachtete sie eine Weile lang. Als sie dachte, er würde etwas sagen, umrahmte er stattdessen ihr Gesicht mit den Händen und küsste sie. Vicki schmiegte sich an ihn und schlang die Arme um seine Taille. Normalerweise überließ Caleb die Kontrolle über ihre Küsse ihr. Doch heute küsste er sie, dass sie keinen klaren Gedanken mehr fassen konnte.

Als sie beide nach Luft schnappten, sah er sie liebevoll an. „Was denkst du?"

Atemlos deutete sie auf den Toaster. „Dein Toast ist fertig."

Aus irgendeinem Grund brachte ihn das zum Lächeln. „Ich habe für dich auch eine Scheibe getoastet." Er strich Butter darauf und hielt sie ihr an die Lippen. „Du isst jetzt für zwei, Mrs. Callaghan."

Über seine Sorge um sie musste sie nun selbst lächeln, und in dieser Stimmung schickte sie ihren Mann an diesem Tag zur Arbeit.

Zum ersten Mal seit langer Zeit lächelten sie, als sie sich zum Abschied küssten, und freuten sich auf den Abend.

Zu Vickis Freude kam Caleb rechtzeitig zum Abendessen nach Hause. Sie saßen gerade am Küchentisch, als das Telefon läutete. Caleb stand auf und nahm den Hörer ab.

„Ja, ich höre."

Sein Ton ließ Vicki aufhorchen. Verflogen war die gute Laune. Caleb straffte die Schultern und klang mit einem Mal steif, fast gefühllos. Nur wenige Menschen schafften es, ihn in diese Stimmung zu bringen.

„Deine Familie? Lara?", formte sie lautlos mit den Lippen.

Er nickte kurz. „Wie viel?"

Sofort wusste Vicki Bescheid. Lara rief aus demselben Grund an wie immer. Jedes Mitglied von Calebs Familie meldete sich bei ihnen nur aus einem Grund. Vicki kannte Calebs Eltern und seine Schwester. Bevor sie heirateten, hatte Caleb sie in die heruntergekommene Gegend mitgenommen, in der er aufgewachsen war, und hatte sie seiner Familie und deren Freunden vorgestellt.

Vicki wusste, dass Max Bildhauer war und Calebs Mutter Dichterin. Leider hatte es keiner von beiden zu beruflichem Erfolg gebracht.

Auf Vicki hatten Max und Carmen immer scheinheilig gewirkt mit ihrer Behauptung, sie würden sich für die Kunst aufopfern. Was sie wirklich opferten, war das Wohl ihrer Kinder. Caleb redete nur selten über seine Kindheit, aber aus den wenigen Bemerkungen schloss Vicki, dass er manchmal ziemlich hungrig gewesen war.

Anders als Caleb hatte seine Schwester Lara den heimischen Herd nicht verlassen. Sie schlug sich als Sängerin durch, hatte zwei Kinder von zwei verschiedenen Männern und hatte nie von dem Glauben abgelassen, der Weg ihrer Eltern – Armut und Leiden als einzige Möglichkeit eines kreativen Genies – sei der richtige.

„Was wollte sie?", fragte Vicki, als Caleb den Hörer auflegte.

Er seufzte. „Na was sie halt immer will. Geld natürlich. Da ich nun mal zu den Kapitalisten gewechselt sei, wäre es doch das Mindeste, was ich tun könne, ihr ab und zu mal auszuhelfen." Sein Ton war ausdruckslos.

Vicki kannte diesen Spruch. Oft genug hatte sie ihn selbst aus Laras Mund gehört. Bisher hatte sie immer geschwiegen und beschlossen, sich nicht in Calebs Beziehung zu seiner Familie einzumischen. Aber jetzt, wo sie sah, wie sehr ihr Ehemann dadurch belastet wurde, entschied sie, dass sie diese Sache sehr wohl etwas anging.

Sie stand auf und legte die Hand auf seinen Oberkörper, damit er sie ansah. „Warum lässt du dich von ihnen so behandeln?" Eine Ahnung verriet ihr, dass mehr dahintersteckte, als sie wusste. Die Sprüche und politischen Phrasen der Callaghans boten keine Erklärung für die Feindseligkeit, mit der seine Familie ihn oft behandelte. Was verschwieg er?

Vicki wusste, dass sie kein Recht hatte, ihn zum Reden zu drängen. Sie hatten gerade mal angefangen, darüber zu sprechen, wie sie die Risse in ihrer Ehe kitten wollten. Solange diese Wunden nicht verheilt waren, mussten sie sehr sanft miteinander umgehen. Aber das bedeutete nicht, dass sie schweigen musste.

Er zuckte die Achseln. „Sie sind meine Familie."

„Nein", widersprach sie. „Sie haben dich aufgegeben, als du gewagt hast, anders zu sein als sie." Wie sie wusste, war er mit sechzehn von zu Hause weggegangen und hatte sich mit allen möglichen Jobs über Wasser gehalten, während er noch zur Schule ging. Seine Eltern hatten ihn rausgeworfen, als er angefangen hatte, mit ihnen darüber zu streiten, was er sich vom Leben wünschte. „Sie sind nie für dich da gewesen."

Seine Miene wurde düster. „Sie sind alles, was ich habe."

Heftig schüttelte sie den Kopf. „Wir sind deine Familie, Caleb. Ich und unser Baby."

„Aber du lässt dich vielleicht von mir scheiden." Das war nicht herausfordernd gemeint, sondern eine Erinnerung an ihre unsichere Situation. Bevor er etwas dagegen tun konnte, fühlte Caleb sich mit einem Mal verzweifelt, und das hatte nichts mit Lara oder seinen Eltern zu tun, sondern ausschließlich mit Vicki.

Sie spürte einen Stich im Innern. Caleb war ein stolzer Mann. Und er war dickköpfig. Nicht einmal in den zwei Monaten ihrer Trennung hatte er auch nur den geringsten Hinweis darauf gegeben, wie sehr er darunter gelitten hatte. Andererseits hatte sie ihm auch niemals gesagt, wie sehr er sie damit verletzt hatte, dass er mit Miranda ins Bett gegangen war. Sie waren beide sehr gut darin, ihre Gefühle zu verbergen.

Aber das ist Vergangenheit, dachte sie mit neuer Entschlossenheit. Die Zukunft zählte, und zwar eine Zukunft, die auf Vertrauen basierte, auf gegenseitige Hilfe und auf Hoffnung. Möglicherweise war die Bitte, sich zu trennen, der einzige Weg gewesen, der ihr geblieben war, um Caleb dazu zu bekommen, ihrer Ehe und vor allem ihr Aufmerksamkeit zu schenken.

Genug der Theorie. Jetzt wurde es Zeit, etwas zu unternehmen. Trotz ihrer Befürchtung, das Falsche zu tun und damit den Waffenstillstand zu stören, schüttelte sie den Kopf. „Nein, das werde ich nicht. Ich habe dir gesagt, ich will mit dir verheiratet bleiben. Du bist mein Mann, meine Familie. Ich habe auch niemand anderen."

Er nahm sie fest in die Arme und drückte mit seinem Körper aus, was er nicht in Worte fassen konnte. Schon seit langem sprach er auf diese Weise mit ihr, aber sie hatte nicht zugehört. Doch ab sofort würde sie auf jede noch so kleine Geste achten.

„Ich mache mir wegen Laras Kinder Sorgen. Sie kann für sich selbst sorgen, aber was ist mit ihnen?"

Derselbe Gedanke hatte auch Vicki immer bewegt. „Wie wäre es mit einem Treuhandvermögen? Für Ausbildung und alles andere, was die Kinder brauchen könnten. Dann kann deine Familie dich nicht länger als offenes Scheckbuch betrachten." Vicki ging es gar nicht um das Geld, sondern um die Art, wie sie Caleb behandelten, als sei es seine Pflicht sie zu unterstützen, während sie ihm nicht einmal dafür dankten.

Caleb schwieg einen Augenblick lang. Dann meinte er: „Wenn wir die Treuhänder wären, könnten wir sicherstellen, dass das Geld für den richtigen Zweck verwendet wird."

Keiner von ihnen musste auf ihre Befürchtungen hinweisen, dass Lara Drogen nahm. Aber bis jetzt hatte sie ihren Kindern noch nie geschadet, sondern schien sogar eine hingebungsvolle Mutter zu sein.

„Ja", stimmte Vicki zu. Dann beschloss sie etwas zu sagen, das sie sich schon lange überlegt hatte. „Du darfst dich von ihnen nicht runterziehen lassen, nur weil du dir mehr vom Leben erträumst, als sie sich vorstellen können. Sei stolz auf dich." Die Motive der Callaghans spielten für sie keine Rolle. Es gab keine Entschuldigung dafür, dass sie Caleb vernachlässigt hatten und er ihretwegen so oft litt.

Er zog Vicki an sich und legte das Kinn auf ihren Scheitel. „Sie werden immer zu meinem Leben gehören."

„Ich werde auch nie versuchen, das zu ändern. Wir haben beide Verwandte, mit denen wir uns abfinden müssen, ob uns das gefällt oder nicht. Aber sie müssen lernen, dich mit dem notwendigen Respekt zu behandeln." In diesem Punkt würde sie nicht nachgeben. „Das nächste Mal, wenn einer von ihnen anruft, werde ich das Gespräch entgegennehmen. Dies war die letzte Gelegenheit, die sie hatten, um dir wehzutun."

Caleb war erstaunt von der kalten Wut, die er in ihrer Stimme hörte. Vicki war immer so sanft gewesen, so harmoniebedürftig. Andererseits wurde dadurch in ihm ein Hoffnungsschimmer geweckt. Sie hatte recht. Er hielt seine neue Familie in den Armen. Ihre Ehe mochte schwierig sein, aber sie hatten einander versprochen, alle Probleme durchzustehen. Vickis überzeugende Haltung gab ihm die Sicherheit zurück, die er in dem Moment verloren hatte, als sie ihn um die Scheidung gebeten hatte.

„Ich möchte dich etwas fragen", sagte er, weil er gerade an die kühle Frau dachte, die er geheiratet hatte. Damals hatte er Funken der Leidenschaft in ihr erkannt. Doch die Funken waren während ihrer Ehe eher erstickt als entfacht worden.

„Was denn?"

Sein Gewissen meldete sich. „Was hat denn deine Großmutter dir erzählt, als sie mich zu der Dinnerparty einlud, bei der wir uns vorgestellt wurden?" In letzter Zeit hatte er sich gefragt, ob Ada gelogen hatte, damit Vicki genug Vertrauen zu ihm hatte, um sich von ihm den Hof machen zu lassen. Wie sonst sollte er sich nur ihren Glauben an ihn erklären, den sie von Anfang an gehabt hatte? Besonders da sein dominanter Charakter doch sehr offensichtlich gewesen sein musste.

Lachend legte sie den Kopf in den Nacken und sah ihm in die Augen. „Sie sagte, sie hätte den perfekten Mann für mich gefunden. Ich brauchte eine harte Hand, und du würdest dafür sorgen, dass ich nicht so werden würde wie meine Mutter. Ach ja, und außerdem würdest du gut für mich sorgen."

Er zuckte zusammen. Das waren kaum geeignete Worte, um Vertrauen aufzubauen. „Hat sie dich gezwungen ..."

„Ich habe mich innerhalb der ersten zehn Sekunden in dich verliebt, nachdem du mit mir geredet hast. Ada sah einen Mann, der seine Stärke benutzt, um andere zu unterdrücken. Ich sah jemanden, der seine Stärke benutzt, um andere zu beschützen." Sie lächelte. „Du hattest so viel Energie, so viel Herz, und zum ersten Mal im Leben habe ich mich wirklich lebendig gefühlt. Ich konnte mir bald gar nicht mehr vorstellen, wie es war, bevor ich dich kennenlernte."

Trotz des Vorsatzes, ehrlich zu sein, brachte Caleb es nicht über sich, ihr die nächste Frage zu stellen, die ihm auf der Zunge lag. Wie war es jetzt? Vertraute die Frau, die sie geworden war, ihm noch genauso wie das Mädchen, das sie bei ihrer Hochzeit gewesen war? Oder war die Liebe im Lauf der Ehejahre zerbröckelt, weil Vicki so unglücklich geworden war?

Statt zu fragen, machte er lieber einen Scherz. „Da bin ich aber froh, denn sobald ich dich gesehen habe, war die Sache sowieso entschieden."

„Gut." Ihr Lachen war wie ein Geschenk. Nachdem sie ihn noch einmal fest umarmt hatte, löste sie sich von ihm. „Komm jetzt, lass uns essen. Ich bin am Verhungern. Unser Baby ist ein hungriges kleines Ding."

„Wie fühlt es sich denn an?", fragte er neugierig.

„Das Baby? Ich glaube, ich kann spüren, wie sie sich bewegt, aber das bilde ich mir wahrscheinlich ein. Nach den Büchern ist es noch viel zu früh dafür."

„Sie?" So rasch war ihr Baby zu einer wirklichen kleinen Person geworden mit Hoffnungen und Träumen und einem Herzen, dem man mit einem unbedachten Wort Schmerzen zufügen konnte.

Schüchtern lächelte sie ihn an. „Ich habe angefangen, an ein Mädchen zu denken. Was hättest du lieber, ein Mädchen oder einen Jungen?"

„Das ist mir gleich", erwiderte er ehrlich. „Ich wünsche mir nur, dass das Baby gesund ist."

„Ich auch." Ihre Miene wurde ernst. „Ein bisschen Angst macht mir die Vorstellung schon, dass ich bald vollkommen für ein Kind verantwortlich bin."

„Wir." Sanft drückte er sie auf den Stuhl nieder. „Aber es stimmt schon, keiner von uns hatte ein gutes Vorbild. Sind diese Babybücher eigentlich auch für Väter gedacht?"

Sie lächelte strahlend. „Ja, ich kann dir ein gutes geben."

Er setzte sich ihr gegenüber und nickte. „Gut." Das ist genug Gerede über Babys für heute Abend, entschied Caleb. „Hattest du irgendwelche interessanten Anrufe?" Mit dieser Frage wollte er nur ein zwangloses Gespräch beginnen, doch Vickis Miene wurde erneut ernst.

„Mutter hat angerufen und ihren Besuch bestätigt."

Er musterte sie. „Was hat sie sonst noch gesagt?"

Vicki hob kurz die Schultern. „Nicht viel – du kennst sie doch. Willst du noch mehr Salat?"

Er ließ zu, dass sie das Thema wechselte, weil er wusste, dass sie nicht gern über ihre Mutter sprach. Danica meldete sich jedes Jahr ein- bis zweimal und hinterließ unweigerlich ein Durcheinander. Nach ihrem letzten Besuch hatte Vicki sich in ihrem Arbeitszimmer eingeschlossen und geweint, als wäre ihr das Herz gebrochen worden. Obwohl er versucht hatte, mit ihr darüber zu reden, hatte sie später so getan, als wäre nichts passiert. Ihre abwehrende Haltung frustrierte ihn, aber bisher war es ihm nicht gelungen, ihr in dieser Beziehung näherzukommen.

Doch auch wenn Caleb das Gefühl hatte, hinter Vickis Verhalten steckte ein traumatisches Erlebnis, hatten sie im Augenblick andere Probleme zu bewältigen, und so stellte er keine weiteren Fragen.

Als sie sich an diesem Abend fertig zum Schlafen machten, waren sie beide aufgeregt. Vicki kam sich fast wieder wie eine Jungfrau vor, nervös und völlig ahnungslos, wie sie sich verhalten sollte. Sie wartete, bis Caleb ins Badezimmer ging, um sich die Zähne zu putzen, bevor sie ihren Pyjama anzog.

Dann schlüpfte sie unter die Decke und machte alle Lichter aus, bis auf die Lampe auf Calebs Nachttisch. Sekunden später wurde die Tür des Bades geöffnet, und Caleb kam ins Schlafzimmer.

Er schaltete das Licht aus, legte sich ebenfalls ins Bett und zog Vicki zärtlich an sich. Ein heißer Schauer überlief sie. Caleb trug nur Boxershorts, und die Haare auf seinem nackten Arm kitzelten sie am Bauch, weil das Oberteil ihres Pyjamas hochgerutscht war.

„Caleb?"

„Ja?"

„Ich habe Angst."

Vickis Geständnis machte ihn nervöser, als er sowieso schon war. Ein Teil von ihm konnte immer noch nicht glauben, dass Vicki ihn als Mann begehrte, wo er doch jahrelang auf ein solches Zeichen gewartet hatte.

„Du musst keine Angst haben. Lass dich einfach von deinem Körper leiten." Worüber er nicht nachdenken wollte, war die Aussicht, dass ihr Körper ihn weiterhin ablehnen würde.

Vicki drehte sich in seinen Armen um und sah ihn an. In der Dunkelheit konnte er ihr Gesicht kaum erkennen. „Ich will dich so sehr, Caleb. Bitte gib mich nicht auf."

„Ich glaube nicht, dass ich das jemals könnte." Er strich ihr durchs Haar, beugte sich über sie und küsste sie auf den Mund.

Feuer und Leidenschaft, Erregung und Lust – ihr Kuss drückte alles aus, was er sich wünschte. Aber Caleb kam nicht mit der Tatsache zurecht, dass Vicki die Arme reglos neben ihrem Körper liegen ließ.

Er löste sich von ihr. Im ersten Moment wollte er wegrücken, um nicht erneut enttäuscht zu werden. Doch dann fiel ihm ein, dass sie ihn in der vorangegangenen Nacht um Hilfe gebeten hatte.

Er hob ihren Arm und legte ihn über seine Schulter. „Oh", seufzte sie leise und hob sofort den zweiten Arm. „Tut mir leid", hauchte sie dann. „Ich vergesse immer alles um mich herum, wenn du mich küsst."

Nun, ein Mann konnte schlechtere Dinge im Bett hören. Er beugte sich vor und küsste sie erneut, aber diesmal überließ er ihr die Führung. Mit jeder Faser seines Körpers konzentrierte er sich auf Vicki.

„So funktioniert das nicht", sagte sie mit einem Mal und löste sich von ihm. „Wir sind beide viel zu verkrampft."

Er wollte widersprechen, aber eigentlich wusste er, dass sie recht hatte. Er atmete tief ein und rollte sich auf den Rücken. Beide starrten die Decke an. Was jetzt?

„Vielleicht sollten wir reden, bevor wir … Wir haben nie geredet, Caleb." Die Worte kamen zögernd, aber ihr Ton klang überzeugend. Vielleicht war Vicki bereit, sich mit allem auseinanderzusetzen, was er von ihr brauchte. Nicht nur körperlich, sondern auch seelisch.

Die Frage war nur, was dabei herauskam. Caleb wusste, es war nicht einfach, mit ihm zu leben, ihn zu lieben. Er war zu fordernd, zu fürsorglich und gelegentlich auch absolut dominant.

Die Frau, die er vor fünf Jahren geheiratet hatte, hatte sein Herz mit ihrer scheuen Art gewonnen, aber sie hatte nicht das Rückgrat gehabt, sich gegen ihn aufzulehnen. Statt zu kämpfen, hatte sie sich zurückgezogen. Jetzt kam langsam eine Vicki zum Vorschein, die sich so lange versteckt hatte. Sie würden erfahren, was das für ihre Ehe bedeutete.

„Warum hast du mich nie im Bett berührt?", fragte er. „Ich kann verstehen, wie sehr Ada dich verunsichert hat, aber ich habe dich nie davon abgehalten, mich anzufassen. Ich habe dich sogar darum gebeten."

Ihr Atem beschleunigte sich, doch sie zog sich nicht zurück. „Ich hatte Angst, etwas Falsches zu machen. Du kannst dir nicht vorstellen, wie schrecklich es für mich wäre, wenn ich dich anwidern würde. Du warst so wichtig für mich, und alles was ich wusste, war das, was Großmutter mir gesagt hat und was ich von Claire und Vater gesehen hatte. Claire und Vater haben getrennte Schlafzimmer und führen getrennte Leben."

Caleb merkte, wie nervös sie war, und am liebsten hätte er sie beruhigt. Doch erst musste er ihr zuhören.

„Ich war zu schüchtern, um mit Freundinnen über so intime Dinge zu reden. Natürlich habe ich ferngesehen und Zeitschriften gelesen, aber Großmutter hat mir eingetrichtert, ich sei mit Makeln behaftet und deshalb müsste ich mich immer absolut korrekt benehmen. Jeder Fehler meinerseits könnte zum totalen Kontrollverlust führen. Dann würde ich zurückgewiesen werden und enden wie meine Mutter – als Geliebte eines verheirateten Mannes. Diese Drohung saß, denn ich wollte einen Ehemann und eine Familie."

Caleb sah das Bild eines einsamen Mädchens vor sich, das als Teenager niemanden hatte außer einer verbitterten alten Frau. Gern hätte er Vickis Qualen weggeküsst. Aber sie war noch nicht fertig.

Sie streichelte ihn an der Schulter. „Deshalb habe ich versucht zu tun, was Ada sagte. Aber sie hat mir nicht gesagt, wie weit ich mit meinem Mann gehen darf und was ich nicht tun sollte. Ich kannte die Regeln nicht und wusste nicht weiter. Nach einer Weile hast du aufgehört, mir zu helfen."

Das stimmte. Von sich überzeugt hatte er erwartet, sie würde seiner Führung folgen, obwohl er nie gefragt hatte, was sie sich vielleicht wünschte oder was sie brauchte. Dieser Fehler konnte allerdings wiedergutgemacht werden. „Sag mir, was es dir erleichtern würde."

Sie hörte auf ihn zu streicheln. Caleb legte sich schließlich über sie. „Hör jetzt nicht auf, mit mir zu reden", forderte er sie auf, obwohl er nicht wusste, ob er eine neue Enttäuschung ertragen konnte. Sein männlicher Stolz war bereits ziemlich angeschlagen.

„Das ist schwer zu sagen", erwiderte sie leise. „Das, was ich am meisten von dir brauche, ist Geduld."

„Langsam, Liebling? Ist es das, was du willst?"

Sie schob die Hände zwischen ihre Oberkörper. „Ja."

Caleb zeichnete mit der Fingerspitze Muster auf ihren Hals. Er begehrte Vicki und wollte sie ganz intensiv spüren. „Willst du mich wirklich, Vicki?"

Er brauchte eine Antwort auf diese Frage, selbst wenn sie ihn zerstörte. Vorsichtig bewegte er sich so, dass Vicki spüren konnte, welche körperliche Wirkung sie auf ihn hatte.

Sie zuckte zusammen. „Caleb." Ihre Haut fühlte sich heiß an. Sie legte beide Hände auf seine Schultern. Eine Sekunde lang glaubte er, sie würde ihn wegschieben. Doch dann zog sie ihn näher. „Wie schaffst du das nur immer wieder? Wir sind doch schon seit fünf Jahren zusammen."

„Was denn?" Fasziniert spürte er, wie ihr Körper anschmiegsamer wurde.

Eine Weile lang herrschte Schweigen, doch diesmal schien die Luft erfüllt mit Leidenschaft und Begierde. „So heiß und feucht ...", stieß sie schließlich aus. „Ich sehne mich nach dir."

6. KAPITEL

Caleb war so erregt, dass er nicht sprechen konnte, und so drückte er das, was er empfand, mit seinen Liebkosungen aus. Mit gespreizten Fingern streichelte er Vickis flachen Bauch. Bald schon würde sich ihr Bauch runden, und Caleb wollte die Veränderung jeden einzelnen Tag miterleben, ohne sich Sorgen zu machen, seine Zärtlichkeiten könnten unerwünscht sein.

Ein wundervolles kleines Wesen wuchs im Körper seiner Frau heran. Dieses kleine Wesen war so begierig darauf, geboren zu werden, dass es alle Vorsichtsmaßnahmen umgangen hatte, die Vicki und er getroffen hatten. Caleb war bereits stolz auf die Dickköpfigkeit des gemeinsamen Kindes.

„Ich fühle mich wie beim ersten Mal", sagte Vicki leise.

Er sah ihr in die Augen. „Das geht uns beiden so." Sie küssten sich.

Der Kuss war wunderschön. Doch nun war ein neuer Aspekt dazugekommen. Vicki war nicht länger das schüchterne Mädchen, das herrlich küssen konnte, sondern jetzt war sie eine erwachsene Frau, die damit ihre Begierde ausdrückte. Seine Erregung wuchs. Ein bisschen war es so, als würde er mit einer Unbekannten im Bett liegen. Dieser Gedanke bot noch einen zusätzlichen erotischen Reiz.

Zögernd fing Vicki an, seinen Oberkörper zu streicheln. Nachdem Caleb sich jahrelang nach Vickis Berührungen gesehnt hatte, konnte er sich jetzt kaum beherrschen. Vicki umrundete mit den Fingerkuppen seine Brustwarzen, und er sog heftig die Luft ein.

Sie unterbrach den Kuss. „Caleb?"

„Bitte hör nicht auf, Vicki. Ich wünsche mir schon so lange, dass du mich berührst." Damit gestand er ihr ein Bedürfnis, das er bisher aus Stolz immer vor ihr verborgen hatte.

„Wirst du mir sagen, wenn ich etwas tue, was du nicht willst?"

Ihr Mut erstaunte ihn. „Ich schwöre dir, mir wird alles gefallen, was du mit mir machst."

Sie lächelte. „Eigentlich ist es mir immer sehr schwergefallen, dich nicht zu streicheln." Erneut glitt sie streichelnd mit den Händen über seinen Körper. „So oft wollte ich dir das sagen. Aber ich dachte immer, eine Dame redet nicht über Sex, und du würdest dich von mir abgestoßen fühlen. Wie konnte ich nur so dumm sein?"

„Pst." Er küsste sie. „Du hast dir Sorgen gemacht, weil du so unerfahren bist, und ich bin ja auch nicht gerade ein Mann, mit dem man leicht reden kann. Aber vergiss die Vergangenheit. Von jetzt an gibt es in diesem Bett nur noch dich und mich, keine Lügen mehr und keine Reue."

„Keine Reue." Mit ihren schlanken Fingern wanderte sie zu seiner Taille und dann zu seinem Rücken.

Auch wenn es ihm schwerfiel, hielt Caleb sich zurück, um Vicki Zeit zu lassen, seinen Körper zu erforschen. Erneut küsste er sie. Wie immer versprach ihr Kuss herrliche Freuden, doch diesmal wusste Caleb, dass dieses Versprechen erfüllt werden würde, wenn er nur geduldig war.

Vicki streichelte seinen Rücken, bevor sie sich wieder seiner Brust zuwandte. Caleb sehnte sich nach intimeren Berührungen. Doch er wusste, dass diese Zärtlichkeiten von ihr ausgehen mussten. In seiner Lust fühlte er sich fast ausgeliefert.

Sie wanderte mit der Hand unterhalb seiner Taille.

„Tiefer", stieß er aus, weil er nicht länger warten konnte. „Entschuldige."

Sie küsste ihn aufs Kinn. „Nein, ich will, dass du mir sagst, was du möchtest."

In der momentanen Situation konnte er kaum einen klaren Gedanken fassen. Dann zog Vicki mit einem Finger am Elastikbund seiner Boxershorts, und er stöhnte: „Tiefer, Liebling." Seine Stimme klang so rau, dass er sie fast selbst nicht erkannte.

„Du meinst so?"

Er erschauerte, als sie mit der Hand in seine Shorts schlüpfte und ihn vorsichtig umfasste. Caleb versuchte gleichmäßig zu atmen, als sie ihn langsam zu streicheln begann. Mit den Fäusten umklammerte er die Bettdecke, weil er fürchtete, Vicki wehzutun, so heftig war seine Leidenschaft.

Ihre Brüste pressten sich an seinen Oberkörper, und selbst durch den Pyjama spürte Caleb die harten, aufgerichteten Spitzen. Doch er war so mit dem unerwarteten Vergnügen beschäftigt, das Vicki ihm bereitete, dass er ihren Brüsten nicht die Aufmerksamkeit schenken konnte, die sie verdienten. Mit einem Mal überwältigte ihn die Leidenschaft und es passierte etwas, das ihm noch nie während seiner Ehe passiert war – er verlor die Kontrolle.

Der Höhepunkt war so intensiv, dass er danach schwer atmend auf Vicki sank. Sein Herz raste wie verrückt. „Tut mir leid", sagte er, als er endlich wieder sprechen konnte.

Zu seiner Überraschung küsste sie ihn auf den Hals und meinte: „Macht es dir wirklich so viel Spaß mit mir?" Mit der freien Hand strich sie ihm eine Haarsträhne aus der schweißfeuchten Stirn.

„Mir hat es immer Spaß mit dir gemacht." Der einzige Grund, weshalb er sich noch nie seiner Lust so völlig hingegeben hatte, war, dass er die Leidenschaft für einseitig gehalten hatte. Diese Vorstellung hatte sein Vergnügen immer gedämpft.

„Ich möchte dir noch einmal so viel Lust schenken", sagte sie leise und begann spielerisch an seinem Ohrläppchen zu knabbern. „Ich will spüren, wie du mich begehrst. Du musst mir sagen, dass du es magst, wenn ich … wenn ich so etwas tue." Sie schluckte. „Ich bin mir immer noch nicht sicher, ob es okay ist, wenn ich mich so benehme." Sie machte eine kleine Bewegung mit der Hand.

Heftig sog er die Luft ein, als ihm bewusst wurde, dass sie ihn immer noch umfasste. „Liebling, glaub mir, ich würde dir gern den Gefallen tun. Aber ich brauche ein bisschen Zeit, um mich zu erholen."

Sie fing an, ihn zu streicheln und überzog seine Wange mit Küssen. „Bitte, Caleb."

Während er noch überlegte, wie er ihr erklären sollte, dass sich sein Körper daran gewöhnt hatte, schon mit wenig zufrieden zu sein, erwachte sein Verlangen erneut.

„Ich möchte dir …", begann er.

Sie streichelte ihn noch begieriger, und heiße Schauer durchströmten ihn. „Du hast mir genug Lust geschenkt", unterbrach sie ihn. „Ich schulde dir etwas. Lass mich einfach, Liebling."

Erregt wie er war, blieb ihm gar keine andere Wahl.

Als Caleb am nächsten Morgen erwachte, war Vicki schon aufgestanden, und er hörte sie in der Küche singen. Er stand ebenfalls auf und kam sich wie ein Teenager vor, weil er unwillkürlich glücklich lächelte. Zwar hatten sie sich in der letzten Nacht nicht richtig geliebt, doch darüber beschwerte er sich nicht. Das würde noch kommen.

Wenn er geduldig war.

Geduld war allerdings noch nie seine Stärke gewesen. Doch diesmal würde er in dieser Disziplin die Goldmedaille gewinnen, das schwor er sich. Immer noch strahlend, trat er unter die Dusche. Fünfzehn Minuten später band er sich eine Krawatte um und ging in die Küche.

Vicki stand am Herd und backte Pfannkuchen. Er liebte Pfannkuchen, doch normalerweise machte Vicki nur am Wochenende welche. Caleb trat hinter sie, schlang die Arme um ihre Taille und küsste sie auf den Nacken. „Guten Morgen."

Sie errötete. „Guten Morgen", erwiderte sie seinen Gruß. Dann wandte sie sich vom Herd weg und ließ die Pfannkuchen auf einen Teller gleiten.

„Ich freue mich schon sehr darauf, heute Abend wieder geduldig zu sein."

„Caleb Callaghan!" Sie wirbelte in seinen Armen herum und hob das Kinn. „Du sollst dich nicht über mich lustig machen."

Amüsiert betrachtete Caleb sie. „Warum denn nicht?"

„Weil ich dir Pfannkuchen gemacht habe."

Er konnte nicht widerstehen und küsste sie. Vicki legte die Arme um ihn. Zwar zögernd, doch immerhin. Und ihr Mund … ihr Mund war die reinste Verführung. Caleb küsste sie leidenschaftlich.

Als sie sich voneinander lösten, waren Vickis Lippen geschwollen, und sie sah ihn mit großen Augen an. Nur ungern ließ Caleb sie los. Sie war seine Frau, und er liebte sie. Wenn sie ihre Probleme in den Griff bekamen, konnten sie zusammen alles erreichen. „Wir werden es schaffen."

„Caleb, wir haben nicht nur ein Problem im Schlafzimmer. Vielleicht ist das sogar das geringste Problem. Ich habe dich immer begehrt. Ich wusste einfach bloß nicht, wie ich das zeigen sollte."

Erstaunt stellte er fest, wie ähnlich ihre Gedanken waren. „Aber wenn wir nach so langer Zeit endlich darüber reden können, können wir auch über alles andere sprechen."

„Wirklich?" Wolken verdunkelten ihr liebenswertes Gesicht. „Man kann dich nicht gerade offen nennen. Trotz der gemeinsamen Jahre kenne ich dich immer noch kaum. Ich habe das Gefühl, als wärst du lediglich bereit, die einfachen Seiten von dir mit mir zu teilen. Alles andere hältst du fest verschlossen."

Er lehnte seine Stirn gegen ihre. „Ich kämpfe um dich, Vicki. Du musst auch um mich kämpfen." Das war eine Aufforderung, die nun ungeahnte Folgen nach sich ziehen konnte. Was würde geschehen, wenn sie erfuhr, von wem er wirklich abstammte – ein Geheimnis, das ihn seit seiner frühesten Kindheit belastete, auch wenn er noch so sehr versucht hatte, es zu vergessen?

Calebs gute Stimmung schwand eine Stunde, nachdem er sein Büro betreten hatte. Bei einem sehr wichtigen Fall gab es große Schwierigkeiten, und ihm blieb nichts anderes übrig, als bis ungefähr ein Uhr morgens zu arbeiten, um das Schlimmste zu verhindern.

Müde und hungrig, weil er weder zu Mittag noch zu Abend gegessen hatte, parkte er seinen Wagen auf der Auffahrt zu seiner Villa. Als er den Weg zur Tür hochging, wurde die Vordertür geöffnet, und Vicki erschien. Sie trug eines seiner alten Rugbytrikots und sah zum Anbeißen aus. Trotzdem hatte Caleb kein gutes Gefühl, sie zu sehen. „Warum bist du denn noch auf?"

Vicki bemerkte sofort die Spuren der Erschöpfung auf seinem Gesicht und sagte sich, sie müsse jetzt ruhig bleiben. „Ich habe auf dich gewartet." Sie schloss hinter ihm die Tür und ging zum Schlafzimmer.

Caleb folgte ihr. „Du bist schwanger. Du brauchst deinen Schlaf." Sobald er den Raum betreten hatte, begann er, sich auszuziehen.

Vicki legte sich ins Bett und wartete, bis er Schuhe, Gürtel, Jackett und Krawatte abgelegt hatte, bevor sie erneut etwas sagte. „Du tust es schon wieder."

„Was?" Zerstreut strich er sich das Haar zurück.

Früher hatte sie ihn immer allein gelassen, wenn er in dieser Stimmung war, weil sie vermutete, er sei mit sehr wichtigen Dingen beschäftigt. Doch inzwischen war ihr klar geworden, dass nichts wichtiger war als ihre Ehe. „Das, was uns überhaupt in Schwierigkeiten gebracht hat."

Er knöpfte sein Hemd auf. „Liebe Güte, Vicki. Ich will einfach nur ein paar Stunden schlafen, und du willst deswegen einen Streit anfangen?"

Sie ballte die Hände zu Fäusten. „Ich versuche nur sicherzustellen, dass wir nicht zweimal denselben Fehler machen. Behandle mich bitte nicht, als wäre ich es nicht wert, dass man mir zuhört."

„Bitte?" Ärgerlich drehte er sich um. „Ich habe bis ein Uhr morgens geschuftet, und du willst mich ins Kreuzverhör nehmen? Ich mache nur meinen Job! Du weißt genau, dass wir für einige Fälle wochenlang Tag und Nacht arbeiten müssen. Tut mir leid, dass ich dich nicht angerufen habe, aber im Büro war es unglaublich hektisch."

Vicki entnahm seinen Worten, dass er nicht einmal an sie gedacht hatte, sobald er wieder in der Arbeit gewesen war. Die Erkenntnis tat weh, aber sie wollte davor nicht die Augen verschließen. Calebs Leidenschaft war seine Arbeit, und damit wollte sie sich nicht länger abfinden. „Hör dir bloß mal selbst zu!" Sie warf die Decke beiseite und kniete sich ins Bett. Ihr Bauch schmerzte mit einem Mal, so angespannt war sie. „Ich glaube, ein Mann, der wochenlang Tag und Nacht arbeitet, eignet sich nicht zum Ehemann."

Er stieß eine Verwünschung aus, zog sich mit einem Ruck das Hemd aus und warf es beiseite. „Was willst du von mir? Soll ich kündigen?"

„Nein. Ich will bloß, dass du nachdenkst!" Um sich zu beruhigen, atmete sie ein paar Mal tief durch. Der Anblick seines straffen muskulösen Körpers ließ sie innehalten, und mit einem Mal fiel ihr wieder ein, wie schön die vorangegangene Nacht gewesen war. Doch sie durfte sich nicht ablenken lassen, dazu war dieses Gespräch zu wichtig. „Wenn du so weitermachst, wie willst du dann jemals ein Vater sein? Oder muss ich beides sein, Mutter und Vater?"

„Du hast schließlich genug Zeit", antwortete er wütend. „Oder würde das deine Treffen mit irgendwelchen Freundinnen stören?"

Sie schnappte nach Luft und warf ein Kissen nach ihm. „Geh raus!"

„Das werde ich nicht tun! Das ist mein Schlafzimmer."

„Gut!" Sie stand auf und ging zur Tür. „Dann gehe ich."

„Vicki", rief er ihr nach.

Sie war zu wütend, um darauf zu achten. Sie riss die Tür auf und ging zum Gästezimmer. Caleb folgte ihr, schlang die Arme um sie und hielt sie fest. „Jetzt benimm dich nicht so melodramatisch", sagte er und ärgerte Vicki damit nur noch mehr. „Lass uns ins Bett gehen. Wir sprechen später darüber."

Wie oft hatten sie das schon gesagt? Enttäuscht darüber, wie wenig bereit er war, auch nur zu versuchen, die Dinge aus ihrer Perspektive zu sehen, befreite sie sich aus seiner Umarmung. „Ich will allein sein."

Sie ging ins Gästezimmer und legte sich mit dem Gesicht zur Wand auf das Bett.

Natürlich folgte er ihr und legte sich neben sie. Sie hörte ihn seufzen. „Tut mir leid wegen des dummen Spruchs vorhin."

Sie zuckte die Schultern. Eigentlich wusste sie, dass sie sich verletzt fühlte, weil Caleb recht hatte. Sie machte *nichts,* während er den ganzen Tag arbeitete. „Ich will keine gelangweilte Hausfrau sein", brach es aus ihr heraus. „Es macht mich wütend, dass du mich so siehst."

„Entschuldige, Liebling. Ehrlich." Er legte den Arm um sie.

„Ja, nun, aber es stimmt, nicht wahr? Zu was bin ich denn schon nütze? Zu nichts."

„Komm schon, Vicki ..."

„Vergiss es, Caleb." Sie war nicht bereit, mit ihm darüber zu reden. Warum hatte sie dieses Thema überhaupt zur Sprache gebracht? „Hör einfach auf, zu drängen, und lass mich nachdenken."

Sie spürte, dass er sich anspannte. „Damit du dir wieder so etwas Idiotisches ausdenken kannst wie unsere Trennung?"

Erneut flammte ihr Zorn auf. „Du findest es idiotisch, wenn ich arbeiten gehen will?"

„Das habe ich nicht gesagt."

„Aber so ist es bei mir angekommen. Arme dumme Vicki. Wenn du mich in meinen Bedürfnissen unterstützt hättest, wäre ich vielleicht nie auf die Idee gekommen, die Scheidung von dir zu verlangen."

„Jetzt ist wohl alles meine Schuld."

Obwohl sie wusste, wie kindisch das war, erwiderte sie: „Ja."

„Liebe Güte." Caleb zog den Arm nicht zurück, den er um sie gelegt hatte, aber Vicki spürte, wie verärgert er war. „Ich bin einfach zu müde zum Streiten."

„Gut."

Sie merkte, dass er wenige Minuten später einschlief, während sie, wie ihr vorkam, noch stundenlang wach lag. Wut, Frustration und Eifersucht tobten in ihr, während ihr eine neue Erkenntnis kam. Ihr Mann mochte mit Miranda geschlafen haben und tat das vielleicht immer noch, aber seine Arbeit war seine wahre Geliebte.

Wie sollte sie dagegen ankommen?

7. KAPITEL

Am nächsten Morgen kochte Vicki Kaffee für Caleb und reichte ihm seinen Toast, während sie eine Scheibe Brot aß. Sie war nicht gerade in besonders versöhnlicher Stimmung, aber sie hätte es albern gefunden, wenn sie nur Frühstück für sich gemacht und Caleb ignoriert hätte.

Er aß rasch und stand dann auf, nahm seinen Mantel und wandte sich zum Gehen. Vor der Haustür blieb er jedoch stehen. „Ich fange besser ganz früh an – gestern sind eine Menge Dinge liegen geblieben, weil ich an einem sehr wichtigen Fall gearbeitet habe."

Vicki wurde nicht gern daran erinnert, wie wichtig ihrem Mann die Arbeit war, doch sie zwang sich, ihm einen guten Tag zu wünschen, und begleitete ihn zur Tür. Sie war immer noch verletzt wegen ihrer Auseinandersetzung, und es fiel ihr schwer, so zu tun, als wäre alles in Ordnung.

Er legte die Hand auf die Türklinke, hielt dann jedoch inne. „Ich habe dir gestern Nacht zugehört. Zum Abendessen werde ich zu Hause sein, aber vielleicht muss ich anschließend wieder ins Büro." Ihre Blicke trafen sich. „Ich kann meine Lebensgewohnheiten nicht über Nacht ändern."

Ihre Miene hellte sich auf. Zumindest bemühte Caleb sich, ihren Standpunkt zu verstehen. Ihr machte es nichts aus, wenn er manchmal sehr lange arbeitete. Das Problem mit Caleb war, dass aus „manchmal" sehr leicht „immer" wurde. Diese schmerzliche Erfahrung hatte sie schon bald nach der Hochzeit gemacht. „Betrachte es als Übung, zum Abendessen zu Hause zu sein. Oder zumindest, wenn es Zeit wird, ins Bett zu gehen." Wenn er bereit war, auf sie zuzugehen, würde sie ihm entgegenkommen.

Die Anspannung wich aus seinem Gesicht. „Möchtest du heute zum Abendessen ausgehen?"

Sie schüttelte den Kopf. „Ich verbringe lieber einen ruhigen Abend zu Hause. Und du?"

„Zu Hause. Ich werde versuchen, um sechs Uhr da zu sein."

„Ich werde warten."

Nachdem er gegangen war, machte Vicki sich an die Hausarbeit. Das Thema, das sie schon gestern beschäftigt hatte, ging ihr immer noch im Kopf herum. Sie hatte keine Ahnung, was sie tun konnte, um ihre Situation zu verbessern. Sie hatte kein Studium und hatte nie gearbeitet.

Sie war eine perfekte Gastgeberin. Sie wusste, wie man Leute zum Lachen brachte, wie man sie unterhielt, wie man Kontakte knüpfte und dafür sorgte, dass sich die richtigen Leute beim Abendessen oder auf Partys trafen. Sie wusste sogar, wie man gereizte Gemüter beruhigte, ohne viel Aufhebens darum zu machen. Aber für welchen Beruf war dieses Können nützlich?

Das Läuten des Telefons unterbrach sie in ihren Gedanken. Sie nahm den Hörer ab und hörte zu ihrem Erstaunen Calebs Stimme.

„Ich habe für dich einen Gesprächstermin mit jemandem ausgemacht", sagte er und klang abgehetzt. „Sie kommt gegen elf Uhr zu dir nach Hause."

„Wer denn?"

„Ihr Name ist Helen Smith. Ich muss jetzt Schluss machen, Liebling. Der minderjährige Sohn eines unserer wichtigsten Mandanten wurde betrunken aufgegriffen. Völlig idiotisch. Wenn er trinken will, hätte er einfach nur seinen Vater fragen müssen. Der Mann hat einen Weinkeller in der Größe von Texas."

„Ich wusste gar nicht, dass ihr solche Fälle bearbeitet."

„Das tun wir auch nicht, außer aus Höflichkeit unserem wichtigen Mandanten gegenüber. Alle anderen sind heute verhindert, deshalb muss ich in zwanzig Minuten wegen Juniors Fehlverhalten vor Gericht erscheinen."

Rasch beendeten sie das Gespräch. Überrascht und ziemlich verwundert sah sie auf die Uhr und stellte fest, dass ihr nur noch eine halbe Stunde Zeit blieb, bis ihr geheimnisvoller Gast eintraf. Vicki entschied, dass ihre Jeans und ihre hellrosa Bluse genügen würden. Sie brühte Kaffee auf und bereitete einen Teller mit Keksen vor.

Als es läutete, öffnete Vicki. Vor der Tür stand eine Frau in Calebs Alter. Sie trug Jeans und einen dunkelblauen Pullover. Ihr langes kastanienfarbenes Haar war zu einem Pferdeschwanz zusammengenommen.

„Mrs. Smith?" Vicki streckte ihr die Hand entgegen, die die andere Frau schüttelte.

„Helen genügt. Sie müssen Victoria sein."

„Bitte kommen Sie herein."

Im Wohnzimmer servierte Vicki Kaffee und Kekse, bevor sie sagte: „Tut mir leid, aber mein Mann hat mir nicht sehr viel über Ihren Besuch gesagt."

Helen nickte. „Er schien sehr in Eile zu sein, als er anrief. Ich werde alles erklären. Ich habe Caleb vor einem Jahr kennengelernt, als ich wegen eines vertrackten Falles, in den einer meiner Klienten verwickelt war, Callaghan & Associates um kostenlosen Rechtsbeistand gebeten habe."

Vicki wusste, dass es zu den Praktiken von Calebs Anwaltskanzlei gehörte, Fälle für Wohltätigkeitsvereine anzunehmen. Er behauptete immer, auf diese Weise würde man mit den Füßen auf dem Teppich bleiben.

„Kent Jacobs hat den Fall bearbeitet, aber ich glaube, Ihr Ehemann hat die ganze Angelegenheit überwacht." Helen faltete die Hände locker auf den Knien.

„Ich fürchte, ich verstehe immer noch nicht, worauf Sie hinauswollen."

„Ich habe mit verschiedenen Wohltätigkeitseinrichtungen zu tun", erklärte Helen.

Vicki war enttäuscht. Wollte Caleb etwa, dass sie an irgendwelchen Wohltätigkeitsveranstaltungen teilnahm und sein Geld ausgab?

„Wir haben eine Position zu vergeben. Um ehrlich zu sein, man verdient nicht viel, aber es ist ein bezahlter Job."

Erneut war Vickis Interesse geweckt.

„Wir suchen nach einer einsatzfreudigen Person für alle Wohltätigkeitseinrichtungen unter der Schirmherrschaft von ‚Heart'. Diese Mitarbeiterin soll sich einzig darauf konzentrieren, fortlaufend Gelder für uns aufzutreiben."

Vickis Herz schlug schneller, als sie an die Liste ihrer Fähigkeiten dachte, die sie erst vorhin im Geiste selbst erstellt hatte.

Gerade erwachte ein Hoffnungsschimmer in ihr, als sie den Ausdruck auf Helens Gesicht bemerkte. „Was ist denn?"

„Ich will ehrlich sein." Die Frau war eindeutig ein Profi. „Ich bin aus Höflichkeit hier, weil Callaghan & Associates uns geholfen hat. Dieser Job ist flexibel, aber es handelt sich um einen Vollzeitjob." Sie zögerte kurz, schien sich dann jedoch zu entscheiden, die volle Wahrheit zu sagen. „Ich bin mir nicht sicher, ob die Arbeit Ihnen liegt. Offen gesagt, die Position ist nicht geschaffen für eine gelangweilte Ehefrau, die sich ein paar Stunden lang beschäftigen will. Wir brauchen Sie nicht, damit Sie ein teures Essen für uns geben und sich dann zurücklehnen und den Beifall genießen. Wir brauchen jemanden, der einen ständigen Geldstrom für uns bewirkt und der Monat für Monat neue Ideen hat."

Vicki wurde klar, dass Caleb sie diesmal wirklich ins kalte Wasser geworfen hatte. Diesmal war es ernst. Hier ging es nicht um eine Beschäftigungstherapie für sie. Und sie wollte den Job so sehr. Aber Helen hatte recht. Vicki besaß weder Erfahrung noch Qualifikationen. Konnte sie die Aufgabe wirklich bewältigen? Dann fiel ihr ein, wieso Helen überhaupt hier war. Caleb war der Grund, und der Gedanke, dass Caleb sie, Vicki, für fähig hielt, bedeutete ihr viel.

„Ich verstehe Ihre Bedenken", erklärte sie Helen. „Da ist außerdem noch etwas, das Sie wissen sollten. Ich bin schwanger." Das hätte sie vielleicht nicht sagen müssen, aber Vicki wollte alle Dinge geklärt haben.

„Das würde nichts ausmachen, wenn Sie qualifiziert sind. Wie ich schon sagte, die Zeiteinteilung ist flexibel. Und ...", Helen zuckte die Schultern, „... wir haben sowieso keinen freien Schreibtisch, deshalb müssten Sie von zu Hause aus arbeiten."

„Ich möchte diesen Job", sagte Vicki und neigte sich leicht nach vorn, um ihren Worten Nachdruck zu verleihen. „Ich weiß, ich habe keine Qualifikationen, und auf Sie mache ich wahrscheinlich den Eindruck einer verwöhnten Hausfrau, aber ich möchte mehr sein. Geben Sie mir eine Chance."

Helen sah sie erstaunt an. „Sie meinen das ernst?" Eine ganze Weile lang musterte sie Vicki gründlich. „Ja, ich sehe, dass Sie es ernst meinen."

„Könnten wir eine Probezeit vereinbaren? Einen Monat lang? Wenn ich nicht zurechtkomme, werde ich gehen, und Sie brauchen mich nicht einmal zu bezahlen."

„Ich sage Ihnen was. Wenn wir mit Ihnen zufrieden sind, bezahlen wir Sie rückwirkend." Sichtlich erfreut stand sie auf. „Ich hätte wissen sollen, dass es einem Mann wie Caleb Callaghan nicht reicht, sich mit einer Ehefrau als Trophäe zu schmücken. Sie sind nicht das, was ich erwartet hatte."

„Danke. Ich fasse das als Kompliment auf."

„Danken Sie mir nicht, bevor Sie die Arbeit gesehen haben, die Sie gerade übernommen haben. Ich maile Ihnen alle relevanten Einzelheiten."

Vicki umarmte Caleb, sobald er am Abend zur Tür hereinkam.

„Hallo", sagte er. „Wofür ist das?"

Sie blickte in sein überraschtes Gesicht. „Weil du klug bist und mir geholfen hast." Viele Jahre lang war sie unsicher gewesen und hatte einfach nicht gewusst, was sie tun sollte, um ihre Situation zu ändern. Statt ihre Schwäche auszunutzen, um die eigenen Vorteile durchzusetzen, hatte Caleb ihr mit seinem Verhalten gezeigt, dass er nichts dagegen hatte, wenn sie unabhängiger wurde. Das war der Vertrauensbeweis, auf den sie kaum zu hoffen gewagt hatte. „Ich weiß, wie beschäftigt du bist, deshalb danke ich dir, dass du dir trotzdem Zeit für mich genommen hast."

Ein wenig verlegen zuckte er die Achseln. „Das war nur so eine Idee. Meine Art, mich dafür zu entschuldigen, wie dumm ich letzte Nacht war."

„Ich verzeihe dir." Eigentlich hätte sie wissen müssen, dass er lieber handelte als schöne Worte machte. „Wie bist du denn auf ‚Heart' gekommen?"

„Du kannst sehr gut mit Menschen umgehen, deshalb dachte ich, sie könnten dich brauchen. Also hast du das Angebot akzeptiert?"

Sie nickte. „Sie nehmen mich auf Probe. Mal sehen, wie ich zurechtkomme."

„Du schaffst das. Besser, du konzentrierst dich aufs Arbeiten als darauf, mich zurechtzubiegen."

Lachend führte sie ihn ins Esszimmer, um mit ihm ein gesundes, leichtes Abendessen einzunehmen. „Darum werde ich mich weiterhin kümmern, ob dir das gefällt oder nicht."

„Verflixt." Er gab ihr einen Klaps auf den Po, in dem Augenblick, als sie sich neben ihn setzte. Früher hätte sie sich ihm jetzt entzogen, doch nun küsste sie ihn auf die Wange. „Guten Appetit."

Nachdem sie schon halb mit dem Essen fertig waren, fragte Caleb plötzlich: „Glaubst du, ich werde ein schlechter Vater sein?"

Mit dieser Frage verblüffte er Vicki so, dass sie die Wahrheit sagte.

„Ich glaube, du könntest ein großartiger Vater sein, aber wenn du so weitermachst, wirst du ein abwesender Vater werden." Als er schwieg, redete sie weiter: „Kinder brauchen nicht nur materielle Dinge, sie brauchen Eltern, die für sie da sind, Umarmungen, Küsse und Liebe."

Genau wie Ehefrauen, wollte sie hinzufügen. Ehefrauen brauchen auch Liebe und Aufmerksamkeit. Ein Collier mit tausend Diamanten konnte nicht einen einzigen Augenblick von Calebs Liebe aufwiegen.

Selbst wenn sie, Vicki, auf anderem Gebiet Erfolg hätte, der wichtigste Platz in ihrem Leben würde immer von Caleb und ihrem Kind besetzt sein. Das war ihr Grundsatz. Möglicherweise bedeutete ihr ihre kleine Familie alles im Leben, weil sie nie zuvor eine richtige Familie gehabt hatte. Deshalb empfand sie es auch jedes Mal wie einen Schlag in die Magengrube, wenn Caleb sich so verhielt, als käme die Arbeit für ihn an erster Stelle.

„Vicki, ich weiß nicht, wie ich ein guter Vater sein soll", gestand Caleb.

„Ich weiß auch nicht, wie ich eine gute Mutter sein soll." Bis jetzt war sie ja noch nicht einmal eine gute Ehefrau gewesen. „Aber über eines bin ich mir sicher: Solange unser Kind weiß, dass wir immer für es da sind, wird es ihm gut gehen."

Diese Lektion hatte Vicki während ihrer Kindheit gelernt. Alle Schmerzen wären nicht so schlimm gewesen, wenn sie Eltern gehabt hätte, zu denen sie hätte laufen können und die sie getröstet hätten. „Keiner von uns beiden hat ein gutes Vorbild, nach dem wir uns richten können. Aber so ist das nun einmal. Trotzdem können wir das Leben für unser Baby so gestalten, wie wir das möchten." Daran glaubte sie ganz fest.

Sie wechselten das Thema, aber als Caleb nach dem Abendessen wieder ins Büro fuhr, machte er einen nachdenklichen Eindruck auf Vicki. Sie hoffte bloß, er würde ihre Worte nicht außer Acht lassen. Eine Frau mochte fähig sein, zu akzeptieren und zu verstehen. Doch die Seele eines Kindes war viel zerbrechlicher.

Vicki wachte sofort auf, als Caleb neben ihr ins Bett schlüpfte, denn sie schlief nie besonders tief, solange er nicht zu Hause war. Zufrieden kuschelte sie sich an seinen warmen Körper und überließ sich wieder dem Schlaf.

Caleb legte einen Arm um sie. „Vicki?" Er küsste ihren Nacken. Das fühlte sich so schön an, dass sie noch näher rückte. „Hm?" Caleb strich über ihr nacktes Bein nach oben bis unter das Rugbyhemd, das sie sich wieder von ihm ausgeborgt hatte. Ein wohliger Schauer durchströmte sie, und sie wurde allmählich wach. „Caleb?"

Statt ihr zu antworten, wanderte er mit der Hand noch höher und umfasste eine Brust. Vicki, die nun völlig wach war, stellte fest, dass Caleb nackt neben ihr lag. Sie spürte, wie erregt er war. Im ersten Moment erstarrte sie und begann sofort zu überlegen, was er von ihr erwartete.

Als wüsste er genau, was ihr durch den Kopf ging, sagte er leise: „Mach das, was du das letzte Mal gemacht hast."

Sie entspannte sich und wollte eben anfangen, ihn zu streicheln, als er das Trikot hochschob. Bereitwillig hob Vicki die Arme, und eine Sekunde später warf er das Hemd beiseite und presste sie an sich, sodass sie seine heiße Haut spürte. Ihr hauchdünner Slip bildete die letzte Barriere zwischen ihnen.

„Ich kann dich nicht streicheln, wenn du mich so festhältst", sagte Vicki, während sie es genoss, dass die feinen Haare auf seiner Brust ihre Knospen kitzelten, die in letzter Zeit besonders empfindlich waren.

„Diesmal kann doch ich dich verwöhnen." Zärtlich knabberte er an ihrer Unterlippe und legte sich eines ihrer Beine über die Hüfte.

Neben den angenehmen Empfindungen überkam Vicki jetzt auch wieder die Sorge, sie könnte falsch reagieren. Was würde passieren, wenn sie Caleb erneut enttäuschte?

„Hör auf zu denken", forderte er sie auf. Eine Hand lag auf ihrem Rücken, während er die andere zwischen sie beide schob.

„Ich kann nichts dagegen tun." Ihr war sehr wohl bewusst, wohin er seine Hand bewegte. Eine Sekunde später schob er die Finger unter ihren Slip und berührte ihre intimste Stelle. Ein Aufruhr an Gefühlen durchströmte sie.

„Sag mir, was du spürst."

Sie konnte nicht gleichzeitig denken, sprechen und ihren Körper unter Kontrolle halten. Rasch biss sie sich auf die Unterlippe und bemühte sich, nicht zu heftig zu atmen.

„Weißt du, was ich spüre?", fragte Caleb. „Du fühlst dich seidig weich an. Das zeigt mir, dass dein Körper sich nach mir sehnt."

8. KAPITEL

Caleb hatte noch nie so deutlich mit Vicki gesprochen. Bisher hatte er bei der Liebe eigentlich so gut wie überhaupt nie mit ihr geredet. Zu ihrer Verwunderung gefielen ihr seine heisere Stimme und auch seine Worte. Dadurch entdeckte sie eine ganz neue Seite an der Sexualität. Ohne dass sie sich dessen bewusst war, entspannte sie sich, während sie Caleb zuhörte.

„Ich glaube, deine hübschen Brüste sind größer geworden." Er veränderte seine Position, ohne die Hand wegzunehmen, die zwischen ihren Schenkeln lag. Jetzt befand er sich links von ihr. Seinen Arm, der unter ihrem Kopf lag, zog er weg. „Ich werde das Licht einschalten."

„Nein", sagte sie sofort. „Caleb, ich kann nicht ..."

„Ich will mich nur überzeugen, ob ich recht habe, Liebling." Das sanfte Licht der Nachttischlampe schien ihr direkt in die Augen, und Vicki blinzelte ein paar Mal.

Dann hatte sie sich an die Helligkeit gewöhnt. Als sie seine Hand betrachtete, mit der er zärtlich ihre Brust massierte, wurde ihr Mund trocken, und sie hatte das Gefühl, dahinzuschmelzen.

„Sie sind wirklich größer", sagte er leise. Dann beugte er sich vor und strich mit der Zungenspitze über eine Knospe.

Vicki seufzte.

„Findest du nicht?"

„Sie sind ein bisschen angeschwollen."

Sanft saugte er an der Brustspitze und knabberte spielerisch an ihr, sodass Vicki seine Zähne spürte. „Tut das weh?", fragte er dann besorgt.

„Nein." Im Gegenteil, das war gut. Am liebsten hätte sie ihn gebeten, das noch einmal zu tun. Doch sie schwieg. Zu lange in ihrem Leben hatte sie geschwiegen. Ein gutes Kind sollte man sehen, aber nicht hören. Eine gute Frau sollte den Wünschen ihres Mannes entgegenkommen, aber nie selbst etwas verlangen.

„Möchtest du, dass ich das noch einmal mache?", fragte er und hielt mit seinen Liebkosungen inne.

Vicki kämpfte gegen die Stimmen aus ihrer Vergangenheit an und konzentrierte sich auf die Gegenwart. „Oh ja."

Caleb knabberte spielerisch an der anderen Brustspitze. „Ich mag den Geschmack deiner Haut", murmelte er und berührte nun ihre empfindlichste Stelle. „Gefällt dir das?" Er übte sanft Druck mit dem Daumen aus. „Oder das?" Er umkreiste ihren sensibelsten Punkt mit einem Finger, bevor er wieder innehielt. „Du musst mir antworten, Liebling." Langsam zog er seine Hand zurück.

Verzweifelt schob sie seine Hand wieder dorthin zurück, wo sie sich so sehr nach Liebkosungen sehnte. Ihre Blicke trafen sich. Spannung lag in der Luft. Calebs Blick war dunkel und verheißungsvoll. Vicki hatte das Gefühl, in Flammen zu stehen.

Erneut begann er sie zu streicheln.

„So?", fragte er wieder, „oder so?"

Caleb ließ nicht locker. Vicki befeuchtete die Lippen mit der Zunge. Dann nickte sie.

„Oh nein." Er schüttelte den Kopf. „Du musst es sagen."

„Caleb ...", bettelte sie.

„Ich verspreche dir, es wird dir gefallen." Das war gleichzeitig eine Versicherung und eine Bitte. „So, wie es mir gefällt, wenn du mich streichelst."

Die Worte wollten nicht kommen, aber Vicki wusste, dass Caleb es ihr heute Nacht nicht leicht machen würde. Sie würde um ihr Vergnügen bitten müssen. Statt zu sprechen, nahm sie seine Hand und zeigte ihm, wie es ihr am besten gefiel.

Ein Lächeln breitete sich auf seinem Gesicht aus. „Ich akzeptiere das als Antwort." Er neigte sich zu ihr und biss sie sanft in die Unterlippe. Sofort wollte Vicki den Kuss vertiefen, doch Caleb schüttelte den Kopf. „Keine Küsse jetzt. Du musst mir mit dem Rest deines Körpers zeigen, was du fühlst. Ich verspreche, ich werde unendlich viel Geduld haben."

Ihr Atem ging nur noch stoßweise. Caleb benutzte seine Finger so geschickt, dass Vicki fast verrückt wurde. Sie ließ seine Hand los und hielt sich an seinem muskulösen Arm fest. Inzwischen glänzte ihr Körper vor Schweiß, doch es war die Hitze in Calebs Blick, von der sie nicht genug bekommen konnte. Noch nie hatte er sie so angesehen.

Erneut versuchte sie ihn zu küssen, doch er schüttelte den Kopf und blieb unnachgiebig. Früher hatte Vicki immer mit ihren Küssen ausgedrückt, was sie empfand, doch nun war ihr diese Möglichkeit genommen. Ihre Anspannung stieg. Mit seinen Liebkosungen steigerte Caleb ihre Erregung ins Unermessliche. Vicki hatte sich kaum mehr unter Kontrolle. Sie grub die Fingernägel in seinen Arm und presste sich an ihn.

Mit einem Finger drang er in sie ein. „So?" Sein heißer Atem strich über ihr Ohr. „Oder so?" Er drang mit einem zweiten Finger in sie ein.

Mit dem Bein, das sie um seine Taille geschlungen hatte, übte sie Druck aus. Caleb belohnte ihre Reaktion damit, dass er seine Finger nun sanft in ihr bewegte. Vicki spürte, wie sich ein herrlicher Höhepunkt näherte, aber Caleb hielt inne, bevor sie Erfüllung fand.

„Caleb, bitte. *Bitte*." Zum ersten Mal in ihrem Leben bat sie bei der Liebe um etwas. Aber sie war viel zu sehr damit beschäftigt, was Caleb mit ihr anstellte, als dass sie sich darüber Gedanken machte.

Da sie ihn nicht küssen durfte, blieb ihr keine andere Möglichkeit, die heftige Verzückung auszudrücken, in die sie geriet, als vor Lust zu stöhnen. Sie zitterte am ganzen Körper, als sie so heftig kam, dass sie glaubte, gleich ohnmächtig zu werden vor Lust.

Sie bekam kaum mit, wie Caleb ihr schließlich den Slip auszog. Als er sich auf sie legte, hob er ihr anderes Bein an und legte es sich ebenfalls um die Taille. Zu Vickis Überraschung unternahm er dann aber nichts weiter, sondern wartete, bis sie die Augen öffnete und ihn anblickte.

Sein Verlangen war ihm deutlich anzusehen. Doch Vicki las auch tiefe Befriedigung in seinen Augen. „Zeit für Runde zwei", sagte er.

Vicki machte große Augen. Sie spürte, wie stark erregt er war, aber er drang nicht in sie ein. Unwillkürlich hob sie sich ihm einladend entgegen, was sie noch nie zuvor getan hatte. Sie spürte ihn groß und hart an sich, doch auch jetzt glitt er nicht in sie hinein.

„Erst wenn du so weit bist wie ich", flüsterte er mit rauer Stimme.

Noch bevor sie darauf etwas erwidern konnte, neigte er den Kopf zu ihrer Brust und begann heftig an der aufgerichteten Spitze zu saugen. Hitze durchströmte in Wellen ihren Körper, und als Caleb den Kopf hob, erkannte sie, was zu tun war. Inzwischen hatte sie die Regeln ihres kleinen privaten Spielchens verstanden, und sie wusste, wie sie sich verhalten musste, ohne Angst zu haben, sie könnte etwas Falsches sagen.

Sie schlang die Arme um seinen Nacken und hielt Caleb fest. Bereitwillig kehrte er zu seiner Aufgabe zurück. Als er sich ihrer anderen Brust zuwandte, war das letzte bisschen Beherrschung verloren, an das Vicki sich geklammert hatte, und sie bäumte sich unwillkürlich auf. Caleb drang ein klein wenig in sie ein, dann hielt er erneut inne.

Am liebsten hätte Vicki aufgeschrien vor Ungeduld. Sie ertrug es nicht länger, in der Schwebe gehalten zu werden, wollte ihn endlich ganz in sich spüren. Mit den Fingernägeln strich sie über seinen Rücken und seinen Po. Caleb zuckte kurz zusammen und hob den Kopf. Auf seiner Stirn glänzten feine Schweißperlen. „Du bist noch nicht so weit wie ich."

Beinahe hätte sie nun um Gnade gefleht, doch sie ahnte, Caleb würde heute Nacht nicht lockerlassen. Endlich war der aufregende Liebhaber zurück, der sie am Anfang ihre Ehe immer halb verrückt vor Leidenschaft gemacht hatte.

Früher hatte die eigene Begierde Vicki Angst gemacht, sodass sie still geworden war, und Caleb war dadurch immer zurückhaltender geworden. Doch jetzt brauchte sich niemand mehr zurückhalten.

Als die Angst zurückkehrte, erinnerte sich Vicki an ihre Entscheidung, niemandem mehr etwas vorzumachen und auch sich selbst gegenüber ehrlich zu sein. Sie strich über Calebs Arme, nahm seine Hand und führte sie an die Stelle, wo sie von ihm gestreichelt werden wollte. Das fiel ihr nicht leicht, aber sie wurde mit besonderem Vergnügen belohnt.

Schließlich drang er endlich ganz in sie ein. Nach zwei Monaten Enthaltsamkeit war sie voller Sehnsucht. Groß und hart spürte sie ihn in sich. Caleb begann sich zu bewegen und steigerte allmählich das Tempo. Vicki schrie auf und geriet immer mehr in Ekstase.

In diesem Augenblick küsste Caleb sie. Als wäre dadurch die letzte Schranke niedergerissen, erwiderte sie seinen Kuss leidenschaftlich und gab sich ganz ihrem wundervollen Liebesspiel hin. Sie spürte, wie seine Rückenmuskeln sich anspannten. Er drang noch tiefer, noch kraftvoller in sie ein, und als die Lust sie fortriss, spürte sie, dass auch Caleb den Höhepunkt erreichte.

Am nächsten Morgen wachte Vicki lächelnd auf. Ihr Körper war herrlich ermattet, aber auch gleichzeitig wunderbar entspannt. Sie kuschelte sich in Calebs Arme und wollte wieder einschlafen, als ihr Blick auf den Wecker fiel.

Erschrocken fuhr sie hoch. „Caleb, wach auf! Es ist neun Uhr!" Er hasste es, zu spät zu kommen.

Caleb zog sie wieder zurück in die Arme und sagte verschlafen: „Es ist Samstag. Das ganze Wochenende ist frei." Dann schlief er weiter.

Samstag? Ja, es ist Samstag, dachte sie. Aber das hatte bisher eigentlich kaum einen Unterschied gemacht. Caleb schien immer im Büro zu sein. Vicki versuchte sich zu erinnern, wann er sich das letzte Mal ein ganzes Wochenende freigenommen hatte. Wahrscheinlich war das gewesen, als sie vor zwei Jahren vier Tage auf Great Barrier Island verbracht hatten.

Ihre Miene erhellte sich, als ihr klar wurde, dass Caleb ihr für die nächsten beiden Tage gehörte. Und sie selbst hatte auch frei. Die Unterlagen der Wohltätigkeitsorganisationen waren gestern Abend angekommen, und sie hatte sie durchgelesen. Ideen entstanden bereits in ihr, aber sie musste sich nicht vor Montag damit befassen.

Sie schmiegte sich in Calebs Arme und begann zu überlegen, was sie alles in den kommenden zwei Tagen zusammen machen konnten. Die schönste Vorstellung war, dass sie die ganze Zeit zu Hause blieben, vielleicht sogar in diesem Bett. Vicki war so aufgeregt, dass sie beinahe laut gekichert hätte. Ein bisschen kam sie sich vor wie ein Kind in einem Süßigkeitenladen.

Caleb eine ganze Zeit lang nur für sich zu haben, war einer ihrer heimlichen Träume. Sie hatte nie gewagt, ihn darum zu bitten, weil sie wusste, wie beschäftigt er war. Nur weil sie alle Zeit der Welt hatte, bedeutete das nicht, dass sie einen Anspruch darauf hatte, von ihm unterhalten zu werden.

Trotzdem hatte sie ihn oft vermisst, besonders an den Wochenenden, wenn sie spazieren gegangen war, und gesehen hatte, wie andere Paare Arm in Arm die Straßen entlangbummelten. Sie überlegte, ob Caleb beim Abendessen mehr gehört hatte, als sie gesagt hatte. Möglicherweise hatte ihr Ehemann, der so häufig alles und jeden überrollte, das Flüstern ihres Herzens gehört.

Als Caleb erwachte, lag Vicki nicht mehr neben ihm. Aber ein Hauch Kaffeeduft drang ins Schlafzimmer, und deshalb erriet er, wo Vicki war. Lächelnd und gut gelaunt wie seit Jahren nicht mehr, stand er auf. Geduld, überlegte er, ist ganz bestimmt eine Tugend. Wenn man bedachte, wie er vergangene Nacht dafür belohnt worden war ...

Weil er wusste, dass seine Frau gern alle Fenster öffnete, zog er sich eine Jogginghose an, bevor er zur Küche ging. Vicki stellte gerade eine Schüssel weg, als er den Raum betrat. Sobald sie ihn entdeckte, hielt sie in ihrer Arbeit inne und sah ihn an.

„Was ist denn?" Er gähnte und streckte sich lässig.

Sie betrachtete ihn nun mit unverhohlenem Vergnügen, und schließlich verstand er. Offensichtlich gefiel es Vicki, ihn so verschlafen und zerzaust zu sehen. Vielleicht sollte er sich morgens nicht mehr zurechtmachen, bevor er zum Frühstück erschien. Mit diesem Gedanken ging er zu Vicki und legte die Hände auf ihre Hüften. „Guten Morgen."

„Es ist fast Mittag." Ihre Stimme klang leicht atemlos, und sie strich spielerisch über seine Brust.

„Fast Mittag ist die perfekte Zeit für Sex, findest du nicht?" Nach zwei einsamen Monaten konnte er nicht genug von Vicki bekommen.

Trotz der euphorischen Stimmung war Caleb sich allerdings bewusst, dass ihre Ehe auf wackligem Boden stand. Vicki hatte recht, wenn sie sagte, dass sie ihre Probleme nicht alle im Bett lösen konnten.

Was sie nicht gesagt hatte, was ihr wahrscheinlich auch gar nicht bewusst war, war die Tatsache, dass er vielleicht schlecht darin sein mochte, seine dunklen Geheimnisse zu teilen, aber dass das auf sie noch viel mehr zutraf. Auch wenn er ihr nie von der Schande seiner Geburt erzählt hatte, die ihn belastete, so hatte er ihr doch gezeigt, woher er stammte und wie ihn das geformt hatte.

Jedes Mal wenn er versuchte, dieses Thema in Bezug auf sie anzusprechen, tat sie so, als wüsste sie nicht, wovon er redete, und verhielt sich, als hätte es keinen Einfluss auf sie gehabt, dass ihre Eltern sie bei ihrer Großmutter gelassen hatten. Inzwischen hatte sie ihm gegenüber zwar ihre Ängste vor Intimitäten eingestanden, doch sie war nicht bereit, zuzugeben, wie problematisch ihre Beziehung zu Danica und Gregory war.

Caleb hatte keine Ahnung, wie er Vicki klarmachen sollte, dass diese alten Wunden geöffnet werden mussten, bevor sie heilen konnten. Immer wenn das Thema aktuell wurde, war Vicki so verletzt, dass er nicht den Mut hatte, sie zu zwingen, sich damit auseinanderzusetzen. Seine ganze Hoffnung beruhte darauf, ihr zu zeigen, wie sehr er sie liebte, damit sie ihm irgendwann vielleicht auch ihre Erinnerungen und Schmerzen anvertraute.

Mit diesem Gedanken im Sinn streichelte er ihren hübschen Po. Vicki trug ein knielanges Sommerkleid. Die Sonne schien hell durch das Oberlicht der Küche, und es war sehr warm. „Es ist gerade so schön mit dir."

Vicki schluckte, und mit einem Mal wurde Caleb bewusst, dass er sie schon seit Jahren nicht mehr am hellen Tag geliebt hatte. Das würde sich gleich ändern. Er war erregt und voller Verlangen. Er wollte Vicki ganz intensiv spüren und fühlen, wie sie vor Lust erschauerte, während er sich in ihr bewegte.

Sie musterte ihn mit großen Augen. „Du siehst aus, als wolltest du gleich über mich herfallen."

„Das werde ich auch." Er schaute über ihre Schulter zu dem Fenster über der Spüle, vom dem aus man ihren Garten und das Grundstück des Nachbarn sah. Eine skandalöse Idee kam ihm. Vicki würde schockiert sein, aber inzwischen hatte er sehr wohl begriffen, dass sie viel sinnlicher war, als er je vermutet hatte.

Langsam wurde es Zeit, mit dem Versteckspiel aufzuhören. Er würde anfangen, von ihr Dinge einzufordern, die er sich wünschte. Noch bevor sie Verdacht schöpfen konnte, lenkte er sie mit einem sinnlichen Kuss ab.

„Hm", machte sie und erwiderte voller Hingabe seinen Kuss, wie sie das immer tat.

Zärtlich streichelte er ihren Po und überließ Vicki die Führung beim Küssen. Er mochte ihre Küsse. Als sie sich von seinem Mund löste und sein Kinn mit den Lippen liebkoste, begann er seine Idee von vorhin in die Tat umzusetzen.

Er küsste Vicki auf den Hals und drehte sie so, dass sie mit dem Gesicht zum Fenster stand. Dann schob er sie ein bisschen nach vorn, und instinktiv hielt sie sich am Rand der Spüle fest, während sie durch das Fenster in den Garten sah. Caleb senkte den Kopf und küsste ihren Nacken.

„Caleb", sagte sie leise. „Ich sehne mich nach dir." Das war ihre Art, ihm zu sagen, er solle mit ihr die Küche verlassen und ins Schlafzimmer gehen. Aber Caleb hatte andere Vorstellungen.

Aus dem Augenwinkel heraus nahm er wahr, wie die Hintertür seines Nachbarn geöffnet wurde und jemand auf die Terrasse trat. Bevor Caleb entdeckt werden konnte, kniete er sich hinter Vicki nieder, schob die Hände unter ihr Kleid und zog ihr den Spitzenslip aus. Erschrocken wollte sie sich umdrehen, doch Bill, ihr Nachbar, lenkte ihre Aufmerksamkeit auf sich.

Zum Gruß winkte sie ihm zu, bevor sie zischte: „Was tust du denn da? Bill ..."

„... kann mich nicht sehen", vollendete Caleb den Satz. „Tu so, als würdest du Geschirr spülen."

„Während du was machst?" Obwohl sie ein bisschen so klang, als wäre sie empört, trat sie aus ihrem Spitzenslip.

Caleb schob ihr Kleid hoch, legte eine Hand auf ihren Bauch und berührte ihre intimste Stelle mit dem Mund. Das hatte er schon immer tun wollen. Vicki seufzte leise, und er spürte, wie sie erschauerte. „Caleb, ich kann nicht ..."

„Pst", erwiderte er. „Sei kein Spielverderber." Ohne Erbarmen liebkoste er sie auf fantasievolle Weise mit Zunge und Lippen, bis er merkte, dass Vickis Beine zitterten. Caleb genoss dieses Spiel, von dem er gar nicht genug bekommen konnte. Auf keinen Fall wollte er sich beeilen.

Vicki atmete heftig, und Caleb merkte, dass sie große Schwierigkeiten hatte, die Kontrolle über sich zu behalten. „Caleb ..." Sie schluchzte kurz auf, als er mit der Zunge in sie eindrang.

Er schenkte ihr einen Moment der Erholung und zog sich zurück. „Schaut Bill in deine Richtung?"

„Nein." Sie sank auf den Boden und warf sich in seine Arme. „Ich bringe dich um."

„Vorher beende ich aber, was ich angefangen habe." Mit den Fingern drang er sanft in sie ein und streichelte sie zärtlich. „Ich möchte dich jetzt noch einmal mit dem Mund berühren."

Sie hielt den Atem an, als er sie auf den weißen Fliesenboden legte. Dann umfasste er ihren nackten Po und hob sie leicht an. Dann machte er weiter.

Vicki gab sich diesem Liebesspiel völlig hin. Caleb hatte früher versucht, sie auf diese Weise zu lieben, aber Vicki war jedes Mal wie erstarrt gewesen. Nichts, was er gesagt oder getan hatte, hatte geholfen. Deshalb hatte er aufgegeben und sie nicht wieder darum gebeten.

Sie stöhnte auf, als er sie immer intensiver liebkoste. All ihre Muskeln spannten sich an, und Vicki schloss die Augen. Das war zu viel. Sie würde die auf sie einströmenden Gefühle nicht aushalten.

„Lass dich gehen", flüsterte Caleb. Sein Haar kitzelte ihren Bauch, als er ihr Kleid noch etwas höher schob und ihren Nabel küsste. Dann wanderte er mit den Lippen wieder tiefer. Diesmal würde er ihr keine Atempause mehr gönnen. „Bitte, lass dich gehen."

Seine Stimme klang rau vor Erregung, und das bewirkte, dass Vicki jegliche Zurückhaltung aufgab. Mit einem lustvollen Laut bog sie den Rücken durch und überließ sich ganz ihren lustvollen Empfindungen. Hinter ihren geschlossenen Augenlidern schienen tausend Lichter in allen Farben zu explodieren. Der Höhepunkt war so überwältigend, dass sie das Gefühl hatte, gleich das Bewusstsein zu verlieren.

Keuchend versuchte sie Caleb das zu sagen, der sie fest in den Armen hielt, doch in ihrer Erregung brachte sie kein einziges Wort hervor.

Vergangene Nacht war Caleb wundervoll geduldig gewesen, aber heute forderte er ein, dass sie ihre Seite der Abmachung hielt und die Leidenschaft endlich zuließ, die sie so lange unterdrückt hatte, und während sie sich innig küssten, löste Vicki ihr Versprechen ein.

Als Vicki schließlich wieder die Augen öffnete, stellte sie fest, dass Caleb sie auf den Armen zum Schlafzimmer trug. „Ach, jetzt willst du ins Bett?", neckte sie ihn.

Begierde verdunkelte seinen Blick, und Caleb lachte. „Du sollst keine blauen Flecken bekommen, wenn ich mich voller Energie fühle."

„Also wirklich, Caleb!" Unwillkürlich musste sie lachen.

Sanft legte er sie auf das Bett. „Ich liebe dein Lachen", erklärte er fast feierlich.

Verblüfft streckte sie die Arme nach ihm aus. Caleb überraschte sie immer wieder. Gerade wenn sie dachte, sie wüsste alles über ihn, tat oder sagte er irgendetwas unglaublich Liebes, und sie war überglücklich.

Ohne den Blick von ihr zu nehmen, zog er die Jogginghose aus und legte sich neben Vicki auf das Bett. Er streichelte ihren Oberschenkel und küsste sie gleichzeitig auf den Hals. Vicki trug nur ein leichtes Kleid, trotzdem kam sie sich darin beengt vor. Als sie sich hin und her wand, hob er den Kopf. „Was ist los?"

„Ich will das Kleid ausziehen." Sie errötete. Es war albern, ständig zu erröten, nach allem, was sie schon zusammen gemacht hatten, aber Vicki hatte immer eine Scheu davor gehabt, sich vor Caleb auszuziehen.

Sein Blick glitt über ihren Körper. „Ich will zusehen, wie du dich auszieht." Das sollte eine Herausforderung sein, aber eigentlich war es mehr eine Bitte.

Vicki wollte nichts lieber, als Calebs Wünsche und Bedürfnisse zu erfüllen. Aber wie er selbst gesagt hatte, Lebensgewohnheiten lassen sich nicht so einfach ablegen. Sie war keine kühne Verführungskünstlerin, sie war eine Frau, die sich normalerweise zurückhielt.

Vicki biss sich auf die Unterlippe und legte dann mit sanftem Druck die flache Hand auf seinen Oberkörper, bis Caleb geduldig zur Seite rückte. Vicki kniete sich hin und strich das Kleid über ihren Oberschenkeln glatt, während sich ihre Fersen in die Haut ihres nackten Pos drückten. „Caleb?"

Er war hinter ihr. „Ja?"

„Du wirst mir weiter helfen müssen. In Ordnung?" Jedes Mal wenn sie fragte, schien das leichter zu werden, denn inzwischen hatte sie begriffen, dass Caleb ihre Wünsche nicht abschlagen würde. Anders als die Menschen, bei denen sie aufgewachsen war, ignorierte er ihre Bedürfnisse nicht und sagte ihr auch nicht, sie solle sich zusammenreißen.

„Immer." Er kniete vor ihr auf dem Bett. „Schließ die Augen."

Sie senkte die Lider. Dann hob sie die Arme zu ihrem Nacken, um den Reißverschluss ihres Kleides aufzuziehen. Caleb legte die Arme um sie und half ihr. Vicki atmete seinen angenehmen männlichen Duft ein und entspannte sich etwas. Da sie schon so weit gekommen war, wollte sie auf keinen Fall aufhören.

Caleb zog sich wieder ein wenig zurück, sobald der Reißverschluss offen war, und Vicki wusste, worauf er nun wartete. Er wollte sehen, wie sie sich vor ihm auszog. Für die meisten Ehepaare war das selbstverständlich. Doch für Caleb und Vicki bedeutete das Entkleiden voreinander so viel mehr. Die Augen immer noch geschlossen, schob sie die Träger des Kleides über ihre Arme nach unten.

„Du trägst ja einen BH." Calebs Stimme klang wie eine Liebkosung.

Solange Vicki nicht sah, wie er sie beobachtete, fühlte sie sich sicherer. Trotzdem reichte die Vorstellung aus, ihre Erregung zu steigern. „Meine Brüste sind empfindlicher geworden. Wenn ich keinen BH trage, spüre ich neuerdings manchmal ein seltsames Ziehen."

Caleb strich mit der Fingerspitze die Körbchen ihres BHs und löste damit eine Welle der Lust in Vicki aus. „Ich sehe dich gern in Seide und Spitze."

Erstaunt nahm sie seine Worte auf. Sie hätte nie erraten, dass ihr zielstrebiger, praktisch veranlagter Ehemann solche Dinge genießen konnte. „Soll ich ...?"

„Ja."

Vicki öffnete die Häkchen am Rücken und streifte die Träger über die Schultern. Mit einem Mal kehrten jedoch ihre Hemmungen zurück, und ihr wurde bewusst, dass sie ihr Kleid bis auf die Taille ausgezogen hatte und ihr Mann sie beobachtete.

„Ich werde ewig warten, wenn du das möchtest."

Woher wusste Caleb nur immer, was er sagen musste, um ihre Hemmungen zu überwinden? Sie holte tief Luft, zog den BH aus und ließ ihn auf das Bett fallen. In diesem Augenblick fühlte sie sich nackter als je zuvor. Sie blieb sitzen, wo sie war, und wartete voller Vorfreude, was als Nächstes passieren würde.

Doch mit Calebs heißen Küssen auf ihren Brüsten hatte sie nicht gerechnet. Sie stieß einen leisen Schrei aus, als er die Hände um ihre Taille legte und an ihren Knospen zu saugen begann. Sein Haar kitzelte ihre Haut, und gleichzeitig spürte sie sein leicht raues unrasiertes Kinn.

Herrliche Empfindungen durchströmten sie. Vicki versuchte, seinen Kopf nach oben zu ziehen, um Caleb zu küssen. Als er sich nicht darauf einließ, schlang sie die Beine um seine Taille und die Arme um seinen Nacken. Nun bekam sie ihren Kuss, doch gleichzeitig nutzte Caleb ihre Stellung aus.

Er schob die Hände unter ihr Kleid, hielt sie fest und ließ sie langsam an sich niedergleiten. Sie keuchte. In dieser Stellung hatten sie sich noch nie geliebt. Vicki hatte das Gefühl, Caleb würde ganz und gar von ihr Besitz ergreifen.

„Zu tief ...", stieß sie aus.
„Bist du sicher?" Er hielt inne und küsste sie auf den Hals.
Sie wand sich und spürte nun, wie er in ihr noch härter wurde. Fasziniert bewegte sie sich noch einmal. Er umfasste ihre Taille noch fester und hob den Kopf. „Vicki!", keuchte er.
Noch nie hatte er so geklungen, wenn er mit ihr zusammen war. Plötzlich war er auch nicht mehr zu tief in ihr. Sie genoss, dass er sie ganz ausfüllte. Sie legte die Hände auf seine Schultern, und während sie Caleb in die Augen sah, wand sie sich herausfordernd. Er stöhnte und ließ den Kopf in den Nacken fallen. Die Sehnen an seinem Hals waren deutlich sichtbar.
Erstaunt von der eigenen Kühnheit, begann Vicki sich zu bewegen. Ihre Ängste, etwas Falsches zu tun, traten in den Hintergrund. Jetzt zählte nur noch der Augenblick, und Vicki wünschte sich nichts mehr, als Caleb bis zur Ekstase zu lieben. Während ihrer ganzen Ehe hatte sie immer gedacht, sie wäre für ihren so unglaublich männlichen Partner eine Enttäuschung im Bett. Deshalb würde sie sich diese Gelegenheit nicht entgegen lassen, ihm so viel Lust wie nur irgend möglich zu bereiten.
„Langsam." Er schmiegte die Wange an ihren Hals, versuchte aber nicht, sie zu stoppen.
Vicki achtete jedoch mehr auf die Signale seines Körpers als auf seine Worte und beschleunigte einfach das Tempo. Seine Muskeln spannten sich an. Immer wieder strich er mit den Händen über ihren Körper. Vicki merkte deutlich, dass er dabei war, die Kontrolle über sich zu verlieren, und frohlockte innerlich.
Sie griff in sein Haar und bog seinen Kopf nach hinten, um Caleb auf den Mund zu küssen. Sie wusste genau, was er mochte, deshalb biss sie ihn zärtlich in die Unterlippe und saugte an ihr. Als sie dann mit der Zunge in seinen Mund vordrang, hielt Caleb die Augen fest geschlossen.
Sie vertiefte sich völlig ins Küssen und merkte erst gar nicht, dass Caleb die Hand zwischen sie schob und sie genau auf die Art streichelte, wie sie es ihm gestern Nacht gezeigt hatte. Dann kam Vicki zum Höhepunkt, und Caleb folgte ihr.

9. KAPITEL

Vier Stunden später spazierten Vicki und Caleb durch Mission Bay. Dort waren sie hingefahren, um ein nettes Lokal zum Essen zu suchen. Vicki war es völlig egal, wo sie zum Essen hingingen. Sie freute sich einfach nur darüber, an einem gemütlichen Samstagnachmittag mit ihrem Mann etwas zu unternehmen.

„Hast du Lust auf einen Imbiss am Strand?", fragte Caleb.

Sie blickte über die Straße zum Park, der an den Sandstrand grenzte. „Das klingt gut, und es ist warm genug." Sie trug Jeans und einen himmelblauen Kaschmirpullover. Der frische Wind, der vom Meer herwehte, konnte ihr nichts anhaben.

Caleb zog die Autoschlüssel aus der Hosentasche. „Du holst die Picknicksachen aus dem Kofferraum, und ich besorge uns etwas zum Essen. Wir treffen uns dort drüben." Er wies auf ein sonniges Plätzchen. „Hast du auf etwas Bestimmtes Appetit?"

„Such du etwas aus." Sie nahm die Schlüssel und überlegte eine Sekunde lang. Dann stellte sie sich auf die Zehenspitzen und küsste Caleb auf den Mund, bevor sie wegging. So beiläufig und normal diese Geste war, sie hatte so etwas noch nie zuvor getan, weil sie Zeichen der Zuneigung in der Öffentlichkeit für unpassend gehalten hatte. Manchmal hasste sie ihre Großmutter, doch darüber wollte sie heute nicht nachdenken.

Als sie zu ihrem Wagen kam, öffnete sie den Kofferraum und holte das Picknickset heraus, das sie vor Monaten dort hingestellt hatte, in der vagen Hoffnung, Caleb würde den Hinweis verstehen. Er hat sich daran erinnert, das ist ein sehr gutes Zeichen, dachte sie, während sie den Kofferraumdeckel wieder verschloss. Der Picknickkorb enthielt Teller, Besteck und eine dünne Decke, auf die man sich setzen konnte.

Vicki erreichte vor Caleb den Strand. Sie breitete die Decke aus, setzte sich und stellte auf das andere Ende den Korb, damit der Wind die Decke nicht anheben konnte. Während sie auf Caleb wartete, beobachtete sie Leute. Der Park war voller Familien, und auf den Gehwegen fuhren Inlineskater.

Eine Mutter warf ihrem strahlenden Kleinkind einen Ball zu, und sie amüsierten sich beide über die Possen des Kindes. Vicki lächelte, bis ihr Blick auf den Mann fiel, von dem sie annahm, er sei der Vater.

Er saß in der Nähe und telefonierte mit einem Handy. Neben ihm lag eine offene Aktentasche. Ab und zu blickte die Frau zu ihm, als wollte sie ihn auffordern, doch an dem Spaß teilzuhaben, den sie hatten, doch er nahm sie und das Kind kaum wahr.

Ein Schatten verdunkelte die Decke, und Caleb setzte sich eine Sekunde später neben Vicki auf die Decke. Er hatte einen Pizzakarton dabei, Mineralwasser in Dosen und ein in Folie gewickeltes Päckchen, das nach Knoblauchbrot aussah. „Was findest du denn so interessant?", wollte er wissen.

„Nichts." Sie sah weg, aber er war ihrem Blick schon gefolgt. Keiner sagte ein weiteres Wort, als Vicki die Pizzaschachtel öffnete und den Deckel so abstützte, dass der Wind keinen Sand auf das Essen wehen konnte. Danach wickelte sie das Knoblauchbrot aus, und Caleb öffnete zwei Getränkedosen.

Erst als sie angefangen hatten zu essen, fragte Caleb: „Hast du Angst, das könnte auch mit uns passieren?"

Vicki konnte nicht anders, sie musste ehrlich sein. „Ja. Aber ich weiß, dass du dich bemühst, Liebling. Ich meine, wir verbringen zusammen dieses ganze Wochenende."

„Ein Wochenende in mehreren Monaten wird nicht reichen, nicht wahr, Vicki?" Er schaute sie so intensiv an, als wollte er bis in ihre Seele blicken.

„Ein kleines Kind wie das dort drüben bekommt vielleicht noch nicht so viel mit", erwiderte sie leise. Wenn Caleb dieses Thema schon anschnitt, wollte sie darüber auch mit ihm sprechen. „Aber ein Kind, das schon in die Schule geht, das im Fußball- oder Hockeyteam spielt, merkt es, wenn sein Vater keine Zeit hat."

Sie legte sich ein zweites Pizzastück auf den Teller und trank einen Schluck Wasser. „Ich habe meine Eltern an jedem einzelnen Tag vermisst, an dem sie nicht da waren. Ich war nicht sehr aktiv beim Sport, aber ich habe im Schulorchester Flöte gespielt."

Sie ließ zu, dass sie sich an die Vergangenheit erinnerte, an das Mädchen, das jedes Mal voller Hoffnung die Gesichter der Zuschauer abgesucht hatte. Am liebsten hätte sie diese Erinnerung erneut verdrängt, doch für ihr ungeborenes Kind musste sie sich damit auseinandersetzen.

„Ab und zu gaben wir ein Konzert. Großmutter war immer anwesend, aber sie war nicht so wie die Mütter und Väter, die mit ihren Videokameras jeden Augenblick festhielten. Ihren Kindern war das manchmal vielleicht peinlich, aber ihnen wurde dadurch gezeigt, dass sie geliebt wurden."

Vicki strich eine Haarsträhne zurück. „Ada Wentworth kam, damit niemand sagen konnte, sie würde ihr Enkelkind vernachlässigen." Sie beugte sich vor und berührte Calebs Wange. „Ich möchte nicht, dass sich unser Kind als Verpflichtung vorkommt. Ich möchte nicht, dass unser Kind denkt, du wärst nur unter den Zuschauern, weil ich dich gezwungen habe zu kommen, während du eigentlich lieber etwas wirklich *Wichtiges* machen würdest."

Caleb stellte seinen Teller beiseite, nahm ihre Hand und setzte sich ganz nahe neben Vicki. Sein Gesicht war dem Meer zugewandt. „Die Arbeit ist ein Teil von mir", sagte er. „Ich könnte sie nie als bloße Nebenbeschäftigung betrachten."

„Das weiß ich." Sie wünschte, sie würde verstehen, warum es wichtig für ihn war, immer besser sein zu wollen als der Beste. Das hatte etwas mit seiner Familie zu tun, aber Caleb hatte sich immer geweigert, darüber zu reden. Vicki wusste nur, dass er sich etwas beweisen musste und es niemandem gestattete, ihn daran zu hindern. Nicht einmal seiner Frau.

Caleb war viel zu dickköpfig, als dass Vicki versucht hätte, dagegen anzukämpfen, aber vielleicht war die Zeit dafür bald reif. Jetzt stand nicht mehr länger nur ihr Glück allein auf dem Spiel. „Ich erwarte gar nicht, dass du deine Arbeit vernachlässigst. Ich möchte lediglich, dass du in deinem Leben Raum für dein Kind schaffst. Echten Raum, nicht einen Augenblick hier und dort."

Caleb sagte darauf nichts, doch er hörte zu. Das war zwar nicht genug, aber es war immerhin ein Anfang.

Die sinnlichen Momente, die am Freitag begonnen hatten, setzten sich das ganze Wochenende über fort. Dabei ging es nicht so sehr um die körperlichen Freuden, die Vicki und Caleb sich gegenseitig lernten zu schenken, sondern die Emotionen, die hinter dem Wunsch standen, einander zu erfreuen. Diesmal waren sie entschlossen, es richtig zu machen. Im Bett und auch außerhalb.

Der einzige schwierige Punkt tauchte auf, als sie am Sonntagabend nach dem Abendessen entspannt Kaffee trinken wollten und das Telefon läutete. Caleb ging, um den Anruf entgegenzunehmen.

Eine Sekunde später verblasste Vickis Lächeln. „Ja, Lara, natürlich bin ich es."

Vicki stellte die Zuckerdose zurück auf den Tisch und ging zu Caleb. Sie berührte seine Schulter und streckte die Hand nach dem Hörer aus. Ihre Blicke trafen sich, und Caleb schüttelte den Kopf. Sie wusste, warum. Er wollte Vicki nicht belasten.

Sein Bedürfnis, sie zu schützen, ärgerte sie nicht mehr. Sein Beschützerinstinkt war inzwischen zu einem wertvollen Geschenk geworden und zu einem Zeichen, wie viel sie ihm bedeutete.

Sie nahm Caleb den Hörer aus der Hand und hielt ihn sich ans Ohr. Lara war gerade in Fahrt geraten und redete ohne Unterbrechung.

„Lara, hier ist Vicki."

Es entstand eine Pause. „Warum bist du am Telefon? Wo ist Caleb?"

„Er wollte, dass ich dir die freudige Nachricht mitteile." Vicki war ärgerlich darüber, dass Lara ihr schönes Wochenende störte. Ihre Geduld hing an einem seidenen Faden.

„Was?"

Vicki warf Caleb einen finsteren Blick zu, als er ihr den Hörer wegnehmen wollte. „Ich bin schwanger. Ist das nicht wundervoll?" Bei ihrem Ton hob Caleb die Augenbrauen, aber er versuchte nicht länger, ihr den Hörer abzunehmen.

Eine weitere Pause entstand, und Vicki hatte den Eindruck, dass Lara jemand anderem die Neuigkeit mitteilte. „Gratuliere. Hast du es gerade erst herausgefunden?"

„Nein. Wir wissen es schon eine Weile."

„Danke, dass du es uns erzählst." Das klang sarkastisch.

Vicki lächelte und schlug dann einen zuckersüßen Ton an. Schließlich hatte sie von einer wahren Meisterin gelernt, wie man Sarkasmus mit den eigenen Waffen schlug. „Nun, Tatsache ist, Lara, dass du dich nie nach uns erkundigst, wenn du anrufst. So haben wir schlecht die Möglichkeit, unsere Neuigkeiten mit dir zu teilen."

Lara schwieg eine Weile. Anscheinend überlegte sie, ob ihre normalerweise sehr zuvorkommende Schwägerin jetzt bissig war. „Hör mal, gib den Hörer einfach wieder Caleb."

„Ich fürchte, er kann gerade nicht ans Telefon kommen." Sie lehnte sich an ihn und schlang einen Arm um seine Taille. Er fing an, mit ihrem Haar zu spielen, ein Zeichen, dass er ihr das Gespräch überließ.

Ermutigt fuhr Vicki fort: „Er ist damit beschäftigt, für unser Kind Geld zu verdienen. Wir müssen wirklich von Anfang an für eine Ausbildung sparen, findest du nicht?" Eine ziemlich lange Pause entstand, während der Vicki im Hintergrund Geflüster hörte. Sie wusste genau, wer Lara soufflierte, was sie sagen sollte.

„Er ist mein Bruder."

Ein raffinierter Schachzug, dachte Vicki. „Und er ist der Vater meines Kindes", erwiderte sie sanft und sonnte sich in dem Gefühl, dass Caleb nun hinter ihr stand.

Trotz all der Schwierigkeiten, die sie in der Vergangenheit gehabt hatten und obwohl er seine Arbeit über alles anderes stellte, hatte er ihr deutlich gemacht, dass sie für ihn zählte. Sie zählte so viel, dass sie es wert war, um sie zu kämpfen. Noch nie zuvor hatte jemand sich so viel aus ihr gemacht.

Caleb wurde unruhig, und Vicki war klar, dass er versuchen würde, das Gespräch doch wieder zu übernehmen. Nun, sie vergötterte ihn, aber manchmal trieb er sie zum Wahnsinn. Sie schob ihn weg und gab ihm ein Zeichen, er solle sich raushalten.

„Du kannst mich nicht davon abhalten, mit meinem Bruder zu sprechen", Lara erhob die Stimme.

„Das würde ich nie versuchen." Vicki beschloss, deutlicher zu werden. „Solange du ihn nicht unglücklich machst, wenn du anrufst, kannst du gern mit ihm reden. Kannst du das akzeptieren?"

Eine ganze Weile lang herrschte Schweigen, dann ertönte das Freizeichen. Vicki seufzte und hängte den Hörer auf. „Sie hat aufgelegt."

Caleb nahm Vicki in die Arme. „Ich will nicht, dass du dich mit meiner Familie abgibst. Sie können so ..."

„Nein, Caleb." Sie sah zu ihm auf. „Ich meinte, was ich gesagt habe. Von jetzt an kämpfen wir für den anderen. Halt mich nicht davon ab. Ich bin stark genug, um dich zu unterstützen."

Er sah sie mit offenkundigem Stolz an. „Du bist verflixt sexy, wenn du aufgebracht bist, Mrs. Victoria Elizabeth Callaghan."

Sie lachte. „Oh nein, zuerst trinken wir unseren Kaffee und dann unterhalten wir uns." Um ihre Worte in die Tat umzusetzen, schenkte sie zwei Tassen ein. Caleb streichelte sie und küsste sie auf den Hals, bis sie ihn endlich in einen Stuhl schob, den Kaffee vor ihm auf den Tisch stellte und meinte: „Benimm dich."

Er grinste und trank einen Schluck.

Vicki schüttelte den Kopf und lehnte sich neben seinem Stuhl gegen die Tischkante. „Ich verstehe nicht, weshalb deine Familie so unfreundlich zu dir ist. Ich weiß, du hast einen völlig anderen Weg gewählt als sie. Aber unabhängig von ihren philosophischen Problemen mit dem Kapitalismus, sollte man doch annehmen, dass sie stolz auf dich sind. Sogar meine Großmutter ist von deinen Leistungen beeindruckt, und sie ist der strengste Kritiker, den ich kenne."

Caleb merkte, wie sich seine Nackenmuskulatur verspannte. „Mag schon sein." Die Unterhaltung nahm eine Richtung, die ihm nicht gefiel.

Vicki berührte seine Wange und forderte ihn damit auf, sie anzusehen. „Da steckt mehr dahinter, nicht wahr?"

„Komm schon, Liebling, wir wollen uns entspannen und uns einen schönen Abend machen." Er nahm seine Tasse und überlegte, ob Vicki wohl wusste, wie hübsch sie in ihrem pinkfarbenen Pullover und der Jeans aussah. „Ich will jetzt nicht über meine Familie diskutieren."

Eigentlich erwartete er, dass Vicki das Thema nun fallen lassen würde. Schlafende Hunde sollte man nicht wecken. Aber er hatte vergessen, wie sehr sich die Dinge inzwischen geändert hatten.

„Nein, du musst jetzt mit mir reden", erklärte sie und streichelte weiter seine Wange.

„Da gibt es nichts zu reden."

Sie ließ die Hand sinken. „Warum bist du dann verärgert?"

„Ich bin nicht verärgert." Er stellte seine Tasse ab und legte eine Hand auf Vickis Bein.

Sie warf ihm einen skeptischen Blick zu, stellte die eigene Tasse weg und stieß sich vom Tisch ab. Er glaubte wohl, sie gab sich geschlagen. Rasch schwang sie ein Bein über ihn und setzte sich rittlings auf seinen Schoß. „Sprich mit mir."

„Vielleicht gibt es da Dinge, über die ich nicht reden möchte." Er hatte seine Vergangenheit hinter sich gelassen. Es gab keinen Grund, alles wieder ans Tageslicht zu zerren. Nicht jetzt. Nicht wenn ihr gemeinsames Leben gerade schön wurde.

„Sag mir, warum sie dich so behandeln." Sie runzelte die Stirn, als er sie von seinem Schoß hob, aufstand und zur Kaffeemaschine ging, um sich demonstrativ eine neue Tasse einzuschenken. „Du darfst dich nicht verschließen, wenn du dich so fühlst, Caleb."

Er wurde ärgerlich. Gereizt stellte er seine Tasse auf die Anrichte und drehte sich zu Vicki um. „Du erklärst mir, dass ich mich verschließe? Und was ist mit dir?" Das sagte er, um sich zu verteidigen und von sich abzulenken, obwohl er sich insgeheim schämte, diese Taktik bei Vicki anzuwenden.

In Wahrheit wollte er nicht über den Grund sprechen, weshalb Max ihn hasste und seine Mutter ihn kaum duldete. Deshalb lenkte er jetzt die Aufmerksamkeit lieber auf seine Frau. Trotzdem stimmte es, was er sagte.

Caleb sah wütender aus, als Vicki ihn jemals erlebt hatte. Bisher hatte er auch während ihrer vielen Auseinandersetzungen niemals die Beherrschung verloren. Aber jetzt schienen seine Augen Funken zu sprühen. Sie verstand bloß nicht warum.

„Ich?" Es verletzte sie, dass er jetzt ihre sexuelle Unzulänglichkeit aufs Tapet brachte, wo sie doch gerade geglaubt hatte, er würde anfangen, die Gründe für ihr Verhalten zu verstehen. „Ich weiß, ich bin nicht gut im Bett, aber ..."

Mit einer Handbewegung unterbrach er sie. „Ich rede nicht von Sex."

„Worüber dann?" Seine Bemerkung verwirrte sie, aber sie ließ sich nichts anmerken. Caleb war ein guter Mann, aber er war auch sehr starrsinnig und wollte sich immer durchsetzen. Trotzdem würde sie sich nicht mehr überrollen lassen. Das letzte Mal, als sie das zugelassen hatte, war beinahe ihre Ehe zerstört worden.

„Meine Güte, Vicki." Er fuhr sich mit der Hand durch das von ihren Liebesspielen sowieso schon zerzauste Haar. „Weißt du eigentlich, wie hart es ist, durch diese Schale zu kommen, in der du dich verkrochen hast?" Er schüttelte den Kopf. „Du bist wie eine dieser verflixten Einsiedlerkrabben. Jedes Mal, wenn ich zu viel frage, ziehst du dich in deinen schützenden Panzer zurück." Er wirkte richtig aufgewühlt. „Hast du eine Ahnung, wie es ist, mit einer Frau zusammenzuleben, die so mir nichts dir nichts einfach abblockt? Das bringt einen um."

„Das stimmt nicht. Ich habe immer versucht, dir auf halbem Weg entgegenzukommen."

Seine Worte waren hart, schonungslos und sehr deutlich, und unwillkürlich trat Vicki einen Schritt zurück. Zum Teil war sie sich gar nicht sicher, ob sie die Stärke besaß, sich mit Caleb auseinanderzusetzen, wenn er so war wie jetzt. Ein anderer Teil in ihr erkannte, dass nun genau die Situation eingetreten war, für die sie gekämpft hatte. Sie hatte einen Ehemann gewollt, der sich nicht zurückhielt, aus Sorge, sie käme nicht mit seinen Gefühlen zurecht.

„Ich weiß nicht, was deine Familie dir angetan hat", sagte er, „aber du hast Narben davongetragen, auch wenn du das nicht zugeben willst. Du hast so viel Angst, jemand an dich heranzulassen, dass du lieber allein bleibst."

„Das ist eine Lüge!", entgegnete sie. „Ich kämpfe für uns."

„Wirklich? Wenn ich dir Fragen stelle, die du nicht beantworten willst, und dich bitte, dich mit Dingen auseinanderzusetzen, mit denen du nicht konfrontiert werden willst, was wirst du dann tun?" Ein harter Zug lag um seinen Mund. „Du wirst dich verkriechen, dich mit aller Macht beherrschen und am nächsten Morgen wirst du mich anlächeln, als wäre nichts passiert."

Sie zitterte so heftig, dass sie nichts darauf erwidern konnte. Vielleicht war das früher so gewesen, aber jetzt nicht mehr. „Ich bin zu dir gekommen", erinnerte sie ihn und dachte dabei an die Nacht, als sie ihn gezwungen hatte, ihr zuzuhören, obwohl er wütend gewesen war.

„Es reicht nicht, wenn du einmal kurz dein Herz öffnest und meinst, damit hättest du deine Pflicht erfüllt."

„Ich verstehe nicht."

Er stemmte die Hände in die Hüften. „Jetzt, wo wir glücklich im Bett sind, denkst du, dass du dich wieder in dein kleines Schneckenhaus zurückziehen kannst, wo du dein eigenes Leben lebst und dich nicht mit der Tatsache abgeben musst, dass du vielleicht angreifbar wirst, wenn du dich auf die Bedürfnisse einer anderen Person einlässt."

Diese Worte rissen sie aus ihrer Erstarrung. „Wie kannst du so etwas sagen? Du weißt, wie sehr mich der Gedanke gequält hat, ich könnte dir nicht geben, was du brauchst. Wenn ich wirklich so verschlossen wäre, hätte ich das nicht empfinden können!" Sie schrie, was bei ihr eigentlich niemals vorkam.

Er ballte die Hände zu Fäusten. „Aber du hast das nicht gezeigt, als es darauf ankam, oder? Du hast nicht mit mir darüber geredet. Du hast die Wunde gären lassen, bis die Scheidung der einzig mögliche Ausweg zu sein schien!"

Sie wollte widersprechen, aber sie konnte nicht. Er hatte recht. Sogar jetzt noch hatte sie Geheimnisse – schändliche, schmerzliche Geheimnisse. Sie bemühte sich, nicht daran zu denken, versuchte die Vorstellung, was Caleb mit Miranda getan hatte, hinter sich zu lassen. Doch seine Untreue hatte sie so stark verletzt, dass sie tief im Innern nicht damit fertig wurde. Trotzdem schaffte sie es nicht, darüber zu sprechen, konnte es nicht über sich bringen, ihr Herz zu öffnen und über den Schmerz zu reden, der sie quälte.

„Über wie viele Dinge wirst du nie mit mir sprechen, weil sie zu schlimm sind, um sich damit auseinanderzusetzen?" Er blickte ihr direkt in die Augen. „Weißt du, was mich wirklich verrückt macht? Das hat nichts mit unseren Schwierigkeiten im Bett zu tun."

„Womit dann?", fragte sie, obwohl sie Angst hatte, die Antwort zu hören.

„Eine Ehe beruht auf Vertrauen, Vicki, und auf gegenseitiger Unterstützung. Eine Ehe ist eine Partnerschaft, aber du bist nur bereit, dich auf die Teile einzulassen, die dir in den Kram passen. Es fällt dir leicht, dich auf meine Probleme zu konzentrieren, denn dann brauchst du nicht auf deine Ängste zu schauen."

Vicki brachte kein Wort heraus. Mit jedem weiteren Wort zerstörte Caleb die Schutzmechanismen, die ihr geholfen hatten, ohne Mutter und Vater und ohne Liebe und Aufmerksamkeit aufzuwachsen.

„Du fragst mich nach meiner Familie, aber wann hast du je über deine gesprochen?", fuhr Caleb fort. „Letztes Jahr hat Danica uns besucht, und du hast anschließend eine Woche lang geweint, ohne mir zu sagen, warum." Seine Stimme überschlug sich. „Glaubst du, ich weiß nicht, wie viel du mit dir herumschleppst? Wie viel du versteckst, damit du nicht zugeben musst, wie sehr du verletzt bist?"

Ihre Kehle brannte. „Bin ich so schwach?", flüsterte sie. „Habe ich so viel Angst vor der Vergangenheit?" Erschrocken bedeckte sie ihren Mund mit den Händen.

Die Seelenqual in ihrem Blick entsetzte Caleb, und er bekam ein furchtbar schlechtes Gewissen. Trotzdem war er nicht bereit, jetzt einen Rückzieher zu machen. Näher war sie nie davor gewesen, über ihre Geheimnisse zu sprechen. „Du bist nicht schwach." Er ging zu ihr und nahm die Hände von ihrem Mund.

„Aber ich habe Angst, Caleb. Schreckliche Angst."

„Wovor denn, Liebling?" Er gab sich genauso viel Schuld an ihrer Situation. Er hatte ihr geholfen, sich zu verstecken und sich von allem zurückzuhalten, was vielleicht zu viel für sie hätte sein können. Er war sogar so weit gegangen, seine Bedürfnisse nur deshalb einzuschränken, weil er befürchtete, sie könne nicht damit umgehen.

Sexuell fingen sie gerade an, miteinander klarzukommen. Doch wie stand es mit der emotionalen Seite? Innerlich war der Abstand zu Vicki immer noch viel zu groß. Sie war viel zu argwöhnisch, um sich ihm zu öffnen. Alle Liebkosungen der Welt konnten die Tatsache nicht aus der Welt schaffen, dass sie ihm noch nie gesagt hatte, sie liebe ihn.

Er pflegte ihr Liebeserklärungen ins Ohr zu flüstern, aber sie hatte das noch nie bei ihm getan. Diesmal würde er sein Herz nicht wieder aufs Spiel setzen. Nicht, ohne dass sie dasselbe Risiko einging. Vicki musste sich von der Vergangenheit lösen. „Wovor hast du Angst?", wiederholte er, als sie schwieg.

„Davor, erneut weggeworfen zu werden."

Diese leise ausgesprochenen Worte dämpften seinen Ärger. Er zog Vicki an sich, und sie legte zitternd die Arme um seine Taille. „Davor brauchst du nie wieder Angst zu haben", stieß er aus. „Nie wieder, hörst du?"

Sie antwortete nicht, sie klammerte sich einfach nur an ihn. Caleb küsste ihr Haar und bemühte sich, Vicki zu beruhigen. „Ich werde dich nie verlassen." Sein Ton duldete keinen Widerspruch. „Ich halte meine Versprechen, und an unserem Hochzeitstag habe ich dir versprochen, für immer zu dir zu halten."

Vicki hatte das Gefühl, ihre Kehle sei zugeschnürt. Sie musste sich richtig anstrengen, zu sprechen. „Ich habe nicht gewusst, wie viel Angst ich habe. Solange ich mich nicht mit der Angst beschäftigt habe, habe ich nicht darüber nachgedacht, dass meine Eltern mich verlassen haben."

„Auf ihre Art haben sie sich um dich gekümmert." Er hatte Gregory und Danica kennengelernt und wusste, wovon er redete. „Die beiden eignen sich einfach nicht als Eltern."

„Wie konnten sie mich einfach so allein lassen?" Ihre Stimme brach. „Mich einfach bei Ada lassen und wegfahren, um ein neues Leben zu beginnen. Wie ein Haustier, das man nicht mehr haben will und ins Tierheim bringt. Wie konnten sie das nur tun, Caleb?"

Tränen stiegen ihm in die Augen, doch er wehrte sich dagegen. Am liebsten hätte er Vickis Problem für sie bewältigt. Aber er konnte nichts anderes tun, als sie zu ermutigen, ihren Schmerz und ihre Wut herauszulassen.

Nach einer Ewigkeit, wie es schien, sprach Vicki weiter. „Meine Mutter hat mich oft ihren kleinen Engel genannt. Ich erinnere mich daran, wie ich neben ihr an ihrem Toilettentisch saß und ihr dabei zusah, wie sie Make-up auflegte. Damals hielt ich sie für die schönste Frau der Welt." Ihre Stimme klang tief bewegt. „Sie erzählte mir, ich würde genau wie sie werden und wenn die Zeit reif wäre, würde sie mir zeigen, wie ich mich noch hübscher machen könnte, als ich sowieso schon wäre. Manchmal pinselte sie ein wenig Nagellack auf meine Zehennägel, und ich kam mir dann sehr erwachsen vor."

Caleb streichelte ihr seidiges Haar.

„Dann, eines Tages packte sie meine Sachen, brachte mich zu Adas Haus und winkte mir zum Abschied zu. Mein Vater war bereits Monate vorher gegangen. Ihm hatte ich nie so nahegestanden, deshalb war das nicht so schlimm gewesen. Nach einer Weile hatte ich mich daran gewöhnt. Schließlich hatte ich ja immer noch meine Mutter, und Mütter ließen einen nicht allein.

Lange Zeit glaubte ich, sie würde zurückkommen. Ich saß meistens vor dem Haus auf der Treppe und wartete auf sie." Vicki bewegte sich, und Caleb lockerte seine Umarmung. Als sie die Hände hob, um sich die Tränen abzuwischen, schüttelte er den Kopf und erledigte das für sie. Ihre Lippen zitterten, als Vicki versuchte zu lächeln.

„Liebling", begann er. Der Anblick ihres tränennassen Gesichtes erschütterte ihn. „Genug ist genug." Er hasste sich dafür, dass er sie in diesen Zustand gebracht hatte, während er selbst seine dunklen Geheimnisse versteckte. Was war er bloß für ein Feigling! Hatte er nicht geschworen, seine Frau zu beschützen?

Statt auf ihn zu hören, berührte Vicki mit einer liebevollen Geste sein Kinn und fuhr fort: „Nach zwei Monaten hatte Ada schließlich genug und erklärte mir, meine Mutter sei eine Hure und würde nicht zurückkommen. Sie wäre viel zu sehr damit beschäftigt, die Beine für ihren neuen Liebhaber breit zu machen, als sich um ihr Kind zu kümmern."

Caleb war fürchterlich wütend. Seine Hand zitterte, als er Vickis Wange streichelte. „Sie ist eine verbitterte alte Frau, der man niemals ein Kind hätte anvertrauen dürfen. Lass nicht zu, dass ihre Worte dein Leben vergiften."

Vicki, die sowieso nur mit Mühe ruhig geblieben war, brach unter seinen Worten völlig zusammen. Sie schluchzte und fing an, mit ihren Fäusten gegen seine Brust zu hämmern. „Aber meine Mutter hat mich dort allein gelassen! Sie wusste genau, wie Ada ist, und trotzdem hat sie mich bei ihr gelassen. Manchmal hasse ich Mutter so sehr, dass ich Angst bekomme."

Sie sank in sich zusammen. Wenn Caleb sie nicht festgehalten hätte, wäre sie auf den Boden gefallen. Doch er hielt sie fest, während sie bitterlich weinte.

10. KAPITEL

Vicki erwachte im Dunkeln. Sie blinzelte und stöhnte, als ihr klar wurde, dass sie sich allein im Schlafzimmer befand. Ihre Nase war verstopft, ihre Augen waren trocken, und ihr Mund fühlte sich an, als wäre er mit Baumwolle gefüllt. Sie rieb sich kurz mit den Händen über das Gesicht, setzte sich langsam auf und stolperte schließlich ins Badezimmer.

„Ich sehe schrecklich aus", sagte sie zu ihrem Spiegelbild, nachdem sie sich kaltes Wasser ins Gesicht gespritzt hatte.

„Du bist wunderschön." Diese leise Bemerkung ließ sie herumwirbeln. Caleb stand im Türrahmen. Er trug seine dunkelgraue Lieblingsjogginghose.

„Wo warst du?"

„Ich habe im Gästezimmer gearbeitet." Er wies mit dem Kopf in die Richtung. „Ich wollte nicht, dass du allein bist, wenn du aufwachst."

Vicki hielt sich am Waschbeckenrand fest. Eigentlich wollte sie nicht, dass er sie in diesem Zustand sah. Sie fühlte sich unsicher und war sehr empfindlich.

Calebs Worte fielen ihr wieder ein. *„Du wirst dich verkriechen, dich mit aller Macht beherrschen und am nächsten Morgen wirst du mich anlächeln, als wäre nichts passiert."*

Mit einer langjährigen Gewohnheit zu brechen war verflixt schwer. „Ich fühle mich, als wäre mein Innerstes nach außen gekehrt." Das war eine ehrliche Aussage.

„Das hast du ja auch getan." Caleb trat hinter sie und legte die Hände auf ihre Schultern. Ihre Blicke trafen sich im Spiegel. „Baby, du hast mir richtig Sorgen gemacht. Da ist so viel Wut, so viel Schmerz in dir." Der Kosename „Baby", den er nur selten benutzte, verriet ihr, wie betroffen er war. „Das hast du alles mit dir herumgeschleppt, seit du vier Jahre alt warst. Kein Wunder, dass dich das belastet hat." Er schlang die Arme um sie.

„Und dich ebenfalls", sagte sie leise und berührte eine seiner Hände.

Er küsste sie auf die Wange. „Wir werden das beide durchstehen. Wir sind keine Feiglinge."

Nicht wie deine Eltern. Dieser Satz wurde nicht laut ausgesprochen, aber er hing im Raum. „Ich bin nicht so stark, wie du glaubst", gab sie zu.

„Ich glaube, das kann ich besser beurteilen als du." Er stand immer noch hinter ihr, und Vicki spürte seine Wärme. „Du bist zu der Frau geworden, die du bist, obwohl Ada mit aller Macht versucht hat, deinen Willen zu brechen. Für mich bist du ein echtes Wunder."

Diese Worte waren wie ein kostbares Geschenk für Vicki. „Bis der Tod uns scheidet", zitierte sie das Ehegelübde.

Zu ihrer Überraschung lachte Caleb. „Falls du glaubst, ich würde dich vorher gehen lassen, irrst du dich."

Vicki lächelte nun auch wieder. Sie drehte sich in Calebs Armen um und schmiegte sich an ihn. Er war ihr Mann und ihre Stärke, selbst wenn er irgendwo auch ihre größte Schwäche war. Allmählich wurde es Zeit, vor der Wahrheit nicht mehr zu flüchten, sondern anzunehmen, was sich daraus für die Zukunft ergab.

Später am Tag entschied Vicki, dass es noch etwas gab, was zu Ende gebracht werden musste. Sie fand Caleb in der am Haus angrenzenden Garage, wo er das Öl in ihrem Auto wechselte. Zu ihrer Überraschung hatte er sich den Montag freigenommen, um bei ihr zu sein. Sie beobachtete ihn eine Weile und stellte wieder einmal fest, dass Caleb selbst in einer alten Jeans, die ihm fast von der Hüfte rutschte, und mit einem Schmierölstreifen quer über der Brust unglaublich sexy aussah.

„Kannst du mir mal den Lappen da geben, Liebling?", fragte er, als er unter der Motorhaube vorkam.

Sie reichte ihm das Gewünschte und sah zu, wie er sich die Hände abwischte. Als sich seine Lippen langsam zu einem Lächeln verzogen, wusste sie, was er im Sinn hatte. Doch sie schüttelte den Kopf und trat einen Schritt zurück. „Oh nein, nicht bis wir beendet haben, womit wir letzte Nacht angefangen haben."

Er runzelte die Stirn. „Ich finde, du hast für mindestens eine Woche genug gelitten."

Mutig unternahm Vicki den nächsten Schritt. „Nun, ich habe meine Karten auf den Tisch gelegt. Was ist mit deinen?" Eine leise Stimme in ihr sagte zwar, dass es einen wunden Punkt in ihr gab, über den noch nicht einmal ansatzweise gesprochen worden war. Doch sie ignorierte diese Stimme.

Nach allem, was Caleb gestern zu ihr gesagt hatte, hatte Vicki keine Zweifel mehr, dass Miranda aus seinem Leben verschwunden war. Dieses Wochenende in Wellington war ein Fehler von ihm gewesen, den Vicki irgendwie verstehen konnte, auch wenn es wehtat. Jetzt musste sie darunter einen Schlussstrich ziehen und um ihrer Ehe willen die Sache wirklich vergessen.

Caleb schloss die Motorhaube. „Da gibt es nichts zu bereden."

Sie streckte die Hand aus und berührte seinen Rücken. „Bitte, Caleb."

Er fühlte sich in die Ecke gedrängt. Unwillig drehte er sich um und unterbrach dadurch den Kontakt. „Geht es hier um eine Art Handel? Du redest, und dann muss ich ebenfalls reden?" Wie ein verletztes Tier reagierte er instinktiv, ohne an den Schaden zu denken, den er damit vielleicht anrichtete. Er verhielt sich wie das Kind in ihm, das man auf eine Weise verletzt hatte, wie ein Kind niemals verletzt werden sollte. Dieser Teil in ihm wollte einfach nicht länger leiden.

Vicki wich zurück, als hätte er sie geschlagen. „Eigentlich wollte ich dir nur helfen, so wie du mir geholfen hast." Unwillkürlich erstarrte sie. „Aber offensichtlich kenne ich die Regeln nicht. Tut mir leid, dass ich so dumm war, zu glauben, wir würden endlich eine ehrliche Partnerschaft führen." Sie biss die Zähne zusammen und wandte sich ab, um wegzugehen.

Seine Verletzungen schmerzten, doch der Drang, Vicki vor Leid zu beschützen, war stärker. Besonders wenn er selbst die Ursache für ihren Kummer war. Das galt auch, wenn er befürchten musste, sie würde sich für ihn schämen. Sein schlimmster Albtraum war, Vickis Respekt zu verlieren. Aber das war keine Entschuldigung für die grobe Art und Weise, wie er sie gestern und heute zurückgewiesen hatte.

Er hielt sie am Handgelenk fest. „Liebling, nicht."

„Was soll ich nicht? Etwa mehr von dir erwarten, als du bereit bist zu geben?", fragte sie, ohne ihn anzusehen. „Dich nicht bitten, mir zu vertrauen?"

Er lehnte sich gegen das Auto und zog Vicki zwischen die Beine. Endlich schaute sie ihn an, doch ihr Blick drückte mehr Ärger als Traurigkeit aus. Sanft streichelte er ihren Arm. „Kannst du einfach akzeptieren, dass es Abschnitte in meinem Leben gibt, über die ich auf gar keinen Fall reden will?" Das war ein letzter verzweifelter Versuch, sich zu retten.

„Konntest du das bei mir akzeptieren?", entgegnete sie. „Was wäre gewesen, wenn ich dir gesagt hätte, Caleb, hier sind die Teile meines Lebens, die ich mit dir teile. Aber diese Teile dort drüben, die schmerzlichen und schrecklichen, über die wirst du nichts erfahren." Sie verschränkte die Arme. „Hätte ich das letzte Nacht sagen sollen? Hätte ich mich wieder in das Schneckenhaus verkriechen sollen, das du so hasst?"

Ihre harten Worte trafen ihn mitten ins Herz. „Früher warst du nicht so auf Konfrontation aus."

„Willst du diese Frau zurück?"

„Machst du Scherze? Diese Frau hat kaum mit mir geredet." Auch wenn man ihm das nicht anhörte, Caleb hatte Angst. Was wäre, wenn Vicki ihn nie wieder wirklich achten würde?

Endlich lächelte sie. „Wann hast du gelernt, charmant zu sein?"

Das hatte ihm bisher noch nie jemand vorgeworfen. „Als ich herausgefunden habe, dass du nicht genug von mir bekommen kannst", konterte er. Insgeheim sagte er sich, er müsse Vertrauen in seine Frau haben – sie würde niemals auf ihn herabsehen. Aber im Augenblick fühlte sich gerade nicht der Erwachsene in ihm angesprochen, sondern der verletzbare Junge, der immer behandelt wurde, als wäre er etwas Schmutziges.

Ihr Lachen erfüllte die Garage und ließ die gereizte Stimmung verfliegen, die noch wenige Augenblicke zuvor geherrscht hatte. Das machte ihm Hoffnung. „Sprich mit mir, Caleb. Wenn ich nicht alles von dir weiß, habe ich immer das Gefühl, ich hätte dich im Stich gelassen. Aber das will ich nicht mehr."

Endlich gab Caleb sich einen Ruck und begann zu erzählen, was er noch nie jemandem erzählt hatte. „Du hast meine Eltern kennengelernt. Du hast gesehen, wie sie leben, und kennst ihre Philosophie."

„Kunst ist alles und Regeln sind für andere Leute", fasste Vicki Max' und Carmens Motto zusammen.

„Einschließlich der Regeln über Treue in der Ehe." Caleb merkte, dass Vicki langsam anfing zu begreifen. „Bevor ich unterwegs war, führten sie eine offene Ehe."

„Sie hatten beide andere Partner?" Vicki starrte ihn schockiert an. Ihre Einstellung zu Treue und Loyalität war etwas, was Caleb sehr an ihr bewunderte. Sie hatte eine Scheidung vorgeschlagen, aber er war absolut sicher, dass sie niemals daran gedacht hatte, ihn zu betrügen.

So stark war er selbst nicht gewesen. Enttäuscht von ihrer offensichtlichen Abneigung, mit ihm intim zu sein, hatte er einmal mit dem Gedanken gespielt, sich eine Geliebte zu nehmen. Damit hatte er sich beweisen wollen, dass er begehrenswert war. Zum Glück war es nie dazu gekommen.

„Ja", bestätigte er. „Meine Mutter war schwanger, während sie mit Max und einem anderen Mann zusammen war ... gleichzeitig. Sie hatte keine Ahnung, wer der Vater war, bis ich geboren wurde." Caleb schluckte. Tief im Innern schämte er sich immer noch für das, wofür eigentlich seine Eltern verantwortlich waren. „Max war sehr verständnisvoll und unterstützte meine Mutter. Zumindest oberflächlich betrachtet, war alles wie immer."

„Aber?"

„Aber bald nach meiner Geburt wurde klar, dass ich nicht sein Sohn war. Unsere Blutgruppen passten nicht zusammen." Diese Entdeckung hatte die Fassade der Toleranz zerstört und dem Hass die Tür geöffnet. „Sogar als kleines Kind merkte ich, dass er meinen Anblick nicht ertragen konnte."

Niemand hätte lernen können zu akzeptieren, dass der Mann, den man als seinen Vater betrachtete, einen selbst als abscheulichen Fehler ansah. „Sie haben meinen Ursprung nie vor mir geheim gehalten, und ziemlich bald kapierte ich, warum Max mich so sehr hasste."

„Was ist mit deiner Mutter?"

„Sie musste ziemlich bald schon eine Entscheidung treffen, und sie beschloss, bei Max zu bleiben. Ich blieb ziemlich mir selbst überlassen. Es gab keine Gewalt, aber es gab auch keine Liebe." Wie oft hatte er früher ein Zimmer betreten und hatte miterlebt, dass sein Vater es verließ? Als Erwachsener verstand er nicht, wie Max ein Kind auf diese Weise hatte behandeln können, jemanden, der ihn vergöttert hätte, wenn er nur die leiseste Ermutigung bekommen hätte.

Es war bemitleidenswert, wie sehr Caleb sich nach Max' Liebe gesehnt hatte. „Mein Vater sollte stolz auf mich sein. Aber irgendwann habe ich begriffen, dass nichts, was ich unternahm, ihn jemals glücklich machen würde. Ich bin eine lebendige Erinnerung an den Liebhaber seiner Frau und daran, dass er ihre Untreue nicht bloß zugelassen hatte, sondern sogar daran beteiligt war. Nichts, was ich mache, wird die Wahrheit ausradieren."

„Oh, Darling." Vicki küsste ihn zärtlich. „Wie konnten sie das nur tun? Sie haben dir die Schuld an ihrem Verhalten gegeben. Du warst ein kleines Kind und völlig unschuldig."

Als er in Vickis blaue Augen blickte, die um seinetwillen voller Zorn waren, spürte er, wie lange verborgene Wunden aufgedeckt wurden und ohnmächtige Wut in ihm aufstieg. „Vielleicht wäre es mir besser gegangen, wenn mein biologischer Vater ein Fremder gewesen wäre. Aber das war er nicht. Zu dieser Zeit war er Max' bester Freund, und ich sehe ihm verblüffend ähnlich."

„Du kennst ihn?"

„Ab und zu kam er vorbei, um nach ‚seinem Jungen' zu sehen. Ich hasste diese Besuche, weil jedes Mal alles schlimmer wurde, wenn er ging. Max ... Ich schwöre, manchmal hat er sich gewünscht, er könnte mich umbringen, damit ich ihm nicht mehr unter die Augen käme."

„Warum bist du nicht mit deinem richtigen Vater weggegangen?"

„Mit Wade? Wade ist immer unterwegs. Er ist ein Säufer ohne feste Adresse und besitzt nichts als eine alte Gitarre. Der wahre Grund, weshalb er mich sehen wollte, war der, dass Carmen ihm immer ein bisschen Geld zugesteckt hat, wenn Max nicht hinsah. Ich habe ihn seit fast zehn Jahren nicht mehr getroffen, obwohl ich von Lara gehört habe, er würde mit jemandem unten im Süden zusammenleben."

„Was war mit Lara?"

„Das hat mir am meisten wehgetan. Als wir Kinder waren, war ich derjenige, der auf sie aufgepasst und dafür gesorgt hat, dass sie etwas zu essen bekam und ab und zu gebadet wurde. Aber als sie älter wurde und merkte, dass sie das Lieblingskind der Familie war, fing sie an, Max und Carmen nachzumachen. Irgendwann war das kein Nachmachen mehr, sondern echt."

Er hatte das Gefühl gehabt, das Herz würde ihm brechen, gerade von dem kleinen Mädchen abgelehnt zu werden, dessen Knie er hundertmal geküsst hatte, wenn es hingefallen war. Manchmal dachte er, Lara hatte ihn am stärksten verletzt. Gegen Max und Carmen war er irgendwann immun geworden. Aber Lara hatte ihn immer mitten ins Herz treffen können.

Das war also die ganze schmutzige Geschichte. Aus Lüsternheit war er gezeugt worden. Er hatte einen biologischen Vater, der ein hoffnungsloser Trunkenbold war, einen Stiefvater, der ihn verachtete, und eine Mutter, die ihn emotional ablehnte.

Trotzdem hatte er gewagt, eine Frau zu heiraten, die nichts mit der üblen Welt zu tun hatte, der er angehört hatte.

Die meiste Zeit während ihrer Ehe war er froh gewesen, dass Vicki nicht die Wahrheit über seine Herkunft wusste. Sicher, sie hatte gesehen, dass er aus ärmlichen Verhältnissen stammte, aber das Ausmaß seiner Demütigungen hatte sie nicht einmal geahnt. Sie sollte sich niemals dafür schämen, Caleb Callaghans Frau zu sein, niemals sollte der Glanz in ihren Augen verschwinden.

„Wir sind uns ähnlich", sagte Vicki leise.

Auf diese Bemerkung war Caleb nicht vorbereitet. „Wie meinst du das?"

„Ich mag der biologische Sprössling meiner Eltern sein, aber das ist bloßer Zufall. Sie haben einander regelmäßig betrogen. Großmutter hat die ganze Schuld meiner Mutter gegeben, aber ich bin nicht dumm. Ich habe gehört, worüber die Hausangestellten getuschelt haben. Mein Vater hatte schon immer eine Vorliebe für junge Sekretärinnen." Sie zuckte die Achseln. „Das einzig Gute, was man über meine Eltern sagen kann, ist, dass sie sich scheiden ließen und nicht miteinander um mich gekämpft haben."

„Dafür haben sie dich Ada überlassen." Sein Ärger auf Ada überwog kurzzeitig seine Überraschung, dass Vicki sich und ihn als ähnlich bezeichnet hatte. „Sie hätten dich besser in ein Internat geschickt. Zumindest hättest du dann nicht ständig Beschimpfungen über dich ergehen lassen müssen."

Vicki lachte plötzlich und umarmte ihn. „Danke, dass du für mich wütend bist." Doch dann wurde ihre Miene wieder ernst. „Wenn du für mich wütend sein kannst, dann darf ich auch für dich zornig sein. Ich habe eine Grenze gezogen. Wir stellen sicher, dass Laras Kinder versorgt sind, aber alles andere liegt an ihnen selbst. Ich werde nie mehr zulassen, dass sie sich benehmen, als wäre es ihr Recht, dich um Geld und Unterstützung zu bitten, nachdem sie dir so wehgetan haben."

Niemals hätte Caleb sich träumen lassen, dass seine Frau einmal sein Beschützer sein würde und seine dunkelsten Geheimnisse einfach akzeptieren würde. Diese schlichte Erkenntnis gab ihm die Chance, sich selbst anzunehmen.

Der Schmerz über die Zurückweisung durch seine Eltern würde nicht über Nacht verschwinden, aber er würde nie wieder so stark sein wie in seiner Kindheit. Er wurde von jemandem akzeptiert, der ihm viel wichtiger war als der Mann und die Frau, die vor langer Zeit ihr Recht auf seinen Respekt verloren hatten. In seinem Leben gab es jemanden, den er mit jedem Atemzug bewunderte und verehrte.

„Danke, Liebling."

Vicki schüttelte den Kopf. „Du brauchst dich nicht zu bedanken. Wir passen gegenseitig auf uns auf. Du beschützt mich vor Queen Ada, und ich beschütze dich vor Max, Carmen und Lara. Abgemacht?"

Er musste lachen, weil sie den Spitznamen benutzte, den er für ihre Großmutter erfunden hatte. Mit Sicherheit war auch Vicki innerlich noch aufgewühlt. Doch gleichzeitig wünschte sie sich, dass er glücklich war. Wie sollte man nach so einer Frau nicht verrückt sein? „Abgemacht."

Am nächsten Tag ging Caleb beschwingt in die Arbeit, nachdem Vicki ihn zum Abschied geküsst hatte. Er versprach, rechtzeitig zum Abendessen zu Hause zu sein.

Sobald er weggefahren war, wandte Vicki sich den Unterlagen zu, die Helen ihr gemailt hatte. Sie verschaffte sich einen gründlichen Überblick, bevor sie ein Blatt Papier nahm und eine Liste mit Namen erstellte. Sie kannte Leute, die Leute kannten, die wiederum eine Menge Einfluss besaßen. Vielleicht konnte sie tatsächlich etwas für „Heart" tun.

Caleb bearbeitete seine Akten in Rekordzeit und schaffte es, noch vor sechs Uhr zu Hause zu sein. Er hatte nicht die Absicht, Vicki zu enttäuschen, nachdem sie ein wunderbares Wochenende gemeinsam verbracht hatten. Wenn er ganz ehrlich war, dann wollte er allerdings auch prüfen, ob Vicki ihre Meinung über ihn nicht inzwischen geändert hatte.

Seine plötzliche Verwundbarkeit war ihm unangenehm, aber Caleb wusste, ein Blick in Vickis Augen, wenn sie ihn zu Hause willkommen hieß, würde alles erträglich machen. Als er jedoch ankam, saß sie vollkommen vertieft in irgendwelche Unterlagen in ihrem Arbeitszimmer. Von einem Abendessen war keine Spur zu entdecken. Ein bisschen verwundert wählte er die Nummer eines chinesischen Restaurants und bestellte etwas. Anschließend ging er zu Vicki.

„Bist du fleißig?", fragte er und blieb im Türrahmen ihres Arbeitszimmers stehen. In der Vergangenheit hatte sie sich oft hierher zurückgezogen und ihn ausgeschlossen. Obwohl er wusste, dass das heute anders war, verband er mit diesem Zimmer gewisse Erinnerungen, die seiner im Augenblick sowieso sensiblen Stimmung nicht gerade guttaten.

Zerstreut sah Vicki auf. „Oh, du bist zu Hause." Sie runzelte die Stirn. „Wie spät ... ach, du liebe Zeit! Gib mir ein paar Minuten, damit ich uns rasch etwas zu essen machen kann."

Er hielt sie auf, als sie an ihm vorbeieilen wollte. „Ich hätte lieber, wenn du diese Zeit damit verwendest, mich zu küssen."

„Aber was ist mit dem Essen?"

„Darum habe ich mich bereits gekümmert."

Schuldbewusst lehnte sie den Kopf an seine Brust. „Die Zeit ist mir davongelaufen. Diese Arbeit für die Wohltätigkeitsvereine ist sehr interessant. Ich habe schon ein paar Ideen, wie wir Geld auftreiben können. Hoffentlich bekomme ich den Job, wenn der Monat vorbei ist."

So aufgeregt hatte Caleb sie noch nie gesehen. „Erzähl mir beim Abendessen davon." Dann küsste er sie auf die Art und Weise, wie er das schon tun wollte, seit er durch die Haustür gekommen war.

Vicki erwiderte seinen Kuss. Wie immer wusste sie genau, was sie mit Lippen und Zunge machen musste, um ihn zu reizen. Caleb drückte sie fester an sich und stöhnte leise, als er merkte, wie seine Erregung wuchs. Vergiss das Abendessen, dachte er. Viel lieber genoss er den wundervollen Körper seiner Frau. Dabei ging es um viel mehr als Sex, denn ohne den körperlichen Kontakt würden ihre Seelen nicht heilen.

„Ich hasse dieses Zimmer", gestand er und verriet Vicki dabei eine andere Wahrheit, die er viel zu lange mit sich herumgetragen hatte.

Vicki löste seine Krawatte. „Warum?" Die Krawatte flog beiseite und sie wandte sich dem Knopf an seinem Hemdkragen zu.

„Hier drinnen hast du dich normalerweise vor mir versteckt." Dadurch war sein Gefühl verschlimmert worden, seine Frau würde seine Gegenwart nicht ertragen. Richtig erholt hatte er sich von dieser Vorstellung noch nicht. Er war immer noch nicht ganz sicher, dass Vicki sich nicht wieder in ihr Schneckenhaus zurückziehen würde, falls er zu viel von ihr verlangte.

Sie versuchte nicht, sich zu rechtfertigen. „Willst du vielleicht neue Erinnerungen mit mir schaffen?" Sie küsste ihn auf die Stelle am Hals, die sie gerade entblößt hatte und lächelte. „Ich könnte auch ein paar glückliche Erinnerungen gebrauchen. Ich fürchte, diese Seite in unserer Ehe haben wir sträflich vernachlässigt."

Die beschwingten Gefühle von heute Morgen kehrten zurück. „Wenn wir ein Emotionskonto hätten, wären wir glatt in den roten Zahlen." Er zupfte am Saum ihres Tops, und Vicki hob die Arme und ließ es sich von Caleb ausziehen. „Knallrote Zahlen." Er strich mit den Fingern über die dünnen Träger ihres BHs.

Sie knöpfte sein Hemd auf und schob es auseinander. „Du bist vollkommen, Caleb. Manchmal denke ich, du stammst direkt aus meinen Träumen."

So etwas Schönes hatte noch niemand zu ihm gesagt, und keine Frau hatte ihn je angeschaut, als wäre er alles, was sie sich wünschte. Vicki akzeptierte ihn nicht bloß, sie war dankbar dafür, dass er in ihr Leben getreten war.

Hingerissen schob er einen BH-Träger über ihre Schulter nach unten.

In einiger Entfernung läutete die Türglocke.

„Unser Essen." Vickis enttäuschte Miene diente nicht gerade dazu, Calebs Erregung zu dämpfen.

„Schlechtes Timing", murmelte er. „Bleib hier."

Rasch schloss er ein paar Knöpfe seines Hemdes und ging zur Tür. Er vermutete, dass Vicki sich wieder anziehen würde, sobald er den Raum verlassen hatte. Deshalb war er ganz und gar nicht auf den Anblick vorbereitet, der sich ihm bot, als er zurückkam. Seine Frau lag auf dem Sofa und erwartete ihn ... nackt.

Auf dem dunkelblauen Stoff schimmerte ihre makellose Haut wie Perlmutt. Vicki lud ihn ein, sie zu berühren und zu verführen, und Caleb wusste, dass diese Einladung ausschließlich ihm allein vorbehalten war.

Er ließ den Karton mit dem Essen auf den Boden fallen, zerrte seine Hemdknöpfe auf und schlüpfte aus dem Hemd. Ihr Anblick war überwältigend.

„Warum?", sagte er, und seine Stimme klang rau vor Erregung. Ohne sich erst die Hose auszuziehen, ging er zu ihr und kniete neben dem Sofa nieder.

„Für heiße Erinnerungen", flüsterte Vicki und errötete.

Caleb wusste genau, wie schwierig es für sie gewesen war, sich über sämtliche Regeln hinwegzusetzen, die man ihr jahrelang eingebläut hatte. Niemals hatte er erwartet, dass sie ihre Ängste vor Zurückweisung so bald schon überwand, nachdem sie sich ihm doch gerade erst geöffnet hatte.

Er legte eine Hand auf ihren flachen Bauch, knapp oberhalb des Dreiecks zwischen ihren Beinen. „Liebling, das ist mehr als heiß. Ich verbrenne gleich."

Ein Teil ihrer Anspannung wich. „Und du?" Sie deutete auf seine Hose.

„Ich finde, meine mutige Frau verdient es, ein wenig verwöhnt zu werden, und wenn ich die Hose ausziehe, bin ich vielleicht nicht mehr dazu in der Lage." Er ließ die Hand tiefer gleiten und berührte das feine Haar auf dem Dreieck zwischen ihren Schenkeln.

„Es ist so hell", stieß Vicki aus.

„Es ist perfekt", erwiderte er. Für ihn war es toll, dass er jeden Zentimeter ihres Körpers sehen konnte. „Ich möchte dir zusehen, wenn du zum Höhepunkt kommst." Bisher hatten sie äußerst selten über Erotik gesprochen, weil er gedacht hatte, Vicki käme damit nicht zurecht. Sogar jetzt beobachtete er genau ihr Gesicht, bereit, sich zurückzunehmen, sobald ihre Miene auch nur das geringste Unbehagen ausdrückte.

Vicki schluckte, dann spreizte sie ein klein wenig die Beine. Er nahm eines ihrer Beine und stellte ihren Fuß vor ihm auf den Boden. Mit klopfendem Herzen beobachtete Vicki, wie er ihren Anblick genoss.

„Leg das andere Bein auf die Seitenlehne", bat er, obwohl er nicht wusste, ob er damit nicht zu weit ging.

Sie biss sich auf die Lippe. „Warum schaltest du nicht das Licht aus?"

„Ich will sehen, wie du ausgebreitet vor mir liegst, heiß und bereit.

Die Augen sind ein sehr wichtiges Sinnesorgan für Männer", scherzte er.

Sie lachte. „Nicht nur für Männer." Sie musterte seinen nackten Oberkörper. „Können wir langsam vorgehen?"

Caleb hatte sich nicht einmal träumen lassen, dass sie je so weit kommen würden, weder körperlich noch emotional. Das Vertrauen, das sich in den vergangenen Tagen zwischen ihnen entwickelt hatte, war ein kostbares Geschenk und berührte jeden Teil ihres gemeinsamen Lebens. Wer wusste, wohin das noch führen würde? „Ja, Schritt für Schritt." Sanft drückte er gegen das Bein vor ihm, wodurch ihre Schenkel noch ein kleines bisschen mehr auseinandergebogen wurden. Das andere Bein stellte sie nun angezogen auf das Sofa.

Liebevoll streichelte er die zarte Haut auf der Innenseite ihres Schenkels. Vicki seufzte leise, und Caleb sah, wie sich ihre Finger in den Bezug des Sofas krallten. Mit der freien Hand wiederholte er die Liebkosung am anderen Bein. Vicky seufzte, und er freute sich darüber. Endlich kommunizierte sie mit ihm bei der Liebe und fing an, ihm mehr zu geben als nur ihren Körper.

„Ich werde dich küssen", warnte er sie und sah hoch, bis sich ihre Blicke trafen. „Ich werde jeden Zentimeter deiner Haut kosten und wenn ich fertig bin, fange ich von vorne an."

Sie schluckte und hob den Fuß an, der auf dem Sofa gestanden hatte. Caleb war so stark erregt, dass er das Gefühl hatte, jede Sekunde zu kommen. Er legte eine Hand unter ihre Wade und drehte Vickis Bein so, dass der Fuß über der Seitenlehne des Sofas lag.

Er sah zu ihrem Gesicht und entdeckte, dass Vicki die Augen geschlossen hielt, als wäre es zu viel für sie, ihn dabei zu beobachten, wie er ihren Anblick in sich aufnahm. Seine Hände zitterten leicht. Er atmete tief ein und erlaubte sich dann, sie anzusehen. Sie war wunderschön. Eine Welle der Begierde überrollte ihn.

Er schob eine Hand unter ihren Po und hob ihn leicht an. Dann neigte er den Kopf. Vicki erschauerte, als sie seinen heißen Atem zwischen ihren Beinen spürte. Kurz darauf umspielte Caleb ihren empfindlichsten Punkt mit der Zunge.

„Oh!"

Dieser verzückte Schrei brachte Caleb dazu, sie noch intensiver zu liebkosen.

„Caleb!", flehte sie.

„Ja, Liebling, so ist es gut", antwortete er. „Lass dich gehen." Erneut küsste er sie und benutzte seine Lippen, um ihr einen weiteren Schrei zu entlocken, bevor sie zum Höhepunkt kam. Hingerissen beobachtete er, wie Vicki den Rücken durchbog. Ihre Brustspitzen waren aufgerichtet. Ihr Körper erbebte, als sie von einer Woge der Lust überrollt wurde.

Erst als sie sich erschöpft zurücklehnte, stand er auf und zog sich ganz aus. Dann schob er sich zwischen ihre Schenkel, nahm ihr Bein, das sie über die Seitenlehne geschwungen hatte, und schlang es sich um die Hüfte. Das brachte Vicki in die perfekte Position für weiteres Vergnügen.

Eine Sekunde, bevor er die Hand unter ihren Oberschenkel schob, öffnete Vicki die Augen. Er hielt sie fest und drang in sie ein. Langsam und tief, wieder und wieder, bis Vicki vor Lust schrie, und er keine Wahl hatte, als ihr zum Gipfel zu folgen.

11. KAPITEL

„Ich liebe diesen Raum", flüsterte Caleb Vicki ins Ohr, als er ihr sein Hemd reichte.

Leicht verlegen zog Vicki es an. „Caleb, das war ... ich kann nicht glauben ... Ach, hol einfach das Essen."

Lachend küsste er sie, bevor er den heruntergefallenen Karton aufhob, der erstaunlicherweise unbeschädigt war. Vicki betrachtete währenddessen Calebs schönen Körper.

Als Caleb sich umdrehte, hob er eine Augenbraue. „Sieh mich nicht so an. Du hast mich vollkommen fertiggemacht, du unersättliche Frau." Er stellte die Schachtel auf ihren Schoß und sah sich nach seinen Boxershorts und der Hose um.

„Bist du sicher?", neckte sie ihn. Sie beobachtete, wie er den Reißverschluss seiner Hose hochzog, den Knopf aber offen ließ. Ihr Mann war wirklich unglaublich sexy, und sie sehnte sich bereits wieder nach ihm. Körperlich war sie befriedigt, trotzdem wollte sie Caleb berühren und bei ihm sein. Irgendwie glaubte sie nicht, dass das an den Hormonen lag, die durch ihre Schwangerschaft bestimmt durcheinandergeraten waren. Dazu begehrte sie Caleb zu sehr.

Er setzte sich neben sie. „Gib mir zu essen, Frau."

Sie schnitt eine Grimasse. „Das Essen ist fast kalt." Sie öffnete die Schachtel und hob einen Behälter mit gebratenem Reis heraus.

„Aber du bist heiß." Er neigte sich zu ihr und knabberte zärtlich an ihrem Ohrläppchen.

Vicki kicherte und reichte Caleb den Behälter. „Benimm dich", sagte sie, obwohl sie das nicht wirklich meinte. Das Letzte, was sie wollte, war, dass ihr Mann wieder zu der kühlen formellen Art zurückkehrte, mit der er sie früher behandelt hatte. Jetzt war er wieder viel mehr wie am Anfang ihrer Ehe, bevor alles schiefgelaufen war.

Der Unterschied war, dass jetzt großes Vertrauen zwischen ihnen herrschte. Vicki war vielleicht noch nicht bereit, es bis zum Letzten auszutesten, doch zumindest verschloss sie sich nicht länger vor Calebs Bedürfnissen oder vor ihren eigenen.

Während sie aßen, sprachen sie über Vickis Ideen, für „Heart" Geld aufzutreiben. Caleb wollte an diesem neuen Bereich ihres Lebens Anteil nehmen. Es würde keine Wände mehr zwischen ihnen geben, egal wie nackt und entblößt er sich manchmal auch vorkommen würde. Verglichen mit den Höllenqualen der Einsamkeit war es einfach zu ertragen, wenn man verletzbar war. Jedenfalls beinahe.

„Also", sagte Vicki, nachdem sie das süßsaure Hühnchen gegessen hatten, „ich dachte, wenn wir einen Spot in dieser Radiosendung bekommen könnten, würden wir dadurch die Leute ködern, die wir am meisten brauchen."

„Das klingt, als würdest du viel zu tun bekommen."

Ihr vergnügtes Lächeln verblasste. „Du glaubst nicht, dass das funktioniert? Dass ich arbeite und das Baby habe? Ich meine, bereits am ersten Tag vergesse ich das Abendessen ..."

Er unterbrach sie mit einem Kuss. „Nichts von dem habe ich gemeint. Es wird funktionieren. Du bist nicht Superwoman, deshalb werden wir eine Köchin und eine Putzfrau einstellen, aber es wird funktionieren."

„Kein Kindermädchen", erklärte sie ernst. „Ich werde unser Baby aufziehen."

„Kein Kindermädchen", stimmte er ihr zu.

„Caleb?" Sie holte tief Atem. „Ich weiß, wie wichtig es für dich ist, dass ich zu Hause bin. Deshalb danke ich dir, dass du mich bei meiner Arbeit unterstützt."

Überrascht sah er auf. „Ich habe nie von dir erwartet, Hausfrau zu sein, wenn du das nicht selbst willst."

„Aber dir ist das lieber. Sag die Wahrheit."

Einen Augenblick lang dachte er darüber nach und erinnerte sich an die Fantasien von einer perfekten Ehefrau und Familie, die er sich als Teenager ausgemalt hatte. Sicher, seine Traumfrau war immer zu Hause gewesen. Irgendwie hatte Vicki eine Rolle übernommen, die er sich unbewusst für seine Frau gewünscht hatte. „Es ist schön, wenn du zu Hause bist, aber nur, wenn du damit zufrieden bist. Ich will, dass du glücklich bist, egal, was dazu nötig ist."

„Wirklich?"

„Wirklich. Siehst du? Das ist kein echtes Problem." Er bemühte sich, Vicki zu ermutigen, obwohl er schon besorgt war, sie könnte durch ihren neuen Job bald immer weniger Zeit für ihn und das Kind haben. Der kleine Junge in ihm war gar nicht so einfach zum Schweigen zu bringen, wie Caleb gedacht hatte.

„Weißt du, zum ersten Mal seit langer, langer Zeit fange ich an, mich gut zu fühlen, als wäre ich wirklich etwas wert", sagte Vicki. Sie neigte sich vor und stützte die Ellbogen auf die Knie.

Caleb runzelte die Stirn und betrachtete ihr Profil. „Für mich bist du das Wertvollste auf der Welt."

Sie lächelte ein wenig traurig. „Bis vor wenigen Tagen hielt ich mich für einen nachträglichen Zusatz in deinem Leben." Als er darauf etwas erwidern wollte, legte sie ihm einen Finger auf die Lippen. „Ich gebe dir keine Schuld. Das hat damit zu tun, wie ich mich selbst sehe."

„Wie siehst du dich denn?", fragte er, wobei ihm klar wurde, dass sie sich seine Vorwürfe von ihrem Streit am Sonntag zu Herzen genommen hatte. Ohne dass er sie drängte, erzählte sie ihm jetzt, was sie bewegte.

„Ich bin nicht stolz darauf, wer ich bin. Ich will eine Frau sein mit Zielen, Ambitionen, Träumen." Sie wirkte so entschlossen, als sie sich zu ihm umdrehte, dass er ganz erstaunt war. „Ich will leben, Caleb. Ich will ohne Reue auf mein Leben zurückblicken."

„Warum hast du mir das noch nie gesagt?"

„Zuerst war ich mit meiner Situation zufrieden." Sie streckte den Arm aus und griff nach seiner Hand. „Es war irgendwie schön, umsorgt zu werden. Niemand hat das je für mich getan, ohne mir das Gefühl zu geben, ich sei eine Belastung."

„Das bist du nie gewesen." Für ihn war sie immer ein Geschenk gewesen. Ein anmutiges Geschöpf, das eine Vorliebe für ihn entwickelt hatte.

„Ich weiß. Das war ja so verführerisch. Ich habe mir eingeredet, es wäre in Ordnung, wenn sich jemand um mich kümmert, dass es reicht, einfach nur zu existieren." Sie drückte seine Hand. „Dabei hätte ich mich auch um dich kümmern müssen. Du brauchst genauso viel Zuwendung wie ich."

„Wie hättest du die Sache mit Max wissen sollen?" Calebs Blick verfinsterte sich. „Ich war viel zu dickköpfig, um darüber zu reden."

„Verstehst du nicht? Selbst wenn Max ein perfekter Vater gewesen wäre, hätte ich als deine Frau deine Bedürfnisse erfüllen müssen. Aber das habe ich nicht. Ich habe dich die ganze Arbeit erledigen lassen, während ich mich zurückgelehnt habe." Sie versuchte zu lächeln. „Ich glaube, das wird sich in Zukunft bessern."

„Für mich bist du vollkommen."

„Aber ich kann den Sinn meines Lebens nicht ausschließlich von dir abhängig machen. Das ist nicht gesund. Du würdest irgendwann ersticken. Ich will in meinem Leben selbst Dinge erreichen. Ich will eine Leidenschaft für etwas außerhalb unserer Beziehung entdecken, so wie du für deine Anwaltskanzlei."

„Was ist mit uns?" Er hob ihre miteinander verbundenen Hände und küsste Vickis Knöchel. „Wir haben eine Leidenschaft füreinander entdeckt."

„Ja, das haben wir", sagte sie ein klein wenig verlegen. „Um nichts in der Welt möchte ich das missen."

„Aber du brauchst noch etwas anderes." Etwas, was er ihr nicht geben konnte. Sein Ego fühlte sich angegriffen. Caleb würde niemals aufhören, Vicki in allem zu unterstützen, was sie sich wünschte. Aber er verstand nicht, warum es ihr nicht reichte, seine Frau und die Mutter seines Kindes zu sein.

„Aus demselben Grund, aus dem du jeden Tag zur Arbeit gehst", erklärte sie. „Du lebst deinen Traum. Das ist alles, was ich will – einen eigenen Traum, den ich lebe."

Ihre Worte versetzten ihm einen Stich. Er hatte sich darauf konzentriert, was ihre Handlungen auf ihn für Auswirkungen hatten. Dabei hätte er besser zugehört, was sie versuchte, ihm zu sagen, fast vom ersten Moment an, seit sie wieder zusammen waren. Seine Vicki hatte niemals die Chance gehabt, herauszufinden, was ihre Träume waren, ob sie nun Ehefrau und Mutter sein wollte oder noch etwas völlig anderes dazu. Welches Recht hatte er, ihr zu verweigern, herauszufinden, was sie wirklich wollte?

„Dann suche deinen Traum." Vicki konnte unmöglich eine Ahnung haben, was diese Worte ihn kosteten. Durch seine Vergangenheit war Caleb schrecklich besitzergreifend geworden, so unvernünftig das auch war. Vicki gehörte zu ihm. Sie war die einzige Person, die jemals zu ihm gehört hatte. Außer, dass das eigentlich niemals wirklich der Fall gewesen war. Die Frau aus der Vergangenheit war ein Schatten des Menschen, den er langsam kennenzulernen begann.

So schwer das für ihn war, die neue Frau, die er gerade verstehen lernte, würde entscheiden müssen, ob sie zu ihm gehören wollte oder nicht. Er durfte sie nicht bedrängen.

Am nächsten Tag war Vicki allein zu Hause, als sie einen Anruf von ihrer Großmutter bekam. Ada erkundigte sich, warum Caleb und Victoria sie nicht besucht hatten, seit sie wieder zusammen wohnten.

„Wir waren sehr beschäftigt", erklärte Vicki, wobei sie ein flaues Gefühl im Magen spürte.

„Ich weiß, Caleb ist ein viel beschäftigter Mann, aber du hättest dir Zeit nehmen können." Ada wusste genau, was sie sagen musste, um sie zu treffen.

„Ich habe einen neuen Job angefangen."

Ada lachte. „Was? Wahrscheinlich etwas für wohltätige Zwecke. Wirklich, Victoria, das mache ich schon mein ganzes Leben lang."

Vicki wollte Ada nicht von ihren Hoffnungen erzählen. Ihre Großmutter hätte ihr nur die Freude verdorben. „Ich weiß."

„Dann kommt ihr heute Abend um sieben zum Essen. Ich werde dem Koch sagen, er soll etwas Italienisches zubereiten. Caleb mag italienisches Essen." Ohne ein weiteres Wort legte sie auf.

Vicki stöhnte und stützte den Kopf in die Hände. Warum ließ sie sich von ihrer Großmutter herumkommandieren? Sie war doch nicht irgendein Schwächling. Das hatte sie in den vergangenen Tagen immer und immer wieder bewiesen. Doch die Jahre, die sie unter Adas Fuchtel verbracht hatte, waren eben nicht spurlos an ihr vorübergegangen. Als ihre Großmutter angefangen hatte, sie einzuschüchtern, hatte Vicki sich in ihr Schneckenhaus zurückgezogen, von dem sie gedacht hatte, sie würde es nie wieder brauchen.

Sie griff nach dem Hörer und rief Caleb an, um ihm zu erzählen, was passiert war. „Tut mir leid, ich konnte einfach nicht Nein sagen." Sie verzog das Gesicht über ihren jämmerlichen Ton. „Ich habe wieder die Einsiedlerkrebs-Methode angewandt." Auch wenn sie ihre Reaktion erkannte und einordnen konnte, war es schwer, mit alten Verhaltensmustern zu brechen.

Zu ihrem Erstaunen lachte Caleb. „Solange dir das nicht bei mir passiert, darfst du einen gelegentlichen Rückfall haben."

„Ich komme mir vor wie ein leicht zu besiegender Gegner."

„Nimm's nicht so schwer, Liebling. Wir haben beide unsere Schwachpunkte. Wer sagt denn, dass du allein damit zurechtkommen musst? Du hältst Lara in Schach, ich kümmere mich um Queen Ada."

Vicki fühlte sich gleich besser, weil er damit ausdrückte, dass er

ihre Hilfe akzeptierte. „Willst du hingehen?"
„Wir sollten das hinter uns bringen. Sonst hört sie nicht auf, dich zu bedrängen." Er machte eine kurze Pause, bevor er fortfuhr. „Ich sag dir was, ich werde die alte Fledermaus dermaßen bezaubern, dass sie eine Menge Geld für ‚Heart' spendet."
Vicki musste lachen. „Ich kann nicht glauben, was du eben gesagt hast."
„Wieso, ich bin doch bloß nett? Jedenfalls zu dir." Jetzt lachte er auch, und Vicki spürte Sehnsucht nach ihrem Mann in sich erwachen. „Ich werde keine Zeit zum Umziehen haben, deshalb wird sie mich nehmen müssen, wie ich bin."
Vicki befeuchtete sich die Lippen mit der Zunge, dann wagte sie einen Vorstoß. „So wie du bist, finde ich dich sehr verführerisch."
Eine kurze Stille trat ein. „Du darfst nicht solche Sachen zu mir sagen, wenn ich mitten in einem Entwurf für eine Aktennotiz stecke. Ich glaube, ich habe gerade den Namen des Mandanten falsch geschrieben." Seine Stimme klang rau und erinnerte Vicki an das Vergnügen, das sie in der vergangenen Nacht in den Armen des anderen gefunden hatten.
„Komm doch zum Mittagessen nach Hause", schlug sie vor. Sie kannte sich selbst kaum wieder, als sie diese Worte aussprach.
Caleb seufzte. „Ich habe um ein Uhr einen Termin in der Vorstadt."
Enttäuschung breitete sich in ihr aus. „Dann sehe ich dich um halb sieben?"
„Bye-bye, Liebling."

Als die Türglocke kurz vor zwölf Uhr läutete, dachte Vicki an nichts Besonderes. Sie ging zur Tür, öffnete in der Erwartung, draußen einen Lieferanten zu sehen, doch zu ihrer Überraschung stürmte Caleb ins Haus.
„Ich habe zwanzig Minuten, bevor ich zu meinem Termin muss." Er warf die Tür hinter sich zu und küsste Vicki leidenschaftlich.
Sie wehrte sich nicht, als er nach dem Gummizug ihrer Hose tastete. Innerhalb von zwei Sekunden hatte sich ihr Körper von kühl auf sehr heiß erhitzt. Caleb schob ihre Hose gleichzeitig mit ihrem Slip nach unten und unterbrach seinen Kuss gerade lange genug, um sich

zu bücken und ihr die Kleidungsstücke ganz abzustreifen.

Als er sich aufrichtete, strich er mit den Händen über die Rückseite ihrer Oberschenkel nach oben bis zu ihrem Po. Vicki schlang Arme und Beine fest um ihn, als er sie hochhob und gegen die Wand drückte. Da er ihr nicht schnell genug war, nahm sie sein Gesicht in beide Hände und küsste ihn erneut verlangend auf den Mund. Für Hemmungen blieb keine Zeit. Alles passierte zu schnell. Sie biss ihn in die Lippe, und er zuckte kurz zusammen.

Dann tastete er sich mit der Hand zu ihrem Bauch vor und begann sie dort zu streicheln, wo sie es am liebsten hatte. Geschickt steigerte er ihre Erregung. Als er mit zwei Fingern in sie eindrang, schrie Vicki auf und klammerte sich an seine Schultern.

„Caleb!"

Er zog seine Hand zurück, und eine Sekunde später spürte sie, wie er in sie eindrang. „Du bist so heiß, Liebling, und so schön eng."

Sie konnte nicht antworten. Ihr blieb die Luft weg, noch bevor er völlig in ihr war. Stöhnend drang er ganz in sie ein. Mehr war nicht nötig. Der Höhepunkt war so heftig, dass Vicki Sterne sah. Caleb bewegte sich immer schneller, immer kraftvoller, bis auch er von seiner Lust überwältigt wurde.

Als Vicki die Augen öffnete, war Caleb über ihr zusammengesunken. Sein Gesicht ruhte in ihrer Halsbeuge, sein heißer Atem strich über ihre Haut. Sein Hemd fühlte sich feucht und zerknittert an, als sie darüberstrich. Sie streichelte sein Haar.

Er schmiegte sich an sie, hauchte einen Kuss auf die pulsierende Ader an ihrem Hals und hob den Kopf. Ihre Blicke trafen sich. Lächelnd rieb Vicki ihre Nase an seiner. Eine alberne Geste, aber Caleb schien sie zu gefallen. Er umklammerte immer noch ihre Oberschenkel.

„Du hast genau …", sie sah auf die Wanduhr im Flur, „… zwölf Minuten, um zu duschen und etwas zu essen." Ohne Unterbrechung streichelte sie sein Gesicht und seinen Körper. Caleb war so lieb zu ihr. Endlich behandelte er sie wie seine Frau, der er alles gab, was er zu geben hatte.

Seufzend löste sich Caleb von ihr und fragte: „Eine Dusche gefällig?"

Mit großen Augen sah sie ihn an. „Du wirst zu spät kommen." Aber sie nahm seine Hand und ließ sich von Caleb zum Badezimmer führen.

Sobald sie den Raum betreten hatten, zog Caleb ihr das Top aus und öffnete den Verschluss ihres BHs, während sie fieberhaft seine Krawatte löste und sein Hemd aufknöpfte. Sie brauchten ungefähr eine Minute, bis sie nackt unter der Dusche standen und kühles Wasser über ihre erhitzten Körper lief.

„Elf Minuten." Caleb griff nach der Seife.

Doch bevor er Vicki damit berühren konnte, nahm sie sie ihn ab. „Du bist derjenige, der sich beeilen muss." Sie schäumte die Hände ein und legte die Seife zurück. „Ich wasche dir den Rücken." Sie zwang sich zur Eile, obwohl sie sich gern intensiver mit seinem Körper beschäftigt hätte. So hatte sie sich in ihrer Fantasie ihre erste gemeinsame Dusche eigentlich nicht vorgestellt. Aber das war jetzt nicht so wichtig. „Fertig."

Statt das Wasser abzudrehen, warf Caleb einen Blick auf die wasserdichte Uhr an seinem Handgelenk. „Acht Minuten. Ich habe Zeit." Dann wandte er sich Vickis Körper zu.

Vicki wunderte sich, wie es möglich war, dass sie Caleb nach dem leidenschaftlichen Zusammensein im Flur schon wieder begehrte. Seine Hände waren voller Seife und überall. Als er sie zwischen ihre Beine schob und Vicki mühelos zum zweiten Orgasmus innerhalb von zwanzig Minuten brachte, hatte sie das Gefühl, ihre Beine würden gleich nachgeben.

„Fertig", sagte er, als sie in seine Arme sank, während immer noch Wasser aus der Dusche strömte. „Sechs Minuten."

Vicki nahm ihre ganze Kraft zusammen und drehte den Hahn zu. Dann trocknete sie sich mit einem Handtuch ab und griff nach dem Bademantel, der an einem Haken an der Tür hing. „Ich wärme dir etwas zum Essen auf."

Caleb versuchte sie aufzuhalten, doch sie floh lachend aus der Tür. Das letzte, was sie sah, als sie weglief, war sein herrlicher Körper, auf dem Wassertropfen glitzerten.

Drei Minuten später kam er angezogen in einem dunklen Anzug, weißem Hemd und blauer Krawatte in die Küche. Die Kleidung war beinahe identisch mit den Sachen, die er zuvor getragen hatte. Er grinste übermütig. „Wenn ich ins Büro zurückkomme und anders aussehe als vorher, könnten die Leute sich wundern, was ich getrieben habe."

Vicki merkte, wie ihr das Blut in die Wangen stieg. „Iss jetzt. Es gibt nichts Besonderes, aber es macht wenigstens satt."

Er kam um die Anrichte herum und begann im Stehen zu essen. Vicki fand eine Reisetasse, füllte sie mit Kaffee und schraubte den Deckel zu. „Für die Fahrt." Sie reichte sie ihm, als er in Rekordzeit gegessen hatte.

Fünf Sekunden, bevor die zwanzig Minuten um waren, standen sie an der Tür. Vicki konnte nicht widerstehen, schlang die Arme um seinen Nacken und küsste Caleb voller Hingabe zum Abschied. Als sie sich von ihm löste, glänzten seine Augen.

„Merk dir dein Vorhaben", sagte er und ging zur Tür hinaus.

„Ich werde auf dich warten." Sie sah ihm nach, als er die Auffahrt entlangfuhr. Ein glückliches Lächeln lag auf ihrem Gesicht. Sie konnte nicht glauben, was sie gerade getan hatte. Sie hatte nicht nur gerade den wildesten Sex mit ihrem Ehemann gehabt, sie hatte auch mit ihm geduscht. Zwei Fantasien waren innerhalb von zwanzig Minuten zur Wirklichkeit geworden. Nicht schlecht.

Vicki wartete darauf, dass Caleb sie für den Besuch bei Ada abholen würde, als er anrief. „Tut mir leid, Schatz, aber ich komme nicht rechtzeitig aus dem Büro."

Enttäuschung breitete sich in Vicki aus. „Dann werde ich allein fahren."

„Nein, wirst du nicht. Ich halte meine Versprechen." Seine Stimme klang zärtlich. „Ich habe abgesagt. Wir werden jetzt nicht vor Sonntag von Ada erwartet. Zusammen."

Vickis Miene erhellte sich. „Wie hast du das geschafft?"

„Indem ich sie angelogen habe", erklärte er ohne Reue. „Ich versuche um neun Uhr zu Hause zu sein."

„Bis dann." Vicki legte auf. Es ging ihr sehr gut. Caleb lernte nicht nur, ein bisschen weniger zu arbeiten, er war auch dabei, sie, seine Frau, besser kennenzulernen. Natürlich würde er heute wieder erst spät kommen. Doch am Montag hatte er sich freigenommen, um mit ihr zusammen zu sein.

Vicki verstand, wie viel die Arbeit manchmal von Caleb forderte. Das war einer der Hauptgründe, weshalb sie etwas Eigenes wollte. Abgesehen davon, dass es sie stolz machte, etwas zu leisten, würde sie eine Aufgabe haben, die ihr half, damit zurechtzukommen, wenn Caleb mal wieder völlig in der Arbeit aufging.

Tief im Innern sorgte sie sich zwar, ihr Ehemann könnte vielleicht nicht ausschließlich mit seiner Arbeit beschäftigt sein, sondern mit jemand anderem. Doch diesen Gedanken verdrängte sie mit so viel Geschick, dass sie fast glaubte, sie hätte ihre Ängste überwunden.

In der Nacht auf Samstag wurde Vicki klar, dass sie einen großen Fehler gemacht hatte. Es war drei Uhr morgens, und sie hörte gerade Calebs Wagen vorfahren. Seit sie sich im Flur geliebt hatten, hatte er jeden einzelnen Tag bis spät in die Nacht gearbeitet. Offenbar hatte er ihre Geduld, weil er an diesem Abend spät gekommen war, mit einem Freifahrtschein verwechselt, wieder zu seinem üblichen Verhalten als Workaholic zurückkehren zu dürfen.

Vicki hatte mehrere Aktennotizen für „Heart" verfasst, während sie auf Caleb gewartet hatte. Jetzt ging sie in die Küche, schenkte Kaffee in zwei Tassen und trug sie ins Wohnzimmer.

„Vicki?", rief er, als er durch die Hintertür ins Haus trat. Offenbar hatte er das Licht gesehen.

„Ich bin hier." Sie schob mehrere Zeitschriften auf dem Sofatisch zur Seite und überlegte rasch, wie sie das Thema ansprechen konnte, ohne einen großen Krach auszulösen. Sie wollte nicht als Nörglerin erscheinen, aber es war wichtig, dass sie miteinander redeten, für sie beide und für ihr Kind. Wie sie Caleb schon gesagt hatte, sie würde nicht zulassen, dass ihr Kind sich vorkam wie eine Verpflichtung.

In dem Moment, als Caleb hereinkam, wurde ihr jedoch klar, dass irgendetwas nicht stimmte. Sein Anzug war nass vom Regen, genau wie sein Haar, das ziemlich zerzaust aussah. Doch was Vicki am meisten erschreckte, war der trostlose Ausdruck in seinen Augen. So hatte sie ihn erst einmal gesehen, und zwar in der Nacht, nachdem sie ihn gebeten hatte, auszuziehen und er gemerkt hatte, dass er sie nicht umstimmen konnte.

„Was ist passiert?" Sie ging zu ihm, um ihm aus dem Mantel zu helfen.

Er überließ ihr den Mantel und sank auf das Sofa. Besorgt setzte Vicki sich neben ihn. „Caleb, Schatz?"

„Ich bin bloß müde." Er starrte auf die gegenüberliegende Wand, doch Vicki wusste, dass er nicht das Bild betrachtete, das dort hing.

„Nein", widersprach sie, legte eine Hand auf sein Kinn und zwang ihn, sie anzusehen. „Du wirst nicht wieder damit anfangen."

„Womit?" Er legte seine Hand auf ihre, zog sie aber nicht weg.

„Geheimnisse für dich zu behalten, weil sie wehtun." Missbilligend schüttelte sie den Kopf.

„Gerade jetzt sollst du dir nicht auch noch Sorgen machen. Ich will nicht, dass dir wehgetan wird."

Seine Fürsorge berührte sie tief. Er war der liebenswerteste Mensch, den sie je kennengelernt hatte. „Weißt du, was mir am meisten wehtut? Wenn ich aus deinem Leben ausgeschlossen werde. Tue mir das nicht an, Caleb. Nicht wieder", bat sie ihn eindringlich.

Traurig sah er sie an. Vicki schmiegte sich an ihn und hielt ihn fest. Würde er mit ihr reden? Würde er den nächsten Schritt in ihrer neuen Beziehung machen? Eine Beziehung, in der sie gleichberechtigte Partner waren und in der sie beide für das Wohl des anderen Verantwortung trugen?

„Vor zwei Tagen ...", fing er an zu erzählen, „... begann ein großer Deal, den wir schon seit einem Jahr vorbereiten, zu platzen."

„Was ist passiert?"

„Maxwell ist unser Mandant, Horrocks der Käufer. Der Vertrag war kurz vor der Unterzeichnung, als Horrocks eine große Diskrepanz in den Finanzberichten entdeckte, die Maxwell geliefert hatte."

Vicki verstand genug vom Geschäft, um das Ausmaß des Problems zu erkennen. „Horrocks weigert sich zu unterzeichnen?"

„Nicht nur das. Horrocks beschuldigt Maxwell der absichtlichen Täuschung."

Vicki wusste, dass Caleb ein absoluter Perfektionist in seiner Arbeit war. Niemals würde er bei einem Betrug mitmachen. „Hat jemand von Maxwell dich in Schwierigkeiten gebracht?"

„Nicht absichtlich. Letztendlich ist der Leiter der Finanzabteilung mit seinen Mitarbeitern für die falschen Zahlen verantwortlich." Seufzend legte Caleb das Kinn auf ihr Haar. „Hast du heute schon die Zeitung gelesen?"

„Nein, ich hatte keine Zeit." Alarmiert von seinem Ton, ging sie zu dem kleinen Sideboard, auf das sie immer die Zeitung legte, sobald sie geliefert wurde, und brachte sie Caleb.

Caleb nahm sie, wartete aber, bis Vicki sich wieder neben ihn gesetzt hatte, bevor er die erste Seite des Wirtschaftsteils aufschlug. Die Schlagzeile dort wühlte ihn immer noch auf. „Angesehene Anwaltskanzlei verpfuscht Firmenaufkauf", las er laut vor. Er hatte das Gefühl, seine Träume würden gerade wie eine Seifenblase platzen.

Vicki berührte ihn sanft an der Schulter. „Du weißt, dass du dir nichts vorzuwerfen hast. Steht der Deal noch zur Debatte? Hast du etwas, womit du arbeiten kannst?"

Er warf die Zeitung auf ein Kissen. „Kaum. Wenn wir Horrocks nicht dazu überreden können, Maxwell Zeit zu geben, den strittigen Punkt zu klären, wird der Deal scheitern."

„Die Schuld liegt bei Maxwell, nicht bei dir."

„Nein. Es ist unsere Schuld. Maxwell ist unser Mandant, und wir hätten uns dieses Problems annehmen müssen." Er würde sich nicht so einfach aus der Affäre ziehen.

Vicki gab ihm einen Klaps auf die Schulter. „Du bist Anwalt, kein Buchhalter. Hier geht es um Finanzprobleme."

„Callaghan & Associates wurden von Maxwell mit der Abwicklung des Verkaufs beauftragt. Wir wurden dafür bezahlt, sicherzustellen, dass alles korrekt abgewickelt wird." Er nahm ihre Hand von seiner Schulter und küsste ihre Fingerspitzen. „Wenn wir diesen Deal nicht retten, wird die Kanzlei Mandanten verlieren, und das wird der Anfang vom Ende sein."

Vickis Augen blitzten. „Wenn es dazu kommt, fangen wir wieder von vorne an, selbst wenn das bedeutet, dass ich als deine Sekretärin arbeiten muss." Sie lächelte. „Ohne Reue."

Eine schwere Last schien von ihm abzufallen. Ein kleiner Teil von ihm hatte befürchtet, sie würde die Schließung der Kanzlei begrüßen, die sie immer als Rivalin betrachtet hatte. „Keine Reue?"

„Nie."

Caleb war froh über seine Frau. Einer seiner Partner bekam bereits Druck von seiner Frau, die von ihm die Zusicherung verlangte, dass sie auch weiterhin den gewohnten Lebensstil aufrechterhalten konnte.

Vicki streichelte sein Kinn. „Ich habe vollkommenes Vertrauen in dich. Du wirst Erfolg haben, da bin ich ganz sicher. Kann ich irgendetwas tun, um dir zu helfen?"

„Danke, Liebling, dass du fragst, aber das muss ich mit meinem Team schon allein bewältigen."

Vicki tippte mit dem Finger gegen ihre Lippen. „Ich glaube, ich habe da so eine Idee, wie du eure anderen Mandanten dazu bringen kannst, bei euch zu bleiben."

„Sollte ich mir Sorgen machen? Das letzte Mal, als du eine Idee hattest, musste ich zwei Monate lang im Hotel wohnen."

„Na ja, daran hattest du schon einen Anteil", erwiderte Vicki, ohne nachzudenken. Sie wusste, im Augenblick war ein denkbar ungünstiger Moment, darauf zu sprechen zu kommen, doch sie hatte es nicht mehr in der Hand. Mit seiner schnippischen Bemerkung schien er einen Schalter in ihr umgelegt zu haben.

„Als Ehemann war ich wohl kein Hauptgewinn, was? Aber jetzt machen wir unsere Sache doch gut."

„Machen wir das wirklich?", entgegnete sie und dachte im selben Moment: Warum musste ich das jetzt bloß sagen? Hatte sie sich nicht vorgenommen, diesen Punkt nicht anzusprechen? Doch offenbar hatte sie sich etwas vorgemacht. „Wir haben uns versprochen, keine Geheimnisse mehr voreinander zu haben, und doch …"

„Du glaubst, es gibt noch etwas, das wir klären müssen?" Er klang betroffen.

„Wir haben nie über Miranda gesprochen." Erst jetzt, nachdem sie das Thema angeschnitten hatte, merkte sie, wie groß der Druck war, der sich in ihr aufgestaut hatte.

„Miranda? Was um alles in der Welt hat sie denn mit uns zu tun?"

Anscheinend verstand er nicht, wovon sie sprach. Ein ungutes Gefühl beschlich Vicki. Entweder log Caleb, oder sie hatte einen schrecklichen Fehler gemacht. Doch Caleb war nicht gerissen. Seine Verblüffung war unmöglich gespielt.

Plötzlich schien er zu begreifen. „Verdammt, Vicki!" Er fuhr sich mit der Hand durch das Haar. „Ich kann nicht glauben, was ich da in deinem Blick lese. Nun sprich es schon aus."

Jetzt war es zu spät für einen Rückzieher. „Ich weiß, dass unsere Ehe lange Zeit sehr schwierig war", begann sie, „aber der Grund, weshalb ich mich scheiden lassen wollte, war, weil ich dachte, du hättest eine Affäre mit Miranda." Das war der Tropfen gewesen, der das Fass zum Überlaufen gebracht hatte. Untreue war die einzige Sache, die sie nicht hinnehmen konnte, möglicherweise deshalb, weil sie sich wegen des Verhaltens ihrer Mutter ständig schuldig fühlte.

Ärger stieg in Caleb auf. „Wie bist du darauf gekommen?"

„Du bist immer bis spät in die Nacht im Büro geblieben. Wenn ich anrief, war jedes Mal sie am Telefon und sagte mir, du könntest jetzt nicht an den Apparat kommen."

„Das reichte, um mich zu verurteilen?" Sein Ton war barsch, und Caleb berührte Vicki nicht.

Sie fragte sich, ob sie Caleb nach allem, was sie unternommen hatten, um ihre Ehe zu retten, nun wegen ihrer eigenen Dummheit verlieren würde. Die Vorstellung, ihn nie wieder lachen zu hören, traf sie wie ein Messerstich.

Sie nahm sich zusammen und sah ihm direkt in die Augen. Sie musste offen mit ihm sprechen. Die Zeiten waren vorbei, wo sie ihren Schmerz versteckt und sich selbst etwas vorgemacht hatte. Wenn sie ihre Ehe retten wollte, musste sie sich Klarheit verschaffen und ihn fragen, ob er sie betrogen hatte.

„Nein. Ich meine, die Telefonate mit Miranda haben mich misstrauisch gemacht – schließlich wissen wir beide, dass ich nicht gerade die selbstsicherste Frau der Welt bin."

„Vicki ...", begann Caleb.

„Lass mich erst ausreden", bat sie. „Ich kann das nicht zweimal machen."

„Dann rede." Caleb legte den Arm auf die Sofalehne, und dabei berührten seine Finger Vickis Nacken. Vicki war unendlich erleichtert. Diese Berührung war für sie wie ein Anker, an dem sie sich festhalten konnte.

„Du bist vor vier Monaten geschäftlich nach Wellington gereist, und sie hat dich begleitet. Erinnerst du dich?"

„Ja." Natürlich erinnerte Caleb sich. In fast fünf Jahren Ehe hatte er seine Frau zum ersten Mal länger als eine Woche allein gelassen, und er hatte sich jeden Augenblick nach ihr gesehnt. Doch damals war Vicki die Beziehung zu ihm nicht wichtig genug gewesen, um den ersten Schritt zu machen, und ihn dort anzurufen. Ziemlich gekränkt hatte er ebenfalls keinen Kontakt mit ihr aufgenommen.

„Ich habe dich so vermisst", gestand ihm Vicki nun. „Ohne dich konnte ich gar nicht schlafen."

Er horchte auf.

„In der ersten Nacht, als du weg warst, habe ich stundenlang auf einen Anruf von dir gewartet. Sonst hast du dich ja auch immer gemeldet. Als kein Anruf kam, habe ich schließlich um drei Uhr morgens den Hörer genommen und versucht dich über dein Handy zu erreichen. Aber du musst es ausgeschaltet haben, deshalb habe ich in deinem Hotelzimmer angerufen." Ihre Hände ballten sich zu Fäusten. „Sie ist an den Apparat gegangen!"

Vicki kämpfte mit den Tränen. „Sie sagte, du wärst auf dem Balkon, aber sie könnte dich holen, falls ich das wollte. Die Art wie sie sprach ... Wie sollte ich denn etwas anderes annehmen? Wir hatten damals gestritten, und du warst so wütend ..."

Bevor Caleb etwas zu seiner Verteidigung sagen konnte, sprach Vicki mit einer Vehemenz weiter, die er gar nicht an ihr kannte. War das wirklich seine zurückhaltende Victoria?

„Dann bist du zurückgekommen und hast mich nicht einmal angefasst! Du hast mich überhaupt nicht begehrt, und ich dachte, sie hätte dir gegeben, was du nicht von mir bekommen konntest. Was hat sie in deinem Zimmer gemacht, Caleb? Warum ging sie mitten in der Nacht an dein Telefon?"

Caleb wollte sie umarmen, doch sie hob die Hände und hielt ihn davon ab. So wütend hatte er Vicki noch nie erlebt. „Wir haben die Zimmer getauscht", erklärte er und fragte sich, ob Vicki ihm glauben würde.

„Was?" Verwirrt sah sie ihn an. „Warum?"

„Das Hotel hat bei der Buchung einen Fehler gemacht. Ich bekam das Raucherzimmer und Miranda das Nichtraucherzimmer." Er machte eine Pause und rief sich die Ereignisse von damals in Erinnerung. „Da muss ein Fehler passiert sein ... Miranda hätte das nicht planen können." Nach seinem Streit mit Vicki war er in ziemlich schlechter Stimmung nach Wellington geflogen. Miranda hatte kein Wort über seine Laune verloren, sondern nur sehr betroffen gewirkt.

Wenn Caleb jetzt darüber nachdachte, wurde ihm klar, was er die ganze Zeit übersehen hatte: Die Frau hatte ihm viel mehr angeboten als Mitgefühl. Bestimmt hatte sie sich geärgert, weil er auf ihre Annäherungsversuche nicht eingegangen war. Er konnte sich gut vorstellen, dass sie das Ziel verfolgt hatte, seine Ehe zu zerstören.

Vicki holte tief Atem. „Wusste die Rezeption nicht von dem Zimmertausch? Ich habe nämlich meinen Anruf über die Zentrale durchstellen lassen."

„Wir haben sehr spät eingecheckt, weil wir den letzten Flug genommen haben. Als wir den Fehler entdeckten, haben wir einfach die Zimmer getauscht, und Miranda sagte, sie würde am nächsten Morgen an der Rezeption Bescheid geben."

„Oh, Caleb." Vicki schluckte und strich sich das Haar zurück. Ihr Gesicht war blass und wirkte sehr angespannt. „Aber du hast mich nicht begehrt. Eine Woche lang hast du mich nicht angefasst! Vorher hast du mich immer berührt. Egal, was passiert war, du hast mich berührt."

„Ich war verletzt." Wenn Vicki ehrlich zu ihm war, musste er das ebenfalls sein. „Ich wollte, dass meine Frau sich genug aus mir macht, um nach dem Streit auf mich zuzugehen. Aber soviel ich mitbekommen hatte, hast du dir nicht die Mühe gemacht."

„Sie klang unglaublich überzeugend. Wenn du sie gehört hättest ..." Vicki sprach jetzt nur noch ganz leise. „Der Gedanke hat mir entsetzlich wehgetan, dass du mit einer anderen Frau zusammen sein könntest. Mir brach das Herz."

Caleb betrachtete Vicki. Seine Sicherheit war längst verschwunden. „Ich habe dich nie betrogen, und das werde ich auch nie tun." Allein dass er diesen Schritt einmal aus Wut in Betracht gezogen hatte, hatte endlose Schuldgefühle in ihm verursacht. Er würde niemals betrügen und sich dann noch selbst im Spiegel betrachten können. Niemals. „Treue ist die einzige Waffe, mit der ich die Schande bekämpfen kann, die mein Erbe ist, wie Max mir eingeredet hat. Irgendwie bin ich unfähig zu betrügen. Glaubst du mir?"

Diese schlichte Frage erschütterte sie. „Ja, Caleb." Sie hob den Kopf, und in ihrem Blick lag so viel Qual, dass Caleb nicht anders konnte, als ihr zu verzeihen. „Tut mir so leid, Caleb. Ich hätte mit dir reden sollen, nicht einfach ..."

Er war ärgerlich auf sie, wegen ihres Mangels an Vertrauen, aber nicht sehr. Schließlich hatte er mit zu diesem Missverständnis beigetragen. „Ich weiß noch, wie ich mich benommen habe, nachdem ich zurückkam. Kein Wunder, dass du dieses Thema nicht zur Sprache bringen wolltest. Außerdem hattest du in einem Punkt recht."

„In welchem?"

„Der Grund, weshalb ich eine neue Sekretärin habe, ist der, dass ich ein paar Tage nach unserer Trennung heftig mit Miranda aneinandergeraten bin." Er war unglaublich wütend gewesen, dass jemand wagte, seine Loyalität zu seiner Frau infrage zu stellen, und hatte Miranda grob abgewiesen. „Als ihr klar wurde, dass ich mir lieber die Kehle durchschneiden würde, als auf ihre Annäherungsversuche einzugehen, kündigte sie. Ich habe das als mangelndes Urteilsvermögen von ihrer Seite abgetan. Wenn ich gewusst hätte, was sie in Wellington gemacht hat ..."

Vicki stieß einen erstickten Schrei aus. „Ich kann nicht glauben, dass ich mich verrückt gemacht habe wegen etwas, das gar nicht stimmte! Monatelang habe ich mich mit dieser Sache herumgequält und versuchte mir einzureden, ich könnte darüber wegkommen und es um unseres Kindes willen akzeptieren. Und die ganze Zeit wusste ich genau, ich wäre niemals imstande, zu vergeben und zu vergessen."

„Ich schätze, das war deine Strafe, und jetzt ist es vorbei", verkündete er, und das meinte er ernst. Er würde nicht zulassen, dass Mirandas Lügen ihre Ehe störten, die gerade immer besser wurde. Außerdem konnte er nachträglich sowieso nichts tun, um die Qualen zu lindern, die Vicki durchgestanden hatte.

Die Tatsache, dass sie schließlich mit ihm über ihre Sorgen gesprochen hatte, statt sie weiter in sich gären zu lassen, war an sich schon ein Zeichen tiefen Vertrauens. „Du brauchst dir niemals Sorgen darüber zu machen, ich könnte dich betrügen, Liebling. Neben dir und der Arbeit hätte ich kaum dazu Zeit." Er wollte sie zum Lachen bringen.

Doch stattdessen setzte sie sich auf seinen Schoß und schlang die Arme um seinen Nacken. „Wir retten deine Anwaltskanzlei, Caleb. Niemand wird sie dir wegnehmen. Das verspreche ich."

Er umarmte Vicki und drückte sie fest an sich. Er merkte, dass sie irgendetwas vorhatte, doch er hatte keine Ahnung, was.

Zwei Tage und viele Stunden harter Arbeit später hatte Vicki für Caleb eine Dinnerparty organisiert, mit neun seiner wichtigsten Mandanten und deren Gattinnen. Kent Jacobs und seine Verlobte – eine weitere Frau, die zu ihrem Partner stand – waren ebenfalls anwesend. Als sie schon halb mit Essen fertig waren und sich alle ungezwungen unterhielten, lehnte sich ein älterer Mandant vor und meinte: „Caleb, Sie sind seit acht Jahren meine erste Wahl, sogar schon bevor Sie Ihre eigene Sozietät gründeten. Ich will ja keine Panik verbreiten, aber ich werde auch nicht meine Firma mit Ihnen untergehen lassen. Wir können es uns einfach nicht leisten, mit einem Unternehmen verbunden zu sein, das den Ruf hat, inkompetent zu sein, wenn Sie mir meine Offenheit vergeben. Ich persönlich weiß, dass Sie der Beste sind. Aber ich muss den Aktionären Rede und Antwort stehen, die ihre Informationen den Medien entnehmen."

Nachdenkliches Schweigen breitete sich am Tisch aus, doch Caleb war froh über die Gelegenheit, die Dinge offen darzulegen. Er warf Vicki einen Blick zu und begann zu sprechen: „Wir vertrauen darauf, diesen Deal zu retten, über den die Medien negativ berichteten. Wir bitten Sie nur darum, dass Sie unsere Sozietät nicht in eine Krise stürzen, indem Sie Ihre Fälle vorzeitig abziehen." Das war deutlich, doch keiner der Anwesenden redete gern um den heißen Brei herum. „Falls der Deal nicht zustande kommt, haben Sie unsere volle Kooperationsbereitschaft bei der Übergabe sämtlicher Unterlagen an Ihre neuen Anwälte. Wir bitten Sie nur um zwei Wochen Geduld."

Der Mann, der das Thema ursprünglich angeschnitten hatte, nickte. Wie alle anderen am Tisch entschied er sich gewöhnlich rasch. „Ich bin bereit, mich darauf einzulassen. Ich will Sie nicht verlieren, wenn es eine Chance gibt, dass Sie aus dieser Sache heil herauskommen."

Nachdem noch ein paar weitere Fragen beantwortet waren, stimmte ein Mandant nach dem anderen dieser Entscheidung zu. Callaghan & Associates hatten zwei Wochen Schonfrist.

In dieser Nacht umarmte Caleb Vicki im Bett. „Wir haben eine Atempause."

„Ich werde immer zu dir stehen."

„Ich weiß." Dieses Wissen gab ihm mehr Kraft und Entschlossenheit als alles andere. „Die nächsten zwei Wochen werden hart."

„Härter als die Zeit unserer Trennung?"

„Nichts könnte so hart sein." Diese Bemerkung half ihm, alles wieder in die richtige Perspektive zu rücken. „Was ist das Schlimmste, was passieren kann? Wenn der Deal platzt und die Sozietät zusammen mit meinem Ruf den Bach hinuntergeht."

„Und?", fragte Vicki und sah ihn an.

„Und wir fangen wieder von vorne an." Die Last auf seinen Schultern fühlte sich eine Spur leichter an. „Wir werden nicht mittellos sein. Ich habe genug gespart und angelegt, damit wir uns eine Weile lang über Wasser halten können."

„Ich könnte dich ernähren", schlug sie vor und küsste ihn auf den Hals. „Ich habe immer noch das Geld aus dem Treuhandvermögen, das ich zu meinem einundzwanzigsten Geburtstag bekommen habe. Außerdem werde ich bald für meine Arbeit bezahlt."

„Das Leben eines versorgten Mannes", sprach er leise vor sich hin. „Daran könnte etwas sein."

Spielerisch knabberte sie an seinem Kinn. „Du würdest nach der ersten Stunde verrückt werden."

„Stimmt. Aber man kann ja mal träumen." Er drehte den Kopf so, dass ihre Lippen sich trafen.

Der Kuss war wunderschön zärtlich, aber auch leidenschaftlich. Als sie sich voneinander lösten, war Vickis Blick verschleiert, doch um ihren Mund lag ein ernster Zug. „Caleb, zwischen uns ist doch alles in Ordnung, oder?"

Er wusste sofort, worauf sie anspielte. „Wir sind stärker als je zuvor. Du hast lediglich bewiesen, dass du dich ebenso zum Narren machen kannst wie ich."

Sie verzog das Gesicht. „Schuldig im Sinne der Anklage. Ich werde nie wieder an dir zweifeln."

„Ich weiß." Das war die Wahrheit. Er wusste, dass ihre Beziehung noch stärker geworden war, weil Vicki ihm genug vertraut hatte, um ein quälendes Thema zur Sprache zu bringen. „Gute Nacht, Baby."

„Gute Nacht, Caleb", sagte sie, kuschelte sich an ihn und legte ihre Hand auf die Stelle, wo sein Herz schlug.

Zufrieden schlief er ein.

12. KAPITEL

Während der nächsten zehn Tage war Schlaf Mangelware. Caleb und sein gesamtes Team arbeiteten wie besessen. Doch während der ganzen Zeit war Vicki für ihn da. Sie machte ihm Mut, wenn er sich mühsam vorankämpfte und die Sorgen ihn erdrücken wollten.

Am dritten Tag erschien sie mit Muffins für alle im Büro. Das überarbeitete Personal freute sich über die freundliche Geste, und die Moral wurde sichtlich wieder angehoben. Caleb war seiner Frau unendlich dankbar.

Er zog sie in sein Büro und umarmte sie. „Wie war dein Tag?"

„Ich hatte viel zu tun. Ich glaube, ich habe einen Sponsor für das Wohltätigkeitskonzert gefunden, das ich organisiere, aber die Sache ist noch nicht unter Dach und Fach. Die gute Neuigkeit ist, dass die Radiointerviews gesendet werden." Sie streichelte seinen Rücken. „Und wie geht es dir?"

„Wir tun alles, was wir nur können, aber bis jetzt gibt es noch keinen konkreten Erfolg." Caleb liebte sie dafür, dass sie ihm half, für seinen Traum zu kämpfen, selbst wenn sie ihrem eigenen nachjagte. „Die Leute von ‚Heart' wären wirklich verrückt, wenn sie dich gehen ließen."

„Danke." Sie lächelte, und in ihren Augen lag ein mutwilliges Glitzern. „Und danke auch dafür, dass du diese Krise heraufbeschworen hast, damit wir unsere Verabredung mit Ada zum Abendessen nicht einhalten müssen."

Er lachte. „Das habe ich doch gern für dich gemacht."

„Ich weiß." Ihre Miene wurde ernst. „Kann ich euch hier in irgendeiner Weise behilflich sein?"

Er küsste sie. „Geh heim und ruh dich aus. Für mich ist es wichtig zu wissen, dass es dir und dem Baby gut geht."

„Uns geht es ausgezeichnet."

„In diesem Fall dürft ihr uns weiter füttern. Ich glaube, Kent würde sich göttlich über Zimtbrötchen freuen."

Nun lachten sie beide fröhlich.

Nach ein paar Minuten verließ Vicki das Bürogebäude. Ihr Handy klingelte. Die Nummer des Anrufers kannte sie nicht, aber die Stimme war ihr vertraut.

„Hallo, Vicki."

„Hallo, Mutter." Vicki blieb stehen und drehte sich mit dem Rücken zur nächsten Hauswand. Sie hatte nicht wirklich erwartet, dass ihre Mutter nach Neuseeland fliegen würde, um sie zu besuchen. Danica war nicht gerade zuverlässig. „Bist du in Auckland?"

„Ich komme gerade vom Flughafen. Hast du morgen Zeit, mit mir Kaffee zu trinken? So gegen elf Uhr?"

Im ersten Moment war Vicki so durcheinander, dass sie keinen klaren Gedanken mehr fassen konnte. „Sicher."

„Wir könnten uns doch in dem netten kleinen Coffeeshop treffen, in den wir letztes Jahr gegangen sind."

„Klingt gut."

Minuten später stand Vicki immer noch auf der Straße. Am liebsten wäre sie zu Caleb gerannt, damit er sie in die Arme nahm, und hätte ihn gebeten, alles für sie auf die Reihe zu bringen. Niemand, nicht einmal Ada, konnte sie so aus der Fassung bringen wie Danica. Wie ein Wirbelwind war sie vor ungefähr einem Jahr in Vickis Leben geweht und hatte nach ihrem Verschwinden emotionale Verwüstung zurückgelassen.

Danica war kein schlechter Mensch. Sie war einfach nur so mit sich selbst beschäftigt, dass sie weder Zeit hatte, eine Mutter zu sein, noch ihrer Tochter zuzuhören. Während ihres letzten Besuches hätte Vicki alles für den Rat ihrer Mutter gegeben, wie sie ihre Ehe kitten könnte. Doch Danica war nur daran interessiert gewesen, von ihrer Reise nach Paris zu erzählen.

„Entschuldigen Sie, Miss."

Verwundert drehte Vicki sich um. Ein älterer Herr stand direkt vor ihr und tippte sich leicht an einen imaginären Hut, dann begann er das Schild zu lesen, vor dem Vicki gerade stand. Diese Unterbrechung war genau das, was sie brauchte, um sich aus ihrer Erstarrung zu lösen.

Sie ging zu ihrem Wagen und entschied, ihre Mutter sei ihr Problem und sie würde sich schon selbst darum kümmern. Sie würde sich weder in einem Schneckenhaus noch hinter Caleb verstecken. Wenn sie nicht in der Lage war, mit Danica umzugehen, war sie noch nicht die selbstständige Frau, die sie Caleb gegenüber behauptet hatte zu sein.

Am späten Vormittag des nächsten Tages betrachtete Vicki ihr Handy und bekämpfte den Wunsch, Caleb anzurufen. Er durfte nicht auch noch mit ihren Problemen belastet werden. Nicht gerade jetzt. Doch wie sie es auch drehte und wendete, sie hatte Angst, Danica zu treffen. Beinahe hätte sie Caleb gegenüber den Besuch ihrer Mutter erwähnt, als er morgens zur Arbeit gefahren war. Was sie davon abgehalten hatte, war der gleiche Grund, weshalb sie auch jetzt nicht seine Nummer wählte. Sie musste sich selbst beweisen, dass sie stark genug war, sich ihren Problemen zu stellen.

Sie steckte das Handy zurück in die Handtasche und trank einen Schluck Kaffee. In diesem Augenblick wurde ihr etwas Wichtiges bewusst. Sie war allein gekommen, um Danica zu treffen, doch in Wirklichkeit war sie gar nicht allein. Calebs Vertrauen in sie gab ihr Stärke, und diese Stärke war immer bei ihr.

Etwas Rotes an der Tür des Coffeeshops erregte ihre Aufmerksamkeit. Vicki stellte die Tasse ab und beobachtete, wie eine schöne blonde Frau das Café betrat. Sie war schon weit über fünfzig, aber Danica Wentworth, geborene Striker, wirkte nicht im Geringsten alt. Ihr Haar mit den hellen Strähnchen reichte ihr bis zu den Schultern. Sie hatte eine perfekte Figur, und ihr Make-up war makellos. Das ärmellose, schlicht geschnittene Wickelkleid, das sie trug, betonte ihr Dekolleté, und so mancher Gast drehte den Kopf nach ihr um.

Vor Vickis Tisch blieb Danica stehen. „Victoria, Darling." Ein Hauch ihres Parfüms umwehte Vicki und weckte schmerzliche Erinnerungen in ihr.

Sie stand auf und gab Danica pflichtschuldig ein Küsschen auf die Wange. „Hallo, Mutter." Dann setzte sie sich wieder, und Danica nahm auf dem Stuhl gegenüber Platz. Ihre Bewegungen waren voll lässiger Eleganz. Verglichen mit ihr kam Vicki sich stumpf und glanzlos vor; eine Schwalbe neben einem Paradiesvogel.

„Dieses Blau steht dir gut, Darling." Danica wies auf den himmelblauen Cardigan, den Vicki zu ihrer Lieblingsjeans trug. Sie liebte es, die weiche Kaschmirwolle auf der Haut zu fühlen, aber am meisten mochte sie es, dass Caleb ständig versucht war, sie zu streicheln, wenn sie diesen Pullover anhatte.

„Ist dir nicht kalt?", fragte sie Danica.

Ihre Mutter lachte laut auf. „Ich bin doch heißblütig. Hast du mir inzwischen schon einen Kaffee bestellt?"

„Einen Flat White ohne Zucker." Das war ein Kaffee, der aus einem Schuss Espresso mit heißer unaufgeschäumter Milch bestand.

„Perfekt."

Kurz darauf wurde Danicas Kaffee gebracht. Sie warf dem Kellner ein strahlendes Lächeln zu, bevor sie einen Schluck probierte. „Sehr gut, obwohl ich zugeben muss, dass ich den Kaffee vermisse, den es zu Hause gibt."

„Wie geht es Italien?" Dorthin war Danica gegangen, nachdem sie Carlo Belladucci kennengelernt hatte, aber sie hatte Vicki niemals eingeladen, sie dort zu besuchen.

Mit einem Mal verdüsterte sich Danicas Miene. Danica stellte die Tasse ab, fasste über den Tisch und legte eine Hand auf den Arm ihrer Tochter. Vicki war so überrascht, dass sie zunächst gar nicht reagierte. „Ich bin gekommen, um mich zu entschuldigen."

„Wofür denn?"

„Für alles. Dafür, dass ich dich bei Ada gelassen habe. Dafür, dass ich mich entschieden habe, meiner Liebe zu Carlo nachzujagen, statt mich um meine Tochter zu kümmern. Dafür, dass ich nie für dich da gewesen bin." Der Blick ihrer blauen Augen, die denen von Vicki so ähnlich waren, war flehend auf sie gerichtet. „Vergib mir."

Vicki wusste genau, das hatte nichts zu bedeuten, genau wie bei den letzten paar Malen, als Danica von Schuldgefühlen überwältigt worden war. Auch heute bedeuteten ihre Worte nichts. Sie würden nie etwas bedeuten. Danica war wie ein wunderschöner, aber launischer Schmetterling. Dass sie so lange bei Carlo blieb, sprach für ihre Liebe zu diesem Mann. Danica hatte es geschafft, sich in eine treue Geliebte zu verwandeln, doch mütterlich war sie nie gewesen.

Erstaunlich war, dass Vicki jetzt nicht mehr das Gefühl hatte, durch Danicas Mangel würde ihr Herz in Stücke geschnitten werden. Diese Erkenntnis verblüffte Vicki, aber sie war froh darüber. „Es gibt nichts zu vergeben", sagte sie sanft und dachte dabei an das neue Leben, das in ihr wuchs. Ohne sich dessen bewusst zu sein, hatten Caleb und ihr Baby ihr die emotionale Stärke geschenkt, Danicas flatterhafter Persönlichkeit standzuhalten. Durch Caleb und das Baby hatten sich die Prioritäten verschoben. Die Schatten der Vergangenheit verdüsterten ihr Leben nicht mehr, denn sie konzentrierte sich ganz auf die glückliche Zukunft, die vor ihr lag.

„Mein Therapeut sagt, ich kann keinen Frieden finden, solange ich nicht deinen Ärger auf mich zulasse."

Nun legte Vicki ihre Hand auf die schmale Hand ihrer Mutter und hielt sie lächelnd fest. „Sag ihm, dass ich nicht ärgerlich auf dich bin." Nicht mehr. „Ich bin glücklich, dass du glücklich bist, Mutter. Du bist doch glücklich, oder?"

„Oh ja." Danica zog ihre Hand zurück. „Was ist mit dir, Darling? Wie geht es deinem großartigen Ehemann?"

„Mir geht es wundervoll und Caleb auch." Sie war froh, dass sie ihre freudige Nachricht nun ohne bittere Gefühle mit Danica teilen konnte. „Wir bekommen ein Baby."

Danica stieß einen Schrei aus, und sämtliche Gäste im Coffeeshop sahen sich nach ihr um. Doch sie hatte sich noch nie darum gekümmert, was andere Leute von ihr dachten. „Oh, Darling, wie aufregend! Liebe Güte, das bedeutet, ich werde Großmutter!"

„Du wirst eine tolle Großmutter sein und das Herz unseres Kindes sicher im Sturm erobern." Das war die absolute Wahrheit. Mit Geschenken und fröhlichem Lachen würde Danica das Leben eines Kindes mit Freude und Spaß erfüllen. Jedenfalls solange von ihr nicht mehr gefordert wurde als gelegentliche Besuche. „Bestimmt wirst du angehimmelt werden."

Diese Vorstellung schien Danica zu gefallen. Als sie glücklich über alles Mögliche plauderte, von den hübschen Babykleidern, die sie kaufen würde, bis zu ihren Abenteuern in Europa, dämmerte Vicki noch eine Erkenntnis. Danica, wurde ihr klar, wollte gar nicht verheiratet sein oder in irgendeiner Weise gebunden. Ihr Leben, das Ada Vicki immer in den finstersten Farben geschildert hatte, war für Danica genau richtig.

Bei diesem Gedanken heilte eine Wunde in Vicki, und sie sah, was für eine mitleiderregende Frau Ada eigentlich war. Das Leben ihrer Großmutter basierte auf tausend großen und kleinen Lügen. Sie war kein Mensch, vor dem man Angst haben brauchte. Nun war sich Vicki absolut sicher, dass Ada nie wieder die Macht hätte, sie einzuschüchtern.

Eine Stunde später verabschiedete Vicki sich von ihrer Mutter vor dem Coffeeshop, und ihre Wege trennten sich.

Auf dem Weg nach Hause spürte Vicki, wie sie von einer Welle der

Liebe überflutet wurde. Ihr wurde bewusst, dass sie Caleb und ihr ungeborenes Baby mehr liebte als jeden anderen Menschen auf der Welt, und das war der eigentliche Grund, weshalb sie ihrer Mutter vergeben konnte. Danica hatte niemals solche tiefen Gefühle empfunden und würde das auch in Zukunft nicht tun.

Ihre Mutter genoss ihr Leben, aber sie hatte niemals jemandem ihr Herz geschenkt. Nicht ihrem Kind, nicht ihrem verheirateten Liebhaber, nicht ihrer Arbeit.

Zehn Tage nach der Dinnerparty bei ihm zu Hause fand eine streng vertrauliche Besprechung statt. Ziemlich erschöpft, aber gleichzeitig sehr froh, verließ Caleb nach Sitzungsende den Besprechungsraum. Es war fast sieben Uhr abends, als er ins Büro zurückkehrte. Sein gesamtes Team war anwesend.

In der Sekunde, als er aus dem Aufzug trat, musterten sie ihn und fingen dann an vor Freude zu jubeln. Der Deal war gerettet, und Callaghan & Associates hatte der Geschäftswelt bewiesen, wenn es hart auf hart kam, waren sie der Herausforderung gewachsen. Caleb wusste, dass seine Kanzlei dadurch neue Mandanten gewinnen würde und die alten waren erhalten geblieben.

„Lasst uns feiern!", rief jemand. Alle applaudierten und sofort ging eine Diskussion los, wohin man gehen sollte.

„Was hältst du denn von der neuen Bar am Hafen?", fragte Kent Caleb.

Caleb hob die Hände. „Rechnet nicht mit mir. Ich fahre nach Hause."

Ein Chor enttäuschter Stimmen wurde laut, bis Kent mit den Augen zwinkerte und erklärte: „He, kommt schon, Leute. Der Mann ist verrückt nach seiner Frau."

Caleb stimmte in das allgemeine Gelächter ein. „Ich wünsche euch viel Spaß. Die Rechnung zahlt die Kanzlei. Und keine Sorge, das geht nicht von eurem Bonus ab."

„Ich liebe das Wort Bonus." Ein junger Anwaltsgehilfe machte ein paar Tanzschritte.

Caleb wusste, wie sehr die Leute Anerkennung verdienten. Er würde ihre gute Arbeit nicht vergessen.

„Komm schon, lasst uns gehen. Gute Nacht, Caleb." Vergnügtes

Schwatzen ertönte aus den Aufzügen, als sie gingen. Caleb wartete, bis alle weg waren, dann wollte er rasch nach Hause fahren.

Weil er verrückt nach seiner Frau war.

Während er umringt von Menschen war, die ihn respektierten und ihm vertrauten, war ihm auf einmal völlig klar geworden, dass kein Erfolg ihm etwas bedeuten würde, wenn er ihn nicht mit Vicki teilen konnte. Sie war der einzige Mensch, der sich genug aus ihm machte, um auf seine Leistungen stolz zu sein, und der einzige Mensch, der jemals um ihn gekämpft hatte. Sie war die Einzige, auf die es richtig ankam.

Endlich konnte Caleb aufhören, zu versuchen, sich Max zu beweisen. Caleb empfand keinen Schmerz bei diesem Gedanken, nur ein wenig Mitleid, weil Max sich selbst so hasste, dass er diese Gefühle auf einen Jungen übertragen musste, auf den er eigentlich hätte stolz sein können. Das war schlecht für Max, tat Calebs Glück aber keinen Abbruch.

Endlich konnte Caleb nach Hause fahren.

Vorher musste er nur noch eine Sache erledigen. Er nahm sein Handy und rief Kent an. „Kannst du noch mal für fünf Minuten ins Büro kommen?"

„Sicher, wir sind noch nicht weit weg. Ich komme rasch wieder nach oben. Ist etwas nicht in Ordnung?"

„Nein." Caleb lächelte. „Ganz im Gegenteil."

Als Caleb an diesem Abend nach Hause kam, empfing Vicki ihn mit einem Lächeln an der Tür. Sie nahm ihm den Mantel ab, hängte ihn in den Schrank und umarmte Caleb zärtlich.

„Ich habe auf dich gewartet."

Er sah ihr in die strahlenden Augen. „So? Gibt es etwas Besonderes?"

„Ja. Stell dir vor, ich habe den Job. Obwohl noch kein ganzer Monat um ist, hat man mir gesagt, ich sei fest engagiert!" Sie wirkte schrecklich aufgeregt. „Sie waren so beeindruckt von den Radiointerviews, die ich organisiert habe, dass ..."

Caleb hob sie hoch und wirbelte sie herum. „Dir kann niemand widerstehen, das habe ich immer gewusst."

Mit einem Mal wurde ihre Miene zärtlich. Sie nahm Calebs Gesicht in beide Hände und küsste ihn. „Kein Wunder, dass ich dich liebe."

Sein Herz setzte einen Schlag lang aus. „Was hast du gesagt?" Das hatte ihm noch niemand gesagt. Er konnte gar nicht glauben, dass Vicki, die Frau, die er über alles verehrte, diese Worte ausgesprochen hatte.

Sie näherte ihr Gesicht seinem, bis sie sich ganz nah waren. „Ich sagte, ich liebe dich, Caleb Callaghan. Ich liebe dich über alles, bin verrückt nach dir. Tut mir leid, dass ich so lange gebraucht habe, dir das zu gestehen."

Caleb suchte nach Worten, um darauf etwas zu erwidern. Er öffnete den Mund und heraus kam: „Wir haben den Deal gerettet."

„Oh, Caleb! Warum hast du das nicht gleich gesagt?" Vicki gab ihm einen Klaps auf die Brust. „Warum hast du nicht angerufen?"

„Weil ich dich doch in den Armen halten wollte, wenn ich es dir sage."

Sie strahlte ihn so glücklich an, dass ihm einfach die Worte fehlten. „Weißt du überhaupt, wie viel du mir bedeutest?"

„Caleb, Liebling, ich höre dir jedes Mal zu, wenn du mich berührst. Endlich höre ich, was du damit ausdrückst."

„Du bedeutest alles für mich", sagte er leise und zog sie fest an sich. „Das darfst du niemals vergessen, und du darfst auch nicht zulassen, dass ich das vergesse."

Sie schmiegte sich an ihn. „Ich werde nicht mehr still sein", erklärte sie. „Von jetzt an musst du dich an eine Frau gewöhnen, die sagt, was sie meint."

Caleb blickte ihr ins Gesicht. „Du hattest viel Geduld in den letzten Tagen. Ich war wenig bei dir zu Hause."

„Der Deal war sehr wichtig. Schließlich bin ich nicht unvernünftig. Ich weiß, dass deine Arbeit manchmal viele Überstunden erfordert. Solange das nicht immer der Fall ist, komme ich damit zurecht und auch unser Kind."

„Nun, vom nächsten Monat an werde ich weniger Stress in der Arbeit haben. Aus Callaghan & Associates wird Callaghan, Jacobs & Associates."

Mit großen Augen sah Vicki ihn an. „Du hast Kent eine Teilhaberschaft angeboten?"

„Er hat es verdient."

Vicki traten Tränen in die Augen, und Caleb erstarrte. „Liebling, was ist los?"

„Ich bin so glücklich. Oh, Caleb, das bedeutet doch, deine Arbeit wird sich halbieren, weil Kent genauso viel Verantwortung haben wird, oder?"

Er streichelte ihr Haar. „Ich werde natürlich immer noch der Seniorpartner sein, aber ja, Kent wird einen Teil meines Verantwortungsbereiches übernehmen, sowohl was die Fälle als auch das Management betrifft."

„Ich bin die Nummer eins." Eine Träne rollte über ihre Wange. „Ich habe nie gedacht, dass ich für dich die Nummer eins sein könnte, egal, wie sehr du mich liebst."

„Ich verstehe nicht …" Dann verstand er plötzlich doch. „Du bist das Wichtigste in meinem Leben. Die Arbeit würde mir nichts bedeuten, wenn ich nicht am Abend zu dir nach Hause kommen könnte." Er wischte ihr die Tränen weg. „Liebling, bitte."

Sie verzog das Gesicht. „Das liegt an den dummen Hormonen." Sie presste ihr Gesicht an seine Brust. „Ich glaube, ich liebe dich einfach zu sehr."

Caleb hielt sie fest. Dann begann er mit einem Mal übers ganze Gesicht zu strahlen. Vicki hasste weinen, weil sie es als Schwäche ansah, und trotzdem war sie hier in seinen Armen und die Tränen flossen. Das kam einer weiteren Liebeserklärung gleich. „Dann weine, Liebling. Ich werde immer bei dir sein und dich beschützen. Sogar falls du dich jemals erfolgreich von mir scheiden lassen würdest, würde ich einfach trotzdem bei dir bleiben."

Sie lachte. „Dummkopf. Ich werde mich nie von dir scheiden lassen."

„Ich weiß." Er hatte eine Weile gebraucht, bis er begriffen hatte, warum sie diesen Schritt unternommen hatte. Doch inzwischen verstand er ihn. „Wie wäre es mit einer Glocke?"

„Eine Glocke?"

„Eine richtig große."

„Caleb, was um alles in der Welt willst du denn mit einer Glocke?" Fragend sah sie ihn an.

„Das nächste Mal, wenn du meine Aufmerksamkeit auf dich lenken willst, brauchst du bloß ..."

„... die Glocke läuten." Sie fing an zu lachen. „Caleb!"

Er grinste. „Wir könnten das doch wenigstens probieren." Er war so glücklich. Was er nie erwartet hätte, war eingetroffen. Endlich gab es in seinem Leben ein Happy End.

Als Vicki ihn küsste, wurde ihm bewusst, dass die Geschichte aber eigentlich erst begann.

– ENDE –

Nalini Singh

Die Unbezähmbare

Roman

Aus dem Englischen von
Christiane Bowien-Böll

1. KAPITEL

„Wenn du es wagst, auch nur einen Fuß auf den Boden von Zulheil zu setzen, sei bereit, dein Leben dort zu verbringen, denn ich werde dich nie mehr fortlassen."

Diese Worte spukten Jasmine im Kopf herum, als sie mit weichen Knien um eine Gruppe von Reisenden herum auf die automatischen Glastüren zuging, die aus dem Gebäude hinaus und in Tariqs Land führten.

„Madam." Eine dunkle Hand legte sich auf den Griff ihres Kofferkulis.

Überrascht blickte sie auf. Der Mann, der sie anlächelte, schien zum Flughafenpersonal zu gehören. „Ja?" Es war eine Mischung aus Furcht und Hoffnung, die ihr Herz wild pochen ließ.

„Sie gehen in die falsche Richtung. Taxis und Mietwagen befinden sich auf der anderen Seite."

„Oh." Jasmine kam sich ziemlich dumm vor. Natürlich würde Tariq seine Drohung nicht im buchstäblichen Sinne wahr machen. Damals, als er sie davor gewarnt hatte, jemals sein Land zu betreten, da war sein Zorn so groß gewesen, dass er ihr Angst gemacht hatte. Aber nun war Tariq ein anderer geworden. Sie hatte ihn mehrmals im Fernsehen gesehen, weil er zwischen verfeindeten arabischen Staaten vermittelt hatte. Jetzt war ihr Tariq ein sehr beherrschter Mann, eine Autorität. Er war Tariq al-Huzzein Donovan Zamanat, der Scheich von Zulheil, der Führer seines Volkes.

„Danke", sagte sie. Der hellblaue Stoff ihres knöchellangen Gewandes raschelte, als sie weiterging.

„Bitte sehr. Ich werde Sie begleiten."

„Das ist sehr nett. Aber was ist mit den anderen Reisenden?"

„Aber, Madam, Sie waren die einzige Ausländerin in dem Flugzeug."

„Das war mir gar nicht aufgefallen."

„Die Grenzen von Zulheil waren eine Zeit lang für Besucher geschlossen."

„Aber ich bin doch auch eine Besucherin." Sie blieb stehen und fragte sich, ob es wohl zu viel war, zu hoffen, dass Tariq sie tatsächlich kidnappen würde. Keine Frau, die auch nur einen Funken Verstand hatte, würde sich wünschen, von einem Wüstenscheich entführt zu werden, der sie verachtete. Aber für Jasmine hatte diese Logik keine Bedeutung.

Ihr Führer zögerte. Jasmine glaubte einen Hauch von Verlegenheitsröte unter seinem goldbraunen Teint zu bemerken. „Erst letzte Woche wurden die Grenzen erstmals wieder geöffnet."

Er bedeutete ihr weiterzugehen, und sie setzte ihren Gepäckwagen wieder in Bewegung. „War es wegen der Staatstrauer?", fragte sie ruhig.

„Ja. Der Verlust unseres geliebten Scheichs und seiner Frau war ein schwerer Schlag für unser Volk." Sein Blick verdüsterte sich. „Aber wir haben einen würdigen Nachfolger in ihrem Sohn, Scheich Tariq."

Jasmine blieb fast das Herz stehen, als Tariqs Name ausgesprochen wurde. Dennoch musste sie die Kraft aufbringen, eine äußerst wichtige Frage zu stellen: „Und er regiert allein, der neue Scheich?"

Wenn der Mann ihr jetzt sagen würde, dass Tariq sich in der Phase der totalen Medienblockade unmittelbar nach dem Tod seiner Eltern eine Frau genommen hatte, dann würde sie auf dem Absatz kehrtmachen und mit der nächsten Maschine zurückfliegen. Angespannt bemühte sie sich, ruhig zu atmen.

Ihr Begleiter warf ihr einen abschätzenden Blick zu und nickte kurz. Sie verließen das Gebäude, und die heiße Wüstenluft traf Jasmine wie ein scharfer Hieb ins Gesicht, doch sie ließ sich nichts anmerken.

Am Straßenrand parkte eine schwarze Limousine. Jasmine wollte an ihr vorbeigehen, ihr Begleiter hielt sie jedoch auf.

„Das ist Ihr Taxi."

„Aber das ist doch eindeutig kein Taxi."

„Zulheil ist ein reiches Land, Madam. So sehen bei uns die Taxis aus."

Jasmine fragte sich, ob er ernsthaft erwartete, dass sie ihm glaubte. Sie biss sich auf die Lippen, um nicht hysterisch loszukichern und sah zu, wie ihr Gepäck im Kofferraum verstaut wurde. Mit pochendem Herzen wartete sie darauf, dass ihr Begleiter ihr die hintere Wagentür öffnete.

„Madam?"

„Ja?"

„Sie haben gefragt, ob unser Scheich allein regiert. Ja, das tut er. Es heißt, sein Herz sei gebrochen." Seine Stimme war nur noch ein Flüstern.

Bevor Jasmine etwas erwidern konnte, öffnete er die Wagentür. Ihre Gedanken überschlugen sich, als sie in den luxuriösen, klimatisierten Wagen einstieg.

Die Tür schloss sich hinter ihr.

„Du hast es tatsächlich getan", flüsterte sie und starrte den Mann an, der ihr gegenübersaß.

Tariq beugte sich vor. Im Halbdunkel wirkten seine Gesichtszüge wie gemeißelt. Nichts an diesem Fremden erinnerte an die Feinfühligkeit des jungen Mannes, den sie damals gekannt hatte.

„Hast du daran gezweifelt, meine Jasmine?"

Der Klang seiner Stimme ließ sie erschauern. Sie war tief und sexy, schön und gefährlich. Vertraut und doch anders. „Nein."

Tariq hob die Brauen. „Und doch bist du hier?"

Mit zitternden Lippen holte Jasmine Luft. Der Blick aus seinen dunklen Augen ruhte auf ihr wie der eines Raubtiers kurz vor dem tödlichen Angriff.

„Ja, ich bin hier."

In dem Moment setzte sich der Wagen in Bewegung. Jasmine schaffte es gerade noch, sich an der Kante der Sitzbank festzuhalten, doch Tariq legte die Arme um sie und hob sie auf seinen Schoß.

Sie hielt sich an seinen breiten Schultern fest. Der Stoff seines weißen Gewandes verzog sich unter ihren Fingern. Sie wehrte sich nicht. Auch nicht, als er ihr Kinn umfasste und ihren Kopf so drehte, dass sie ihn ansehen musste. Seine grünen Augen schienen Funken zu sprühen – Funken des Zorns.

„Warum bist du hier?" Der Griff seiner Arme wurde noch fester, als der Wagen über eine Unebenheit holperte. Tariq war so viel größer als sie, so viel stärker. Jasmine fühlte sich ihm völlig ausgeliefert.

„Weil du mich brauchst."

Sein Lachen war wie das Echo eines schmerzlichen Aufstöhnens. Es tat ihr weh. „Oder weil du beschlossen hast, noch eine kleine Liaison mit einem exotischen Wilden zu haben, bevor du den Mann heiratest, den deine Familie für dich ausgesucht hat?" Mit einem Fluch schob er sie zurück auf ihren Sitz.

Jasmine hob trotzig ihr Kinn. „Ich habe keine Liaisons." Sein Misstrauen war offensichtlich, aber das war kein Grund für sie zu verzagen.

„Nein", sagte er kalt. „Wenn, dann wäre es eine leidenschaftliche Liebe, wenn auch nicht unbedingt von deiner Seite."

Jasmines ohnehin labiles Selbstvertrauen erlitt einen herben Schlag. Ihr Leben lang hatte sie darum gekämpft, geliebt und akzeptiert zu werden. Doch nun schien selbst Tariq, der einzige Mann, der sie jemals so behandelt hatte, als ob sie der Liebe wert wäre, seine Meinung geändert zu haben.

„Du kannst einen Mann wie Tariq nicht halten. Er wird dich vergessen, sobald eine glamouröse Prinzessin auftaucht."

Plötzlich hallten Sarahs Worte in ihrem Gedächtnis wider. Diese Warnung ihrer älteren Schwester, die so viel besser Bescheid wusste über Männer, hatte ihr damals vor vier Jahren den letzten vernichtenden Schlag versetzt. Was, wenn es nicht nur Gehässigkeit gewesen war? Was, wenn Sarah recht hatte?

Als Jasmine den schicksalhaften Entschluss gefasst hatte, Tariq aufzusuchen, war sie sich keineswegs sicher gewesen, dass sie tatsächlich wieder Zugang zu dem Mann finden würde, den sie einst gekannt hatte. Wie aber sollte sie nun Zugang zu dem Mann finden, zu dem er geworden war? Voller Zweifel wandte sie sich ab und sah aus dem Fenster. Nichts als endlose Wüste erstreckte sich hinter den getönten Scheiben.

Starke Finger umfassten ihr Kinn und zwangen sie, sich dem Mann, der angespannt wie ein Panter vor dem Sprung ihr gegenübersaß, erneut zuzuwenden. Seine grünen Augen übten einen geradezu hypnotischen Zwang aus. „Ich werde dich hierbehalten, meine Jasmine." Es war keine Frage, sondern eine Feststellung.

„Und wenn ich nicht möchte, dass …" Sie hielt inne, auf der Suche nach den richtigen Worten.

„… ich dich wie eine Sklavin halte?", beendete er den Satz für sie.

Jasmine schluckte. Einerseits hatte sie tatsächlich Angst vor der mühsam beherrschten Wut, die aus Tariqs Blick sprach. Andererseits war sie schon viel zu weit gegangen, um sich jetzt von Furcht überwältigen zu lassen. „Wie eine Sklavin?", wiederholte sie heiser. Ihre Lippen waren trocken geworden, doch aus Angst vor Tariqs möglicher Reaktion darauf, wagte sie nicht sie zu befeuchten.

Tariq zog seine Augen zu schmalen Schlitzen zusammen. „Du hältst mich also für einen Barbaren?"

„Ich finde, du tust wirklich alles, um diesen Eindruck zu erwecken", gab sie zurück.

Seine Mundwinkel zuckten. „Ah, ich hätte es wissen müssen."

„Was?" Jasmine fasste nach seinem Handgelenk und versuchte ihr Kinn aus seinem Griff zu lösen. Vergebens.

„Dass nicht nur dein Haar feurig ist", erwiderte er. „Deine Lippen sind trocken. Befeuchte sie."

Jasmine sah ihn trotzig an. „Und wenn nicht?"

„Dann werde ich es für dich tun."

Bei dieser überaus erotischen Vorstellung färbten sich ihre Wangen verräterisch rot. Tariqs durchdringender Blick gab Jasmine das Gefühl, ein leckerer Happen zu sein, den er am liebsten sofort verschlingen würde. Sie wagte kaum zu atmen, als sie ihre Zungenspitze über ihre Lippen gleiten ließ.

„So ist es besser." Plötzlich klang Tariqs Stimme viel tiefer und wärmer. Sachte strich er mit dem Daumen über ihre feuchte Unterlippe. Als er sie plötzlich losließ, verlor Jasmine fast das Gleichgewicht und bewegte sich ihm ungewollt entgegen. Sie wurde rot vor Verlegenheit und rutschte auf der Sitzbank so weit wie möglich von ihm weg.

„Wohin bringst du mich?"

„Nach Zulheina."

„Die Hauptstadt?"

„Ja."

„Wohin in Zulheina?" Sie war nicht bereit, sich mit seinen einsilbigen Antworten zufriedenzugeben.

„In meinen Palast." Er stellte einen Fuß direkt neben sie auf den Sitz, sodass sie zwischen ihm und der Wagentür eingesperrt war. „Erzähl, meine Jasmine, was hast du in den vergangenen vier Jahren gemacht?"

Es war offensichtlich, dass er nicht bereit war, ihr nähere Auskünfte zu geben. Jasmine hätte gerne darauf bestanden, doch sie befand sich auf unsicherem Boden. „Ich habe studiert."

„Ah, ja, Betriebswirtschaft", erwiderte er und erinnerte sie damit an jene Augenblicke, in denen sie sich an seiner Schulter ausgeweint hatte, weil sie dieses Studium hasste.

„Nein." Ha, dachte sie. Jetzt soll er mal zappeln.

Plötzlich saß Tariq dicht neben ihr. Von „zappeln" konnte keine Rede sein. „Nein?", sagte er. „Deine Familie hat dir also erlaubt, das Fach zu wechseln?"

„Es blieb ihnen nichts anderes übrig."

Jasmine war dem Diktat ihrer Familie gefolgt und hatte sich von Tariq losgesagt. Das hatte sie fast umgebracht. Sogar ihre Eltern und Geschwister waren erschüttert gewesen, und niemand hatte auch nur ein Wort darüber verloren, als sie dann ihr Studienfach wechselte. Als sie später doch versuchten, sie umzustimmen, war sie innerlich zu hart geworden, um sich noch in ihre Angelegenheiten reinreden zu lassen. Nicht nur der Schmerz über den Verlust Tariqs hatte sie reifer werden lassen, sondern auch die Erkenntnis, wie unglaublich egoistisch die Menschen gehandelt hatten, denen sie immer am meisten vertraut hatte.

„Welches Fach hast du wohl gewählt, hm?" Tariq legte eine seiner großen starken Hände um ihren Nacken, eine unglaublich besitzergreifende Geste. Seine Wärme umfing sie wie eine heiße Wolke.

„Musst du so nah bei mir sitzen?", platzte sie heraus.

Zum ersten Mal lächelte Tariq. Er bleckte dabei seine makellosen Zähne wie ein Raubtier, das sein Opfer dazu verlocken will, die Flucht zu versuchen. „Stör ich dich, Mina?"

Er hatte sie damals oft Mina genannt, wenn er sie dazu bringen wollte etwas zu tun, wie zum Beispiel, ihn zu küssen. Er hatte nie viele Überredungskünste gebraucht. Ein Blick hatte genügt. Schon sein heiseres Flüstern ihres Namens hatte genügt, um sie schwach werden zu lassen.

Als sie nicht antwortete, beugte er sich über sie und strich mit seinen Lippen über ihren Hals. Es war, als durchdränge seine Wärme ihren Körper. Er hatte sie immer gern berührt. Und sie hatte es geliebt, von ihm berührt zu werden, aber jetzt drohte seine Zärtlichkeit sie völlig aus der Fassung zu bringen.

„Tariq, bitte …"

„Was möchtest du, Mina?" Tariq strich mit seiner Daumenspitze von ihrem Kinn bis hinab zu ihrem Dekolleté.

Jasmine schluckte schwer. „Abstand."

Er hob den Kopf. „Nein. Du hattest vier Jahre lang Abstand. Jetzt gehörst du mir."

Die Unbezähmbare

Die Intensität seines Blickes war fast beängstigend. Als Achtzehnjährige hatte sie seiner charismatischen Persönlichkeit wenig entgegenzusetzen gehabt. Obwohl Tariq nur fünf Jahre älter war als sie, hatte er schon damals die nötige Ausstrahlung gehabt, um von seinem Volk respektiert zu werden. Jetzt, vier Jahre später, war es offensichtlich, dass er noch mehr innere Stärke und Charisma entwickelt hatte. Sie war jedoch auch nicht mehr das behütete kleine Mädchen von damals, und sie würde lernen müssen, ihm gegenüber ihren Standpunkt zu vertreten, wenn sie eine Zukunft mit ihm haben wollte.

Ohne seinem Blick auszuweichen, hob sie ihre Hand und legte sie auf seine. Er gab sie frei. Spöttisch hob er eine Braue und sah sie fragend an. Jasmine nahm seine Hand, legte sie an ihre Wange und drückte einen Kuss auf die Innenfläche. Tariq atmete hörbar aus.

„Ich habe Modedesign studiert." Wie warm sich seine Haut an ihren Lippen anfühlte. Sein männlicher Duft wirkte auf Jasmine wie ein Aphrodisiakum.

„Du hast dich verändert."

„Zum Besseren."

„Das wird sich zeigen." Seine Augen wurden zu schmalen Schlitzen. „Wer hat dir das beigebracht?"

„Was?" Jasmine erschauerte, so dunkel und fordernd klang seine Stimme.

„Dieses Spiel mit meiner Hand und deinen Lippen." Tariqs Gesicht wirkte wie in Stein gemeißelt.

„Das warst du." Es stimmte. „Erinnerst du dich daran, wie wir die Höhlen von Waitomo besichtigt haben? Als das Kanu durch die Grotte glitt, hast du meine Hand genommen und mich genau so geküsst." Sie beugte sich vor, und er ließ es zu, dass sie die zärtliche Geste wiederholte. Als sie ihn wieder ansah, wusste Jasmine, dass er sich erinnerte, doch seine Züge blieben hart. In seinen Augen, die zu glühen schienen, spiegelten sich Gefühle, die sie nicht einordnen konnte.

„Hat es andere gegeben?"

„Was?"

„Haben dich andere Männer berührt?"

„Nein. Nur du."

Tariq legte einen Arm um ihre Schultern und hielt sie mit festem

Griff. Jasmine fühlte sich gefangen und verwundbar. „Belüge mich nicht. Ich werde die Wahrheit herausfinden."

Sie schlang die Arme um seinen Nacken. „Ich auch", sagte sie ruhig und stellte fest, dass sein Haar sich weich und seidig anfühlte. Sie hätte es gern berührt, hielt sich jedoch zurück.

Wieder verhärteten sich Tariqs Züge. „Was meinst du?"

„Ich werde es merken, wenn andere Frauen dich berührt haben."

Tariqs Augen weiteten sich. „Seit wann bist du so eigenwillig? Du warst früher immer fügsam."

Jasmine wusste, dass er ihr noch verübelte, dass sie sich damals der Kontrolle ihrer Familie unterworfen und dabei sogar die Stimme ihres Herzens ignoriert hatte.

„Ich musste mir Krallen wachsen lassen, um zu überleben."

„Ah, und ich soll mich wohl jetzt vor deinen niedlichen Krallen fürchten?"

Statt einer Antwort bohrte Jasmine ihre Fingernägel in seinen Nacken, ohne daran zu denken, dass Tariqs Instinkte und Verhaltensweisen sie schon immer an ein Raubtier, etwa einen gefährlichen Panter, erinnert hatten. Doch der Panter schien nichts dagegen zu haben. Sein Lächeln hatte etwas Gefährliches, doch es war sehr sexy.

„Ich möchte diese Krallen auf meinem Rücken spüren, Mina", raunte er. „Wenn du erst einmal da bist, wo du hingehörst – unter mir, flach auf dem Rücken."

„Da, wo ich hingehöre?" Jasmine versuchte sich loszureißen, doch er gab sie nicht frei. Sie stemmte sich gegen seine Brust. „Geh weg, du ... Mann!"

„Nein, Mina." Tariq legte eine Hand auf ihre Wange und drehte ihr Gesicht zu sich herum. „Ich werde dir nicht mehr gehorchen wie ein Hund seinem Herrn. Von diesem Tag an wirst du mir gehorchen."

Er hielt sie fest, als er sie küsste. Aber das wäre nicht nötig gewesen. Jasmine hatte den schmerzlichen Ausdruck bemerkt, der kurz in seinem Blick aufgeflackert war. Sie war die Ursache dieses Schmerzes. Also war es wohl sein Recht, ein wenig Vergeltung zu fordern.

2. KAPITEL

Tariq konnte nicht anders, er musste Jasmine küssen, musste wenigstens auf diese Weise seinen Anspruch auf sie geltend machen. Er versuchte zärtlich zu sein, aber sein Verlangen war viel zu groß. Und dann spürte er, wie sie ihre kleinen, weichen Hände auf seinen Nacken drückte, als wollte sie ihn anspornen. Das schmerzliche Verlangen, das er all die Jahre unter Verschluss gehalten hatte, ließ sich nicht mehr unterdrücken. Er wollte Jasmine besitzen, sich an ihr berauschen.

Doch nicht jetzt.

Er wollte Zeit, um sie zu lieben, viel Zeit. Stunden, Tage. Doch er musste etwas tun, um die so lange unterdrückte Sehnsucht fürs Erste zu stillen. Fast zornig und voller Begierde presste er seine Lippen auf ihre. Kein anderer Mann durfte sie jemals berühren. Und er würde ihr niemals verzeihen, wenn sie einem anderen auch nur die kleinste Zärtlichkeit gestatten sollte.

Jasmine gehörte ihm.

Und diesmal würde er dafür sorgen, dass sie das nie mehr vergaß.

Er spürte, wie sie in seinen Armen erschauerte und verlor fast die Kontrolle. Genüsslich zeichnete er die Umrisse ihres Mundes mit seiner Zungespitze nach, bis Jasmine bereitwillig die Lippen teilte. Sie zu küssen war wie eine Droge, und er war viel zu lange enthaltsam gewesen. Wie hatte sie es wagen können, ihn zu verlassen?

„Kein anderer hat dich berührt." Das beruhigte ihn ein wenig.

„Und keine andere hat dich berührt", erwiderte Jasmine überrascht.

Er lächelte sein Raubtierlächeln. „Ich habe großen Hunger, Mina."

Jasmine spürte, wie ihr Körper genau wie früher auf Tariqs exotische Sinnlichkeit reagierte. „Hunger?"

„Sehr großen Hunger." Er streichelte ihren Hals.

„Ich brauche Zeit." Jasmine war nicht darauf vorbereitet, ihn so verändert vorzufinden. Verändert, unergründlich, schön, imposant und zornig.

Tariq sah ihr tief in die Augen. „Nein. Ich bin nicht länger bereit, dir immer nachzugeben."

Jasmine wusste nichts zu erwidern auf diese nüchterne Feststellung. Damals hatte es Tariq immer Spaß gemacht, sie zu verwöhnen. Niemals hatte sie gegen ihn kämpfen müssen. Er hatte ihre Unschuld respektiert, und wenn er sie berührt hatte, hatte Jasmine sich niemals benutzt gefühlt, sondern geliebt. Jetzt benahm Tariq sich nicht wie ein Liebhaber, sondern wie ein Eroberer. Erst jetzt wurde ihr klar, was sie tatsächlich verloren hatte.

Er rutschte ein Stück ab und gab sie frei, ließ jedoch einen Arm auf der Rückenlehne ihres Sitzes liegen. „Du studierst jetzt also Modedesign."

„Ja."

„Möchtest du eine berühmte Modeschöpferin werden?" Sein Ausdruck zeigte die typisch männliche Belustigung.

Jasmine straffte die Schultern. „Was ist daran so lustig?"

Er schmunzelte. „Kein Grund, deine Krallen auszufahren, Mina. Ich kann mir nur einfach nicht vorstellen, dass du solche lächerlichen Fetzen entwerfen willst, wie man sie auf den Laufstegen sieht. Deine Kleider würden doch wohl nicht durchsichtig sein und aller Welt preisgeben, was anzuschauen doch eigentlich nur einem bestimmten Manne zusteht?"

Sie wurde rot unter seinem Blick und fühlte sich lächerlich erleichtert, weil er nicht über sie geschmunzelt hatte.

„Antworte."

„Ich möchte einfach feminine Mode kreieren." Für sie hatte dieser Traum eine sehr reale Bedeutung, ganz gleich, was der Rest der Welt davon hielt, zumindest bis zu diesem Augenblick. „Die männlichen Modeschöpfer scheinen derzeit eine ziemlich makabre Vorstellung vom weiblichen Körper zu haben. Die Models sind alle flach wie Waschbretter, ohne einen Anflug von weiblichen Rundungen."

„Ah." Ein typisch männlicher Ausruf.

Jasmine blickte auf. „Ah, was?"

Tariq legte besitzergreifend eine Hand auf ihren Bauch. Ihr blieb fast der Atem stehen. „Du bist voller weiblicher Rundungen, Mina."

„Ich habe nie behauptet, den Körper einer Nymphe zu haben."

Im nächsten Moment spürte sie Tariqs heißen Atem an ihrem Ohr. „Du verstehst mich falsch. Ich finde deine Rundungen wundervoll. Sie werden mir ein perfektes Polster sein."

Erst war sie verletzt, dann verlegen, dann erfüllt von schockierend heißem Verlangen. „Ich möchte schöne Mode für richtige Frauen machen."

Tariq betrachtete sie mit nachdenklicher Miene. „Ich werde dir erlauben, dieser Tätigkeit weiter nachzugehen."

„Erlauben? Du wirst mir erlauben zu arbeiten?"

„Du wirst schließlich eine Beschäftigung brauchen für die Zeiten, in denen ich nicht da bin."

Jasmine gab einen entnervten Laut von sich und rutschte ein Stück weiter von ihm ab, sodass sie mit dem Rücken zur Tür saß und erbost zu ihm aufblicken konnte. „Du hast kein Recht, mir irgendetwas zu erlauben!" Sie stach ihm mit dem Zeigefinger in die Brust.

Tariq packte ihre Hand. „Im Gegenteil. Ich habe jedes Recht."

Jasmine stockte der Atem angesichts der plötzlichen Kälte in seiner Stimme.

„Du bist jetzt mein Besitz. Du gehörst mir. Das bedeutet, ich habe das Recht, mit dir zu tun, was mir beliebt." Diesmal war kein Funken von Humor in seinem Blick zu erkennen. Dieser Tariq hatte nicht die leiseste Ähnlichkeit mit dem Mann, den Jasmine einst gekannt hatte. „Du provozierst mich besser nicht. Ich habe nicht die Absicht, grausam zu dir zu sein, aber ich werde mich auch kein zweites Mal zum Narren machen und mich von deinem Charme einwickeln lassen."

Als er sie endlich freigab und sich auf die entgegengesetzte Seite des Wagens setzte, starrte Jasmine aus dem Fenster und bemühte sich, sich auf die kläglichen Überreste ihres Selbstvertrauens zu besinnen. Hatte sie das angerichtet? Hatte sie mit ihrer Feigheit all das Schöne, das einmal zwischen ihnen war, völlig zerstört? Am liebsten hätte sie geweint, doch eine unbekannte Kraft in ihr – die gleiche Kraft, die sie dazu bewogen hatte, zu ihm zu fliegen, als sie vom Tod seiner Eltern gehörte hatte – weigerte sich, so schnell aufzugeben.

Ohne dass sie es wollte, kehrten die Erinnerungen an ihre gemeinsame Zeit zurück. Früher hatte er sie beschützend in die Arme genommen, wenn sie wieder einmal vor der Enge ihres Zuhauses geflohen war.

„Komm nach Hause mit mir, meine Jasmine. Komm mit nach Zulheil." So hatte er sie oft beschworen.

„Ich kann nicht! Meine Eltern …"

„Sie wollen dich festhalten, Mina. Ich würde dich befreien."

Welch bittere Ironie, dass der Mann, der ihr einst Freiheit versprochen hatte, sie jetzt offenbar einsperren wollte.
„Ich war erst achtzehn!", rief Jasmine abrupt.
„Jetzt bist du keine achtzehn mehr." Er klang gefährlich.
„Kannst du nicht verstehen, was das damals für mich bedeutet hat?", rief sie flehend. „Es waren schließlich meine Eltern, und dich kannte ich erst sechs Monate."
„Warum hast du mich dann – wie nennt ihr das?" Er hielt inne. „Ja ... warum hast mich dann so zum Narren gehalten? Hat es dich amüsiert, einen echten Araber um den kleinen Finger wickeln zu können?"
So war das nicht gewesen. Damals, mit achtzehn, war ihr Selbstvertrauen kaum entwickelt gewesen. Er jedoch hatte ihr das Gefühl gegeben, von Bedeutung zu sein. „Nein! Ich habe nicht ..."
„Genug." Tariqs schneidende Stimme brachte Jasmine zum Schweigen. „Jedenfalls, als deine Familie dich aufgefordert hat, eine Entscheidung zu treffen, hast du dich nicht für mich entschieden. Und du hast mir nicht einmal etwas davon gesagt, sonst hätte ich für unsere Sache kämpfen können. Es gibt nichts weiter dazu zu sagen."
Jasmine schwieg. Ja, es stimmte. Wie sollte sie einem Mann wie ihm verständlich machen, wie das damals für sie war? Tariq war von Kindheit an zum Herrscher erzogen worden und hatte nie erfahren, wie es war, erniedrigt und klein gemacht zu werden, bis man kaum noch wusste, wer man war. Unwillkürlich zog sie die Schultern ein, als sie an jenen Tag dachte, der ihr Leben für immer verändert hatte. Ihr Vater hatte ihr verboten, sich mit Tariq zu treffen. Sie hatte ihn angefleht, doch er hatte sie vor die Wahl gestellt: entweder der Araber oder die Familie.
Er hatte Tariq immer als „den Araber" bezeichnet. Nicht aus rassistischen Gefühlen, nein, viel schlimmer.
Anfangs hatte Jasmine geglaubt, ihre Familie erhoffe sich eine Verbindung für sie mit einer der anderen Familien des Landadels. Erst später hatte sie die ganze hässliche Wahrheit erfahren.
Die schöne Sarah hatte sich gewünscht, Prinzessin zu werden. Und alle hatten geglaubt, dass es passieren würde. Wenn es nach ihrer Familie gegangen wäre, dann hätte Tariq um Sarah werben sollen. Allerdings hatte er vom ersten Moment an nur Augen für Jasmine gehabt,

die Tochter, die gar keine Tochter war; die Tochter, für die man sich schämen musste.

Das ausgedehnte Hügelland, in dem Jasmine aufgewachsen war, gehörte seit Generationen den Coleridges. Jasmines Eltern waren es also gewohnt, in ihrem kleinen Reich zu herrschen wie Könige, und sie waren beunruhigt wegen Tariqs Willensstärke. Erschwerend kam hinzu, dass er Jasmine Sarah vorgezogen hatte. Hätten sie eine Heirat mit Jasmine zugelassen, dann hätten sie die falsche Tochter glücklich gemacht und wären zeitlebens mit der Tatsache konfrontiert gewesen, dass es ihnen nicht gelungen war, Tariq in ihrem Sinn zu manipulieren.

Die Wahrheit war alles andere als schön. Jasmine konnte sich nicht länger in dem Glauben wiegen, sie sei die geliebte, behütete Tochter ihrer Eltern, die nur ihr Wohl im Sinn hatten.

„Hast du inzwischen das Bewässerungssystem eingeführt?" Jasmines Stimme klang dünn. Sie waren sich begegnet, als Tariq nach Neuseeland gekommen war, um sich über das revolutionäre Bewässerungssystem, das eine der Nachbarfamilien entwickelt hatte, zu informieren.

„Es ist seit drei Jahren erfolgreich im Einsatz."

Sie nickte stumm und lehnte den Kopf an die Rückenlehne. Mit achtzehn hatte sie die falsche Entscheidung getroffen, weil sie schreckliche Angst davor gehabt hatte, die einzigen Menschen zu verlieren, von denen sie sich akzeptiert gefühlt hatte, trotz ihres Makels. Erst vor einer Woche hatte sie eben jenen Menschen den Rücken gekehrt und sich auf den Weg gemacht, um die wunderbare Liebe, die sie mit Tariq verbunden hatte, neu zu beleben.

Was er wohl sagen würde, wenn er wüsste, dass sie jetzt ganz allein war?

Ihr Vater hatte seine Drohung wahr gemacht und sie verstoßen. Aber diesmal hatte sie sich davon nicht beeindrucken lassen. Sie war einfach gegangen, wohl wissend, dass es keinen Weg zurück gab.

Das Einzige, was ihr geblieben war, war ihre Entschlossenheit und eine tiefe Liebe, die niemals erloschen war. Aber das konnte sie Tariq nicht sagen. Sein Mitleid wäre weitaus schlimmer als sein Zorn. Sie hatte sich nun für ihn entschieden und auf alles andere verzichtet.

Kam sie zu spät?

„Wir kommen jetzt nach Zulheina. Falls du hinausschauen möchtest." Tariq wies mit der Hand zum Fenster.

Jasmine drückte auf den Knopf neben ihrem Ellenbogen. Die Scheibe glitt nach unten, und warme Luft strich über ihre Wangen. „Ah."

Zulheina war eine Stadt, um die sich Legenden rankten. Nur ganz selten gewährte man Fremden Zutritt zu diesem inneren Heiligtum von Zulheil. Geschäfte wurden in der Regel in der Großstadt Abraz im Norden des Landes abgeschlossen. Jasmine konnte durchaus verstehen, weshalb das Volk von Zulheil diesen Ort so eifersüchtig behütete. Diese Stadt war atemberaubend schön.

Schlanke Minarette ragten weit in den Himmel, fast schon unwirklich, so zerbrechlich wirkten sie. Der Fluss, der durch die Stadt floss, rauschte hell und klar wie ein Gebirgsbach an ihnen vorbei und spiegelte sich in den blanken, weißen Marmorwänden der Gebäude.

„Fast wie aus einem Märchen." Fasziniert blickte Jasmine in das sprudelnde, kristallklare Wasser, als sie eine Brücke überquerten, die sie direkt in das Zentrum führte.

„Deine Heimat ab jetzt." Tariqs Worte klangen wie ein Befehl.

Der warme Wind brachte exotische Düfte und Klänge mit sich. Jasmine war berauscht von den unglaublich farbenfrohen Trachten der Menschen auf dem Marktplatz, den die Limousine als Nächstes passierte.

Sie spürte Tariqs harten Griff um ihren Oberarm. „Ich sagte, dies ist ab jetzt deine Heimat. Hast du dazu nichts zu sagen?"

Heimat, dachte sie. Nie zuvor hatte sie eine Heimat gehabt. Sie strahlte Tariq an. „Ich denke, es wird nicht schwierig sein, diesen wundervollen Ort als Heimat zu betrachten." Sie hatte den Eindruck, als würde sich das Raubtier in Tariq ein wenig entspannen. Im nächsten Moment sah sie draußen etwas, das ihr den Atem nahm. „Ich glaube es nicht. Das kann nicht wahr sein."

Niemals in ihrem Leben hatte sie ein solches Bauwerk gesehen. Es wirkte unglaublich kostbar und filigran, als ob es aus Nebelschleiern und Regentropfen gemacht wäre. Es war auf unvorstellbar kunstvolle Weise aus einem weißen, marmorartigen und doch durchscheinend wirkendem Material herausgearbeitet. Jasmine war wie betäubt.

Mit großen Augen sah sie Tariq an. „Dieses Gebäude sieht aus, als bestünde es aus Zulheil-Rose."

Zulheil war nur ein kleines Scheichtum, das hauptsächlich aus Wüste bestand. Es war an drei Seiten von weit mächtigeren Nachbarn umgeben und grenzte mit der vierten ans Meer. Dennoch war es ein reiches Land, das nicht nur über große Ölvorkommen verfügte, sondern auch über einen einzigartigen Bodenschatz, einen Edelstein, bekannt unter dem Namen Zulheil-Rose.

Dieser unglaubliche schöne Stein, dessen strahlendes Funkeln von einem geheimnisvollen inneren Feuer zeugte, war von allen Edelsteinen auf der Erde der seltenste und wurde bisher nur in Tariqs Land gefunden.

„Wenn deine Augen jetzt noch größer werden, machen sie dem Himmel Konkurrenz", neckte er sie.

Jasmine vergaß alles um sich herum, angesichts seines humorvollen Tones. Offenbar hatte Tariq beschlossen, für den Augenblick seinen Zorn zu vergessen.

„Das ist dein neues Zuhause."

„Was?"

Belustigt betrachtete er ihre geröteten Wangen. „Der königliche Palast besteht tatsächlich aus Zulheil-Rose. Jetzt verstehst du wohl, weshalb wir nur selten Fremden Zugang zu unserer Hauptstadt gewähren."

„Du liebe Güte." Jasmine beugte sich vor, dabei stützte sie sich unwillkürlich auf Tariqs Oberschenkel ab. „Ich weiß, dieser Kristall ist härter als Diamant, aber geraten die Menschen nicht in Versuchung, sich ... irgendwie Stücke davon abzubrechen?"

„Das Volk von Zulheil ist zufrieden, es wird gerecht regiert. Niemand gerät in Versuchung, aus Geldgier seinen Platz in dieser Gesellschaft zu verlieren." Tariqs Blick schweifte in die Ferne. „Außerdem gilt der Palast als heiliger Ort. Er wurde auf Veranlassung des Gründers von Zulheil an Ort und Stelle aus diesem Stein herausgearbeitet. Niemals sonst wurde Zulheil-Rose in einer solchen Konzentration vorgefunden. Es heißt, solange es diesen Palast gibt, steht das Schicksal des Landes unter einem günstigen Stern."

Harte Muskeln bewegten sich unter ihren Händen. Überrascht blickte Jasmine auf. Mit feuerroten Wangen nahm sie die Hände von Tariqs Schenkel und zog sich in ihre Ecke zurück.

„Das, liebste Mina", sagte Tariq, während sie im Innenhof des Palastes anhielten, „ist etwas, das dir jederzeit gestattet ist."

Ihr war heiß geworden, teils aus Verlegenheit, teils aus Verlangen. „Was?", fragte sie verwirrt.

„Mich zu berühren."

Jasmine stockte der Atem. Hatte Tariq damals, als sie erst achtzehn war, große Geduld gehabt und sie in keiner Weise gedrängt, so war er jetzt offenbar nicht mehr bereit zu warten.

Sie stiegen aus und befanden sich in einem üppigen Garten, der durch hohe Wände vor neugierigen Blicken geschützt war. Ein Granatapfelbaum, dessen Zweige sich unter der Last seiner Früchte nach unten bogen, stand in einer Ecke, ein Feigenbaum in einer anderen. Ein herrlicher Blütenteppich überzog den Boden.

„Es sieht aus wie aus ‚Tausendundeine Nacht'. Es fehlt nur noch, dass ein Pfau auf der Bildfläche erscheint."

„Diese Gärten sind freitags für jedermann geöffnet. Ich mische mich dann unters Volk. Wer mit mir sprechen will, kann es tun."

Jasmine blickte ihn erstaunt an. „Einfach so?"

Tariqs Griff um ihre Hand wurde fester. Sein schwarzes Haar glänzte in der Sonne. „Hast du etwas dagegen?"

„Nein. Nach allem, was ich weiß, verehrt dich dein Volk." Sie senkte den Kopf, um seinem durchdringenden Blick auszuweichen. „Ich dachte nur ... wegen deiner Sicherheit."

„Würdest du mich vermissen, meine Jasmine, wenn ich nicht mehr da wäre?" Die Frage rutschte ihm heraus, trotz seiner bisher durchgehaltenen Selbstkontrolle. Sie verriet mehr über seine Gefühle, als er bereit war, sich selbst einzugestehen.

„Was für eine Frage! Natürlich würde ich dich vermissen."

Und doch hatte sie ihn verlassen, hatte sein Herz bluten lassen. „Das ist eine alte Tradition in unserem Land. Zulheil ist klein, aber reich. Und das wird nur so bleiben, wenn das Volk zufrieden ist. Niemand würde mir etwas tun, denn man weiß, dass ich mich um die Belange der Menschen kümmere."

„Und Fremde? Ausländer?"

Tariq konnte ein Lächeln nicht unterdrücken. Der angespannte Ausdruck auf Jasmines Gesicht erinnerte ihn an das unschuldige, junge Mädchen, das einst sein Herz gewonnen hatte. „Sobald ein Fremder unsere Grenzen überschreitet, sind wir darüber informiert."

„Dein Fahrer wollte mir weismachen, das hier sei ein Taxi."

Etwas rührte sich in ihm beim Klang ihres leisen Lachens. Er hatte sich zu lange zu sehr nach ihr gesehnt. Rasch verdrängte er diese Gefühle. Diesmal würde er Jasmine weder sein Vertrauen schenken noch sein Herz. Die Wunden, die sie ihm zugefügt hatte, waren längst nicht verheilt.

„Als Fahrer ist Mazeel sehr gut, als Schauspieler weniger." Tariq sah sich um, als sich Schritte näherten.

„Eure Hoheit." Der Mann mit den dunklen Augen, deren Blicke sich mit kaum verhüllter Missbilligung auf Tariq richteten, war Jasmine vertraut. Tariq schien sich nichts aus diesem unausgesprochen Vorwurf zu machen.

Hiraz mochte ihn seinen Ärger spüren lassen, doch er war viel zu loyal, um nicht Stillschweigen zu wahren, wann immer es nötig war.

„Du erinnerst dich an Hiraz." Tariq nickte seinem Chefberater und engsten Freund zu.

„Natürlich", erwiderte Jasmine. „Es ist schön, Sie wiederzusehen, Hiraz."

Hiraz verbeugte sich steif. „Madam."

„Bitte nennen Sie mich Jasmine."

Tariq legte die Hand auf Jasmines Rücken und erschrak darüber, wie zerbrechlich sie sich anfühlte. Er wehrte sich nicht gegen das Gefühl, sie beschützen zu müssen. Wie zornig er auch auf sie sein mochte, sie unterstand jetzt seinem Schutz. Sie war sein.

„Hiraz billigt nicht, was ich mit dir vorhabe." Es klang wie eine Warnung.

„Hoheit, ich würde gerne mit Ihnen sprechen." Hiraz zwinkerte verschwörerisch, doch seine Haltung blieb steif und formell. „Ihr Onkel ist mit seinem Hofstaat angekommen, genau wie alle anderen."

„Und er nennt mich nur Hoheit wenn er mich ärgern will", murmelte Tariq. „Es ist keineswegs meine normale Anrede."

Hiraz seufzte und gab sein formelles Getue auf. „Du hast es also wirklich getan." Sein Blick ruhte auf Jasmine. „Wissen Sie, was er vorhat?"

„Genug", sagte Tariq scharf.

Hiraz hob nur eine Braue und trat zur Seite, um neben ihnen herzugehen. Sie betraten den Palast.

„Was hast du denn vor?", fragte Jasmine.

„Das erkläre ich dir später."

„Wann?"

„Jasmine." Wenn Tariq diesen ruhigen, keinen Widerspruch duldenden Ton anschlug, brachte das normalerweise jeden zum Schweigen.

„Tariq." Jasmine sah ihn entrüstet an, und Tariq drehte sich überrascht zu ihr um.

Hiraz schmunzelte. „Sie ist also erwachsen geworden. Gut. Es wird nicht leicht sein, sie unter Kontrolle zu halten. Aber das ist gut, denn eine schwache Frau würde womöglich zu Grunde gehen."

„Sie wird tun, was ich sage."

Jasmine wollte dagegen protestieren, dass die beiden Männer über sie redeten, als wäre sie nicht anwesend, doch Tariqs düsterer Blick ließ sie schweigen. In den letzten Minuten war er liebenswürdig gewesen, doch jetzt stand er als Scheich von Zulheil vor ihr. Ein Fremder. Machthaber und Herrscher. Sie wusste nichts über ihn.

Im Inneren des Palastes herrschte eine überraschend wohnliche Atmosphäre. Kein übertriebener Prunk. Unzählige winzige, kunstvoll in den Stein geschnitzte Fenster zeichneten ein wunderschönes Muster aus Licht und Schatten auf die Wände. Jasmine betrachtete alles voller Erstaunen, und es dauerte einen Moment, bis sie die Frau in dem langen Kleid aus blassgrüner Seide neben sich wahrnahm.

„Du wirst jetzt mit Mumtaz gehen", befahl Tariq. Er führte Jasmines Hand, die er während der ganzen Zeit gehalten hatte, an seine Lippen und küsste ihr Handgelenk. Dabei sah er ihr tief in die Augen. Jasmines Puls raste. Diese einfache zärtliche Geste brachte ihr Blut fast zum Kochen.

„Wir sehen uns in zwei Stunden wieder", verabschiedete Tariq sich und ging mit langen Schritten neben Hiraz den Flur hinab.

3. KAPITEL

Mumtaz zeigte Jasmine ihre Gemächer – eine Suite am anderen Ende des Palastes. Einer der Räume, in die sie geführt wurde, hatte eine sehr feminine Atmosphäre, doch die anderen wirkten wie für einen Mann eingerichtet. Jasmine äußerte ihr Erstaunen.

„Ich glaube, man wurde nicht rechtzeitig von Ihrer Ankunft informiert."

Mumtaz' Stimme kam Jasmine merkwürdig vor. Sie vermutete, dass die Frau einfach verlegen war, weil es um Tariqs Angelegenheiten ging. „Natürlich", sagte Jasmine. Sie wollte Mumtaz nicht weiter in Verlegenheit bringen.

„Wohin führen diese Türen?", fragte sie, nachdem sie ihre Kleider in dem riesigen begehbaren Kleiderschrank verstaut hatten.

„Kommen Sie. Das wird Ihnen gefallen." Mumtaz' strahlendes Lächeln wirkte ansteckend. Begeistert stieß sie die Türen auf.

„Ein Garten!" Barfuß trat Jasmine auf den grünen Rasen, der sich weich und saftig anfühlte. In der Mitte eines Rondells ergoss ein kleiner Springbrunnen sein Wasser über eine Skulptur aus Zulheil-Rose. Darum herum waren Sitzbänke aufgestellt, die wiederum von Myriaden winziger blauer Blüten umgeben waren. Ein betörender Duft wehte von einem Baum voller glockenförmiger weißblauer Blüten zu ihnen herüber.

„Das ist der private Garten der …" Mumtaz stolperte über ihre eigenen Worte. „Tut mir leid, manchmal ist mein Englisch nicht so gut."

„Das macht doch nichts", sagte Jasmine. „Ich versuche selbst, die Sprache von Zulheil zu lernen, aber bist jetzt bin ich nicht sehr erfolgreich."

Mumtaz' Augen funkelten. „Ich bringe es Ihnen bei, ja?"

„Danke! Und was wollten Sie über den Garten sagen?"

Mumtaz zog die Brauen zusammen. „Dies ist der private Garten der … Leute, die hinter diesen Eingängen leben." Sie deutete auf Jasmines Tür und zwei weitere.

Jasmine nickte. „Ach so. Sie meinen, er ist für die Gäste."

Mumtaz trat von einem Fuß auf den anderen und lächelte. „Gefallen Ihnen Ihre Zimmer und dieser Garten?"

„Wie könnte es nicht so sein? Es ist ganz fantastisch."

„Gut. Das ist gut. Sie werden in Zulheil bleiben?"

Überrascht blickte Jasmine auf. „Das wissen Sie?"

Mumtaz seufzte und setzte sich auf eine der Bänke am Springbrunnen. Jasmine tat dasselbe. „Hiraz ist Tariqs engster Vertrauter, und als Hiraz' Frau ..."

„Sie sind Hiraz' Frau?", rief Jasmine verblüfft. „Ich dachte, Sie seien ... na, egal."

„Ein Zimmermädchen, nicht wahr?" Mumtaz lächelte gutmütig. „Es war Tariqs Wunsch, dass Sie jemanden bei sich haben, bei dem Sie sich wohl fühlen. Ich arbeite hier im Palast, bin also jeden Tag hier. Ich hoffe, Sie haben keine Scheu, mich jederzeit anzusprechen, wenn Sie etwas brauchen."

„Oh, aber natürlich, gern." Rührung ließ Jasmines Herz ein wenig höher schlagen. Tariq liebte sie immerhin genug, um dafür zu sorgen, dass diese überaus sympathische Frau sich um sie kümmerte. „Aber warum hat er mir davon überhaupt nichts gesagt?"

„Sowohl er als auch Hiraz sind schrecklich, wenn sie wütend sind. Tariq ist wütend auf Sie, und mein Mann ist wütend auf mich."

„Weshalb ist Hiraz wütend auf Sie?" Jasmine konnte sich die Frage nicht verkneifen.

„Er erwartet von mir, dass ich etwas billige, was er und Tariq vorhaben, obwohl er selbst es eigentlich nicht billigt." Bevor Jasmine noch weitere Fragen stellen konnte, fuhr Mumtaz fort: „Hiraz hat mir erzählt, was damals in Ihrem Land geschehen ist. Aber es ist ohnehin allgemein bekannt, dass Tariq schrecklich enttäuscht wurde von einer Ausländerin mit roten Haaren und blauen Augen."

Jasmine blinzelte verlegen. „Wie das?"

„Hiraz würde über alles, was Tariq ihm anvertraut, bis ins Grab schweigen, aber andere sind nicht ganz so ... loyal", erklärte Mumtaz. „Sie sind für uns alle ein großes Geheimnis, aber es ist gut, dass Sie gekommen sind. Seit dem Tod seiner Eltern ist Tariq sehr einsam."

„Er ist wirklich sehr böse auf mich", gestand Jasmine.

„Aber Sie sind in Zulheina. Es ist besser, bei ihm zu sein, selbst wenn er böse ist, oder? Sie müssen lernen ..." Über Mumtaz' exotische Züge glitt plötzlich ein Schatten.

„Was ist los?", fragte Jasmine erschrocken.

„Ich ... fast hätte ich etwas vergessen. Bitte, Sie müssen mitkommen."

Jasmine folgte ihr, neugierig auf eine Erklärung für Mumtaz' plötzlichen Sinneswandel.

Mumtaz deutete auf die Kleider, die auf dem Bett ausgebreitet waren. Ehrfürchtig befühlte Jasmine den feinen Stoff. Das Material war so leicht wie ein Schleier und hatte die gleiche Farbe wie Zulheil-Rose – weiß wie Schnee, doch mit einem geheimnisvollen rosa Schimmer. Der lange, fließende Rock war übersät mit winzigen Kristallen, die bei jeder Bewegung glitzern und funkeln würden. Das Oberteil war eine eng anliegende Korsage mit einer Bordüre aus den gleichen Kristallen. Es hatte zwar lange Ärmel, war jedoch so knapp geschnitten, dass ihr Bauch frei bleiben würde. Neben dem Kleidungsstück lag ein Geschmeide aus vielen feinen Goldkettchen, das offenbar um die Taille zu tragen war.

„Das gehört nicht mir", sagte Jasmine atemlos.

„Es wird ein besonderes Abendessen geben, und Ihre Kleidung ist dafür nicht geeignet. Das hier ist für Sie als ... äh ..."

„Als Gast?", versuchte Jasmine auszuhelfen. „Nun ja, wenn das so üblich ist. Andernfalls wäre es mir einfach peinlich, etwas so Kostbares zu tragen."

Sie musste Mumtaz mehrfach versichern, dass sie keine weiteren Wünsche hatte, bevor diese sie schließlich allein ließ. „Ist das ein formelles Diner heute Abend?", fragte Jasmine noch, als Mumtaz schon in der Tür stand.

„Oh ja, sehr formell. Ich komme vorher zu Ihnen und kümmere mich um Ihr Haar, damit Sie ganz besonders schön aussehen."

Und dann war Mumtaz verschwunden. Jasmine hätte schwören können, dass sie noch etwas vor sich hingemurmelt hatte, doch die Aussicht auf ein duftendes Bad lenkte sie zu sehr ab, um weiter darüber nachzudenken.

„Ich fühle mich wie eine Prinzessin", flüsterte Jasmine etwa zwei Stunden später. Vorsichtig berührte sie das kleine Goldkrönchen, das ihr ins Haar zu stecken Mumtaz sich nicht hatte nehmen lassen. Ihr tiefrotes Haar war gebürstet worden, bis es glänzte. Jetzt fiel es ihr als kupfergoldene Kaskade bis auf den Rücken.

„Dann habe ich meinen Job gut gemacht." Mumtaz lachte.

„Ich dachte, es sei verpönt, nackte Haut zu zeigen?" Jasmine legte eine Hand auf ihren Bauch. Die feinen Goldkettchen, die sich um ihren Leib wanden, glänzten verführerisch.

Mumtaz schüttelte den Kopf. „Wir sind nur in der Öffentlichkeit so zurückhaltend. Es gibt keine strengen Gesetze, aber die meisten Frauen bedecken sich lieber. In unseren Wohnungen bei unseren Männern gilt es als normal, nun ja ..." Sie deutete auf ihre eigene Kleidung, die aus einem Paar blassgelber Haremshosen und einem passenden Oberteil bestand, das ganz ähnlich geschnitten war wie das von Jasmine. Allerdings fehlten bei ihr die glitzernden Kristalle.

„Bin ich nicht zu sehr aufgedonnert?", fragte Jasmine besorgt. Sie hatte aber gar keine Lust, sich umzuziehen, denn sie freute sich schon auf Tariqs Reaktion, wenn er sie so sah. Vielleicht würde er sie schön finden. Zum ersten Mal in ihrem Leben empfand sie selbst sich als schön.

„Nein, es ist alles, wie es sein soll. Und jetzt müssen wir gehen."

Kurz darauf betraten sie einen Raum voller Frauen, die alle sehr festlich und bunt gekleidet waren. Jasmine blickte sich staunend um. Bei ihrer Ankunft wurde es plötzlich still, doch eine Sekunde später setzte das Stimmengewirr wieder ein. Ein paar ältere Frauen kamen zu ihr und forderten sie auf, sich zu ihnen auf die weichen Kissen zu setzen. Mumtaz fungierte als Übersetzerin, und bald plauderte und lachte Jasmine mit den Frauen, als wären sie alte Freundinnen.

Etwa eine halbe Stunde später wurde es wieder still. Jasmine spürte, wie sich sämtliche Muskeln in ihrem Körper anspannten. Sie blickte auf. Tariq stand in der Tür. Unwillkürlich erhob sie sich. Es herrschte völliges Schweigen im Raum, aber diesmal war es voller Anspannung, als ob alle den Atem anhalten würden.

Er sah wahrhaft königlich aus, ganz in Schwarz gekleidet. Eine Goldstickerei am Stehkragen seiner Tunika war sein einziger Schmuck, aber die Schlichtheit seines Anzugs brachte die männliche Schönheit seines Gesichts umso mehr zur Geltung. Langsam schritt er durch den Raum auf Jasmine zu und nahm ihre Hand. Nur ganz verschwommen nahm sie wahr, dass andere Männer hinter ihm den Raum betraten und dass die anderen Frauen sich nun ebenfalls erhoben.

Tariqs grüne Augen glühten vor Begierde. „Du siehst aus wie das

Die Unbezähmbare

Herz von Zulheil-Rose", raunte er so leise, dass nur Jasmine es hören konnte. Sie fühlte sich wie im Inneren eines Vulkans.

„Ich habe eine Frage an dich, meine Jasmine." Diesmal klangen seine Worte laut und kristallklar durch den Raum.

Jasmine blickte zu ihm hoch. „Ja?"

„Du bist aus freiem Willen nach Zulheil gekommen. Wirst du auch aus freiem Willen bleiben?"

Jasmine war verwirrt. Tariq hatte ihr ja zu verstehen gegeben, dass er sie nicht wieder fortlassen würde. Warum jetzt diese Frage? Doch intuitiv wusste sie, dass sie ihn jetzt nicht in aller Öffentlichkeit bloßstellen durfte. „Ja."

Ein kurzes, zufriedenes Lächeln glitt über sein Gesicht. Wieder einmal erinnerte er sie an einen Panter, und plötzlich fühlte sie sich wie seine Beute. „Und wirst du auch aus freiem Willen bei mir bleiben?"

Jetzt verstand sie.

Sie verstand endlich, was hier vor sich ging, doch das änderte nichts an ihrer Antwort. „Ich werde bleiben", erwiderte sie und besiegelte damit ihr Schicksal.

Einen Herzschlag lang war in Tariqs Blick zu lesen, wie leidenschaftlich er triumphierte, doch dann senkte er die Lider und verbarg seine Gefühle. Er führte Jasmines Hand an seine Lippen, drehte sie herum und drückte einen Kuss auf die Stelle, wo ihr Puls schlug. „Ich lasse dich jetzt allein, meine Jasmine."

Und dann war er fort und ließ sie einfach allein mit dem Schock über das, was sie gerade getan hatte. Kichernd kamen Frauen auf sie zu und führten sie zurück zu dem Lager aus Kissen. Sie bemerkte den besorgten Ausdruck auf Mumtaz' Gesicht, als diese sich neben sie setzte.

„Haben Sie jetzt verstanden?", fragte Mumtaz wispernd.

Jasmine nickte und versuchte, äußerlich ruhig zu bleiben, denn sie wusste, dass sie jetzt im Zentrum der allgemeinen Aufmerksamkeit stand. Doch ihr Herz pochte heftig. Das dunkle Geheimnis, das sie mit ihrer Liebe zu Tariq so gut verdrängt hatte, füllte plötzlich ihre Gedanken aus wie ein hässliches Gespenst. Aus Angst vor seiner Zurückweisung hatte sie es Tariq erst beichten wollen, wenn sie sich seiner Liebe sicher sein konnte. Jetzt war es zu spät. Viel zu spät. Wie konnte sie ihm jetzt die Wahrheit sagen?

„Jasmine?" Mumtaz unterbrach ihre Gedanken und erinnerte sie damit an die Zeremonie, die gerade stattgefunden hatte.

„Als er mir diese Fragen gestellt hat ..."

„Ich wollte Ihnen vorher alles erklären, aber man hat es mir verboten."

„Und Sie sind Tariq natürlich treu ergeben." Jasmine konnte Mumtaz keinen Vorwurf machen. „Ich dachte, es herrsche Staatstrauer?"

„Einen Monat lang hat das Volk getrauert, aber es gehört zu unserer Kultur, dass wir das Leben über den Tod stellen. Wir ehren die Toten lieber, indem wir das Geschenk des Lebens feiern."

Jemand bot Jasmine eine Platte mit Kuchen dar. Sie nickte und bedankte sich, machte jedoch keinen Versuch zu essen. Ihr Magen zog sich schmerzhaft zusammen.

„Wissen Sie, wie es jetzt weitergeht?"

Als Jasmine den Kopf schüttelte, klärte Mumtaz sie auf: „Die Fragen des Bräutigams an die Braut sind der erste Schritt der Hochzeitszeremonie. Als Nächstes folgt das Binden der Brautleute aneinander, das von einem der Ältesten durchgeführt wird. Am Schluss erfolgt die Segnung. Der Segen wird draußen vor dem Fenster gesungen. Erst wenn alles vorüber ist, werden Sie Tariq wieder treffen."

Jasmine nickte. Ihr Blick fiel auf das Fenster in der Mitte der Trennwand. Auf der anderen Seite dieser Wand war ihre Zukunft. „Ich habe noch nie von einer solchen Zeremonie gehört."

„Unsere Zeremonien unterscheiden sich von denen unserer islamischen Nachbarn. Wir gehen den traditionellen Weg", erklärte Mumtaz. „Sie haben ihm ehrlich geantwortet und wussten, welche Bedeutung Ihre Antwort haben würde?"

Wenn sie diesen Raum wieder verließ, war sie die Frau des Scheichs von Zulheil.

Jasmine holte tief Luft. „Ich hatte nur dieses eine Ziel, als ich aus dem Flugzeug gestiegen bin. Ich habe zwar nicht mit dem gerechnet, was hier passiert, aber Tariq ist der einzige Mann, den ich je geliebt habe."

Mumtaz lächelte voller Verständnis. „Er ist zornig, aber er braucht Sie. Lieben Sie ihn, Jasmine, und lehren Sie ihn, Sie wieder zu lieben."

Jasmine nickte. Ja, sie musste ihn lehren, sie zu lieben, sonst würde sie den Rest ihres Lebens als das Eigentum eines Mannes verbringen

Die Unbezähmbare

müssen, dem ihre Liebe gleichgültig war. Und dieser Mann würde sie, wenn er sie nicht liebte, ganz sicher zurückweisen, wenn sie ihm ihr Geheimnis enthüllte.

„Es wird Zeit für die Zeremonie des Bindens." Mumtaz nickte einer alten, ganz in feuriges Rot gekleideten Frau zu, die soeben den Raum betreten hatte.

Lächelnd kniete die Alte neben Jasmine nieder und ergriff deren rechte Hand. „Hiermit binde ich dich." Sie wand ein wunderschön besticktes rotes Band um Jasmines Handgelenk.

Die alte Frau hob den Kopf und sah Jasmine ins Gesicht. „Du wirst mir jetzt nachsprechen."

Jasmine nickte heftig.

„Diese Bindung sei von Herzen. Diese Bindung werde niemals gelöst."

„Diese Bindung sei von Herzen. Diese Bindung werde niemals gelöst."

Jasmine brachte nur ein heiseres Flüstern zu Stande. Ihre Kehle war wie zugeschnürt angesichts der Endgültigkeit dessen, was sie gerade tat.

„Hiermit lege ich mein Leben in die Hände von Tariq al-Huzzein Donovan Zamanat. Für immer und ewig."

Jasmine wiederholte auch diese Worte langsam und sorgfältig. Sie hatte ihre Wahl getroffen, und sie würde dazu stehen, doch die Tatsache, dass ihre Eltern an diesem großen Tag nicht bei ihr waren, versetzte ihr einen schmerzhaften Stich. Sie hatten sie aus ihrem Leben ausgeschlossen mit einer Härte, die sie noch immer nicht begreifen konnte.

Jetzt nahm die alte Frau in Rot das andere Ende des Bandes und reichte es durch das Fenster der Trennwand. Eine Minute später spürte Jasmine einen leichten Ruck an ihrem Handgelenk. Soeben war sie mit Tariq verbunden worden.

Für immer und ewig.

Der betörende Gesang, der nun draußen einsetzte, drang bis tief in ihre Seele.

Tariq blickte auf die kleine Öffnung. Das einzige Fenster zu dem Raum, in dem seine Jasmine saß. Während der Gesang lauter und eindringlicher wurde, hielt Tariq unablässig den Blick auf das Fenster gerichtet.

Jasmine in dem traditionellen Brautgewand seines Landes. Unglaublicher Stolz erfüllte ihn angesichts der königlichen Haltung, mit der sie es trug. Eine Prinzessin hätte es nicht besser machen können.

Jasmine. Ihr rotes Haar strahlte wie der Sonnenaufgang und versprach ebenso viel Wärme und Lebendigkeit. Bald würde er sich dieses Versprechen erfüllen lassen.

Jasmine. Wenn sie ihn ansah, lag eine viel versprechende Sinnlichkeit in ihrem Blick. Ja, seine Jasmine war erwachsen geworden, und er freute sich schon auf das Vergnügen, sie in die Geheimnisse der Liebe einzuweisen.

Das Verlangen, sie zu besitzen, raubte ihm fast den Verstand, doch darüber hinaus war da noch eine tiefere Sehnsucht und ein tieferer Schmerz. Gefühle, die anzuerkennen er nicht bereit war. Nein, nur das körperliche Verlangen gestand er sich zu. Jasmine hatte immer zu ihm gehört, und nun war sie für immer an ihn gebunden.

Nun würde er seinen Anspruch geltend machen.

„Ich bin sehr hungrig."
Immer wieder musste Jasmine an Tariqs Worte im Taxi denken. Wie sollte sie sich entspannen, wo sie doch wusste, dass ihr Mann, hungrig wie ein Panter, sie bald in Besitz nehmen würde? Seufzend blickte sie sich in dem Zimmer um. Es war der Raum neben ihrem Schlafzimmer, und Tariqs Persönlichkeit war überall zu spüren, auch wenn er selbst nicht anwesend war.

Das hauchdünne Nachtgewand, das sie auf dem riesigen Bett gefunden hatte, war für ihre Begriffe skandalös. Das unglaublich feine Gewebe reichte ihr zwar bis zu den Knöcheln, aber es war bis zum Nabel ausgeschnitten und nur lose mit einem blauen Band zu schließen. Die Ärmel waren lang und an den Handgelenken ebenfalls mit Bändern zu schließen. Auf beiden Seiten reichten Schlitze bis hoch zu ihren Schenkeln und entblößten ihre Beine bei jedem Schritt. Auch die Ärmel waren bis hinauf zu den Schultern geschlitzt. All das wäre ja noch angegangen, doch der Stoff, aus dem das Gewand gefertigt war, war hauchdünn. Fast durchsichtig. Man konnte ihre Brustspitzen erkennen, und das dunkle Dreieck zwischen ihren Beinen.

„So zugeknöpft sie in der Öffentlichkeit auch sein mögen, in Sachen Erotik kann man wohl von ihnen lernen", murmelte Jasmine und ging zum Schrank, in der Hoffnung noch etwas zum Anziehen zu entdecken. Sie zog einen blauen Seidenmantel heraus.

„Stopp."

Erschrocken wirbelte sie herum. Sie hatte Tariq nicht hereinkommen gehört. Dabei stand er schon hinter ihr. Mit heißen Blicken begutachtete er ihren Körper. Jasmine starrte auf seine nackte Brust. Er war wundervoll gebaut. Seine Schultern waren noch breiter, als sie sich vorgestellt hatte, die Muskeln waren kräftig und geschmeidig. Sein Bauch wirkte stählern. Bis auf ein weißes um die Hüfte geschlungenes Handtuch war er nackt.

„Ich habe dir keine Erlaubnis gegeben, dich zu bedecken."

Was für ein autoritärer Ton. „Ich brauche dazu nicht deine Erlaubnis."

Mit einer leichten Drehung des Handgelenks riss Tariq ihr den Mantel aus der Hand und packte mit einer Hand ihre beiden. „Du vergisst, dass du jetzt mir gehörst. Du tust, was ich wünsche."

„Unsinn."

„Wenn es dir hilft, widersprich ruhig", erwiderte er großmütig. „Aber sei dir bewusst, dass du keine Chance gegen mich hast."

Jasmine sah ihn schweigend an. Wieder einmal fragte sie sich, ob sie sich nicht zu viel vorgenommen hatte. Womöglich war Tariq inzwischen tatsächlich der Despot, für den er sich ausgab. Vielleicht betrachtete er sie wirklich als sein Eigentum.

„Ich wünsche dich zu sehen, Mina." Er drehte sie herum. Fast wäre sie gefallen, doch sein Arm lag fest um ihre Taille. Mit dem anderen umfasste er von hinten ihren Oberkörper direkt unter ihrer Brust.

Als Jasmine aufblickte, entdeckte sie zu ihrer Verblüffung, dass sie vor dem mannshohen Spiegel in der Ecke des Zimmers standen. Ihr rotes Haar bildete einen exotischen Kontrast zu dem Weiß ihres Gewandes, ihre blasse Haut wirkte noch zarter neben Tariqs dunklen Armen. Sein Körper überragte und umrahmte sie.

„Tariq, lass mich los", flehte sie und senkte den Blick. Das Bild im Spiegel war viel zu erotisch. Doch ihre Wange schmiegte sich wie von selbst an seine Brust. Ihre Sorgen und Vorbehalte verschwanden unter einer Woge wild auflodernder Begierde.

„Nein, Mina. Ich wünsche dich zu sehen." Er liebkoste ihren Hals. „Davon habe ich jahrelang geträumt."

Ein Prickeln überlief ihren Körper angesichts dieses Geständnisses. Jetzt war es ihr nicht länger peinlich, dass er im Spiegel alles sehen konnte, was sie verbergen wollte. Plötzlich erschien alles richtig so. Als sei sie für diesen Augenblick geboren. Geboren, um die Frau des Scheichs von Zulheil zu sein.

„Sieh mir zu, während ich dich liebe." Tariq küsste ihren Halses und saugte leicht an einer besonders sensiblen Stelle.

Jasmine schüttelte den Kopf. Für diese Art erotischen Spiels war sie noch zu unerfahren und jungfräulich.

Tariq verteilte kleine Küsse auf ihren Hals, ihr Kinn, ihre Wange. Ihr Ohrläppchen war ein köstlicher Happen, den es zu kosten galt. Er knabberte zärtlich daran. Dann strich er mit den Zähnen darüber, ganz leicht. Jasmine erschauerte und stellte sich unwillkürlich auf die Zehenspitzen, um sich an ihn zu schmiegen.

„Schau in den Spiegel", flüsterte er und strich mit den Händen über ihren Bauch bis unter ihrer Brüste. „Bitte, Mina."

Sein mit rauer Stimme geflüstertes „Bitte" machte sie schwach. Sie sah in den Spiegel – und begegnete seinem Blick. Grüne Augen. Glühend. Keine Sekunde den Blick von ihren Augen lösend. Eine seiner Hände glitt weiter und umfasste ihre Brust. Keuchend klammerte Jasmine sich an den Arm, der um ihre Taille lag. Sie spürte Tariqs Hand heiß auf ihrer Brust, die schwerer und voller geworden zu sein schien. Tariq massierte sie zärtlich, doch das war ihr nicht genug. Sie brauchte mehr.

„Tariq", stöhnte Jasmine und presste sich begierig an ihn.

„Schau in den Spiegel", befahl er.

Sie tat es und sah, wie seine Hand sich über ihre Brust bewegte, bis sein Daumen neben ihrer Knospe lag. Mit großen Augen beobachtete sie, wie er mit der Daumenspitze darüber strich, einmal und noch einmal. Ihr Atem wurde flacher. Jasmine spürte, wie auch Tariqs Atem sich veränderte, wie sein Körper sich anspannte. Sie stöhnte auf, als er seine Liebkosung unterbrach und seufzte, als er sie an ihrer anderen Brust fortsetzte. Seine dunklen Hände waren so groß und stark, und Jasmine sehnte sich danach, sie überall zu spüren.

Tariq ließ ihre vor Erregung erhitzte Brust los und ließ seine Hände an ihrem Körper abwärts gleiten bis zu ihren Hüften. Dort spreizte er seine Finger, sodass seine Daumen sich in der Mitte direkt über ihrem Nabel trafen. Als Jasmine sah, wie er mit dieser Geste einen Rahmen um das lockige Dreieck zwischen ihren Schenkeln bildete, streckte sie suchend die Hände nach hinten aus und bohrte ihre Nägel in seine harten Schenkel. Er raunte zustimmend in ihr Ohr und belohnte sie mit einer weiteren Liebkosung ihres Ohrläppchens.

Und dann lächelte er ihr sie im Spiegel an, triumphierend und zärtlich zugleich und ließ sie nicht mehr aus den Augen.

Tariq bewegte seine Daumen und berührte den oberen Rand ihrer Löckchen. Jasmine versuchte ihm auszuweichen, doch seine Oberarme hielten ihre Schultern fest wie ein Schraubstock. In hilfloser Faszination, das Herz schlug ihr bis zum Hals, die Knie drohten unter ihr nachzugeben, beobachtete sie, wie er langsam und ganz gezielt die Daumen weiter abwärts bewegte ... bis zwischen ihre Schenkel.

Die plötzliche Berührung der winzigen Knospe, in der sich ihre Empfindsamkeit konzentrierte, ließ Jasmine aufschreien. Sie verbarg ihr Gesicht an Tariqs Brust, und er gab ihr Zeit, sich zu erholen, bevor er die Liebkosung wiederholte, wieder und wieder, bis sie den Kopf nach hinten warf und ihm herausfordernd ihre Hüften entgegenschob. Wie in Trance suchte sie seinen Blick im Spiegel.

„Nein!", jammerte sie, als er die Hände wegnahm.

„Geduld, Mina." Tariqs Atem war unregelmäßig, doch er hatte sich völlig unter Kontrolle.

Jasmine wand sich in seinen Armen und wünschte sich, seine Hände würden zu diesem pulsierenden Punkt zwischen ihren Beinen zurückkehren, wo sie hinzugehören schienen. Doch Tariq griff stattdessen nach dem Gewand, das sie immer noch verhüllte, und bevor sie begriff, was er vorhatte, raffte er es und entblößte ihren Unterkörper.

„Nein!" Jasmine wollte sich wehren, doch ihre Arme waren unter seinen Oberarmen eingeklemmt. Jetzt vermochte sie nicht länger hinzusehen und schloss die Augen. Als Nächstes spürte sie Tariqs Lippen auf ihrem Nacken, an ihrer Schläfe, auf ihrer Wange. Seine Hände ruhten auf ihren Hüften.

„Mina ...", bat er sie so einladend, dass Jasmine nicht widerstehen konnte. Sie öffnete die Augen und sah zu, wie er sie völlig entblößte.

Sie stöhnte auf, weil sie sich verrucht vorkam, hemmungslos der

Lust ergeben, wie sie da nackt und mit gespreizten Beinen vor dem Spiegel stand. Tariqs großer, dunkler Körper ragte hinter ihr auf wie ein männlicher Schatten.

Geschmeidig bewegten sich seine Oberschenkelmuskeln unter ihren Händen, als er seine Stellung veränderte. Der Atem stockte ihr, als sie plötzlich einen dieser muskulösen Schenkel zwischen ihren Beinen spürte. Langsam bewegte er sich hin und her. Jasmine verlor fast die Besinnung vor Lust, da nun wirklich nichts mehr ihre intimste Stelle verhüllte. Ihre Hände waren jetzt frei, doch sie wehrte sich nicht.

„Reite mich, Mina." Mit einer Hand hielt Tariq sie fest, mit der anderen streichelte er sie zwischen den Schenkeln. Jasmine glaubte, es nicht mehr zu ertragen, als sie sah, wie seine Finger ihren sensibelsten Punkt liebkosten. Wieder bewegte er seinen Schenkel – eine stumme Aufforderung. Und sie stöhnte vor Lust. Fast wie von selbst setzte ihr Körper sich in Bewegung. Tariqs Finger liebkosten die pulsierende kleine Knospe zwischen ihren Schenkeln, und gleichzeitig presste er seinen Oberschenkel gegen sie, sodass Jasmines Zehen kaum noch den Boden berührten.

Sie schloss die Augen und gab sich völlig seinen Liebkosungen hin. Verzweifelt versuchte sie an seinen Armen Halt zu finden, doch es war zu spät. Sie hatte das Gefühl, dass sich in ihrem Inneren eine Explosion anbahnte, und plötzlich geschah es. Es war, als würde sich ihr Inneres verflüssigen, sich auflösen und kurz darauf wieder zu einem Ganzen werden. Es war so berauschend, dass sie aufschluchzend ihr Gesicht an Tariqs Brust verbarg.

„Mina, du bist wunderschön." Sein Ton war fast ehrfürchtig.

Jasmine strich sich das Haar aus dem Gesicht und betrachtete sich im Spiegel, die Beine weit gespreizt, Tariqs Schenkel dazwischen. Doch sie war viel zu erfüllt von befriedigter Lust, um auch nur an Scham zu denken. Sie blickte auf und begegnete Tariqs Blick. „Danke."

Er erschauerte und verlor fast die Kontrolle angesichts ihrer völligen Hingabe. „Ich bin noch nicht fertig."

Tariq ließ ihr Gewand los. Mit leisem Rascheln fiel es herab und verhüllte wieder Jasmines wundervolle Beine. Mit brennenden Augen verfolgte sie jede Bewegung Tariqs, als er begann, die blauen Bänder an ihrem Ausschnitt zu lösen.

Er nahm sich Zeit und genoss jede Sekunde. Endlich wurde wahr, wovon er seit Jahren geträumt hatte. Triumphierend spürte er Jasmines lustvolle Schauer bei jeder weiteren Bewegung seines Schenkels zwischen ihren Beinen.

„Tariq, hör auf, mit mir zu spielen." Sie drehte sich zu ihm um.

Er küsste sie auf die Lippen, hingerissen von ihrer Sinnlichkeit. „Aber es macht solchen Spaß, mit dir zu spielen." Endlich war er fertig mit den Bändern. Das Gewand fiel auseinander und gab Jasmines Brüste frei. Tariqs Verlangen wurde fast unerträglich. Begierig schloss er die Hand um ihre perfekten Wölbungen und drückte sie zärtlich.

Jasmine schloss die Augen und bog sich seiner Berührung entgegen. Wieder presste er seinen Schenkel gegen ihre empfindlichste Stelle. Sie sollte ihn spüren, sollte wissen, wie sehr er sie wollte und dass sie ihm gehörte. Er wollte ihr sein Zeichen aufdrücken. So tief, dass sie niemals auch nur daran denken würde, ihn noch einmal zu verlassen. Es war ein primitiver Impuls, ganz und gar nicht zivilisiert, dessen war er sich bewusst, doch wenn es um diese Frau ging, waren seine Gefühle zu überwältigend in ihrer Intensität.

Jasmine öffnete die Augen und lächelte ihm zu, selbstsicher im neu gewonnenen Bewusstsein ihrer weiblichen Macht, und begann sich langsam auf und ab zu bewegen. Es war so erregend, dass Tariq es nicht zu ertragen glaubte, doch gleichzeitig genoss er jede Sekunde.

„Hexe!", raunte er in gespielter Entrüstung.

„Du forderst die Hexe in mir heraus."

Tariq massierte erneut Jasmines Brüste und streichelte und massierte ihre Knospen. Sie war so herrlich erregbar, so sinnlich. Wie sollte er dieser Versuchung widerstehen. „Vielleicht", gab er zu. „Aber ich bin stärker als du."

Bevor Jasmine es verhindern konnte, nahm Tariq ihr Gewand und streifte es ihr über den Kopf. Sie ließ es geschehen. Ihre Arme folgten wie von selbst der Bewegung. Im selben Moment zog er sein Bein zurück, sodass nur sein Arm um ihre Taille sie jetzt noch aufrecht hielt.

Jasmine strich sich das Haar aus dem Gesicht und betrachtete atemlos ihr Spiegelbild. Sie war jetzt völlig nackt.

„Du gehörst mir, Jasmine."

Diesmal machten ihr seine Worte keine Angst. Kein anderer Mann könnte so zärtlich sein zu einer Frau, die er als seinen Besitz betrachtete. Irgendwie musste sie den alten Tariq hinter der Maske erreichen.

Sie wusste, dass er existierte.

Sie hatte Tariq offensichtlich viel tiefer verletzt, als sie damals ahnen konnte. Jetzt musste sie ihm ihre Liebe beweisen. So sehr, dass er nie wieder an ihr zweifeln würde. Ihr Panter musste auf ihre Treue vertrauen, bevor er wieder auf ihr Liebe vertrauen konnte. Aber das würde er, denn sie würde niemals aufgeben. Niemals würde sie auch nur daran denken, dass es vielleicht keine Hoffnung gab, seine Liebe zurückzugewinnen. Es wäre ein Albtraum, den sie nicht ertragen könnte.

Ihre Blicke trafen sich im Spiegel. Jasmine holte tief Luft. „Lass mich noch einmal reiten."

4. KAPITEL

"Nein, diesmal bin ich dran." Tariq drehte sie zu sich herum und nahm sie mühelos auf die Arme. "Und ich wünsche mir einen langsamen, langen Ritt. Du kannst später noch einmal." Er küsste sie kurz auf den Mund.

Nachdem Tariq sie zum Bett getragen und dort abgelegt hatte, sah Jasmine ihn zum ersten Mal völlig nackt. Wie groß er war. Sie hatte sich keine Gedanken darüber gemacht, wie viel größer als sie er war. Bis zu diesem Augenblick.

Er begegnete ihrem Blick, und sie wusste, er ahnte, was in ihr vorging. "Ich werde dir nicht wehtun, Mina."

Es war wundervoll, sein Gewicht zu spüren, als er ihren Körper mit seinem bedeckte. Sie fühlte sich überall gleichzeitig liebkost.

"Immer nennst du mich Mina, wenn du deinen Willen haben willst", sagte sie, spreizte leicht ihre Schenkel für ihn und legte die Arme um seinen Nacken.

Zärtlich umfasste er ihren Po. "Ich werde von jetzt an immer meinen Willen bekommen." Diese Feststellung duldete keinen Widerspruch. Ebenso wenig wie das Verlangen, mit dem er zwischen ihre Schenkel drängte.

Er küsste sie, lange und ausgiebig und nahm mit der Zunge vorweg, was er gleich mit seinem Körper tun würde. Jasmine wusste, sie war bereit. Sie hatte schon unter dem Druck seines Schenkels gespürt, wie sie feucht wurde. Sie wusste es, und konnte es doch erst nach einem weiteren Kuss und seinem heiser ausgestoßenen Versprechen: "Ich werde es gut für dich machen, Mina" glauben.

"Jetzt", flüsterte sie.

Er legte seine Hände um ihre Hüften und drang in sie ein. Gleichzeitig umschloss er mit seinen Lippen eine ihrer Brustspitzen und saugte daran. Jasmine schrie auf vor Lust. Er drang tiefer in sie ein, sodass ihr Jungfernhäutchen zerriss. Jasmine erstarrte.

"Mina?" Tariq verharrte mitten in der Bewegung.

Sie klammerte sich an seine Schulter und bohrte die Nägel in seine Haut. "Ein langer, langsamer Ritt", erinnerte sie ihn keuchend und versuchte, sich an das neue Gefühl zwischen ihren Schenkeln zu gewöhnen. Sie wartete.

Doch es dauerte nicht lange, da flehte sie ihn an, seinen Rhythmus zu beschleunigen.

„Du bist so ungeduldig", tadelte er sie, doch sein Körper glänzte von Schweiß, und sie spürte, wie er zitterte, so sehr strengte es ihn an, sich zurückzuhalten.

Jasmine bog sich ihm entgegen und strich mit ihren Fingernägeln über Tariqs Rücken, da gab er jede Zurückhaltung auf. Jasmine biss ihn in die Schulter, als die Lust sie überwältigte. Zum zweiten Mal in dieser Nacht erreichte sie einen Höhepunkt. Tariqs Körper erstarrte für einen Augenblick, bevor auch er sich seinen Gefühlen völlig hingab.

Er kam Jasmine jetzt schwerer vor, als er sich erschöpft auf sie sinken ließ, aber sie war viel zu müde, um auch nur eine Hand zu heben. Also schmiegte sie ihr Gesicht in Tariqs Halsbeuge und ließ sich vom Schlaf übermannen.

Irgendwann in der Morgendämmerung erwachte Jasmine vom Knurren ihres Magens. Erst jetzt wurde ihr bewusst, dass sie nichts mehr gegessen hatte, seit sie Neuseeland verlassen hatte. Sie versuchte sich zu bewegen, aber ein schweres Männerbein auf ihrem Unterleib und ein besitzergreifend über ihre Brust gelegter Männerarm machten jede Bewegung unmöglich. Wieder knurrte ihr Magen.

„Tariq." Sie küsste seinen Hals. Seine Haut fühlte sich warm an und schmeckte ein ganz klein wenig nach Salz. „Wach auf."

Er murmelte nur irgendetwas und nahm sie noch fester in die Arme. Seufzend drückte Jasmine ihre Hände gegen seine Schultern und schüttelte sie.

„Möchtest du schon weitermachen, Mina?", fragte er schläfrig.

Jasmine wurde rot. Nun, da sie nicht mehr von Lust und Verlangen überwältigt war, konnte sie kaum noch glauben, wie hemmungslos sie sich ihrer Leidenschaft ergeben hatte.

„Ich möchte etwas essen. Ich sterbe vor Hunger."

Schmunzelnd drehte Tariq sich auf den Rücken und zog sie mit sich, sodass sie schließlich auf ihm lag. Mit funkelnden Augen blickte er sie aus halb geschlossenen Lidern an. „Was gibst du mir dafür, wenn ich dir etwas zu essen gebe?"

Wieder knurrte ihr Magen. Diesmal sehr laut. „Frieden."

Er lachte. Jasmine spürte es in ihren Händen, die auf seiner Brust lagen.

„Ah, Mina, du bist niemals so, wie man es erwartet." Er seufzte theatralisch. „Ich werde sehen, was ich für dich tun kann."

Sachte schob er sie zur Seite und stieg aus dem Bett. Jasmine schaute zu, sie konnte nicht anders. Zu herrlich war das Spiel seiner Muskeln anzusehen, als er aufstand und sich nach dem Hausmantel bückte, den er ihr aus der Hand genommen hatte.

„Gefällt dir die Aussicht?", fragte Tariq, ohne sich umzudrehen.

Jasmin spürte, wie sie erneut rot wurde. „Ja."

Ihre Antwort schien ihn zu befriedigen. Sie konnte sehen, dass er lächelte, während er in den Mantel schlüpfte und zur Tür ging.

„Wohin gehst du?"

„Im Speiseraum ist etwas zu essen. Ich bringe es dir."

Als er fort war, schlüpfte Jasmine rasch in das halbtransparente Nachtgewand, das auf dem Fußboden lag. Sie saß mit gekreuzten Beinen auf dem Bett, als Tariq zurückkehrte. Ohne ein Wort stellte er das Tablett mit den Speisen in der Mitte des Bettes ab und legte sich daneben wie ein schläfriger Panter, um Jasmine beim Essen zuzuschauen.

„Wie heiße ich jetzt eigentlich?", fragte sie, nachdem der erste Hunger gestillt war.

„Jasmine al-Huzzein Coleridge-Donovan Zamanat."

Jasmine machte große Augen und hielt mitten in der Bewegung inne. „Du lieber Himmel. Das macht ja was her. Ich wusste gar nicht, dass ich meinen Mädchenname behalte."

„Frauen sind in Zulheil immer geschätzt und respektiert worden." Er streckte sich wohlig auf dem Bett aus. „Deshalb verlangen wir auch nicht von ihnen, dass sie von ihrer Religion konvertieren, wenn sie heiraten. Du hast die freie Wahl."

Seine Worte machten ihr Mut. Ja, dachte sie, es besteht Hoffnung. „Donovan war also der Name deiner Mutter?"

Sein Blick verdüsterte sich kurz. „Du weißt ja, sie war Irin." Er nahm eine Feige von Jasmines Teller und schob sie sich in den Mund.

Was für sinnliche Lippen er hat, dachte sie und starrte anbetend auf die Bewegungen seines Mundes. Sie erinnerte sich nur zu gut daran, was für wundervolle Dinge er damit getan hatte.

„Wenn wir einmal ein Kind haben, wird sein oder ihr Name al-

Huzzein Coleridge Zamanat sein. Al-Huzzein Zamanat ist der Name der Herrscherfamilie, aber jedes Kind trägt auch den Namen seiner Mutter." Neugierig beobachtete Tariq Jasmines Gesicht, als sie nicht antwortete.

Verlegen richtete sie ihre Aufmerksamkeit auf das Essen. Die Vorstellung, einmal Tariqs Kind unter dem Herzen zu tragen, war bittersüß. Sie wusste, sie musste ihm ihr Geheimnis beichten – aber nicht jetzt.

„Du hast ihre Augen", sagte sie.

„Ja. Und ..." Er brach ab. Als Jasmine fragend aufblickte, lächelte er sein gefährliches raubtierhaftes Lächeln. „Manche sagen, ich habe ihr Temperament."

„Das mag wohl sein." Sie nahm eine getrocknete Aprikose und schob sie ihm zwischen die Lippen. Schnell wie der Blitz hatte er ihr Handgelenk gepackt und leckte ihre Finger sauber wie eine große Raubkatze. Dabei ließ er keine Sekunde den Blick von ihren Augen.

„Du musst sie sehr vermissen", sagte Jasmine.

Tariq wandte den Blick ab. „Sie sind fort. Jetzt muss ich mein Volk führen. Ich habe keine Zeit zum Trauern."

Jasmine empfand tiefes Mitgefühl. Jedem sollte die Möglichkeit gegeben werden zu trauern. Auch einem Scheich. Sie wollte gerade etwas Tröstliches sagen, da nahm er das Tablett und stellte es auf den Boden. „Genug geredet."

Tariq wollte nicht über seine Eltern sprechen. Der Schmerz über ihren Tod war zu groß. Und was er im Nachhinein herausgefunden hatte, hatte ihn fast verrückt gemacht vor Enttäuschung. Seine schöne, liebevolle Mutter hatte Krebs gehabt und hatte gewusst, dass sie sterben würde. Seine Eltern waren auf dem Rückweg von einer Klinik gewesen, als der Unfall passierte.

Die Frau, der er von allen Menschen am meisten vertraut hatte, hatte ein Geheimnis vor ihm gehabt und sich ihm dadurch noch vor ihrem Tod entzogen. Er hätte ihr noch so vieles sagen wollen, doch sie hatte nicht genug Vertrauen in ihn gehabt, um ihm ihr Geheimnis anzuvertrauen. Und er würde niemals erfahren, ob er nicht vielleicht etwas hätte tun können, um ihren Tod zu verhindern.

Tariq verscheuchte die traurigen Erinnerungen und drückte Jasmine auf die Matratze. Hier, im Bett, würde es keine Lügen zwischen ihnen geben. Es gab nichts zu verschweigen, wenn sie sich gegenseitig mit ihren Körpern Vergnügen verschafften. Dass echte sexuelle Erfüllung nicht möglich war, ohne dass es Folgen für sein Gefühlsleben hatte, daran wollte er nicht denken. Dass diese zierliche Frau mit ihrem scheuen Lächeln und ihrer Sinnlichkeit vielleicht längst ihren Platz in seinem Herzen gefunden hatte, war er nicht bereit, sich einzugestehen.

„Hast du Schmerzen?" Tariq spürte, dass Jasmine errötete, denn ihre Haut erwärmte sich unter seiner Handfläche, und ihr Puls beschleunigte sich.

„Nein." Sie barg ihr Gesicht an seinem Hals.

„Ich werde dich nicht zwingen, Mina. Niemals werde ich mir etwas nehmen, was du mir nicht geben willst." Er streichelte ihren Rücken und drückte kleine Küsse auf ihren Hals. Er fand es köstlich, wie samtig ihre Haut war. Jasmines Körper weckte in ihm das Verlangen, diese wundervollen Kurven und die Geheimnisse, die sie bargen, langsam und ausgiebig zu erforschen.

„Und ich? Kann ich dich zwingen?"

Einen Augenblick lang war er verblüfft, dann lächelte er. „Begehrst du mich denn so sehr, mein Weib?"

„Das weißt du doch." Ihre Augen funkelten. Dass sie so herausfordernd werden könnte, damit hatte er nicht gerechnet, doch er fand es wunderbar. Wieder einmal musste er sich eingestehen, dass Jasmine nicht mehr das junge Mädchen war, das ihn vor vier Jahren fast zerstört hatte.

Er beugte sich vor und strich mit seinem Mund über ihre Unterlippe. Sie erwiderte die Zärtlichkeit, indem sie ihn ganz sacht ihre Zähne spüren ließ. Oh ja, seine Jasmine war alles andere als ein zahmes Kätzchen, das sich herumkommandieren ließ. Die neue Jasmine hatte Krallen. Würde sie sie einsetzen um gegen ihn zu kämpfen oder für ihn?

Ein ganz neues Gefühl der Erregung erfüllte Tariq.

Zwei Tage später betrat Tariq eines der Turmzimmer am Ende ihrer Suite. Gerade rechtzeitig, um zu sehen, wie Jasmine die Arme ausbreitete und „perfekt!" rief.

Der Raum war an drei Seiten fast völlig verglast und deshalb von

Sonnenlicht erfüllt. Tariq erstarrte, als er Jasmine freudig lachend durch den Raum tanzen sah. Eisern verdrängte Gefühle drohten hervorzubrechen. So leicht fand sie Zugang zu seinem Herzen.

Schockiert darüber, wie ergeben er dieser Frau war, die diese Ergebenheit niemals wirklich erwidert hatte, verscheuchte er mit aller Kraft die zärtlichen Gefühle, die sie in ihm weckte.

„Was ist perfekt?", fragte er schließlich.

Erschrocken drehte Jasmine sich um. Tariqs charismatische Ausstrahlung schien stärker geworden zu sein in den Stunden, in denen sie sich nicht gesehen hatten. „Dieses Zimmer", brachte sie mühsam heraus. „Ich dachte, ich könnte es vielleicht als Arbeitsraum benutzen. Geht das?"

Tariq machte einen Schritt auf sie zu. „Du bist hier zu Hause, Mina. Tu, was dir gefällt."

Jasmine lächelte und warf die Arme um seinen Nacken. Er rührte sich nicht, und sie ließ ihn rasch wieder los, bevor er sie womöglich von sich schob. Zärtliche Gesten, das war etwas anderes als sinnliche Berührungen im Bett, und Tariq hatte ihr in keiner Weise zu verstehen gegeben, dass er außerhalb des Bettes irgendwelche Liebesbeweise von ihr erwartete. Das tat weh, doch sie war entschlossen, diese Mauer zu durchbrechen.

„Ich danke dir." Sie ging an eines der deckenhohen Fenster und blickte in den Garten. „Dieses Zimmer wäre auch perfekt für dich und deine Malerei. Wo ist dein Atelier?"

„Ich habe als Scheich keine Zeit für so etwas, Mina."

Jasmine war betroffen. „Aber du hast die Malerei immer so geliebt." Sie verwahrte das Bild, das er für sie in Neuseeland gemalt hatte, wie ein Kleinod. Es war für sie zu einem Talisman geworden, der ihr die Kraft gegeben hatte, an ihrem Traum festzuhalten.

„Man bekommt nicht immer das, was man sich wünscht."

„Nein", stimmte sie zu. Wie fremd und distanziert er plötzlich war. Ihr Tariq, der doch tief in seinem Herzen zärtlich und liebevoll war, war nun hinter der versteinerten Fassade dieses Scheichs verborgen. Wieder einmal wurde sie von Zweifeln gequält. Würde sie diese Fassade jemals durchdringen können? Aber sie kämpfte dagegen an. Für eine Frau, die niemals von denen geliebt worden war, die sie eigentlich mit all ihren Fehlern und Unzulänglichkeiten hätten annehmen und beschützen sollen, war das eine Aufgabe, die gewaltigen Mut und verzweifelte Hoffnung erforderte.

Tariq legte die Hände um ihren Nacken und ließ seine Daumen über ihre zarte Haut kreisen. „Wir haben keine Zeit für eine Hochzeitsreise", raunte er. „Aber ich muss morgen aufbrechen, um einen der Wüstenstämme zu besuchen. Du wirst mitkommen."

Er ließ ihr keine Wahl, aber sie wollte auch keine. Vier Jahre waren sie getrennt gewesen, das reichte. „Wohin werden wir gehen?" Jasmine hatte das Gefühl, schon wieder in Flammen zu stehen.

Tariq strich mit dem Daumen über eine bestimmte Stelle an ihrem Hals. „Ich habe dir heute Morgen mein Zeichen aufgedrückt."

Unwillkürlich lege sie eine Hand auf die Stelle. „Das habe ich noch gar nicht bemerkt."

Er sah sie schweigend an. Das Grün seiner Augen schien sich zu verdunkeln, bis es fast schwarz war. „Du gehörst ganz und gar mir, Mina."

Jasmine wusste nicht, was sie darauf erwidern sollte. Es war schon beängstigend, die Frau dieses Mannes zu sein. Manchmal entdeckte sie in ihm ihren Tariq, doch meistens nahm sie nichts anderes wahr als diese kalte, versteinerte Maske.

„Wie weiß und weich deine Haut ist, meine Jasmine."

Sein heiseres Flüstern beruhigte sie. Mit Tariqs Begierde konnte sie fertigwerden, doch wenn er sich kalt und unberührt gab, hätte sie aufschreien mögen vor Verzweiflung.

„Sie lässt sich so leicht markieren."

„Tariq, was ..." Überrascht wollte sie protestieren, als er ihre Bluse aufknöpfte.

Er ignorierte ihren Protest. Mit großen Augen sah Jasmine zu, wie er seinen Kopf senkte, und im nächsten Moment spürte sie seine Lippen auf ihrer Brust. Siedend heiß. Sie krallte ihre Finger in sein Haar, als er begann, an der empfindlichen Stelle zu saugen. Ihr Körper glühte. Schließlich hob Tariq den Kopf, nahm ihre Hand und tippte mit einem ihrer Finger auf die markierte Stelle. „Sieh das an und denk daran, dass du mir gehörst."

Jasmine konnte ihn nur stumm anschauen. Er war so besitzergreifend, so dominierend. Nichtsdestotrotz war sie unglaublich erregt. Ihr Körper reagierte einfach auf dieses primitiv männliche Verhalten.

„Hör nicht auf daran zu denken." Er küsste sie, um ihre Sehnsucht zu steigern. „Heute Nacht werden wir beide Erfüllung finden." Damit wandte er sich um und ging hinaus.

Jasmine spürte, wie ihre Knie weich wurden. Sie musste sich an dem Fenstersims hinter ihr festhalten. Er hatte ihr sein Zeichen aufgedrückt, ganz bewusst und absichtlich, um sie als seinen Besitz zu markieren. Ganz deutlich hatte sie das triumphierende Funkeln in seinen Augen gesehen, den Ausdruck von Befriedigung auf seinem Gesicht. Sie erschauerte, teils aus Lust, teils aber auch, weil sie zutiefst verunsichert war. Sie wollte nicht glauben, dass Tariq nichts weiter als körperliche Begierde für sie empfand, behandelte er sie doch manchmal äußerst liebevoll. Doch was er eben getan hatte, das war weniger aus Liebe geschehen, als vielmehr aus einem niederen Beweggrund. Jasmine wusste, dass das ihre Beziehung prägen würde, wenn sie nicht herausfand, was genau in Tariq vorging.

Am nächsten Tag war der Himmel so blau und kristallklar, dass Jasmine sich überwältigt fühlte von so viel Schönheit.

Sie verließen Zulheina in einer Limousine. Die Fahrt würde fünf Stunden dauern. Danach würden sie mit Kamelen weiterreiten müssen.

„Wer sind die Leute, die uns folgen?", fragte sie, als sie losfuhren.

„Drei von meinen engsten Beratern begleiten uns." Tariq winkte mit seinem Zeigefinger, und Jasmine setzte sich lächelnd neben ihn, sodass er sie an sich drücken konnte. Im Gegensatz zu der geradezu wütenden Leidenschaft, mit der er sie in der Nacht zuvor geliebt hatte, war er jetzt ganz entspannt. „Am Ende der Straße werden uns zwei Boten abholen und zu dem Vorposten von Zeina führen."

„Diese Stadt scheint sehr isoliert zu sein."

„So lebt mein Volk nun einmal. Wir sind nicht wie die umherziehenden Beduinenstämme. Wir sind sesshaft und bauen Städte. Doch meistens sind diese klein und liegen weit voneinander entfernt."

„Selbst Zulheina ist nicht allzu groß, oder?"

Tariq öffnete das Band um ihren Zopf und löste ihr Haar. Jasmine legte den Kopf an seine Brust und genoss die unverhoffte Zärtlichkeit.

„Nein, sehr groß ist Zulheina nicht. Unsere einzige echte Großstadt ist Abraz. Sie ist die Stadt, die wir auch nach außen hin zeigen, aber Zulheina ist das Herz des Scheichtums."

„Welche Bedeutung hat Zeina?"

Tariq streichelte ihren Nacken, und Jasmine schmiegte sich an ihn wie eine Katze. „Ah, Mina, du bist so voller Widersprüche."

Erstaunt sah sie ihn an. „Inwiefern?"

Er berührte ihre halb geöffneten Lippen mit den Fingerspitzen. „In meinen Armen so sinnlich und ungehemmt, doch in der Öffentlichkeit wie eine echte Dame. Eine wundervolle Kombination."

„Und ich bin sicher, dass du noch etwas hinzuzufügen hast."

„Ich ertappe mich immer wieder dabei, wie ich mir vorstelle, deine damenhafte Fassade zu Fall zu bringen. Es macht mir sehr viel Spaß, mir zu überlegen, wie ich dich dazu bringe, vor Lust laut zu schreien."

„Von jetzt an werde ich jedes Mal, wenn du mich ansiehst, denken, dass du daran denkst", erwiderte Jasmine und wurde rot.

„Damit hättest du wohl recht." Im nächsten Moment küsste er sie liebevoll.

Jasmine schlang die Arme um seinen Nacken und gab sich seinen Zärtlichkeiten hin. Tariq schien keine Eile zu haben. Er zog sie auf seinen Schoß, liebkoste ihre Brüste und erteilte ihr gleichzeitig eine Lektion in der Kunst des Küssens. Wenn sie Atem schöpfen musste, ließ er von ihr ab und strich zärtlich mit einem Finger über ihre Lippen, um sie dann erneut mit seiner Zunge zu liebkosen. Jasmine war es, die schließlich so erregt war, dass sie glaubte, sich wehren zu müssen.

„Genug", flüsterte sie atemlos und spürte dabei deutlich, wie sehr er sie wollte.

Tariqs Blick war verschleiert, doch er hielt sie nicht zurück, als sie von seinem Schoß rutschte. „Du hast recht, Mina. Ich würde Stunden brauchen, um das hier zu Ende zu bringen."

Sie rutschte vorsichtshalber ans andere Fenster. „Erzähl mir noch ein bisschen von Zeina."

Mit einem typisch männlich triumphierenden Lächeln betrachtete er ihre Brüste, die sich unter dem Stoff ihres Gewands hoben und senkten. „Zeina ist einer unserer größten Zulheil-Rose-Lieferanten. Aus noch unbekannten Gründen findet man diesen eigenartigen Edelstein nur in der unmittelbaren Nachbarschaft von Ölvorkommen."

Jasmine pfiff durch die Zähne. „Na, da hat Zeina es ja in doppelter Hinsicht gut getroffen."

„Stimmt, aber im Lauf der Jahrhunderte hat sich zwischen den verschiedenen Stämmen eine Art Netzwerk entwickelt, sodass nicht nur die Menschen profitieren, die direkt neben diesen Bodenschätzen leben. Zum Beispiel liefert Zeina den Edelstein nur in unbearbeiteter Form aus, und zwar an zwei Stämme im Norden unseres Landes, die die besten Kunsthandwerker der Welt hervorbringen."

Jasmine wusste, dass Tariq mit Recht stolz war. Die Kunsthandwerker von Zulheil galten als wahre Magier ihres Fachs. „Moment mal", sagte sie. „Wenn man diesen Edelstein nur in der Nähe von Erdöl findet, warum ist Zulheina dann keine Ölstadt?"

„Zulheina ist in mehr als einer Hinsicht ein Phänomen. So widersprüchlich es auch klingt, unsere Ingenieure und Geologen sagen, dass es in der ganzen Gegend keinen Tropfen Öl gibt", erklärte Tariq. „Deshalb glauben wir, dass der Kristallpalast ein Geschenk der Götter ist."

„Dem lässt sich nichts hinzuzufügen. Er ist unglaublich schön." Jasmine seufzte unwillkürlich. „Was ist eigentlich der Zweck dieser Reise?"

„Unser Volk lebt sehr weit verstreut. Ich lege großen Wert darauf, jeden einzelnen Stamm einmal im Jahr zu besuchen." Tariq streckte seine langen Beine aus. „Ich fürchte, ich muss mich jetzt mit diesen Berichten beschäftigen, Mina." Er deutete auf die Papiere, die er zuvor in die Tasche an der Innenseite der Wagentür geschoben hatte.

Jasmine nickte verstehend und dachte über ihr Gespräch nach. Offenbar vertraute Tariq ihr nicht genug, um ihr seine Liebe zu zeigen, doch er hatte keine Bedenken, mit ihr über die Geschäfte seines Landes zu sprechen. Zum ersten Mal in ihrem Leben fühlte sie sich als Teil von etwas, nicht nur als Zuschauerin. Mit neuer Hoffnung auf eine gemeinsame Zukunft mit Tariq nahm sie ihren Skizzenblock zur Hand und begann ein Kleid in den Farben des Nachthimmels zu entwerfen.

Als Tariq von seinen Unterlagen aufblickte, sah er Minas Hand mit geübtem Strich über das Papier gleiten. Ihrem Gesicht war anzusehen, wie konzentriert sie war. Er war fasziniert.

Als sie sich damals kennenlernten, war sie Studentin gewesen, doch ihr Studium hatte sie nicht interessiert. Jetzt war sie völlig eingenommen von dem, was sie tat.

„Darf ich mal sehen?", fragte er, begierig mehr zu erfahren über diese neue Jasmine, die ihn noch viel stärker zu verzaubern drohte als die Jasmine von damals.

Große blaue Augen blickten ihn verwundert an. Dann lächelte sie. „Wenn du möchtest."

Er rutschte zu ihr hinüber und legte seinen Arm auf ihre Rückenlehne. „Ein Abendkleid", stellte er fest.

„Ich dachte, ich verwende dafür einen mit Silberfäden durchwirkten Stoff."

Tariq beugte sich vor und betrachtete ganz genau die klaren Linien ihrer Skizze. „Du bist begabt. Das ist wunderschön."

Jasmines Wangen färbten sich rosa. „Wirklich?" Es gelang ihr nicht, ganz zu verbergen, wie sehr sie sich nach Anerkennung sehnte.

Tariq dachte daran, wie defensiv sie reagiert hatte, als er sie bei ihrer Ankunft ausgefragt hatte. Sie hatte sich wie jemand verhalten, der niemals Unterstützung bei der Verwirklichung seines Traumes erfahren hatte. Zum ersten Mal bekam er eine Ahnung davon, wie und wodurch diese Frau geprägt worden war. Ein geradezu zorniges Verlangen, sie zu beschützen, stieg in ihm auf. Der Wunsch, jene zu bestrafen, die ihr wehgetan hatten, während sie für ihn außerhalb seiner Reichweite war, wurde so stark, dass es ihn eine bewusste Anstrengung kostete, sich unter Kontrolle zu halten.

„Ja, wirklich. Vielleicht findest du etwas, das dir gefällt in der nächsten Lieferung aus Razarah." Er würde persönlich dafür sorgen, dass man ihr Muster von jedem Stoff lieferte. „Erzähl mir von deinen Entwürfen."

Freudig strahlend ging sie auf seine Bitte ein, und für den Rest der Fahrt herrschte eine zwanglose, freundschaftliche Atmosphäre, was Tariq überraschte. Seit er den Thron bestiegen hatte, hatte er nie mehr einfach so mit jemandem zusammen sein können. Und jetzt war da Jasmine mit ihrem Lachen und ihren Träumen und brachte ihn in Versuchung, sich gehen zu lassen. Sich ihr zu öffnen und einfach Spaß zu haben. Aber vertraute er ihr genug, um so weit zu gehen?

5. KAPITEL

„Ich habe Angst", platzte Jasmine heraus.
Tariq drehte sich zu ihr um. „Angst?"
Sie nickte. „Die Kamele sind so groß und ..." Ihre Stimme zitterte. Sie hatte sich nicht wirklich überlegt, was eine Reise auf dem Rücken eines Kamels bedeutete.
Tariq legte die Hände auf Jasmines Schultern. „Du bist ja ganz außer dir."
Sie nickte kläglich. „Ich kann Höhe nicht vertragen, und ein Kamelrücken ist schrecklich hoch."
„Es gibt keine andere Möglichkeit, sonst hätte ich sie dir angeboten."
„Ist schon gut. Ich werde schon damit fertigwerden", log sie.
„Du bist so tapfer, Mina." Er strich mit der Daumenspitze über ihre zitternde Unterlippe. „Der Wagen ist noch hier. Du kannst zurückfahren."
Überrascht blickte Jasmine auf. Er hatte doch so kompromisslos von ihr gefordert, ihn zu begleiten. „Du willst nicht mehr, dass ich mitkomme?"
„Ich will nicht, dass du leidest."
Sie biss sich auf die Unterlippe. „Wie lange wird es dauern?"
„Wir brauchen drei Tage bis Zeina. Einschließlich unseres Aufenthalts und der Rückreise werden mindestens einenhalb Wochen vergehen."
„Eineinhalb Wochen ..." Sie würde es nicht ertragen, so lange von ihm getrennt zu sein. „Ich komme mit. Kann ich mit dir reiten?"
Er nickte und küsste sie auf den Mund. „Du kannst dein Gesicht an meiner Brust verbergen und die Augen schließen, so wie du es im Bett machst."
Jasmine wurde verlegen. Tatsächlich schlief sie am liebsten mit dem Kopf auf seiner Brust. Zärtlich streichelte sie seine Wange, die von seinem weißen Kopfschutz halb verdeckt wurde. „Danke, Tariq."
„Bitte sehr, mein Weib. Und jetzt komm, es wird Zeit."
Manchmal kann Tariq wirklich sehr, sehr lieb und rücksichtsvoll sein, dachte sie, als er ihr auf den Schwindel erregend hohen Rücken des Tieres half. Er stieg sofort nach ihr auf, bevor sie überhaupt an Pa-

nik denken konnte. Sie waren beide für den Ritt in weite Hosen, Tuniken und Kopfschutz gehüllt, um gegen die Sonne und die Hitze geschützt zu sein.

Jasmines Magen drehte sich fast um, als das Kamel sich in Bewegung setzte, doch sie hielt den Blick nach vorne gerichtet, wild entschlossen, Angst und Übelkeit zu besiegen. Der Anblick der endlosen Wüste war ihr eine unerwartete Hilfe.

Als sie schließlich am Abend Rast machten, war die Übelkeit kein Problem mehr. Solange sie nicht nach unten schaute, machte der schaukelnde Gang des Kamels ihr nicht mehr so viel aus. Außerdem hatte Tariq seine starken Arme um ihre Taille gelegt.

Aber selbst die starken Arme ihres Mannes konnten sie nicht vor den Folgen bewahren, die ein Tagesritt auf dem Rücken eines Kamels für einen ungeübten westlichen Po hatte. Erst als sie vom Kamel abstieg, bemerkte sie, wie furchtbar weh es tat. Sobald wie möglich entschuldigte sie sich und entfernte sich vom Nachtlager, bis sie außer Sichtweite war. Rasch erledigte sie ihre Notdurft und dann stand sie im Schatten eines kleinen Baumes und rieb sich ihren schmerzenden Po.

Tariqs leises Lachen ließ sie mit hochrotem Kopf herumfahren. Er war keinen Meter von ihr entfernt, hatte die Arme vor der Brust verschränkt und ein breites Lächeln in seinem aristokratischen Gesicht.

„Was machst du denn hier?" Peinlich berührt wollte sie an ihm vorbeigehen.

Er fing sie jedoch ab, indem er einen Arm um ihre Taille legte und sie mit einer Bewegung zu sich herumdrehte. „Sei nicht böse, Mina. Ich habe mir Sorgen um dich gemacht, als du so lange fort warst."

Allein schon durch seine Berührung besänftigt antwortete sie: „Es tut so weh." Zum ersten Mal seit ihrer Ankunft fühlte sie sich ausgesprochen unwohl, wie eine Fremde, weit davon entfernt, sich an die Sitten dieses exotischen Volkes zu gewöhnen. Sie brauchte jetzt Tariqs Trost. Aber sie bekam etwas ganz anderes, als sie erwartet hatte.

Er legte die Hände auf ihren Po und begann ihre schmerzenden Muskeln sanft zu massieren. „Es kann nur besser werden. Ist das nicht einer von euren typischen Sprüchen im Westen?"

Jasmine stöhnte, zu erleichtert, um noch peinlich berührt zu sein. Die Bewegungen seiner Hände wirkten wie ein Zauber, doch sie wusste, wenn er so weitermachte, dann würde sie bald etwas sehr Unvernünftiges tun. Deshalb legte sie ihre Hände auf seine Brust und schob ihn von sich. „Wir sollten besser zurück zum Camp gehen, sonst bekommen wir vielleicht nichts mehr zu essen."

Tariq seufzte enttäuscht. „Du hast recht, Mina. Komm." Er streckte die Hand aus, und dann gingen sie Hand in Hand zu den anderen zurück.

Als Jasmine am Morgen die Augen öffnete, war Tariq bereits angekleidet.

„Guten Morgen, Mina."

„Guten Morgen." Sie setzte sich auf und rieb sich die Augen.

„Ich habe dich so lange wie möglich schlafen gelassen, doch wir müssen bald los, wenn wir die nächste Oase vor der Dunkelheit erreichen wollen." Tariqs Stimme genügte, um sie wieder an die leidenschaftlichen Umarmungen der vergangenen Nacht denken zu lassen.

„Ich beeile mich. Gib mir zehn Minuten", erwiderte sie.

„Zehn Minuten", sagte er und küsste sie kurz.

Sehnsüchtig blickte Jasmine ihm nach. Wie sehr die Wüste sich doch in Tariqs Wesen widerspiegelte. Auch er konnte kalt wie die Wüste bei Nacht sein, dann wieder heiß wie Feuer. Seit sie in Zulheil war, hatte sie immer wieder diese beiden Seiten an ihm kennengelernt. Damals vor vier Jahren war sie seiner eisigen Seite niemals begegnet. Hatte sie nur eine Hälfte von ihm gekannt? Vier Jahre ... vier verlorene Jahre. Plötzlich sehnte sie sich danach, alles über Tariqs Leben in diesen verlorenen Jahren zu erfahren. Sie wünschte es sich so sehr, dass es fast schmerzte. Tariq hatte bis jetzt jeden ihrer Versuche, über die Vergangenheit zu sprechen, abgewehrt. Doch sie wusste, solange sie nicht darüber sprachen, würden sie niemals wirklich Frieden finden.

„Mina! Bist du bereit?" Tariqs Ruf unterbrach ihre düsteren Gedanken.

„Geht es schon los?" Sie blickte hinüber zu den anderen. Nur ein paar umgeknickte Grashalme verrieten noch, dass hier ein Nachlager war.

„Ich würde dich nicht hungern lassen. Schon gar nicht, wenn ich schuld bin an deinem Hunger." Seine Stimme war wie ein Streicheln.

Er stieß sich von dem Baum ab, an den er sich gelehnt hatte, und ließ den Blick über ihren Körper wandern, so eindeutig besitzergreifend, dass ihr fast der Atem stockte. Als sich schließlich ihre Blicke trafen, hätte sie ihn fast angefleht, sie jetzt sofort zu lieben.

Er winkte wieder nur mit dem Zeigefinger.

Einerseits hätte sie sich am liebsten in seine Arme geworfen und gesagt: Ja, ja, bitte. Andererseits wehrte sich die erwachsene Frau in ihr gegen so viel männliche Arroganz. Sie stemmte also eine Hand in gespielter Entrüstung in die Hüfte und wiederholte mit der anderen Tariqs Geste.

Tariq lächelte breit. Zu ihrer Überraschung gehorchte er und kam zu ihr, so dicht, dass ihre Brust seinen Körper berührte. „Was möchtest du, mein Weib?"

Plötzlich wusste sie nicht, was sie sagen sollte.

Tariq strich mit dem Finger über ihre Wange. Sie senkte den Kopf, legte jedoch ihre Hand auf seine. Lächelnd beugte er die Knie, um ihr von Angesicht zu Angesicht gegenüberzustehen. Damit hatte sie nicht gerechnet, und nur deshalb gelang es ihr nicht rechtzeitig ihren betrübten Ausdruck vor ihm zu verbergen.

Befremdet richtete er sich wieder auf. Sein Puls raste. Sie verbarg etwas vor ihm. „Was bedrückt dich?"

Jasmine hob den Kopf. „Was meinst du? Nichts."

Ihre Lüge machte ihn noch entschlossener. Was glaubte sie, vor ihm verbergen zu müssen? Im Hinblick auf Jasmine konnte er nur instinktiv reagieren. Sie sprach alles in ihm an, was wild, primitiv und ungezähmt war. Das war ein Teil seiner Persönlichkeit, der gefährlich werden konnte, das wusste er, ein Teil, der eisern unter Kontrolle gehalten werden musste. Und die völlige Kontrolle über Minas Leben war der Preis, den sie für vier Jahre Qual zahlen musste.

„Ich bin dein Mann. Du wirst mich nicht belügen. Antworte mir."

Er legte ihr eine Hand in den Nacken und zwang sie, ihn anzusehen. Das letzte Mal, als sie ihre Gedanken vor ihm verborgen hatte, hatte sie sich eingeredet, ihn verlassen zu müssen. Das hatte ihn fast zerstört. Er konnte sich nicht vorstellen, dass er es überleben würde, falls sie ihn noch einmal verlassen sollte.

„Wir verspäten uns", sagte Jasmine ausweichend.

Zeit spielte jetzt keine Rolle mehr. „Man wird auf uns warten", sagte er rau. Warum nur war er ihr gegenüber so verletzlich?

„Es ist jetzt nicht der richtige Augenblick." Sie legte die Hände auf seine Brust, um ihn wegzuschieben.

„Antworte mir."

Ihre kleinen Hände ballten sich zu Fäusten. „Du bist so schrecklich arrogant. Manchmal könnte ich schreien vor Wut!"

Fast hätte er sich zu einem Lächeln hinreißen lassen. Jasmines Temperament entzückte ihn. Aber dass sie etwas vor ihm verheimlichte ... Seine Mutter hatte ihre Krankheit verheimlicht und ihm damit die Chance genommen, von ihr Abschied zu nehmen oder vielleicht mehr für sie zu tun. Jasmines Geheimnis würde vielleicht dazu führen, dass er sie erneut verlor. „Wenn ich etwas möchte, dann tue ich alles, um es zu bekommen", sagte er.

„Ich auch", erwiderte sie. „Ich bin zu dir gekommen."

„Und du wirst bleiben." Er würde ihr keine Wahl lassen. „Dieses primitive Land fängt wohl an, seinen Zauber zu verlieren?"

Entnervt verdrehte sie die Augen. „Nein, aber du machst mich noch verrückt mit deinen Fragen."

„Antworte mir, dann lasse ich dich in Ruhe." Seine kühle Erwiderung machte sie nur noch wütender. Ihre wunderschönen Augen schleuderten Blitze.

„Später."

„Jetzt." Er hatte immer noch eine Hand auf ihrem Nacken und hielt sie fest.

Jasmine sah an ihm vorbei und drehte sich weg. Doch wohin sollte sie gehen? Dieses Land, mit seiner Hitze und seiner endlosen Weite, war Tariqs stärkster Verbündeter.

„Du bist stärker und nutzt diesen Vorteil aus." Jasmine sah ihn anklagend an.

„Ich werde jeden Vorteil nutzen, den ich habe." Er konnte, durfte sie nicht verlieren. Er brauchte sie wie die Luft zum atmen.

Eine Sekunde lang trafen sich ihre Blicke. Das Schweigen wurde fast körperlich spürbar.

„Was spielt es schon für eine Rolle, woran ich gedacht habe?"

Sie wollte ihm noch immer ausweichen. „Du gehörst zu mir, Mina." Diesmal würde sie keine Geheimnisse vor ihm haben. Vielleicht war sie damals zu jung gewesen, um dem Druck standzuhalten, der auf sie ausgeübt worden war. Aber hätte er von diesem Druck gewusst, dann hätte er um sie kämpfen können.

Schließlich gab Jasmine seufzend nach. „Ich habe an die Vergangenheit gedacht."

Plötzlich erschien die Luft zwischen ihnen um mehrere Grad abzukühlen. „Warum?", fragte Tariq eisig. Die Vergangenheit bedeutete Schmerz und Verrat.

„Ich kann nicht anders. Nicht, solange sie zwischen uns steht", rief sie verzweifelt.

Wie sie befürchtet hatte, wurde Tariq wieder zu dem Wüstenkrieger mit dem harten Gesicht. Er ging nicht auf das ein, was sie gesagt hatte, und das Schweigen zwischen ihnen wurde unerträglich. Vorsichtig legte sie die Hand auf seinen Oberarm. Er fühlte sich hart an wie Eisen.

„Vier Jahre, Tariq." All ihre Gefühle lagen im Zittern ihrer Stimme. „Vier Jahre waren wir getrennt, und du weigerst dich, auch nur ein kleines bisschen von deinem Leben in dieser Zeit mit mir zu teilen."

Sein Gesichtsausdruck wurde noch düsterer. „Was möchtest du wissen?"

Einen Moment lang war sie zu verblüfft, um etwas zu sagen. „Irgendetwas!", platzte sie dann heraus. „Alles! Nichts über diese Zeit zu wissen ist schrecklich. Es ist, als hätte ich ein tiefes Loch in mir."

„Es war deine Entscheidung."

„Aber jetzt habe ich mich anders entschieden."

Tariq wandte sich nur schweigend ab.

„Bitte", flehte sie.

Er ließ sie los und trat einen Schritt zurück. „Auf dem Rückweg von Neuseeland wurde ein Attentat auf mich verübt."

„Nein! Haben sie …"

Er schüttelte unwirsch den Kopf. „Sie hatten keine Chance."

Jasmine fühlte sich schrecklich einsam, da er sie nun nicht mehr festhielt. „Sind sie immer noch aktiv?"

„Nein, sie waren von einer Regierung unterstützt worden, die inzwischen nicht mehr im Amt ist. Die neue Regierung ist uns freundlich gesonnen."

Offenbar versuchte er sie zu beruhigen. Das gab ihr den Mut, weiter zu sprechen, obwohl sein eisiger Ton mehr als abweisend war.

„Aber dass es überhaupt passiert ist!"

Seine nächsten Worte trafen sie wie ein Schlag ins Gesicht: „Sie hielten mich für ein leichtes Ziel, nachdem ich kurz zuvor von einer Frau in die Knie gezwungen worden war."

Jasmine hätte fast aufgeschrien vor Verzweiflung. Ihretwegen wäre Tariq fast getötet worden, das machte ihr Angst. Und natürlich wurde es dadurch für sie noch unendlich schwieriger, alles wieder einzurenken, vielleicht sogar unmöglich. Inzwischen war ihr klar, welche Rolle Stolz und Ehre in Tariqs Leben spielten. Er war von Natur aus ein stolzer Mensch, und sein Stolz war auf grässliche Weise verletzt worden. Seine Stärke als Krieger und Führer seines Volkes war infrage gestellt worden, weil er sich den Luxus von Emotionen gestattet hatte. Wie könnte er jemals der Frau verzeihen, die schuld daran war, dass es überhaupt zu dieser schweren Beleidigung kommen konnte?

Ein Ruf von einem der Männer unterbrach das schwer lastende Schweigen. Tariq antwortete, ohne den Blick von Jasmine zu lösen. Sein Ausdruck war undurchdringlich, seine Stimme rau und kehlig, als ob auch er starke Gefühle unterdrücken müsste.

„Wir müssen gehen."

Betäubt von dem Schock nickte Jasmine und folgte Tariq. Als er ihr etwas zu Essen in die Hand drückte, rührte sie sich nicht. Da flüsterte er ihr ins Ohr: „Iss, Mina, sonst nehme ich dich auf den Schoß und füttere dich."

Sie glaubte ihm und zwang sich einen Bissen nach dem anderen hinunter. Auch sie hatte ihren Stolz.

Vorsichtig hob Tariq Jasmine auf das Kamel. Er wusste, dass sie einen Brechreiz bekämpfen musste, aber sein Beschützerinstinkt ließ es nicht zu, dass sie diese beschwerliche Reise mit leerem Magen antrat. Sie würde ihre Kräfte brauchen.

Geschickt stieg er hinter ihr auf, ohne sie anzurempeln. Seit seinem Bericht über das Attentat schwieg sie. Es missfiel ihm, dass sie so still war. Seine Jasmine war sprühende Lebendigkeit und Fröhlichkeit. Er wusste, dass er sie mit seinem unwirschen Verhalten abgestoßen hatte. Er hatte im Zorn mit seiner Frau gesprochen. Und nun, da dieser verraucht war, wusste er nicht, wie er zu ihr zurückfinden sollte.

„Halt dich fest", sagte er, dabei hatte er den Arm so fest um ihre

Die Unbezähmbare

Taille gelegt, dass gar nichts passieren konnte. Niemals würde er sie fallen lassen, niemals zulassen, dass ihr etwas geschah.

Sie hielt sich an ihm fest, doch nur so lange, bis das Kamel aufgestanden war. Ihr weißer Kopfschutz gab ihr die Möglichkeit, sich vor ihm zu verbergen, das missfiel ihm. Sie sollte wieder mit ihm sprechen, er brauchte das. Diese Tatsache machte ihn wütend. Ein Scheich brauchte niemanden. Der Mann war ein Narr, der eine Frau brauchte, die ihre Unfähigkeit, treu zu sein, unter Beweis gestellt hatte. Er hatte sich einfach an ihre Anwesenheit und an ihre Stimme gewöhnt. Das war alles.

„Wirst du den ganzen Tag ein langes Gesicht machen?" Er wusste, er war nicht fair, aber er konnte nicht anders und hoffte, dass sie sich zur Wehr setzten würde. Sie sollte auch etwas empfinden, selbst wenn es nur Wut war.

„Ich mache kein langes Gesicht." Ein wenig von ihrem Temperament war Jasmines Stimme anzuhören.

Ein Teil von ihm, der Teil, den er verleugnete, fühlte sich erleichtert. Sie war also nicht völlig am Boden zerstört. „Es ist besser, wenn du die Wahrheit weißt."

„Du meinst, dass du mir niemals wieder dein Herz öffnen wirst?"

Fast hätte ihre direkte Frage ihn aus dem Gleichgewicht gebracht. „Ja. Ich werde nicht noch einmal so ein leichtes Ziel sein."

„Ziel?" Es war nur ein Flüstern. „Aber wir sind doch nicht im Krieg."

„Schlimmer." Nach ihrer Zurückweisung vor vier Jahren war er kaum noch zu einem klaren Gedanken fähig gewesen. Er hatte sie mehr geliebt als die endlose Wüste seines Heimatlandes, doch es war diese endlose Wüste gewesen, die ihm geholfen hatte, über den Schmerz hinwegzukommen, den sie ihm zugefügt hatte.

„Ich will nicht mit dir streiten."

Ihre Antwort besänftigte ihn. „Du gehörst jetzt zu mir, meine Jasmine, für immer. Es gibt keinen Grund zu streiten." Sein Herz würde er ihr nicht mehr anvertrauen, doch er würde sie auch nie wieder gehen lassen.

Für immer. Jasmine legte den Kopf an Tariqs Brust und kämpfte gegen die Tränen an. Früher wäre sie mit nackten Füßen über Glasscherben gegangen, um dieses Versprechen von ihm zu bekommen.

Doch jetzt war es nicht genug. Für immer mit einem Tariq, der sie nicht liebte und niemals lieben würde, das war nicht genug.

Die Hindernisse, die sie überwinden musste, waren ins Unermessliche gewachsen. Tariq davon zu überzeugen, dass sie ihn und nur ihn liebte und ihm immer treu ergeben sein würde, war schon schwierig genug. Vielleicht würde er ihr sogar eines Tages verzeihen, dass sie nicht stark genug gewesen war, gegen ihre Familie für ihre Liebe zu kämpfen. Aber würde der stolze Krieger in ihm ihr jemals verzeihen, welch schwere Beleidigung er ihretwegen hatte hinnehmen müssen?

Und was, wenn sie ihm einen weiteren Hieb versetzte mit der Enthüllung des Geheimnisses, das ihr als Kind das Herz gebrochen hatte?

Panik stieg in ihr auf. Nein! Niemand würde jemals davon erfahren, dass sie ein uneheliches Kind war! Niemand sollte Schande über ihren Mann bringen. Nur ihre Familie wusste davon, und die würde lieber schweigen, als ihre gesellschaftliche Stellung zu riskieren.

„Glaubst du wirklich, ein Prinz würde ein Mädchen heiraten, das nicht einmal den Namen seines Vaters kennt? Und was träumst du nachts, Schätzchen?"

Damals, vor vier Jahren, hatte Sarah ihren wunden Punkt getroffen, mit aller Härte. Jasmine hatte sich nie wirklich von diesem Schlag erholt, denn sie wusste, ihre Schwester hatte recht. Wie könnte Tariq sie akzeptieren, geschweige denn lieben, wenn nicht einmal ihre Adoptiveltern es konnten?

Er würde ihr niemals glauben, dass sie von der Hochzeitszeremonie so überwältigt gewesen war, dass sie diese wichtige Tatsache vergessen hatte, deretwegen sie nicht die richtige Wahl für ihn war. Als achtzehnjähriges Mädchen hatte sie vorgehabt, es ihm zu erzählen ... bis Sarah ihr rücksichtslos die Konsequenzen vor Augen geführt hatte. Jasmine hatte ihrer Schwester geglaubt und das schändliche Geheimnis für sich behalten. Und ihre Familie hatte es später benutzt, um ihr den Mut zu nehmen, als sie sie vor die Wahl gestellt hatten.

„Du wirst gefälligst wieder mit mir sprechen."

Jasmine musste lächeln. Offenbar mochte Tariq es, wenn sie mit ihm plauderte. Dabei hatte er sie erst am Tag zuvor damit aufgezogen, schwatzhaft zu sein.

Vielleicht würde es ihr ja doch gelingen, diesen komplizierten

Mann zur Liebe zu inspirieren. Es würde schwieriger werden, als sie es sich vorgestellt hatte. Und wenn schon. Getrennt von ihm wäre sie fast gestorben. Solange ihr Panter mit ihr zu reden wünschte, bestand Hoffnung. Solange er ihren Körper begehrte wie ein Verdurstender ein Glas Wasser, würde sie durchhalten.

Vielleicht würde er ihr eines Tages genug vertrauen und sie genug lieben, um sie voll und ganz zu akzeptieren. Bis dahin würde sie das Geheimnis, das sie so gern mit ihm geteilt hätte, für sich behalten.

„Erzähl mir von dem Anschlag auf dich", bat sie.

„Mina", sagte er unwillig. „Ich sagte doch, das Vergangene ist vergangen. Wenn du nicht mit mir streiten willst, dann fang nicht davon an." Er verlagerte sein Gewicht hinter ihr und nahm die Zügel von einer Hand in die andere.

„Und ich soll also deine Anweisung akzeptieren?" Sie konnte so viel Arroganz nicht einfach hinnehmen.

„Niemand widerspricht dem Scheich."

„Du bist mein Ehemann."

„Und doch benimmst du dich nicht so, wie es eine treu ergebene Ehefrau tun sollte."

Fast hätte Jasmine den ironischen Unterton überhört. Aha, er war nicht mehr zornig, sondern machte sich lustig über sie. Jetzt durfte sie auf keinen Fall klein beigeben, sonst würde er niemals mit ihr über Vergangenes sprechen. Er war so unglaublich stark, nicht nur körperlich, dass er eine starke Frau als Partnerin brauchte. Eine, die es wagte, ihm zu widersprechen und ihn herauszufordern.

„Wenn du totale Ergebenheit möchtest, hättest du dir besser ein Haustier gekauft." Sie hätte hinzufügen können, dass eine total ergebene Ehefrau ihn zu Tode langweilen würde. „Und jetzt sag mir endlich, was damals geschehen ist."

„Wir sind auf dem Rückflug aus diplomatischen Gründen in Bahrain zwischengelandet. Auf dem Weg vom Flughafen wurde meine Limousine durch zwei Lastwagen von den übrigen getrennt."

„Und Hiraz?"

„Ich war keine sehr angenehme Gesellschaft damals." Tariqs Erklärung versetzte Jasmine einen weiteren Stich in ihr wundes Herz. „Hiraz fuhr im vorderen Wagen mit zwei Leibwächtern. Zwei weitere Leibwächter befanden sich in dem Wagen hinter uns."

„Du warst also allein." Unwillkürlich legte sie ihre Hand auf Tariqs.

„Ich brauchte Zeit für mich, Mina." Es klang bitter. Sie verstand. Selbst ein Scheich brauchte ab und zu das Alleinsein. Ein Mann wie Tariq jedoch erst recht. „Meine Fahrer sind stets auch ausgebildete Leibwächter."

„Und was geschah dann?", fragte Jasmine gespannt. Durch jenes Attentat wäre ihr Tariq fast genommen worden. Auf jeden Fall war der emotionale Schaden, den er erlitten hatte, immens.

Er beugte sich vor und strich den Stoff ihres Kopfschutzes beiseite, sodass er ihr ins Ohr flüstern konnte. „Wir haben sie erledigt."

Jasmine genoss es, seine Wärme zu spüren, seinen Duft zu atmen. „Ist das alles?", fragte sie, voller Angst, dass er sich aufs Neue zurückziehen würde.

„Es gibt nicht viel zu sagen. Es handelte sich um religiöse Fanatiker aus einem Staat, in dem Bürgerkrieg herrschte. Sie wollten mich mit bloßen Händen umbringen. Ich habe drei kampfunfähig gemacht, mein Fahrer zwei." Er küsste sie auf den Hals.

„Und die anderen Leibwächter haben sich um die übrigen Attentäter gekümmert, sobald sie die Lastwagenblockade durchbrochen hatten?"

Statt einer Antwort zog Tariq ihr wieder den Kopfschutz übers Gesicht. „Deine Haut ist zu empfindlich", brummte er.

„Vielleicht werde ich ja braun."

Er schnaubte ungläubig. „Genug davon. Jetzt reden wir über etwas anderes."

Sie hätte protestieren können, doch sie wollte nicht zu weit gehen. Er war ihr schon sehr entgegengekommen, nachdem er anfangs überhaupt nicht über die Vergangenheit reden wollte. „Einverstanden."

„Und das soll ich dir glauben?"

„Unerhört." Sie versuchte, den lockeren Plauderton zu genießen und die schreckliche Wahrheit zu vergessen.

„Wie fühlst du dich?", fragte er.

Jasmine nahm an, er bezog sich auf ihren Streit. „Es ist ein schöner Tag. Ein Tag zum Glücklichsein."

Tariq schmunzelte. „Ich meinte deinen süßen Po."

Jasmine stieß ihm den Ellbogen in die Rippen. „Benimm dich."

Die Unbezähmbare

Die Zeit des Frostes war vorüber, doch das Glück, das Jasmine empfand, war bittersüß. Es würde keinen Schmerz und keinen Streit mehr geben an diesem wundervollen Tag. Sie würde so tun, als wäre alles in Ordnung und als würde der Mann, der sie so sorgfältig festhielt, sie tatsächlich lieben.

Am Abend war Jasmine jedoch viel zu erschöpft, um weiter so zu tun, als sei alles in Ordnung. „Wärst du einverstanden, wenn ich mich heute früher zurückziehe?", fragte sie Tariq. Der Schein des Lagerfeuers, der am Abend zuvor so malerisch gewirkt hatte, reizte ihre ausgetrockneten Augen heute.

Tariq blickte über die Schulter. „Du möchtest nicht länger hierbleiben?" Sein Ton war leicht tadelnd.

„Ich bin schrecklich müde. Das alles ist neu für mich", sagte sie und verbarg damit eine Wahrheit hinter der anderen."

Tariq drückte sie an sich. Jasmine war überrascht. Er berührte sie kaum, wenn sie nicht allein waren. Sie hatte es bis jetzt nicht gewagt, ihn zu fragen, ob er es nicht wollte oder glaubte, es nicht mit seiner Position als Scheich vereinbaren zu können.

„Verzeih mir, Mina. Du beklagst dich nie, deshalb vergesse ich immer wieder, wie hart diese Reise für dich sein muss." Seine Worte waren wie eine Liebkosung.

Jasmine legte den Kopf an seine Schulter und spürte, wie ein Teil des Schmerzes in ihrem Innersten sich in Nichts auflöste. Tariq hielt sie im Arm, als würde sie ihm tatsächlich etwas bedeuten. „Erwartet man, dass ich bleibe, weil ich deine Frau bin?"

Er drückte sie noch fester an sich. „Dass du so intelligent bist, ist einer der Gründe, weshalb du meine Frau bist", murmelte er. „Die Menschen in meinem Land vergleichen Fremde stets mit sich selbst. Es ist nicht fair, hat aber vielleicht auch einen Sinn. Wir vertrauen Fremden nicht so leicht." Das hatte Jasmine schon bei ihrer allerersten Begegnung gespürt.

„Sie haben dich akzeptiert, weil ich dich zu meiner Frau gemacht habe", fuhr er fort. „Und man wird dir gehorchen. Aber wie sehr man dich tatsächlich respektieren wird, wird von vielen Dingen abhängen, unter anderem davon, wie gut du mit Land und Klima fertigwirst."

Was er nicht sagte, verstand sie auch ohne Worte, nämlich dass seine Ehre jetzt untrennbar mit ihrer verbunden war. Eine zerbrechliche Verbindung, aber immerhin etwas. „Dann bleibe ich. Kannst du mich weiter im Arm halten?"

Er strich ihr mit der freien Hand über die Wange, und sie hoffte, dass er stolz auf sie war. Verstohlen betrachtete sie sein Gesicht im Schein des Feuers. Was für ein schöner Mann, schön und gefährlich. Ob sie jemals einen Weg zu seinem Herzen finden würde?

6. KAPITEL

Am Morgen des vierten Tages erreichten sie die kleine Industriestadt Zeina. Sämtliche Gebäude, obwohl aus Stahl und Beton erbaut, fügten sich optisch perfekt in die Umgebung ein. Zu Jasmines Überraschung ritten sie jedoch durch die Stadt hindurch und noch ein gutes Stück weiter in die Wüste hinein, wo sich eine Ansammlung bunter Zelte befand.

„Willkommen in Zeina", raunte Tariq ihr ins Ohr.

„Ich dachte, was hinter uns liegt, ist Zeina." Sie wies mit dem Kopf auf die Stadt hinter ihnen.

„Das ist nur ein Teil davon. Hier liegt das eigentlich Herz der Stadt."

„Keine Häuser, nur Zelte", bemerkte sie.

„Arin und sein Volk haben es lieber so. Da alle damit zufrieden sind, liegt es nicht an mir, das infrage zu stellen. Übrigens, sie mögen ein bisschen altmodisch sein, aber sie gehen auch mit der Zeit. Siehst du die hellblauen Zelte dort drüben?"

„Es sind ziemlich viele."

„Sie sehen genauso aus wie die anderen, aber schau einmal genau hin."

Jasmine blinzelte. „Sie bewegen sich nicht im Wind! Woraus bestehen sie? Aus Plastik?"

„Ein äußerst widerstandsfähiger Kunststoff, den unsere Ingenieure entwickelt haben. Jedes von ihnen enthält sanitäre Einrichtungen, die von jeweils vier einander nahestehenden Familien benutzt werden."

„Wie praktisch." Jasmine war beeindruckt. Was für eine geniale Art, Tradition und Moderne miteinander zu verbinden.

„Das ist typisch Arin."

Wenige Minuten später lernte Jasmine den legendären Arin persönlich kennen. Er war ein Bär von einem Mann mit einem kurzen, sehr gepflegten Bart. Sein herzliches Lächeln ließ ihn etwas weniger bedrohlich erscheinen.

„Willkommen." Er winkte sie beide in sein riesiges Zelt. „Bitte, nehmt Platz."

„Danke." Lächelnd setzte Jasmine sich auf eines der um einen runden Tisch verteilten dicken Kissen. Sie versuchte der Unterhaltung der

Männer zu folgen, doch sie fand in der Landessprache statt, weil Arin sich im Englischen nicht sicher genug fühlte.

„Ich bitte um Vergebung", sagte er. Es schien ihm peinlich zu sein.

„Bitte sagen Sie das nicht", erwiderte Jasmine. „Das ist Ihr Land, und ich sollte Ihre Sprache lernen. Umso besser ist es für mich, wenn ich so viel wie möglich davon höre."

Arin schien erleichtert zu sein. Tariq verstärkte den Druck seiner Hand um ihre Finger, ein Ausdruck stummer Dankbarkeit.

Wenn sie sich konzentrierte, gelang es ihr die Grundzüge der Unterhaltung mitzubekommen. Die beiden Männer schienen sich gegenseitig die letzten Neuigkeiten mitzuteilen, allerdings schien ihr Ton ziemlich ernst zu sein. Anscheinend erkundigte sich der Scheich nach dem Gesundheitszustand von Arins Leuten.

Wieder einmal staunte Jasmine, wie sehr Tariq sich verändert hatte. Als sie sich das erste Mal begegnet waren, war er zwar auch schon sehr aristokratisch aufgetreten, jedoch viel entspannter. Jetzt lastete die volle Regierungsverantwortung auf seinen Schultern, und er trug sie wie ein maßgeschneidertes Gewand.

„Genug", sagte Arin schließlich auf Englisch. „Ich bin ein schlechter Gastgeber, euch so lange aufzuhalten, noch bevor ihr überhaupt den Staub von der langen Reise abschütteln konntet." Erstaunlich anmutig für einen Mann seiner Größe, erhob er sich von seinem Platz.

„Ja, schrecklich", stimmte Tariq, mit einem Augenzwinkern zu. Jasmines Einschätzung, dass die beiden gute Freunde sein mussten, wurde bestätigt, als beiden sich umarmten und sich auf die Schulter klopften, bevor Arin sie zu einem wesentlich kleineren Zelt führte, das für sie aufgestellt worden war. Die anderen Mitglieder von Tariqs Delegation waren von Arins Beratern bereits begrüßt und ebenfalls in Zelten untergebracht worden.

„Ihr Zelt sollte viel größer sein. Ich würde Ihnen meines geben, aber Ihr Mann will einfach nicht wie eine königliche Hoheit behandelt werden." Arin blickte Tariq über Jasmines Kopf hinweg tadelnd an.

„Wenn ich in dem Thronsaal, den du Zelt nennst, residiere, wird es den Leuten schwerer fallen zu mir zu kommen, als wenn ich sie in einem Zelt empfange, das ihrem eigenen ähnelt." Ohne seinen Schritt zu verlangsamen, streckte Tariq die Hand aus und zupfte an Jasmines Kopfschmutz herum, bis ihr Gesicht ausreichend geschützt war. „Bei dir ist das etwas anderes. Dich kennen sie schon ihr ganzes Leben."

Mit einem resignierten Seufzer machte Arin eine einladende Handbewegung. „Ich hoffe, Sie fühlen sich hier zu Hause für die nächsten drei bis vier Tage."

Im Gegensatz zu seinem mausgrauen Äußeren war die Inneneinrichtung des Zeltes prachtvoll. Dicke Polsterkissen in verschiedenen Farben waren auf dem Boden verstreut und seidene Wandbehänge verdeckten die profanen Zeltwände. Neugierig spähte Jasmine hinter den Vorhang, der den hinteren Raum abtrennte und entdeckte voller Entzücken einen Schlafplatz mit allem Komfort.

„Danke. Es ist wundervoll", rief sie und schenkte Arin ein strahlendes Lächeln. Er schwieg verblüfft.

Tariq blickte ihn erbost an. „Geh jetzt", befahl er. „Ich muss mit meiner Frau darüber sprechen, wie sie dich immer anlächelt."

Arin lachte gutmütig, zwinkerte Jasmine zu und verschwand. Jasmine ging zu ihrem Mann und zog seinen Kopf zu sich herunter, um ihn zu küssen.

„Das ist erlaubt, Mina. Küssen kannst du mich jederzeit."

„Oh, danke schön. Aber was hast du dagegen, dass ich Arin anlächle?"

„Frauen fliegen auf ihn. Das ist sehr ärgerlich", erwiderte Tariq trocken.

„Ich finde ihn nett."

Er packte sie und hob sie hoch. „Wirklich?"

„Hm." Sie schlang Arme und Beine um ihn. „Aber dich finde ich am nettesten von allen."

Tariq grinste und belohnte sie mit einem Kuss, der so heiß war wie die Wüstensonne.

Sie aßen zusammen mit anderen Zeltstadt-Bewohnern in Arins riesigem Zelt. Jasmine liebte es, Tariq zu beobachten, wenn er mit seinen Leuten zusammen war. Sie fand ihn einfach großartig. Er strahlte ein Charisma aus, das fast körperlich spürbar war. Das machte ihn unglaublich attraktiv. Die Menschen lauschten konzentriert, wenn er redete und beantworteten seine Fragen ohne Zögern, froh über die Aufmerksamkeit, die er ihnen schenkte.

„Sind Sie mit Ihrer Unterkunft zufrieden?", hörte sie Arin fragen und musste sich zwingen, den Blick von ihrem Ehemann abzuwenden. Beglückt nahm sie wahr, dass Tariq zu ihr herübersah, kaum dass sie den Blick von ihm abwandte.

„Es ist alles wundervoll, danke sehr." Jasmine lächelte. „Ich darf Sie nicht mehr anlächeln, weil die Frauen Sie zu sehr mögen."

Arin strich sich über den Bart. „Das ist ein schweres Los, aber ich muss es tragen. Das macht es schwer, eine Frau zu finden."

Jasmine glaubte sich verhört zu haben. „Schwer, eine Frau zu finden?"

„Ja." Er machte ein sorgenvolles Gesicht. „Wie kann ein Mann sich für eine köstliche Frucht entscheiden, wenn er jeden Tag von neuem durch einen üppigen Garten geht?"

Jasmine legte eine Hand auf ihren Mund, um nicht laut zu lachen. Kein Wunder, dass er und Tariq Freunde waren. In dem Augenblick zog Tariq leicht an ihrer Hand. Obwohl er sich mit jemand anderem unterhielt, wollte er ihre Aufmerksamkeit. Dass er sich wegen Arin nicht wirklich Sorgen machte, wusste sie. Weshalb war er dann so besitzergreifend?

„Er ist wie ein Kind. Er will Sie mit niemandem teilen." Arin beugte sich vertraulich vor. „Und er hat recht damit."

Es stimmte. Tariq war nicht bereit sie zu teilen – manchmal. Er mochte es, wenn sie mit anderen Kontakt aufnahm und sich mit Frauen wie Mumtaz anfreundete. Er wollte sie also nicht absolut beherrschen. Doch er schien sie immer in seiner Nähe haben zu wollen.

Wollte er das, weil er sie so sehr brauchte, oder weil er ihr nicht vertraute?

Sie schluckte schwer bei dem Gedanken, dass wahrscheinlich Letzteres zutraf und setzte ein besonders freundliches Lächeln auf. Die Frau, die ihr gegenüber saß, fasste das als Ermutigung auf und verwickelte Jasmine in ein Gespräch.

„Heute werde ich einige Edelsteinminen besichtigen", erklärte Tariq am nächsten Morgen nach dem Frühstück. „Es ist ein sehr langer, beschwerlicher Ritt. Du wirst mich nicht begleiten können."

Jasmine sah ihn enttäuscht an. „Vielleicht nächstes Mal. Wenn wir wieder zu Hause sind, musst du mir Unterricht geben, wie man auf diesen Tieren reitet."

„Das werde ich, Mina", erwiderte er lächelnd. „Und während du hier allein bist, würdest du vielleicht gerne – wie nennt man das ... Ich meine, es wäre gut, wenn du mit den Menschen ..."

„Du meinst, ich soll mich unters Volk mischen?"

„Ja. Besonders unter die Frauen. Hier draußen in der Wüste sind die meisten von ihnen viel scheuer als in der Stadt."

„Du möchtest also, dass ich mit ihnen rede, um zu erfahren, ob es ihnen gut geht?"

Er nickte. „Du bist eine Frau, und du bist freundlich und sympathisch, zumal du ja dauernd aller Welt zulächelst." Sein Ton war tadelnd, doch er lächelte. „Die meisten Bürger von Zeina werden versuchen, mit uns zu sprechen. Auf diese Art stärken wir die Bande, die unser Land zusammenhalten. Die Männer wollen normalerweise lieber mit mir sprechen, aber die Frauen werden sich wohler fühlen bei dir."

Jasmine biss sich auf die Unterlippe.

„Du möchtest es nicht tun?", fragte Tariq.

„Oh, doch. Ich will schon. Aber ... glaubst du denn, dass ich das kann? Ich meine, ich bin ja nur eine ganz normale Frau. Werden die Menschen aus deinem Volk wirklich mit mir sprechen wollen?" Ihr ganzes Leben hatte Jasmine das Gefühl gehabt, niemals gut genug zu sein, und manchmal drohte die Vergangenheit ihr mühsam errungenes Selbstwertgefühl zunichte zu machen.

„Ah, Mina." Tariq zog sie auf seinen Schoß und drückte sie an sich. „Du bist meine Frau, und sie haben dich längst akzeptiert."

„Woher weißt du das?"

„Ich weiß es einfach. Und du wirst deinem Mann vertrauen und tun, was er sagt."

Sie musste lächeln. Wenn er so etwas von ihr verlangte, dann musste er wohl ein gewisses Vertrauen zu ihr haben. Vielleicht war das ein Anfang. Vielleicht würde er ihr eines Tages völlig vertrauen. Die Flamme der Hoffnung begann von neuem aufzuflackern.

„Jawohl, Meister." Sie machte ein unterwürfiges Gesicht, sodass er lachen musste und sie küsste.

Bald darauf nahm er Abschied und ritt los.

Jasmine winkte ihm nach, dann fasste sie sich ein Herz und schlenderte ins Zentrum der Zeltstadt. Innerhalb kürzester Zeit war sie von Frauen umringt.

Erst als die Sonne violette Streifen auf den Abendhimmel malte, kehrte Jasmine zu ihrem Zelt zurück. Sie wusch sich den Staub und den Schweiß dieses anstrengenden Tages vom Körper, kleidete sich in einen knöchellangen Rock mit passendem Oberteil aus golden schimmerndem Stoff und setzte sich auf eines der niedrigen Sofas.

Wieder einmal fand Tariq seine Frau schlafend vor. „Wach auf, meine Jasmine." Seine Stimme war rau.

„Tariq." Sie öffnete die Augen mit einem Lächeln und streckte die Arme nach ihm aus. „Wann bist du zurückgekommen?"

„Vor einer guten halben Stunde. Du musst jetzt aufwachen, damit wir essen können." Er beugte sich vor und ließ sich von ihr umarmen. Den ganzen Tag von ihr getrennt zu sein – zum ersten Mal seit sie verheiratet waren – hatte den alten Schmerz wieder aufleben lassen. Einen wilden, nicht zu bändigenden Schmerz, der sich über ihn lustig zu machen schien, da er sich einredete, er brauche Jasmine nicht wirklich. Tatsächlich brauchte er sie viel mehr, als sie jemals ihn brauchen würde.

„Ist Arin auch da?"

„Nein." Er strich ihr die vom Schlaf zerzausten Haare aus dem Gesicht. „Heute sind wir allein. Morgen werden wir wieder mit den anderen zusammen essen."

Er versuchte sich von ihr zu lösen, um aufzustehen. Er wollte ihr ausweichen, den Gefühlen ausweichen, die sie in ihm wachrief, doch sie hielt ihn fest. „Geh nicht weg. Ich habe dich so vermisst."

„Tatsächlich, Mina?" Wieder war sein Ton schärfer als beabsichtigt. Ja, er brauchte sie, aber niemals würde er das Risiko eingehen, sie das wissen zu lassen."

„Ja. Ich habe den ganzen Tag nach dir Ausschau gehalten." Ihr Blick war verschleiert, ihr Körper noch ganz warm vom Schlafen.

„Zeig mir, wie sehr du mich vermisst hast, Mina. Zeig es mir." Er riss sie an sich. Der Schmerz in ihm war wie ein wildes Tier, das Jasmine verschlingen wollte, sie ganz und gar besitzen wollte.

Tariq streifte ihr die Kleider ab, so schnell, dass ihr fast der Atem stockte, doch sie protestierte nicht. Und dann legte er sie auf den dicken Teppich auf den Boden. Ihre Haut und ihr rotgoldenes Haar schimmerten seidig. Jasmine kam Tariq wie eine Gestalt aus einer alten heidnischen Sage vor, wie ein Traum, der Männer um den Verstand bringen soll.

Er umfasste ihren Nacken und küsste sie wild und fordernd. Jeden Zentimeter ihres Mundes erforschte er, während er mit seiner freien Hand ihren Körper in Besitz nahm. Schließlich liebkoste er ihre Brust. Jasmine stöhnte leise, und Tariq beugte sich über ihre Brust, nahm die hart gewordene Knospe in den Mund und massierte sie mit seiner Zunge.

Jasmine wand sich unter ihm und fuhr ihm wild durchs Haar. „Bitte ... bitte ..."

Ihr lustvolles Stammeln erregte ihn noch mehr. Mit einem Knie schob er ihre Schenkel auseinander, während er eine Hand über ihren Körper gleiten ließ, tiefer und tiefer. Ihre strahlend blauen Augen schienen dunkler zu werden, ihre Lippen öffneten sich halb, ihr Atem wurde flach, als seine Finger das kleine Herz ihrer Lust fanden.

Zwar war er darauf bedacht ihr nicht wehzutun, aber sein Streicheln war diesmal nicht behutsam. Jasmine klammerte sich an seine Arme, und er spürte, wie ihre Lust zunahm. Er fuhr fort sie zu streicheln, fester und schneller, und ließ sie nur einmal kurz los, um ihr rechtes Bein über seine Hüfte zu schieben, sodass er einen noch besseren Zugang zu den Geheimnissen ihres Körpers hatte.

Ihr lustvolles Stöhnen, während er sie streichelte, war ihm nicht genug. Er wollte mehr. Er brauchte Jasmines Lustschrei, ihre totale Unterwerfung. Er wollte, dass sie nichts vor ihm zurückhielt. Er wollte, dass sie ihn brauchte, wie er sie brauchte. Er wollte, dass sie ihn so sehr liebte, dass sie ihn nie wieder verlassen würde.

Sein Druck auf ihren sensibelsten Punkt wurde fester und Jasmines Körper bäumte sich auf. Ihre Haut war feucht. Tariq beugte sich herunter und liebkoste ihre Brust vorsichtig und zärtlich mit seinen Zähnen. Jasmines Lust steigerte sich augenblicklich. Er drang mit seinen Fingern in sie ein und fühlte, wie feucht und bereit sie war.

In diesem Moment presste Jasmine sich eine Faust auf den Mund, um vor Lust nicht laut aufzuschreien, und Tariq hörte augenblicklich auf, sie zu streicheln. Er befreite sich von seiner Hose, schob sich auf sie und drang in sie ein. Sie presste sich an ihn und biss ihn in die Schulter, um nicht laut zu stöhnen.

Ihre Bisse taten ihm weh, aber es war ein süßer Schmerz. Jasmine hatte ihren Höhepunkt erreicht, und auch er stand kurz davor. Doch er ließ es nicht zu. Noch nicht. Er hielt ihre Hüften fest und bewegte sich mit wütender Begierde in ihr. Schneller. Tiefer. So, als wollte er ihr sein Zeichen aufdrücken.

Erst als Jasmine den Versuch, lautlos Erfüllung zu finden, aufgab und ihr Lustschrei durch die nächtliche Stille drang, erlaubte auch Tariq sich den letzten Schritt zum Höhepunkt seiner Lust.

Bei ihrem letzten gemeinsamen Abendessen sollte Jasmine mehr über die Beziehung zwischen Arin und Tariq erfahren. Als Tariq in ein Gespräch vertieft war, nutzte sie die Gelegenheit, Arin Fragen zu stellen.

„Tariq verbrachte ab seinem dreizehnten Lebensjahr eine gewisse Zeit mit jedem der zwölf Stämme unseres Landes. Auf diese Weise sollte er sein Volk kennenlernen."

Jasmine war beeindruckt. Wie einsam musste er sich gefühlt haben. Unter seinesgleichen zu sein und doch – als deren künftiger Führer – seine Andersartigkeit ständig zu spüren. Sie empfand tiefes Mitgefühl für den Jungen von damals, doch offenbar war es ein gutes Training gewesen. Tariq verstand sich mühelos mit diesen Wüstenbewohnern, genau wie mit den Menschen, die in der Stadt lebten.

„Mit fünfzehn kam er nach Zeina. Seit damals sind wir Freunde."

„Und Sie sind es geblieben." Jasmine spürte plötzlich einen dicken Kloß in der Kehle. Rasch setzte sie ein strahlendes Lächeln auf.

Arin nickte. „Er ist mein Freund, aber auch mein Scheich. Machen Sie ihn zu Ihrem Mann, Jasmine, nicht zu Ihrem Scheich."

Arins Rat entsprach ihren eigenen Gedanken. Sie wusste, Tariq brauchte einen gewissen Freiraum, um für ein paar Stunden des Tages die Last der Verantwortung abzulegen. Das war leicht gesagt, aber nicht so leicht zu verwirklichen, zumal er so schrecklich stur war. Von einem Moment auf den anderen konnte er sich völlig verändern, sobald er in ihr die Schatten der Vergangenheit zu sehen glaubte.

Sie musste daran denken, mit welch erbitterter Begierde er sie in der Nacht zuvor geliebt hatte. Eine bittersüße Erinnerung. Dieser komplizierte Mann, den sie geheiratet hatte, würde ihr weder sein Vertrauen noch seine Liebe schenken, solange sie sich dessen nicht als würdig erwies. Aber sie würde den Versuch nicht aufgeben, die Kruste um sein Herz aufzubrechen. Stur sein konnte sie auch.

Später saß Jasmine im Schneidersitz auf ihrer seidigen Bettstatt und sah zu, wie Tariq sich im warmen Schein der Laternen auszog. Er drehte sich zu ihr um und winkte sie mit einer hoheitsvollen Kopfbewegung zu sich. Jasmine stand auf und schritt auf ihn zu. Sie verstand auch ohne Worte, was er von ihr wollte und half ihm beim Ausziehen. Genüsslich strich sie über seinen braungoldenen Rücken. Was für einen schönen Körper er hatte.

„Du wärest perfekt als Haremssklavin", stellte Tariq augenzwinkernd fest.

Zur Strafe biss sie ihn in den Rücken und sagte: „Ich glaube, dieses Wüstenklima ist gar nicht gut für dich."

Statt einer Antwort schmunzelte er nur. Jasmine trat zurück, als er nur noch mit seiner lose geschnittenen weißen Hose bekleidet war. Ohne eine Sekunde den Blick von ihr zu lassen, streifte er sie ab. Fasziniert betrachtete sie ihn, als er völlig nackt auf sie zuschritt. Es war nicht das erste Mal, dass sie ihn nackt sah, aber noch nie zuvor hatte er sein sexuelles Verlangen so unmissverständlich gezeigt.

Er hatte einen wundervollen Körper, den starken, muskulösen Körper eines Kriegers, der seine Kraft im Zaum hält für seine Frau. Sie wusste, Tariq würde ihr niemals Schmerzen zufügen, und das machte ihn erst recht männlich und begehrenswert. Mit vor sehnsüchtiger Begierde halb geöffneten Lippen hob sie den Kopf und begegnete seinem Blick.

„Du hast viel zu viel an für eine Haremssklavin", murmelte er und zog ihr das Nachthemd über den Kopf, sodass sie ebenfalls nackt vor ihm stand.

„Und die Frauen?", fragte sie mit trockener Kehle.

„Hm?", machte er und fuhr fort, mit dem Mund ihren Hals zu liebkosen.

„Die Frauen. Hatten sie auch Harems?"

Er hob den Kopf und sah ihr in ihre schalkhaft aufblitzenden Augen. „Du möchtest einen Harem, Mina?"

Sie tat, als müsste sie darüber nachdenken. Er presste sie warnend an sich. „Okay! Okay! Ich denke, ich habe keine Verwendung für mehr als einen Mann."

„Und zwar niemals für einen anderen als mich", erwiderte er.

Jasmine lächelte und sagte ohne zu überlegen: „Natürlich. Du bist der Einzige, den ich liebe."

In dem Augenblick schien Tariq sich in Stein zu verwandeln. Am liebsten hätte sie ihre Worte ungesagt gemacht. Er war noch nicht bereit dafür. Sie wusste, er war nicht bereit. Aber es war ihr einfach so herausgerutscht, denn es entsprach so sehr dem, was sie empfand.

„Du brauchst mir nicht solche Dinge zu sagen." Plötzlich fühlte sich seine Haut viel kühler an.

„Ich meine es aber so, wie ich es sage. Ich liebe dich." Es gab keinen Weg zurück. Ohne Rücksicht auf ihren verletzten Stolz sah sie ihn flehend an.

Tariqs Augen wirkten fast schwarz in dem matten Schein der Laternen. „Du kannst mich nicht lieben."

„Wie kann ich dich dazu bringen, dass du mir glaubst?", rief sie verzweifelt. Alles war verloren, ihre Freude, ihr gemeinsames Lachen, ihre paradiesische Liebe.

Zu spät. Vier Jahre zu spät.

Er schüttelte den Kopf. Schweigen war seine Antwort. Damals hatte er mit seiner eisernen Kontrolle über sich den Eindruck bei ihr erweckt, seine Gefühle für sie wären nicht so stark wie ihre. Erst jetzt, da es zu spät war, verstand sie, dass sie ihn viel stärker verletzt hatte, als sie es für möglich gehalten hatte. Er hatte sein Kriegerherz in ihre Hände gelegt, und sie hatte es abgewiesen in ihrer Unwissenheit um seinen Wert.

Wie könnte er ihr nach diesem schrecklichen Verrat jemals glauben? Und doch war ihre Liebe zu ihm jetzt sogar noch tiefer, noch stärker. Die Kindfrau, die ihn damals geliebt hatte, war zu einer erwachsenen Frau geworden, die ihn so sehr liebte, dass sie manchmal glaubte, an dieser Liebe zu verglühen.

Als er sie küsste, gab sie sich seiner Zärtlichkeit hin und schluckte ihre Tränen hinunter. Tariq spielte mit ihrem Körper, als wäre er ein Musikinstrument, dessen Töne er in allen Variationen zu spielen wusste. Doch sein Herz hielt er verschlossen. Ihr Krieger der Wüste glaubte nicht an ihre Liebe, hatte Angst, dass sie ihn wieder verletzen könnte.

Noch lange nachdem er eingeschlafen war lag Jasmine wach. Sie dachte an die Vergangenheit und wie unwiderruflich diese ihre Zukunft geprägt hatte. Dass ihr eigener Mann ihr misstraute, das schmerzte so sehr, dass ihr jeder einzelne Atemzug schwerfiel. Noch schlimmer war, dass er glaubte, Liebe mache ihn schwach.

„Du wirst mir nie wieder dein Herz öffnen?"
„Nein. Ich werde kein zweites Mal so ein leichtes Ziel sein."
Die Erinnerung an den unnachgiebigen Ausdruck auf seinem Gesicht und an seine Entschlossenheit, niemals wieder ein Opfer seiner Liebe zu werden, quälte sie. Wie sollte sie mit beidem gleichzeitig fertigwerden, mit Tariqs verletztem Kriegerstolz und mit seinem Misstrauen hinsichtlich ihrer Treue?

Als Jasmine erwachte, war Tariq fort. Sofort vermisste sie ihn. Vermisste sein Lächeln, seine morgendlichen Zärtlichkeiten, seinen Körper auf ihrem, das Gefühl der vollkommenen Einheit, von dem sie nie geglaubt hatte, dass es möglich wäre zwischen Mann und Frau. Wenn ihre Körper eins waren, dann hatte sie das Gefühl, als könnte sie in Tariqs Seele blicken. Letzte Nacht allerdings hatte er sie ausgeschlossen, hatte sie geliebt und ihr das größte Vergnügen bereitet, jedoch nur mit seinem Körper.

Als ihr schon wieder die Tränen kommen wollten, stand sie auf und zog sich rasch an. Selbst innerhalb des Zeltes fühlte sie sich immer etwas unsicher, solange sie unbekleidet war, deshalb zog sie einen langen Rock an, bevor sie an Unterwäsche überhaupt dachte.

Ihre Sorge war berechtigt. Gerade als sie nach ihrem BH griff, schlug jemand die Zeltwand am Eingang zurück. Ängstlich blickte sie über die Schulter.

„Oh", sagte sie erleichtert.

Tariq hob eine Braue. „Hast du jemand anderen erwartet?" Die Zeltwand fiel hinter ihm herab.

Jasmine wurde rot. Niemand würde es wagen, ohne Tariqs ausdrückliche Genehmigung hereinzukommen. „Ich kann mich einfach nicht an diese Zelte gewöhnen. Sie sind so ... offen." Sie schüttelte den Kopf über sich selbst und begann den BH anzuziehen.

„Lass das." Tariqs Stimme war heiser. Überrascht ließ sie die Hand mit dem BH sinken.

Im nächsten Moment spürte sie seine nackte Brust an ihrem Rücken. Eben noch war er voll bekleidet gewesen. Sie hatte ihm nur für Sekunden den Rücken zugewandt. Im Gegensatz zu letzter Nacht waren seine Hände jetzt fordernd und ungeduldig. Als er ihre Brüste streichelte, lag in seinen Bewegungen mehr Begierde als Zärtlichkeit.

Er war ungestüm und sehr besitzergreifend.

Ihr wurde heiß zwischen den Schenkeln. Als ob Tariq das wüsste, ließ er eine Hand unter ihren Rock gleiten. Während er mit einer Hand fortfuhr ihre Brust zu streicheln, glitt er mit der anderen zwischen ihre Schenkel und drang mit einem Finger in sie ein.

„Du bist bereit." Er schien befriedigt darüber, wie bereitwillig sie auf sein Verlangen reagierte.

Bevor sie wusste, wie ihr geschah, schob er ihr den Rock hoch und entblößte ihren Po, doch sie war viel zu erregt, um deswegen verlegen zu sein. Sie vergrub die Nägel in seinen Schenkeln, als er sie an den Hüften packte, sie hochhob und dann langsam in sie eindrang, so langsam, dass sie glaubte, verrückt zu werden.

„Tariq, bitte, bitte", flehte sie. „Oh, bitte."

Er stöhnte befriedigt, und sie wusste, er liebte es, wenn sie ihr Verlangen so offen zeigte, liebte es, wenn sie sich ihrer Lust hingab und ihn aufforderte, seinen Rhythmus zu beschleunigen. Sie stellte sich vor, was Tariq jetzt sah: ihre beiden vereinigten Körper in wilder Ekstase. Die Vorstellung war so erotisch, dass sie im selben Moment den Gipfel erreichte. Sie wusste, dass sie Tariq mitriss, denn sein heiserer Aufschrei vermischte sich mit ihrem.

Danach hielt er sie auf seinem Schoß. Sie legte den Kopf zurück, lehnte sich an seine starke Schulter und wartete darauf, dass sich ihr Herzschlag beruhigte. Sehr viel später befeuchtete sie sich die trockenen Lippen. „Wow."

Tariq küsste sie schmunzelnd aufs Ohr und knabberte an ihrem Ohrläppchen. „Nicht zu schnell? Ich dachte, Frauen mögen es langsam." Sein Ton triefte nur so vor Sarkasmus, denn Jasmine hatte lichterloh in Flammen gestanden, kaum dass er sie berührt hatte.

Sie stieß ihm den Ellbogen in die Seite. „Du bist ganz schön frech. Aber ich fühle mich viel zu gut, um mit mir zu streiten."

„So muss ich es also machen, damit du wirklich zufrieden bist. Das könnte auf Dauer anstrengend werden." Sie spürte, dass er lächelte.

Jasmine lachte. Tariq nahm noch einmal zärtlich ihre Brüste in beide Hände, bevor er widerstrebend von ihr abließ. „Wir müssen uns auf die Abreise vorbereiten, meine Jasmine. Es wird Zeit, nach Hause zurückzukehren."

Die Unbezähmbare

Kurz bevor er ging, legte sie die Hand auf seinen muskulösen Unterarm.

Er lächelte nachsichtig. „Was ist? Ich verspreche dir, wenn wir erst zu Hause sind, können wir spielen, so viel du willst."

Sie hatte ihren Mann wieder. Er hatte sich ihr wieder geöffnet, jedoch nicht mehr als vor ihrer Liebeserklärung. Und das war nicht genug. Wenn er ihr seine Liebe verweigerte, dann würde sie niemals mehr bekommen als dieses ständige Hoffen und Sehnen. Aber sie war es leid, niemals gut genug zu sein. Sie war es leid, niemals wirklich geliebt zu werden. Vielleicht war sie ja tatsächlich der Liebe nicht wert, aber bevor sie in Hoffnungslosigkeit versank, würde sie kämpfen. Diesmal würde sie sich von niemandem, nicht einmal von Tariq, davon abhalten lassen, um ihre Liebe zu kämpfen.

„Deine Augen werden größer und größer." Er strich mit einer Fingerspitze über ihre Lippen.

„Ich meinte es ernst. Ich liebe dich."

Sein Ausdruck veränderte sich schlagartig und wurde innerhalb einer Sekunde steinern. „Wir müssen gehen." Er drehte sich um und ging voraus.

Jasmine versuchte zu atmen, doch jeder Atemzug fühlte sich an wie ein Messerstich. Es schmerzte so sehr, dass ihre Liebe nicht anerkannt wurde.

Tariq wartete vor dem Zelt und bemühte sich mit aller Kraft, seine Emotionen unter Kontrolle zu bringen. Es wäre nicht gut, wenn seine Leute ihren Führer dabei ertappten, wie er sich von Gefühlen übermannen ließ.

Warum tat sie ihm das an?

Glaubte sie wirklich, ihn mit einer Liebeserklärung manipulieren zu können? Worte, so leicht ausgesprochen ... Versprechen, so leicht gebrochen. Er hatte ihr nichts weniger als seine Seele dargeboten, und sie hatte dieses Geschenk zurückgewiesen wie ein Muster ohne Wert, nachdem sie ihm versprochen hatte, ihn für immer zu lieben. Es tat immer noch weh. Aber das würde er sie niemals wissen lassen.

Dass sie selbst jetzt Geheimnisse vor ihm hatte, konnte er ihr nicht verzeihen. Die Geheimnisse der Frauen – immer hatten sie ihm nur Schmerzen bereitet.

Mit all seiner Willenskraft brachte er jene Seite in ihm zum Schweigen, die sich von Jasmine verzaubern lassen wollte. Es erschreckte ihn, dass er so kurz davor gewesen war, ihr erneut sein Herz zu Füßen zu legen. Dabei war es doch so offensichtlich, dass sie ihm nicht vertraute. Nein, er würde diesen Fehler nicht noch einmal machen. Das durfte er nicht. Seine Verletzlichkeit war zu seiner größten Schwäche geworden.

7. KAPITEL

Die folgenden Tage waren ein Albtraum. Tariq hatte sich so sehr in sich zurückgezogen, dass es Jasmine Angst machte. Ganz gleich, womit sie es versuchte – mit Wutausbrüchen, mit flehenden Liebeserklärungen – sie drang nicht zu ihm durch. Dass er sie gefühlsmäßig so total aus seinem Leben ausschloss, war ein herber Schlag für ihr ohnehin schwaches Selbstvertrauen.

„Tariq, ich bitte dich", sagte sie, als sie auf dem Rückweg nach Zulheina wieder in der Limousine saßen. „Sprich mit mir." Sie war völlig verzweifelt.

„Worüber möchtest du reden?" Er blickte aus purer Höflichkeit von seinen Papieren auf.

„Über irgendetwas! Ganz gleich. Aber schließ mich nicht länger aus!", rief sie, den Tränen nahe.

„Ich weiß nicht, was du meinst." Erneut senkte er den Kopf und beachtete sie nicht weiter.

Mit einem verzweifelten Aufschrei riss sie ihm die Papiere aus der Hand und warf sie zu Boden. „Ich lasse mir das nicht länger gefallen!"

Tariqs grüne Augen blitzten, als er ihr Kinn in die Hand nahm. „Du hast wohl die Regeln vergessen. Ich folge nicht mehr deinen Wünschen." Keine Wut, kein Gefühl, nur eiskalte Selbstkontrolle. Selbst der Griff seiner Hand war nicht sehr fest.

„Ich liebe dich. Bedeutet dir das denn gar nichts?", wisperte sie mit gebrochener Stimme.

„Danke für deine Liebe." Er sammelte die Papiere wieder ein und sortierte sie. „Ich bin sicher, sie ist ebenso viel wert wie vor vier Jahren."

Seine sarkastische Erwiderung traf sie mitten ins Herz. „Wir sind nicht mehr die Gleichen, die wir damals waren. Gib uns eine Chance!", flehte sie.

Tariq sah sie gleichgültig an. „Ich muss das hier lesen."

Er hatte sie besiegt. Mit dem zornigen Tariq konnte sie umgehen, aber gegen diesen kalten, unzugänglichen Fremden war sie machtlos. Es war offensichtlich, dass er die Intimität während ihres Aufenthalts in der Wüste bereute. Wahrscheinlich dachte er, sie glaubte, ihn manipulieren zu können, weil er ihr gegenüber so offen gewesen war.

Aber sie würde nicht so schnell aufgeben. Tariq war sehr eigensinnig, aber wenn es um ihre Liebe zu ihm ging, dann war sie es ebenso.

Am Abend hätte sie sich fast in ihr eigenes Zimmer zurückgezogen. Sie war verletzt und nicht sicher, ob er sie überhaupt bei sich haben wollte. Aber dann bürstete sie sich das Haar vor Tariqs Spiegel und legte sich in sein Bett. Als er sie in die Arme nehmen wollte, gab sie sich bereitwillig hin. Auf dieser Ebene waren sie sich immer einig. Immer liebten sie sich wild und leidenschaftlich. Das gab ihr Hoffnung, denn wie könnte er sie lieben und flüstern „Du gehörst mir, Mina", wenn er nichts weiter für sie empfände als körperliche Begierde?

Eine Woche später saß Jasmine in ihrem Studio, Stecknadeln zwischen den Lippen und ein Stück silbrig glänzenden Stoff in den Händen, und griff nach der Schere.

„Ich möchte mit dir sprechen."

Erschrocken ließ sie die Stecknadeln fallen. „Schleich dich bitte nicht so an!" Sie legte eine Hand auf ihr pochendes Herz. „Und steh nicht so riesengroß hinter mir!"

Unwillig zog Tariq die Brauen zusammen. Sie wusste, gleich würde er sie wieder daran erinnern, dass er es war, der hier Befehle gab. Seit ihrer Rückkehr aus Zeina gab er sich kalt und aristokratisch. Es war anstrengend, Tag für Tag diesem hoheitsvollen Krieger entgegenzutreten, doch sein Zorn bestärkte sie nur in ihrer Entschlossenheit. So ein Zorn konnte nur aufgrund von sehr starken Gefühlen entstehen.

Also hob sie die Arme und lächelte. Ihn zu lieben war die einzige Chance, ihm zu beweisen, dass sie sich geändert hatte. Einen Moment lang fürchtete sie, er würde sie abweisen, aber dann ging er neben ihr in die Hocke.

Sie legte die Arme um seinen Nacken und küsste ihn. Er ließ es geschehen.

Als sie von ihm abließ, nahm er ihre Hände in seine. „Ich werde für eine Woche nach Paris fliegen." Falls ihr Kuss ihm irgendetwas bedeutet hatte, ließ er es sich nicht anmerken.

„Was?" Sie konnte ihre Überraschung nicht verbergen. „Wann?"

„In einer Stunde."

„Warum hast du mir nicht früher etwas davon gesagt?"

Die Unbezähmbare

Seine Kiefermuskeln verhärteten sich. „Ich brauche dir so etwas nicht zu sagen."

„Ich bin deine Frau!"

„Ja. Und du wirst dich fügen, wie es sich gehört."

Es war wie ein Schlag ins Gesicht. Jasmine senkte den Kopf und atmete tief durch. „Du weißt doch, dass mehrere französische Modeschöpfer diese Woche Modenschauen durchführen. Wenn du es mir früher gesagt hättest, hätte ich mitkommen können." Sie hatte ein gewisses Verständnis für seine Dominanz entwickelt, aber noch nie hatte er sie so rabiat behandelt. Sie hatte nicht gewusst, dass er das, was in Zeina zwischen ihnen entstanden war, so sehr bereute.

Er ließ ihre Hände los und packte sie am Kinn, sodass sie gezwungen war, ihn anzusehen. „Nein, Jasmine. Du darfst Zulheil nicht verlassen."

„Du vertraust mir also nicht? Was glaubst du, was ich tun würde – bei der erstbesten Gelegenheit davonlaufen?"

„Ich war vielleicht einmal ein Narr, aber du wirst nicht noch einmal einen Narren aus mir machen."

„Ich bin freiwillig gekommen und geblieben. Ich werde nicht weglaufen."

„Als du kamst, wusstest du nicht, worauf du dich einlässt." Sein Gesicht war völlig ausdruckslos. „Du kannst mich nicht mehr um den kleinen Finger wickeln, wie du es dir sicher erhofft hast. Nachdem du das jetzt weißt, wirst du vermutlich fliehen wollen. Ich habe nicht die Absicht, dich gehen zu lassen."

Jasmine wollte den Kopf schütteln, aber er ließ sie nicht los. „Ich liebe dich", erwiderte sie mit fester Stimme. „Weißt du nicht, was das bedeutet?"

„Es bedeutet, dass du mir jederzeit den Rücken zuwenden und mich verlassen kannst." Seine Worte waren wie Messerstiche. Jasmine hatte das Gefühl innerlich zu bluten. Aber sie gab noch nicht auf.

„Wie lange willst du so weitermachen?", fragte sie verzweifelt. „Wie lange willst du mich noch bestrafen? Wann bist du endlich fertig mit deiner Rache?"

Sein Blick verdüsterte sich. „Ich will dich nicht bestrafen. Um Rache zu nehmen, müsste ich etwas für dich empfinden, das über körperliches Verlangen hinausgeht, was ich nicht tue. Du bist mein Besitz, von mir geschätzt, aber nicht unersetzlich."

Sie spürte, wie ihr alle Farbe aus dem Gesicht wich. Sie fühlte sich völlig vernichtet und brachte keinen Ton mehr heraus.

„Ich werde mit Regierungsangelegenheiten beschäftigt sein. Hiraz weiß, wie ich zu erreichen bin."

Jasmine schwieg noch immer und hörte kaum, was er sagte, so laut dröhnte ihr das Blut in den Ohren. Als er den Kopf neigte, um sie zu küssen, ließ sie es wie betäubt einfach geschehen, ohne den Kuss zu erwidern. Er fasste das als Zurückweisung auf, fuhr mit den Händen in ihr Haar und zog ihren Kopf mit einer herrischen Bewegung an sich.

„Du wirst mich nicht zurückweisen", sagte er kalt. Und er hatte recht. Er kannte ihren Körper viel zu gut. Sie konnte ihn nicht zurückweisen. Viel zu sehr und viel zu lange schon sehnte sie sich nach ihm.

Als er sich von ihr löste, glitzerten seine Augen triumphierend. „Ich kann dich jederzeit dazu bringen, dass du dich nach mir verzehrst, Jasmine. Also versuch gar nicht erst, mich mit deinem Körper zu manipulieren."

Was er an Verlangen in ihr geweckt hatte, wurde sofort erstickt.

„Ich werde in vierzig Minuten die Stadt verlassen." Damit stand er auf und verließ das Zimmer.

Jasmine wusste später nicht mehr, wie lange sie dort sitzen geblieben war, unfähig, irgendetwas zu tun. Es war, als hätte Tariq ihr das Herz aus dem Leib gerissen und sich dann über ihren Schmerz lustig gemacht. Der Schmerz war zu groß, um wirklich spürbar zu sein. Irgendwann stand sie auf, lief aus dem Turmzimmer und schloss sich kurz darauf in ihrem kostbar eingerichteten Schlafzimmer ein. Von dort aus ging sie in den privaten Garten und setzte sich unter den Baum mit den blauweißen Blüten, die einen schweren Duft verströmten.

Ihre Schluchzer kamen von ganz tief aus ihrem Körper und waren so heftig, dass sie nicht genug Luft übrig hatte, um dabei auch nur einen Laut von sich zu geben. Zu vernichtend war die Erkenntnis, dass sie sich etwas vorgemacht hatte. Sie hatte geglaubt, sie könnte Tariq mit ihrer Liebe dazu bringen, sie wieder zu lieben. Sie, ein Mädchen, das noch nie von jemandem geliebt worden war. Alles hatte sie ihm gestattet, sogar dass er sie für den Rest ihres Lebens an sich band. Sie hatte sich ihm hingegeben mit Leib und Seele. Nichts hatte sie zurückgehalten. Und jetzt hatte er dieses Geschenk auf die grausamste Art zurückgewiesen. Sie war nichts als sein Besitz, geschätzt, aber nicht unersetzlich. Er empfand nichts für sie außer Begierde. Rein körperliche Lust! Sie hatte geglaubt, sein Verhalten sei damit zu erklären, dass er schrecklich verletzt war. In Wirklichkeit aber empfand er einfach nichts für sie.

Hatte er sie also nur geheiratet, um sie zu demütigen? Um sie zu vernichten?

Irgendwann hatte sie alle Tränen geweint, doch der Schmerz wollte nicht nachlassen. Und jetzt zeigte auch der alte Dämon Furcht wieder sein hässliches Gesicht. In Tariqs Land, in Tariqs Armen hatte sie fast vergessen, mit welch grässlichem Makel sie behaftet war. Ein Makel, der es vermutlich unmöglich machte, dass sie jemals wirklich geliebt werden würde. Die Erinnerung an den schrecklichsten Tag ihrer Kindheit überwältigte sie.

„Findest du es wirklich in Ordnung, dass du die Hälfte von Marys Erbe gefordert hast, bevor du Jasmine adoptiertest?", hatte Tante Ella die Frau gefragt, von der Jasmine geglaubt hatte, sie sei ihre Mutter. „Schließlich ist Mary deine kleine Schwester."

„Natürlich. Schließlich hätte sie sich ja nicht von irgendeinem dahergelaufenen Kerl, den sie in einer Bar aufgegabelt hat, schwängern zu lassen brauchen." Dann war da das Geräusch von Eiswürfeln, die in ein Glas fielen, zu hören gewesen. „Wir sind schließlich kein Wohltätigkeitsverein. Wie sonst hätten die Ausgaben für Jasmine gedeckt werden sollen?"

„Ihr habt aber viel mehr bekommen", hatte Ella erwidert. „Mary hat doppelt so viel von Grandpa geerbt wie wir."

„Ich denke, es ist ein adäquater Ausgleich dafür, dass wir schlechtes Blut in unsere Familie aufgenommen haben. Der Himmel weiß, was für ein Versager Jasmines Vater gewesen sein mag. Mary war so betrunken, als sie sich mit ihm eingelassen hat, dass sie sich nicht einmal an seinen Namen erinnern kann."

Später, als Jasmine sich gezwungen hatte nachzufragen, hatte Tante Ella Mitleid bekommen und ihr von Mary erzählt. Offenbar war Mary sofort nach Jasmines Geburt in die Vereinigten Staaten gegangen, damit auch jeder Hauch eines Skandals vermieden wurde. Sie war niemals zurückgekehrt. Die Leute, die Jasmine aufgezogen hatten, Marys ältere Schwester Lucille und deren Ehemann James, hatten selbst bereits zwei Kinder, Michael und Sarah, und waren ohne finanziellen Anreiz nicht bereit gewesen, ein weiteres Kind aufzunehmen. Trotzdem hatten sie danach noch ein eigenes Kind bekommen, ihren geliebten Matthew.

An jenem Tag hatte Jasmine erfahren, dass jedes bisschen Zuwendung, das sie jemals erfahren hatte, mit Geld bezahlt worden war. Auf der Suche nach Liebe hatte sie an Mary geschrieben. Deren Antwort war an ihrem dreizehnten Geburtstag gekommen, eine kühle Bitte, keine weiteren Briefe zu schreiben, da sie nichts mit den „Fehltritten" ihrer Vergangenheit zu tun haben wolle.

Ein „Fehltritt". Mehr war Jasmine nicht für ihre leibliche Mutter. Und für ihre Adoptivmutter war sie „schlechtes Blut". Und jetzt musste sie einsehen, dass dieser Makel nicht wie durch einen Zauber verschwunden war. Sie war immer noch ungeliebt. Ungewollt.

Am nächsten Tag beschloss Jasmine, dass es wenig Sinn hatte, Tränen zu vergießen wegen etwas, das sie nicht ändern konnte. Trotz ihres Kummers zwang sie sich, in ihr Studio zu gehen. Dort hob sie die Schere auf, wo sie sie am Tag zuvor fallen gelassen hatte.

Nachdem sie etwa eine Stunde gearbeitet hatte, hörte sie ein Telefon klingeln. Kurz darauf klopfte jemand an die Tür.

„Madam?"

Sie blickte auf. „Ja, Shazana?"

„Scheich Zamanat wünscht Sie zu sprechen."

Jasmines Kehle war wie zugeschnürt. Am liebsten hätte sie gesagt, sie sei zu beschäftigt. Aber was hätte es wohl für Konsequenzen, wenn sie ein loyales Mitglied des Personals auffordern würde zu lügen?

„Bitte legen Sie das Gespräch auf diesen Apparat." Sie deutete auf das Telefon neben der Tür. Doch als es Sekunden später klingelte, nahm sie den Hörer kurz auf und legte ihn wieder auf die Gabel. Mit pochendem Herzen eilte sie den Flur hinab zu ihrem Zimmer und hinaus in den Garten. Wieder verbarg sie sich unter dem Baum, während drinnen das Telefon erneut klingelte.

Die Unbezähmbare

Es war feige, sich vor Tariq zu verstecken, aber sie konnte es nicht ertragen, seine Stimme zu hören, die ihr womöglich noch einmal das Herz brechen und sie auf ihre Unzulänglichkeit und Minderwertigkeit hinweisen würde. Noch war sie nicht bereit, sich den letzten Rest Hoffnung nehmen zu lassen.

Etwa eine Stunde später kehrte sie in ihr Studio zurück. Sie fand eine Notiz, auf der sie darum gebeten wurde, eine bestimmte Nummer anzurufen.

„Geh zum Teufel!" Sie zerknüllte das Papier, warf es in den Papierkorb und begann mit wilder Entschlossenheit weiter zu arbeiten. Heißer Zorn begann unter all ihrer Verletztheit zu brodeln. Scheich Zamanat erwartete also von ihr, dass sie kam, wenn er pfiff? Er würde lernen müssen, dass seine Frau kein Spielzeug war, das er nach Belieben fortwerfen und wieder hervorholen konnte.

Zum vierten Mal legte Tariq den Hörer auf. Er war verärgert über den Widerstand seiner Frau, aber da war noch ein anderes Gefühl. Er konnte nicht den Schmerz in ihrem Blick vergessen, als er zuletzt mit ihr gesprochen hatte.

Nach all der Zeit hatten sich sein Zorn und sein verletzter Stolz endlich Luft gemacht. Als Jasmine ihm ihre Liebe erklärt hatte, hatte sie seine alten, kaum verheilten Wunden aufgerissen. Und diese Wunden hatten damit zu tun, dass er Jasmine brauchte, was er sich jedoch nicht eingestehen wollte. Und deshalb hatte er Dinge gesagt, die er nicht hätte sagen sollen.

Es war etwas ganz und gar Ungewohntes für Tariq, Schuldgefühle zu haben. Aber nun wurde er von ihnen fast erdrückt. Er hatte das Gefühl, als habe er etwas sehr Zerbrechliches zwischen ihnen zerstört. Nur sein wütender Stolz hielt ihn davon ab, sofort zu ihr zurückzukehren.

Er sagte sich, dass Jasmine nicht nachtragend war. Sobald er mit ihr sprechen würde, würde alles wieder normal sein. Und das nächste Mal, wenn er sie anrief, dann würde sie ihm nicht wieder ausweichen!

Jasmine war zu dem Schluss gekommen, dass sie einfach Zeit brauchte, um sich über ihre Gefühle klar zu werden. Tariq hatte ihr einen entsetzlichen Schock versetzt und ihr ein für alle Mal klar gemacht, dass der Mann, den sie liebte, nicht der Mann war, den sie geheiratet hatte.

Liebte sie diesen Tariq?

Sie wusste es nicht, aber dass sie zornig war, stand außer Frage. Sie nahm sich vor, ihm bei seinem nächsten Anruf nicht auszuweichen. Der Anruf kam, als über Zulheil der Morgen dämmerte. Beim zweiten Klingeln nahm sie ab.

„Hallo, hier ist dein geschätzter Besitz", platzte es aus ihr heraus, und sie war stolz darauf.

Am anderen Ende der Leitung herrschte völliges Schweigen. „Ich finde das nicht lustig, Jasmine", sagte er schließlich.

„Nun ja, zum Glück bin ich keine exzentrische Schauspielerin. Deshalb ist mein Ego wohl nicht allzu sehr verletzt." Sie spürte, wie der Zorn in ihr immer heftiger brodelte. „Hast du mir etwas zu sagen oder wolltest du mich nur erinnern, dass ich mich zu fügen habe?" Nanu, wie war ihr das eingefallen?

„Du benimmst dich ziemlich widerspenstig."

„Genau."

„Was hast du denn erwartet, als du zu mir zurückgekommen bist?" Jetzt hatte seine viel zu ruhige Stimme einen wütenden Unterton. „Dass alles wie früher sein würde? Dass ich dir mein Herz in den Schoß legen würde?"

„Nein. Ich hatte erwartet, dass du mich vergessen hast. Aber das hast du nicht. Du hast mich entführt und geheiratet und mir damit einen Platz in deinem Leben gegeben. Wie kannst du es wagen, mich wie einen Gegenstand zu behandeln? Wie etwas, das du mit deinen königlichen Füßen treten kannst? Wie kannst du es wagen?" Die aufsteigenden Tränen drohten ihre Stimme zu ersticken.

„Niemals habe ich dich so behandelt!", erwiderte er erbost.

„Doch, das hast du. Und weißt du was? Einem Mann, der mir das antut, habe ich nichts zu sagen. Ich könnte dich fast hassen. Ruf mich nicht mehr an. Vielleicht werde ich mich beruhigt haben, bis du zurückkommst. Im Moment jedenfalls habe ich dir nichts zu sagen. Nichts!"

„Wir werden reden, wenn ich wieder da bin." Seine Stimme hatte einen eigenartigen Unterton, den sie bis jetzt nie an ihm wahrgenommen hatte.

Jasmins Hände zitterten, als sie auflegte. Oh ja, sie verdiente etwas

Besseres als diese Behandlung. Auch wenn sie nicht geliebt wurde, so verdiente sie doch etwas Respekt.

Den sie jedoch möglicherweise von ihrem Ehemann nie bekommen würde.

„Ich könnte dich fast hassen."

Tariq starrte aus dem Fenster auf die gepflasterten Straßen von Paris. Jasmines Worte hallten in seinem Kopf wider. Er war es gewohnt, von ihr angebetet zu werden, stets im Mittelpunkt ihrer Aufmerksamkeit zu stehen. Niemals hätte er sich vorgestellt, dass es auch anders sein könnte.

Es gefiel ihm gar nicht. Seine Sehnsucht nach ihr war so groß, dass er sie jede Sekunde vermisste, die sie nicht an seiner Seite war. Die vier Jahre ohne sie hatte er nur überstanden, indem er Tag und Nacht gearbeitet hatte. Ihr Lachen, ihre Lebendigkeit und ihre Zärtlichkeit waren wie Balsam für seine Seele. Und nun war sie böse auf ihn.

Er hatte sie unterschätzt. Offenbar empfand sie inzwischen viel tiefer, als er sich vorgestellt hatte. Immer schon war sie auf weibliche, zurückhaltende Art mutig gewesen, aber jetzt hatte sie es zum ersten Mal gewagt, ihn zurückzuweisen. Endlich gestand er sich ein, dass sie auf dramatische Weise anders war als die Jasmine von früher.

Jene Jasmine hätte ihn niemals gehasst.

Jene Jasmine hatte ihn aber verlassen.

Wenn er ihr sein Herz nur ein wenig öffnete, was würde diese Jasmine wohl tun? Würde sie ihn mit derselben Gleichgültigkeit behandeln wie damals?

Er musste seine Jasmine zurückgewinnen. Sie war sein. Sie durfte ihn nicht hassen.

8. KAPITEL

Vom Flur her waren schwere Schritte zu hören. Jetzt schon? Er wollte doch erst in drei Tagen zurückkehren! Mit einem halb unterdrückten Aufschrei band Jasmine den Gürtel ihres azurblauen Seidenmantels zu. Sie wollte Tariq nicht in einem Fähnchen begrüßen, das nur bis zur ihrer Schenkelmitte reichte, und mit offenem Haar, doch die Klinke wurde bereits heruntergedrückt. Rasch setzte sie sich vor den Frisierspiegel und nahm die Haarbürste zur Hand.

Im nächsten Moment stand Tariq hinter ihr. Er beugte sich vor und stützte sich mit beiden Händen links und rechts von ihr auf der Frisierkommode ab. Jasmine fuhr fort, sich das Haar zu bürsten, obwohl sie fast die Bürste fallen ließ, so sehr zitterten ihre Finger.

„Was macht deine Halsentzündung?", fragte er und bezog sich damit auf einen ihrer Vorwände, um nicht ans Telefon zu gehen.

„Es ist viel besser geworden."

„Das hört man. Und geht es dir jetzt gut?"

„Ja." Sie versuchte, nicht mit dem Kopf seine Brust zu streifen. Aber jedes Mal, wenn sie ein Stück weiter vorrutschte, beugte auch er sich weiter vor, bis sie auf der vordersten Kante des Stuhles saß.

„Gut. Ich hatte mir Sorgen gemacht, weil du so oft geschlafen hast, wenn ich angerufen habe." Er sprach ganz ruhig, aber sie wusste, er war wütend. Er war es nicht gewohnt, auf Widerstand zu stoßen.

Und sie war noch nicht bereit, seinem Zorn zu begegnen. So mutig sie ihr eigener Zorn auch gemacht hatte, sie hasste Tariq nicht. Ihre Gefühle für ihn waren sehr intensiv, aber ganz genau war sie sich darüber noch nicht im Klaren. Mit Hass hatten sie jedenfalls ganz sicher nichts zu tun. Liebte sie ihn womöglich noch tiefer als zuvor?

Die Hitze, die sein Körper ausstrahlte, umgab sie wie eine Wolke. Sie sah unauffällig auf seine Arme. Er trug ein blaues Hemd, hatte die Jacke offenbar schon ausgezogen.

Tariq nahm ihr einfach die Bürste aus der Hand. Dann schob er ihr das Haar zurück bis hinter die Ohren, sodass ihr Gesicht frei war. Sie erstarrte, als er sachte mit den Knöcheln seiner Finger über ihre Wangen strich. So machte er es immer, nachdem sie sich geliebt hatten. Oh, warum nur reagiert sie immer so schnell und so stark auf seine Berührungen! Ihr Körper war in Aufruhr.

„Wirst du dich auch jetzt weigern mit mir zu reden, da ich wieder zu Hause bin?"

„Ich rede doch mit dir." Wie gut, sie hatte es geschafft, ohne dass ihr die Stimme versagt hatte.

„Nein, du antwortest nur auf meine Fragen und versuchst, dich mir zu entziehen."

Sie erwiderte nichts.

„Du bist also wütend auf mich, meine Jasmine?" Seine Stimme war rau und sexy und so nah an ihrem Ohr. „Du hast dich also noch nicht beruhigt?"

„Ich bin nicht wütend." Ihr Herz hämmerte wild gegen ihre Rippen. Ihre Wut war längst verraucht. Übrig geblieben war ein Gefühl der Verletztheit, ein scharfer Schmerz, der sie fast betäubte.

Tariq küsste ihr Ohrläppchen. Sie konnte einen Schauer nicht unterdrücken, rührte sich jedoch nicht.

„Ah, Mina, du kannst mir nichts vormachen. Komm, schau mich an. Begrüße deinen Ehemann, der nach Hause gekomken ist." Er klang fast so bestimmend wie vor seiner Reise.

„Möchtest du Sex? Wenn du mich aufstehen lässt, lege ich mich aufs Bett." Wieder stieg heißer Zorn in ihr auf. Mühsam unterdrückte sie den Wunsch, Tariq spüren zu lassen, wie sehr er ihr wehgetan hatte.

Es war, als hätte er sich plötzlich in Stein verwandelt. Er zog sich so schnell zurück, dass Jasmine fast vom Stuhl gefallen wäre. Dann packte er sie und zog sie hoch, sodass sie ihm gegenüberstand. Barfuß reichte sie ihm gerade bis zur Brust. Vor Überraschung hätte sie ihm fast in die Augen geschaut. Doch sie schaffte es, starr auf seine Schultern zu blicken.

„Mina, tu das nicht. Du weißt doch, in meinen Armen wirst du dahinschmelzen." Er legte einen Arm um ihre Hüfte und legte die freie Hand auf ihre Wange, zwang sie jedoch nicht, ihn anzusehen.

„Ja, ich weiß, du kannst mich jederzeit dazu bringen, dass ich mich nach dir verzehre", erwiderte sie. Sie hätte schreien mögen. „Ich werde mich nicht gegen dich wehren."

Als er sie mit einer heftigen Bewegung an sich riss, musste Jasmine all ihre Willenskraft aufbieten, um sich nicht an ihn zu schmiegen. Zu gern hätte sie ihrem Verlangen nachgegeben. Sie ermahnte sich, daran zu denken, dass sie „geschätzt, aber nicht unersetzlich" war. Nicht unersetzlich! Als sie starr und unbeweglich blieb, ließ Tariq sie los.

„Geh schlafen, Jasmine", sagte er resigniert und ließ sie allein. Die Tür schloss sich hinter ihm mit einem leisen Klicken.

Plötzlich fühlte Jasmine sich völlig erschöpft. Aus Angst vor der Konfrontation mit Tariq hatte sie die letzten fünf Nächte kaum geschlafen. Sie kroch einfach so, wie sie war, unter die Decke. Trotzdem konnte sie noch immer nicht schlafen. Sie wollte zu ihrem Mann gehen, ihn in den Armen halten ... ihn trösten.

„Nein." Nein, sie würde sich nicht von Sehnsucht überwältigen lassen, solange er offensichtlich sein Verhalten kein bisschen bereute. Respekt. Sie wollte Respekt.

Tariq warf sein zusammengeknülltes Hemd quer durchs Zimmer. Sie hatte ihn abgewiesen! Nie hätte er das von Jasmine gedacht. Er hatte sich auf ihr großzügiges Wesen verlassen, war sicher gewesen, dass sie ihm vergeben würde. Seine grausamen Worte hatte er längst bereut. Damals in ihrem Studio hatte er zugelassen, dass all seine verletzten Gefühle auf einmal zum Ausbruch gekommen waren. Jahre der aufgestauten Wut, des unterdrückten Schmerzes. Es wäre besser gewesen, er hätte diesen Teil von sich unter Kontrolle gehalten.

Er hatte sich von Gefühlen leiten lassen anstatt von seinem Verstand, und die Worte, die über seine Lippen gekommen waren, waren wie eine tödliche Waffe gewesen. Gegen seine Frau. Schlimmer noch, sie waren nicht zutreffend. Vier schlaflose Nächte waren Beweis genug, dass sie sehr wohl unersetzlich war.

Was, wenn es nicht wiedergutzumachen war? Was, wenn Jasmine ihn wirklich hasste? Ihr Körper war so starr gewesen, ihr Mund so still. Er musste sich eingestehen, dass Jasmine keineswegs wütend oder rachsüchtig gewirkt hatte, sondern verletzt. Er hatte seiner Frau wehgetan. Und bei dieser Erkenntnis verspürte er keineswegs Befriedigung, sondern nur Abscheu vor sich selbst. Es lag doch an ihm, sie zu beschützen. Jetzt sogar vor sich selbst.

Zum ersten Mal seit sehr langer Zeit wusste Tariq nicht recht, was er tun sollte. Ein Scheich konnte sich eigentlich den Luxus von Unentschlossenheit nicht leisten, ein Ehemann kam anscheinend manchmal nicht darum herum. Er wusste, er hatte sich falsch verhalten, aber er war kein Mann, dem es leichtfiel, um Verzeihung zu bitten.

Vertraute Hände, rau, aber zärtlich, strichen über ihren nackten Rücken. Jasmine überlegte. War sie nicht bekleidet gewesen, als sie sich hingelegt hatte? In diesem Traum jedoch berührte nackte Haut nackte Haut. Es folgte ein Kuss auf ihren Nacken, auf jeden einzelnen Rückenwirbel. Fordernde Hände packten ihre Hüften …

Seufzend drehte sie sich auf den Rücken, um ihren Geliebten zu begrüßen. Als er die Lippen auf ihre Brüste drückte, bog sie sich ihm entgegen. Wie von selbst fuhren ihre Hände durch sein dichtes, seidiges Haar. Ein unrasiertes Kinn streifte ihre Brust. Sie erschauerte, und sofort wurde die Stelle zärtlich geküsst.

„Tariq", flüsterte sie, jetzt völlig wach. Es war zu spät, sich ihm zu verweigern. Ihr Körper hatte bereits ja gesagt. Was immer er tat, was immer er sagte, er war ihr Mann. Wie sollte sie ihn abweisen, wenn er sie doch berührte, als wäre sie das Kostbarste, das es gab in seinem Leben?

Sie erwiderte seine Küsse. Sie konnte nicht länger verbergen, wie sehr sie ihn vermisst hatte. Er schmiegte sich an sie und löste sich kurz darauf wieder von ihr, um eine Spur von Küssen über ihre Brüste und über ihren Bauch zu ziehen.

Sie erschauerte heftig. Unwillkürlich hob Jasmine die Hüften und presste sich an ihn. Sogar seinen Puls konnte sie spüren, so nah war sie ihm.

Sie öffnete die Schenkel, doch er nahm sie noch nicht in Besitz. Stattdessen hob er ihr linkes Bein über seine Schulter. Und dann strich er mit seiner rauen Wange über die empfindliche Haut an der Innenseite ihrer Schenkel.

Sie keuchte. „Tariq, bitte."

Da streichelte er diese Stelle mit seiner Zunge, erst an ihrem linken Bein, dann an ihrem rechten. Und dann, als sie schon glaubte, noch mehr Lust gar nicht ertragen zu können, senkte er den Kopf und küsste sie auf die intimste Weise.

Sie schrie auf und wäre ihm ausgewichen, doch er hielt sie fest, während er sie langsam und mit größtem Geschick mit dieser zärtlichsten Form der körperlichen Liebe vertraut machte. Sein einziges Ziel war ihre Lust.

Mit einem letzten Rest von klarem Bewusstsein erkannte Jasmine, dass dies Tariqs Bitte um Vergebung war. Ihr Krieger konnte die Worte nicht aussprechen, doch er zeigte ihr ohne Worte, dass sie mehr war für ihn als ein Objekt seiner Begierde. Wie viel mehr, das wusste sie nicht, aber so verletzt sie auch war, sie konnte ihm nicht länger böse sein, angesichts solcher Zärtlichkeit.

Jasmine krallte die Finger in das Bettlaken und gab sich völlig seinen Liebkosungen hin. Wieder einmal ergab sie sich Tariq mit Leib und Seele. Vergessen war ihr Vorsatz, Abstand zu ihm zu halten. Sofort spürte sie die Veränderung in seinem Körper. Seine Schultern waren nicht mehr so angespannt, seine Hände auf ihren Hüften fühlten sich nicht mehr wie Schraubstöcke an. Und dann hörte sie auf zu denken und ließ sich auf einer Woge unbeschreiblicher Lust höher und höher gleiten. Er hielt sie fest, bis die letzten Schauer der Lust verebbt waren, um dann behutsam in sie einzudringen.

Jasmine hätte fast geweint angesichts seiner Unsicherheit. Jetzt war er gar nicht wie der große autoritäre Despot. Vergessen war auch der letzte Rest ihrer Wut und Verletztheit. Sie schlang die Beine um ihn und presste sich an ihn, um ihm ihrerseits ohne Worte zu sagen, wie sehr sie ihn wollte, wie sehr sie ihn liebte. Gleichzeitig legte sie die Arme um seinen Nacken und drückte zärtliche Küsse auf seine Schultern.

„Willkommen zu Hause", flüsterte sie, kurz bevor sie zum zweiten Mal in dieser Nacht den Gipfel der Lust erreichte.

Später, als sie darüber nachdachte, wurde ihr klar, dass sie zu schnell kapituliert hatte, ohne abzuwarten, ob er sich nicht doch bei ihr entschuldigen würde. Aber sie wusste ja, Tariq würde sich nicht auf diese Weise erniedrigen. Dafür war er viel zu sehr Scheich, viel zu sehr ein Wüstenkrieger. Vorerst würde ihr seine Zärtlichkeit genügen.

Es war immerhin ein Anfang.

Ganz früh am nächsten Morgen – Tariq schlief noch – saß Jasmine am Rand des Springbrunnens in ihrem Garten. Sie musste sich endlich mit den schmerzlichen Tatsachen des Lebens auseinandersetzen.

Als Erstes musste sie wohl akzeptieren, dass sie niemals von Herzen geliebt werden würde. Nicht so, wie sie es brauchte.

Hätte sie sich vor vier Jahren für Tariq entschieden, vielleicht hätte er gelernt, sie so zu lieben. Vielleicht. Aber damals war sie so jung und naiv gewesen im Vergleich zu Tariq, der über innere Stärke und Selbstvertrauen verfügt hatte. Seine Liebe war damals sehr beschützend gewesen, sie dagegen war eher scheu und leicht zu verunsichern gewesen. Inzwischen war sie sehr viel reifer geworden. Und sie hatte inzwischen auch verstanden, wie tief sie ihn verletzt hatte. Doch sie wurde nicht geliebt. Und das war entsetzlich. Ihre naive Hoffnung, mit ihrer Liebe doch noch Tariqs Herz erreichen zu können, war am Vortag seiner Abreise nach Paris unwiederbringlich zerstört worden. Sie hatte in ihrem Leben so viel Zurückweisung erfahren müssen, dass sie glaubte, nicht ein einziges weiteres Mal ertragen zu können. Sie würde also weiterhin um Tariqs Liebe kämpfen, jedoch nicht ihr Herz öffnen und preisgeben, wie sehr sie sich danach sehnte, dass ihre Liebe erwidert wurde.

„Bist du beschäftigt?" Jasmine spähte durch den Türspalt in Tariqs Büro. Er blickte von seinem Schreibtisch auf.
„Du bist immer willkommen, Jasmine."
Am liebsten hätte sie ihn provoziert, nur damit er ein bisschen Gefühl zeigte. Wut wäre immer noch besser als diese Sanftheit. Jedenfalls wüsste sie dann, dass er tiefe Gefühle für sie hatte.
Wie auch immer, jetzt hatte sie keine Zeit für derlei trübe Gedanken. Sie nahm das riesige Paket, in dem ihre Einkäufe verpackt waren, und stellte es auf Tariqs Schreibtisch. Nur die Staffelei hatte sie noch vor der Tür stehen gelassen, um nicht die Überraschung zu verderben.
„Was ist das?"
„Ein Geschenk. Pack es aus." Sie setzte sich auf seinen Schoß.
„Nun mach schon."
Zögernd gehorchte er – und erstarrte, als er mehrere Stücke Leinwand, Pinsel und Farbtuben sah.
„Ich weiß, du hast viel zu tun", erklärte Jasmine eifrig. „Aber sicher findest du doch eine Stunde Zeit am Tag? Stell dir vor, du tust es für dein Land."
Er hob fragend eine Braue.
„Nun ja, ein Workaholic als Scheich wird auf die Dauer seinem Volk nicht von großem Nutzen sein, da der Stress ihn krank machen wird", verkündete Jasmine strahlend. „Du hast früher doch auch gemalt, um dich von der Anspannung des Tages zu befreien. Warum willst du es nicht wieder versuchen?"

„Meine Pflichten ..."

Jasmine legte ihm eine Hand auf die Lippen. „Eine Stunde. Das ist doch nicht zu viel? Und ich helfe dir."

„Wie?"

„Ich bin sicher, ich kann dir einen Teil der Last abnehmen. Mich um die Ablage kümmern? Berichte lesen und zusammenfassen? Ich bin intelligent, weißt du?"

Er schmunzelte. „Ich weiß, Mina. Na schön, du darfst mir helfen, und du darfst mir auch Modell sitzen."

„Du willst mich malen?" Sie küsste ihn auf die Wange, glücklich über seine positive Reaktion, und sprang von seinem Schoß. „Ich habe auch eine Staffelei gekauft." Sie sammelte die Malutensilien wieder ein. „Ich bringe alles in mein Studio, und dann komme ich wieder und helfe dir."

So kam es, dass sie den Rest des Tages mit Tariq verbrachte und Berichte las, um sie anschließend zusammenzufassen. Er hatte ihr freigestellt, jederzeit zu gehen, wenn es ihr zu viel werden sollte, aber wenn sie sich die Stapel ansah, die er zu bewältigen hatte, konnte sie ihn gar nicht damit allein lassen.

Einer der Berichte schockierte sie. „Tariq?"

Er hob den Kopf, überrascht über ihren scharfen Ton.

„Hier steht, der Scheich kann mehr als eine Frau haben?" Ihre Brauen waren dicht zusammengezogen.

Tariqs Mundwinkel zuckten. „Ein uraltes Gesetz."

„Wie uralt?" Auf keinen Fall würde sie ihren Ehemann teilen. Niemals.

„Sehr. Praktisch ein archaisches Relikt. Sowohl mein Großvater als auch mein Vater hatten nur eine Frau."

„Und dein Urgroßvater?"

„Vier."

Sah sie da so etwas wie Belustigung in seinem Blick?

„Mach dir keine Sorgen. Ich glaube nicht, dass ich Kraft für mehr als eine Frau habe."

„Ich werde dafür sorgen, dass dieses Gesetz abgeschafft wird."

„Die Frauen von Zulheil würden es dir danken. Es gilt nur für den Scheich, aber manche halten dieses Gesetz für nicht sehr geeignet, um unserem Land ein modernes, fortschrittliches Image zu geben."

Jasmine nickte. Sein trockener Kommentar hatte sie ein wenig beruhigt. Mit einer zweiten Ehefrau würde sie sich also nicht herumärgern müssen. Sie machte sich wieder an die Arbeit. Ihrem Mann auf diese Weise beistehen zu können, war auf eine stille, ruhige Art sehr erfüllend, fand sie.

„Genug, Mina." Tariq stand auf und streckte sich. „Hoffentlich bereust du dein Angebot nicht. Ich finde, du machst das ausgezeichnet. Ich werde deine Hilfe von jetzt an oft anfordern."

Strahlend legte Jasmine ihre Hand in seine. „Gut. Und jetzt lass uns gehen, bevor jemand anders dich mir wegnimmt."

Heute war ihr zum ersten Mal aufgefallen, wie viele Menschen glaubten, Tariq sei der einzige Schlüssel zur Lösung ihrer Probleme. Oft kamen sie persönlich. Hiraz und Mumtaz fingen die meisten ab, aber manche waren sehr beharrlich. Jasmine fand diese offene Form der Regierung immer wieder erstaunlich. In diesem kleinen, spärlich bevölkerten Land schien das System jedenfalls sehr gut zu funktionieren.

„Würdest du mich denn beschützen, Jasmine?", fragte er und schmunzelte, denn er war praktisch doppelt so groß wie sie.

„Ich denke, du brauchst jemanden, der dich abschirmt. Mumtaz und Hiraz haben Probleme damit, weil sie nicht als Mitglieder der Königsfamilie gelten", erklärte Jasmine ernsthaft. „Ich aber schon. Ich könnte die meisten Dinge, deretwegen die Leute zu dir kommen, regeln, ohne dass du überhaupt damit belangt wirst. Du hättest dann den Kopf frei für wichtigere Dinge."

Tariq war plötzlich ganz still und blickte sie nachdenklich an.

„Ich meine, natürlich nur, wenn du möchtest." Plötzlich war sie sich ihrer selbst wieder unsicher. „Ich weiß, ich bin Ausländerin und …" Rasch schob sie den Gedanken an ihr hässliches Geheimnis beiseite. Nicht jetzt daran denken, wo ihr Mann sie mit einem Blick bedachte, der geradezu zärtlich war.

Tariq legte einen Finger auf ihre Lippen. „Du bist meine Frau. Ich sagte dir ja schon, dass mein Volk dich in der Hinsicht bereits akzeptiert hat. Was ist mit deiner eigenen Arbeit?"

„Mein Modedesign muss eben fürs Erste mein Hobby bleiben, genau wie deine Malerei." Es war ein Opfer, aber sie brachte es gern. Als sie Tariq heiratete, war ihr klar gewesen, dass die Belange des

Landes manchmal wichtiger sein würden als ihre persönlichen Wünsche.

Sein Blick drückte Zustimmung aus. Jasmine fühlte sich ermutigt. Es war Zeit, dass sie erwachsen wurde und die Verantwortung übernahm, die das Leben als Frau eines Scheichs mit sich brachte.

„Wenn du das wirklich möchtest, bin ich einverstanden."

Jasmine lächelte und lehnte sich an ihn. Eine leichte, aber spürbare Anspannung seiner Muskeln war die einzige Reaktion.

Merkwürdig, seit seiner Reise nach Paris war es vorbei mit den kleinen Gesten unbefangener Zärtlichkeit zwischen ihnen. Jetzt kam es ihr vor, als würde Tariq die Intensität ihrer sinnlichen Begegnungen eisern unter Kontrolle halten. Er liebte sie nach wie vor wie ein perfekter Liebhaber und sorgte immer dafür, dass es für sie ein Genuss war. Aber etwas fehlte. Als ob jemand der wilden Leidenschaft ihrer Umarmungen einen Dämpfer aufgesetzt hätte.

Warum nur? Warum sollte er versuchen, die Sinnlichkeit ihres Liebeslebens zu dämpfen, während sie beide doch gerade in dieser Hinsicht so perfekt harmonierten? Sie war sich sicher, dass es nichts damit zu tun hatte, dass sie ihn bei seiner Rückkehr nicht sofort mit offenen Armen empfangen hatte. Nein, Tariq hatte sich auf seine Weise entschuldigt, daran gab es keinen Zweifel. Sie hatten ihren Frieden gemacht.

Aber warum dann?

9. KAPITEL

„Genug für heute, Jasmine."

Sie blinzelte überrascht. Erst als sie versuchte aufzustehen, wurde ihr bewusst, wie lange sie in dieser halb liegenden Position verharrt hatte. Sie lag auf der dick gepolsterten roten Couch in ihrem Studio, streckte die Arme weit über den Kopf und spürte genüsslich, wie sich ein Muskel nach dem anderen entspannte.

Tariq war mit ihr gekommen, nachdem sie ihren Arbeitstag beendet hatten, hatte seine Staffelei aufgestellt und sie gebeten, ihm Modell zu sitzen.

„Ich nehme jetzt erst einmal eine Dusche", verkündete sie. „Wir sehen uns beim Abendessen."

Tariq blickte auf. Plötzlich war heiße Begierde in seinem Blick, doch im nächsten Moment hatte er sich wieder unter Kontrolle. Jasmine atmete erleichtert auf. Sein Verlangen nach ihr war also so stark wie immer. Er hatte lediglich beschlossen, es vor ihr zu verbergen. Ihr wurde fast schwindlig vor Erleichterung. Sie ließ ihn keineswegs kalt.

Ich muss versuchen, ihn zu verführen, sagte sie sich, als sie später vor ihrer Frisierkommode saß, und plötzlich fiel es ihr wie Schuppen von den Augen. Vielleicht glaubte Tariq ja, dass sie ihn nicht im selben Maß begehrte wie er sie? Sein Verlangen nach ihr war offensichtlich gewesen, jedenfalls bis er beschlossen hatte, es vor ihr zu verheimlichen. Selbst wenn er noch so wütend war, liebte Tariq sie immer, bis sie vor Lust aufschrie. Nachdenklich trommelte sie mit den Fingern auf die Kommode. Sie hatte ihm nach seiner Rückkehr zunächst widerstanden, aber nur, weil sie schrecklich verletzt gewesen war. Und selbst dann hätte er sie verführen können, wenn er beharrlicher gewesen wäre ...

Aber das wusste er nicht. Ihm musste es so erscheinen, als sei ihr Verlangen nach ihm nur ein schwacher Abklatsch der Begierde, die er für sie empfand. Für einen Mann wie ihn musste das ein schwerer Schlag gegen seinen männlichen Stolz sein. Mehr noch, es war ganz bestimmt verletzend. Er weigerte sich zwar hartnäckig, an Jasmines Liebe zu glauben, doch ihre Leidenschaft hatte er als echt und nicht vorgetäuscht hingenommen. Wie wäre es wohl für sie, wenn sie eines

Tages das Gefühl hätte, Tariq begehre sie nicht mit derselben Leidenschaft wie sie ihn?

„Um Himmels willen", sagte sie laut zu ihrem Spiegelbild. „Ich muss ihn davon überzeugen, dass ich ihn will. Sonst zieht er sich weiter zurück, bis ich nichts mehr habe, worauf ich bauen kann, nicht einmal unsere Leidenschaft." Doch der Gedanke, ihren Mann zu verführen, machte ihr fast Angst. Er neigte dazu, stets die Kontrolle an sich zu reißen, und seine Fähigkeiten in der Hinsicht waren beeindruckend. Und empörend. Wenn sie die Kontrolle verlor, dann sollte er das auch tun.

„Hm. Ich bitte um Vorschläge", sagte sie zum Spiegel.

„Sprichst du immer laut mit dir selbst?"

Jasmine fuhr herum. Tariq lehnte in der Tür.

„Es ist gut für die Nerven", wich sie aus und wollte den Gürtel ihres Bademantels enger binden. Da bemerkte sie, wie Tariq sie unter halb gesenkten Lidern anstarrte. Fast wäre ihr das entgangen. Rasch ließ sie den Gürtel los, nahm das Rougedöschen und wandte sich wieder ihrem Spiegelbild zu.

Als sie sich vorbeugte, war sie sich genau der Tatsache bewusst, dass sie ihm eine verführerische Aussicht auf den Ansatz ihrer Brüste bot. Jedenfalls hoffte sie, dass sie verführerisch war. Wenn er weiterhin in der Tür stehen bleiben würde, weil er sie nicht mehr so begehrenswert fand wie am Anfang, dann wäre alles verloren.

„Ach was", murmelte sie vor sich hin. Tariqs Feuer war von der Art, das niemals erlosch. Genau das machte ihn ja so begehrenswert.

„Was ist?" Er trat hinter sie, die Hände in den Hosentaschen. Meistens kleidete er sich traditionell, doch manchmal auch westlich. Wie heute Abend. Die konservativ schlichte Kleidung brachte seine männliche Schönheit besonders zur Geltung.

Jasmine verspürte ein Prickeln im Nacken. Seine Nähe machte sie fast verrückt. Der Impuls, sich zurückzulehnen und den Kopf an seinen muskulösen Bauch zu schmiegen war so stark, dass sie all ihre Willenskraft aufbieten musste, um sich unter Kontrolle zu halten. Wenn sie jetzt nachgab, dann würde dieser Mann, schön, arrogant und sexy wie er war, sie einmal mehr in Ekstase versetzen und selbst dabei die Kontrolle behalten.

Der Gedanke gab ihr Kraft, an ihrem Plan festzuhalten. Sie beugte sich noch ein Stück weiter vor. Tapfer kämpfte sie gegen ihre Angst zu versagen an und schlug scheinbar unbewusst die Beine übereinander. Wie erhofft fiel dabei ihr Mantel auseinander und enthüllte praktisch völlig ihre Beine. Eigentlich war sie schon so gut wie nackt.

„Ach, ich habe mir gerade überlegt, was in letzter Zeit so an Mode auf den Laufstegen zu sehen war." Sie machte eine wegwerfende Handbewegung, legte das Rouge beiseite und griff zum Lippenstift. Der Schmollmund, zu dem sie jetzt die Lippen verzog, war sehr viel runder und provozierender als sonst. Mit lasziven Bewegungen füllte sie die Form ihrer Lippen mit Lipgloss.

Tariq hüstelte und verlagerte sein Gewicht von einem Fuß auf den anderen, blieb jedoch hinter ihr stehen. Jasmine nahm das als gutes Zeichen, fragte sich jedoch, wie weit sie wohl gehen konnte. Auf keinen Fall durfte er merken, worauf sie aus war, bevor sie ihn da hatte, wo sie ihn haben wollte: im Bett, ihr ausgeliefert. Sie musste kurz lächeln.

„Was ist so lustig?" Seine Stimme war rau. Ah, sie kannte diese Stimme. Vorfreude ließ ihr Herz höher schlagen.

„All diese schwulen Modeschöpfer und ihre Vorstellungen vom weiblichen Körper", erwiderte sie und war stolz darauf, was für einen klaren Kopf sie behalten konnte. „Ich meine, sieh doch nur." Sie bewegte die Hand über ihre Brüste und Hüften. „Wie schon gesagt, Frauenkörper haben Rundungen, nicht wahr?"

„Ja." Tariq hörte sich an, als bekäme er kaum noch Luft.

„Aber warum ..." Sie legte die Hand auf ihren Schenkel und lenkte damit Tariqs Aufmerksamkeit auf die Stelle, wo der Mantel ganz knapp ihre roten Löckchen bedeckte, „... ist der neueste Trend dann so kastenförmig?"

Als er nicht antwortete, blickte sie in den Spiegel. Bevor ihre Blicke sich trafen, stellte sie entzückt fest, dass seine Wangen gerötet waren und sein Blick auf ihrem Schenkel ruhte. Ob er schon vergessen hatte, worüber sie gesprochen hatten? Wunderbar.

„Ich bin sicher, du hast völlig recht", sagte er endlich.

Jasmine nickte lebhaft und konzentrierte sich wieder auf ihr Make-up. Als sie aufstand und zum Kleiderschrank ging, legte sich Tariq aufs Bett und verschränkte die Arme hinter dem Kopf, um ihr zuzusehen. Wieder einmal erinnerte er sie an einen Panter, jeder Zoll geschmeidige, kaum gebändigte Muskelkraft.

Jasmine fand es zu dumm, dass der begehbare Kleiderschrank sich am Kopfende des Bettes befand. Wie sollte sie Tariq verführen, wenn er sie nicht sehen konnte? Sie wollte sich gerade achtlos das Gewand, das sie ausgewählt hatte, überstreifen, als sie merkte, wie clever ihr Tariq war.

Es war keineswegs so, dass er sie nicht sehen konnte. Im Gegenteil. Er hatte im Spiegel eine hervorragende Aussicht. Plötzlich wurde sie wieder nervös. Doch bevor sie der Mut ganz verließ, schlüpfte sie rasch aus dem Bademantel.

„Wo werden wir essen?", fragte sie, während sie einen Hauch von Slip aus Spitze und Satin über ihren Po streifte. Ihre Hände zitterten. Rasch griff sie nach dem Rock und beugte sich vor, um hineinzusteigen. Sie konnte sich genau vorstellen, was für einen Anblick sie jetzt bot, und hoffte, dass man in dem gedämpften Licht nicht sah, dass sie rot wurde.

„Ich hatte gedacht, im Speiseraum, mit Mumtaz und Hiraz, aber ich habe es mir anders überlegt. Wir werden in unseren Privaträumen essen."

Jasmine bemerkte den besitzergreifenden Ton in seiner Stimme. Zum ersten Mal seit zwei Wochen. Anfangs hatte sie geglaubt, er bedeute, dass Tariq sie als Objekt betrachtete, doch jetzt verstand sie langsam, dass Tariq seiner Frau gegenüber nicht anders konnte. Er war einfach so. Nun, dass er besitzergreifend war und glaubte, sie beschützen zu müssen, damit konnte sie leben. Es gab ihr sogar das Gefühl, besonders geschätzt zu werden.

„Hm." Sie knöpfte den Rock zu, griff dann nach dem Oberteil und drehte dabei ein wenig den Oberkörper, sodass ihre Brüste deutlich im Spiegel sichtbar waren, während ihr Gesicht im Schatten blieb.

Schließlich knöpfte sie das Oberteil zu. Es war überraschend eng, doch die Knopfleiste wirkte keineswegs verzerrt, also war es wohl so gedacht.

Zum Schluss schlüpfte sie in ein Paar Sandalen, die leicht abzustreifen waren, denn ihr privater Speiseraum bestand im Wesentlichen aus einem Zimmer voller riesiger Kissen.

„Fast fertig", verkündete sie, froh, dass ihre Stimme kaum zitterte.

„Wir haben keine Eile." Er klang ganz gelassen. Hatte er etwa gar nicht zugesehen? Jasmine ging zum Bett, stemmte die Hände in die Hüften und wirbelte herum.

„Wie findest du es?"

Tariq zog unauffällig ein Knie an, allerdings nicht schnell genug, sodass Jasmine die Wölbung zwischen seinen Beinen gerade noch bemerkte und erleichtert seufzte.

„Perfekt." Sein scheinbar unbeteiligter Ton konnte sie nicht täuschen.

„Hm, aber ich glaube, ich brauche noch ein bisschen Schmuck."

Mit einer Nonchalance, von der sie nicht gewusst hatte, dass sie dazu fähig war, schlenderte sie zur Frisierkommode. Sie blickte nicht einmal in den Spiegel, aus Angst ihre Blicke könnten sich treffen und sie könnte sich dabei verraten. Aus der Schmuckschublade holte sie das feine goldene Geschmeide, das sie am Hochzeitstag um den nackten Bauch getragen hatte und legte es an. Ihr einziger sonstiger Schmuck bestand aus einer Halskette, deren kugelförmiger Anhänger aus Zulheil-Rose zwischen ihren Brüsten baumelte.

„Komm, mein Faulpelz. Ich bin hungrig wie ein Wolf." Sie nahm Tariqs Hand und zog ihn mit sich.

„Ich auch", brummte er. Und es klang ganz und gar nicht mehr gelassen. Jasmine lächelte. Ein hungriger Panter war ihr allemal lieber als einer, der auf Schmusekätzchen machte.

Ihre Hand lag schon auf der Türklinke zum Speiseraum, als Tariq sie um die Taille fasste. Ein wohliger Schauer lief ihr über den Rücken, als seine Hände ihre nackte Haut berührten. Er drückte sie mit seinem großen Körper gegen die Tür.

„Du wartest hier, während ich den Dienern helfe."

„Schon gut. Ich habe nichts dagegen, ihnen zu helfen."

Sein Griff um ihre Taille verstärkte sich. „Du wartest hier." Er küsste sie heftig, bevor sie protestieren konnte. Dann öffnete er die Tür, sah sie noch einmal warnend an und verschwand.

Jasmine legte die Finger auf ihre prickelnden Lippen. So hatte er sie seit Wochen nicht mehr geküsst. Sie musste sich an die Wand lehnen, weil ihre Beine fast unter ihr nachgaben. Die Stelle, an der er ihre nackte Haut berührt hatte, brannte.

„Ich glaube, dieses eine Mal kann ich seine Arroganz in Kauf nehmen", murmelte sie lächelnd. Aber warum hatte er ihr nicht erlaubt, den Speiseraum zu betreten? Da fiel ihr Blick auf den Spiegel.

Es war unglaublich.

Am liebsten hätte sie sich versteckt. Ihr Rock war auf absolut skandalöse Weise durchsichtig. Die Umrisse ihrer Beine waren deutlich sichtbar, und bei jeder Bewegung entblößte dieser feine Stoff mehr, als er verbarg. Zu allem Überfluss verhüllte auch die Vorderseite ihres Slips so gut wie nichts. Jeder hätte ohne weiteres durch den Stoff hindurch einen Blick auf das Dreieck aus dunkelroten Löckchen zwischen ihren Beinen werfen können.

Das Oberteil, von dem sie gedacht hatte, es sei sexy, war nicht nur aufreizend, es war geradezu obszön. Das Material schmiegte sich an ihre Brüste, und deren Spitzen zeichneten sich mehr als deutlich darunter ab. Zwei schamlos zu Schau gestellte steil aufgerichtete Knospen.

„Um Himmels willen!", entfuhr es ihr, und sie griff haltsuchend nach der Wand. Kein Wunder, dass Tariq ihr verboten hatte, mitzukommen. Sie sah aus wie eine Haremsdame, die bereit ist, ihrem Herrn auf jede Art, die er sich wünscht, zu Diensten zu sein.

Verzweifelt versuchte sie, tief durchzuatmen.

Andererseits ... er hatte ihr nicht befohlen, sich umzuziehen. Im Gegenteil, er hatte ihre Kleidung als perfekt bezeichnet. Und er hatte sie geküsst.

Lächelnd setzte sie sich auf den Bettrand. Als Tariq die Tür öffnete und stehen blieb, wusste sie zum ersten Mal ganz genau, was er dachte. Er dachte daran, sie aufs Bett zu werfen und ihr eine Lektion zu erteilen. Sein Problem war nur, dass er nicht wusste, dass sie ihn absichtlich reizte. Aber für Jasmines Geschmack hatte er sich noch viel zu sehr unter Kontrolle, wenn er diesem Impuls noch widerstehen konnte.

Sie sprang auf und ging zu ihm. „Fertig?"

Er nickte, schien aber vergessen zu haben, dass er in der Tür stand. Sie musste ihm einen Schubs geben, damit er zur Seite trat.

Im Speiseraum nahm er nicht eines der Kissen auf der gegenüberliegenden Seite des niedrigen Tisches. Stattdessen setzte er sich direkt neben Jasmine und stützte sich mit einem Arm hinter ihrem Rücken ab, sodass er sie mit Brust und Schulter berührte.

Jasmine versuchte, ganz ruhig weiterzuatmen, nahm eine Platte mit kleinen Pasteten und bot Tariq davon an. Er sah sie stumm mit hochgezogenen Brauen an. Errötend nahm sie eine Pastete und fütterte ihn damit. Beim zweiten Bissen hätte er fast ihren Finger erwischt. Lachend zog sie gerade noch rechtzeitig die Hand zurück.

Das Glühen in den Augen ihres Ehemanns zeugte eindeutig von Erregung und Begierde, aber sie war fest entschlossen, diesmal nicht die Einzige zu sein, die die Beherrschung verlor. Er sollte sie dabei begleiten. Allerdings wurde es von Minute zu Minute schwieriger zu ignorieren, wie der Panter an ihrer Seite ihren Körper in Aufruhr versetzte.

Mit gezwungenem Lächeln nahm sie eine Pastete und biss hinein. „So etwas habe ich noch nie gegessen." Es schmeckte würzig, nach unbekannten Kräutern, aber sehr lecker. Zu ihrer Überraschung nahm Tariq ihr die Pastete aus der Hand und verschlang sie.

„Na, na!", rief sie überrascht.

„Ich sagte doch, ich bin hungrig. Füttere mich. Schnell."

Hungrig? Ob er es so doppeldeutig gemeint hatte, wie sie glaubte? Jasmine nahm ein Stück Kebab und fütterte ihren Panter. Tariq streckte sich lang neben ihr aus und schien zufrieden zu sein, mit allem, was sie ihm anbot. So hatte er sich noch nie zuvor verhalten. Jasmine war erstaunt, welchen Spaß es ihr machte, ihn zu verwöhnen. Sie hatte gerade erst angefangen zu verstehen, welche enorme Last auf Tariqs Schultern ruhte, und sie wünschte sich, sein Leben mit Freude zu füllen, damit diese Last nicht eines Tages das Feuer erlöschen ließ, das in ihm brannte.

„Ich glaube nicht, dass ich noch etwas vom Nachtisch essen kann", sagte sie etwas später und legte eine Hand auf ihren Bauch. Nicht dass er sehr voll gewesen wäre, aber sie hatte so eine Ahnung, dass sie an diesem Abend noch ihre Kräfte brauchen würde.

Tariqs Blick wanderte langsam von ihren Lippen über ihre Brüste hinab zu ihrem Bauch. Diesmal konnte sie nicht ganz ihre Erregung verbergen. Prompt strich er mit einem Finger über ihre Brustspitzen. Ihr wurde ganz flau.

„Wir lassen den Nachtisch hier." Tariq stand auf und streckte ihr die Hand hin. „Falls du später noch Hunger bekommst."

Jasmine verlor fast das Gleichgewicht, als sie sich über die Bedeutung seiner Worte klar wurde. Doch als sie aufblickte, musste sie erkennen, dass Tariq sich immer noch eisern unter Kontrolle hatte. Wenn sie jetzt ihrem Verlangen nachgab, dann würde sie ihrem Ziel, die Kluft zwischen ihnen zu überwinden, keinen Schritt näher kommen.

Was jetzt?, dachte sie verzweifelt. Tariq war keinesfalls erregt genug, wenn er ihr noch immer nicht die Kleider vom Leib riss. Sie war es leid, jeden Abend behutsam aus ihren Kleidern geschält zu werden. Sie wollte ihren leidenschaftlichen, unersättlichen und vergnüglichen Geliebten zurück haben. Er zog sie mit sich ins Schlafzimmer, blieb am Bett stehen und griff nach den Knöpfen an ihrem Oberteil.

Jasmine nahm allen Mut zusammen und schob seine Hände weg. Er zuckte zurück, hatte jedoch bereits die Hälfte der Knöpfe geöffnet, sodass ihre Brüste fast aus dem Ausschnitt quollen.

„Du möchtest nicht, dass wir weitermachen?", fragte er geradezu unerträglich höflich.

„Tariq, darf ich mir etwas wünschen?"

„Du musst nicht darum bitten, Jasmine. Ich akzeptiere es, wenn du nicht …" Er begann, rückwärts zu gehen. Nur die Art, wie er die Hände verkrampfte, zeigte, was er in Wirklichkeit empfand.

Jasmine packte ihn am Hemdkragen. „Ich will dich."

Sofort waren seine Hände wieder an ihren Knöpfen, doch sie schüttelte den Kopf.

„Was ist los, Mina?" Jetzt klang er sehr viel mehr nach dem ungeduldigen Liebhaber, den sie sich so sehr zurück wünschte. Und er nannte sie Mina.

„Ich möchte einfach …" Sie biss sich auf die Unterlippe. „Wärst du einverstanden, wenn ich dich heute anfasse?" Jetzt griff sie nach seinen Knöpfen.

„Du weißt doch, dass du mich jederzeit anfassen darfst", entgegnete er.

„Aber ich will nicht, dass du mich berührst."

„Ich verstehe nicht." Es klang misstrauisch.

„Ich verliere den Verstand, wenn du mich berührst, aber ich möchte einmal imstande sein, deinen Körper zu erforschen. Bitte." Sie wusste, ihn darum zu bitten, ihr die Kontrolle zu überlassen, war riskant. Aber immerhin verhielt er sich jetzt schon sehr viel leidenschaftlicher als in den letzten zwei Wochen. Sie öffnete also einen Knopf und dann noch einen.

Tariq berührte ihr Haar. Dann zog er die Spangen heraus, sodass ihr die Lockenpracht wie eine feurigrote Kaskade über die Schultern fiel. „Und was soll ich tun, während du mich erforschst?", fragte er heiser.

10. KAPITEL

Jasmine öffnete einen weiteren Knopf. „Lehn dich einfach zurück, genieße es und überlass alles andere mir."

Stille erfüllte den Raum. Es war nichts zu hören bis auf ihre Atemzüge. Jasmine biss sich auf die Lippen, um nicht weiter zu betteln.

„Ich werde es dir erlauben", sagte er förmlich.

Sie stellte sich auf die Zehenspitzen und hauchte einen Kuss auf seine Lippen. „Danke." Sie strahlte.

Tariq schien erstaunt darüber, dass sie die Situation so sehr genoss. Sie knöpfte sein Hemd vollends auf. Seine herrliche Brust fühlte sich unter ihren forschenden Händen hart wie Stahl an. Genüsslich ließ sie die Fingerspitzen über seine nackte Haut gleiten. Sie hatte den Eindruck, dass Tariq dabei den Atem anhielt.

„Ich liebe deinen Körper." Jasmine warf sämtliche Bedenken über Bord. „Jedes Mal, wenn ich dich aus der Dusche kommen sehe, möchte ich dich am liebsten aufs Bett werfen und überall küssen."

Sie legte die Arme um seinen muskulösen Oberkörper und strich mit den Händen über seinen Rücken. Sie schmiegte ihr Gesicht an seine Brust und liebkoste seine nackte Haut mit ihrer Zungenspitze. Er fuhr keuchend mit seinen Hände in ihr Haar. Entzückt über seine Reaktion drückte Jasmine kleine Küsse auf seine Brust, mal zärtlich, mal begierig mit offenen Lippen. Sie zeichnete einen Pfad aus Küssen von seiner Brust über seinen Bauch und tiefer. Schließlich kniete sie vor ihm. Als sie am Bund seiner Hose ankam, zog er sie zu sich hoch.

„Mina", flüsterte er an ihren Lippen. „Hast du jetzt genug geforscht?"

Zärtlich saugte er an ihrer Unterlippe. Er nahm sich alle Zeit der Welt, sie zu küssen, liebkoste ihre Lippen erst mit zärtlichen Bissen, bevor er sie drängte, sie zu öffnen. Als sie es schließlich tat, verwöhnte er sie mit seiner Zunge. Er küsste sie ausgiebig und fordernd, als gehöre sie ihm. Als er sich endlich wieder von ihr löste, schüttelte sie den Kopf. „Ich fange gerade erst an."

Langsam strich sie mit ihren Fingern über seine Arme, spürte die mühsam gebändigte Kraft seiner Muskeln unter der goldbraunen Haut. Sie nahm seine Hand, küsste seine Fingerspitzen und nahm dann einen Finger nach dem anderen in den Mund, um daran zu saugen. Sie wiederholte die Liebkosung an seiner anderen Hand, bevor sie endlich seine Manschetten aufknöpfte.

Als sie damit fertig war, glühten Tariqs Augen wie Smaragde. „Soll ich das ausziehen?" Er zeigte auf sein Hemd.

„Ja." Jasmine trat hinter ihn und half ihm, es abzustreifen. Die Haut auf seinen Schultern war heiß und wundervoll glatt. Fasziniert strich sie über seine kräftigen Muskeln, die sich unter der Berührung anspannten.

Das Hemd fiel zu Boden. Jasmine kickte es fort. Als Tariq sich umdrehen wollte, legte sie die Arme um seine Taille und schmiegte sich an ihn. „Bleib. Ich möchte deinen Rücken berühren." Er erschauerte, und sie spürte die Bewegung an ihren erregten Knospen.

Sie legte den Kopf zurück, um die Rückseite seines prachtvollen Körpers zu bewundern. Er erinnerte sie and die antiken Statuen. Muskeln bewegten sich wie flüssiger Stahl unter seiner Haut, als er die Hände hob und sie auf ihre legte.

„Du bist so stark." Sie lehnte sich zurück. „So schön."

Tariq lachte rau. „Du bist schön. Ich bin ein Mann."

Jasmine biss ihn zärtlich in die Schulter. „Und absolut schön."

Er ergriff ihre Finger und drückte sie. „Ich finde es nett, dass du mich schön findest, Mina. Aber erzähl es nicht weiter."

Jasmine musste lachen. Sie befreite ihre Hände aus seinem Griff und begann, die sich deutlich abzeichnenden Muskeln an seinem Rücken nachzuzeichnen, ganz langsam. Sein Atem wurde flacher.

„Würde es deinem Ruf als Scheich und Macho schaden?" Mit vielen kleinen Küssen bahnte sie sich einen Weg an seiner Wirbelsäule herab. Ihre halb entblößte Brust drückte sie dabei an ihn. Sie hoffte, dass ihn das genauso erregte wie sie.

Tariq atmete tief ein und wieder aus. „Ich kenne dieses Wort nicht, Macho."

Jasmine öffnete die restlichen Knöpfe ihres Oberteils und fuhr gleichzeitig fort, seinen Rücken zu streicheln und zu küssen. „Macho, das ist genau das, was du bist." Sie strich mit den Zähnen über seine heiße Haut. „Stark und männlich. Unverschämt männlich." Sie streifte das Oberteil ab und strich mit der Zunge an seiner Wirbelsäule aufwärts. Und dann drückte sie sich wieder an ihn.

Die Luft schien zu knistern, als sich nackte Haut an nackte Haut schmiegte.

Jasmine spürte, dass ihr Panter fast am Ende war, und trat vor ihn. Aus seinem Blick sprach unverhülltes Verlangen, seine Augen wirkten fast schwarz.

Tariq konnte nicht anders, er musste Jasmine berühren. Er legte eine Hand auf ihre Brust. Seufzend drückte sie mit beiden Händen gegen seine Brust.

„Bitte nicht", flehte sie.

„Du bringst mich noch um mit deiner Forscherei, Mina." Kurzerhand hob er sie an und legte sie aufs Bett. Er musste sie jetzt einfach haben. Sie schien enttäuscht, dass sie ihr Spiel so rasch beenden sollte, und das steigerte sein Verlangen mehr als alles andere. Er kickte seine Schuhe fort, öffnete den Reißverschluss seiner Hose und sah sie fragend an.

Sie nickte stumm.

Mit einer schnellen Bewegung schälte er sich gleichzeitig aus Hose und Slip. Jasmine verblüffte ihn, indem sie die Hand ausstreckte und ihn berührte. Sein Körper spannte sich an vor Erregung. „Geh zur Seite, Mina, oder ich werfe mich auf dich und die Forscherei hat ein Ende."

Sie gehorchte so eifrig, dass Tariq gar nicht anders konnte als sich wie der begehrteste aller Männer zu fühlen.

Er legte sich aufs Bett und verschränkte die Arme hinter dem Kopf. „Du hast noch ungefähr fünf Minuten", sagte er und ließ den Blick voller Begierde über ihren Körper gleiten. Er hatte geglaubt, er könnte sein Verlangen kontrollieren, doch er hatte sich getäuscht. Er hatte sich nur selbst ausgehungert. Vorbei war es mit der selbst auferlegten Enthaltsamkeit.

Jasmine setzte sich rittlings auf seine Schenkel. Ihr hauchdünner Rock bauschte sich wie ein Schleier um ihre Hüften.

„Na, dann komme ich wohl besser zur Sache." Ohne weitere Vorwarnung nahm sie ihn in die Hand.

Tariq stöhnte auf und hob unwillkürlich die Hüften an. Jasmines Finger umhüllten ihn warm und zärtlich. Ihrem Ausdruck nach schloss er, dass sie völlig fasziniert war. Dass sie seinen Körper so genoss, steigerte seine Lust. Jetzt gab er sich seiner Frau einfach hin und ließ sie mit ihm tun, was ihr beliebte.

Von seiner Reaktion ermutigt, verstärkte Jasmine den Druck ihrer Finger und begann ihre Hand auf und ab zu bewegen. Samt und Stahl. Feuer und Glut. Sie seufzte leise. Seine lustvolle Reaktion steigerte auch ihre Erregung. Und sie sehnte sich danach, ihm mehr zu geben, ihm alles zu geben. Also beugte sie sich vor und ersetzte ihre Hände durch Lippen und Zunge.

Tariqs Schenkel wurden hart wie Stein. Mit einem Ruck richtete er sich auf und griff in ihr Haar. Jasmine fühlte sich durch seine heiseren Lustschreie ermutigt und ließ keineswegs von ihm ab.

„Genug." Mit einer heftigen Bewegung zog Tariq sie zu sich hoch und griff tastend unter ihren Rock. Im nächsten Moment flog der in zwei Teile zerrissene Slip zur Seite. Endlich konnte Tariq seine Mina berühren.

„Du bist so bereit, Mina." Seine Stimme zitterte.

Jasmine war durch ihr erotisches Vorspiel so erregt, dass sie es nicht länger zu ertragen glaubte. Fordernd bewegte sie sich seiner Liebkosung entgegen. „Jetzt. Jetzt!"

Tariq hob sie hoch – und ließ sie langsam auf sich herab gleiten. Zu langsam für Jasmine. Sie klammerte sich an seine von Schweiß glänzenden Schultern und beschleunigte die Bewegung. Er stöhnte vor Lust. Jasmine blickte ihn an und wusste, dieses Mal würde ihr Geliebter ihr in die Ekstase folgen. Hatte er nicht ihren Slip zerrissen? Mit einem triumphierenden Lächeln brachte sie ihn zum Höhepunkt.

Sie hatte ihren Panter wieder.

„Du wirst meinen Anordnungen Folge leisten. Du wirst heute nicht nach Zulheina gehen", hatte Tariq gesagt und dabei mit der flachen Hand auf den Schreibtisch geklopft.

Jasmine hatte die Hände in die Hüften gestemmt. „Und warum nicht?"

„Ich habe eine Anordnung erteilt. Ich erwarte, dass man sie befolgt."

„Ich bin keine Dienerin, der man Anweisungen gibt! Gib mir eine plausible Erklärung, dann bleibe ich."

Darauf hatte Tariq sie einfach hochgehoben und ins Schlafzimmer getragen.

Nun lag sie auf dem Bett und er auf ihr. „Soll das ein Ablenkungsmanöver sein?", fragte sie.

„Wäre es denn erfolgreich?"

„Oh ja", sagte sie seufzend. „Aber bitte sag mir endlich die Wahrheit."

„Du eigensinniges kleines Biest", sagte er, aber sein Ton war zärtlich. „Heute ist das Festival der Jungfrauen." Er küsste sie auf den Hals. „Wenn du ein paar Wochen früher angekommen wärst, hättest du mitmachen können. Aber nein, du wärst nicht lange genug Jungfrau geblieben. Ich hätte dich ja fast schon im Auto genommen."

„Hör auf damit."

„Womit?"

„Mich verrückt zu machen."

„Ich liebe es, dich verrückt zu machen." Seine Lippen verzogen sich zu einem zufriedenen Lächeln.

„Na, dann sag schon."

„Es ist der Tag, an dem alle unberührten Mädchen, die ein bestimmtes Alter erreicht haben, zu einem geheiligten Ort pilgern."

„Wo?"

Er wirkte betreten. „Kein Mann weiß das."

Jetzt war sie erst richtig neugierig geworden. „Wirklich? Wie lange gibt es dieses Festival schon?"

„So lange wie Zulheil."

„Und weshalb soll ich nicht hinausgehen?"

Tariq drückte seine Stirn an ihre. „Wenn du mich ausreden lässt, Mina, sage ich es dir."

Jasmine machte einen Schmollmund und sah ihn auffordernd an.

„Ich weiß nicht, was sie tun, aber das ist wohl auch egal. Kein Mann darf sich auf den Straßen aufhalten."

Jasmines Blick drückte ungläubiges Erstaunen aus.

„Geduld, kleine Raubkatze. Es besteht keine Gefahr, denn die verheirateten Frauen begleiten sie, ebenso wie die Polizistinnen."

„Polizistinnen? Zulheil hat weibliche Polizisten?"

„Wie schon gesagt, Frauen sind bei uns sehr geschätzt. Dass wir sie beschützen heißt nicht, dass wir sie einsperren." Er strich mit der Zungenspitze über ihre Oberlippe. Am liebsten hätte sie sich ihm einfach hingegeben.

„Warum kann ich dann nicht mitgehen?"

„Weil ...", er küsste sie, „... außer Jungfrauen nur Mütter zugelassen sind." Er legte bedeutungsvoll eine Hand auf ihren Bauch. „Wenn du ein Kind von mir geboren hast, dann darfst du mitgehen."

Jasmine schluckte. Ein Kind von Tariq. Diesen Traum hatte sie noch nicht zu träumen gewagt. Immer noch stand ja das Geheimnis hinsichtlich ihrer eigenen Geburt zwischen ihnen. Sie musste Tariq die Wahrheit sagen.

„Zulheil schließt alljährlich die Grenzen wegen dieses Festivals", erklärte er. „Alle bestehenden Visa laufen in dieser Woche aus. Wer sich weigert, das Land zu verlassen, der wird hinauseskortiert."

„Nach dem Tod deiner Eltern hast du auch die Grenzen schließen lassen, nicht wahr?" Sie hatte die Frage ausgesprochen ohne nachzudenken. Aber bis jetzt war Tariq in allen persönlichen Fragen immer sehr verschlossen gewesen.

Er küsste sie. Zärtlich und ohne sexuelles Verlangen. Jasmine erwiderte den Kuss, ohne zu verstehen, was in Tariq vorging.

„Ja", flüsterte er an ihren Lippen. „Für zwei Monate war Zulheil für Fremde geschlossen. Mein Volk und ich, wir brauchten Zeit, um über den Verlust hinwegzukommen."

„Zwei Monate? War es nicht nur einer?" Jasmine streichelte seine Wange. Sie hätte weinen können vor Freude. Tariq war im Begriff, ihr etwas Wichtiges anzuvertrauen, etwas, das ihn bis ins Innerste verletzt hatte. „Ich bin doch einen Monat danach gekommen, erinnerst du dich?"

11. KAPITEL

Tariq lächelte. „Du hattest ein Sondervisum."

Jasmine stockte der Atem. „Du hast es gewusst. Du hast die ganze Zeit gewusst, dass ich kommen würde."

Er hob die Schultern. „Ich bin der Scheich von Zulheil. Ja, ich habe es gewusst. Und warum bist du gekommen?"

Es war die eine Frage, die er ihr noch nie gestellt hatte, und die sie ihm nicht beantworten konnte, ohne die ganze Wahrheit preiszugeben. Aber vielleicht, überlegte sie, könnte ich Tariqs Liebe zurückgewinnen, wenn ich nur mutig genug wäre ...

„Ich bin gekommen, weil ich von deinem Verlust gehört hatte und weil ich dachte, du würdest mich vielleicht brauchen. Aber mehr noch als das, weil ich dich brauchte. Das hatte ich mir schon seit längerer Zeit eingestanden."

„Warum, Mina?" Sein Blick war undurchdringlich.

Sie spürte, wie ihr die Tränen in die Augen stiegen. „Weil ich nicht mehr ohne dich leben konnte. Ich konnte es einfach nicht. Tag für Tag wachte ich auf und dachte an dich. Und Abend für Abend schlief ich ein mit deinem Namen auf den Lippen. Ich liebe dich so sehr, Tariq. Du hast ja keine Ahnung."

Statt einer Antwort küsste er sie nur überaus zärtlich.

Dann drehte er sich auf den Rücken und zog Jasmine an seine Seite. „Ich vermisse sie."

Jasmine wartete ab.

„Ich wusste immer, welche Verantwortung ich einmal tragen würde, aber ich hatte eine ziemlich unbeschwerte Kindheit. Meine Eltern ließen mich langsam in meine Position hineinwachsen." Er drückte Jasmine noch fester an sich. „Ich bin viel gereist und habe viel gelernt. Dafür bin ich meinen Eltern dankbar."

„Sie scheinen wunderbare Menschen gewesen zu sein."

„Das waren sie." Er zögerte, als ob er nicht recht wüsste, ob er weiterreden sollte. „Meine Mutter war todkrank und hat mir nichts davon gesagt."

Jasmine erschrak. „Todkrank?"

„Krebs." Tariqs Stimme klang hart. „Sie waren auf der Rückfahrt von einer ärztlichen Behandlung, als der Unfall passierte."

Jasmine unterdrückte ihre Tränen. „Gibst du ihr etwa die Schuld dafür?"

Er schüttelte den Kopf. „Nein, aber ich werfe ihr vor, dass sie mir nicht vertraut hat. Dass sie mir die Chance genommen hat, ihr zu helfen, oder es wenigstens zu versuchen. Und mich von ihr zu verabschieden."

„Sie wollte ihrem Sohn unnötiges Leid ersparen", sagte Jasmine, aber sie verstand durchaus, dass der Kämpfer in Tariq das Gefühl von Hilflosigkeit, zu dem er durch das Schweigen seiner Mutter verdammt war, hassen musste. „Es war keine Frage von Vertrauen, sondern von Mutterliebe."

„Ich habe das mehr oder weniger akzeptiert, aber irgendwie bin ich trotz allem noch wütend auf sie, weil sie die Entscheidung einfach so für mich getroffen hat. Vielleicht hätte ich etwas für sie tun können. Das werde ich jetzt niemals erfahren", sagte Tariq mit gequälter Stimme. „Als meine Eltern starben, war ich bereit, die Verantwortung als Thronfolger zu übernehmen, aber nicht, ohne meine Eltern zu leben. Ich fühlte mich verloren. Du musst wissen, ich war ihr einziges Kind. Außerdem waren meine Eltern die Einzigen, die verstanden, welche Anforderungen mit meiner Rolle in diesem Land verbunden sind. Ich muss mein Volk leiten und schützen. Es ist eine Ehre, aber auch eine schwere Verantwortung. Aber damals fühlte ich mich wie in einem Eisblock eingeschlossen, völlig unfähig irgendetwas zu empfinden, bis ..."

„Bis?" Jasmine hielt den Atem an.

„Nichts." Schnell wie der Blitz hatte er sich auf sie geschoben.

Sie protestierte nicht. Er hatte schon weit mehr von sich preisgegeben, als sie erwartet hatte.

Nachdem sie sich geliebt hatten, hielt Tariq Jasmine noch lange in den Armen, tief gerührt davon wie offen und ungehemmt sie ihrem Verlangen Ausdruck gegeben hatte. Dennoch fiel es ihm schwer, ihr wirklich völlig zu vertrauen. Immer noch hatte sie Geheimnisse, das war offensichtlich, denn er ertappte sie immer wieder dabei, wie ihr Blick sich plötzlich verdüsterte. Er hatte sich zwar geschworen, dass es zwischen ihnen nie etwas anderes als Ehrlichkeit geben sollte, aber er würde sie niemals bitten, ihm ihr Geheimnis zu verraten. Er würde ihretwegen nicht seinen Stolz aufgeben. Nicht noch einmal. Niemals wieder.

Er hatte gedacht, Jasmine sei eingeschlafen, doch plötzlich fing sie an zu sprechen. „Ich muss dir etwas sagen."

Es fiel ihm schwer, sich die plötzliche Anspannung nicht anmerken zu lassen. „Ja?"

Sie senkte den Blick. „Als wir uns kennenlernten ... damals hatte ich Angst es dir zu sagen, ich habe gefürchtet, dich zu verlieren."

„Was?", fragte Tariq mit einer Mischung aus Hoffnung und Verzweiflung.

„Versprich mir erst etwas", bat sie.

Aus ihrem Blick sprach solche Verletzlichkeit, dass er nicht anders konnte. „Was möchtest du von mir, Mina?", fragte er sanft.

„Dass du mich deswegen nicht hassen wirst." Ihre Stimme klang dünn.

Sie hassen? Auch wenn er oft vor Zorn nahe daran gewesen war, könnte er Jasmine niemals hassen. „Bei meiner Ehre als dein Ehemann." Er drückte sie an sich. Ein Gefühl tiefer Zärtlichkeit überwältigte ihn.

Ihre Hände verkrampften sich zu Fäusten, so hart, dass die Knöchel sich weiß färbten. „Ich bin ein uneheliches Kind."

„Unehelich?" Er spürte, wie sie erschauerte und zog die Decke über sie, bevor er sie wieder an sich drückte.

„Meine angeblichen Eltern sind in Wirklichkeit Onkel und Tante. Meine leibliche Mutter, sie heißt Mary, bekam mich, als sie noch ein Teenager war." Jasmine schluckte schwer. „Ich war noch ein Kind, als ich herausfand, dass meine Eltern mich nur deshalb adoptiert hatten, weil sie dafür einen Teil von Marys Erbe bekamen. Sie haben mich nie geliebt. Für sie war ich ... schlechtes Blut." Die Worte brachen aus ihr heraus wie eine lange aufgestaute Flut.

Tariq nahm ihre Hände in seine. Es war fast körperlich spürbar, wie tief verletzt sie war. In diesem Moment hätte er ihre Eltern erwürgen mögen. Wie konnten sie nur? Wie konnten sie seine Frau, seine geliebte Jasmine, nicht wie ein kostbares Kleinod schätzen und lieben?

„Und du glaubst, das wäre von Bedeutung für mich?"

„Du bist ein Scheich. Du hättest eine Prinzessin heiraten sollen oder zumindest eine Frau mit adligem Hintergrund. Ich weiß ja nicht einmal, wer mein Vater ist", erwiderte sie mit erstickter Stimme.

Das war eine Schande, das musste er zugeben. Doch es war nicht Jasmines Schande, sondern die des Mannes, der dieses wundervolle Wesen gezeugt hatte und dann seiner Wege gegangen war, die Schande der Frau, die sie zur Welt gebracht und dann verlassen hatte, und die Schande der Menschen, die bezahlt werden wollten für dieses unbezahlbare Geschenk, das er in den Armen hielt.

„Sieh mich an", sagte er.

Jasmine hob den Kopf und erwiderte tapfer seinen Blick. „Mein Volk hat noch viel von seinen ursprünglichen Wurzeln erhalten. Manchmal kommt es bei uns Barbaren heute noch vor, dass hin und wieder ein Stammesfürst es sich erlaubt, seine Auserwählte einfach zu kidnappen." Er strich mit der Fingerspitze über ihre Lippen. „In der Wüste zählt in erster Linie die Entscheidung eines Mannes. Und ich habe mich für dich entschieden, du bist meine geliebte Frau."

„Und du bist mir nicht böse, weil ich es dir nie gesagt habe?" In Jasmines blauen Augen schimmerten Tränen.

„Natürlich nicht. Es wäre besser gewesen, du hättest es mir früher gesagt, aber ich bin nicht so barbarisch, dass ich dein Zögern nicht verstehen kann." Er küsste sie. Wie überaus zerbrechlich sie sich jetzt anfühlte. Sie brauchte seinen Schutz und seine Fürsorge.

Als sie sich ein wenig entspannte, fragte er: „Warum hast du es mir denn nicht gleich gesagt?"

Sie biss sich auf die Lippe und holte tief Luft. „Ich wollte einfach... Als ich älter wurde, dachte ich mir, Mary würde vielleicht gern etwas von mir hören, also schrieb ich ihr." Sie schluckte. „Sie schrieb zurück, dass ich nie wieder Kontakt zu ihr aufnehmen soll. Sie schrieb, ich sei ein Fehltritt. Und dann kamst du. Ich wollte nicht wie eine Ausgestoßene behandelt werden. Ich wollte einfach akzeptiert werden." Tapfer unterdrückte sie immer noch die Tränen.

Tariq verstand, was für ein wichtiges Geständnis dies war. „Dann hab keine Angst. Du bist akzeptiert. Als meine Frau, Jasmine. Was du zuvor warst, hat nur die Bedeutung, die du dem beimisst." Alle Gefühle des Zorns und des verletzten Stolzes starben einen raschen Tod. Er fühlte nur noch eines: das Bedürfnis, seine Frau vor weiteren Verletzungen zu schützen.

Seine Jasmine, seine geliebte, liebevolle, empfindsame Frau war an einem Ort aufgewachsen, wo man ihr Herz mit Füßen getreten hatte. Umso mehr konnte er verstehen, dass sie geglaubt hatte, sich schützen zu müssen. Nichtsdestotrotz hatte sie ihm ihr Geheimnis enthüllt. Sie hatte ihm ihr Herz zu Füßen gelegt und ihm doch noch die Waffen in die Hand gegeben es zu zerstören. Es war ein Beweis unendlichen Vertrauens, und er würde dieses Vertrauen würdigen.

Langsam, fast scheu, legte sie ihre Arme um seine Taille. „Wirklich?"

„Willst du etwa andeuten, der Scheich von Zulheil könnte dich belügen?"

Ihre Lippen zitterten, doch sie verzogen sich zu einem vorsichtigen Lächeln. „Vielleicht. Wenn er glaubt, damit seinen Willen zu bekommen." Ihre Stimme klang schon nicht mehr ganz so erstickt.

Tariq musste lächeln. „Ich glaube, da hast du recht, aber in dieser Sache darfst du niemals an meinem Wort zweifeln. Du bist jetzt praktisch eine Königin. Niemand hat das Recht, dich wie eine Ausgestoßene zu behandeln." Er würde jeden töten, der es versuchen sollte. „Niemand. Verstehst du?"

Sie nickte und jetzt war ihr Lächeln strahlend. Tariq küsste sie, außer sich vor Freude, dass endlich die Barriere beseitigt war, die ihn davon abgehalten hatte, Jasmine rückhaltlos zu lieben.

12. KAPITEL

„Freust du dich nicht über diese Reise, meine Jasmine?"
Jasmine, die aus dem Flugzeugfenster gesehen hatte, sah ihn an. „Natürlich tue ich das. Die australischen Modewochen werden bestimmt sehr interessant."

Tariq runzelte die Stirn. „Aber du wirkst so nachdenklich."

Sie biss sich auf die Unterlippe. „Ja, das stimmt wohl. Es ist das erste Mal, dass du mir erlaubst, Zulheil zu verlassen."

„Und du wirst nach Zulheil zurückkehren", erklärte er. Seine Stimme klang hart.

„Ja." Sie würde immer nur dort sein wollen, wo Tariq war. „Wirst du mit dieser Energiekonferenz eigentlich sehr beschäftigt sein?"

Er schien sich ein wenig zu entspannen. Und doch, dass er nur eine Sekunde geglaubt hatte, sie könnte fliehen wollen, sagte ihr, dass da immer noch ein Rest von Misstrauen war.

„Es tut mir leid, dass du nicht teilnehmen kannst." Er lächelte bitter. „In Zulheil nehmen die Frauen gleichberechtigt am politischen Geschehen teil, aber die meisten arabischen Staaten, die an dieser Konferenz beteiligt sind, haben eine andere Weltanschauung. Diejenigen, die gleiche Anschauungen haben wie wir in Zulheil, unterstützen mich in dem Versuch, die anderen von unserem Standpunkt zu überzeugen, aber es ist ein sehr langsamer Prozess."

„Und sie ausgerechnet jetzt mit meiner Anwesenheit zu provozieren, würde deine bisherigen Bemühungen zunichte machen?"

Tariq lächelte verschmitzt. „Richtig. Obwohl auch westliche Staaten, beziehungsweise deren zum Teil weibliche Delegierte teilnehmen, müssen wir doch in erster Linie Rücksicht auf unsere unmittelbaren Nachbarn nehmen. Ich kann es mir nicht leisten, einen zu radikalen Standpunkt zu vertreten und damit die mächtigen Staaten um uns herum vor den Kopf zu stoßen."

Jasmine nickte verständnisvoll. „Wer weiß, wenn ich fünfzig bin, werde ich vielleicht sogar einmal so eine Konferenz leiten", scherzte sie.

Tariq antwortete nicht. „Was ist?", fragte sie, als er sie nur wortlos ansah.

„Dann werden wir fünfundzwanzig Jahre verheiratet sein."

„Du liebe Güte. Daran habe ich nicht gedacht."

„Solltest du vielleicht."

Sie dachte noch über seinen rätselhaften Ausspruch nach, als sie um zwei Uhr morgens in Sydney landeten. Beim Zoll verwechselte Jasmine ihre Pässe.

„Entschuldigung. Der hier ist für Sie." Sie reichte dem Beamten ihren neuen Pass, der in Zulheil auf sie ausgestellt worden war und schob den anderen wieder in ihre Handtasche.

Bis sie in der Limousine saßen, die sie zum Hotel brachte, sagte Tariq nichts. Dann fragte er: „Warum hast du beide Pässe mitgenommen?"

Jasmine betrachtete hingerissen die nächtliche Skyline von Sydney. „Der alte war noch in meiner Tasche. Ich habe nicht weiter darüber nachgedacht", erwiderte sie geistesabwesend.

Tariq erwachte kurz vor Sonnenaufgang. Jasmine schlief noch, ihr Kopf lag auf seiner Brust. Zärtlich verflocht er die Finger mit ihrem wundervollen Haar. Er musste sie einfach immer wieder berühren, musste sich ihrer immer wieder versichern. Er hatte sich entschieden, Jasmine zu vertrauen. Sie war schließlich kein Teenager mehr. Was er nicht bedachte hatte, war seine Eifersucht und wie zerbrechlich noch immer die Bande des Vertrauens waren. Er hätte es gebraucht, seine Frau noch eine Weile ganz für sich allein zu haben.

Dass er sie im Flugzeug so angefahren hatte, hatte ihm im gleichen Moment leidgetan. Aber Jasmine war großzügig, sie hatte ihm verziehen. Er würde, so schwor er sich, seine übertriebene Eifersucht von nun an im Zaum halten. Was konnte sie schließlich dafür, dass sie hier in diesem Land waren, das sie sicherlich an ihre Heimat erinnerte? Und was konnte sie dafür, dass er Angst hatte? Angst, dass sie noch einmal eine Entscheidung treffen könnte, die ihn zerschmettern würde? Er hasste dieses Gefühl.

„Ich habe Tickets für fast alle Shows." Jasmine saß auf dem Bett und wedelte triumphierend mit den Billets.

Tariq knöpfte gerade sein Hemd zu. „Jamar wird dich begleiten."

Sie stand auf und machte die restlichen Knöpfe an seinem Hemd zu. „Er wird sich zu Tode langweilen."

Tariq packte ihre Handgelenke und zwang sie, ihm in die Augen zu sehen. „Es geht nicht darum, dass ich dir die Flügel stutzte, Mina. Du bist die Frau des Scheichs von Zulheil. Man muss damit rechnen, dass es Leute gibt, die bereit sind, dir wehzutun, um mich zu treffen", sagte er ruhig.

Ihre Augen weiteten sich vor Schreck. „So weit hatte ich nicht gedacht. Ich schätze, ich habe mich immer noch nicht daran gewöhnt, deine Frau zu sein." Sie wusste im selben Moment, dass sie ihre Worte falsch gewählt hatte.

Tariqs Lippen wurden zu einer schmalen Linie, und sein Griff um ihre Handgelenke wurde plötzlich stahlhart. „Daran wird sich nichts ändern, also gewöhn dich besser daran." Er küsste sie, hart und fordernd. „Du gehörst zu mir."

Auf halbem Weg zur Tür kehrte er jedoch wieder um. „Mina", sagte er nur, und die zarte Berührung seines Fingers auf ihrer Wange war wie eine Entschuldigung.

Sie stellte sich auf die Zehenspitzen und küsste ihn auf den Mund. „Ich weiß, dass ich deine Frau bin, Tariq."

Die Australische Modewoche war eines der größten Spektakel der Welt. Es gab keinen Stil, keine Farbe, keine Extravaganz, die hier nicht vertreten gewesen wäre. Jasmine war hingerissen, auch wenn ihr Tariqs Worte dabei niemals aus dem Kopf gingen. War es Liebe, die Tariq immer wieder so eifersüchtig und besitzergreifend werden ließ? Oder war es ein anderes, viel hässlicheres Gefühl?

Was Jamar betraf, so musste sie sich keine Sorgen machen. Ihr großer, muskulöser Bodyguard genoss es, den Models auf dem Laufsteg zuzusehen. Er machte gerade eine Bemerkung über eine wohlgeformte Brünette, als sich von hinten eine Hand auf Jasmines Schulter legte. Überrascht schrie sie auf.

Jamar bewegte sich blitzschnell. Im nächsten Moment sah Jasmine nichts mehr außer seinem riesigen Körper.

Das kehlige Lachen einer Frau ließ Jasmine aufatmen. „Schon gut, Jamar, das ist meine Schwester."

„Hallo, Jasmine", sagte Sarah betont lässig.

„Sarah." Ihre Schwester schien noch schöner geworden zu sein.

Sarahs Mund verzog sich zu einem Lächeln ohne Wärme. „Na, wie lebt es sich denn so in einem Harem?"

„Ich bin Tariqs Frau."

Es gelang Sarah nicht, ihre Überraschung ganz zu verbergen. Sekundenlang wirkte ihr Ausdruck bitter. „Ach ja? Na, dann hast du dir also doch noch den dicken Fisch geangelt." Sie blickte über ihre Schulter. „War nett, dich zu sehen. Aber ich muss mich beeilen. Harry sucht mich wahrscheinlich schon."

Bevor Jasmine etwas sagen konnte, verschwand Sarah im Gedränge, das rund um den Laufsteg herrschte. Jasmine sah ihr mit gemischten Gefühlen nach.

„Sie ist ganz anders als Sie", stellte Jamar fest. Sein Gesicht drückte unverhohlenes Missfallen aus.

„Nein. Sie ist sehr schön."

„Und eiskalt."

Dasselbe hatte auch Tariq einmal über Sarah gesagt. Jasmine fühlte sich plötzlich viel leichter. Ihr Mann hatte sich für sie entschieden. Er hielt sie für gut genug, so wie sie war. Das allein zählte.

„Wie sind die Eingangsverhandlungen gelaufen?", fragte Jasmine, als sie in ihrer Suite das Abendessen einnahmen.

Tariq fuhr sich mit der Hand durchs feuchte Haar. Er hatte geduscht und war nur mit einem Frotteemantel bekleidet. „Wie ich es erwartet habe. Die, die Öl haben, wollen ihre Machtposition halten und zeigen wenig Bereitschaft nach Alternativen zu suchen."

„Ist das nicht sehr kurzsichtig? Öl wird es eines Tages nicht mehr geben."

„Richtig. Und dabei geht es nicht nur um Geld, sondern auch um die Umwelt."

Jasmine legte ihre Hand auf seine. „Als Ex-Neuseeländerin muss ich dir da voll und ganz zustimmen. Kiwis sind sehr, sehr umweltbewusst."

„So, bist du das?"

„Was? Umweltbewusst?"

„Nein, ich meine Ex-Neuseeländerin."

Sie zog die Brauen hoch. „Etwa nicht? Ich dachte, indem ich dich geheiratet habe, habe ich automatisch die Staatsbürgerschaft von Zulheil angenommen?"

Er nickte kurz. „Zulheil erlaubt doppelte Staatsbürgerschaften."

„Das wusste ich nicht." Sie lächelte. „Mein Herz gehört dir und deinem Land, Tariq. Es ist mein Zuhause."

Er streichelte ihr Handgelenk mit der Daumenspitze. „Hast du gar nicht den Wunsch, zu deiner Familie zurückzukehren?"

Sie wusste, dass ihr Lächeln jetzt ein wenig dünn wirkte. Obwohl man ihr dort so wehgetan hatte, war es doch ihre Familie. Diese Tatsache ließ sich nicht so ohne weiteres abschütteln. „Ich bin heute Sarah begegnet."

„Und es geht ihr gut?" Tariqs Ton war gleichgültig, doch sein Blick verriet lebhaftes Interesse.

Jasmine hob die Schultern. „Du kennst ja Sarah."

Er sagte nichts, beobachtete nur ihr Gesicht mit Augen, die direkt in ihre Seele zu blicken schienen. In dieser Nacht liebte er sie mit besonderer Zärtlichkeit, und sie vergaß Sarahs Grausamkeiten, sobald er sie in die Arme nahm.

Die nächsten Tage verbrachte Jasmine mit dem Kaufen von Geschenken. Jamar folgte ihr wie ein braves, wenn auch überdimensionales Hündchen und steuerte sogar ein paar nützliche Vorschläge zu ihren Einkäufen bei.

„Da kommt Ihre Schwester", sagte er plötzlich.

Überrascht blickte Jasmine auf. Tatsächlich, Sarah steuerte direkt auf sie zu.

„Wie wär's, kleine Schwester? Lass uns zusammen Mittag essen." Zum ersten Mal schwang in Sarahs Worten weder Bitterkeit noch Sarkasmus mit. Jasmine konnte nicht widerstehen. Dieses Versöhnungsangebot einer stets unzugänglichen älteren Schwester war zu verlockend.

Bevor sie in den Wagen stiegen, fragte Sarah, ob sie kurz an einem Reisebüro anhalten könnten. „Ich muss nur rasch Flugtickets besorgen." Sie lächelte und winkte Jamar herbei, der sich diskret ein paar Schritte zurückgezogen hatte.

Jasmine lächelte ihm zu. „Wir möchten kurz zu einem Reisebüro fahren. Können Sie das dem Fahrer sagen?"

Jamar tat, worum sie ihn bat, wenn auch stirnrunzelnd. Er setzte sich auf den Beifahrersitz, während Jasmine mit Sarah im Fond saß. Die Limousine war ihnen von der australischen Regierung zur Verfügung gestellt worden und hatte keine Abtrennung zwischen den Vorder- und Rücksitzen. Deshalb sprach Jasmine sehr leise, als sie sich mit Sarah unterhielt. Als sie schließlich zugab, ihre Familie ein wenig zu vermissen, sagte Sarah plötzlich ziemlich laut: „Und wann kommst du nach Neuseeland? Ich kann dein Ticket ja gleich buchen."

Jasmine antwortete wesentlich leiser. „Ich werde sehen, ob Tariq nach dieser Konferenz noch etwas Zeit hat." Sie wusste nicht, ob sie ihren Mann dazu überreden konnte, an einen Ort zurückzukehren, an den sie beide so schmerzliche Erinnerungen hatten.

Das Mittagessen gestaltete sich überraschend vergnüglich. Jasmine wurde erst jetzt bewusst, wie sehr sie sich danach gesehnt hatte, etwas von ihrer Familie zu hören. Begierig nahm sie alles in sich auf, was Sarah zu erzählen hatte. „Ich danke dir", sagte sie, nachdem sie die Rechnung für sie beide bezahlt hatte. „Es war schön, zu erfahren, wie es allen so geht."

Sarah lächelte. „Vielleicht sehen wir uns ja wieder. Wir sind ja jetzt beide erwachsen."

Jasmine nickte. Sie war nicht mehr das naive kleine Mädchen, und offenbar hatte Sarah das erkannt. Und vielleicht war Sarah nach ihrer Heirat mit dem blaublütigen Harrison Bentley aus Boston auch etwas reifer geworden und hatte ihren Hass auf Tariq vergessen.

Erst spät am Abend sollte Jasmine erfahren, wie sehr sie sich geirrt hatte.

Sie stand unter der Dusche, als Tariq kurz nach acht ins Hotel zurückkehrte. Als sie nur in ein Badetuch gehüllt ins Zimmer trat, stand er da und wartete auf sie. Seine Augen glühten vor Zorn.

„Tariq. Was ist los?" Jasmine erstarrte.

Er blieb auf der anderen Seite des Bettes stehen. „Hat es dir Spaß gemacht, dich über mich lustig zu machen, Jasmine?" Er sprach ganz ruhig, doch seine Stimme zitterte vor Wut.

„Wovon redest du?"

„Welche Unschuld! Und ich glaubte wirklich, du hättest dich geändert."

Sein Blick war so hasserfüllt, dass er ihr Angst machte. Gleichzeitig tat es ihr weh, dass er so großen Wert auf Distanz legte.

„Leider hat deine Schwester mir deine Pläne verraten."

Jasmines Kopf fuhr hoch. „Was für Pläne?"

„Deine Schwester hat mit mir über deinen Fluchtplan gesprochen. Sie sagte, ich müsse verstehen, dass du es nicht über dich bringen kannst, einen Mann wie mich zu heiraten."

Jasmine starrte ihn wie betäubt an. Als er etwas aus seiner Hosentasche zerrte und ihr gegen die Brust warf, rührte sie sich nicht.

„Du hast ihr nicht gesagt, dass ich dein Mann bin! Was hattest du vor? Wolltest du die Ehe annullieren lassen oder einfach die Tatsache, dass du mit mir verheiratet bist, ignorieren?" Aus seiner Stimme sprach ein solcher Schmerz, dass es Jasmine ins Herz schnitt.

Das also hatte Sarah getan. Aber sie würde nicht gewinnen. Ihre Lüge war so niederträchtig und so offensichtlich eine Lüge, dass Tariq ganz sicher bald die Wahrheit erkennen würde. Er kannte doch Sarah. „Ich habe keine Fluchtpläne, ich will dich nicht verlassen. Sie hat gelogen."

Er schien noch zorniger zu werden. „Mach es nicht noch schlimmer mit weiteren Lügen. Das Flugticket, das sie mir gab, damit ich es dir gebe, ist auf deinen Namen ausgestellt."

Mit zitternden Händen hob Jasmine das Ticket auf. Es lautete auf ihren Namen und enthielt sogar ihre Passnummer. Merkwürdig.

„Nein", rief sie. „Ich würde das niemals tun. Meine Familie hat meine Passnummer und alle Details irgendwo gespeichert."

Sein Mund verzog sich zu einem verächtlichen Lächeln. „Genug! Ich war ein Narr, trotz allem an dich zu glauben. Aber Jamar hat gehört, wie du mit Sarah alles besprochen hast!"

Jamar hatte offenbar nicht gehört, was sie Sarah geantwortet hatte. Sie streckte die Arme nach Tariq aus und vergaß dabei völlig, das Badetuch festzuhalten. „Hör zu …"

„Es gibt nichts mehr zu erklären. Ich habe ja schon immer gewusst, worum es dir in Wirklichkeit geht. Dein Körper reicht nicht aus, um mich noch einmal zum Narren zu machen. Natürlich bediene ich mich gern, wenn du es unbedingt möchtest." Die Art, wie er sie ansah, brach ihr das Herz.

Die Scham über ihre Nacktheit war unerträglich. Mit zitternden Händen wickelte sie das Tuch erneut um ihren Körper. „Tariq, ich bitte dich, hör mich an. Ich liebe dich …"

Er lachte. „Du musst mich für einen Idioten halten, Jasmine. Deine Liebe ist wertlos."

Außer sich vor Verzweiflung warf sie ihm plötzlich das zerknüllte Ticket ins Gesicht. „Ja, es ist die Wahrheit!", log sie. „Ich gehe nach Neuseeland und lasse mich scheiden!"

Tariq erwiderte nichts. Seine Gesicht wirkte wie eine Maske aus Stein.

„Ich gehe zurück und heirate jemanden, der besser zu mir passt!" Sie wollte sich zu Boden werfen und weinen, doch ein letzter Rest von Stolz hielt sie davon ab.

„Du wirst Zulheil nicht verlassen."

„Ich habe Zulheil schon verlassen! Ich gehe nicht mehr zurück!"

Der Ausdruck in seinem Gesicht hätte ihr eigentlich Angst machen müssen. „Du wirst zurückkehren", stellte er fest.

„Nein! Du hast kein Recht, mich dazu zu zwingen."

„Zieh dich an. Wir fliegen noch heute." Seine Stimme war ohne jede Emotion. „Wenn du versuchst, dich zu wehren, werde ich dafür sorgen, dass du nach Zulheil zurückgebracht wirst."

„Du würdest keine Szene machen."

Er verengte die Augen zu schmalen Schlitzen. „Ich werde tun, was nötig ist."

Sie wusste, sie stand auf verlorenem Posten. Er war der Scheich von Zulheil und hatte die Macht zu tun, was ihm beliebte. „Ich habe nichts, wohin ich gehen könnte." Die Worte fielen von ihren Lippen wie lang zurückgehaltene Tränen. „Ich habe alles für dich aufgegeben. Alles."

Die einzige Antwort, die sie erhielt, war das Krachen der Tür, die hinter ihm ins Schloss fiel.

Als Tariq durch die Drehtür nach draußen stürmte, war er kaum noch zu einem klaren Gedanken fähig. Er kannte Sarah und hatte ihr natürlich nicht geglaubt. Selbst als sie ihm das Ticket gegeben hatte, hatte er ihr nicht geglaubt, und er hatte Jasmine so schnell wie möglich davon erzählen wollen und davon, wie abstoßend er Sarahs Intrige fand. Aber dann hatte Jamar ihn auf dem Weg zu seiner Suite gesehen und gefragt, ob Jasmine ihm erzählt hatte, dass sie nach Neuseeland fliegen wolle.

„Auf dem Weg zum Reisebüro hat diese ... Sarah Jasmine al-Huzzein Zamanat gefragt, auf welches Datum ihr Ticket gebucht werden soll." Jamar hatte noch etwas hinzufügen wollen, war aber vom Chef des Sicherheitsdienstes angefunkt worden und hatte sich sofort entschuldigt.

Tariq hatte sich gefühlt, als würde sein Herz in tausend Stücke zersplittern. Jamar war ihm treu ergeben und hatte keinen Grund ihn zu belügen, umso weniger, als er Jasmine mindestens ebenso ergeben war. Tariq verfluchte seine Leichtgläubigkeit, was Jasmines Erklärung für ihren zweiten Pass betraf. Er hatte ihr vertraut. Selbst nach allem, was sie ihm bereits angetan hatte, hatte er ihr vertraut.

Zorn und Schmerz machten ihn fast blind und unfähig zu denken, aber er hatte Jasmines Zurückweisung schon einmal überlebt, er würde sie auch jetzt überleben.

Auch wenn das, was er für sie empfand, tausendmal stärker war als zuvor und der Schmerz ihn fast um den Verstand brachte.

13. KAPITEL

*E*s war Vormittag, als sie in Zulheil landeten. Widerspruchslos ließ Jasmine sich durch die Flure des Palastes bis ins Schlafzimmer zerren, so demütigend es auch war. Doch als Tariq sich wortlos umdrehen und den Raum verlassen wollte, ertrug sie es nicht länger.

„Wo gehst du hin?"

„Nach Abraz."

„Warum?"

Er sah sie an. Seine Augen glühten vor Zorn. „Ich werde meine zweite Frau heiraten. Du erfreust mich nicht mehr. Vielleicht wird sie treuer sein als du."

Jasmines Herz wurde zu Eis. „Du nimmst dir eine andere Frau?"

„Ich werde sie in Abraz heiraten. Am besten stellst du dich jetzt schon auf deine untergeordnete Rolle ein."

„Wie kannst du mir das antun?"

„So, wie du mich verraten wolltest, sollte dich das nicht überraschen."

„Nein! Das habe ich nicht. Warum glaubst du mir nicht?" Sie wollte ihn festhalten, aber er schüttelte ihre Hand ab.

„Ich möchte mich nicht verspäten." Er warf ihr noch einen gleichgültigen Blick über die Schulter zu und ging hinaus.

In diesem Augenblick zerriss etwas in ihr. Der Schmerz war so groß, dass sie sich nicht gestatten konnte, ihn zu fühlen, sonst wäre sie womöglich daran zu Grunde gegangen.

Stattdessen begann sie fieberhaft über eine Fluchtmöglichkeit nachzudenken.

Natürlich könnte sie das Land nicht mit einem Flugzeug verlassen. Tariq hatte sicher seine Leute angewiesen, aufzupassen, dass sie keinen Fluchtversuch unternahm. Er wollte sie leiden sehen, wollte sie bestrafen. Früher hatte sie das zugelassen, in dem Glauben, die Liebe würde irgendwann siegen.

Vorbei. Diesmal war er zu weit gegangen.

Auch auf dem Landweg würde sie nicht weit kommen. Die Grenzpatrouille war bestens ausgebildet und sehr wachsam. Außerdem fiel sie in der Wüste mit ihrer hellen Haut und ihrem roten Haar viel zu sehr auf.

Aber zu Wasser ... Ihr Herz begann heftig zu klopfen. Natürlich. Zulheil hatte einen schmalen Küstenstreifen und einen sehr stark frequentierten Hafen. Es wäre relativ einfach, sich an Bord eines der ausländischen Schiffe zu stehlen, die stets nur kurz am Quai lagen, um Treibstoff aufzunehmen. Seeleute kümmerten sich im Allgemeinen nur um ihre eigenen Belange, und die Hafenpolizei konnte nicht jede einzelne Bewegung kontrollieren. Außerdem war sie mehr damit beschäftigt, Fremde aus Zulheil fernzuhalten, als jene zu kontrollieren, die das Land verlassen wollten.

Jasmine holte tief Luft und ging zu dem kleinen Safe im Schlafzimmer. Tariq hatte ihr gesagt, er enthalte immer genug Bargeld für sie, für den Fall, dass sie etwas brauchen sollte. Sie wollte sein Geld nicht, aber sie würde sich verraten, wenn sie versuchen würde, etwas von ihrem Konto in Neuseeland abzuheben. Es blieb ihr also nichts anderes übrig. Es war tatsächlich genug Geld im Safe, um ihre Schiffspassage und einige Wochen Aufenthalt in einem kleinen Hotel zu finanzieren.

Anschließend setzte sie sich and den Schreibtisch und nahm Papier und Stift zur Hand. Ihre Finger zitterten, doch mit einer Kraft, die sie selbst überraschte, zwang sie sich zur Ruhe.

Tariq, seit ich nach Zulheil gekommen bin, wartest Du darauf, dass ich Dich verrate und fortgehe. Heute werde ich Deine Erwartungen erfüllen, doch ich will nicht heimlich verschwinden wie eine Diebin.

Ich liebe Dich so sehr, dass ich keinen Atemzug tue, ohne an Dich zu denken. Du warst meine erste Liebe und meine einzige. Ich dachte, ich würde alles für Dich tun, sogar Deine Strafe dafür ertragen, dass ich vor vier Jahren die falsche Entscheidung getroffen habe. Aber nun habe ich meine Grenzen erkannte. Du gehörst zu mir und nur zu mir. Wie kannst du von mir verlangen, Dich zu teilen?

Um Deines Stolzes willen wirst Du mich suchen wollen, aber ich bitte Dich, wenn du jemals etwas für mich empfunden hast, tu es nicht. Ich könnte niemals mit dem Mann, den ich liebe, leben, wenn er mich hasst. Es würde mich umbringen. Ich weiß nicht, was ich tun soll. Ich weiß nur, dass mein Herz gebrochen ist und dass ich von hier fort muss. Auch wenn wir uns

nie wiedersehen, sei gewiss, dass Du immer mein einzig Geliebter sein wirst.
Jasmine

Mit trockenen Augen – ihr Schmerz war zu groß, als dass sie hätte weinen können – schob sie den Brief in ein Kuvert und verschloss es. Dann nahm sie ihre Handtasche und den Brief und ging damit in Tariqs Arbeitszimmer – den einzigen Ort, den bis zu seiner Rückkehr niemand betreten würde – und legte den Brief mitten auf den Schreibtisch. Wehmütig strich sie über die polierte Mahagonioberfläche. Hier waren sie sich wieder nähergekommen, und sie hatte seine Pflichten mit ihm teilen dürfen.

Doch es war nicht genug gewesen.

Jasmine rannte fast aus dem Zimmer, denn die Erinnerungen drohten sie zu überwältigen.

Am Hafen herrschte reger Verkehr. Der Fahrer parkte vor dem beliebten Café mit Blick aufs Meer, das sie ihm als Zielort genannt hatte. „Ich treffe mich mit einer Freundin zum Mittagessen. Sie müssen also nicht auf mich warten."

„Ich werde warten", erwiderte er mit undurchdringlicher Miene.

Jasmine hatte nichts anderes erwartet. Natürlich hatte Tariq Anweisungen gegeben, sie wie eine Gefangene zu behandeln.

Im Restaurant gelang es ihr, einer Kellnerin weiszumachen, sie werde von ausländischen Journalisten verfolgt. „Wenn Sie mir rasch den Hinterausgang zeigen könnten. Mein Fahrer hat einen anderen Wagen bestellt, der mich dort abholen wird. Es ist wirklich unglaublich, wie man manchmal belästigt wird."

Die Kellnerin war stolz, ihr helfen zu können. Der Hinterausgang führte auf eine schmale Gasse, die wie ausgestorben wirkte.

„Hier ist niemand", stellte die Kellnerin stirnrunzelnd fest.

„Oh, er wartet dort vorne auf mich. Ich danke Ihnen." Bevor die junge Frau protestieren konnte, war Jasmine schon hinausgegangen und eilte mit langen Schritten den gepflasterten Weg hinab. Als sie außer Sichtweite war, änderte sie die Richtung und ging zum Hafen.

Das Glück meinte es gut mit ihr. Ein Kreuzfahrtschiff hatte für drei Stunden angelegt, um Treibstoff aufzunehmen. In der Menge der

Die Unbezähmbare

europäischen Touristen fiel Jasmine nicht weiter auf. Niemand bemerkte die junge Frau mit den roten Haaren.

Die Crew freute sich über einen neuen Passagier, da beim letzten Zwischenstopp einer der Reisenden vorzeitig von Bord gegangen war. Um sich nicht zu verraten, benutzte Jasmine ihren neuseeländischen Pass.

Eine Stunde später stand sie an der Reling und blickte gebannt auf die Küste von Zulheil, die langsam am Horizont verschwand. Der Wind blies ihr ins Gesicht. Ihr war, als könnte das Band zwischen ihr und Tariq nicht zerreißen, solange sie sein Land im Blick behielt. Aber dann senkte sich die Nacht herab, und der Traum ihres Lebens verschwand endgültig in der Dunkelheit.

Die Minarette von Zulheina schimmerten im Mondlicht, aber Tariq fand keine Ruhe. Die Gewissheit, etwas Kostbares unwiederbringlich verloren zu haben, fraß an ihm.

Auf halbem Wege nach Abraz war sein rasender Zorn verraucht gewesen. Stattdessen hatte er nur noch tiefen Schmerz gespürt. Er hatte Jasmine sein Herz anvertraut, und sie hatte seine Gefühle mit Füßen getreten, zum zweiten Mal. Und doch – immer wieder musste er an das nackte Entsetzen in ihren Augen denken, als er ihr gesagt hatte, dass er sich eine andere Frau nehmen werde, als er sie zurückgewiesen hatte, so wie sie von ihrer Familie zurückgewiesen worden war. Er fühlte sich schlecht. So, als habe er sie geschlagen; als sei er es, der Vergebung brauchte; als habe er einen Fehler gemacht.

Irgendwann hatte er endlich begonnen, die Sache vom Standpunkt der Logik aus zu betrachten und hatte festgestellt, dass das eigentlich alles keinen Sinn ergab. Wenn Jasmine ihn wirklich hätte verlassen wollen, hätte sie das auch ohne Sarahs Hilfe tun können. Eine grässliche Furcht beschlich ihn bei diesem Gedanken, und bei der Erinnerung an Jamars Äußerung blieb ihm fast das Herz stehen. Weshalb hätte der Leibwächter ihm von Jasmines Fluchtplan so beiläufig berichten sollen, noch dazu mitten auf dem Hotelflur, wo jeder, der vorbeiging, mithören konnte?

Nicht bereit zu glauben, dass er in einer Mischung aus Misstrauen und Angst so einen schrecklichen Fehler gemacht hatte und doch insgeheim sicher, dass dem so war, hatte Tariq den Befehl gegeben, sofort nach Zulheina zurückzufahren. Vom Wagen aus hatte er im

Palast angerufen, nur um nicht daran denken zu müssen, dass er vielleicht seine Frau für immer verloren hatte.
Jamar hatte sich gemeldet. „Sir?"
„Jamar, ich überlege gerade, was ich meiner Frau schenken könnte und dachte daran, was Sie in Australien im Hotel gesagt haben. War Jasmine sehr enthusiastisch, als ihre Schwester sie fragte, auf welches Datum ihr Ticket nach Neuseeland gebucht werden soll?" Tariqs Hand umklammerte den Hörer wie ein Schraubstock.
„Ich hörte, wie Ihre Frau sagte, dass sie mit Ihnen sprechen wolle, ob Sie Zeit hätten. Ich glaube, sie würde sich über eine solche Reise freuen."
„Ich denke auch. Danke, Jamar." Tariq hatte kaum noch ein Wort herausgebracht. Das Herz setzte ihm fast aus angesichts der Erkenntnis, dass er wirklich einen entsetzlichen Fehler gemacht hatte.
So war er nach Zulheina zurückgekehrt.
Zu spät. Viel zu spät.
Bei dem Geräusch von zerknitterndem Papier blickte er überrascht auf seine Hände. Es waren seine Finger, die sich um Jasmines Abschiedsbrief krümmten.
Nie wieder würde er sich an Jasmines Liebe erfreuen können. Er hatte ihr Vertrauen mit Füßen getreten, und doch hatte sie ihn weiter geliebt. Nur diesen letzten schweren Schlag hatte selbst ihr großzügiges Herz nicht verkraftet.
Tariq war bereit, das zu akzeptieren. Aber er war nicht bereit zu akzeptieren, dass er sie für immer verloren hatte. Die Frau, zu der seine Jasmine geworden war, hatte ihn verändert. Sie besaß eine große innere Kraft und verstand es hervorragend, ihre Rolle an seiner Seite zu spielen. Sie war so herrlich sinnlich ... sie war unersetzlich. Er konnte es nicht ertragen, ohne seine Seelenverwandte zu leben. Selbst wenn sie ihn hassen sollte.
„Du gehörst zu mir Mina."
Nur die Wüste hörte seine Stimme. Nur die Wüste wusste, wie einsam er war – und wie entschlossen.

Das Schiff legte in mehreren Häfen im Mittleren Osten an, doch Jasmine ging niemals an Land, aus Angst erkannt zu werden. Erst als sie zu einem ungeplanten Zwischenstopp an einer kleinen griechischen

Insel anlegten, weil einer der Passagiere krank geworden war, nutzte sie die Gelegenheit und verließ das Schiff. Im Grunde war es ihr völlig egal, wo sie landen würde.

Es gelang ihr, eine winzige Dachwohnung zu mieten. In der ersten Nacht dort ließ sie sich einfach aufs Bett fallen und rührte sich stundenlang nicht mehr. Der Gedanke an Tariq quälte sie ununterbrochen, sie hatte dunkle Schatten unter den Augen bekommen und immer mehr Gewicht verloren. Immer wieder spielte sie in Gedanken den hässlichen Streit mit Tariq durch und fragte sich, ob es nicht einen anderen Weg gegeben hätte. Doch sie fand keinen.

Erst nach einer Woche fand sie die Kraft, das Haus zu verlassen. Sie sagte sich, dass sie stark war. Sie würde überleben. Zwar würde sie mit dem Herzen immer bei Tariq sein, doch sie liebte ihn freiwillig und würde es nie bereuen.

Zufällig sah sie in einem Schaufenster ein Schild, auf dem stand, dass eine Näherin gesucht wurde. Jasmine atmete tief ein und wieder aus. Dann stieß sie die Tür auf und ging hinein.

Jasmine ignorierte das hartnäckige Klopfen so lange wie möglich. Als es nicht aufhören wollte, ging sie entnervt an die Tür. Sie hatte die Miete bezahlt. Ihr Vermieter hatte keinen Grund, sie zu belästigen.

„Du!" Ihre Knie gaben nach, als sie den Mann erkannte, der die Türöffnung ausfüllte. Er streckte die Arme aus und fing sie auf. Plötzlich wirkte die kleine Dachwohnung wie ein Puppenhaus. „Lass mich los."

„Du wärst fast gefallen."

„Es geht schon wieder." Jasmine stemmte sich mit beiden Händen gegen Tariqs Schultern. Zu ihrer Überraschung ließ er sie vorsichtig los. Sie stolperte rückwärts. „Du hast abgenommen." Bartstoppeln ließen seine Wangen dunkler erscheinen. Ein gequälter Ausdruck lag in seinem Blick und seine Kleider hingen Besorgnis erregend lose an ihm. „Was ist passiert?"

„Du hast mich verlassen."

Mit dieser Antwort hatte sie nicht gerechnet. Sie ging weiter rückwärts, bis sie an die Wand stieß. „Wie hast du mich gefunden?"

Tariq ließ keine Sekunde den Blick von ihrem Gesicht. „Zuerst war ich in Neuseeland."

Ihr Herz pochte wild.

„Du hast mir nie erzählt, dass du deiner Familie für immer Lebwohl gesagt hast, um zu mir zu kommen."

Jasmine antwortete nicht. Er liebte sie also immer noch genug, um nach ihr zu suchen.

„Du hast mich gewählt, Mina." Seine Stimme versagte fast. „Du hast mich gewählt vor allen anderen auf dieser Welt. Hast du geglaubt, ich würde dich gehen lassen, nachdem du meine Frau geworden bist?"

„Ich werde nicht zurückkommen."

„Mina." Er streckte die Hand aus.

„Nein!"

Tariq trat auf sie zu und stützte sich links und rechts von ihr an der Wand ab, sodass sie praktisch eingesperrt war.

„Ich werde dich nicht teilen." Sie versuchte, ihn wegzuschieben.

„Weil du mich liebst und dich für mich entschieden hast."

Sie nickte und gab es auf, gegen die Tränen anzukämpfen. Nun, da er so nah war, wollte sie nur noch in seinen Armen liegen und ihre Angst und Verzweiflung vergessen.

„Mina, du musst mit mir kommen. Ich kann ohne dich nicht leben, meine Jasmine. Ich brauche dich, wie die Wüste den Regen." Er nahm ihr Gesicht in beide Hände und strich mit den Daumenspitzen die Tränen von ihren Wangen. „Ich habe dich gewählt, Jasmine. Du bist meine Frau. Dieses Band kann niemals zerreißen. Ich liebe dich. Ich bete dich an."

„Aber du hast eine andere …"

„Das würde ich niemals tun", murmelte er. „Ich war an jenem Tag sehr böse auf dich, aber ich war auch furchtbar verletzt. Ich glaubte, du hättest mich wieder verraten. Es war die einzige Waffe, die ich hatte, um sie gegen dich einzusetzen. Damals glaubte ich, du liebst mich nicht genug, und ich könnte dir niemals das Herz brechen. Es tut mir so leid, Mina."

„Du hattest gar nicht vor, eine andere Frau zu heiraten?" Es gelang Jasmine kaum zu sprechen, so dick war der Kloß in ihrem Hals.

„Niemals", flüsterte er. „Verzeih deinem dummen Ehemann, Mina. In deiner Nähe ist er oft nicht imstande klar zu denken." Er wirkte sehr reuevoll, doch er hielt sie immer noch gefangen. Es war klar, dass er keine Ruhe geben würde, ganz gleich, wie lang es dauern mochte, sie zu überzeugen.

Jasmine musste lächeln. Selbst wenn er um Verzeihung bat, war er immer noch der stolze Wüstenkrieger. Und sie wollte ihn auch gar nicht anders. „Nur, wenn er mir vergibt, dass ich vor vier Jahren die falsche Entscheidung getroffen habe", erwiderte sie.

„Das habe ich dir in dem Augenblick vergeben, als du deinen Fuß auf den Boden von Zulheil gesetzt hast." Tariq lächelte sein Kriegerlächeln. „Ich habe nur Zeit gebraucht, um meinen verletzten Stolz zu heilen."

„Und ist er jetzt geheilt? Oder wirst du wieder an mir zweifeln?"

„Alles, was ich wissen musste, war, dass du um mich kämpfen würdest, falls du noch einmal vor der Wahl stehen solltest."

Wie einfach, und doch hatte sie es nicht verstanden. Vorsichtig berührte sie sein Haar. „Es gibt keine Wahl. Du kommst immer an erster Stelle."

„Jetzt weiß ich das, Mina." Er schmiegte sein Gesicht in ihre Hand und umfasste ihren Po. „Wirst du mit mir kommen?"

Jasmine lachte. Es war so typisch Tariq, so zu tun, als ließe er ihr die Wahl, während sie doch beide wussten, dass er den Raum nicht ohne sie verlassen würde. „Versprichst du, mir ein braver Ehemann zu sein und zu tun, was ich sage?"

Er gab sich entrüstet. „Du nutzt die Situation aus."

„Und es funktioniert nicht, was?"

„Ich weiß nicht." Abschätzend musterte er Jasmines schmale Bettstatt in der Ecke des Zimmers. „Wenn diese Liege unser Gewicht aushält, dann erlaube ich dir, die Situation auszunutzen." Seine Augen funkelten. Jasmine wollte sich in seine Arme werfen, doch eines musste sie noch wissen.

„Ich liebe dich. Glaubst du mir?"

„Mina!" Er presste sie an sich. „Deine Liebe spricht aus deinen Blicken, aus jeder deiner Berührungen, aus jedem deiner Worte. Selbst aus deinem Abschiedsbrief. Ich fühle mich deiner Liebe nicht wert, aber ich werde dich niemals gehen lassen. Du bist mein. Verzeih mir, Mina. Ich kann es mir selbst nicht verzeihen, wie sehr ich dir wehgetan habe."

„Ich glaube, ich könnte dir alles verzeihen." Jetzt machte ihre Verletzlichkeit ihr keine Angst mehr. Nicht, wenn er sie mit der ganzen Kraft seines wilden Herzens liebte. „Mir tut es nur leid, dass wir vier Jahre vergeudet haben."

Tariq schmunzelte. „Nicht vergeudet, Mina. Ich dachte, ich müsste dir fünf Jahre Zeit geben, um erwachsen zu werden. Ich war sehr geduldig, nicht wahr?"

„Fünf Jahre?" Jasmine lächelte und fragte sich, worauf er hinaus wollte, schließlich waren nicht fünf, sondern nur vier Jahre vergangen. „Und nach den fünf Jahren?"

„Hättest du beschlossen, eine Reise in die Wüste zu machen."

„So, so."

„Hm, hm." Er beugte sich vor und küsste sie. Sie schmiegte sich an ihn, erwiderte seinen Kuss und wurde wieder seine Frau. „Und dort hättest du einen Mann geheiratet, der immer schon wusste, dass du für ihn bestimmt bist."

„Ich hätte also noch ein Jahr warten und mir damit all das Leid ersparen können?", wagte sie zu scherzen.

„Vielleicht hätte ich es doch nicht fünf Jahre ausgehalten." Plötzlich wurde Tariq wieder ernst. „Du wurdest geboren, um meine Frau zu sein, Mina."

Jasmine hätte weinen mögen vor Freude. Sie stellte sich auf die Zehenspitzen und küsste ihn zärtlich. „Und dein Volk?", fragte sie dann. „Es muss mich doch hassen?"

„Unser Volk ist an die stürmischen Ehen seiner Scheichs gewöhnt." Er lächelte breit. „Meine Mutter hat einmal zwei Monate allein in Paris verbracht."

„Oh."

„Ich bin es, der als Scheich an Ansehen verlieren würde, wenn ich dich nicht überreden könnte, zurückzukehren." Er beugte sich vor. „Meine Ehre liegt also in deinen Händen", sagte er, doch seine Augen funkelten schelmisch.

„Komm, mein guter Ehemann." Jasmine nahm seine Hand. „Dein Weib wünscht, die Situation auszunutzen."

„Niemals würde ich meiner Frau eine solche Bitte abschlagen", raunte er.

Und die Liege hielt tatsächlich ihr Gewicht aus.

– ENDE –

Sandra Brown
Die Tür zur Liebe /
Gefangene der Liebe
Band-Nr. 20016
8,95 € (D)
ISBN: 978-3-89941-801-9
320 Seiten

Sandra Brown
Unbestechliche Herzen /
Das verbotene Glück
Band-Nr. 20003
8,95 € (D)
ISBN: 978-3-89941-674-9
400 Seiten

Miranda Lee
Ein Millionär und Gentleman
Band-Nr. 20014
8,95 € (D)
ISBN: 978-3-89941-783-8
368 Seiten

Emilie Richards
Am Ufer der Sehnsucht
Band-Nr. 20010
9,95 € (D)
ISBN: 978-3-89941-730-2
384 Seiten

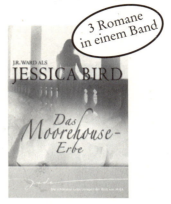

Linda Howard
Winterherzen
Band-Nr. 20001
8,95 € (D)
ISBN: 978-3-89941-657-2
416 Seiten

Jessica Bird
Das Moorehouse-Erbe
Band-Nr. 20002
8,95 € (D)
ISBN: 978-3-89941-667-1
432 Seiten

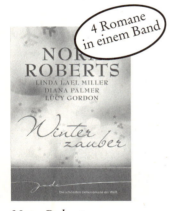

Nora Roberts u. a.
Winterzauber
Band-Nr. 20015
9,95 € (D)
ISBN: 978-3-89941-790-6
496 Seiten

Nora Roberts
First Class Affären
Band-Nr. 20008
8,95 € (D)
ISBN: 978-3-89941-710-4
512 Seiten

Karen Hawkins
Die Erben von Rochester
Band-Nr. 20012
8,95 € (D)
ISBN: 978-3-89941-747-0
576 Seiten

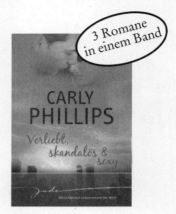

Carly Phillips
Verliebt, skandalös & sexy
Band-Nr. 20011
8,95 € (D)
ISBN: 978-3-89941-738-8
400 Seiten

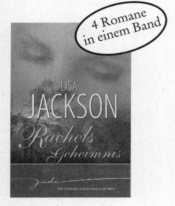

Lisa Jackson
Rachels Geheimnis
Band-Nr. 20009
9,95 € (D)
ISBN: 978-3-89941-719-7
544 Seiten

Penny Jordan
Eine Hochzeit und
drei Happy-Ends
Band-Nr. 20006
8,95 € (D)
ISBN: 978-3-89941-695-4
384 Seiten